BASTEI
LÜBBE

W. E. B. GRIFFIN
im BASTEI-LÜBBE-Taschenbuchprogramm:

SOLDATEN-SAGA

13 173 Band 1 Lieutenats
13 181 Band 2 Captains
13 196 Band 3 Majors
13 203 Band 4 Colonels
13 209 Band 5 Green Berets
13 217 Band 6 Generals
13 289 Band 7 Die neue Generation
13 325 Band 8 Die Flieger

DAS MARINE-CORPS

13 335 Band 1 Shanghai
13 355 Band 2 Wake Island
13 369 Band 3 Von Pearl Harbor nach Guadalcanal
13 389 Band 4 Inferno im Pazifik
13 424 Band 5 Die Beobachter von Buka Island
13 478 Band 6 Hölle auf den Salomonen
13 786 Band 7 Hinter den Linien

PHILADELPHIA-COPS

13 625 Band 1 Männer in Blau
13 657 Band 2 Sonderkommando
13 677 Band 3 Das Opfer
13 713 Band 4 Der Augenzeuge
13 732 Band 5 Der Bombenleger
13 768 Band 6 Das Mordkomplott

HONOR BOUND – Im Auftrag der Ehre

13 612 Band 1 Geheimauftrag Buenos Aires
13 878 Band 2 Operation Outline Blue

W. E. B. Griffin

Operation Outline Blue

Roman

Ins Deutsche übertragen
von Joachim Honnef

BASTEI LÜBBE

BASTEI-LÜBBE-TASCHENBUCH
Band 13 878

Erste Auflage: Juni 1997

Deutsche Lizenzausgabe 1997
Bastei-Verlag Gustav H. Lübbe GmbH & Co.,
Bergisch Gladbach
Originaltitel: Blood and Honor
Lektorat: Rainer Delfs
Titelbild: Sebastian Boada, Norma Agency, Barcelona
Umschlaggestaltung: Quadro Grafik, Bensberg
Satz: KCS GmbH, Buchholz/Hamburg
Druck und Verarbeitung: Brodard & Taupin,
La Flèche, Frankreich
Printed in France
ISBN 3-404-13878-3

Der Preis dieses Bandes versteht sich einschließlich der
gesetzlichen Mehrwertsteuer.

ERSTER TEIL

I

1

Estancia San Pedro y San Pablo
Bei Pila, Provinz Buenos Aires
Republik Argentinien

4. April 1943, 21 Uhr 05

Coronel Jorge Guillermo Frade war in die Lektüre des dicken Dokuments auf seinem Schreibtisch vertieft, als er durch ein Geräusch aus der Konzentration gerissen wurde. Es hörte sich an wie die Todesqualen eines Wasserbüffels, der von einem Elefanten zertrampelt wurde.

Frade, ein großer, schwergewichtiger Einundfünfzigjähriger, hatte noch volles Haar (einschließlich des buschigen Schnurrbarts, den er seit seiner Zeit als Sub Teniente – Leutnant – der Kavallerie trug) und all seine Zähne; aber seit etwa fünf Jahren brauchte er eine Lesebrille. Er nahm die Hornbrille ab, seufzte und blickte durch sein Arbeitszimmer zu dem Verursacher des Geräuschs.

Es kam aus dem offenstehenden Mund eines schwergewichtigen Mannes Ende Vierzig, der in einem Ledersessel tief und fest schlief und ebenfalls einen Kavalleristen-Schnurrbart trug.

Der Mann war Enrico Rodriguez, der einst die Estancia San Pedro y San Pablo verlassen hatte, um sich bei der Kavallerie zu melden und als Sub-Teniente Frades Offiziersbursche zu dienen. Sie hatten gemeinsam vor fünfundzwanzig Jahren als Regimentschef und Hauptfeldwebel von Argentiniens renommiertestem Kavallerieregiment, den Húsares de Pueyrredón, ihren Abschied genommen.

Während ihres langen gemeinsamen Dienstes hatte sich el Coronel Frade an Suboficial Mayor Rodriguez' Schnarchen gewöhnt. Heute abend war es besonders spektakulär, was bedeutete, daß Rodriguez Bier getrunken hatte. Wein und Whisky hatten bei Enrico anscheinend nicht die gleichen Auswirkungen wie Bier. Bei Wein wurde Enrico beschwipst; bei Whisky suchte er oftmals weibliche Gesellschaft; aber bei Bier – sogar bei zwei Glas – wurde Enrico schläfrig, und seine Schnarchmaschine arbeitete auf vollen Touren.

Einen Augenblick lang spielte el Coronel Frade ernsthaft mit dem Gedanken, seinen metallenen Papierkorb zu nehmen und auf den gefliesten Boden zu werfen. Das würde Enrico wecken und ihn wie von einem Katapult abgeschossen aus dem Sessel treiben.

Er entschied sich dagegen. Es war ein langer Tag gewesen, und Enrico war müde.

Frade schaute auf seine Armbanduhr und auf den dicken Aktenhefter auf seinem Schreibtisch. Zum Teufel mit der Arbeit! Er war zu müde, und sie mußten nach Buenos Aires zurückfahren.

Er schob seine Lesebrille in die Brusttasche seines Tweedjacketts und erhob sich. Dann nahm er den dicken Aktenhefter und ging damit zu einem offenstehenden, in die Wand eingebauten Safe. Er legte die Dokumente in eines der Fächer, schloß die Tresortür und stellte die Kombination ein.

Der Safe war verborgen hinter einem beweglichen Teil eines Bücherregals. Wenn das Regal geschlossen war, gab es keinerlei Anzeichen darauf, daß sich dahinter irgend etwas befand.

Frade tarnte den Safe mit dem Bücherregal und schlich auf Zehenspitzen aus dem einfach eingerichteten Arbeitszimmer, um Enrico nicht zu wecken. Dann ging er über einen langen, breiten Flur zu seinen Wohnräumen. Im Schlafzimmer setzte er sich aufs Bett und zog seine englischen Reitstiefel aus. Dann entkleidete er sich ganz und warf die Sachen aufs Bett.

Er ging ins Badezimmer, duschte und rasierte sich. Als er ins Schlafzimmer zurückkehrte, war Enrico dort.

»Ich hörte, es gibt eine Operation gegen das Schnarchen«, sagte Coronel Frade. »Der Chirurg führt eine Sonde durch die Luftröhre oder vielleicht die Nase ein und schneidet etwas raus, und schon hört die Schnarcherei auf.«

Enrico wirkte sichtlich beunruhigt.

»Die Operation soll relativ schmerzlos sein«, fuhr Frade mit unbewegtem Gesicht fort. »Du brauchst nur eine Woche, allenfalls zehn Tage im Krankenhaus zu bleiben, und binnen eines Monats kannst du wieder normal essen.«

»Sie hätten mich wecken sollen, mi Coronel«, sagte Enrico.

»Und den Schlaf des Gerechten stören?«

»Ich habe den Wagen vollgetankt und überprüft, mi

Coronel«, wechselte Enrico das Thema. »Rudolpho und Juan Francisco werden uns mit dem Ford vorausfahren.«

»Nein, das werden sie nicht«, entgegnete Frade. »Das ist unnötig.«

»Vorsicht ist die Mutter der Porzellankiste, mi Coronel.«

»Wir fahren allein«, sagte Frade.

»Si, Señor.«

»Laß bitte eine Thermoskanne mit Kaffee füllen«, befahl Frade. »Ich will auf dem Weg nach Buenos Aires nicht einpennen.«

»Si, Señor.«

»Warte auf mich im Wagen«, sagte Frade. »Ich werde mich beeilen.«

Enrico nickte und verließ das Schlafzimmer.

Der Wagen war ein schwarzes Horch-Kabrio, von Enrico gewissenhaft und liebevoll gepflegt, wobei el Coronel oftmals half. Einer der Gründe für die gute Pflege war, daß Teile des Horch zu keinem Preis mehr erhältlich waren. Die Firma Horch baute keine Luxusautos mehr, sondern Panzermotoren für die Deutsche Wehrmacht. Und el Coronel war äußerst stolz auf dieses Auto.

Er ließ Enrico selten fahren. Heute abend machte er eine der wenigen Ausnahmen.

»Du fährst«, sagte El Coronel, als er beim Wagen eintraf. »Ich möchte etwas Kaffee trinken.«

»Si, Señor.«

Enrico öffnete die Beifahrertür, schloß sie, als Frade Platz genommen hatte, und setzte sich hinters Steuer.

»Paß auf die Straße auf«, befahl Frade. »Halte von jedem Fahrzeug Abstand, das einen Stein auf unsere Windschutzscheibe wirbeln könnte.«

Enrico hatte den gleichen Befehl jedesmal gehört, wenn er fahren durfte.

»Si, Señor.«

Er fuhr langsam, bis el Coronel Kaffee in einen Becher gegossen, die Thermosflasche verschlossen und auf den Wagenboden gelegt hatte. Dann gab er Gas.

Drei Kilometer weiter – noch auf dem Gelände der Estancia – erfaßte das Scheinwerferlicht ein Objekt auf der Fahrbahn. Als Enrico den Fuß vom Gaspedal nahm, befahl el Coronel: »Langsam, da ist ein Rind auf der Straße.«

Es war tatsächlich ein Rind, das mitten auf der Schotterstraße lag.

El Coronel fluchte. Er hätte niemandem sagen können, wieviel Vieh auf der Estancia San Pedro y San Pablo herumstreifte, aber er regte sich immer auf, wenn er eines der unzähligen Tiere überfahren auf der Straße fand.

Enrico bremste stärker. Es dauerte einige Zeit, bis der Horch von 120 Stundenkilometern zum Schrittempo verlangsamt war. Und Enrico wußte, daß el Coronel meckern würde, wenn er schneller an dem Hindernis vorbeifahren würde.

Das Verdeck war offen, und als Enrico das Rind passieren wollte, erhob sich el Coronel und stützte sich auf den Rahmen der Windschutzscheibe, um es genauer zu betrachten.

In diesem Augenblick bemerkte Enrico eine Bewegung am Straßenrand. Er fragte sich, ob ihm weitere Rinder entgangen waren, und dann sah er die Mündungsblitze.

Und dann traf ihn etwas in den Kopf, und er fiel aufs Lenkrad.

Der Horch brach nach links aus, rollte über die Straße und prallte gegen einen Zaunpfosten.

Zwei Männer rannten zu dem Wagen.

El Coronel Frade wollte sich die .45er Automatik-Pistole schnappen, die Enrico hinten im Gürtel trug.

Einer der Männer feuerte beide Ladungen einer Schrotflinte Kaliber 12 ab und traf Frade in Gesicht und Brust.

El Coronel Frade fiel auf Enricos Rücken, rutschte

daran hinab und blieb zwischen Enrico und dem Sitz liegen.

Der Mann mit der Thompson-MPi betrachtete den blutigen Kopf von Enrico Rodriguez mit dem Blick des Profis und sagte sich, daß ein weiterer Schuß unnötig war.

2

Wolfsschanze
Bei Rastenburg, Ostpreußen

5. April 1943, 21 Uhr 30

Das Nummernschild der Mercedes-Limousine trug den Doppelblitz der SS. Als sich der Wagen näherte, trat ein Hauptsturmführer mit einer Schmeißer-Maschinenpistole auf die von Flutlicht erhellte Fahrbahn und hob ziemlich arrogant und unnötig – ein dicker, gelb und schwarz gestreifter Schlagbaum blockierte die Straße – die rechte Hand, um den Fahrer zu stoppen.

Er trug eine Dienstmütze mit dem Totenkopf-Abzeichen. Hinter ihm standen mit Stahlhelmen und Schmeißer-Mpis ein Unterscharführer und ein Rottenführer.

Zwischen zwei schmalen silbernen Streifen um die Manschetten ihrer schwarzen Uniformärmel wies die gestickte silberne Aufschrift ›Adolf Hitler‹ sie alle als Mitglieder der Leibstandarte Adolf Hitlers aus.

Der Hauptsturmführer näherte sich dem Mercedes, hob den rechten Arm zum Gruß und bellte: »Heil Hitler!«

Der Passagier auf dem Rücksitz des Mercedes trug die

Uniform eines Standartenführers. Er erwiderte den Gruß, nahm seine Ausweispapiere aus der Tasche und gab sie dem Hauptsturmführer.

»Standartenführer Goltz auf dem Weg zu Reichsleiter Martin Bormann«, sagte er. »Ich werde erwartet.«

»Lassen Sie bitte Ihren Fahrer den Wagen parken, Standartenführer, während ich das überprüfe«, sagte der Hauptsturmführer und öffnete die hintere Tür des Mercedes.

Goltz stieg aus. Über den beiden silbernen Streifen auf den Ärmeln seines Uniformrocks waren die silbernen Buchstaben SD, was ihn als Mitglied des Sicherheitsdienstes der SS auswies.

Er wartete auf der Straße, während der Hauptsturmführer in eines der vier Gebäude der Wache Süd ging. Nicht einmal ein Standartenführer des Sicherheitsdienstes wurde in die Wolfsschanze – Adolf Hitlers geheimer Befehlsstand – gelassen, ohne ihn äußerst sorgfältig zu überprüfen.

Eine Minute später kehrte der Hauptsturmführer zurück und hob den Arm zum Nazigruß.

»Folgen Sie mir bitte, Standartenführer. Ich werde Sie zu Ihrem Wagen eskortieren.«

»Danke«, sagte Goltz und erwiderte den Gruß.

Der gelb und schwarz gestreifte Schlagbaum hob sich hydraulisch, und die beiden Männer passierten den Außenbereich der Wolfsschanze. Das Gelände, ungefähr 640 Kilometer von Berlin und etwa sechseinhalb Kilometer von Rastenburg entfernt, war ein Rechteck von ungefähr 2,4 x 14,4 Kilometern. Der Außenbereich wurde von MG-Türmen und MG-Stellungen und einem ausgedehnten Minenfeld geschützt.

Gleich innerhalb der Peripherie des Außenbereichs befanden sich einige der Funkbaracken und Antennen – so weit wie möglich voneinander entfernt, um Störungen zu verringern –, mit denen Verbindung mit den entlegensten

Außenposten des Tausendjährigen Reichs aufrechterhalten wurde.

Eine Mercedes-Limousine, identisch mit dem Wagen, den Goltz soeben verlassen hatte, setzte rückwärts von einer Parkfläche in den Außenbereich und zu dem jetzt erhobenen Schlagbaum. Ein Rottenführer sprang aus dem Wagen, öffnete die hintere Tür und hob den Arm zum Gruß.

SS-Offiziere, die für die Sicherheit verantwortlich waren, hatten entschieden, daß Besucher der Wolfsschanze ihre Wagen außerhalb des Außenbereichs verlassen mußten und mit Wagen der Fahrbereitschaft der Wolfsschanze abgeholt wurden. So erübrigte sich eine sorgfältige Durchsuchung des eintreffenden Wagens. Es ersparte dem Besucher auch den Zeitverlust, den eine Durchsuchung mit sich brachte, ganz zu schweigen von dem Zeitverlust des SS-Personals, das die Durchsuchung durchführte.

Als Standartenführer Goltz auf dem Rücksitz des Mercedes saß, schloß der Fahrer die Tür, eilte um den Wagen herum nach vorne und setzte sich ans Steuer.

Die Straße führte fast einen Kilometer durch dichten Kiefernwald. Dann kamen im Schein des Vollmondes neben einer Fernmeldehütte zur Linken Eisenbahnschienen in Sicht. Goltz sah, daß auf einem Parallelgleis der Privatzug des Führers mit elf Waggons stand. Einen Augenblick später sah er den ersten der beiden Innenbereiche der Wolfsschanze, umgeben mit Stacheldraht, MG-Stellungen und Türmen. In diesem Bereich befand sich hauptsächlich das Personal, das für die Verwaltung und den Schutz der Wolfsschanze verantwortlich war.

Da waren Gebäude für den Lagerkommandanten und seinen Stab; das Hauptquartier des Bataillons der Leibstandarte und ihre Kaserne und Messe; ein zweites Kasino mit dem Spitznamen Kurhaus, und ein Luftschutzbunker, scherzhaft ›Heinrich‹ genannt, der groß genug war, um alle Menschen aufzunehmen, die sich auf dem Gelände der Wolfsschanze aufhielten.

Jenseits des ersten Innenbereichs und zur Rechten standen andere kleine Gebäude für die zweite Ebene der Bürokratie des Tausendjährigen Reichs. Hier befanden sich, ausgehend von der Eisenbahnstation Gorlitz, die Büros des Außenministers Joachim von Ribbentrop; des Rüstungsministers Albert Speer; des Großadmirals Karl Dönitz, Oberbefehlshaber der Marine; Büros ranghoher Offiziere der Luftwaffe; und ein weiteres Kasino und noch ein riesiger Bunker.

Jenseits der Straße, umgeben von Stacheldraht und der größten Konzentration von MG-Stellungen und Luftabwehrgeschützen, befand sich der eigentliche Kernbereich.

Darin gab es nicht weniger als dreizehn dickwandige Betonbunker. Der größte und dickwandigste war natürlich der Führerbunker. Auf der anderen Seite der Straße standen zwei andere Bunker. Einer beherbergte Hitlers persönliche Adjutanten und Ärzte; der zweite Adjutanten der Wehrmacht, die Personalabteilung des Heeres, den Fernmeldeoffizier und Hitlers Sekretariat.

Östlich von diesem Bunker hatte Reichsmarschall Hermann Göring ein Bürogebäude und seinen eigenen persönlichen Bunker. Zwischen diesen und dem Führerbunker befanden sich ein VIP-Kasino, das ›Teehaus‹ genannt wurde, sowie Büros und der Bunker von Feldmarschall Wilhelm Keitel, Chef des Oberkommandos der Wehrmacht (OKW). Er teilte seinen Bunker mit Generaloberst Alfred Jodl, dem Chef des Führungsstabes im OKW, und Admiral Wilhelm Canaris, Leiter der Abwehr im Kriegsministerium.

Als sie einmal allein gewesen waren, hatte Martin Bormann, der Leiter der Parteikanzlei, Goltz erklärt, daß Jodl zwar bedeutend genug war, um einen Platz im Innenbereich beanspruchen zu können, jedoch nicht wichtig genug, um einen eigenen Bunker zu erhalten.

Bormann – nur Hitlers Stellvertreter als Leiter der Nazipartei – hatte natürlich seinen eigenen Bunker, ebenso Josef Goebbels, der Propagandaminister. Aber Bormanns Stab hatte ebenfalls einen eigenen Bunker, während Goebbels' Stab keinen hatte. Obwohl es Bunker für Bedienstete, Verbindungsoffiziere und offizielle Besucher gab, mußten sich Goebbels Untergebene, die das Privileg hatten, sich im Innenbereich aufhalten zu dürfen, selbst Plätze in Bunkern suchen.

Standartenführer Goltz glaubte, daß die Wolfsschanze – mehr als Berlin – die besten Hinweise darauf gab, wo jemand in der Hackordnung stand. Und nichts, was er jemals gesehen hatte – hier oder in Berlin oder sonstwo –, hatte ihn veranlaßt, die sehr ranghohe und sehr sichere Position von Martin Bormann in Frage zu stellen. Das hatte zu einem interessanten Gedankengang geführt: Wo lag seine Loyalität? Bei Heinrich Himmler, der als Chef der SS sein direkter Vorgesetzter war? Oder bei Martin Bormann, mit dem er seit langer Zeit befreundet war?

Es wäre schön gewesen, wenn die Frage nie aufgekommen wäre. Aber als Himmler ihn zum SS-SD-Verbindungsoffizier zum Büro der Parteikanzlei ernannt hatte – mit anderen Worten zum Verbindungsoffizier zu Bormann –, stellte sich diese Frage.

Goltz war sich bewußt – und Bormann wußte es ebenfalls –, daß Himmler von ihm erwartete, daß er Bormann und seinen Stab auf Anzeichen von irgend etwas beobachtete, das Himmler Hitler melden konnte. Und Himmler vertraute ihm. Goltz war lange mit Himmler bekannt.

Die Frage lief für Goltz schließlich darauf hinaus, was am besten für den Führer war. Zum einen verstand Goltz, daß der Führer zwar über der Politik stehen sollte, was jedoch leider nicht möglich war. Zum anderen war sich Goltz darüber im klaren, daß an den unermüdlichen

Bemühungen des Reichsführers SS Himmler, den Führer zu schützen, nichts auszusetzen war, daß Himmler aber Informationen, die er erhielt, für seine eigenen politischen Ziele benutzte.

Bormann war natürlich nicht weniger Politiker als Himmler und mit Sicherheit ebenso bereit, Informationen, die er erhielt, für politische Zwecke zu nutzen. Der Unterschied bestand darin, daß Martin Bormann kein anderes Lebensziel hatte, als dem Führer zu dienen, während Heinrich Himmlers Hauptziel darin bestand, dem Staat zu dienen. Himmler würde natürlich argumentieren, daß Adolf Hitler und der deutsche Staat in Wirklichkeit ein und dasselbe waren, aber in letzter Analyse bezweifelte Goltz, daß das stichhaltig war.

So war Goltz überzeugt, daß sich Hitler – in einer hypothetischen Lage gezwungen, zwischen Bormann und Himmler zu wählen – für Bormann entscheiden würde.

Und so hatte Goltz entschieden, noch bevor er sich in Martin Bormanns Büro in der Reichskanzlei meldete, daß sein Eid als SS-Offizier verlangte, seine Loyalität von Himmler auf Bormann zu übertragen. Nach seiner Ansicht blieb ihm nichts anderes übrig.

Zugleich war er zu der Meinung gelangt, daß sich das, was als selbstlose Pflichterfüllung begonnen hatte – ohne Aussicht auf Erfolg –, bezahlt machen würde. Hitler hatte Bormann oftmals seine Vermutungen anvertraut, daß nicht alle in den Streitkräften Feiglinge und Defätisten waren. Daß sich der Führer auf die SS bezog, war eine logische Schlußfolgerung.

Nach Goltz' beruflicher Meinung als Sicherheitsmann mit einiger Erfahrung gab es tatsächlich Defätisten und Verräter in den höchsten Ebenen des Heeres, die nur auf eine Chance warteten, um die Macht zu ergreifen, den Führer abzusetzen und einen Waffenstillstand mit dem Feind zu suchen. Es war Himmlers Job, die Aufgabe der SS, diese Männer gnadenlos mit der Wurzel auszureißen.

Er hatte einige gefunden. Aber der Führer hatte recht mit dem Verdacht, daß er nicht alle gefunden hatte.

Es war eine logische Folgerung – eine Frage der Wahrscheinlichkeitsrechnung –, wenn es X Defätisten und potentielle Verräter im Heer gab, dann gab es die Y-Anzahl in der Marine, die Z-Anzahl in der Luftwaffe und sogar die XX-Anzahl im SD. Goltz glaubte, wenn es einen Verräter in der SS gab, dann waren vermutlich zwei in der Luftwaffe, vier in der Marine und acht beim Heer.

Nach Goltz' Meinung mochte der Führer Himmler verzeihen, daß er nicht all die Verräter im Heer oder sogar bei Marine und Luftwaffe fand, aber der erste unentdeckte Verräter in der SS würde für Hitler wie ein Beweis sein, daß Himmler unfähig war ... oder sogar selbst unloyal.

Und wenn sich der Führer sagte, daß er Himmler nicht mehr vertrauen konnte, dann würde Hitler auch kein großes Vertrauen in Himmlers unmittelbare Untergebene haben. Wenn Himmler entfernt wurde – und das war keineswegs unvorstellbar, wenn man sich an Röhm erinnerte* –, dann auch seine unmittelbaren Untergebenen.

Und wer wäre besser qualifiziert, um Himmler zu ersetzen, als Standartenführer Josef Goltz, der nicht nur lange genug ranghohe Posten in der SS bekleidet hatte, um zu wissen, wie sie operieren sollte, sondern auch seit langen Jahren der Freund des vertrauenswürdigen, treuen Martin Bormann war?

Der Mercedes stoppte vor dem ersten der Eingänge zum Bereich des Führers. Offenbar hatte der Hauptsturmführer am Tor im Außenbereich nicht nur mit Bormanns

* Auf Hitlers Befehle hin wurde Ernst Röhm, einer seiner ältesten Freunde und Stabschef der SA, am 30. Juni 1934 in der ›Nacht der langen Messer‹ von der SS ermordet.

Büro telefoniert, sondern auch mit der SS, die für die Sicherheit dieses Bereichs zuständig war, denn ein Obersturmführer erwartete ihn.

»Heil Hitler«, bellte er. »Es ist schön, Sie wiederzusehen, Standartenführer.«

»Schau mal, wer da ist!« sagte Goltz, obwohl er sich nicht erinnern konnte, den großen, gutaussehenden Obersturmführer schon einmal gesehen zu haben. »Wie geht es Ihnen?«

»Sehr gut, danke«, erwiderte der Obersturmführer. »Wenn Sie bitte mitkommen, werde ich Sie zu Herrn Bormanns Büro führen.«

»Sehr freundlich von Ihnen«, sagte Goltz, erwiderte den Gruß – diesmal mit tadellos ausgestrecktem Arm – und folgte ihm.

3

Wolfsschanze
Bei Rastenburg, Ostpreußen

5. April 1943, 22 Uhr

Es gab natürlich keine Fenster in Bormanns Büro. Hinter der Eichentäfelung war dicker Beton. An einer Wand hing ein Ölporträt des Führers. An der Wand gegenüber war ein gewaltiges Ölgemälde des Wettersteinmassivs bei Garmisch-Partenkirchen zu sehen. Das Gemälde war ein Geschenk an den Führer gewesen, und er hatte es Bormann geschenkt.

»Es tut mir wirklich leid, daß Sie warten mußten, Josef«, sagte Martin Bormann, und es klang aufrichtig. Er trat um den Schreibtisch herum und begrüßte Goltz. »Wie war die Reise?«

Bormann war ein kleiner, stämmiger Mann mit brauner Naziuniform, die nur mit dem Hakenkreuz auf dem rechten Ärmel und dem Blutorden auf der rechten Brustseite verziert wurde.

(Der Blutorden war denjenigen verliehen worden, die 1923 bei dem – gescheiterten – Staatsstreich in München beteiligt gewesen waren. Er zeigte eine mit Eichenlaub umkränzte Ansicht der Feldherrnhalle in München und trug die Inschrift »Du warst siegreich«.)

»Sehr lang«, sagte Goltz und erwiderte den festen Händedruck.

»Nun, Sie brauchen wenigstens nicht nach Berlin zurückzufahren. Ich habe einen Platz in der Heinkel für Sie reservieren lassen.«

Ein zweimotoriger Heinkel-Bomber war zu einer Transportmaschine für den schnellen Flugverkehr zwischen Berlin und der Wolfsschanze umgewandelt worden. Es gab nur sechs Sitze, und es war schwer, einen Platz zu bekommen, wenn man kein so hohes Tier war wie Keitel, Göring, Bormann oder der Führer selbst.

»Wunderbar. Vielen Dank.«

»Himmler war so freundlich, mir heute früh zu sagen, daß er Nachricht von Buenos Aires erhalten hat, die besagt, daß ein gewisser hochrangiger Argentinier einen tragischen Tod durch Banditen erlitt«, sagte Bormann und kam sofort zu dem Punkt, der Goltz unmittelbar betraf, »und daß Sie jetzt nach Buenos Aires reisen können, ohne irgendeinen Verdacht zu erregen, persönlich darin verwickelt zu sein.«

Goltz lächelte leicht. Oberst Karl-Heinz Grüner, der Militärattaché der Botschaft des Deutschen Reichs in der Republik Argentinien, hatte in einer Funkbotschaft den Tod von el Coronel Jorge Guillermo Frade gemeldet. Eine Kopie der Botschaft war für Goltz in Berlin eingetroffen, eine Stunde bevor Himmler sie gesehen hatte. Goltz hatte sofort Bormann angerufen.

»Ich habe ihm natürlich nicht gesagt, daß ich diese Information bereits erhalten hatte«, fuhr Bormann fort. »*Gesagt* habe ich ihm, daß es gute Nachrichten sind und ich endlich die letzte Unterschrift auf dem Dokument habe. Und ich habe vorgeschlagen, daß er Sie herbefiehlt, damit Sie es persönlich in Empfang nehmen können. Er sagte mir, Sie seien bereits unterwegs.«

»Haben alle unterschrieben?«

»Canaris natürlich als letzter«, sagte Bormann und lächelte. Er ging hinter seinen Schreibtisch, zog eine Schublade auf, nahm ein Kuvert heraus und überreichte es Goltz. Goltz entnahm dem Umschlag ein einzelnes, dreifach gefaltetes Blatt, entfaltete es und las.

Nationalsozialistische Deutsche Arbeiterpartei

Berlin, 1. April 1943

Der Inhaber dieses Dokuments, SS-SD-Standartenführer Josef Goltz, ist mit der Durchführung streng geheimer Missionen beauftragt, die für das Deutsche Reich von größter Wichtigkeit sind.

SS-SD-Standartenführer Goltz wird nach eigenem Ermessen nur solchen Personen die Art seiner Missionen bekannt machen, bei denen er der Ansicht ist, daß sie ihm bei der Durchführung Unterstützung gewähren können. Diesen Personen ist –

1. befohlen, SS-SD-Standartenführer Goltz jedwede Unterstützung zu gewähren, um die er vielleicht ersucht.
2. strengstens verboten, jedwede Information, die SS-SD-Standartenführer Goltz' Missionen betrifft, an andere Personen ohne seine ausdrückliche Genehmigung weiterzugeben. Bei jeder Kommunikation mit einer Person, Behörde oder Agentur des Deutschen Reichs ist jede Erwähnung von SS-SD-Standartenführer Goltz' Missionen ohne seine ausdrückliche Genehmigung verboten.

M. Bormann Reichsleiter Martin Bormann NSDAP	Keitel Wilhelm Keitel Feldmarschall
H Himmler Heinrich Himmler Reichsinnenminister	*Dönitz* Karl Dönitz Großadmiral
JvR Joachim von Ribbentrop Außenminister	*Canaris* Wilhelm Canaris Konteradmiral, Abwehr

Goltz blickte auf.

»Ein sehr beeindruckendes Dokument«, sagte er, faltete es und verstaute es wieder in dem Kuvert. »Habe ich richtig verstanden, daß ich es behalten kann?«

Bormann nickte.

»Während Sie auf dem Weg hierher waren«, sagte er, »rief Himmler wieder an und informierte mich, daß er einen Platz für den Lufthansa-Flug morgen von Tempelhof nach Buenos Aires bekommen hat.«

Goltz steckte den Umschlag in die Innentasche seines Uniformrocks.

»Sie sind anscheinend nicht sehr glücklich darüber, das zu hören«, bemerkte Bormann. »Wird der Dienst Sie bei Ihrem Liebesleben stören?«

»Ich habe mich nie durch Dienst in meinem Liebesleben stören lassen«, erwiderte Goltz. »Was Sie bei mir sehen, ist eine Mischung aus Vorfreude, Neugier und Unbehagen.«

»Unbehagen – worüber?«

»Ich hoffe, Sie setzen nicht zuviel Vertrauen in mich.«

»Bescheidenheit paßt nicht zu Ihnen. Und Sie wissen, wie wichtig diese Mission ist.«

»Ich werde selbstverständlich mein Bestes geben.«

Bormann nickte und wechselte das Thema.

»Mir fiel etwas ein, als Sie im Außenbereich und dann hier warteten. Es betrifft von Wachtstein.«

»Oh.«

»Ich habe das Gefühl, daß sein Sohn sehr wichtig für uns sein könnte. Besonders wenn der Generalleutnant selbst von der Mission betroffen ist. Ich werde ihm natürlich nichts sagen, bis Sie Gelegenheit haben, sich die Lage in Buenos Aires anzusehen, und mich wissen lassen, was Sie davon halten. Aber warum führen Sie nicht ein kleines, höfliches Gespräch mit ihm? Wie wäre es, wenn Sie ihn fragten, ob Sie etwas für seinen Sohn mitnehmen können – vielleicht einen Brief?«

»Eine sehr gute Idee«, sagte Goltz. »Ich war – wie soll ich es sagen – ein wenig überrascht, als ich hörte, wie nahe an der Armutsgrenze die Wachtsteins leben. Wenn wir der Steuererklärung des Generalleutnants glauben können.«

»Vielleicht hat er mit den Pfoten ein Loch gebuddelt

und ein paar Knochen für schlechte Tage darin vergraben. Schließlich ist er Pommer.«

Goltz lächelte.

»Während er vorbereitet, was er Ihnen mitgeben will – lassen Sie ihm eine Stunde Zeit –, kommen Sie hierher zurück und wir unterhalten uns.«

»Jawohl, Herr Reichsleiter.«

»Er ist auf der anderen Seite der Straße, aber ich werde Sie in meinem Wagen hinfahren lassen, damit Sie nicht zu Fuß gehen müssen.«

»Das ist sehr freundlich von Ihnen.«

»Anstelle eines Cognacs, Josef. Ich esse mit dem Führer, und da will ich nicht nach Alkohol riechen.«

Goltz lachte leise. Der Führer war ein asketischer Mann, der weder rauchte noch Alkoholisches trank. Es war ein ungeschriebenes Gesetz für diejenigen, die das Privileg hatten, in seiner Gesellschaft zu sein, ebenfalls abstinent zu bleiben.

Generalleutnant Karl Friedrich Graf von Wachtstein war ein kleiner, schlanker, fast kahlköpfiger Vierundfünfzigjähriger, der siebente in seiner pommerschen Linie, der sich »General« nennen durfte. Er war ursprünglich Kavallerist gewesen und vor acht Jahren als Oberstleutnant in den Generalstab eingetreten.

Als der Krieg ausbrach, ging er mit diesem Dienstgrad nach Polen, erhielt jedoch das Kommando über ein Panzerregiment, dessen Kommandeur in seinem Gefechtsturm während einer unerwartet schwierigen Einkesselung getötet wurde. Der polnische Kommandeur hatte seinen Soldaten – wie später bekannt wurde – befohlen, ihr Gewehrfeuer für Offiziere aufzusparen, die sich heroisch auf Panzertürmen zeigten. Danach wurde von Wachtstein zum Oberst befördert.

In Rußland befehligte er ein Panzerregiment und wurde schwer verwundet. Als Generaloberst Jodl davon hörte – von Wachtstein hatte unter ihm als Major gedient –, sagte er sich, daß sich das Heer den Verlust eines ungewöhnlich intelligenten Generalstabs-Offiziers nicht bei etwas so Unwichtigem wie dem Befehligen von Soldaten im Kampf erlauben konnte, und er befahl ihn nach Berlin zurück. Mit der Versetzung ging eine Beförderung zum Generalmajor einher.

Früher in diesem Jahr, im Februar, nach einer personellen Umgruppierung im Generalstab im Anschluß an die Kapitulation der Sechsten Armee bei Stalingrad, wurde er zum Generalleutnant befördert, und der Führer persönlich heftete ihm sein neues Rangabzeichen an.

»Was der Generalstab braucht, Jodl«, sagte der Führer bei der kleinen Beförderungszeremonie in seinem Bunker, »sind mehr Offiziere im Generalsrang wie Graf von Wachtstein und ich – Männer, die unter feindlichem Beschuß waren.«

Hitler hatte sich im Ersten Weltkrieg das Eiserne Kreuz erster Klasse verdient – eine ungewöhnliche Auszeichnung für einen Gefreiten –, und er war stolz darauf, seine Generäle daran zu erinnern, daß er im Gegensatz zu vielen von ihnen unter feindlichem Beschuß gekämpft hatte.

»Hallo, Goltz«, sagte von Wachtstein und erwiderte dessen Gruß mit gleicher Lässigkeit. »Was kann ich für Sie tun, außer Ihnen Kaffee anzubieten?«

»Kaffee wäre prima, Generalleutnant«, sagte Goltz. »Es war eine lange Fahrt von Berlin.«

Von Wachtstein blickte zu seinem Feldwebel Alois Hennig und tat, als hebe er eine Tasse Kaffee an den Mund.

»Jawohl, Herr Generalleutnant«, sagte Hennig, ein großer, blonder Zweiundzwanzigjähriger, und ließ sie allein.

»Bormann ist in einer Konferenz«, sagte Goltz. »Da wollte ich Ihnen meine Aufwartung machen.«

»Bormann ist ein vielbeschäftigter Mann«, sagte von Wachtstein.

»Ich fliege morgen nach Buenos Aires.«

»So etwas habe ich gehört.«

»Ich dachte natürlich an Ihren Sohn, als ich meine Befehle erhielt.«

»Er würde Ihnen bestimmt gern Buenos Aires zeigen«, sagte von Wachtstein. »Inzwischen wird er mit allem Interessanten vertraut sein. Das meiste davon wird Röcke tragen, es sei denn, er hat sich plötzlich gebessert.«

»Diesen Ruf hat er, nicht wahr? Haben Sie in letzter Zeit etwas von ihm gehört?«

»Nicht oft. Gelegentlich erhalte ich einen Brief. Mein Sohn nächtigte anscheinend in einer Kirche und wachte erst auf, als der Gottesdienst begann.«

Goltz lachte.

»Und die Post kommt unregelmäßig, nicht wahr? Ich dachte, ich könnte vielleicht einen Brief für Sie mitnehmen.«

»Das wäre sehr nett, aber vorschriftswidrig«, sagte von Wachtstein.

»Selbst wenn jemand davon erführe – und ich kann mir das nicht vorstellen –, würde man einem Mann in meiner Position, der einem alten Freund einen kleinen Dienst erweist, keine ernsten Fragen stellen.«

»Ich wäre sehr dankbar, Goltz, aber ich möchte Ihnen nicht zur Last fallen.«

»Es wäre überhaupt keine Belastung.«

»Wann verlassen Sie die Wolfsschanze?«

»Wenn die Heinkel fliegt. Der Herr Reichsleiter hat einen Platz für mich reservieren lassen.«

»Da fällt mir was ein«, sagte von Wachtstein. »In einem Brief beklagte sich mein Sohn, daß er nur ein Paar Major-Rangabzeichen hat …«

»Stimmt, er wurde befördert, nicht wahr?«

»… und viel Zeit damit verplempert, sie von einer Uniform auf die andere anzubringen. Ich könnte vermutlich ein oder zwei Paar hier auftreiben …«

»Ich werde sie ihm gern bringen.«

»Danke.«

Feldwebel Hennig tauchte mit einem Tablett und zwei Tassen Kaffee auf.

»Der afrikanische Kaffee, Herr Generalleutnant«, sagte er. »Leider fast der letzte.«

»Sie sind ein gescheiter junger Mann, Hennig«, sagte von Wachtstein. »Ich habe jedes Vertrauen in Sie, daß Sie irgendwo weiteren klauen können.«

»Ich habe zufällig eine Quelle für Kaffee, guten Kaffee«, sagte Goltz. »Ich werde mein Büro anweisen, Ihnen ein paar Kilo mit dem nächsten Kurier zu schicken.«

»Und ich war nicht wirklich erfreut, Josef, als ich Sie hier hereinkommen sah. Das gebe ich beschämt zu.«

»Freunde sollten füreinander sorgen, nicht wahr?«

»Eine edle Gesinnung.«

Als Hennig das Tablett abstellte, klingelte eines der drei Telefone auf von Wachsteins Schreibtisch. Hennig ging hin, um den Hörer abzunehmen, aber das Klingeln hörte auf.

»Das ist die rote Leitung, Herr Generalleutnant«, sagte er.

Die rote Leitung – so genannt, weil der Apparat rot war – war ein weiteres Statussymbol in der Wolfsschanze. Es gab nur fünfzig Telefone der roten Leitung. Die besondere Zentrale war so installiert, daß Hitler und sehr ranghohe Offiziere direkt miteinander telefonieren konnten, ohne Zeit mit dem Verbinden durch Sekretariate zu verlieren. Von denjenigen, die Telefone der roten Leitung hatten, wurde erwartet, daß sie sich persönlich meldeten.

»Heil Hitler, von Wachtstein«, sagte er, als er den Hörer abgenommen hatte.

»Canaris«, erwiderte der Leiter der Abwehr im Kriegsministerium. »Ich hörte, daß Standartenführer Goltz bei Ihnen ist?«

»Ja, das ist er. Einen Moment bitte, Admiral«, sagte von Wachtstein und reichte Goltz den Hörer. »Admiral Canaris.«

»Ja, Admiral?« sagte Goltz, hörte einen Augenblick lang zu und fügte hinzu: »Ich bitte um die Erlaubnis, meine Tasse ausgezeichneten Kaffee vom Generalleutnant leer trinken zu dürfen.« Es folgte eine Pause, und dann lachte er und sagte: »Ich werde ihm das sagen, Admiral. Danke.«

Er gab den Hörer von Wachtstein.

»Admiral Canaris sagte, wenn Sie ausgezeichneten Kaffee haben, dann haben Sie den einzigen ausgezeichneten Kaffee in der Wolfsschanze, und es ist eindeutig Ihre Pflicht als alter Kamerad, ihm zu verraten, wo Sie ihn gefunden haben.«

»Peter hat ihn mir aus Nordafrika mitgebracht. Er überführte eine Heinkel dorthin und kehrte mit dem Kaffee im Gepäck zurück.«

»Vielleicht hat er gar nicht in der Kirche geschlafen«, sagte Goltz. »Darf ich vorschlagen, daß Sie die Rangabzeichen für Ihren Sohn so bald wie möglich besorgen? Und wenn Sie ihm einen Brief schicken wollen, sollten Sie ihn binnen einer Stunde schreiben.«

»Sie sind sehr freundlich, Josef.«

»Überhaupt nicht. Schließlich haben Sie mir den letzten von Ihrem afrikanischen Kaffee serviert, da ist es nur recht und billig, daß ich mich mit einem kleinen Gefallen revanchiere.«

»Grüßen Sie bitte den Admiral von mir«, sagte Generalleutnant von Wachtstein.

4

Admiral Canaris war in Gedanken vertieft. Er nahm keine Notiz von Goltz' Gruß, und obwohl er bei seinem Eintreten aufblickte, spürte Goltz, daß Canaris im Geiste weit fort war.

Aber dann musterte Canaris ihn kühl.

»Dies wird nicht lange dauern, Standartenführer«, sagte Canaris. »Aber ich habe ein paar Dinge zu sagen, bevor Sie nach Argentinien fliegen.«

»Ich bin dankbar für jede Anweisung, die Sie mir geben, Admiral.«

Canaris ignorierte das ebenfalls.

»Erstens: Ich habe der Eliminierung von Coronel Frade äußerst ungern zugestimmt. Aber schließlich sagte ich mir, daß das Risiko einer Präsidentschaft von ihm unannehmbar ist. Meiner Einschätzung nach war es durchaus möglich, daß er genügend Einfluß gehabt hat, um eine Kriegserklärung gegen uns zu erreichen – besonders in der Zeitspanne nach der Machtergreifung der Grupo de Oficiales Unidos. Die Konsequenzen liegen auf der Hand. Deutschland braucht argentinische Nahrungsmittel und Wolle, und wenn uns Argentinien den Krieg erklärt, werden Uruguay, Paraguay, Chile und vermutlich Peru folgen.«

»Ich verstehe, Admiral.«

»Seine Eliminierung, Standartenführer, kostete ihren Preis. Ich kenne das argentinische Offizierskorps. Die große Mehrheit der Offiziere der argentinischen Armee sympathisiert mit der Sache des Nationalsozialismus, aber sie wird die Eliminierung von Coronel Frade zutiefst verurteilen. Er war allgemein beliebt, und die Argentinier sind ein nationalistisches Volk. Verständlicherweise nehmen sie eine solche Aktion auf ihrem Boden übel. Unterdessen können wir nur hoffen, daß im Laufe der Zeit die Notwendigkeit unseres Handelns verstanden und später akzeptiert werden wird. Das Wohlwollen des argentinischen Offizierskorps ist ein Pluspunkt, den wir nicht verlieren dürfen, und ich rate Ihnen, Standartenführer, mit aller Kraft zu vermeiden, die Argentinier weiter zu reizen.«

»Ich verstehe, Admiral.«

»Aus diesem Grund habe ich Ihren Befehl erst unterschrieben, nachdem die Eliminierung stattgefunden hatte. Ich wollte vermeiden, daß ein Verdacht auf Sie fällt. Und das wäre meiner Einschätzung nach der Fall, wenn Sie zum Zeitpunkt der Eliminierung in Buenos Aires gewesen wären.«

»Jawohl, Admiral.«

»Zweitens: Der Zwischenfall mit der *Reine de la Mer.* Die portugiesische Regierung hat protestiert – hat von Ribbentrop darüber mit Ihnen gesprochen?«

Das portugiesische Schiff *Reine de la Mer* (in Wirklichkeit lieferte es Nachschub für deutsche U-Boote) wurde in argentinischen Gewässern versenkt – von Amerikanern, wie jeder annahm, aber nicht beweisen konnte.

»Ich bin vom Außenministerium informiert worden.«

Canaris schaute ihn lange an.

»Und?«

»Man sagte mir, daß die portugiesische Regierung bei der Regierung der Vereinigten Staaten auf das schärfste protestiert hat. Man informierte mich ferner, daß die Amerikaner jegliche Kenntnis von dieser Angelegenheit leugnen.«

»Die Portugiesen haben ebenfalls scharf bei der argentinischen Regierung protestiert«, fügte Admiral Canaris hinzu. »Noch wichtiger, das spanische Außenministerium rief den amerikanischen Botschafter an, um ›ernste Besorgnis‹ wegen der *Reine de la Mer* auszudrücken und klarzumachen, daß es ›ernste Konsequenzen‹ geben wird, wenn so etwas in der Zukunft mit einem Schiff passieren wird, das unter spanischer Flagge fährt.«

»So hat man mich informiert, Admiral«, sagte Goltz. »Die Spanier erklärten, sie würden solch einen Angriff als ›unverzeihlichen kriegerischen Akt‹ betrachten.«

»Da die Amerikaner nicht wollen, daß sich die Spanier den Achsenmächten anschließen, könnte man meinen, daß sie sich zweimal überlegen, ob sie ein spanisches

Schiff in argentinischen Gewässern angreifen. Oder ein spanisches Schiff auf hoher See aufbringen, um es nach Konterbande zu durchsuchen. Wurden Sie darüber von der Marine ausreichend in Kenntnis gesetzt?«

»Man informierte mich bei der Marine, daß das Ersatz-Versorgungsschiff von Schweden durch den englischen Kanal und dann direkt nach Buenos Aires fahren wird. Sowohl die deutschen als auch die britischen Behörden werden benachrichtigt, daß das Ziel Argentinien ist. Das Schiff wird unter spanischer Flagge fahren, die des Nachts angestrahlt wird, damit es keinen Irrtum bezüglich der Nationalität und des neutralen Status geben kann.«

»Und?«

»Man hat mich informiert, daß fünf andere spanische und portugiesische Schiffe zur gleichen Zeit den Atlantik gen Argentinien durchqueren ...«

»*Nicht* zur gleichen Zeit!« unterbrach Canaris ungeduldig.

»Das habe ich falsch ausgedrückt, Admiral, verzeihen Sie«, sagte Goltz. »In Vierundzwanzig- und Achtundvierzig-Stunden-Intervallen *vor* der *Océano Pacifico*.«

»Die Amerikaner werden natürlich damit rechnen, daß wir ein Schiff als Ersatz für die *Reine de la Mer* schicken, und jedes verdächtige Schiff entern. Wir haben Schritte unternommen, um sicherzustellen, daß ihre Agenten in Spanien und Portugal glauben, die anderen Schiffe sind verdächtig. In dem Moment, in dem die Amerikaner Schiff eins stoppen, wird es funken, daß es geentert worden ist. Die Portugiesen oder Spanier werden sofort die amerikanischen Botschafter in Lissabon und Madrid antanzen lassen, um zu protestieren. Wenn die Amerikaner die *Océano Pacifico* sichten, die ihr Bestes tun wird, um das zu vermeiden – sie wird weit in den Südatlantik fahren und sich Buenos Aires von Süden her nähern –, werden sie vielleicht nicht so begierig darauf sein, sie zu stoppen, wenn so etwas schon zwei-, drei- oder viermal bei anderen Schiffen passiert ist.«

»Ich halte das für einen klugen Plan, Admiral«, sagte Goltz.

»Er ist überkompliziert und enorm teuer, und ich gebe ihm nur eine Erfolgschance von fünfzig Prozent«, sagte Canaris kühl. »Der Plan ist nur vertretbar, weil ein Nachschubschiff für U-Boot-Operationen im Südatlantik unentbehrlich ist.«

»Ich verstehe, Admiral.«

»Zwei der drei Mitglieder des OSS-Teams, das die *Reine de la Mer* sprengte, verließen Argentinien sofort danach. Der Teamchef, Oberst Frades Sohn, und ein Mann namens Pelosi. Pelosi kehrte vor vier Tagen zurück ...«

»Davon wußte ich nichts, Admiral.«

»Da kam eine Funkbotschaft von Oberst Grüner. Ein guter Mann. Er kennt jemanden im Außenministerium. Pelosi hat jetzt Diplomatenstatus als stellvertretender Militärattaché. Mein Gefühl sagt mir, daß er zurückkehrte, um ein weiteres OSS-Team zu unterstützen, das die Amerikaner vermutlich schicken, wenn sie erfahren, daß wir die *Reine de la Mer* ersetzt haben.«

»Und der dritte Mann des OSS-Teams? Der Jude?«

»Der ist noch in Argentinien. Arbeitet verdeckt. Die Amerikaner glauben offenbar, er kann Informationen bei den Juden in Buenos Aires sammeln. Über Schiffe und Schiffsladungen, solcherlei Dinge. Der Leiter des FBI in Buenos Aires ist ebenfalls Jude. Ich habe das Gefühl, daß Ettinger, der Jude, für ihn arbeitet und nicht mehr für das OSS. Nach meiner Einschätzung hat das OSS-Team – die Männer sind den Argentiniern natürlich bekannt – aufgehört, als Operationsteam zu existieren. Folglich müssen wir damit rechnen, daß das OSS ein völlig neues Team nach Argentinien schickt, wenn die Amerikaner von der *Océano Pacifico* erfahren. Wenn das passiert, wird das OSS-Team vielleicht eliminiert werden müssen. Das muß natürlich sehr vorsichtig geschehen – ich erinnere an meine frühere Bemerkung, daß die Argentinier mit ihrem Nationalstolz nicht gereizt werden dürfen. Das erste OSS-Team dort wurde sehr geschickt von Grüner eliminiert – es erschien nicht mal ein Artikel in den Zeitungen. Sagen Sie ihm bitte, ich erwarte die gleiche erstklassige Arbeit von ihm, wenn es gilt, das nächste OSS-Team auszuschalten.«

»Natürlich, Admiral«, sagte Goltz lächelnd.

Canaris schaute ihn neugierig an, wie überrascht, daß seine Worte irgendwie belustigend ausgelegt worden sein konnten.

»Darf ich eine Frage stellen, Admiral?«

Canaris antwortete nicht, sondern wartete darauf, daß Goltz weitersprach.

»Sie sagten, daß das dritte Mitglied des OSS-Teams, Ettinger, mit den Juden in Buenos Aires zusammenarbeitet. Besteht die Möglichkeit …«

»Daß er die Nase in die Quelle der Gelder steckt, die aus Argentinien fortgeschafft werden sollen?« unterbrach Canaris. »Ja, diese Möglichkeit besteht. Wenn das passiert, haben Sie die Genehmigung, ihn zu eliminieren – mit der großen Vorsicht, von der ich gesprochen habe.«

»Und nicht vorher, als vorbeugende Maßnahme?«

»Ich gewinne den Eindruck, daß ich mich nicht klar genug ausgedrückt habe, als ich auf die Empfindlichkeit der Argentinier hingewiesen habe, Standartenführer. Also noch einmal: Sie werden alles unterlassen, was die Argentinier ärgern könnte. Es sei denn, Sie haben keine Wahl. Wir wollen, daß sie uns für Verbündete im Krieg gegen den Kommunismus halten, nicht für Leute, die in ihr Land kommen und Schiffe in die Luft blasen oder Leute umlegen. Ist das jetzt klar?«

»Vollkommen, Admiral.«

Canaris schaute ihn kalt an, als wundere es ihn, daß jemand mit solch begrenzten geistigen Fähigkeiten für diese Mission ausgewählt worden war.

»Punkt drei, Standartenführer«, fuhr Canaris nach langem Schweigen fort. »Ich habe von Anfang an den Gedanken befürwortet, Kapital in Argentinien für Operationszwecke zu deponieren. Das Konzept war ursprünglich meines. Wenn man auf meine Empfehlung von 1937 an gehört hätte, dann hätten wir dort bereits Kapital. Nicht nur für die derzeitige geplante Operation, sondern auch für andere Zwecke. Ich habe diese Empfehlungen wiederholt, als die Graf Spee * hastig zurückgezogen wurde, und wieder wurde nichts getan. Das Resultat dieser Tatenlosigkeit ist jetzt offensichtlich. Hier unternehmen wir eine Operation, die wichtiger als alles sonst ist, das ich mir denken kann – wichtig für die Existenz des Tausendjährigen Reichs –, und wir starten ohne Vorgabe. Ganz zu schweigen davon, daß wir bis jetzt nicht in der Lage waren, ernsthaft zu planen, die Offiziere der *Graf Spee* zu repatriieren, was schon vor drei Jahren hätte geschehen sollen.«

Goltz fiel keine taktvolle Antwort ein, und so hielt er den Mund.

»Ich will, daß Sie das genau verstehen, Standartenführer«, fuhr Canaris fort. »Ich betrachte die Gelder, die Sie in Argentinien investieren, als langfristige Kapitalanlage,

* Am 13. Dezember 1939, bei der ›Schlacht auf dem Rio de la Plata‹, wurde das »Westentaschenschlachtschiff« *Graf Spee* von den britischen und neuseeländischen Kreuzern HMS *Ajax* und HMNZS *Achilles* in den Hafen von Montevideo im neutralen Uruguay getrieben. Starker diplomatischer Druck von England und den Vereinigen Staaten zwang die uruguayische Regierung, der *Graf Spee* zu befehlen, den Hafen binnen 72 Stunden zu verlassen – die Frist mußte laut Genfer Konvention eingeräumt werden – oder interniert zu werden. Am 17. Dezember 1939 wurde die *Graf Spee* auf persönlichen Befehl von Adolf Hitler hastig aus Montevideo zurückgezogen, damit sie nicht in britische Hände fiel. Die deutsche Gemeinde in Buenos Aires, rund 200 Kilometer von der Position der *Graf Spee* entfernt, charterte eine Flotte kleiner Boote und brachte die Besatzung der *Graf Spee* nach Argentinien, wo sie interniert wurde.

nicht als etwas, das sozusagen im Verlauf der Repatriierungs-Operation ausgegeben werden kann. Haben Sie das verstanden?«

»Jawohl, Admiral.«

»Gut«, sagte Canaris und reichte ihm die Hand. »Das ist alles. Danke für Ihren Besuch. Viel Glück.«

Goltz sah Canaris an den Augen an, daß er sich in Gedanken bereits mit etwas anderem befaßte.

II

1

Café Lafitte
Bourbon Street
New Orleans, Louisiana

5. April 1943, 15 Uhr 35

Das Lokal war überfüllt und verräuchert. Es war darin heiß und laut, und es roch nach Schweiß und Urin. Die meisten der Gäste waren Soldaten, überwiegend Matrosen, die in ihren blauen Winteruniformen aus Wolle schwitzten. Zwei Männer der Küstenstreife standen bei der Tür. Jeder hielt einen Schlagstock in einer Hand und einen Pappbecher mit Limo in der anderen.

Als sich der junge Mann mit weißem Hemd und Seersucker-Jackett einen Weg zur Theke bahnte, sah er giftige Blicke von einigen der Matrosen. Er glaubte zu wissen, warum: *Hey, was, zum Teufel, treibst du hier ohne Uniform, während ich, drei Wochen aus dem Great-Lakes-Marine-Ausbildungszentrum heraus, auf See fahren werde, um die Welt für die Demokratie zu retten?*

Das letzte, was der junge Mann wollte – er war dreiundzwanzig und hieß Cletus Howell Frade –, war ein Streit mit einem halb betrunkenen neunzehnjährigen Deckschrubber. Der Besuch der Kneipe auf einen Sazerac-Cocktail war anscheinend nicht das Klügste, das er heute getan hatte.

Er wußte genau, daß es im Café Lafitte miese Sazerac-Cocktails gab. Aber noch vor zehn Minuten, als ihm die Idee gekommen war, einen symbolischen Abschieds-Sazerac im Café Lafitte zu trinken, hatte er sie für gut gehalten.

Der Kellner, ein korpulenter Vierzigjähriger mit fleckiger weißer Schürze vor dem Bierbauch, schaute ihn an, und sein Blick signalisierte, daß er bereit war, eine Bestellung anzunehmen.

»Sazerac, bitte.«

»Ich muß den Truppenausweis sehen«, sagte der Kellner mit New-Orleans-Akzent.

»Was?«

»Wir arbeiten mit den Behörden zusammen«, erklärte der Kellner. »Muß Ihren Truppenausweis sehen.«

Clete zückte seine Brieftasche, entnahm ihr eine Plastikkarte – keinen Truppenausweis – und gab sie dem Kellner. Der Bierbauchbesitzer betrachtete sie sorgfältig und verglich das Gesicht auf dem Foto mit dem des jungen Mannes, der vor ihm stand.

Er wirkte nicht völlig zufrieden, doch er gab die Karte zurück, sagte »Ich dachte, Sie müssen Uniform tragen« und begann mit dem Mixen eines Sazerac.

Clete wollte die Plastikkarte in die Brieftasche stecken, als er eine Hand auf seinem Arm spürte. Er wandte den Kopf und sah einen der Männer der Küstenstreife, der neben ihm stand, und jenseits davon den zweiten Shore Patrolman.

»Darf ich mal bitte sehen?« sagte der SP höflich, doch es war keine Bitte, sondern ein Befehl.

Clete nickte und gab ihm die Karte. Der SP verglich das Foto auf der Karte mit Cletes Gesicht und hielt die Karte über die Schulter, damit der andere SP sie anschauen konnte.

»Mir scheint, Sie haben Ihre Uniform vergessen«, sagte der SP. »Darf ich bitte Ihre Befehle sehen, Sir?«

Clete griff in die Innentasche seines Seersucker-Jacketts und zog ein einzelnes vervielfältigtes Blatt hervor, das zweimal gefaltet war. Er überreichte es dem SP, der es entfaltete.

»Laut Paragraph sieben bin ich berechtigt, Zivil zu tragen«, sagte Clete.

Der SP fand Paragraph sieben, las ihn, gab die Befehle dem anderen Shore Patrolman und schaute Cletus Howell Frade überrascht an.

»Solche Befehle habe ich noch nie gesehen«, sagte der SP. »Aber ich nehme an, sie sind in Ordnung. Verzeihen Sie die Störung, Sir.«

Clete lächelte und nickte und steckte die Befehle ein. Dann wandte er sich der Theke zu, als sein Sazerac serviert wurde. Er legte einen Fünfdollarschein auf die Theke, nahm den Sazerac und nippte daran. Es war ein lausiger Sazerac, wie er befürchtet hatte. Als er Student in Tulane gewesen war, hatte er genug davon getrunken, um ein Sazerac-Experte zu sein. Und er hatte die leidvolle Erfahrung gemacht, daß der zweite besser schmeckte als der erste, der dritte besser als der zweite und der vierte einem so in den Kopf stieg, weil man so blöde gewesen war, so viele zu trinken, daß man nicht nur alle Hemmungen verlor, sondern oftmals auch das Bewußtsein und danach alle Erinnerung an das, was geschehen war.

Das Trinken von Sazerac hat auch einen anderen Aspekt, dachte er, als er zum zweitenmal nippte. Wenn man ihn einer wohlerzogenen jungen Lady einflößte und sorgfältig auf die richtige Dosierung achtete – eine Überdosis hatte eine Reihe von unangenehmen Nebenwirkungen von Übelkeit bis Bewußtlosigkeit –, führte das sehr oft zu einer Enthemmung und einem gleichzeitigen Drang, sich zu paaren.

Weiche von mir, Satan! dachte Clete, als ihm klar wurde, in welche Richtung seine Gedanken führten. *Dies war in deiner Vergangenheit. Du hast nicht mehr die Freiheit, jedes Mädchen zu nageln, das du in die Horizontale locken kannst. Deine Parole lautet jetzt wie die des gottverdammten Marine Corps* Semper Fidelis, *immer treu.*

Clete trank sein Glas leer und spürte, wie der Alkohol seine Adern wärmte. Er nahm das Wechselgeld, bahnte sich einen Weg hinaus aus dem Café Lafitte auf die Bourbon Street und machte sich auf den Weg zur Canal Street. Er hoffte, dort mit einem bißchen Glück ein Taxi zu finden.

2

St. Charles Avenue 3470
New Orleans, Louisiana
5. April 1943, 19 Uhr 05

Der Taxifahrer setzte Major Cletus Howell Frade vor einem sehr großen, weißen, dreigeschossigen Herrenhaus in der St. Charles Avenue ab, der Allee im Viertel von New Orleans, das als Garden District bekannt war.

Er öffnete eine Tür in dem schmiedeeisernen Zaun, der einen tadellos gepflegten Rasen von der Straße abgrenzte, ging über einen mit Kies bestreuten Weg zur Veranda und fischte Schlüssel aus der Tasche. Bevor er die Haustür aufschließen konnte, schwang die Tür nach innen.

Ein grauhaariger schwarzer Butler mit grauem Leinenjackett lächelte ihn an.

»Was treibst du, Jean-Jacques? Guckst du durch die Gardinen und wartest auf mich?«

»Ich schaute zufällig aus dem Fenster, Mr. Cletus«, erwiderte Jean-Jacques. »Miss Martha ist hier, Mr. Cletus.«

›Miss Martha‹, gebürtige Martha Reed Williamson, war Cletes Tante und die Witwe des verstorbenen James Fitzhugh Howell. Ihr Mann war im Midland Petroleum Club auf dem Weg von der Bar zur Toilette an einem Schlaganfall gestorben, kurz nachdem Clete seine Wildcat vom Flugzeugträger USS *Long Island* zum Flugplatz Henderson Field auf Guadalcanal geflogen hatte.

»Tatsächlich?« fragte Clete überrascht. Er hatte sich vor drei Tagen in Midland von Martha verabschiedet. »Und die Mädchen?«

Die Mädchen waren seine Kusinen, Elizabeth (Beth), einundzwanzig und fast mit dem Studium auf der Rice University fertig, und Marjorie, neunzehn und im zweiten Studienjahr auf dieser Uni. Miss Martha wurde schwanger mit Beth, kurz nachdem sie den zweijährigen Sohn der verstorbenen Schwester ihres Mannes, Eleanor Patricia Frade, in ihr Haus aufgenommen hatte. Sie zog Clete auf, als wäre er ihr leibliches Kind, und ihre Töchter und ihr Neffe betrachteten sich als Bruder und Schwestern.

Jean-Jacques schüttelte den Kopf. »Nein, die Mädchen sind nicht hier.«

Clete war enttäuscht. Marjorie und Beth gingen ihm längst nicht mehr so auf den Geist wie früher, und er freute sich, wenn er sie sah.

»Miss Martha ist von Houston gekommen«, sagte Jean-

Jacques. »Sie traf hier kurz nach Ihrer Fahrt in die Stadt ein. Sie muß mitten in der Nacht losgefahren sein.«

Er wies auf die Papiertüte in Cletes Hand. »Soll ich das für Sie in Ihr Zimmer bringen? Sie sind in der Bibliothek, und ich weiß, daß er und Miss Martha durch die Gardinen gespäht und auf Sie gewartet haben.«

›Er‹ war Cletus Marcus Howell, der Hausherr, Aufsichtsratsvorsitzender von Howell Petroleum und Cletes Großvater.

»Nein, danke, ich will mir noch mal ansehen, was ich gekauft habe.«

»Kann ich sonst etwas für Sie tun?«

»Nein, danke«, sagte Clete. Dann besann er sich anders. »Doch. Ich habe vorhin einen schrecklichen Sazerac getrunken und möchte einen guten.«

»Mit Vergnügen«, sagt Jean-Jacques. »Einer von Jean-Jacque Jouviers weltberühmten Sazeracs kommt sofort.«

Clete ging in die Bibliothek.

Ein großer, blasser, schlanker, grauhaariger Mann mit scharfen Gesichtszügen blickte ihn finster an. Er trug einen maßgeschneiderten dunkelblauen Nadelstreifenanzug mit Weste und eine goldene Uhrkette.

»Sieh an, wen haben wir denn da?« sagte der alte Mann. »Ist im Vieux Carré der Fusel ausgegangen?«

»Opa«, sagte Clete. Er ging zu seiner Tante Martha, einer sonnengebräunten stattlichen Frau mit kurzem, blondem Haar, und küßte ihre Wange.

»Er konnte nicht wissen, daß ich komme«, verteidigte sie Clete.

»Was führt dich her?« fragte Clete.

»Was denn schon? Ich wollte dich sehen, bevor du abreist«, sagte Martha.

»Ich fühle mich geschmeichelt«, sagte Clete.

»Du kennst Mr. Needham, nicht wahr, Cletus?« fragte der alte Howell.

»Nein, den kenne ich nicht.«

Mr. Needham war ein kahlköpfiger, dicker Mann in mittleren Jahren, der sein Jackett ausgezogen und die Ärmel seines weißen Hemdes aufgekrempelt hatte, damit er leichter seine Kunst ausüben konnte.

Er stand vor einem Ölporträt von Cletus Howell Frade, der den großen Dienstanzug eines Offiziers des Marine Corps trug. Mr. Needham wandte sich zu Clete um, lächelte, wischte sich die Hand an einem Lappen ab und streckte sie Clete hin.

»Es ist mir eine Ehre, Sie kennenzulernen, Sir«, sagte er. »Ein echtes Privileg, einen Helden unseres Landes begrüßen zu dürfen.«

Clete fühlte sich sichtlich unbehaglich.

»Guten Tag«, sagte er verlegen. Dann fügte er hinzu: »Ich wußte nicht, daß Sie das können.«

»Was können?« fragte sein Großvater.

»Wie heißt das Wort? ›Frisieren‹? ›Verändern‹? Ein Bild umgestalten, das schon fertig war.«

»Natürlich kann man das. Das ist ein Ölporträt, kein Foto«, sagte der alte Howell.

»Es freut mich, daß Sie hier sind, Major«, sagte Mr. Needham. »Ich möchte alles ganz genau treffen.« Er wies auf Cletes blauen Rock vom großen Dienstanzug, der auf einer roten Ledercouch ausgelegt war, komplett mit Sam-Browne-Koppel und Offizierssäbel.

»Ich habe das von Antoinette aus deinem Zimmer holen lassen«, sagte der alte Mann. »Mr. Needham hatte keine Probleme, dein Rangabzeichen in das eines Majors abzuändern. Aber deine Auszeichnungen – einschließlich des Navy Cross, von dem du mir nichts erzählt hast – waren ein größeres Problem.«

»Sieht prima aus«, sagte Clete, nachdem er den Uniformrock mit der fast fertigen Arbeit an dem Porträt verglichen hatte. »Ich bin wirklich beeindruckt von Ihrer Arbeit, Mr. Needham. Ich kann keine gerade Linie malen.«

»Wie kommt es, Cletus, daß ich von deinem Navy Cross erst durch Senator Brewer erfahren habe?«

»Wie heißt dieses Stück? *Viel Lärm um nichts?*«

»Man verleiht kein Navy Cross für nichts«, sagte der alte Mann. »Du kannst uns jetzt davon erzählen.«

Jean-Jacques kam mit einem Tablett mit vier Sazeracs in langstieligen Gläsern in die Bibliothek.

»Gerettet von den Sazeracs«, sagte Clete und nahm ein Glas. »Danke, Jean-Jacques.«

»Ich kann mich nicht erinnern, um einen Sazerac gebeten zu haben«, grollte der alte Howell.

»Keine Sorge, Jean-Jacques«, sagte Martha. »Wenn er keinen will, teilen Mr. Needham, Cletus und ich uns den vierten.«

»Ich habe nicht gesagt, daß ich keinen will, ich habe gesagt, daß ich mich nicht erinnere, um einen gebeten zu haben«, entgegnete der alte Mann. »Danke, Jean-Jacques.«

Needham nahm ein Glas vom Tablett und prostete Clete zu.

»Auf Ihr Wohl, Sir.«

»Danke«, sagte Clete.

»Prost!« Der alte Mann hob sein Glas an.

Clete trank einen Schluck Sazerac. Dann stellte er das Glas ab, öffnete die braune Papiertüte und nahm ein Fernglas heraus.

»Was hast du da?« fragte sein Großvater.

»Ein Fernglas. Bausch/Lomb 8 x 57 mm«, antwortete Clete. »Ich habe es soeben gekauft. Es ist bestimmt geklaut.«

»Wovon redest du?«

»Du hast gefragt, was ich hier habe, und ich habe es gesagt.«

»Wenn es geklaut ist, woher hast du es dann?« fragte Martha.

»Aus einem Trödelladen in der Canal Street.«

Er sah, daß sich der alte Mann jetzt ganz für das gestohlene Fernglas interessierte. Mit einem bißchen Glück würde das die Fragerei wegen des Navy Cross beenden.

»Warum glaubst du, daß es gestohlen ist?« hakte Martha nach.

Als Clete das Fernglas in dem Trödelladen gesehen hatte, war ihm sofort klar gewesen, daß es gestohlen war. Zum einen gab es eine frisch übermalte Stelle, wo von der Navy üblicherweise USN und die Seriennummer eingraviert wurde. Zum anderen war der Preis niedrig, und der Ladenbesitzer hatte keine Quittung ausstellen wollen. Er hatte den Preis sogar noch reduziert unter der Bedingung, daß Clete es ohne Beleg kaufte.

Anstatt Empörung über den Diebstahl empfand Clete eine gewisse Bewunderung für den Dieb. Er hatte als Offizier der Navy die Erfahrung gemacht, daß die drei Dinge, die am schwersten zu klauen sind, Pistolen, Ferngläser und Chronographen von Marinefliegern waren.

Als er in Washington gewesen war, wo er die meiste Zeit der vergangenen sechs Wochen verbracht hatte, hätte es ihn nicht überrascht, wenn irgendein eifriger und empörter Versorgungsoffizier des Marine Corps im Hauptquartier USMC aufgetaucht wäre und die Rückgabe seines vom Marine Corps ausgegebenen Hamilton-Chronographen oder Bezahlung dafür verlangt hätte, weil er keinen Fliegerstatus mehr hatte.

Als er zum ersten Mal abgeschossen wurde, war er mit dem Fallschirm in den Gewässern vor Tulagi gelandet und von der Besatzung eines Patrouillenboots aufgefischt worden. Auf der Fahrt nach Guadalcanal hatte ihm der Kapitän vorgeschlagen, den Hamilton-Chronographen in die Tasche zu stecken, dann könnte man ihn als ›verloren im Kampf‹ erklären.

Weil er einen Chronographen aus dem Besitz der Regierung für ein passendes kleines Geschenk für einen Kameraden hielt, der ihn aus der See gerettet hatte, in der es von Haien wimmelte, hatte der damalige Lieutenant Frade den Hamilton-Chronographen vom Handgelenk genommen und verschenkt, zusammen mit seiner in Salzwasser gebadeten .45er Colt Automatic und dem Holster.

Es wurde ihm natürlich ein anderer Hamilton Chronograph und eine andere .45er ausgegeben, doch erst, nachdem ihn ein eifriger Versorgungsoffizier (buchstäblich unter japanischem Beschuß auf Henderson Field) vor die Wahl gestellt hatte, entweder für beides zu bezahlen oder ein zweiseitiges Formular auszufüllen und unter Strafandrohung eidesstattlich zu erklären, daß es Ersatz für tatsächlich im Kampf verlorene Dinge waren.

Er hatte bezahlt. Der Hamilton-Chronograph, den er jetzt noch am Handgelenk trug, war immer noch in den Büchern irgendeines Versorgungsoffiziers vermerkt.

»Sieh hier«, sagte Clete und wies auf das Fernglas. »Da kann man sehen, daß jemand ›USN‹ und die Seriennummer überpinselt hat.«

Martha schaute hin, und dann sah sich der alte Mann das an.

»Wenn du überzeugt warst, daß es gestohlen ist, warum hast du es dann gekauft?« fragte Cletes Großvater ungläubig.

»Ich wollte es haben«, erklärte Clete. »Man kann nicht einfach in die optische Abteilung von Maison Blanche spazieren und eines kaufen. Die Navy nimmt alle, die Bausch/Lomb produzieren kann.«

»Die Moral der Frage ist dir nie in den Sinn gekommen?« fragte Martha mit einem toleranten Lächeln.

»Oh, das schon. Da es bereits geklaut war, hielt ich es für moralischer, daß es von einem hervorragenden Berufsoffizier der Navy namens Cletus benutzt wird, anstatt zum Beispiel von einem Zocker, der dadurch die Pferde auf der Rennbahn beobachtet.«

»Du hast eine Schraube locker, weißt du das?« sagte der alte Mann. »Muß ein genetischer Fehler von seiten deines Vaters sein.« Und dann kam ihm eine plötzliche Eingebung, wie er meinte. »Du ziehst uns auf, nicht wahr? Du veralberst einen alten Mann und eine Frau, die dir vertrauen?«

»Womit ziehe ich euch auf?«

Der alte Mann blickte ihn mißtrauisch an und wechselte dann das Thema.

»Erzähl mir von dem Navy Cross. Der Senator sagte, die ehrenvolle Erwähnung war sehr vage.«

»Willst du das wirklich wissen?«

»Nein. Eigentlich nicht. Warum sollte es mich interessieren, daß mein einziger Enkel die zweithöchste Tapferkeitsmedaille der Nation erhielt?«

»Ich möchte es ebenfalls wissen«, sagte Martha.

»Nun, da war ich, flog in zehntausend Fuß Höhe herum, und zwischen mir und der Erde war nur eine scharfe Blondine ...«

»O Gott!« sagte Martha.

»Erspare uns bitte deinen vulgären Humor«, sagte der alte Mann streng, konnte jedoch ein Lächeln nicht unterdrücken. »Sie müssen meinen Enkel entschuldigen, Mr. Needham. Er vergißt oft, daß wir versuchten, ihn als Gentleman zu erziehen.«

»Ich wage zu sagen, Mr. Howell, daß der Major einfach bescheiden ist«, erwiderte Mr. Needham.

»Das halte ich für möglich«, sagte der alte Mann sichtlich erfreut. »Unwahrscheinlich, aber möglich.« Er wechselte das Thema. »Nun, wenigstens hatten wir Gelegenheit, sicherzustellen, daß das Porträt technisch richtig ist, nicht wahr? Es war ein zeitliches Problem. Mein Enkel kehrt morgen in den Dienst zurück.«

»So?« Needham schaute Clete an. »Wohin geht es, Major? Oder darf ein Zivilist das nicht fragen? ›Feind hört mit‹ und so?«

»Ich fliege nach Buenos Aires«, sagte Clete. »Und soweit ich weiß, ist das kein militärisches Geheimnis.«

»Buenos Aires?« fragte Needham.

»Das ist in Argentinien«, half ihm der alte Howell.

»So weit weg vom Krieg, wie man wegkommen kann«, fügte Clete hinzu.

»Gott sei Dank«, sagte Martha.

»Cletus ist zum Stellvertretenden Marineattaché bei unserer dortigen Botschaft ernannt worden«, erklärte der alte Mann.

»Das klingt interessant«, sagte Needham. »Ich weiß so gut wie nichts über Argentinien. Habe nur gehört, daß es dort ... wie heißen dort die Cowboys?«

»Gauchos«, sagte Clete.

»Richtig, dort gibt es Gauchos. Und hübsche, dunkeläugige Señoritas ...«

»Und einige hübsche blauäugige Señoritas«, sagte Clete und dachte an eine besonders.

»Tatsächlich?« fragte Martha. »Hat deine blauäugige Señorita einen Namen?«

»Das klingt, als wären Sie schon dort gewesen«, sagte Needham und ersparte Clete eine Antwort auf Marthas Frage.

»Ja, das war ich.«

»Leider wurde er dort geboren«, sagte der alte Mann.

Clete blickte ihn warnend an. Sein Großvater hielt seinem Blick herausfordernd stand, doch schließlich gab er nach.

»Ich hoffe, du hast noch keine Pläne für das Abendessen, Cletus«, sagte der alte Mann. »Aus Gründen, die ich mir nicht vorstellen kann, sagte Martha mir soeben, daß sie bei Arnaud's essen will.«

»Nein, ich habe nichts vor«, sagte Clete. »Ich möchte hier zu Abend essen, mit dir.«

»Ein anderes Anzeichen darauf, daß du nicht alle Tassen im Schrank hast«, sagte der alte Mann. »Warum möchtest du mit mir zu Abend essen, anstatt mit einer jungen Dame, die sehr wahrscheinlich von deiner Uniform und den Medaillen tief beeindruckt sein wird?«

»Weil du mein Großvater bist, und trotz einiger gewaltiger Macken von dir würde ich lieber mit dir Zeit verbringen als mit sonst jemand außer Martha.«

Der alte Mann schaute ihn an. Seine Augen füllten sich mit Tränen. Er wandte sich ab, ging zur Wand und zog an dem Glockenzug, um Jean-Jacques zu rufen.

Der Butler betrat nur Sekunden später die Bibliothek.

»Rufen Sie Arnaud's an, Jean-Jacques«, sagte der alte Mann, und seine Stimme klang belegt. »Sagen Sie, daß ich einen Tisch für drei Personen in einem separaten Raum brauche. Um zwanzig Uhr. Sagen Sie, daß dieses Essen wichtig für mich ist. Sie können bei Arnaud's vorbereiten, was immer sie wollen. Bestellen Sie einen Wagen für neunzehn Uhr fünfundvierzig. Und wenn Sie das erledigt haben, bringen Sie uns noch eine Runde Sazeracs.«

Jean-Jacques nickte und verließ die Bibliothek.

Der alte Mann sah Clete an und wies dann auf den Uniformrock, der auf der roten Ledercouch lag.

»Da die Uniform bereits vom Kleiderbügel ist, wäre es dir lästig, sie zu tragen?«

»Überhaupt nicht«, sagte Clete. »Gibt es bei Arnaud's Rabatt für Soldaten?«

»Das weiß ich nicht«, erwiderte der alte Mann. »Aber nachdem du es erwähnt hast, werde ich bestimmt danach fragen.«

3

Arnaud's Restaurant
Vieux Carré
New Orleans, Louisiana

5. April 1943, 20 Uhr 30

Als der 1938er Cadillac mit Durham-Karosserie vor der Markise des Wahrzeichens des französischen Viertels hielt – es hieß, daß der Marquis de Lafayette im Arnaud's dinieren wollte, jedoch keinen Tisch erhielt –, traten einer der Besitzer, der als Maître d'Hôtel fungierte, und ein Kellner aus dem Restaurant.

»Ich hatte gehofft, Sie würden es sich wieder anders überlegen, Mr. Howell«, sagte der Besitzer, als der alte Mann mit einem Ächzen aus dem Wagen ausstieg.

»Ich hörte, daß der Laden schlecht läuft, aber ich wußte nicht, daß das Geschäft so mies ist und Sie auf der Straße stehen und Gäste aufgabeln müssen«, sagte der alte Howell.

Clete lachte.

»Hör damit auf«, sagt Martha. »Du willst ihn doch nicht beleidigen.«

»Sie erinnern sich an meine Schwiegertochter, Edward?« fragte der alte Mann.

»Natürlich. Schön, Sie wiederzusehen, Mrs. Howell.«

»Und an meinen Enkel?«

»Natürlich. Mrs. Howell, Mr. Frade.«

»Das ist *Major* Frade, Edward. Was, meinen Sie, trägt er? Die Livree eines Portiers?«

»Ich freue mich auch, Sie wiederzusehen«, sagte Clete und schüttelte Edward und dem Kellner die Hand.

»Aus Gründen, die mir schleierhaft sind, wünschte

Mrs. Howell, heute abend hier zu essen, und mein Enkel schlug sich auf ihre Seite«, sagte Cletes Großvater. »Wenn dies für eine Weile meine letzte Mahlzeit in New Orleans wäre, könnte ich mir persönlich ein halbes Dutzend andere Lokale außer Ihrer Kaschemme denken.«

»Nun, wir werden versuchen, uns zu bemühen, daß Major Frade nicht hungrig fortgeht.«

»Das wäre zur Abwechslung mal nett«, sagte der alte Mann und folgte dem Kellner ins Restaurant. Der Besitzer, Martha und Clete lächelten sich an und schüttelten den Kopf. Der Besitzer verneigte sich vor Martha und hielt ihr die Tür auf.

»Möchten Sie etwas Besonderes?« fragte der Besitzer Clete. »Ich hörte nur, daß das Essen für ihn wichtig ist. Ich wußte nicht, wen er dabeihat.«

»Wie sind die Austern?« fragte Clete.

»Im Vergleich zu was?« fragte der Restaurantbesitzer.

»Hey, Sie reden mit mir, nicht mit meinem Opa.« Clete lachte.

»Wie würden sie Ihnen gefallen?«

»Auf der halben Schale.«

»Die sind gut, sie werden Ihnen munden«, sagte der Restaurantbesitzer. »Ich wollte sie auf der halben Schale vorschlagen.«

Die kleine Gruppe ging an der langen Schlange von Leuten vorbei, die auf ihre Tische warteten, und nach hinten in den tiefer gelegenen Speiseraum. Der alte Mann, der seit seinem zwölften Lebensjahr ein halbes Dutzend Male pro Woche im Arnaud's gegessen hatte, war eine der wenigen Ausnahmen von der Regel, daß das Restaurant keine Tische reservierte. Ein Sälchen mit einem Vorhang vor der Tür wartete auf sie. Der Tisch darin war sorgfältig gedeckt, einschließlich eines Kandelabers.

Drei Weinkühler enthielten Flaschen, die mit Servietten umwickelt waren.

Der Restaurantbesitzer nahm eine Flasche Champagner aus einem der Kühler, entkorkte sie geschickt und schenkte ein.

»Ich kann mich nicht erinnern, Champagner bestellt zu haben«, sagte der alte Mann.

»Der ist für Mrs. Howell und Major Frade«, sagte der Restaurantbesitzer. »Sie wissen wenigstens einen guten Schluck zu schätzen.«

»Major Frade erwartet auch einen Soldatenrabatt.«

»Heute gibt es Soldatenrabatt, hundert Prozent, für ihn und seine weiblichen Gäste. Alle anderen müssen natürlich bezahlen oder Geschirr spülen.«

»Wenn ich schon zahlen muß, dann will ich ein Glas Wasser und einige Brötchen und Butter.«

»Mit dem größten Vergnügen«, sagte der Restaurantbesitzer. »Ich werde das *porc Lafayette au beurre noir*, das ich für Sie vorbereitet habe, an die Katzen in der Gasse verfüttern.«

»Wenn Sie es vorbereitet haben, dann ist es vermutlich *chat Lafayette au beurre noir.*«

»Das würde nichts ausmachen, denn Sie würden den Unterschied nicht bemerken«, sagte der Restaurantbesitzer. »Ich werde jetzt gehen und den Vorhang schließen, damit meine zahlenden Gäste nicht sehen, was ich im Hinterzimmer versteckt habe.«

»Danke«, sagte Clete und hob sein Glas.

»Keine Ursache«, erwiderte der Restaurantbesitzer. »Meine Mutter hat mich gelehrt, nett zu schlecht erzogenen Leuten zu sein, besonders zu denen am Rande der Senilität.«

»Ich habe Ihrem Vater gesagt, daß er einen schrecklichen Fehler begeht, als er Ihnen erlaubte, Schuhe zu tragen, und als er erzählte, er will versuchen, Ihnen Lesen und Schreiben beizubringen«, sagte der alte Mann.

»*Bon appétit*«, entgegnete der Restaurantbesitzer und ließ sie allein.

»Er ist natürlich nicht so gut wie sein Vater«, sagte der alte Mann, »aber er kennt sich mit Speisen aus.«

Ein Kellner kam mit einem großen silbernen Kübel voller geeister Austern, zog einen dicken Segeltuchhandschuh an und begann sie zu öffnen.

»Nimmt jeder Austern?« fragte er.

»Selbstverständlich«, antwortete der alte Mann.

Er wies auf die Stühle, nahm selbst Platz und begann sich aus einem Sortiment von Zutaten eine Sauce aus Ketchup, Limonensaft, Meerrettich und Tabasco* anzurichten.

»Ich sah ihn auf Guadalcanal, habe ich dir das jemals erzählt?« sagte Clete.

»Wen sahst du auf Guadalcanal?«

»Ed McIlhenny. Er war Lieutenant. Zugführer.«

»Er ist zurück.«

»Wie geht es ihm?« fragte Clete besorgt. Die Rückkehr eines Marine von Guadalcanal in die Vereinigten Staaten bedeutete meistens, daß er zu schwer verwundet worden war, um ihn im Pazifikraum zu behandeln.

»Sein Vater sagte, er ist quietschfidel und stolz wie ein Pfau über seine Beförderung zum Captain. Sein Vater fragte übrigens nach dir.«

»Hoffentlich hast du ihm gesagt, daß ich Major geworden bin; das wird Ed den Wind aus den Segeln nehmen.«

»Ich habe es beiläufig erwähnt«, sagte der alte Mann. »Das nahm auch seinem Vater etwas Wind aus den Segeln.«

* Tabasco wird von der Familie McIlhenny auf Avery Island, Louisiana, hergestellt. Der McIlhenny, der bei der ersten Division des Marine Corps auf Guadalcanal diente, wurde schließlich Präsident der Gesellschaft und trat als Brigadier General aus der Reserve des Marine Corps in den Ruhestand. Nach seinem Tod im Jahre 1994 hinterließ er einen beträchtlichen Teil seines Vermögens der Marine Academy, einem mit dem Marine Corps verbundenen Internat für Jungen.

Er rührte die Cocktailsauce ein letztes Mal um und schob dann die Schale in die Mitte des Tischs. Clete tunkte eine Auster hinein und aß sie mit Genuß.

»Wie ißt man Austern in Argentinien?« fragte sein Großvater.

»Dort ist man nicht so scharf auf Meeresfrüchte«, sagte Clete.

»Ich fragte, weil ich einmal so eine Sauce für deinen Vater zubereitet habe. Er wurde in drei Schattierungen grün, und ich dachte einen Moment lang, er würde ohnmächtig«, sagte der alte Mann mit offensichtlichem Vergnügen bei der Erinnerung.

»Sie würzen ihr Essen nicht sehr viel«, sagte Clete und hoffte, daß die Bemerkung seines Großvaters keine Eröffnung für eine Unterhaltung über seinen Vater war.

»Es war falsch, daß ich dich in Needhams Anwesenheit über dein Navy Cross befragte«, sagte der alte Mann. »Ich weiß, daß geheim war, was du in Argentinien getan hast. Ich hätte nicht fragen sollen.«

Clete zuckte mit den Schultern zum Zeichen, daß es ihm nichts ausmachte.

»Du kannst es uns jetzt erzählen«, sagte der alte Mann. »Wir sind unter uns.«

Clete nahm eine weitere Auster und schüttelte resigniert den Kopf.

»Der Senator erzählte mir«, fuhr sein Großvater fort, »daß in der ehrenvollen Erwähnung die Rede von bemerkenswerter Tapferkeit über die Pflichterfüllung hinaus ist …«

»Das steht in allen«, warf Clete ein.

»… verbunden mit dem Einsatz seines Lebens.«

»Davon habe ich auch noch nichts gehört, Schatz«, sagte Martha. »Kannst du uns davon erzählen?«

»Lieber nicht.«

»Bitte, Clete«, drängte Martha.

»Die Deutschen versorgten ihre U-Boote von einem

neutralen Schiff aus mit Nachschub. In der Bucht Samborombón – bei der Mündung des Rio de la Plata«, sagte Clete; er wußte, daß er nicht um eine Erklärung herum kam. »Wir schalteten es aus.«

»Heißt das, ihr habt es versenkt?« fragte Martha.

Clete nickte.

»Wie?«

»Das ist geheim.«

»Als ich zum letzten Mal nachschaute, gab es niemanden auf dieser Seite deiner Familie, den man als Nazi-Sympathisanten verdächtigen konnte«, sagte Howell.

»Das stimmt nicht, Großvater, und du solltest es besser wissen.«

»Wenn etwas watschelt wie 'ne Ente und quakt wie 'ne Ente, dann ist es eine.«

»Okay. Und dies *ist* geheim. Ich könnte höllisch viel Probleme kriegen, wenn man herausfindet, daß ich euch davon erzählt habe.«

»Unsere Lippen sind versiegelt.«

»Wir fanden das angeblich neutrale Schiff – es fuhr unter portugiesischer Flagge. Wie du mir, so ich dir, die Vereinigten Staaten verletzten Argentiniens Neutralität, indem sie ein U-Boot in die Samborombón-Bucht schickten, in argentinische Gewässer, und das U-Boot versenkte das Versorgungsschiff.«

»Da muß noch mehr sein. Man gibt dir kein Navy Cross, weil du ein Schiff gefunden hast.«

»Doch, das tat man.«

»Wie hast du es gefunden?«

»Mit einem Flugzeug.«

»Woher hattest du das Flugzeug?«

»Es gehörte meinem Vater.«

»Er hat die Seiten gewechselt, wie?« fragte der alte Mann und sprach weiter, ohne Clete Zeit zur Antwort zu lassen. »Du sagtest ›gehörte‹, Vergangenheit. Was geschah mit dem Flugzeug?«

»Es fiel ins Wasser.«

»Es stürzte ab?«

Clete nickte.

»Es wurde abgeschossen, meinst du?« hakte Martha nach.

Clete nickte abermals.

»Du bist mit einem Flugzeug losgeflogen und hast dieses Schiff gefunden, das die deutschen U-Boote mit Nachschub versorgte? Was für ein Flugzeug war es?«

»Eine Beechcraft mit gestaffelter Tragfläche.«

»Du bist mit einem unbewaffneten zivilen Flugzeug losgeflogen, obwohl du genau wußtest, daß du beschossen wirst, und bist dann vermutlich abgeschossen worden. Komme ich der Sache nahe?«

»Du bist ein weiblicher Sherlock Holmes.«

»Nicht ›vermutlich‹ abgeschossen«, sagte der alte Howell. »Fast bestimmt. Deshalb verlieh man dir das Navy Cross. Und beförderte dich zum Major. Du hast getan, was du für deine Pflicht gehalten hast, und dabei dein Leben riskiert. Bescheidenheit ist eine Tugend, Cletus, aber man kann es mit einer Tugend auch zu weit treiben.«

»Nimm noch eine Auster, Großvater.«

»Und was machst du diesmal in Argentinien? Als ich zum letzten Mal mit Colonel Graham sprach …«

»Du hast mit *Colonel Graham* gesprochen?«

Colonel A. F. Graham, U.S. Marine Corps Reserve (USMCR), war stellvertretender Direktor des Office of Strategic Services (OSS) und Cletes direkter Vorgesetzter.

»… äußerte er sich ziemlich verschwommen über deine Tätigkeit. Die zusätzlich zu dem Dienst als Stellvertretender Marineattaché, meine ich.«

»Es überrascht mich, daß er überhaupt mit dir geredet hat«, sagte Clete.

»Es stellte sich heraus, daß Howell Petroleum nicht nur eine Menge von Produkten auf seiner Eisenbahnlinie transportiert, sondern auch, daß wir eine Reihe gemeinsamer Freunde haben«, sagte der alte Mann.

»Senator Brewer, zum Beispiel?«

»Den auch, nehme ich an. Sein Name kam nie zur Sprache. Und außerdem erweise ich dem OSS einen Gefallen, indem ich diesen Juden in den Howell-Büchern als Ölexperten führe. Selbstverständlich redet Graham mit mir. Er weiß, wo ich in diesem Krieg stehe. Im Gegensatz zu anderen Verwandten von uns will ich, daß *unsere* Seite gewinnt.«

»Ich weiß, was du über meinen Vater denkst ...«

»Das hoffe ich.«

»... aber ich kann hier nicht dabeisitzen und den Mund halten, wenn du ihn als Nazi schilderst, als Sympathisanten der Achsenmächte.«

Der alte Howell schnaubte.

»Dies ist Cletes letztes Abendessen hier«, sagte Martha flehend. »Müssen wir uns über Cletes Vater streiten?«

»Wer streitet? Ich sage nur, was Sache ist.«

»Und mir mißfällt, daß du in Zusammenhang mit Ettinger ›dieser Jude‹ sagst. Himmel, du hattest ihn in deinem Haus als *deinen* Gast!«

»Er ist ein Israeli, nicht wahr? Was ist daran falsch?«

»Ich gebe auf.«

»Ich bin mir nicht bewußt, etwas Beleidigendes gesagt zu haben«, sagte der alte Mann.

Ein Kellner brachte kleine Schalen mit rötlichem Inhalt.

»Langustensuppe, Lady, Gentlemen«, sagte er.

»Wunderbar, wie er das Thema wechselt«, bemerkte Clete.

»Prima. Du wolltest erzählen, weshalb du für Colonel Graham nach Argentinien gehst.«

»Um zu tun, was man mir befiehlt«, erwiderte Clete. »Ich nehme an, daß ich viel Zeit auf Empfängen mit Canapés und Blabla verbringen werde.«

»Mit anderen Worten, du willst es mir nicht sagen.«

»Richtig.«

»Warum sagst du nicht frei und offen, es geht mich nichts an?«

»Es geht dich nichts an«, sagt Clete und lachte.

»Okay. Das ist geklärt. Was ist mit Henry Mallin? Siehst du ihn oft?«

Enrico Mallin, ein Anglo-Argentinier, der ›Henry‹ genannt wurde, war geschäftsführender Direktor der Sociedad Mercantil de Importación de Productos Petroliferos (SMIPP). Howell Petroleum, besonders Howell Petroleum Venezuela, war sein Hauptlieferant für Rohöl und Ölprodukte.

»Ich sehe ihn von Zeit zu Zeit«, sagte Clete, und vor seinem geistigen Auge sah er sehr deutlich Señor Mallins Tochter Dorotea.

»Es könnte sich für dich auszahlen, wenn du die Bekanntschaft ein wenig pflegst«, sagte der alte Howell. »Ich habe einige sehr interessante Forschungsberichte über … wo sind dort die Wale?«

»Patagonien?«

»*Patagonien.* Dieser Krieg dauert nicht ewig, und ich wäre sehr interessiert an deiner Meinung über Mallin. Mit anderen Worten, ist er der Mann, den wir für ein Forschungsprojekt dorthin schicken sollten?«

»Du denkst an ein Forschungsprojekt in *Argentinien?*«

»Ich sagte ›wir‹«, erwiderte der alte Mann.

»Du würdest tatsächlich dein Geld in *Argentinien* investieren?«

»Wenn der Krieg vorüber ist, wird es höchstwahrscheinlich *dein* Geld sein …«

Zum Teufel! Er hat das nicht gesagt, um Mitleid zu erheischen, sondern er ist alt und kann verdammt tot sein, bevor der Krieg vorüber ist.

»… und dann sollst du daran denken, daß ich dir gesagt habe, Öl ist wie Geld. Es spielt keine Rolle, wo es herkommt; es kann zu Bargeld gemacht werden.«

»Das werde ich mir merken«, sagte Clete.

»Spiel nicht den Selbstgefälligen in der Position des Unwissenden, Cletus. Auch das solltest du dir merken. Du weißt im Grunde gar nicht, worum es bei diesem Krieg in Wirklichkeit geht, oder?«

»In meiner Unwissenheit bin ich der Meinung, daß wir in diesem Krieg kämpfen, weil die Japaner Pearl Harbor bombardiert haben.«

»Und warum haben sie Pearl Harbor bombardiert?«

»Weil dort unsere Pazifikflotte war.«

»Weißt du es wirklich nicht besser, oder veralberst du mich?«

»Klär mich auf.«

»Wir kämpfen gegen die Japaner – und die Deutschen, was das anbetrifft – wegen Öl. Wußtest du, daß die Sowjetunion die größten Ölreserven der Welt hat?«

»Nein, das wußte ich nicht«, sagte Clete, ehrlich überrascht.

»Die Russen haben Öl, die Deutschen wollen es haben – brauchen es verzweifelt –, und so fangen sie Krieg an. Wußtest du, daß die deutsche Wehrmacht und Luftwaffe bereits für fünfundzwanzig Prozent ihres Bedarfs synthetisches Öl benutzten, das sie aus Kohle herstellen?«

»Wo hast du das gehört?«

»Von Colonel Graham«, sagte der alte Howell. »Die Deutschen haben verdammt wenig eigene Ölreserven. Das meiste Rohöl, das sie benutzen, beziehen sie von Rumänien. Wußtest du das?«

Clete schüttelte den Kopf. »Nein.«

»Du hast vermutlich auch gedacht, daß Royal Dutch – Shell – sein Rohöl durch Windmühlenpumpen in Tulpenfeldern neben den Deichen in Holland fördert, richtig?«

»Entweder dort oder in Texas«, sagte Clete. »Wir – *Onkel Jim und Martha* – ließen dreißig, Gott, ich weiß es nicht genau, vielleicht auch vierzig Probebohrungen für Shell außerhalb von Midland vornehmen.«

»Das hast du immerhin richtig gesagt«, bemerkte der alte Howell.

»Wie bitte?«

»Du hast gesagt, ›*wir* ließen Probebohrungen vornehmen‹«, sagte der alte Mann. »Richtig. Howell Petroleum hat das auf Beteiligungsbasis mit Royal Dutch gemacht. Einige Probebohrungen waren sogar erfolgreich. Ja, *wir* machten das, denn wie ich hörte, gehört Howell Petroleum der Familie Howell.«

»Das weiß ich.« Clete hob abwehrend beide Hände.

Zwei Kellner und ein Pikkolo tauchten auf, doch der alte Mann ließ sich nicht davon abhalten, weiterzureden.

»Und wenn der Herr mich zu sich ruft, hast *du* mit den Aktien, die deine Mutter dir vererbte – sie ruhe in Frieden –, und den Aktien, die Jim dir vermachte – er ruhe in Frieden –, die Aktienmehrheit. Wir reden hier also nicht abstrakt, Cletus, wir reden von realem Geld!«

»Ja, Großvater.«

Einer der Kellner schenkte etwas Rotwein in ein Glas, damit er alte Mann ihn billigte. Howell nahm das Weinglas und kostete den Rotwein.

»Nun, der ist besser als der Essig, den Sie mir bei meinem letzten Besuch andrehen wollten«, sagte er.

»Damit ist der Tag für mich gerettet«, erwiderte der Kellner.

Der alte Howell wies auf das Schweinefilet, das der Kellner mit Soße servierte, und sagte: »Und das ist vermutlich die französische gebratene Katze?«

»In der Tat, Sir«, erwiderte der Kellner. »Als der alte Kater Tom überfahren wurde, konservierten wir seine Leiche für einen besonderen Anlaß wie diesen.«

Clete lächelte und nippte an seinem Rotwein.

»Du wirst mir fehlen, Opa«, sagte er.

»Wenn ich tot bin, meinst du. Nun, ein bißchen sollte ich dir schon fehlen. Ich werde dich zu einem sehr reichen jungen Mann machen.«

»Ich meinte jetzt, wenn ich nach Argentinien fliege.«

»Komisch, du wirst mir auch fehlen«, sagte der alte Mann. »Wir sprachen über Öl oder Geld, was das gleiche ist.«

»Wir sprachen nicht. Du hast eine Predigt gehalten.«

»Royal Dutch fördert überall im Fernen Osten«, setzte der alte Howell seine Predigt fort. »Auf den japanischen Inseln gibt es kein Öl. Die Japaner brauchen Öl, und Royal Dutch hat Öl, das sie sich unter den Nagel reißen können. Folglich ein weiterer Krieg.«

Allmächtiger, er hat vermutlich recht. Ich weiß es nicht. Als er vorhin über meine Unwissenheit sprach, hatte ich das Gefühl, ein Dreizehnjähriger und soeben im Fach Weltpolitik durchgerasselt zu sein.

»Wenn die Deutschen an die russischen Ölreserven herankommen, was heißt, daß sie den Russen das Öl einfach rauben, ist das prima für sie – für die Deutschen natürlich. Dann brauchen sie Argentinien nicht. Aber wenn sie nicht an das Öl herankommen, müssen sie es sich irgendwo anders holen. Sie sind in der guten Position, mit Argentinien Tauschhandel zu treiben. Deutschland ist wie die Vereinigten Staaten industrialisiert. Argentinien ist das nicht. Die deutschen Fabriken stellen Dinge her, die Argentinien braucht – Autos, Maschinen, Generatoren, Kraftwerkssysteme, Lokomotiven und so weiter –, und Argentinien bezahlt dafür mit Rohöl. Verstehst du?«

»Aber Argentinien fördert nicht genug Öl für den eigenen Bedarf«, wandte Clete ein. »Das ist doch der Grund, weshalb Howell Petroleum dorthin Rohöl und Ölprodukte liefert, oder?«

»Ich rede nicht von *jetzt*, Cletus, sondern von der Zeit in zehn, zwanzig Jahren, lange nach meinem Tod. Du mußt aber *jetzt* daran denken. Jim lebt nicht mehr, und du mußt Howell Petroleum übernehmen, wenn ich sterbe.«

»Nein«, sagte Clete. »Nicht unbedingt. Marjorie oder Beth können sich irgendeinen Ölmanager anlachen. Oder beide finden einen Ehemann, der in der Ölbranche arbeitet. Houston ist voll davon.«

»Nein, Clete«, sagte Martha. »Er hat ausnahmsweise mal recht.«

»Selbstverständlich habe ich recht«, betonte der alte Howell.

»Jim und ich haben darüber gesprochen«, sagte Martha. »In seinem Testament – und meinem – steht, daß die Mädchen Vorzugsaktien und eine feste Summe bekommen, aber du erhältst Jims und meine Stimmrechtsaktien und die Kontrolle über die Gesellschaft.«

»Er hat bei mir nie etwas davon erzählt«, sagte Clete. Er fühlte sich bei dieser Unterhaltung zunehmend unbehaglich.

»Er dachte – wir beide dachten das –, daß du es zu gegebener Zeit erfährst, wenn du nach dem Krieg heimkehrst.«

Es folgte Schweigen, und dann entschied sich Clete, das Thema zu wechseln. »Du sprachst vorhin, als ob du meinst, Deutschland könnte den Krieg gewinnen, Deutschland und Japan.«

»Ob deutsche Panzer über die Pennsylvania Avenue in Washington rollen? Oder ob japanische Soldaten in Beverly Hills Leute mit dem Bajonett aufspießen oder Frauen vergewaltigen, wie sie das in Nanking taten? Das ist höchst unwahrscheinlich. Aber ich will dir sagen, was möglich ist – ein Waffenstillstand. Der Erste Weltkrieg endete mit einem Waffenstillstand. Warum nicht dieser?«

»Einen Waffenstillstand habe ich nie in Erwägung gezogen«, dachte Clete laut.

»Du weißt, was bei Stalingrad geschah?«

»Was meinst du?«

»Die Deutschen verloren dort eine ganze Armee. Dreihunderttausend Mann und all ihre Ausrüstung.«

»Soviel? Darüber habe ich auch niemals nachgedacht. Ich bezweifle, daß wir mehr als vierzigtausend Marines auf Guadalcanal hatten, wenn überhaupt so viele.«

»Kannst du dir vorstellen, was hier passiert wäre, wenn ihr auf Guadalcanal verloren hättet? Wenn vierzigtausend Amerikaner gefallen wären? Roosevelt wäre wegen Amtsvergehens angeklagt worden – was vielleicht keine so schlechte Idee wäre, wenn ich mir das so recht überlege. Und wir sind ein Hundertachtzig-Millionen-Volk. Es gibt ungefähr siebzig Millionen Deutsche. Dreihunderttausend ist fast ein halbes Prozent von siebzig Millionen.«

»Worauf willst du hinaus? Ich komme nicht mehr mit.«

»Ich will auf folgendes hinaus«, sagte der alte Mann. »Irgendwo in Deutschland, in diesem Augenblick, gibt es Leute, bedeutende Leute – und was immer man auch über die Deutschen sagen mag, sie sind nicht dumm –, die sich die Tatsachen vor Augen halten. Wenn sie ein halbes Prozent der Gesamtbevölkerung in nur *einer* Schlacht verlieren, und der Krieg ist nirgendwo annähernd vorüber, dann ist es an der Zeit, mit dem Krieg aufzuhören.«

»Ich bezweifle, daß Hitler in Gefahr ist, wegen Amtsvergehens angeklagt zu werden«, sagte Clete. »Er ist ein Diktator, erinnerst du dich?«

»Du hast vom Aufstieg und Fall des Römischen Reichs gelesen. Viele große Diktatoren waren plötzlich ihre Macht los, wenn ihr Volk sie satt hatte.« Der alte Mann nahm sein Messer vom Besteck und machte die Geste des Halsabschneidens. »Erinnerst du dich daran?«

»Ich glaube, das heißt ›Königsmord‹«, sagte Clete leise.

»Nun, ich bin beeindruckt. Vielleicht hast du in Tulane doch etwas gelernt.«

Dieses Wort habe ich nicht in Tulane gelernt, sondern in Buenos Aires, als mein Vater den Brief von Peter von Wachtsteins Vater übersetzte. Den Brief, in dem von Wachtstein ankündigte, daß seine Offiziersehre ihm gebot, Königsmord zu begehen.

Du hast recht, Großvater. Wir reden hier nicht von etwas Abstraktem. Wir reden von realen Leuten, die tatsächlich Königsmord begehen wollen.

»Meinst du, ich bin immer sechzehn geblieben?«

»Ich wollte höflich sein«, erwiderte der alte Mann. »Früher oder später, und ich nehme an früher, wird Hitler gestürzt. Dann werden die Deutschen einen Waffenstillstand haben wollen, und sie werden ihn von uns bekommen.«

»Präsident Roosevelt verlangte auf der Casablanca-Konferenz eine bedingungslose Kapitulation.«

»Wenn die Deutschen einen Waffenstillstand anbieten, werden wir ihn akzeptieren«, sagte der alte Howell. »Und dann werden die Japaner erkennen, daß sie allein sind, und ebenfalls einen anbieten.«

»Da bin ich völlig anderer Meinung. Japse kapitulieren nicht. Das haben wir auf Guadalcanal erlebt.«

»Wenn der Kaiser ihnen einen Waffenstillstand befiehlt, gibt es einen«, sagte der alte Howell kategorisch. »Gehen wir mal von der Hypothese aus, daß der Krieg vorüber ist. Deutschland will Fabrikwaren gegen argentinisches Rohöl tauschen. Es wäre mir lieber, wenn sie mit uns tauschen. Aber das ist unwahrscheinlich.«

»Moment mal, ich komme da nicht mit.«

»Ich würde lieber unser Rohöl, das wir an Argentinien liefern – unser venezolanisches Rohöl, um unsere eigenen Ölreserven zu schonen –, gegen amerikanische Fabrikwaren tauschen, aber das wird nicht gehen.«

»Warum nicht?«

»Deutschland wird ein besseres Angebot machen. Die Deutschen werden Rohöl dringend brauchen. Und die Japse ebenfalls. Als Gegenleistung verkaufen sie Waschmaschinen oder Autos für weniger Geld, als wir verlangen werden.«

»Wozu führt uns das?«

»Das stellt uns kalt, es sei denn, wir sind von Anfang an dabei, wenn die Argentinier ihre Ölfelder entwickeln. Wenn wir bei den Probebohrungen und der Produktion von Anfang an mitmischen, kassieren wir Prozente von allem, was sie fördern und verarbeiten. So sind wir wieder beim Beginn unserer Unterhaltung. Es obliegt dir, Cletus,

Henry Mallin im Auge zu behalten. Er könnte sehr wichtig für uns sein.«

»Ich gehe dorthin als Marine und als der Stellvertretende Marineattaché, nicht in Ölgeschäften.«

»Komisch, ich hielt dich für helle genug, zu gehen und zugleich Kaugummi zu kauen. Ich bitte dich nur, nett zu Henry Mallin zu sein – zu unserem Nutzen.«

»Ich gebe dir mein Wort als Offizier und Gentleman, daß ich der Inbegriff des Charms und Wohlwollens gegenüber Enrico Mallin sein werde.«

Wenn auch aus anderen Gründen, als du willst.

Der alte Mann sah ihn lange an und nickte dann.

»Dieser gebratene Kater ist nicht so schlecht, wie er riecht, nicht wahr?«

»Nicht, wenn du ihn mit genug von dem Essig hinunterspülst.«

»Trink nicht soviel Vino, wenn du in Argentinien bist, Cletus. Und ich will nicht, daß du dir weitere Medaillen verdienst. Du hast deinen fairen Beitrag in diesem Krieg geleistet und mehr. Laß jemand anders ran. Halte dich nur – wie hast du es formuliert? – an die Canapés und das Blabla der Empfänge und sitz den Rest des Krieges aus. Ich will einen männlichen Urenkel.«

»Nun, daran könnte ich sofort arbeiten, wenn ich dort bin. Ich habe da …«

»Ich bin nicht so dumm, dir zu sagen, daß du deinen Schwanz in der Hose lassen sollst. Aber setz ihn nur bei einer ein, die du nicht heiraten mußt, wenn du sie schwängerst. Ein argentinischer angeheirateter Verwandter ist mehr als genug in meinem Leben.«

»Ohne meinen Vater säße ich nicht hier bei dir.«

»Vielleicht nicht, aber deine Mutter – sie ruhe in Frieden – wäre hier. Sie hätte sich einen anderen aussuchen können …«

»Sonderbar«, unterbrach Clete, »aber ich erinnere mich,

daß ich das alles schon gehört habe und es mich ebenso genervt hat.«

»Okay«, sagte der alte Mann. »Schreib mir nur ja keinen Brief, in dem du mir mitteilst, daß du dort eine Frau gefunden hast, die du heiraten willst.«

»Das ist höchst unwahrscheinlich.«

»Es sollte besser *unmöglich* sein«, blaffte der alte Howell, und dann veränderte sich plötzlich seine ganze Ausstrahlung. Er wirkte auf einmal alt und verletzlich, nicht mehr munter und zu Scherzen aufgelegt.

»Clete, wenn mir etwas das Herz brechen wird, mich umbringen wird, dann die Nachricht, daß du dort eine ernsthafte Beziehung hast. Es würde mich umbringen, wenn du eine Argentinierin heiratest. Deine Mutter hat einen Argentinier geheiratet, und du siehst ja, was daraus geworden ist.«

»Ich habe nicht vor, jemanden in Argentinien zu heiraten«, sagte Clete.

Das ist die Wahrheit. Ich möchte es, aber es kommt einfach nicht in Frage.

»Überleg es dir nur ja nicht anders«, sagte der alte Mann barsch, und seine Munterkeit kehrte so schnell zurück, wie sie verschwunden war. »Bis Argentinien ist es ein verdammt langer Flug für einen alten Mann, um dich mit einer Bullenpeitsche zur Vernunft zu bringen. Und du kannst mir glauben, daß ich das tun würde.«

Clete schüttelte den Kopf. »Ich bibbere vor Angst.«

Sein Gefühl sagte ihm, daß ihm die vorübergehende Verletzlichkeit des alten Mannes lange in Erinnerung bleiben würde, vielleicht für immer.

Was, zum Teufel, ist mit mir los? Die Frage ist rein akademisch. Weil ich sie liebe, kann ich sie nicht heiraten. Das Schlimmste, was ich ihr bei meinem Job antun könnte, wäre, sie zu heiraten. Sie zu schwängern. Sie als Witwe mit einem amerikanischen Kind zurückzulassen wäre noch schlimmer als das, was mein Vater meiner Mutter angetan hat.

III

1

St. Charles Avenue 3470
New Orleans, Louisiana

5. April 1943, 23 Uhr 05

Der Cadillac bog von der St. Charles Avenue ab und stoppte. Der Chauffeur öffnete das Tor und sah Licht hinter den Vorhängen an den Fenstern des Howellschen Herrenhauses.

»Das neue Mädchen muß das Licht angelassen

haben«, sagte der alte Howell. »Jean-Jacques würde kein Geld verplempern, indem er leere Zimmer beleuchtet.«

»Vielleicht ist jemand in der Bibliothek, der sich im Dunkeln fürchtet«, sagte Clete.

»Jemand in der Bibliothek? Zu dieser Stunde?« fragte Martha zweifelnd.

»Da steht ein Wagen am Straßenrand.« Clete wies auf einen schwarzen Ford.

Der alte Howell blickte nicht mal hin. »Meine Gäste parken innerhalb des Zauns auf dem Zufahrtsweg«, sagte er.

Jean-Jacques öffnete die Verandatür, um sie einzulassen.

»Colonel Graham ist in der Bibliothek, Mr. Howell«, sagte er. »Mit zwei anderen Gentlemen.«

»Tatsächlich?« Der alte Howell machte sich auf den Weg zur Bibliothek. Clete folgte ihm. Nach kurzem Zögern ging Martha hinter Clete her.

Später würde sich Clete erinnern, daß seine Reaktion beim unerwarteten Auftauchen von Colonel Graham Neugier war. Er war nicht besorgt, daß etwas Schlimmes passiert war.

»Hallo, Graham«, sagte der alte Howell. »Hat Jean-Jacques Sie gut versorgt?«

»Mr. Howell«, sagte Graham. »Clete.«

Der Stellvertretende Direktor für Operationen des OSS in der westlichen Hemisphäre war ein kleiner, stämmiger, sonnengebräunter, kahlköpfiger Mann Anfang Fünfzig. Er war elegant gekleidet wie Cletes Großvater und hatte einen sorgfältig gestutzten, bleistiftdünnen Schnurrbart.

»A sus órdenes, mi Coronel«, erwiderte Clete – (Zu Befehl, Colonel) –, hauptsächlich um seinen Großvater zu ärgern. Obwohl der alte Howell nach seinen Jahren in Venezuela selbst fließend Spanisch sprach, war er der festen Überzeugung, daß die Welt weitaus besser wäre, wenn jedermann Englisch sprechen würde.

Der alte Mann schaute Clete giftig an.

»Ich glaube, Sie kennen meine Schwiegertochter noch nicht«, sagte Howell. »Mrs. Martha Howell. Martha, dies ist Colonel Graham.«

»Ich habe viel über Sie gehört, Colonel«, sagte Martha und reichte ihm die Hand.

»Tatsächlich?« sagte Graham und schaute kurz zu dem alten Mann. »Es ist mir eine Ehre, Ihre Bekanntschaft zu machen, Ma'am.«

»Sie sind zwar zu jeder Zeit willkommen, Graham«, sagte der alte Howell, »aber darf ich neugierig fragen ...«

»Verzeihen Sie den Besuch zu so später Stunde«, sagte Graham, »er war jedoch unvermeidbar. Leider bin ich der Überbringer sehr schlechter Nachrichten.«

»So?«

»Clete, ich muß Ihnen sagen, daß Ihr Vater tot ist«, sagte Graham.

»Oh, Clete, Schatz, es tut mir so leid!« sagte Martha und streichelte ihm über die Wange.

»Was ist passiert?« fragte Clete, als er sich einigermaßen gefaßt hatte.

»Wir wissen nicht viel, und was wir erfahren haben, konnten wir noch nicht überprüfen. Es hat den Anschein, als hätte es auf der Straße auf der Estancia einen Raubüberfall gegeben. Ihr Vater wehrte sich und wurde erschossen. Mein Beileid.«

»Was ist mit Enrico?« fragte Clete, ohne zu denken.

»Enrico?« Graham schaute Clete verständnislos an.

»Enrico Rodriguez, der ... Sergeant meines Vaters«, erklärte Clete. »Er fährt ... fuhr ... nirgendwo ohne ihn hin.«

»Clete, ich weiß es einfach nicht«, sagte Graham.

»Cletus, es tut mir so leid«, sagte der alte Mann. »Ich ...«

»Diese Scheißkerle«, sagte Clete bitter. »Sie konnten mich nicht erwischen, und da hielten sie sich an ihn!«

»Das wissen wir nicht, Clete«, wandte Graham ein.

Clete schnaubte.

»Was meinst du mit ›sie konnten dich nicht erwischen‹?« fragte Martha bestürzt.

»Nichts«, sagte Clete.

»Ich will wissen, was Cletus meinte, als er sagte, sie konnten ihn nicht erwischen!« Martha schaute Graham drängend an.

Graham fühlte sich sichtlich unbehaglich, während er sich vorsichtig eine Antwort überlegte.

»Wenn Sie meinen, es geht mich nichts an, sparen Sie sich Ihren Atem«, sagte Martha.

Graham sah sie lange an, bevor er sich sagte, daß er nicht kneifen konnte.

»Es wurde ein Anschlag auf Cletes Leben verübt, Mrs. Howell«, erwiderte Graham. »Wie Sie an Cletes Anwesenheit sehen, scheiterte der Mordanschlag.«

»Ein Mordanschlag? Von wem?«

»In Cletes Fall haben wir Grund zu der Annahme, daß es die Deutschen waren«, sagte Graham.

»Mein Gott, wir *wissen,* daß es die Deutschen waren«, entgegnete Clete. »Und es waren Deutsche, die meinen Vater umbrachten.«

»Das wissen wir nicht«, wandte Graham ein.

»Ich werde es herausfinden, wenn ich dort bin.«

»Wir müssen darüber reden, Clete«, sagte Graham.

»Wie meinen Sie das, darüber reden?«

»Diese unglückliche Entwicklung eröffnet eine Reihe anderer Möglichkeiten für uns«, sagte Graham, »über die wir wirklich nicht vor Zuhörern sprechen sollten – verzeihen Sie, Mrs. Howell, Mr. Howell.«

»Mit ›wir‹ meinen Sie das OSS?« fragte der alte Howell.

»Ja«, antwortete Graham nur.

»Ich weiß nicht, wovon Sie reden«, sagte Clete.

»Wir haben gedacht …«, begann Graham.

»Wer wir?« unterbrach der alte Howell, und als Graham ihn, ärgerlich wegen der Unterbrechung, anschaute, fuhr er fort: »Und sagen Sie mir nicht, das geht mich nichts an, Graham. Wir sind in meiner Bibliothek, und ich war von Anfang an in diese ganze Sache eingeweiht, wenn auch nicht in Einzelheiten. Und Mrs. Howell ebenfalls. Also versuchen Sie nicht, sie auszuschließen.«

Grahams Miene blieb eine Weile verschlossen, doch schließlich lächelte er und zuckte mit den Schultern.

Dann wandte er sich an einen seiner Begleiter, einen sehr schlanken Dreißigjährigen, der das schwarze Haar glatt zurückgekämmt trug und wie Graham einen dünnen Oberlippenbart hatte. »Delojo«, sagte er. »Wir haben darüber gesprochen, daß gewisse Umstände ein Abweichen von der üblichen Verfahrensweise erfordern.«

Delojo nickte, lächelte jedoch nicht.

»Verzeihen Sie, ich habe Sie noch gar nicht miteinander bekannt gemacht«, fuhr Graham fort. »Mrs. Howell, Mr. Howell, darf ich Ihnen Lieutenant Commander Frederico Delojo, U.S. Navy, und Mr. Quinn vorstellen?«

Quinn war ein stämmiger, hellhäutiger Ire, ebenfalls Anfang Dreißig.

Delojo gab zuerst Martha und dann dem alten Howell die Hand. Als der alte Mann Delojo und dann Quinn die Hand schüttelte, machte er mit der Geste klar, daß er bereit war, höflich zu sein, daß jedoch seine Geduld strapaziert wurde.

»Sie sagten, Graham?« fragte er herausfordernd.

»Sie verstehen sicherlich, Mrs. Howell, Mr. Howell, daß wir es hier mit geheimem Material zu tun haben, das die nationale Sicherheit betrifft ...«

»Kommen Sie zur Sache, Colonel«, unterbrach Martha. »Ich sitze im Ausschuß für die nationale Ölproduktion. Ich habe eine TOP-SECRET-Unbedenklichkeitsbescheinigung.«

»Ja, ich weiß, Mrs. Howell«, sagte Graham. »Aber Sie haben keine Unbedenklichkeitsbescheinigung für OSS-Informationen. Darf ich fortfahren?«

»Nur zu«, sagte Martha.

»Ihnen und Mr. Howell muß klar sein, daß schwere Strafen, einschließlich der Todesstrafe, für die unbefugte Weitergabe von Material verhängt werden, das vom OSS als TOP-SECRET erklärt wurde. Haben Sie beide das verstanden?«

»Ich werte das als ein Aufsagen von irgendwelchem bürokratischen Gefasel, zu dem Sie sich gezwungen sehen, und nicht als Drohung«, sagte er alte Mann. »Wenn ich annehmen würde, daß Sie mir drohen – oder meiner Schwiegertochter –, würde ich etwas dagegen unternehmen müssen.«

»Großvater …«, sagte Clete.

»Schon gut, Clete«, unterbrach Graham. »Eigentlich, Mr. Howell, bezog ich mich auf Direktor Donovan und mich, als ich von ›wir‹ sprach.«

Colonel William J. Donovan, ein Wall-Street-Anwalt, dem im Ersten Weltkrieg die Tapferkeitsmedaille verliehen wurde, war von seinem langjährigen Freund Präsident Franklin Delano Roosevelt zum Direktor des OSS ernannt worden.

»Ich bin versucht, Bill Donovan gleich jetzt anzurufen und ihm zu sagen, daß Sie mir hier drohen«, sagte der alte Howell.

»Tun Sie das«, erwiderte Graham. »Sie haben sicherlich seine Telefonnummer …«

»Und ob ich das tue«, fiel ihm der alte Mann ins Wort.

»Ich bin überzeugt, er wird Ihnen das gleiche sagen wie ich.«

Graham wies auf das Telefon.

Der alte Mann schaute ihn an.

»Reden Sie weiter, was Sie zu sagen haben«, sagte er. »Ich behalte mir vor, Donovan anzurufen, wenn es mir paßt.«

»Selbstverständlich«, sagte Graham.

Clete sah Delojo und Quinn an den Augen an – ihre Mienen blieben ausdruckslos –, daß es sie überraschte, jemandem zu begegnen, der keinen gewaltigen Respekt vor dem Direktor des OSS oder dessen Stellvertreter hatte.

»Okay. Fangen wir beim Anfang an«, sagte Graham. »Als Clete zum ersten Mal nach Argentinien flog, war seine Tarnung, daß er vor kurzem aus ärztlichen Gründen aus dem Marine Corps entlassen worden war und der Zweck seines Besuchs in Argentinien darin bestand, sich zu vergewissern, daß von den Ölprodukten, die Howell Petroleum dorthin liefert, nichts für die Achsenmächte abgezweigt wurde.«

»Und ich erklärte mich bereit, Pelosi und Ettinger bei diesem kleinen Schachzug zu beteiligen«, sagte der alte Howell. »Vergessen wir das nicht.«

Graham starrte ihn einen Moment an, setzte zu einer Erwiderung an und besann sich dann anders.

»Die Idee, Clete als Marineattaché nach Argentinien zurückzuschicken, kam nach dem Zwischenfall mit der *Reine de la Mer*«, sagte Graham. »Es gab zweierlei Gründe dafür ...«

»Die *Reine de la Mer* ist der Name des Schiffs, für dessen Versenkung Clete verantwortlich war?« unterbrach Martha.

»Es enttäuscht, aber überrascht mich nicht, Major Frade, daß Sie darüber mit Mrs. Howell gesprochen haben«, sagte Graham und schaute Clete in die Augen.

»Colonel«, erwiderte Clete mit kaltem Zorn, »ich betrachte weder meine Tante noch meinen Großvater als eine Bedrohung der nationalen Sicherheit.«

»Ich auch nicht«, sagte Graham. »Aber das ist nicht der springende Punkt, nicht wahr? Die beiden hatten nicht – haben nicht – das Recht auf Information.«

»Wann kommen wir zur Sache?« blaffte der alte Howell.

»Der Tod von el Coronel Frade macht Cletes weitere Anwesenheit in Argentinien sogar noch wichtiger«, sagte

Graham. »Stimmen Sie mir in diesem Punkt zu, oder soll ich das ausführen?«

»Wenn ich die Anwesenheit meines Enkels für unwichtig für den Krieg halten würde, hätte ich niemals dabei mitgespielt«, sagte der alte Mann.

»Es gibt eine Reihe von Leuten in Argentinien, die ausgesprochen unglücklich über Cletes Anwesenheit dort sind. Angefangen mit Admiral Montoya, dem Chef des argentinischen Büros für innere Sicherheit – ich weiß nicht, ob Sie darüber im Bilde sind, Mr. Howell. Montoya ließ Clete nur nicht aus Argentinien ausweisen, weil el Coronel Frade ihn aufsuchte und ihm das mit dem nötigen Druck ausredete.«

»Davon hat mir Cletus nichts erzählt«, sagte der alte Howell. »Ich fragte mich schon, warum sie ihn nicht aus dem Land rausgeworfen haben.«

»Um auf die Sache mit dem Marineattaché zurückzukommen«, sagte Graham, »als Marineattaché hat Clete den Schutz des Diplomatenstatus. Er hätte zwar zur unerwünschten Person erklärt werden können, aber das ging nicht ohne Wissen seines Vaters, und außerdem hätte es die übliche diplomatische Reaktion zur Folge gehabt: Wir hätten einen argentinischen Diplomaten mit gleichem oder höherem Dienstgrad ausweisen können. Unter den gegebenen Umständen, so sagten wir uns, war eine Ausweisung unwahrscheinlich. Diese Umstände haben sich verändert. Coronel Frade ist tot. Diejenigen, die Clete nicht in Argentinien haben wollen, werden sehr glücklich sein, wenn es ihrem Marineattaché hier – oder jedem anderen Diplomaten – mit gleicher Münze heimgezahlt wird und er ebenfalls ausgewiesen wird.«

»Heißt das, daß Clete im Moment seiner Ankunft mit dem nächsten Flugzeug zurückgeschickt wird?« fragte Martha. »Ich nehme an, das wird meinen Patriotismus in Frage stellen, aber es würde mir überhaupt nichts ausmachen, wenn er ausgewiesen wird. Ich finde, er hat bereits mehr getan, als man von einem jungen Mann erwarten kann. Soll jemand anders dort die Risiken auf sich nehmen.«

»Na, na, Martha!« sagte Clete.

»Es würde uns sehr viel ausmachen. Wir würden den wichtigsten geheimdienstlichen Pluspunkt verlieren, den wir in Argentinien haben.«

»Sie reden, als wäre das schon abgemachte Sache«, warf der alte Howell ein.

»Es gibt eine Alternative«, sagte Graham. »Argentinische Staatsbürger können nicht aus Argentinien ausgewiesen werden. Und Clete ist ein argentinischer Bürger.«

»Er ist *amerikanischer* Bürger. Er hatte nur das Pech, dort geboren worden zu sein«, sagte der alte Howell.

»Nach argentinischem Gesetz ist er Argentinier«, erklärte Graham kategorisch.

»Worauf wollen Sie hinaus, Colonel?« fragte Martha.

Graham antwortete nicht sofort.

»Außerdem erbt er laut argentinischem Recht als einziger Sohn den gesamten Besitz seines Vaters.«

»Er braucht nicht das Geld seines Vaters«, sagte der alte Howell. »Er hat genug eigenes Geld.«

»Es wäre nur natürlich, wenn Clete in Argentinien seinen Anspruch auf das Erbe geltend macht«, sagte Graham.

»Indem er für sich in Anspruch nimmt, daß er Argentinier ist«, sagte der alte Howell. »Und wenn man ihn schnappt, weil er für Sie arbeitet, gibt es ein Wort dafür: Hochverrat. Was macht man in Argentinien mit Verrätern, Colonel?«

»Darf ich auch was sagen?« fragte Clete. »Schließlich betrifft es mich.«

»Was?« fragte Graham.

»Was hat das zu bedeuten, daß ich – wie nannten Sie es? – ›der wichtigste geheimdienstliche Pluspunkt‹ bin, den Sie in Argentinien haben? Wie kommen Sie darauf?«

»Es wird ein Staatsstreich versucht werden. Das wissen Sie. Die G. O. U. steht dahinter. Auch davon wissen Sie.«

»Die was?« fragte Martha.

»G. O. U. steht für Grupo de Oficiales Unidos«, erklärte Clete. »Eine Gruppe vereinigter Offiziere.«

»Coronel Frade war der Präsident der G. O. U., und von ihm stammt das meiste Geld«, sagte Graham.

»Was hat das mit Cletus zu tun?« fragte Martha.

»Wir denken, er wird mit demjenigen in Kontakt treten, der seinen Vater ersetzt. Die Offiziere der G. O. U. waren alle mit seinem Vater befreundet. Er wird Einfluß nehmen können ...«

»Und wenn dieser Staatsstreich scheitert?« unterbrach der alte Howell. »Was passiert dann mit Clete? Stellen sie ihn an die Wand?«

»Wenn die Dinge schiefgehen, holen wir ihn aus Argentinien heraus«, sagte Graham.

»Und wie wollen Sie das schaffen?« fragte Martha.

Graham wies auf Commander Delojo.

»Er wird ihn herausholen. Er wird seinen Posten als Marineattaché einnehmen ... und das wird weiter Tarnung für den Chef der OSS-Station in Buenos Aires sein.«

»Wie?« Clete sah Delojo fragend an.

»Mit allem, was immer erforderlich sein wird, Major«, sagte Delojo. »Hoffentlich können wir dieses Flugzeug immer noch nach Argentinien fliegen. Das würde die Dinge natürlich erleichtern. Aber wenn nötig, bringe ich Sie raus, ob Flugzeug oder nicht. Nach Paraguay, Uruguay oder höchstwahrscheinlich Brasilien. Colonel Graham hat mir befohlen, Sie und Ihr Team mit höchster Priorität außer Landes zu bringen, wenn etwas schiefläuft.«

Das Flugzeug, von dem er gesprochen hatte – eine Beechcraft Expediter* –, war ein Geschenk vom Präsiden-

* Die Beechcraft C-45 Expediter war eine kleine Transportmaschine für sechs Passagiere, angetrieben von zwei Pratt & Whitney

ten der Vereinigten Staaten für Coronel Jorge Guillermo Frade. Offiziell war es ein Ausdruck der Bewunderung für Coronel Frade als argentinischer Führer. Das Flugzeug war auch gedacht als Ersatz von Frades Beechcraft – jetzt auf dem Grund der Samborombón-Bucht, denn dieses Flugzeug war ›im Dienst der Vereinigten Staaten‹. Und zufällig würde es Clete dazu dienen können, das nächste ›neutrale‹ Handelsschiff zu finden, das die Deutschen zur Versorgung ihrer U-Boote schicken würden.

Clete hielt diese ganze Idee für absonderlich, und er hatte das Colonel Graham gesagt: Sein Vater würde sicherlich das ›Geschenk‹ auf der Stelle ablehnen, wenn er davon hörte. Und wenn die Chancen, das Flugzeug nach Argentinien zu überführen, zu Lebzeiten seines Vaters eins zu hundert gewesen waren, dann waren sie jetzt gleich null.

»Cletus«, fragte Martha ungläubig, »du erwägst doch nicht, bei so etwas mitzumachen?«

»Martha, ich bin dienender Offizier des Marine Corps«, sagte Clete. »Ich erfülle Befehle.«

»Clete, ich verbiete dir, dich auf so etwas einzulassen«, sagte der alte Howell.

»Großvater, ich sage das gleiche, was Onkel Jim zu dir gesagt hätte. Dies ist allein meine Entscheidung.« Clete schaute Martha an. »Martha, du weißt, daß er das gesagt hätte.«

»Ich wünsche, keiner von euch beiden hätte jemals etwas vom Marine Corps gehört«, sagte Martha.

»Meine Frau sagte fast das gleiche, als ich in den aktiven Dienst zurückkehrte«, sagte Graham.

»Und sie erwartete vermutlich, daß Sie in Ihrem Alter

»Wasp Junior« 450-PS-Motoren. Sie hatte eine maximale Geschwindigkeit von 215 Meilen pro Stunde und eine Reichweite von 700 Meilen.

hinter einem Schreibtisch sitzen und sich nicht in so etwas verwickeln lassen, nicht wahr?« entgegnete Martha bissig.

»Martha, das war billig!« sagte Clete.

»Es überrascht mich, daß ein ›dienender Offizier des Marine Corps‹ wie du, Schatz, noch nicht gehört hat, daß in der Liebe und im Krieg alles erlaubt ist«, erwiderte Martha. Doch dann fügte sie hinzu: »Aber du hast recht. Ich hätte das nicht sagen sollen. Es tut mir leid, Colonel.«

»Sie brauchen sich nicht zu entschuldigen, Mrs. Howell«, sagte Graham. Es folgte kurzes Schweigen, und dann sprach er weiter. »Sie haben keinen Befehl, Clete. Wenn Sie die Mission unter diesen Umständen übernehmen, dann als Freiwilliger.«

»Da haben wir's«, sagte der alte Howell.

»Wann fliege ich?« fragte Clete.

»Morgen. Wie geplant. Commander Delojo wird übermorgen im Flugzeug sitzen. Wir schicken ein Kabel in Ihrem Namen und bitten darum, daß die Beerdigung Ihres Vaters verschoben wird, bis Sie dort sein können.«

»Sie waren ziemlich sicher, daß er mitmachen wird«, stellte Martha fest.

»Das war ich«, sagte Graham.

»Du fliegst nicht nach Argentinien, Cletus«, sagte der alte Mann. »Damit hat es sich.«

»Ich fliege, Großvater.« Clete wandte sich an Graham. »Woher habe ich erfahren, was mit meinem Vater passiert ist?«

»Durch eine Reuters-Nachrichtenmeldung. Wir haben dafür gesorgt, daß sie von der *New York Times* und der *Washington Post* übernommen wird.«

»Okay«, sagte Clete. »Und an wen habe ich das Kabel geschickt?«

»An Ihren Onkel Humberto«, sagte Graham. Er wandte sich an den alten Howell. »Sie werden vielleicht bemerkt haben, Mr. Howell, daß Ihr Neffe sehr gut in diesen Dingen ist. Er kann auf sich aufpassen. Er wird das schaffen.«

»Ich bete zu Gott, daß er es schafft«, sagte der alte Howell. »Aber im Augenblick denke ich, daß er so wahnsinnig und verantwortungslos ist, wie es sein Vater war.«

»Gottverdammt!« brauste Clete auf. »Großvater, kein häßliches Wort mehr über meinen Vater! Nicht heute abend! Oder ...«

»Was oder? Sollte das eine Art Drohung werden?«

»Colonel«, sagte Clete, »geben Sie mir zehn Minuten, um mein Gepäck zu packen.«

»Wohin willst du?« fragte der alte Mann ärgerlich.

»Weg von hier«, sagte Clete.

»Du wirst dich entschuldigen, Marcus Howell«, sagte Martha. »Und kein Wort mehr über Cletes Vater sagen. Oder ich gehe mit ihm weg. Und es wird in der Hölle frieren, bis du mich oder die Mädchen wiedersiehst. Und das ist keine Drohung, sondern die Feststellung einer Tatsache! Du solltest dich schämen!«

Einen Moment lang sah es aus, als würde der alte Mann nicht nachgeben. Dann räusperte er sich.

»Cletus, du weißt, daß ich nie etwas sagen würde ...«, begann er.

»Das ist keine Entschuldigung!« sagte Martha mit kaltem Zorn.

»Wenn du meinst, eine Entschuldigung muß sein, dann betrachte sie als gegeben«, sagte der alte Mann. Dann sah er den Ausdruck in Cletes Augen. »Cletus, bitte. Laß uns nicht so auseinandergehen. Bitte bleib.«

Clete gab keine Antwort.

»Es liegt an dir, Schatz«, sagte Martha zu Clete. »Wir beide wissen, wie weit dieser böse alte Mann gehen kann.«

Clete schaute den alten Mann an.

»Kein verdammtes Wort mehr! Weder heute noch sonst jemals wieder!«

Der alte Howell hob die Hände in Schulterhöhe in einer Geste der Kapitulation. Dann sah er Colonel Graham an.

»Entschuldigen Sie bitte diesen peinlichen Familienstreit.«

Graham überging die Worte.

»Wir brauchen ein paar Minuten allein mit Major Frade«, sagte er. »Und dann gehen wir.«

Der alte Howell überlegte einen Moment.

»Sie werden sich hier vermutlich wohler fühlen«, sagte er. »Martha, kommst du mit mir ins Wohnzimmer?«

Martha ging zur Tür, wartete, bis der alte Mann vor ihr hinausging, und lächelte Clete zu. Dann folgte sie Howell und schloß die Tür hinter sich.

»Das tut mir leid«, sagte Clete und blickte ein bißchen verlegen Graham, Quinn und Delojo an.

»Commander Delojo und Mr. Quinn haben Ihr Dossier gelesen«, sagte Graham. »Ich glaube, sie verstehen die Situation.«

Clete nickte.

»Mr. Quinn hat einen argentinischen Paß für Sie«, fuhr Graham fort. »Sie werden versuchen, damit ins Land zu kommen. Wenn es mit dem Paß Schwierigkeiten gibt, zeigen Sie Ihren Diplomatenpaß. Den wird man akzeptieren müssen, und so haben Sie wenigstens ein oder zwei Tage in Argentinien. Von da an improvisieren wir. Jemand von der Botschaft wird Sie am Flughafen abholen. Man hält Sie vielleicht bei der Einwanderungsbehörde auf ...«

»Ich habe bereits einen argentinischen Paß«, sagte Clete, als wären ihm erst jetzt Grahams Worte klargeworden.

»Das wußte ich nicht.« Grahams Stimme klang mißbilligend. »Das haben Sie bei Einsatzbesprechungen nie erwähnt.«

»Mein Vater besorgte ihn mir.«

»Nun, dann ist ein Problem ausgeräumt«, sagte Quinn. Es waren seine ersten Worte bei diesem Gespräch.

»Wie wirkt sich diese Änderung des Plans auf mein Team aus?« fragte Clete.

»Sie bleiben natürlich Teamchef«, erwiderte Graham.

»Und Ashtons Team? Das Radar-Team?« erkundigte sich Clete.

Ein anderes OSS-Team war nach Argentinien geschickt worden. Es wurde von jemandem geleitet, den Clete nicht kennengelernt hatte. Er argwöhnte, daß es ein Günstling von Donovan war – sein Name war Captain Maxwell Ashton III. Ashtons Team war mit dem modernsten Radar ausgerüstet. Wenn Clete eine Stelle am Strand der Samborombón-Bucht erkundet hatte, wo es aufgestellt werden konnte, würde man das deutsche Ersatzschiff in der Nacht oder im dichtesten Nebel bis auf hundert Meter Abweichung orten können.

Der Plan sah vor, daß anschließend ein amerikanisches U-Boot in der Nacht in die Samborombón-Bucht einlaufen und gerade weit genug mit dem Kommadoturm auftauchen würde, um von Ashtons Radar geleitet zu werden und Funksignale zu empfangen. Dann würde das U-Boot nahe genug an das deutsche Schiff geleitet werden, damit es mit einem sicheren einzigen Torpedoschuß versenkt werden konnte.

Clete hielt den Plan für fast so absonderlich wie das ›Geschenk‹ des Flugzeugs an seinen Vater, und er gab ihm nur eine leicht bessere Erfolgschance. Das Radar überhaupt nach Argentinien zu bringen, würde schon schwierig sein, und es von der Landestelle zur Estancia San Pedro y San Pablo zu bringen, ohne entdeckt zu werden, war ein noch größeres Problem.

Und wenn das Radar, das Captain Maxwell Ashton III. und sein Team brachten, dem Radar auf Guadalcanal ähnelte, dann konnte es nur etwas mit einer Genauigkeit von bis zu hundert Meter Abweichung vom Ziel orten – wenn es überhaupt funktionierte.

Er hoffte, daß er sich irrte. Wenn kein Radar zur Verfügung stand – und im Augenblick hielt er es für unmöglich, Ersatz für die Beechcraft Expediter zu bekommen –, würden sie schlimmer dran sein als zuvor. Er würde das deutsche Schiff mit einer der Piper Cubs von der Estancia San Pedro y San Pablo orten und dann das U-Boot dorthin leiten müssen, wie er es mit der Beech getan hatte. Und nach der Erfahrung mit der Beechcraft waren die Deutschen fast mit Sicherheit auf ein anderes Erkundungsflugzeug vorbereitet.

»Wir erfuhren gestern, daß sie in Brasilien sind«, sagte Graham. »Commander Delojo wird die Infiltration des Teams mit Ihnen und Captain Ashton koordinieren.«

»Und was ist mit dem Flugzeug?«

»Das ist ebenfalls in Brasilien. Verfügbar für Sie und Commander Delojo, wann Sie es für nötig halten.«

»Sie drücken sich nicht sehr klar aus, wer das Sagen hat, Colonel«, sagte Clete.

»Teil eins des ursprünglichen Plans bleibt gültig«, sagte Quinn. »Sie und Ihr Team werden das Ersatzschiff orten und identifizieren, wenn es in Position ist. Teil zwei des Plans – die Infiltration des neuen Teams nach Argentinien – wird zwischen Ihnen und Commander Delojo koordiniert, wie Colonel Graham soeben gesagt hat. An Teil drei des Plans, der Eliminierung des Ersatzschiffs, arbeiten wir noch.«

»Mit anderen Worten, Operation gelungen, Patient tot?« sagte Clete bitter.

»Moment mal, Major«, wandte Delojo ein. »Hören Sie mal zu ...«

»Sie hören mir zu, Commander«, unterbrach Clete scharf. »Ich habe verdammt keine Ahnung, wie ich ohne Flugzeug das Ersatzschiff finden kann. Und da mein Vater tot ist, habe ich keine Ahnung, wie ich ein Flugzeug nach Argentinien bringen kann, ohne abgeschossen zu werden.«

»Wir dachten an eine leichte Maschine von der Estancia Ihres Vaters«, sagte Quinn.

»Ich hätte sagen sollen, ein *anständiges* Flugzeug. Ein *taugliches* Flugzeug. Die einzigen Maschinen auf der Estancia meines Vaters sind Piper Cubs. Ich brauche diese C-45.«

»Sie haben die *Reine de la Mer* mit der Beechcraft ihres Vaters gefunden«, wandte Delojo ein.

»Und ich wurde abgeschossen. Das versuche ich nicht noch einmal.«

»Es wird vielleicht nötig sein«, sagte Delojo.

»Abgesehen davon, daß es Selbstmord wäre, Commander, würde es nicht funktionieren. Wenn die Deutschen die Argentinier dazu bringen können, wegzusehen, wenn ein weiteres Versorgungsschiff in der Samborombón-Bucht ankert, dann bringen sie die Argentinier auch dazu, wegzublicken, wenn sie jedes Flugzeug – oder Boot – abschießen, das sich in ihre Nähe wagt. Wir müssen auf die ursprüngliche Idee zurückgreifen, das Schiff durch Luftfotografie zu identifizieren. Und das kann man nicht mit einer in der Hand gehaltenen Kamera in einer Piper Cub.«

»Ich finde, Clete hat recht«, sagte Graham. »Wir müssen irgendwie diese C-45 nach Argentinien bringen. Clete, könnten Sie das Flugzeug auf der Estancia Ihres Vaters verstecken, wenn wir es geschwärzt und ohne Kennzeichnung in Argentinien einfliegen?«

Clete dachte darüber nach.

»Der Landestreifen auf der Estancia ist nicht beleuchtet«, sagte er dann. »Das bedeutet, daß die Maschine am hellichten Tage eingeflogen werden müßte. Martin würde erfahren, daß ein Flugzeug ohne Kennzeichen gelandet ist, bevor es in den Hangar geschoben werden kann.«

»Wer ist Martin?« fragte Delojo.

»Das wissen Sie nicht?« fragte Clete, und es klang angewidert. »Das ist der Typ vom Büro für Innere Sicherheit, der darauf angesetzt ist, mich zu beobachten. Und Sie vermutlich ebenfalls, sobald er erfährt, daß Sie in Argentinien sind.«

»Nun, dann müssen wir uns was einfallen lassen, nicht wahr?« sagte Graham.

»Das bringt uns zurück auf die Idee, Ashtons Team per

Fallschirm abzusetzen, oder?« sagte Quinn. »Was mein ursprünglicher Vorschlag war.«

»Ich finde, Cletes Einwände bleiben gültig«, sagte Graham.

»Sir, mit Verlaub, wir haben jeden Tag Teams in Frankreich und den Niederlanden abgesetzt.«

»Wir reden über Argentinien, nicht über Frankreich«, sagte Clete. »Es ist wesentlich weiter von Brasilien bis zur Provinz Buenos Aires als über den Ärmelkanal.«

»Und jede Chance, Einfluß auf die neue Regierung auszuüben – vorausgesetzt das gelingt Clete –, würde zunichte gemacht, wenn herauskommt, daß wir OSS-Teams per Fallschirm in Argentinien absetzen«, sagte Graham. »Ich wiederhole, Cletes ursprüngliche Einwände bleiben gültig. Es gibt diesmal keine Alternative.«

»Jawohl, Sir«, sagte Quinn.

»Sie sollten dem Team in Brasilien mitteilen, daß es sich vorbereitet, von dort aus über den Fluß Uruguay in die Provinz Corrientes einzusickern.«

»Jawohl, Sir.«

»Clete, Sie arbeiten daran, wie das Flugzeug nach Argentinien eingeflogen werden kann, und ich plane von diesem Punkt aus weiter.«

»Jawohl, Sir.«

»Sonst noch etwas, Clete, das wir hier und jetzt besprechen sollten?«

»Colonel, die Prioritäten«, sagte Clete. »Was ist wichtiger: ob ich an die Grupo de Oficiales Unidos herankomme oder das Ersatzschiff ausschalte?«

»Diese Entscheidung muß der Präsident treffen«, sagte Graham. »Es hat wegen der *Reine de la Mer* enormen diplomatischen Druck gegeben. Und was wir heute vielleicht entscheiden, könnte schon morgen geändert werden.«

»Na großartig!« sagte Clete.

Graham erhob sich und reichte ihm die Hand.

»Viel Glück, Clete. Wir bleiben in Verbindung.«

2

Centro Naval
Avenida Florida y Avenida Córdoba
Buenos Aires

5. April 1943, 21 Uhr 10

Eine dunkelblaue 1939er Dodge-Limousine stoppte am Straßenrand, und ein Mann stieg aus dem Fond aus. Der Mann – groß, blond, hellhäutig, Mitte Dreißig, in einem hellbraunen Gabardine-Anzug – neigte sich hinab und schaute durch das vordere offene Fenster auf der Beifahrerseite.

»Holen Sie mich in anderthalb Stunden ab«, befahl er dem Fahrer, einem etwas jüngeren Mann als er, der einen fast identischen Anzug trug.

»Si, mi Coronel«, sagte der Fahrer.

Der Mann richtete sich auf, machte kehrt, stieg schnell die kurze Treppe an der Ecke des Gebäudes hinauf und trat durch die Drehtür ein.

»Buenas tardes, mi Coronel«, sagte der Pförtner und schob ihm das Anmeldebuch hin. Als Teniente Coronel Alejandro Bernardo Martin sich eingetragen hatte, nahm der Pförtner ein kleines Kuvert aus einer Schreibtischschublade und überreichte es ihm.

»Muchas gracias«, sagte Martin.

Er wandte dem Pförtner den Rücken zu und untersuchte das Kuvert nach Anzeichen darauf, daß es heimlich geöffnet worden war. Nichts wies darauf hin. Martin riß den Umschlag auf. Er enthielt ein einzelnes Blatt. Es war unbeschriftet. Er drehte das Blatt um. Die andere Seite war ebenfalls leer. Martin schob das Blatt Papier und den Umschlag in seine Hosentasche und drehte sich zu dem Pförtner um.

»Marschbefehle«, sagte er lächelnd. »Wenn Señora Martin anrufen sollte, sagen Sie ihr bitte, daß ich ihre Befehle erfülle.«

»Si, mi Coronel.« Der Pförtner lächelte wissend. Eine weitere, von der Frau befohlene Einkaufsmission. Das geschah immer wieder. In der Avenida Florida, zwischen der Avenida Córdoba und der Plaza San Martin, gab es eine Reihe von Kaufhäusern und Geschäften. Die Palette reichte von einer Filiale des Londoner Harrod's bis zu winzigen Boutiquen.

Martin schüttelte wie resigniert den Kopf, ging hinaus durch die Drehtür und schritt die Avenida Florida entlang in Richtung Plaza San Martin. Er betrat Harrod's und kaufte schnell ein Paar Socken. Die brauchte er zwar nicht, aber sie wurden in eine gut erkennbare Tragetasche von Harrod's gesteckt. Dann verließ er Harrod's und ging mit forschen Schritten in Richtung Plaza San Martin. Nach einem weiteren Zwischenstop, um die Zeitung *La Nacion* zu kaufen, ging er bis zum Ende der Avenida Florida, überquerte die Straße, die um den Platz herumführte, und spazierte in den Park.

Er schlenderte über die gewundenen Pfade zwischen (und manchmal unter) den gewaltigen, alten Gomero-Bäumen – es hieß, sie waren vierhundert Jahre alt – und setzte sich auf eine Doppelbank. Ein großer, gutaussehender Mittzwanziger, der die Uniform eines Capitán der Kavallerie und den unerläßlichen Schnurrbart eines Kavallerieoffiziers trug, saß auf der anderen Seite der Bank, vom Circulo Militar abgewandt und mit Blick auf den Rio de la Plata.

Martin blickte schnell zum Circulo Militar. Das prächtige, in italienischem Stil errichtete Gebäude war Ende des neunzehnten Jahrhunderts als Privatresidenz der Besitzer von *La Pensa* erbaut worden, der zweitgrößten von Argentiniens Zeitungen. Sie hatten es später der Armee geschenkt, als kleines Zeichen der Bewunderung für diesen

Truppenkörper, wie einige Leute sagten. Andere lachten nur höhnisch und wissend, wenn sie diese Erklärung für das großzügige Multi-Millionen-Dollar-Geschenk hörten.

Martin blätterte die Zeitung *La Nacion* auf.

»Nichts«, sagte er leise. »Es ist weder im Haus an der Avenida Diaz noch im Gästehaus an der Libertador.«

Der Capitán, der Roberto Lauffer hieß, konnte ein Schulterzucken nicht unterdrücken, doch er blickte in die andere Richtung und hielt sich ein Taschentuch vor den Mund, bevor er antwortete.

»Dann muß es auf der Estancia San Pedro y San Pablo sein«, sagte er.

»Ich kann keinen dort reinbringen«, sagte Martin. »Und selbst wenn ich das könnte, weiß ich nicht die Kombination vom Safe. Es ist ein deutsches Fabrikat Himpell mit Stahl wie für ein Schlachtschiff. Ohne Kombination kann man den Safe nur aufschweißen. Oder sprengen.«

»Ist die Kombination über den Händler zu erfahren?« fragte Capitán Lauffer.

»Natürlich habe ich das versucht«, sagte Martin kühl. »Einer der vielen Vorteile eines Himpell-Safes liegt darin, daß der jeweilige Besitzer die Kombination mit Leichtigkeit verändern kann.«

»Meinen Sie, keiner sonst weiß die Kombination? Ist sie vielleicht Suboficial Mayor Rodriguez bekannt?«

»Ich nehme an, nur Coronel Frade hatte die Kombination, und zwar im Gedächtnis, nicht irgendwo aufgeschrieben«, erwiderte Martin.

»Ich werde das an General Rawson weitergeben«, sagte Capitán Lauffer.

»Ich gebe Ihnen noch etwas, um ihm den Appetit beim Abendessen zu verderben«, sagte Martin. »Humberto Duarte erhielt vor einer Stunde ein Telegramm von Frades Sohn, in dem er darum bittet, daß die Beerdigung verschoben wird, bis er hier ist.«

»Er kommt zurück?«

»Er wird morgen in Miami mit Panagra (Pan American Airways-Grace Airlines) abfliegen.«

»Und Duarte wird die Beerdigung verschieben?«

»Natürlich.«

Capitán Lauffer atmete tief durch.

»Ich werde General Rawson informieren.«

»Der Raum ist nach Wanzen abgesucht worden, aber …«

»Ich verstehe«, murmelte Lauffer.

»Das ist im Augenblick alles«, sagte Martin.

»Jawohl.« Lauffer erhob sich. Er ging durch den Park in Richtung Circulo Militar davon.

Als Teniente Coronel Martin beim Büro für Innere Sicherheit (BIS), dem Verteidigungsministerium unterstellt, seinen Dienst als ›Chef des Büros für ethische Standards‹ angetreten hatte, war ihm die Verantwortung übertragen worden, die Grupo de Oficiales Unidos im Auge zu behalten. Die G. O. U., so argwöhnte man zu Recht, plante einen Staatsstreich gegen das Regime von Präsident Ramón S. Castillo.

Mittlerweise hatte sich Coronel Martins Verhältnis zu der G. O. U. verändert. Eine neue Entwicklung der Dinge hatte ihn gezwungen, sich für eine Seite zu entscheiden. Einerseits akzeptierte er jetzt, daß seine Hoffnung, unpolitisch zu bleiben und unter jedem zu dienen, der verfassungsmäßig im Amt war, naives Wunschdenken war. Andererseits war ihm klar, daß er die richtige Seite gewählt hatte, wenigstens moralisch. Ob sie siegen würde, war eine völlig andere Frage.

Angesichts dieser Tatsachen hielt er es jetzt für seine Pflicht, zu verhindern, daß diejenigen, die Verbindungen zu Präsident Castillo hatten, nur so viel über die Aktivitäten der G. O. U. erfuhren, wie absolut nötig war.

Die schlimmste Möglichkeit war, daß OUTLINE BLUE in die Hände von Präsident Castillos Anhängern fiel. Denn OUTLINE BLUE war der detaillierte Plan für den

Staatsstreich, einschließlich der Namen der beteiligten Offiziere und der Rollen, die sie spielen würden. OUTLINE BLUE enthielt alle Einzelheiten – außer dem Datum und dem Zeitpunkt der Durchführung.

Angesichts der Gefahr war nur ein einziges Exemplar von OUTLINE BLUE angefertigt worden. Es war el Coronel Jorge Guillermo Frade anvertraut worden, der das meiste davon geschrieben hatte und der Präsident der G. O. U. gewesen war. Frade war jetzt tot, ermordet auf Befehl des deutschen Militärattachés, dem es aus Deutschland befohlen worden war, nahm Martin an. Frades Ermordung diente zwei deutschen Zwecken – sie verhinderte, daß Frade Präsident wurde, und sollte andere hohe argentinische Offiziere daran erinnern, daß Deutschland seine Feinde genausogut bestrafen wie seine Freunde belohnen konnte.

Aber Martin glaubte, daß Frade hauptsächlich ermordet worden war, damit er nicht der nächste Präsident der Republik Argentinien werden konnte. Denn wenn der Staatsstreich gelang, wäre das geschehen. Die Deutschen wollten nicht, daß der Präsident von Argentinien vom gegenwärtigen Kurs abwich – der neutral war, mehr den Achsenmächten zugeneigt als der Neutralität – und sich den Alliierten zuwandte. Oder noch schlimmer: Argentinien zu einer Kriegserklärung gegen die Achsenmächte, also der Achse Berlin-Rom-Tokio, führte.

Vor einem halben Jahr hatten die Deutschen Coronel Jorge Guillermo Frade mit Recht als Freund betrachtet. Er hatte die Deutsche Kriegsschule absolviert, ungefähr so etwas wie eine höhere Lehranstalt für den deutschen Militärstab, und es war bekannt, daß er die Vereinigten Staaten in den meisten Aspekten haßte.

Das änderte sich innerhalb von Wochen, als die Nordamerikaner in einer brillanten Aktion einen Agenten des Office of Strategic Services nach Argentinien schickten, der unter anderem ein Fliegeroffizier des Marine Corps war, der im Pazifikraum gekämpft hatte. Noch wichtiger, er war der Sohn, seit der Kindheit entfremdet, von el Coronel Jorge Guillermo Frade.

Die Deutschen begingen den taktischen Fehler eines Mordanschlags auf Frades Sohn. Der Versuch scheiterte, und der Sohn erledigte weiter seine Mission, die Versenkung der *Reine de la Mer.*

Für Frade waren die Blutsbande stärker als der politische Glaube, daß die Deutschen einen fast heiligen Krieg gegen den gottlosen Kommunismus führten. Er unterstützte nicht nur seinen Sohn bei der Versenkung der *Reine de la Mer,* indem er ihm das Flugzeug zum Orten des Schiffs zur Verfügung stellte, sondern er nutzte auch seinen Einfluß, um ihm und seinem OSS-Team nach der Zerstörung des Schiffes die Flucht aus dem Land zu ermöglichen – indem er zum Beispiel argentinische Pässe für das OSS-Team besorgte.

Vermutlich genauso schlimm war aus deutscher Sicht: El Coronel Frade wurde in *La Nacion* und *La Pensa* zitiert, daß er die Behauptung der Alliierten – von den Deutschen natürlich geleugnet – glaubte, daß die Deutschen mehrere hunderttausend Juden als Sklavenarbeiter gefangenhielten. Er erklärte sogar, daß sich nach seiner Überzeugung weit über eine Million Juden in Konzentrationslagern befanden.

Martin war überzeugt, daß die Deutschen Frades Ermordung entschieden, als ihnen bekannt wurde, daß er plötzlich und unerwartet die Seiten gewechselt hatte.

Frades Tod betrübte Coronel Martin nicht nur – er hatte Frade sehr gemocht –, sondern er brachte auch ernste Probleme. Wenn im Verlauf der normalen Aktivitäten nach Frades Tod – was eine Öffnung von Coronel Frades Safes einschloß – der Operationsbefehl in die falschen Hände fiel, würde der Staatsstreich scheitern und die Beteiligten würden preisgegeben. Leute, die sich an einem Staatsstreich beteiligten, waren entweder Retter ihres Landes oder Verräter.

Martin bezweifelte, daß Castillo tatsächlich alle Beteiligten an die Wand stellen oder sie von einem Kriegsgericht zu langer Gefängnishaft verurteilen lassen würde. Vielleicht nur ein Dutzend Leute des Kerns. Aber wie kurz die Liste des inneren Kreises auch sein mochte, Teniente Coronel Martins Name würde bestimmt darauf stehen.

Martin verbannte diesen unangenehmen Gedankengang und konzentrierte sich auf die Gegenwart. Er war jetzt zu tief verwickelt, um auszusteigen, selbst wenn er zu Castillo ging und alle anderen verriet. Und er wußte, daß er dazu einfach nicht imstande war. Es war eine Frage der Ehre. Er hatte seine Wahl getroffen, und damit würde er leben müssen.

Obwohl er lange genug im Nachrichten- und Spionageabwehrdienst war, um zu wissen, daß ihn nichts mehr überraschen konnte, verwunderte es ihn, daß die Suche nach Wanzen in dem Raum, in dem Kriegsminister Teniente General Pedro P. Ramirez mit el General Arturo Rawson speisen würde, nichts ergeben hatte. Das war die Bedeutung des leeren Blattes Papier in dem Umschlag, den Martin erhalten hatte. Und es überraschte ihn ebenfalls, daß die Bundespolizei kein Interesse an dem Treffen selbst zeigte – jedenfalls keins, das er entdecken konnte. Denn Ramirez war dafür verantwortlich, den Staatsstreich zu befehlen; und wenn er erfolgreich war, würde Rawson – jetzt nach Frades Tod – wahrscheinlich der nächste Präsident der Republik Argentinien werden.

Es kam Martin in den Sinn, daß das Treffen vielleicht schon abgesagt worden war und man ihn aus irgendeinem Grund nicht informiert hatte. Oder es konnte sein, daß die Bundespolizei nicht in der Lage gewesen war, ein Mikrofon in dem Gebäude zu installieren. Es wäre sehr peinlich, wenn sie dabei geschnappt wurde. Wenn er der Bundespolizist wäre, der für die Beschattung von General

Ramirez verantwortlich war, dann würde er sehr vorsichtig und bemüht sein, ihn nicht zu verärgern: vielleicht gelang der Staatsstreich.

Nach all diesen Gedanken entschied sich Martin zu warten, bis Ramirez und Rawson tatsächlich auftauchten. Und so las er Zeitung und blickte immer wieder über die Straße zum Circulo Militar.

Um 21 Uhr 30 traf Teniente General Pedro P. Ramirez in seinem Dienstwagen vor den verzierten Toren des Circulo Militar ein, nur Sekunden nach dem privaten 1940er Packard 220 von General Rawson.

General Ramirez saß mit seinem Adjutanten, Mayor Pedro V. Querro, im Fond des Mercedes und forderte Rawsons Fahrer mit einer Geste großzügig auf, ihm durch das Tor des prächtigen Gebäudes vorauszufahren. Das veranlaßte General Ramirez' Chauffeur – der es nicht gewohnt war, andere Fahrzeuge vorzulassen – zu einer Notbremsung.

Martin lachte fast laut auf, als der Adjutant, Mayor Querro, ein kleiner, drahtiger Mann mit dünnem Schnurrbart, mit wütendem Gesicht vom Rücksitz flog und auf den Wagenboden plumpste. General Ramirez erging es besser; er blieb auf dem Rücksitz und stützte sich an der Rückenlehne des vorderen Sitzes. Martin schüttelte belustigt den Kopf, faltete sorgfältig seine Zeitung, nahm die Tragetasche von Harrods mit den Socken, die er nicht brauchte, und ging zurück zur Avenida Florida und dem Centro Naval.

3

Weder General Rawson noch sein Chauffeur bekamen mit, daß General Ramirez und Mayor Querro Probleme hatten, ihren Sitzplatz und ihre Würde zu behalten. Der Chauffeur setzte Rawson am Eingang ab und fuhr in den Innenhof, um den Packard zu parken.

Rawson, ein gutaussehender, grauhaariger Mann Anfang Fünfzig mit sorgfältig gestutztem Oberlippenbart, trug einen gutgeschnittenen dunkelblauen Straßenanzug. Er blieb neben dem Eingang stehen und wartete auf Ramirez und Querro, die Uniform trugen – grüner Rock mit Sam-Browne-Koppel, rosafarbene Reithose und auf Hochglanz polierte Reitstiefel. Abgesehen von ihren Schirmmützen mit Lederbesatz an der Krempe und steifer, goldverzierter, überhoher Krone wirkten Ramirez und Querro nicht viel anders als Kavallerie-Offiziere der U.S. Army.

»Arturo«, begrüßte Ramirez ihn und berührte ihn herzlich am Arm.

»Mi General«, erwiderte Rawson und nickte dann Mayor Querro zu.

»Sie werden ein bißchen rundlich«, sagte Ramirez. »Wir werden eine nützliche Arbeit für Sie finden müssen, damit Sie etwas abspecken.«

»Ich stehe, mit einer langen Liste von Ausnahmen, dem General zur Verfügung«, erwiderte Rawson.

Ramirez lachte, und die drei gingen durch die Tür, die ihnen von einem livrierten Portier aufgehalten wurde.

Im Gebäude, am Fuß einer gewundenen Marmortreppe, stand ein weiterer Portier, wie die meisten Angestellten des Circulo Militar ein Unteroffizier der Armee im Ruhestand, bei dem Anmeldebuch, in das sich jedes Mitglied des Circulo Militar bei seiner Ankunft mit seiner Unterschrift eintragen mußte.

Der Portier wußte, daß sich weder General Ramirez

noch General Rawson jemals an diese Vorschrift hielten – oder an irgendeine andere, die ihnen lästig war –, und schrieb ihre Namen in das Verzeichnis.

»Wo haben Sie el General untergebracht?« fragte Mayor Querro in arrogantem Tonfall den Portier, als Ramirez sich anschickte, die Treppe hinaufzugehen.

»In 2-B, mi Mayor«, sagte der Portier.

»Mit einem bißchen Glück haben wir kein Frauengekicher neben uns«, meinte Rawson.

»Mit ein bißchen Glück wird es welches geben«, sagte Ramirez. »Frauen in Gruppen hören sich nicht gegenseitig zu, aber auch keinem anderen.«

Rawson lachte, wie von Ramirez erwartet, und fragte sich, ob Ramirez ein wenig nervös wurde.

Warum nicht? Wenn man einen Staatsstreich plant und vielleicht bald die Einzelheiten der Operation auf dem Schreibtisch des Mannes liegen, den man stürzen will, ist verständlich, wenn man ein bißchen nervös ist.

2-B im zweiten Stock des Gebäudes war ein kleiner, separater Speisesaal mit zehn Plätzen für Gäste. Vier Plätze waren am Kopf und Fuß des Tisches mit einem beeindruckenden Sortiment von Silber und Kristall gedeckt. Auf einem Beistelltisch standen Whiskyflaschen, ein halbes Dutzend Weinsorten, zwei Weinkühler und entsprechende Gläser.

Capitán Lauffer, der den Wein inspiziert hatte, nahm militärisch-schneidig Haltung an, und zwei Kellner in kurzen weißen Jacketts standen ebenfalls still.

»Hier sind Sie also, Roberto«, sagte Rawson. »Ich glaube, wenn es für mich an der Zeit ist, durch die Himmelspforte zu gehen, sind Sie auch schon da und halten sie mir auf.«

»Mi General«, sagte Lauffer und verneigte sich vor General Ramirez.

»Guten Abend, Lauffer«, sagte Ramirez lächelnd. Dann wandte er sich an einen der Kellner. »Decken Sie alles an einem Ende des Tisches. Ich will meine Gäste nicht anschreien müssen.«

Beide Kellner erfüllten schnell seinen Wunsch.

Rawson blickte sich in dem kleinen Saal um. Dann hielt er eine Hand ans Ohr und sah Lauffer fragend an.

»El Coronel Martin sagte mir, daß der Raum sauber ist. Er schlug trotzdem Diskretion vor.«

Rawson nickte, überzeugt, daß es tatsächlich keine Abhörgeräte gab. Er kannte Teniente Coronel Martin als sehr fähigen und verläßlichen Sicherheitsoffizier.

»Hat er etwas gefunden?« überlegte Mayor Querro laut.

»Ich glaube, dann hätte er das gemeldet«, sagte Lauffer.

»Was hatte er sonst zu sagen?« fragte Rawson.

Ramirez signalisierte Lauffer mit einer Geste, daß er nicht in Anwesenheit der Kellner antworten sollte. Lauffer verstand und nickte.

Querro ging zu dem Beistelltisch, wartete, bis er Ramirez' Aufmerksamkeit hatte, und wies auf eine Flasche Johnnie Walker Red Label Scotch.

»Wenn das Champagner ist, hätte ich den lieber«, sagte Ramirez und deutete auf die Flaschen in einem der Kühler.

Einer der Kellner nahm schnell eine Flasche Champagner aus dem Kühler und begann sie zu entkorken.

»Den sollten wir ebenfalls nehmen«, sagte Rawson. »Was trinken Sie, Lauffer?«

»Nichts, mi General. Danke.«

»Oh, nehmen Sie ein Glas Wein«, sagte Ramirez. Es war ein Befehl, und Lauffer nahm die Worte auch so auf.

»Vielen Dank, mi General«, sagte er.

Einer der Kellner schenkte Champagner ein und bot ihn auf einem Tablett an.

»Danke«, sagte General Ramirez, nahm ein Glas und fügte hinzu: »Lassen Sie uns jetzt bitte allein.«

Er ging mit seinem Glas in der Hand zu der Balkontür,

die bis zur Decke reichte und einen Ausblick auf die Plaza San Martin und die alten, gewaltigen Gomero-Bäume bot.

Rawson nippte an seinem Champagner und wartete darauf, daß sich Ramirez zu ihm umwandte. Als er das nicht tat, ging er zu ihm.

San Martin, Belgrano und Pueyrredón *, dachte Ramirez, *standen hier vor hundertdreißig Jahren und schauten auf dieselben Bäume und hinaus auf den Rio de la Plata und entschieden sich, jeden Preis zu zahlen, damit Argentinien frei und demokratisch ist. Tun wir das jetzt? Oder werden wir nur eine weitere Junta in der langen Reihe von Juntas werden, die sich für die Rettung Argentiniens hielten? Und sich meistens irrten.*

»Sie wirken sehr nachdenklich, mi General«, sagte Rawson.

»Ich nehme an, das bin ich, aber wenn Sie fragen ›Haben Sie Zweifel?‹, lautet die Antwort nein«, sagte Ramirez und schaute Rawson in die Augen. »Ich bedaure, daß nötig ist, was wir tun müssen, aber wir haben keine Wahl; el Presidente hat deutlich gesagt, daß er sein Amt nicht aufgibt, ganz gleich, wie die Wahl ausgeht.«

»Kein Mensch ist gut genug, um über einen anderen ohne dessen Zustimmung zu herrschen«, sagte Rawson.

»Zitieren Sie jemanden?« fragte Ramirez.

»Abraham Lincoln.«

»Ah, Lincoln! Der ehrbare Abe. Wie nannte man ihn, den ›großen Sklavenbefreier‹?«

»Ich fragte mich, ob wir nicht im Begriff sind – mit den besten Absichten –, ebenfalls ohne Zustimmung zu herrschen«, sagte Rawson.

»Und welche Antwort haben Sie gefunden?«

»Je nachdem, wie man es sieht, wollen wir entweder die Demokratie bewahren oder wiederherstellen«, sagte Rawson. »Wenn wir das tun, ist es das Richtige. Wenn nicht,

* José de San Martin, ›Der große Befreier‹ Manuel Belgrano und J. M. de Puyerredón werden als die Väter Argentiniens verehrt.

wenn wir die Macht ergreifen und dann behalten – aus welchem noblen Grund auch immer –, werden wir nicht besser als Castillo sein.«

»Sonst noch etwas?«

»In Lincolns Bürgerkrieg sind mehr Nordamerikaner getötet worden als im Ersten Weltkrieg, mehr als vielleicht in diesem Krieg draufgehen. Ich mag gar nicht daran denken, was hier geschehen würde, wenn unser Plan zu einem Bürgerkrieg führt. Denken Sie an Spanien ... Bruder gegen Bruder. Gott allein weiß, wie viele Tausende, Hunderttausende dort starben.«

»Argentinien ist nicht Spanien«, sagte Ramirez scharf. Dann fügte er weicher hinzu. »Sie haben also Zweifel?«

»Ich hatte welche. Die Schlüsse, zu denen ich gelangt bin, haben Sie soeben ausgesprochen: Ich bedaure, daß nötig ist, was wir tun müssen, aber wir haben keine Wahl. Und ich bedaure zutiefst, daß Jorge uns nicht mehr führen kann.«

»Ich habe mich gefragt, was passieren würde, wenn wir nichts unternehmen«, sagte Ramirez. »Wenn wir einfach nichts tun würden. Castillo wird vielleicht wiedergewählt. Das ist unwahrscheinlich, aber möglich. Oder wenn er die Macht ergreift, anstatt sie abzugeben. Welchen Schaden würde das anrichten? Abgesehen von der offenkundigen Antwort, daß er und seine Kumpane die Staatskasse ausrauben und ...«

»Wir sind einer Meinung«, unterbrach Rawson. »Wir bedauern beide, daß es nötig ist ...«

»Ja, wir hatten diese Unterhaltung schon, nicht wahr, Arturo?« sagte Ramirez. »Vergessen wir für einen Moment das Philosophieren und hören uns an, was uns Lauffer zu sagen hat.«

Lauffer, der am Tisch darauf gewartet hatte, daß er gerufen wurde, ging zu ihnen.

»Unser Freund glaubt, daß das, was wir suchen, höchstwahrscheinlich im Land ist«, sagte er leise.

Ramirez stieß einen Grunzlaut aus. Das hatte er die ganze Zeit angenommen.

»Jedenfalls ist das Gesuchte in keinem der beiden Häuser in Buenos Aires«, sagte Lauffer.

»Das habe ich auch nicht angenommen«, sage Rawson. »Was ist mit dem Geld?«

»Wir glauben weiterhin, daß das Geld bei OUTLINE BLUE ist, mi General.«

»In keinem der beiden Häuser?« fragte Ramirez.

»Nicht in dem in der Avenida Coronel Diaz und nicht in el Coronels Gästehaus gegenüber dem Hipódromo in der Libertador«, erklärte Lauffer.

»*Wenn* jemand dieses Gespräch belauscht und auch nur die Hälfte des Verstandes hat, mit dem er geboren wurde, dann weiß er, über wen und wovon wir reden«, sagte Rawson. »Können wir aufhören, uns wie Schauspieler in einem schlechten Film zu verhalten?«

Ramirez blickte ihn an und zuckte schließlich mit den Schultern.

»Was sagt Martin weiter?« fragte er. »Meint er, wir können das Gesuchte auf der Estancia San Pablo y San Pablo finden?«

»Er hält das für unmöglich. Schon ins Haus der Estancia hineinzukommen, wäre ein Problem. Und da ist ein guter Safe ...«

»Ein Himpell, im Schrein«, sagte Rawson.

»Was?« fragte Ramirez. »Welcher Schrein?«

»Haben Sie nie das Heiligtum des gesegneten Norteamericano gesehen?« fragte Rawson.

»Ich weiß nicht, wovon Sie reden.«

»Jorge hatte eine Bibliothek auf der Estancia San Pedro y San Pablo«, sagte Rawson. »Mehr oder weniger voller Fotos und anderer Reliquien von seinem Sohn. Der Safe befindet sich hinter den Büchern. Ein Teil des Bücherschranks läßt sich aufklappen.«

»Warum nennen Sie das Schrein?«

»So nenne ich das – einen Reliquienschrein. Das sollte weder gegenüber Gott noch Jorge respektlos sein ...«

»Wo könnte die Kombination für den Safe sein? Könnte Señora Carzino-Cormano sie haben?« kam Ramirez wieder aufs Thema zurück. Claudia Carzino-Cormanos nur etwas kleinere Estancia Santa Catharina grenzte an die Estancia San Pedro y San Pablo.

»Coronel Martin glaubt, nur Coronel Frade hatte die Kombination«, sagte Lauffer.

»Nun, es könnte nicht schaden, sie zu fragen«, meinte Ramirez. Nach einer Pause, in der er seinen Gedanken nachhing, fuhr er fort: »Gott, wenn er sie doch nur geheiratet hätte! Warum hat er sie nicht zu seiner Ehefrau gemacht! Sie lebten seit Jahren in Sünde! Wenn sie geheiratet hätten, könnte sie den Safe öffnen lassen, selbst wenn sie die Kombination nicht kennt.«

»Er hat sie nicht geheiratet, weil er alles, was er besaß, seinem Sohn vererben wollte«, sagte Rawson. »Ich dachte, das wüßten Sie. Aber das führt zu nichts. Wir müssen uns mit den gegebenen Umständen abfinden. Welche Möglichkeiten haben Sie?«

»Wir können el Coronel Martin mit dem Befehl zur Estancia San Pedro y San Pablo schicken, den Safe zu öffnen – und wenn er ihn aufsprengen muß«, sagte Mayor Querro.

»Sie glauben doch nicht, daß wir das tun können, ohne die Aufmerksamkeit der Bundespolizei zu erregen, Pedro?« fragte Ramirez sarkastisch. »Und das ist aus offenkundigen Gründen das letzte, was wir wollen.«

»Eine andere Möglichkeit wäre, in puncto Safe nichts zu unternehmen ...«

»Hoffen, daß keiner rankommt, bevor wir handeln?« fragte Ramirez. Er dachte einen Moment darüber nach. »Einen anderen kompletten Operationsbefehl zusammenstellen, meinen Sie?« fügte er dann hinzu. »Das ist möglich, nehme ich an.«

»Welche Wahl haben wir, mi General?«

»Mi General, wir brauchen das Geld«, sagte Querro. »Was ist damit?«

»Verdammt!« entfuhr es Ramirez.

Lauffer sagte zögernd: »El Coronel Martin bat mich, Ihnen zu sagen, daß es ein Kabel von dem Sohn gab ...«

»Von el Coronel Frades Sohn?« unterbrach Rawson.

»Jawohl. Er bittet um eine Verschiebung der Beerdigung, bis er hiersein kann. Er verläßt morgen Miami.«

»Wunderbar!« sagte Ramirez sarkastisch. »Und als erstes wird er sich diesen Safe vornehmen!«

»Warum sagen Sie das?« fragte Rawson. »Ich kann nicht glauben, daß Jorge mit ihm über OUTLINE BLUE gesprochen hat.«

»Dessen bin ich mir nicht so sicher«, entgegnete Ramirez. »Aber das meinte ich nicht. Ich meinte, daß nach dem Gesetz nach Jorges Tod all sein Besitz zum Erbe des Sohns geworden ist.«

»Da bin ich mir nicht so sicher«, wandte Rawson ein. »Er ist Amerikaner. Wir können ihm zum Beispiel ein Visum verweigern.«

»Er braucht kein Visum, er ist Argentinier.«

»Das ist er nicht! Mein Gott, er diente in der amerikanischen Navy!«

»Im Marine Corps«, korrigierte Ramirez. »Aber er wurde hier geboren und ist nach dem Gesetz Argentinier. Er hat einen argentinischen Paß. Jorge besorgte ihm den, kurz bevor er an der Sprengung der *Reine de la Mer* teilnahm.«

»Wir könnten ihn in Untersuchungshaft nehmen«, sagte Rawson.

»Unter welchem Vorwand? Die Amerikaner würden vor Wut aufheulen, und Castillo würde sich fragen, warum wir ihn festgenommen haben. Ich sehe keine andere Möglichkeit, als an ihn zu appellieren – vielleicht könnte

Claudia Carzino-Cormano das tun –, uns das Werk seines Vaters fortsetzen zu lassen.«

»Und wenn er sich weigert?«

Ramirez zuckte mit den Schultern.

»Ich bin offen für einen besseren Vorschlag.«

»Er ist vertraut mit Señora Carzino-Cormano«, sagte Rawson. »Und er weiß von ihrer Beziehung zu seinem Vater.«

»Ich schlage vor, wir behandeln ihn als Ehrengast, der einen schrecklichen Verlust erlitten hat, und lassen Claudia so bald wie möglich mit ihm reden. Was halten Sie davon?«

»Das ist eine gute Idee«, sagte Rawson.

»Ich werde Claudia heute abend aufsuchen«, sagte Ramirez. »Ich weiß, daß sie in Buenos Aires ist.«

»Claudia kann ihn wenigsten vom Safe fernhalten, bis wir gehandelt haben.« Rawson erwärmte sich für den Gedanken. »Wir brauchen OUTLINE BLUE nicht. Wir müssen nur verhindern, daß der Plan Castillo in die Hände fällt.«

Ramirez nickte nachdenklich.

»Aber wie Pedro gesagt hat, wir können OUTLINE BLUE nicht ohne Geld durchführen. Wir müssen an den Safe heran. Wenn alle Stricke reißen, müssen wir ihn aufsprengen. Was bedeutet, daß wir mit dem Sohn fertig werden müssen. Einverstanden?«

»Si, mi General«, sagte Rawson.

»Es ist möglich, Señor, daß Suboficial Mayor Rodriguez die Kombination hat«, sagte Querro. »Das würde viele Probleme lösen.«

»Wie ich hörte, ist er im Krankenhaus und wird von der Bundespolizei bewacht«, sagte Rawson. »Jede Unterhaltung, die einer von uns mit ihm führt, würde aufgezeichnet werden.«

»Also einverstanden, wir nehmen uns den Sohn vor. Durch Claudia. Ist das richtig?«

Rawson nickte.

»Und jetzt schlage ich vor, daß wir essen«, schloß Ramirez die Diskussion.

»Si, mi General«, sagte Lauffer, ging zur Tür und drückte auf den Klingelknopf, um die Kellner zu rufen.

IV

1

Avenida Pueyrredón 1706, Piso 10
Buenos Aires, Argentinien

9. April 1943, 7 Uhr 55

Es gab zwar vieles in Argentinien, was Hans-Peter Freiherr von Wachtstein bewundern gelernt hatte – vom Essen bis (besonders) zu den Frauen –, doch das argentinische Zeitgefühl zählte nicht dazu. Es war keine Frage, ob eine Argentinierin oder ein Argentinier *jemals* pünktlich sein würde, sondern wie sehr sie oder er sich verspäten würde – ein Zeitraum, der von einem Minimum von einer Viertelstunde bis zu einer Stunde reichte.

Argentinier schrieben diese Charakterschwäche ihrem spanischen Erbe zu, aber das war Blödsinn. Peter war in Spanien gewesen. Er wußte, daß die Spanier ihre Uhren als Instrumente der Zivilisation betrachteten und nicht als Dekorationsstücke für die Wand und/oder Schmuck für das Handgelenk.

Wenn diese gelegentliche Mißachtung eines vereinbarten Termins verbunden war mit einer anderen Charakterschwäche wie Vergeßlichkeit – wenn zum Beispiel jemand den Türschlüssel der Wohnung vergaß, in der er lange zuvor hätte sein sollen –, neigte Peter, normalerweise ein ruhiger, manchmal sehr charmanter junger Mann, zu Zornesausbrüchen.

Sein Dienstmädchen – eine paraguayische Amazone, deren Gewicht seines um mindestens fünfzehn Kilo übertraf – hatte zugestimmt, täglich um sieben Uhr in seinem Apartment zu erscheinen, Kaffee in vernünftigem Verhältnis der Bohnen zum Wasser vorzubereiten, ihn um Viertel nach sieben zu wecken und Kaffee, zwei weichgekochte Eier, Brötchen und/oder Brot, Marmelade und Butter bereitzustellen, damit er frühstücken konnte, wenn er um halb acht ins Eßzimmer ging.

Er war der Ansicht, daß das nicht zuviel verlangt war. Folglich war er äußerst verärgert, als sein Schlummer durch die unangenehmen Geräusche des sich öffnenden und schließenden Dienstboten-Aufzugs auf seiner Etage gestört wurde und fast sofort danach die unangenehme Klingel des Dienstboteneingangs ertönte. Er schaute auf seine Armbanduhr. Sie zeigte 07:54:45 Uhr an.

Die Fakten sprachen für sich. Sie war nicht nur eine Dreiviertelstunde zu spät dran, sie hatte auch – wieder einmal – ihren Schlüssel vergessen.

Peter, ein blonder, blauäugiger, stämmiger Vierundzwanzigjähriger, sprang aus dem Bett. Er schnappte sich ein Handtuch vom Boden, wo er es hatte fallen lassen, schlang es um seine Hüften – er schlief nackt – und eilte aus seinem Schlafzimmer.

Das Apartment war mit schweren, deutsch aussehenden Möbeln eingerichtet und von einer deutsch-argentinischen Familie vermietet, die es gern zu einem sehr günstigen Preis einem Mann wie von Wachtstein zur Verfügung stellte. Sie betrachteten das als kleinen Beitrag zum Gewinn des Krieges und zum Tausendjährigen Reich.

Hans-Peter von Wachtstein ging schnell durch Wohnzimmer und Küche zum Dienstboteneingang und übte schon mal all die schroffen und unfreundlichen Worte, die er Señora Dora sagen wollte.

Nach einiger Mühe mit dem Aufschließen – währenddessen schrillte zweimal die Klingel, ungeduldig, wie er fand – zog er die Tür auf und war sprachlos.

Nicht Señora Dora begehrte Einlaß, sondern eine dunkelhäutige, zwanzigjährige und außerordentlich schöne Argentinierin namens Alicia Carzino-Cormano. Gesellschaftlich verkehrte er mit Alicia seit dem vergangenen Dezember, und im biblischen Sinne seit ungefähr fünfzehn Tagen.

»Liebling!« brachte er schließlich heraus.

»Darf ich reinkommen?«

Er wich zur Seite, und Alicia trat ein. Er schloß die Tür und legte eine Hand auf Alicias Schulter. Alicia wandte sich ihm zu, sank in seine Arme, schmiegte das Gesicht an seine Brust und klammerte sich verzweifelt an ihn.

»Liebling, was ist los?«

»Ich habe Angst«, sagte sie.

»Wovor?«

»Vor allem.«

Nun, dann geht es uns beiden so.

Sie wich von ihm zurück und blickte lächelnd zu ihm auf.

»Es tut mir leid«, sagte sie.

»Sei nicht albern. Was tut dir leid?«

»Ich bin angeblich in der Messe«, sagte sie. »Bei der Beichte und dann beim Gottesdienst. Das habe ich Isabella gesagt. In Wirklichkeit hat Mutter mich geschickt.«

»Warum?«

»Humberto rief Mutter gestern sehr spät an, fast um Mitternacht. Cletus trifft heute nachmittag hier ein. Mutter sagte, du möchtest das bestimmt erfahren, und sie wollte es dir nicht am Telefon sagen.«

Sehr unwahrscheinlich, daß Cletus die Kombination vom Safe seines Vaters weiß, aber ich klammere mich an einen Strohhalm.

»Ja, natürlich.«

Er küßte sie, sehr keusch, auf die Stirn.

»Ich sollte mich anziehen«, sagte er. »Dora hat sich eine Stunde verspätet. Sie könnte jetzt jede Sekunde eintreffen.«

Alicia nickte.

»Machst du Kaffee? Ich bin gleich wieder da.«

Sie nickte abermals und lächelte.

Er ging ins Schlafzimmer und nahm Kleidung aus seinem Schrank. Dann spürte er, daß er nicht allein war, und wandte sich um.

Alicia stand auf der Schwelle zum Schlafzimmer.

»Meinst du, sie versuchen Cletus ebenfalls zu ermorden?« fragte sie.

Vermutlich. Und diesmal haben sie vielleicht Erfolg. Es war Wahnsinn von ihm, hierher zurückzukehren.

»Das bezweifle ich, Liebling«, sagte er. »Und Cletus weiß auf sich aufzupassen.«

»Sie werden es versuchen, du weißt das«, sagte Alicia, und ihre Stimme brach. Und dann lief sie zu ihm und warf sich wieder in seine Arme.

»Es wird ihm nichts passieren, Kleines«, sagte Peter und streichelte über ihr Haar. Er hoffte, seine Worte klangen zuversichtlicher, als er sich fühlte.

»Ich habe nachgedacht«, sagte Alicia. »Über Brasilien.«

»Das ist einfach unmöglich, Liebling«, sagte Peter. »Wir haben doch darüber geredet.«

Sofort nach der Ermordung von el Coronel Jorge Guillermo Frade hatten sie in der Wohnung ihrer Mutter darüber gesprochen. Da hatte er sie zum zweiten Mal weinen gesehen. Zum ersten Mal hatte er sie weinen sehen, als sie am Nachmittag auf der Estancia Santa Catharina zur Frau geworden war und ihm gesagt hatte, daß sie vor Glück weinte.

Sie hatte ihm unter Tränen gesagt, ihre einzige Hoffnung war, daß er desertierte, über die Grenze nach Brasilien ging und sich dort stellte. Brasilien würde ihn als Kriegsgefangenen behandeln. Das würde sie zwar für eine Weile trennen, aber er würde den Krieg überleben, und nach dem Krieg würden sie zusammensein.

Er hatte gewußt, daß Alicia, die dickköpfig wie ihre Mutter war, sich nicht mit einer Antwort wie ›Tut mir leid, aber das geht nicht‹ zufriedengeben würde. Und so hatte er ihr gesagt, warum es für ihn unmöglich war, zu desertieren. Natürlich hatte er ihr nicht alles gesagt, nicht die reine Wahrheit. Aber einige Tatsachen, und den Rest hatte er verschwiegen.

Er vertraute ihr an, daß er im Auftrag seines Vaters einen Teil dessen, was bereits Schutt und Asche von Deutschland wurde, retten sollte, damit die Leute, die auf dem Gut der von Wachtsteins in Pommern lebten, nach dem Krieg genügend Geld für ein neues Leben haben würden.

Er sagte ihr, es sei eine Frage der Ehre für seinen Vater und ihn, das zu tun; als von Wachtsteins hatten sie die Verpflichtung, für die paar tausend Leute zu sorgen, die von ihnen abhingen, wie es die von Wachtsteins seit Jahrhunderten für ihre Arbeitnehmer getan hatten.

Er hatte eine große Geldsumme bei sich, als er nach Argentinien kam – in US-Dollars, Schweizer Franken und Englischem Pfund. Das erzählte er ihr.

Und er sagte ihr, daß Cletus Frade seinen Vater um Hilfe gebeten hatte, das Geld heimlich zu investieren. Und el Coronel Frade und dessen Schwager, der Bankier Humberto Valdez Duarte, halfen ihm nicht nur dabei, sondern transferierten noch mehr Geld aus Deutschland über Spanien und die Schweiz nach Argentinien. Er konnte das Projekt einfach nicht aufgeben und nach Brasilien desertieren.

Er erklärte ihr, wenn er Fahnenflucht beging, würde sein Vater in Deutschland höchstwahrscheinlich verhaftet und in ein Konzentrationslager gesteckt werden.

Zu dem, was er Alicia verschwieg, zählte unter anderem: Wenn der Sicherheitsdienst der SS herausfand, daß er und sein Vater Geld außerhalb Deutschlands versteckten, würden sie beide von einem Nazigericht verurteilt werden, alle Güter der Familie und anderer Besitz würden konfisziert, und sie alle würden hingerichtet werden.

Alicia wußte nicht, daß Humberto Valdez Duarte so schnell wie möglich nach der Ermordung von el Coronel Frade zu ihm gekommen war und ihm von einem großen Problem hinsichtlich der finanziellen Transaktionen berichtet hatte. El Coronel Frade bewahrte alle Dokumente davon im Safe auf der Estancia San Pedro y San Pablo auf. Wenn sie nicht an den Inhalt des Safes herankamen, bevor Beamte der argentinischen Regierung ihn öffneten, würden die Transaktionen ans Licht kommen, und die Dokumente würden durch deutsche Sympathisanten den Deutschen übergeben werden.

Ebensowenig sagte er Alicia – oder Humberto Valdez Duarte –, daß noch ein anderes Dokument in el Coronels Safe war, ein Brief von Generalleutnant von Wachtstein an seinen Sohn. Wenn dieser Brief in die falschen Hände geriet, würde Generalleutnant von Wachtstein hingerichtet werden oder durch die Folter der SS sterben.

Schloß Wachtstein
Pommern

Hänsel,

ich habe soeben erfahren, daß Du sicher in Argentinien eingetroffen bist und es somit an der Zeit ist, diesen Brief zu schreiben.

Die ernsthafteste Verletzung des Ehrenkodex, nach dem ich und Du und Deine Brüder und so viele von Wachtsteins vor uns zu leben versuchten, ist natürlich Königsmord. Du sollst wissen, daß ich – bevor ich mir sagte, daß meine Ehre meinen Beitrag zu solchem Handeln verlangt – alle Aspekte, sowohl geistige als auch praktische, in Erwägung gezogen habe. Ich kann mit meiner Entscheidung in Frieden leben.

Ein Soldat ist zuerst Gott, dann seiner Ehre und dann seinem Land verpflichtet. Die Alliierten haben in den vergangenen Wochen den deutschen Staat beschuldigt, Greueltaten zu begehen, die so ungeheuerlich sind, daß sie jeder Beschreibung spotten. Ich muß Dir sagen, daß ich Informationen erhalten habe, die mich überzeugt haben, daß die Anschuldigungen nicht nur auf Tatsachen beruhen, sondern in Wirklichkeit noch untertrieben sind.

Das Offizierskorps hat seine Pflicht gegenüber Deutschland nicht erfüllt, nicht so sehr auf dem Gefechtsfeld, sondern indem es dem österreichischen Gefreiten und seinen Kohorten Vorschub leistete. Für Privilegien und ›Auszeichnungen‹ hat das Offizierskorps – mich eingeschlossen – die Augen vor widerlichen Verstößen gegen das Kriegsrecht, den Ehrenkodex und die meisten von Gottes Zehn Geboten verschlossen. Ich gestehe, daß ich meinen Teil der Verantwortung an diesem schändlichen Verhalten zu tragen habe.

Wir beide wissen, daß der Krieg verloren ist. Wenn er schließlich vorüber ist, werden die Alliierten eine schreckliche Bestrafung Deutschlands fordern.

Ich betrachte es als meine Pflicht, als Soldat und als Deutscher, jede notwendige Aktion durchzuführen, um das Ende des Krieges schneller herbeizuführen, und zwar durch die einzige Möglichkeit: die Eliminierung des gegenwärtigen Staatsoberhaupts. Die Soldaten, die jetzt sterben, im Gefecht oder in russischen Gefangenenlagern, werden genauso Opfer durch das Stillhalten des

Offizierskorps sein wie die Leute, die von den Nazis in Konzentrationslagern ermordet werden.

Ich appelliere an Dich, Hänsel, Deine Treue nicht mehr der Luftwaffe oder dem deutschen Staat zu widmen, sondern Deutschland, der Familie und den Menschen, die so lange in unserem Land gelebt haben.

In diesem Zusammenhang ist es Deine erste Pflicht, den Krieg zu überleben. Du darfst unter keinen Umständen nach Deutschland zurückkehren, bevor der Krieg vorüber ist. Wenn Du den Befehl zur Rückkehr erhältst, suche Dir einen Platz, an dem Du Dich sicher verstecken kannst.

Deine zweite Pflicht ist es, so schnell wie möglich das Familienvermögen von der Schweiz nach Argentinien zu transferieren. Du wirst inzwischen Kontakt mit unserem Freund in Argentinien aufgenommen haben, und er wird vielleicht helfen können. Sorge auf jeden Fall dafür, daß die Gelder in Sicherheit sind. Es wär besser, wenn sie klug angelegt werden könnten, aber am wichtigsten ist, sie vor dem Sicherheitsdienst in Sicherheit zu bringen, bis der Krieg vorüber ist.

In dem Chaos, das nach dem Krieg über Deutschland hereinbrechen wird, werden unsere Leute nur die Hoffnung haben, in ihren Heimen zu bleiben und nicht zu verhungern, und die einzige Hoffnung für die Zukunft der Familie von Wachtstein und ihren Besitz wird das Geld sein, das ich in Deine Obhut gegeben habe.

Ich hoffe, daß ich eines Tages wieder mit Dir auf ein Bier und ein Würstchen ins Dorf gehen kann. Wenn das nicht möglich ist, vertraue ich darauf, daß Gott in Seiner Gnade zuläßt, daß wir alle wieder an einem besseren Ort vereint sind, Deine Mutter und Deine Brüder, Du und ich.

Ich bin sehr stolz auf Dich, Hänsel.

Papa

Es war Wahnsinn gewesen, diesen Brief zu behalten. Der gesunde Menschenverstand gebot, ihn sofort nach der Lektüre zu verbrennen. Aber das hatte ihm widerstrebt, weil es vermutlich die letzten Worte waren, die er jemals von seinem Vater haben würde. Und el Coronel Frade hatte ihn ermuntert, den Brief aufzubewahren.

»Er wird nach dem Krieg wichtig sein, Peter«, hatte el Coronel gesagt. »Nicht nur persönlich für Sie, sondern zum Widerlegen der Behauptung, daß jeder Deutsche, jeder deutsche Offizier, Hitler und die Nazis unterstützte.«

El Coronel Frade hatte ihm angeboten, den Brief für ihn aufzubewahren, und Peter hatte ihn Frade gegeben. Und jetzt war es sehr wahrscheinlich, daß er in die falschen Hände fiel.

Peter streichelte Alicias Haar mit der linken Hand, während er mit der rechten ihren Rücken hielt. Er spürte die Wärme ihrer Haut, und dann den Druck ihrer Brüste auf seiner Brust. Er küßte zärtlich ihre Stirn.

Gott, ich liebe sie. Was unter den gegebenen Umständen vermutlich das Schlimmste ist, was ich einer Frau jemals angetan habe.

Er nahm ihren warmen Atem auf seiner Brust wahr und spürte ihre Hand auf seinem nackten Rücken, während sie ihn an sich drückte. Und dann bemerkte er, daß ihr Atem stoßweise ging und sich die Muskeln ihres Rückens spannten.

Er löste sich sanft von ihr, als er die Wärme ihres Leibs durch das Handtuch spürte.

Sie zog die linke Hand von Peters Rücken und streichelte seine Wange. Er schaute auf sie hinab.

»Mein Gott!«

Sie hob den Kopf und küßte ihn voller Verlangen. Sie streichelte von der Wange hinab über seine Brust, und dann riß sie mit einem Ruck das Handtuch von seinem Körper.

In diesem Augenblick hörte er das Klopfen an der Tür und Doras Ruf »Señor! Señor!« und erinnerte sich vage, daß das Telefon geklingelt hatte.

»Was ist?« rief er zurück.

»El teléfono, Señor. El Coronel Grüner, Señor.«

Alicia lag auf ihm. Ihre Brüste rieben über seinen Oberkörper, als er den Hörer vom Telefon auf dem Nachttisch abhob.

»Guten Morgen, Herr Oberst.«

»Ich hatte den sonderbaren Gedanken, von Wachtstein, daß Sie vielleicht zur Arbeit kommen, wenn Sie heute nichts Besseres vorhaben. Loche wird in Kürze dort sein.«

Dann war die Leitung tot.

Peter schaute auf seine Armbanduhr. Zwanzig nach neun.

»Was ist?« fragte Alicia.

»Grüner. Er schickt mir seinen Wagen.«

»Wie spät ist es?«

»Zwanzig nach neun.«

»Was ist passiert?«

»Das fragst du?«

»Du mußt denken ...«

»Ich denke, ich liebe dich«, sagte er, wälzte sich unter ihr fort und stieg aus dem Bett.

Die Kleidungsstücke, die er sorgfältig auf dem Bett ausgelegt hatte – Tweedsakko, graue Flanellhose, gestärktes weißes Hemd und Seidenkrawatte mit feinem Muster –, lagen in einem Haufen auf dem Boden, vermischt mit Alicias Kleid und Unterwäsche.

Peter kleidete sich schnell an, setzte sich auf die Bettkante und zog einen seiner braunen Halbschuhe an. Alicia bewegte sich auf dem Bett. Sie schlang die Arme um ihn, und dann schob sie sich noch näher heran, und er spürte ihre Brüste auf seinem Gesicht. Er küßte eine der Spitzen.

»Ich möchte den Rest meines Lebens jeden Morgen so aufwachen«, sagte sie.

»Liebling!«

»Gott, ich liebe dich so sehr!«

Er löste sich von ihr und erhob sich.

»Ich rufe dich später an«, sagte er und ging zur Tür.

Dann verharrte er, kehrte zum Bett zurück, setzte sich und zog den zweiten Schuh an. Unterdessen küßte Alicia seinen Nacken.

In Rußland hatte er einen immer wiederkehrenden Traum gehabt. In die Zivilisation zurückzukehren. In Wärme. In immer warmem Wasser zu baden. Alles zu essen zu haben, was man wollte, besonders Rindfleisch und frisches Gemüse. Eine junge, schöne, nackte und wunderbar duftende Frau, die mit ihm im Bett war, weil sie ihn liebte, nicht weil sie sich vor ihresgleichen brüsten wollte wie in Berlin beim Hotel am Zoo oder dem Adlon, daß sie mit einem Ritterkreuzträger geschlafen hatte.

Und jetzt hattest du all das, Peter, dachte er. *Der Traum ist Wirklichkeit geworden. Aber nicht so, wie du es dir ausgemalt hast, nicht wahr?*

Günther Loche saß im Wohnzimmer.

»Guten Morgen, Herr Major«, sagte Loche, erhob sich und stand fast stramm. Er war ein muskulöser, blonder Zweiundzwanzigjähriger mit Bürstenhaarschnitt, und sein Anzug wirkte zwei Größen zu klein. Loche, ein Volksdeutscher – er war in Argentinien als Sohn deutscher Einwanderer geboren worden und besaß die argentinische Staatsangehörigkeit –, war bei der deutschen Botschaft als Fahrer des Militärattachés Oberst Karl-Heinz Grüner angestellt. Loche betrachtete es als eine große Ehre, von Wachtstein zu Diensten zu sein, denn der verkörperte alles, was er gern gewesen wäre. Von Wachtstein war ein sehr junger Major, Jagdflieger der Luftwaffe, der Träger des Ritterkreuzes, und nach dem, was Loche gesehen hatte, war er unglaublich erfolgreich bei Frauen

»Guten Morgen, Loche«, sagte Peter.

»Ich habe mir die Freiheit genommen, für Herrn Major Kaffee zu bestellen«, sagte Günther Loche und wies auf die Tasse Kaffee, die auf dem Tisch stand.

»Vielen Dank«, sagte Peter.

Wenn du nicht so blöde wärst, Günther, dann würde ich dich verabscheuen, statt bemitleiden.

Als Peter in der Botschaft eintraf, wurde er von Grüner und dem Ersten Sekretär Gradny-Sawz erwartet. Vor drei Tagen hatte ihm Grüner gesagt, daß eine Funkbotschaft aus Berlin ihn auf die Ankunft einer ›sehr wichtigen Persönlichkeit‹ – nicht namentlich genannt – aufmerksam gemacht hatte, die in Berlin an Bord einer Condor-Maschine der Lufthansa gegangen und als ›Verbindungsmann zum Botschafter‹ nach Buenos Aires geflogen war. An diesem Morgen hatte es eine zweite Nachricht gegeben, diesmal vom deutschen Konsulat in Cayenne in Französisch-Guayana, mit der die Botschaft informiert wurde, daß die Condor Cayenne verlassen hatte und voraussichtlich gegen fünfzehn Uhr in Buenos Aires landen würde.

»Was mich natürlich vor allerlei Probleme stellen wird«, sagte Gradny-Sawz, der für das Protokoll verantwortlich war, in wichtigtuerischem Tonfall. Gradny-Sawz war ein großer, fast gutaussehender Fünfundfünfzigjähriger mit rötlichbraunem Haar. Es hieß, daß die Haarfarbe auf sein ungarisches Erbe zurückzuführen war. Wie er manchmal mit seinem charmanten Lächeln sagte, war er ein Deutscher mit Wurzeln in Ungarn, der zufällig in der Ostmark geboren worden war, wie Österreich nach dem ›Anschluß‹ von 1938 genannt wurde. Für gewöhnlich fügte er dann hinzu, daß seit fast zweihundert Jahren ein Gradny-Sawz nach dem anderen über die Marmorböden in der einen oder anderen Botschaft gegangen war, zuerst in der Doppelmonarchie Österreich-Ungarn und nun für das Tausendjährige Reich.

»Ja«, sagte Peter, »das kann ich verstehen.«

»So haben wir uns entschieden, Peter, daß Sie die

wichtige Persönlichkeit vom Flughafen abholen«, sagte Gradny-Sawz. »Mit Oberst Grüners Wagen und Fahrer.«

»Jawohl.«

»In Uniform, Peter«, sagte Grüner.

»Jawohl, in Uniform.«

»In *kompletter* Uniform, mein lieber Hans«, fügte Gradny-Sawz hinzu. »Bescheidenheit ist etwas Feines, aber wichtige Persönlichkeiten sollten daran erinnert werden, daß einige von uns, die Krieg an der diplomatischen Front führen, ebenfalls im Kampf waren.«

Das war eine Anspielung auf von Wachtsteins Ritterkreuz, das ihm vom Führer persönlich verliehen worden war, und auf Gradny-Sawz' Eisernes Kreuz erster Klasse, das er sich im Ersten Weltkrieg erworben hatte.

Piloten der Luftwaffe, Infanteristen der Wehrmacht und Panzeroffiziere scherzten, daß die Verleihung des Eisernen Kreuzes erster Klasse für junge Offiziere aus guter Familie, die im Generalstabskorps waren, für gewöhnlich automatisch stattfand, wenn sie drei Monate verbrachten, ohne sich eine Geschlechtskrankheit zuzuziehen oder mit der Kasinokasse abzuhauen.

»Oberst Grüner wird ein angemessenes Quartier für Herrn Wichtige Persönlichkeit an der Plaza Alvear reservieren lassen«, sagte Gradny-Sawz. »Sie werden ihn vom Flughafen dorthin fahren. Ich werde dem Botschafter vorschlagen, Herrn Wichtige Persönlichkeit zum Mittagessen einzuladen, wobei sich entscheidet, ob er uns für den offiziellen Besuch zum Edificio Libertador begleiten wird. Sie, lieber Hans, sind zu letzterem eingeladen. Mit Ihrem Ritterkreuz. Zum Essen mit dem Botschafter sind Sie nicht eingeladen.«

»Jawohl.«

»Und ich werde hierbleiben und versuchen, jedermanns Plan mit den Einheimischen zu koordinieren.«

»Soll ich Ihnen jemanden mitgeben, der die diplomatischen Dinge regelt?« fragte Grüner. »Oder werden Sie mit beidem fertig?«

»Ich werde mit beidem fertig, Herr Oberst.«

»Dann sollten Sie losfahren«, sagte Grüner. »Ich habe Loche angewiesen, meinen Wagen vorzufahren und auf Sie zu warten.«

»Jawohl. Herr Oberst.«

2

An Bord der Pan American-Grace Airlines
Flug 171 Ciudad de Natal
Über Montevideo, Uruguay
9. April 1943, 15 Uhr 05

Die Wolkendecke riß auf. Elftausend Fuß tiefer konnten sie Montevideo sehen. Aber als sie über den Rio de la Plata gen Buenos Aires flogen, schloß sich die Wolkendecke wieder und sah aus wie eine gewaltige Masse weißer Baumwollwatte.

Buenos Aires war 105 Flugmeilen entfernt, bei der Geschwindigkeit, mit der sie flogen, ungefähr vierzig Minuten. Als sie zehn Minuten über der breiten Mündung des Rio de la Plata waren, schaute der Erste Offizier den Flugkapitän an, und der Kapitän nickte.

Sie flogen eine Martin 156, ein Flugboot für zweiundvierzig Passagiere, das von vier 1000-PS-Motoren Wright Cyclone betrieben wurde. Der Erste Offizier schaltete den Autopiloten aus, korrigierte den Kurs, nahm etwas Gas weg, kontrollierte die Trimmung und schaltete wieder auf Autopilot. In den nächsten fünfundzwanzig Minuten konnten sie einen langen, langsamen Sinkflug machen und mit ein bißchen Glück die Wolkendecke durchbrechen, vielleicht bei viertausend Fuß, und Buenos Aires in Sicht haben.

Zwei Minuten später stieß die *Ciudad de Natal* in die Wolken, und durch die Windschutzscheibe war nur noch undurchdringliches Grau zu sehen.

Zehn Minuten danach, als der Höhenmesser achttausendfünfhundert Fuß anzeigte, durchbrachen sie die Wolkendecke. Jetzt sahen sie den Rio de la Plata unter sich und hier und da ein Dutzend verschiedene Schiffe, kleine und große, einige unter Segel und andere vor ihrem jeweiligen Kielwasser. Weder der Kapitän noch der Erste Offizier konnten schaumgekrönte Wellen sehen; ihre Landung würde deshalb vermutlich glatt sein.

»Sagen Sie dem Steward, er soll bekanntgeben, daß wir in zwanzig Minuten landen«, befahl der Kapitän. Dann fügte er hinzu: »Nicht zu glauben! Sehen Sie sich das an!«

Der Erste Offizier schaute aus dem Fenster neben sich dorthin, wohin der Kapitän wies.

»Nicht zu glauben«, plapperte der Erste Offizier unbewußt nach, als er sah, was die Aufmerksamkeit des Kapitäns erregt hatte.

Ungefähr tausend Yards entfernt, auf einem Parallelkurs in ihrer Höhe, sahen sie ein sehr langes, schlankes Flugzeug. Es ähnelte der Douglas DC-3, besonders in der Nase. Aber es hatte vier Motoren statt zwei. Der obere Teil des Rumpfs war schwarz angestrichen, der untere weiß abgesetzt. Auf der Seitenflosse und am hinteren Teil des Rumpfs befanden sich rote Hakenkreuze mit weißen Konturen.

»Ist das eine Condor*?« fragte der Erste Offizier.

* Die Focker-Wulf 200B Condor, erstmals geflogen 1937, war ein Passagierflugzeug mit sechsundzwanzig Sitzen, das von vier 870-PS-BMW-Motoren betrieben wurde und für die Lufthansa gebaut wurde. Die 200C war eine militärische Version, die als Aufklärungsflugzeug/Bomber für Langstrecken Verwendung fand.

»Ich kann mir nicht vorstellen, was es sonst sein könnte«, sagte der Kapitän.

»Sie ist höllisch weit für etwas gekommen, das nicht schwimmt«, sagte der Erste Offizier mit einer Spur von Bewunderung. »Sieht gut aus, die Maschine, nicht wahr?«

Der Kapitän stieß einen Grunzlaut aus. »Sagen Sie dem Steward, er soll diesen Ex-Marine ins Cockpit bitten.«

Der Erste Offizier nickte und erhob sich von seinem Sitz.

Sie hatten den gutaussehenden, jungen Ex-Marine beim Wetter-Briefing im Pan American Terminal in Miami kennengelernt. Der Zutritt zu dieser Abteilung war der allgemeinen Öffentlichkeit verboten, aber da war er – mit Tweedsakko, krawattenlosem Hemd mit Button-down-Kragen, grauer Flanellhose und Cowboystiefeln. Er stand vor den wandgroßen Karten und hielt die jüngsten Wetterberichte aus dem Fernschreiber in den Händen.

Es folgte eine kurze Unterhaltung.

»Ich bezweifle, daß Sie hiersein sollten, Sir«, sagte der Pilot

»Vermutlich sollte ich nicht hiersein«, erwiderte der junge Mann. »Aber ich war Pilot, und ich möchte das Wetter zwischen hier und meinem Ziel überprüfen.«

»Sie waren Pilot?«

»Ich war ein Marine«, sagte der junge Mann.

»Wohin fliegen Sie?«

»Buenos Aires«, antwortete der junge Mann, und als er den überraschten Ausdruck in den Augen des Flugkapitäns sah, fügte er hinzu: »Vielleicht mit Ihnen. Panagra 171?«

»Richtig«, bestätigte der Flugkapitän. »Wie sieht es aus?«

»Keine Wolke am Himmel«, sagte der junge Mann.

»Was vermutlich bedeutet, daß wir in einer halben Stunde nach dem Start in einen Hurrikan geraten.«

»Hoffentlich nicht«, hatte der Kapitän gesagt und hinzugefügt: »Wir sehen uns an Bord.« Damit war die Unterhaltung zu Ende gewesen.

Der Kapitän überprüfte vor dem Start die Passagierliste, wie es seine Angewohnheit war. Es war oftmals nützlich, zu wissen, wer an Bord war, ob es irgendein großes lateinamerikanisches Tier war oder irgendein hohes Mitglied der Hierarchie von Pan American. Der Kapitän, der einst Charles A. Lindbergh geflogen hatte, den Mann, der nicht nur als erster den Atlantik im Alleinflug überquert, sondern auch viele – vielleicht die meisten – Routen nach Südamerika für die PAA geplant hatte. Wenn er an jenem Tag nicht die Passagierliste überprüft hätte, dann hätte er vielleicht nie erfahren, daß ›Lucky Lindy‹ an Bord war, und hätte sich für den Rest seines Lebens in den Hintern treten können, weil er die Chance versäumt hatte, dem Helden die Hand zu schütteln und ihn ins Cockpit zu bitten.

Der Steward meldete, daß an diesem Tag kein besonderer Passagier an Bord war, nur die übliche Zahl von Diplomaten und Lateinamerikaner der einen oder anderen Nationalität. Kein Amerikaner bei diesem Flug. Der Kapitän fragte sich, was aus dem Ex-Marine geworden war, der als Reiseziel Buenos Aires genannt hatte.

Als er seinen üblichen Gang durch die Kabine machte, sah er ihn.

»Ich dachte, Sie sind ein ehemaliger Marineinfanterist«, sagte der Kapitän und verweilte beim Platz des Marines. »Der Steward sagte, wir haben keinen Amerikaner an Bord.«

»Man muß kein Amerikaner sein, um beim Marine Corps zu dienen«, erwiderte der Marine. »Ich bin argentinischer Staatsbürger. Reise heim.«

Der Kapitän wunderte sich darüber, aber er verkniff sich

Fragen, denn das hätte gewirkt, als würde er ihn der Lüge bezichtigen. Und er wußte, daß der Zoll und die Einwanderungsbehörde alle Passagiere sorgfältig überprüften.

»Nun, ich werde versuchen, Sie schnell und an einem Stück nach Hause zu fliegen«, sagte der Kapitän. Dann konnte er seine Neugier doch nicht zügeln. »Nicht so schnell wie – was flogen Sie beim Marine Corps?«

»Wildcats, F4Fs«, sagte der junge Mann. Als ob er die Neugier des Kapitäns spürte, fügte er hinzu: »Bei der Staffel VMF-221 auf Guadalcanal.«

»Diese Flugboote sind nicht so schnell wie eine Wildcat«, sagte der Kapitän lächelnd, jetzt überzeugt, daß der junge Mann wirklich war, was er behauptete. »Aber wesentlich komfortabler.«

Weil er schon einmal nach Buenos Aires geflogen war und wußte, wie lange der Flug von Miami aus dauerte, hatte Clete Frade in Miami Lektüre gekauft, um sich mit Lesen die Langeweile zu vertreiben.

Es war nicht genug. Als der Steward über den Mittelgang kam und ihn leise ins Cockpit zum Kapitän bat, las Clete zum dritten Mal das *Time*-Magazin vom 1. April 1943.

Die Zeitschrift berichtete, daß die amerikanische Erste Panzerdivision fast bis nach Tebaga Gap – wo auch immer das sein mochte – in Tunesien vorgedrungen war; daß die Rote Armee Anastasjwesk nördlich von Noworossijsk im Kaukasus wieder eingenommen hatte – wo, zum Teufel, das auch sein mochte; vielleicht in der Nähe der russischen Ölfelder, von denen der alte Mann gesprochen hatte; und daß 180 japanische Bomber und Jagdflugzeuge, die von Flugzeugträgern und vom japanischen Stützpunkt Rabaul aus operierten, Guadalcanal und Tulagi auf den Salomoneninseln angegriffen hatten und mit weiteren Angriffen zu rechnen war.

Er wußte verdammt genau, wo Guadalcanal und Tulagi waren.

Es war etwas Unwirkliches daran, hier auf einem gepolsterten Sitz zu hocken und Champagner zu schlürfen, während Leute, die er kannte – wenn sie nicht inzwischen alle gefallen waren –, in demolierte, von Einschüssen gesprenkelte Grumman Wildcats kletterten, um loszufliegen und zu versuchen, die Japse davon abzuhalten, ihre Bomben auf Henderson Field und auf die Munitions- und Treibstoffdepots auf Guadalcanal abzuwerfen oder im Tiefflug mit Bordwaffen anzugreifen.

Clete trank sein Champagnerglas leer, löste den Sicherheitsgurt, stand auf und ging zum Cockpit.

»Ich dachte mir, das könnte Sie interessieren«, sagte der Kapitän und wies zu der Condor.

Clete Howell schaute hin.

»Ich nehme an, es ist eine Condor«, sagte der Kapitän. Dann rief er zu dem Bordingenieur: »Charley, da ist doch irgendwo ein Feldstecher.«

»Jawohl, Sir.« Der Bordingenieur zog eine Schublade seiner Konsole auf, kramte darin und nahm ein Zeiss 7 x 57 heraus. Er erhob sich und gab es dem Kapitän, der es an Clete weiterreichte.

Clete blickte durch das Fernglas.

»Schöner Vogel«, sagte er nach einer Weile und ließ das Fernglas sinken. »Wo mag der herkommen?«

»Darüber sprachen wir gerade«, sagte der Kapitän. »Vermutlich von Portugal, dann von irgendwoher aus Afrika und schließlich über den Teich nach Französisch-Guayana. Woher auch immer, bei all dem Treibstoff, den die Maschine brauchte, kann sie nicht mehr viel im Tank haben.«

»Das ist das erste deutsche Flugzeug, das ich jemals gesehen habe«, sagte Clete.

»Sie hatten planmäßigen Flugverkehr vor dem Krieg«, sagte der Kapitän. »Und ich glaube, ich habe gehört, daß sie ein paar von diesen Maschinen an Brasilien verkauft haben. Aerolineas Brasilia oder so ähnlich. Aber das ist auch für mich die erste Condor, die ich jemals gesehen habe, und ich fliege hier schon lange.«

»Es wäre fast eine Schande, so einen hübschen Vogel abzuschießen, nicht wahr?« dachte Clete laut.

Der Kapitän lachte.

»Vergessen Sie solche Gedanken«, sagte er. »Sie sind nicht mehr im Marine Corps und wieder im neutralen Argentinien. Wenn Sie von jetzt an einen Deutschen sehen, können Sie nur wegblicken. Oder vielleicht sagen:›Buenos dias, Fritz.‹«

Clete lachte leise und sagte dann: »Sehen Sie, da dreht er ab. Ich vermute, er wird in El Palomar landen.« 1943 war El Palomar der zivile Flughafen an der Peripherie von Buenos Aires.

Der Kapitän blickte hin. Die Condor ging nach rechts in die Kurve.

»Wirklich schöner Vogel.«

»Danke, Sir. Ich weiß Ihre nette Geste zu schätzen«, sagte Clete.

»Gern geschehen«, erwiderte der Kapitän. »Willkommen daheim!«

3

Wasserflugzeug-Terminal
Rio de la Plata
Buenos Aires, Argentinien

9. April 1943, 15 Uhr 25

Als die Maschine von Panagra Flug 171 am Himmel auftauchte, offensichtlich im Landeanflug, wurde Mayor Pedro V. Querro fast hysterisch. Capitán Roberto Lauffer amüsierte das, aber er hütete sich, es zu zeigen.

»Lauffer«, sagte Querro mit krächzender Stimme, »das Boot ist nicht da! Rufen Sie an! Dort ist ein Telefon!« Er wies zum Gebäude des Zolls und der Einwanderungsbehörde. »Fragen Sie, wo, zur Hölle, das Boot bleibt!«

»Si, Señor«, sagte Lauffer. »Wen soll ich anrufen, Señor?«

Die Generale Ramirez und Rawson schauten die beiden an.

»Die Marineakademie! Man hat mir ein Boot versprochen! Und es ist nicht da!«

»Suchen Sie das, Mayor?« fragte Rawson und wies zum trüben Wasser des Flusses, das von einem Schnellboot gepflügt wurde. Die Flagge Argentiniens flatterte am Heck, und ein Wimpel der Marine hing an einem Flaggenstock am Bug.

»Das wird es sein, Señor«, sagte Querro.

»Ich habe die Erfahrung gemacht, daß die Marine sehr zuverlässig ist«, sagte Rawson und zwinkerte Lauffer zu, dessen Vater, ein Freund, Marineoffizier im Ruhestand war.

Das Schnellboot traf am Kai ein, bevor die beiden dort vertäuten Boote – das des Zolls und der Einwanderungsbehörde und das größere, mit dem die Passagiere abgeholt wurden – ablegten, um dem Martin-Flugboot entgegenzufahren. Inzwischen war das Flugboot gelandet und drehte, um zur Boje zu schwimmen, an der es festgemacht werden würde.

Das Schnellboot stoppte. Der Bootsführer hatte sich offenbar entschieden, zu warten, bis die beiden anderen Boote den Kai verlassen hatten. Als er das sah, gestikulierte Querro heftig, daß es zum Kai fahren sollte. Dann wandte er sich an Lauffer.

»Nun, Lauffer, warten Sie auf eine schriftliche Einladung?« fragte er, eilte die Treppe hinunter und sprang in das Boot von Zoll und Einwanderungsbehörde, um auf das Schnellboot der Marine zu warten.

Lauffer folgte ihm die Treppe hinunter und ins Boot.

»Was ist los?« fragte einer der Zollbeamten.

»Der Kriegsminister persönlich«, kündigte Querro fast feierlich an und wies zum Kai, »begrüßt einen bedeutenden Passagier vom Panagra-Flug.«

Als das Schnellboot der Marine heran war, sprang Querro hinein und wartete dann ungeduldig auf Lauffer.

»Raus zum Flugboot!« befahl Querro hektisch, als Lauffer ebenfalls an Bord war.

Der Bootsführer gab sofort Gas, und Querro verlor fast die Balance.

Schade, daß er nicht aus dem Boot gefallen ist, dachte Lauffer. Die Vorstellung, daß Querro ein unfreiwilliges Bad im Rio de la Plata nahm, hatte einen gewissen Reiz.

Lauffer freute sich darauf, Señor Cletus H. Frade kennenzulernen, über den er soviel gehört, den er jedoch noch niemals gesehen hatte. Lauffer war seit sieben Jahren in der Armee, ohne jemals einen feindlichen Schuß gehört zu haben. Nach dem, was ihm zu Ohren gekommen war, hatte Frade auf Guadalcanal gekämpft, war zweimal abgeschossen worden und hatte sieben japanische Flugzeuge runtergeholt. Alles bevor er nach Argentinien gekommen war, wo er offenbar zwei Killer erledigt hatte, die ihn hatten umbringen sollen. Und außerdem war er für die Versenkung eines bewaffneten Frachtschiffs verantwortlich.

»Bedeutender Passagier, daß ich nicht lache«, sagte Querro leise. »Wenn es nach mir ginge, käme er nie vom Flugzeug bis zum Kai.«

»Si, Señor«, sagte Lauffer.

Clete Howell blickte aus dem Fenster, das jetzt mit Wasser bespritzt war, während die Martin 156 nach der Landung drehte und zur Boje rollte, an der sie vertäut werden würde.

Das kann man bei einem Flugboot eigentlich nicht als rollen bezeichnen, dachte Clete. *Flugzeuge an Land rollen, wenn sie langsam genug sind, auf ihren Rädern. Flugboote, die keine Räder haben, können nicht rollen. Wie nennen die Piloten von Flugbooten das? ›Landungsschwimmen?‹ Oder vielleicht ›Lande-Platscher?‹*

Wen juckt das? Was spielt es schon für eine Rolle? Der Champagner zeigt seine Wirkung. Ich habe die Flasche fast leer getrunken. Das war nicht sehr klug, denn ich brauche einen klaren Kopf, wenn ich zum Zoll und der Einwanderungsbehörde komme und einen hier ausgestellten argentinischen Paß vorzeige, der keinen Ausreisestempel hat. Was soll ich sagen, wenn man mich fragt, wie ich ohne Ausreisestempel das Land verlassen habe?

Verdammt! Colonel Graham hätte daran denken sollen!

Was soll's, wenn alle Stricke reißen, sage ich die Wahrheit oder etwas, das nahe herankommt. Ich habe Argentinien mit meinem amerikanischen Paß verlassen und ihn ordnungsgemäß stempeln lassen.

Die ungefähr vierzig anderen Passagiere an Bord des Pan-American-Grace-Airlines-Fluges 711 waren anscheinend alle von ihren Sitzen aufgestanden und sammelten ihr Handgepäck. Drei Boote näherten sich von Land her, offenbar auf dem Weg zum Flugboot. Beim letzten Mal waren es zwei Boote gewesen, eines vom Zoll und ein schönes, schnittiges Rennboot. Pan American-Grace hatte es ständig von dem Besitzer einer Flotte fast identischer Boote in El Tigre gechartert, einem Vorort von Buenos Aires, den Cletes Vater treffend als ›unterentwickeltes Venedig‹ beschrieben hatte.

Das Boot an der Spitze sah wie eines der Marine aus, wie eine Art Barkasse eines Admirals, und zwei Offiziere waren darin.

Offenbar holen sie ein hohes Tier ab, dachte Clete. *Wer mag das sein?*

Das erste Boot traf beim Flugboot ein, bevor das vertäut wurde, und manövrierte näher.

Das sind Offiziere der Armee, nicht der Marine. Was hat das zu bedeuten?

Der Lukendeckel in der Seite des Rumpfes schwang auf, und die beiden Offiziere kamen an Bord des Flugboots. Einer der beiden, ein kleiner und angespannt wirkender Major, sprach arrogant mit dem Steward.

Dieser Major ist ein Giftzwerg, dachte Clete.

Der Major stolzierte durch den Mittelgang und bahnte sich grob einen Weg zwischen den Passagieren, die ihr Handgepäck zusammensuchten.

Mein Gott, der kommt zu mir!

»Teniente Frade?« fragte der kleine Major mit einem aufgesetzten Lächeln, das Unsicherheit verriet.

»*Señor* Frade«, sagte Clete.

»Ich war der Ansicht, Sie dienten als Teniente im nordamerikanischen Marine Corps, Señor.«

»Ich diente als Major im U.S. Marine Corps, Major.«

Clete glaubte Belustigung in den Augen des gutaussehenden Capitán hinter dem Major zu sehen.

»*Mayor* Frade, ich bin Mayor Querro und habe die Ehre, Sie im Namen von Teniente General Ramirez, dem argentinischen Kriegsminister, zu begrüßen.«

»Guten Tag.«

»Dies ist Capitán Lauffer. Mayor Frade.«

»Guten Tag, Capitán.«

»Ich habe die Ehre, die Grüße von General Rawson zu übermitteln, mi Mayor«, sagte Lauffer, »und darf ich Ihnen mein Beileid zum Tod von el Coronel Frade aussprechen, unter dem ich einst die Ehre hatte, zu dienen?«

»Vielen Dank«, sagte Clete.

»Wenn Sie Ihre Gepäckscheine Capitán Lauffer geben, Mayor Frade, wird er sich um das Gepäck kümmern. Ich werde Sie zu General Ramirez bringen.«

»Was ist mit dem Zoll und der Einwanderungsbehörde?« fragte Clete.

»Capitán Lauffer wird die Formalitäten erledigen. Folgen Sie mir bitte?«

Als das Schnellboot längsseits anlegte, sprang Mayor Querro hinaus auf den Kai und hielt Clete die Hand hin, um ihm beim Aussteigen behilflich zu sein.

Clete ignorierte die Hand, denn er hielt es für besser, selbst auf den Kai zu springen, als durch falsche Unterstützung im Wasser zu landen.

Querro forderte ihn mit einer Geste auf, vor ihm die Treppe hinaufzusteigen, die in den Kai gemeißelt war.

Ein halbes Dutzend ranghohe Offiziere in reichverzierten Uniformen, Coronels und Generale der argentinischen Armee, waren auf dem Kai hinter dem Offizier aufgereiht, den Clete als General Pedro P. Ramirez, den argentinischen Kriegsminister, wiedererkannte – er war Ramirez von seinem Vater vorgestellt worden.

Ramirez marschierte zu Clete, grüßte schneidig und reichte ihm die Hand. Die anderen hoben grüßend die Hand an die lederbesetzte Krempe ihrer hochkronigen Uniformmütze.

»Señor Frade«, sagt Ramirez, »bitte akzeptieren Sie das tiefste Beileid der Ejercito Argentina (argentinische

Armee) und mein persönliches Beileid für den tragischen Verlust Ihres Vaters, el Coronel Jorge Guillermo Frade.«

»Sie sind sehr freundlich, mi General«, erwiderte Clete, als Ramirez bewegt seine Hand ergriff.

Die anderen Offiziere stellten sich einer nach dem anderen vor und schüttelten Clete die Hand. Einen der Offiziere, General Rawson, erkannte er ebenfalls, und er erinnerte sich, daß sein Vater ihn als alten Freund bezeichnet hatte.

»Unsere Wagen sind hier, Señor Frade, wenn Sie bitte mitkommen«, sagte Ramirez.

Eine Menschenmenge stand hinter einer Barriere und wartete auf die eintreffenden Passagiere. Einen in der Menge erkannte Clete wieder – ein schlanker, bebrillter Mann Ende Zwanzig mit Seersucker-Anzug, Strohhut und Aktentasche. Er hieß H. Ronald Spiers und war Vizekonsul der Botschaft der Vereinigten Staaten.

Als zwei Polizisten die Barriere verschoben, um General Ramirez und seine Begleiter passieren zu lassen, trat Spiers vor.

»Mr. Frade?«

Clete blieb stehen.

»Ich bin im Auftrag der Botschaft hier, Mr. Frade«, sagte Spiers. »Um Ihnen das Beileid des Botschafters auszusprechen und Ihnen zu versichern, daß die amerikanische Botschaft alles in ihrer Macht Stehende tun wird, um Sie in jeder Hinsicht zu unterstützen.«

»Das ist sehr freundlich von Ihnen«, sagte Clete. »Vielen Dank, aber im Augenblick wüßte ich nicht ...«

»Wir sind bereit, Sie jederzeit zu unterstützen«, beteuerte Spiers noch einmal.

»Vielen Dank.« Clete gab ihm die Hand.

Seine Hand fühlt sich an wie ein toter Fisch, dachte Clete. *Aber sobald eine Botschaft verschlüsselt und übermittelt werden kann, wird sie zu Graham geschickt, und er erfährt, daß ich nicht nur ohne Schwierigkeiten ins Land gekommen bin, sondern behandelt werde wie der verlorene Sohn.*

General Ramirez wirkte ärgerlich wegen der Verzögerung.

Vor dem Gebäude waren Dienstwagen aufgereiht. Ramirez führte Clete zu dem größten davon – eine Mercedes-Limousine, die identisch mit der von einem Feldmarschall der deutschen Armee sein sollte, wie es hieß.

»Ihr Vater liegt feierlich aufgebahrt im Ehrensalon im Edificio Libertador«, sagte General Ramirez, als sie im Mercedes saßen. »Wir können direkt dorthin fahren, wenn Sie möchten. Oder wenn Sie sich erst etwas sammeln wollen, können wir zum Haus Ihres Vaters fahren.«

»Was ist mit meinem Vater geschehen, General?«

»Bandidos«, antwortete General Ramirez. »Sie blokkierten die Straße bei der Estancia San Pedro y San Pablo. Ihr Vater, der den Mut eines Löwen hatte, wehrte sich offenbar und wurde erschossen.«

Das ist anscheinend die offizielle Version. Jetzt werde ich herausfinden müssen, was in Wirklichkeit geschah.

»Und Suboficial Mayor Rodriguez? War er bei meinem Vater?«

»Ja.«

»Wie geht es ihm?«

»Er liegt im Militärkrankenhaus«, sagte Ramirez. »Er wird genesen.«

»Wenn es Ihnen recht ist, General, möchte ich ihn sehen.«

»Selbstverständlich. Ich werde das arrangieren.«

»Ich meinte jetzt, General.«

Ramirez schaute ihn einen Augenblick lang nachdenklich an. Dann nickte er.

»Was immer Sie wünschen, Señor Frade«, sagte er, neigte sich vor und gab dem Fahrer knappe Befehle.

»Vielleicht ist es Ihnen ein kleiner Trost, Señor Frade«, sagte Ramirez, »die Verbrecher, die diese schändliche Tat begingen, kamen nicht ungestraft davon. Sie wurden von der Provinzpolizei gestellt und starben in einem anschließenden Feuergefecht.«

Mit Clete ging das Mundwerk durch.

»Wer mit dem Schwert lebt, soll durch das Schwert sterben oder so ähnlich«, sagte er sarkastisch, und in Gedanken fügte er hinzu: *Und Tote plaudern nicht aus, wer sie angeheuert hat.*

General Ramirez bemerkte den Sarkasmus anscheinend nicht.

»Und wenn wir an die Heilige Schrift glauben«, sagte er, »werden sie für ihre Todsünde in der Hölle verbrennen.«

V

1

Flughafen El Palomar
Buenos Aires, Argentinien

9. April 1943, 15 Uhr 35

Manchmal traf eine Condor zweimal pro Monat ein, oftmals einmal im Monat, und der letzte Flug vor diesem war fünf Wochen her. Immer wenn Major von Wachtheim auf eine Maschine wartete, war er erleichtert und ein wenig überrascht, weil die Condor es überhaupt geschafft hatte. Er kannte Flugzeuge. Bevor er nach Argentinien gegangen war, hatte er in Spanien bei der Legion Condor und mit Jagdflugzeugen und Jagdbombern in Geschwadern in Polen, Rußland und Frankreich geflogen, und er hatte eine Staffel von Focke-Wulf 190 befehligt und Berlin verteidigt.

Es war ein höllisch langer Flug von Berlin nach Buenos Aires, und das Abschießen von Transportmaschinen des Feindes war nach der Genfer Konvention ebenso legal wie das Torpedieren seiner Handelsschiffe.

Zuerst mußte die Condor die 1436 Meilen von Berlin nach Portugal schaffen. Es gab wenig Stellen über Deutschland und noch weniger im besetzten Frankreich, an denen man erwarten konnte, keinem Jagdflugzeug der Alliierten zu begegnen.

Der Himmel über Spanien und Portugal war sicher, aber nach einer Viertelstunde Flug von Lissabon gen Dakar in Französisch-Westafrika auf der nächsten Etappe des Fluges verlor die Condor den Schutz von Portugals Neutralität. Um zu vermeiden, daß Flugzeuge der Alliierten über ihre Agenten auf dem Flughafen mit Sicherheit vom Abflug einer Condor informiert wurden, mußte sie weit hinaus in den Atlantikraum fliegen. Daß die Amerikaner jetzt in Marokko waren, stellte für die deutschen Flugzeuge eine ernsthafte Bedrohung dar.

Von Lissabon nach Dakar waren es ungefähr 1800 Meilen. Marschall Pétains offiziell neutraler Vichy-Regierung blieb nichts anderen übrig, als einem deutschen Zivilflugzeug einen Tankstopp auf dem Flughafen Dakar zu erlauben. Aber wenn die Condor Dakar verlassen hatte, wurde die Gefahr, abgeschossen zu werden, durch die Gefahren von schlechtem Wetter und Treibstoffmangel abgelöst. Es waren 2500 Meilen von Dakar nach Cayenne in Französisch-Guayana auf dem südamerikanischen Kontinent und weitere 2700 Meilen von Cayenne nach Buenos Aires.

Um zu vermeiden, auf der Etappe Cayenne–Buenos Aires entdeckt und abgefangen zu werden, mußte die Condor mindestens hundert Meilen von der Küste Brasiliens entfernt fliegen. Brasilien hatte den Achsenmächten den Krieg erklärt, und die Amerikaner hatten dem Land einige bewaffnete Langstreckenflugzeuge zur Seeaufklärung geliefert. Auf dieser Etappe war die Condor Gefahren von feindlichen Flugzeugen und den Risiken durch einen unglaublich langen Flug ausgesetzt. Noch vor wenigen Jahren hätte jedes Flugzeug, das erfolgreich einen so langen Flug geschafft hatte, für Schlagzeilen gesorgt. Es war immer noch eine großartige Leistung.

Major von Wachtstein hielt die Condor-Flüge insgeheim für idiotisch. Zum einen erforderten sie eine Unmenge Treibstoff. Und die Ladekapazität der Condor war wie bei jedem Flugzeug begrenzt. Zwangsläufig konnte die Condor beim Start sehr wenig Passagiere und Fracht aufnehmen. Für gewöhnlich trafen die Flugzeuge am Ziel nur mit einem halben Dutzend Passagieren, ungefähr einem Dutzend Post- und ein paar Kuriersäcken mit Diplomatenpost ein.

Er sagte sich – wiederum insgeheim –, daß es für die Condor-Flüge überhaupt nur zwei Gründe gab und beide in Zusammenhang mit dem verschrobenen Denken der oberen Hierarchie der Nationalsozialistischen Arbeiterpartei standen. Erstens: Ein so wichtiger Mann wie Reichsmarschall Hermann Göring, Chef der Luftwaffe und Lufthansa, war vielleicht der Ansicht, daß die Flüge verstärkt oder zumindest in bisherigem Maße stattfanden – wegen des Nazi-Prestige.

Was es für Auswirkungen auf das Nazi-Prestige hatte, wenn ein Jagdflieger der Alliierten – zwangsläufig – auf den Stolz der deutschen Luftfahrt stieß und ihn abschoß, war *Hermann dem Großen* nicht in den Sinn gekommen.

Der zweite Grund – sogar noch verdrehter – war anscheinend, daß die Condor oftmals hochrangige Mitglieder der Nazi-Hierarchie an Bord hatte. Es war für sie eine Sache des Ansehens, mit einer Condor zu fliegen; sie würden sich weniger wichtig vorkommen, wenn sie mit einem zivilen Flugzeug eines neutralen Staats reisten.

Als Peter von Wachtstein hinter dem Zaun stand und beobachtete, wie die Condor zum Abfertigungsgebäude rollte, kam ihm das Gesicht des Piloten bekannt vor. Sie waren zusammen in Spanien geflogen.

Nachdem der Pilot die Motoren ausgeschaltet hatte, wurde eine Gangway an die Maschine geschoben. Beamte des argentinischen Zolls und der Einwanderungsbehörde postierten sich am Fuß der Gangway, und die Passagiere gingen von Bord.

Zuerst stieg ein großer, gutgekleideter, gutaussehender Mittvierziger mit markanten Gesichtszügen aus. Einen Augenblick später – er hielt immer noch gewichtig seinen Diplomatenpaß in der Hand – schritt er forsch durch die Tür im Zaun, hielt auf von Wachtstein zu und begrüßte ihn etwas abrupt: »Sie sind?«

»Major von Wachtstein«, antwortete Peter.

»Ah, ja«, sagte der Mann, und sein Tonfall ließ darauf schließen, daß er sehr genau wußte, wer Peter war und wohin er in der Hierarchie paßte. »In meinem Gepäck habe ich einen Brief und ein Päckchen für Sie von Ihrem Vater.«

»Tatsächlich? Wie nett von Ihnen, Herr …«

»Standartenführer Josef Goltz, Major«, sagte Goltz mit einem Lächeln.

Major von Wachtstein schlug die Hacken zusammen und stand still.

»Verzeihen Sie, Standartenführer«, sagte er. »Ich konnte nicht wissen, wer Sie sind.«

»Mein Flug war natürlich geheim«, sagte Goltz. »Nichts für ungut, Major.«

»Sie sind sehr freundlich, Standartenführer«, erwiderte Peter.

Ein sehr großer, gutgekleideter Mann mit olivfarbener Haut und scharfen Gesichtszügen kam durch die Tür und gesellte sich zu ihnen.

»Coronel, dies ist Major von Wachtstein von unserer Botschaft«, sagte Goltz.

»Es ist mir ein Vergnügen, Ihre Bekanntschaft zu machen, Major«, sagte der große Mann und reichte Peter die Hand.

»Welch eine Freude, Sie wiederzusehen, Coronel Perón«, sagte Peter und grüßte – auf die alte Art, die Hand an die Schläfe, der Gruß, der jetzt offiziell nicht mehr gefragt war –, und dann schüttelte er dem Coronel die Hand.

»Und Sie haben hier gefunden, was ich Ihnen prophezeit habe, Major?«

»Was Sie mir gesagt haben, mi Coronel, war eine Untertreibung«, sagte Peter völlig aufrichtig.

Perón lachte. »Ich habe diesem jungen Mann erzählt, es würde mich nicht überraschen, wenn er unsere jungen Frauen außergewöhnlich findet und sie ihm vielleicht ebenso zugetan sind.«

»So?« sagte Goltz mit einem etwas gezwungenen Lächeln. Dann schaute er Peter an und fügte hinzu: »Ich hatte eher erwartet, daß mich der Erste Sekretär Gradny-Sawz abholt. Wir sind alte Freunde.«

»Ich bin überzeugt, der Erste Sekretär wußte nicht, daß Sie in dem Flugzeug waren, Standartenführer«, sagte Peter.

»Aber wenn nicht Gradny-Sawz, dann Oberst Grüner«, sagte Goltz.

Das überraschte Peter nicht, der wußte, daß Militärattaché Grüner nicht nur im Dienst für die Abwehr (die Nachrichtenabteilung des Oberkommandos der Wehrmacht), sondern auch für den Sicherheitsdienst arbeitete. Grüner selbst hatte das von Wachtstein anvertraut, und er war auch von Botschafter Manfred Alois Graf von Lutzenberger deswegen gewarnt worden.

Militärattachés waren stets Nachrichtenoffiziere, obwohl die diplomatischen Kreise das leugneten. Grüners Rolle als SD-Offizier für die Botschaft war folglich eine verdeckte Rolle in einer verdeckten Rolle. Es war ein weiteres Spiegelbild vom Nationalsozialismus, das Peter von Wachtstein erst vor kurzem verstanden hatte und seither verabscheute.

Als Soldat, der Sproß einer alten Familie pommerscher Soldaten, empfand er den Nationalsozialismus als eine seltsame Mischung des Komischen und Tödlichen. Es war buchstäblich Selbstmord, irgendeinen Aspekt davon zu kritisieren.

»Der Oberst wurde vom Ersten Sekretär Gradny-Sawz beauftragt, alles für Ihre Ankunft vorzubereiten, Standartenführer«, sagte Peter. »Er dachte, ich kann damit betraut werden, die unbekannte sehr wichtige Persönlichkeit, die mit der Condor eintrifft, abzuholen, während er dafür sorgt, daß die Unterbringung im Hotel angemessen und für Sie reserviert ist.«

Goltz musterte ihn einen Augenblick lang kühl.

»Ich nehme an, Sie haben einen Wagen, von Wachtstein. Ich habe Coronel Perón eine Mitfahrt angeboten.«

»Oberst Grüners Wagen und Fahrer stehen zu Ihrer Verfügung, Standartenführer.«

»Ich kann anrufen und mich von jemandem abholen lassen«, sagte Perón.

»Das ist überflüssig. Ich wußte, daß die Botschaft einen Wagen für mich schickt. Wo werde ich wohnen, von Wachtstein?«

»Im Alvear Palace Hotel ist eine Suite für Sie reserviert, Standartenführer. Oberst Grüner wird Sie dort erwarten.«

»Und wie kommen Sie in die Stadt?« fragte Perón.

»Ein Bus ist hier, um die Besatzung und die Post zu transportieren. Ich wollte damit fahren.« Peter wandte sich an Goltz. »Ich bedauere, Standartenführer, daß ich den Vorschriften entsprechend für die diplomatische Kurierpost hier unterzeichnen muß. Es wird ein paar Minuten dauern, bis Sie durch den Zoll sind. Wenn es Ihnen nichts ausmacht zu warten, würde ich Sie gern begleiten, Standartenführer ...«

Goltz – eine viel zu wichtige Person, um gezwungen zu sein, auf irgend etwas zu warten – fiel ihm ins Wort. »Vielen Dank, von Wachtstein, aber das ist nicht nötig. Was wird aus meinem Gepäck?«

»Ich würde gern dafür sorgen, daß Ihr Gepäck sicher in Ihrem Hotel eintrifft.«

»Großartig. Sie sind äußerst zuvorkommend, von Wachtstein.«

»Es ist eine Ehre, Ihnen zu Diensten zu sein, Standartenführer«, sagte von Wachtstein.

»Wir werden uns bestimmt noch sehen, Major«, sagte Perón. »Ich bin zwar überzeugt, daß Sie einige unserer schönen Frauen kennengelernt haben, aber ich bezweifle, daß Sie alle kennen. Vielleicht können wir mal zu Mittag essen.«

»Es wäre mir eine Ehre, mi Coronel«, erwiderte Peter.

Er führte sie zu Grüners Mercedes, wartete, bis sie eingestiegen waren, schloß die Wagentür und entbot den Nazigruß, als der Wagen losfuhr.

»Scheißer«, murmelte er erbittert. Und dann ging er mit dem diplomatischen *carnet** in der Hand durch den Bereich des Zolls und der Einwanderungsbehörde hinaus aufs Rollfeld und stieg die Gangway hinauf in die Condor.

Pilot, Kopilot und der Leiter des technischen Personals waren noch im Cockpit und mit Stapeln von Formularen beschäftigt, die für die Ankunft im Ausland nötig waren und die sicherstellten, daß das Wartungspersonal eine komplette Liste aller Dinge erhielt, die gewartet, ersetzt oder repariert werden mußten.

»Hallo, Peter«, sagte der Pilot. »Ich dachte mir schon,

* Ein Ausweis mit Foto in einem Lederetui, ausgestellt vom argentinischen Außenministerium

daß du das bist, der dort draußen mit allen Anzeichen auf ein ausschweifendes und unmoralisches Leben in Argentinien herumsteht.«

»Das klingt neidisch, Dieter«, sagte von Wachtstein, schüttelte dem Piloten die Hand und nickte dem Kopiloten zu. »Wie war der Flug?«

»Wunderbar. Es gibt nichts Schöneres, als eine Stunde in der Luft zu sein, wenn alle Lämpchen im Cockpit anzeigen, daß der Sprit ausgeht.«

»War es so schlimm?«

»Eigentlich nicht. Wir hatten noch *mindestens* für dreißig Minuten Treibstoff, als wir landeten.«

Beide wußten, daß bei dieser langen Strecke eine so kleine Reserve bedeutungslos war. Oder selbstmörderisch.

»Und als wir gerade aus der Suppe herauskamen, rammten wir fast ein amerikanisches China-Clipper-Flugboot«, sagte der Kopilot. Als Peter sich ihm zuwandte, fügte er hinzu: »Ich hatte noch nicht die Ehre, Ihre Bekanntschaft zu machen, Freiherr von Wachtstein.« Er hielt ihm die Hand hin: »Ich bin der Erste Offizier Karl Nabler, Herr Major.«

»Peter, bitte«, sagte von Wachtstein. »Ich bewundere Ihren Mut.«

Nabler lachte. »Wegen des wenigen Sprits, meinen Sie? Es war in Wirklichkeit mehr als für eine halbe Stunde. Fast für eine Stunde Reserve.«

»Weil Sie mit Dieter geflogen sind, meinte ich. Ich habe immer geglaubt, daß Flieger in einem gewissen Greisenalter gezwungen werden sollten, ihren Abschied zu nehmen.«

»Du kannst mich am Arsch lecken, Peter«, erwiderte der Pilot.

»Was hätten Sie fast gerammt? Einen China-Clipper?«

»Ich glaube, es ist ein Nachfolgemodell des China-Clippers – größere Motoren zum Beispiel«, sagte der Pilot.

»Jedenfalls kamen wir aus der Suppe raus, und da war es, ein viermotoriges Flugboot der Pan American mit einer großen amerikanischen Flagge auf dem Rumpf aufgemalt.«

»Und du hast es nicht für deine nationalsozialistische Pflicht gehalten, ihm das Heck mit deinen Propellern abzurasieren? Schäm dich, Dieter.«

»Das wäre schön gewesen, Peter«, sagte der Pilot, und etwas am Ausdruck seiner Augen sagte von Wachtstein, daß Scherze dieser Art unklug in Anwesenheit des Kopiloten waren, »aber ich sagte mir, daß die sichere Ankunft von Standartenführer Goltz und Coronel Perón wirklich wichtiger für Deutschland ist als das Rasieren eines China-Clippers.«

»Und ich war mir nicht sicher, wie wir in puncto Neutralität dran sind«, sagte der Kopilot und machte damit klar, daß er es nicht für Wahnsinn hielt, zu versuchen, die Seitenflosse eines feindlichen zivilen Transportflugzeuges mit einem Propeller abzusägen. »Ich denke, wir waren über Gebiet, das von den Argentiniern als ihr Territorium beansprucht wird.«

»Ja, und sie nehmen das sehr ernst mit ihren Gebietsansprüchen«, sagte von Wachtstein. »Es hätte peinlich werden können. Ob ihr Erfolg gehabt hättet oder nicht.«

»Karl, holst du die Kuriersäcke mit der Diplomatenpost aus der Gepäckabteilung?« fragt Dieter und gab ihm die Schlüssel. »Damit Peter dafür unterschreiben kann und wir sie los sind?«

»Jawohl.«

»Ich gehe Ihnen zur Hand«, sagte Peter und trat zur Seite, damit der Kopilot aus seinem Sitz aufstehen konnte.

Der Kopilot ging an ihm vorbei, und Peter wollte ihm folgen.

»Peter«, rief der Pilot. Peter blieb stehen und wandte sich um. »Sieh dir das mal an, ja?«

Peter neigte sich über die Schulter des Piloten. Dieter

steckte ihm ein dickes, gut versiegeltes Kuvert zu. Peter warf schnell einen Blick darauf und sah, daß der Absender – »H.-P. v. W.« – in der Handschrift seines Vaters darauf stand. Er schob den Umschlag hastig unter seinen Uniformrock.

Der Brief, den sein Vater Standartenführer Goltz mitgegeben hatte, war offenbar eine Täuschung, abgesandt, weil man von einem Generalleutnant mit Verbindungen zu hohen Stellen erwarten konnte, daß er jemanden wie Goltz, der das anbot, einen Brief an seinen einzigen noch lebenden Sohn mitgab, obwohl es gegen die Vorschriften verstieß. Es wäre verdächtig gewesen, wenn er den Gefallen nicht angenommen hätte.

In dem Kuvert, das er soeben von dem Piloten entgegengenommen hatte, war der richtige Brief. Wenn er dem Sicherheitsdienst oder der Gestapo in die Hände fiel, würden sie vermutlich beide erschossen oder – wahrscheinlicher – durch die Garotte hingerichtet werden.

»Danke«, sagte Peter.

Der Pilot nickte nur.

»Paß auf, was du in Gegenwart von Nabler sagst, Peter«, mahnte der Pilot. »Er denkt immer noch, Adolf pißt Limonade.«

Major Freiherr Hans-Peter von Wachtstein nickte, machte kehrt und verließ das Cockpit.

2

Dr.-Cosme-Argerich-Lazarett
Calle Luis Maria Campos
Buenos Aires

9. April 1943, 16 Uhr 55

Als der Konvoi von Stabswagen durch das Tor des Lazaretts rollte, hatte Clete verschiedene Gedanken, von denen einige pietätlos waren und einer sich am Rande der Unfreundlichkeit bewegte.

Es gab absolut keinen Grund für all diese hohen Tiere, ihnen zu folgen. Aber sie hatten anscheinend den Auftrag, Ramirez zum Panagra Terminal zu begleiten, um ihn, Clete, abzuholen, und niemand hatte den Mumm, ohne entsprechend andere Befehle zurückzubleiben. Das mit den ›hohen‹ Tieren paßte hier wirklich, denn die Kopfbedeckung der ranghohen Offiziere war gewaltig und voller goldener Verzierungen, während die meisten amerikanischen Offiziere im Generalsrang Schirmmützen trugen.

Ich wette, was die auf dem Kopf tragen, wiegt mehr als ein Stahlhelm, dachte Clete. *Diese Typen gehen vermutlich des Abends mit Brummschädeln nach Hause, stöhnen laut, wenn sie die hohen Dinger abnehmen, und lassen sich dann von ihren Frauen den Nacken massieren.*

Die Wachen am Tor, die Stahlhelme in deutschem Stil trugen, schauten mit großen Augen auf die Parade der hohen Tiere in ihren Wagen und präsentierten auf argentinische Art das Gewehr – sie hielten die Mauser-Gewehre vertikal auf Armlänge vor sich, während Marines ihre Gewehre so dicht an ihre Brust hielten, daß sie fast ihre Nase berührten.

Bei mir war es nicht anders, dachte Clete. *Als ich zum*

ersten Mal einen General aus der Nähe sah, überraschte mich ein bißchen, daß er keinen Heiligenschein hatte.

Dieser Bau ist größer, als ich ihn in Erinnerung habe. Aber warum nicht, schließlich ist er das argentinische Gegenstück zum Walter Reed Army Hospital in Washington. Der Unterschied ist natürlich, daß vermutlich der einzige verwundete Soldat in dem ganzen Bau Enrico ist. Es sei denn, irgendein argentinischer Rekrut schoß sich auf dem Schießplatz in den Fuß.

»Mi General«, sagte Clete und wandte sich Ramirez zu. »Ich weiß, daß Sie und Ihre Offiziere viel beschäftigt sind. Ich kann von hier aus allein zurechtkommen.«

»Señor Frade, mit Ihrer freundlichen Erlaubnis, meinen Offizieren und mir wäre es eine Ehre, Sie zu ihrem aufgebahrten Vater zum Edificio Libertador zu begleiten.«

»Ihre Freundlichkeit ehrt meinen Vater und mich, mi General.«

Ramirez nickte und hob die linke Hand kurz in einer Geste, die Clete als typisch in Argentinien kennengelernt hatte und die anzeigte: ›macht nichts‹ oder ›nicht der Rede wert‹.

Der Mercedes hielt vor dem Haupteingang des weißen neungeschossigen Gebäudes. Zwei behelmte Wachtposten präsentierten ihre Mauser-Gewehre. Ramirez' Adjutant sprang vom Beifahrersitz und öffnete die Fondtür für Clete. Unterdessen trat ein grauhaariger Mann in Uniformhose und weißer Arztjacke, die er noch zuknöpfte, durch das Portal aus Bronze und Glas.

Er grüßte Ramirez schneidig.

»A sus órdenes, mi General«, sagte er. »Ich wußte nicht ...«

»Señor Frade«, unterbrach ihn Ramirez, »darf ich Ihnen el Coronel-Médico Orrico vorstellen, den Leiter des Dr.-Cosme-Argerich-Lazaretts? Coronel, dies ist Señor Frade.«

Orrico reichte Clete die Hand.

»Ich bedaure, daß wir uns unter solch tragischen

Umständen kennenlernen, Mr. Frade«, sagte er in perfekt britischem Englisch. »Ich hatte das Privileg, Ihren Vater als meinen Freund bezeichnen zu dürfen. Nehmen Sie bitte mein aufrichtiges Beileid an.«

»Vielen Dank, Doktor«, sagt Clete.

»Mr. Frade wünscht Suboficial Mayor Rodriguez zu sehen«, kündigte Ramirez an.

»Selbstverständlich«, sagte Orrico und forderte sie mit einer Geste zum Eintreten auf.

»Wie geht es ihm?« fragte Clete.

»Er hat sehr viel Glück gehabt«, sagte Orrico auf englisch. »Es hätte viel schlimmer sein können, eigentlich sein müssen.«

»Sprechen Sie bitte spanisch«, befahl Ramirez schroff. Dann schaute er Clete an und lächelte. »Sie werden verzeihen, mein Englisch ist ziemlich schlecht.«

»Überhaupt nicht«, entgegnete Clete auf spanisch.

Sie betraten einen Aufzug und fuhren in den sechsten Stock. Auf dem Flur saß ein Mann in Zivilkleidung auf einem sehr unbequem aussehenden Lehnstuhl. An der Rückenlehne des Stuhls hing eine .45er Automatik-Pistole in einem Schulterholster. Der Mann erhob sich und stand still.

Ein Polizist, sagte sich Clete. *Einer von el Teniente Coronel Martins Männern? Oder von der Bundespolizei?*

Orrico führte sie über den breiten Flur zu einem Zimmer, vor dem ein anderer Wachtposten saß, der seine .45er an der Hüfte trug. Auch er stand auf und nahm die argentinische Version von Stillgestanden ein, als Orrico die Tür aufschob.

In einem Krankenbett, das so eingestellt war, daß der Patient darin mehr saß als lag, sah Clete einen schwergewichtigen, glattrasierten Mann Anfang Vierzig. Sein Oberkörper war nackt, und auf der Brust und den Armen waren Verbände zu sehen. Sein Kopf war dick verbunden, einschließlich eines Verbandes über dem linken Auge. Der

Mann war Enrico Rodriguez, ehemals Suboficial Mayor der Húsares de Pueyrredón, des Kavallerieregiments der argentinischen Armee.

Als er Clete sah, ließ er die Zeitung sinken, in der er gelesen hatte, und wollte aus dem Bett aufstehen.

»Bleiben Sie, wo Sie sind, Enrico«, sagte Clete und ging schnell zu ihm.

»Mi Teniente.« Rodriguez' Stimme brach. »Ich habe versagt. Ich habe el Coronel im Stich gelassen. Ich habe Sie im Stich gelassen!«

»Reden Sie keinen Unsinn«, sagte Clete. Er wandte sich um. »Darf ich bitte einen Moment allein mit dem Suboficial Mayor reden?«

»Selbstverständlich«, sagte Orrico.

Clete hatte das Gefühl, daß Ramirez das mißfiel, doch der General verließ mit dem Arzt das Zimmer.

Suboficial Rodriguez schluchzte jetzt.

Clete legte den Arm um ihn. Seine Augen wurden feucht.

»Was ist passiert, Enrico?«

»Sie lauerten uns ungefähr zwei Kilometer vom Haus entfernt auf der Estancia auf. Sie wissen, wo die scharfe Kurve ist?«

Clete nickte.

»Ein Rind, ein Kadaver, lag auf der Straße. Als ich bremste, um langsam daran vorbeizufahren, eröffneten sie das Feuer ...«

»Banditen?«

Rodriguez schnaubte verächtlich.

»Bandidos wie die ›Einbrecher‹ in der Libertador«, sagte er.

»Man sagte mir, sie wurden von der Provinzpolizei erschossen.«

»Sie wurden getötet, damit sie nicht von den Clowns verhört werden konnten«, sagte Rodriguez. Er bezeichnete die Agenten des Büros für Innere Sicherheit stets als ›Clowns‹.

»Weiter.«

»Thompson-MPis, nehme ich an«, sagte Rodriguez sachlich. »Es war zuviel Feuer für Pistolen. Ich wurde getroffen ...«. Er wies auf den Kopf- und Brustverband, »Die Kugel muß zuerst den Fensterrahmen getroffen oder mich nur gestreift haben.«

»Oder sie hat Ihren Kopf getroffen und ist abgeprallt. Mein Vater sagte immer, Sie sind der dickköpfigste Mann, den er je gekannt hat«, scherzte Clete.

»Der Doktor sagte mir, daß die Kugel eine Furche gerissen hat, die so tief wie ein Fingernagel ist. Da war viel Blut. Sie hielten mich vermutlich für tot ...«

»Sie hatten Glück«, sagte Clete.

»... und der Wagen kam von der Straße ab und knallte gegen einen Baum. Als ich zu mir kam ...«, er begann wieder zu schluchzen, »... war el Coronel im Himmel bei den Engeln und Ihrer Mutter und meiner Schwester.«

Clete war überrascht über die Gefühle, die in ihm aufwallten. Er nahm den älteren Mann in die Arme und fand erst nach einer Weile die Stimme wieder.

»Enrico, mi amigo«, hörte er sich sagen. »In der Bibel steht, daß es keine größere Liebe gibt als die eines Menschen, der sein Leben für einen anderen hingibt. Du hast dein Leben riskiert. Du hast weder meinen Vater noch mich im Stich gelassen.«

Ich klang bei diesen Worten wie ein Argentinier. Ich habe nie etwas so Sentimentales auf Guadalcanal gesagt, und Enrico ist nicht der erste weinende Mann, dem ich auszureden versuchte, daß er für den Tod von jemandem verantwortlich ist. Aber das kam ganz natürlich heraus. Liegt das an meinen argentinischen Genen?

»Und in der Bibel steht ›Auge um Auge‹, mi Teniente«, sagte Rodriguez.

»Ich wünschte, du hörst mit ›mi Teniente‹ auf.«

»Wie Sie möchten, Señor Cletus.«

»Wie wäre es mit ›Clete‹?«

»Wie Sie möchten, Señor *Clete.*«

Er versteht einfach nicht, daß ich ihn bitte, mich zu duzen. Mich als Freund zu betrachten wie ich ihn. In mir nicht den Offizier zu sehen und um Himmels willen nicht el Patrón. *Zum Teufel damit. Das mit dem Erbe kann warten.*

»Kann ich irgend etwas für dich tun, Enrico? Dir irgend etwas besorgen?«

»Ich möchte am Sarg für el Coronel beten«, sagte Enrico. »Ihn um Verzeihung bitten.«

»Es gibt nichts, was er dir verzeihen müßte«, sagte Clete.

»Und ich möchte zu der Beerdigung mitgehen.«

»Das werde ich arrangieren.«

»Man hat mir gesagt, daß es unmöglich ist«, sagte Enrico.

Du wirst an seinem Sarg beten können, Enrico, und du wirst bei der Beerdigung dabeisein, und wenn ich dich auf meinen Schultern tragen muß.

»Ich sorge dafür, daß es möglich ist«, sagte Clete bestimmt.

»Gracias, Señor Clete. Ist es gut?«

»Was?«

»Wo Ihr Vater aufgebahrt ist. Ist es dort gut und ehrenvoll?«

»Ich weiß es nicht. Ich bin vom Flugzeug aus hergekommen.«

»Señor Clete, Sie müssen zu Ihrem Vater gehen und an seinem Sarg beten!«

»Gleich wenn ich dich hier verlassen habe«, sagte Clete.

Er wollte Enrico die Hand geben, besann sich jedoch anders und legte den Arm um seine Schulter.

Dann verließ er das Krankenzimmer.

General Ramirez wartete draußen und wirkte ein wenig ungeduldig.

»Mi General«, sagte Clete. »Suboficial Mayor Rodriguez wünscht, meinen Vater zu besuchen, wo er aufgebahrt ist, und den Leichnam zum Grab zu begleiten. Gibt es damit ein Problem?«

Ramirez zögerte. »Es gibt natürlich Sicherheitsprobleme, Señor Frade.«

»Wer auch immer meinen Vater ermordet hat, er hat keinen Grund, Suboficial Mayor Rodriguez etwas anzutun.«

»Natürlich«, sagte Ramirez. »Ich werde mich darum kümmern.«

Du weißt genausogut wie ich, mi General, daß mein Vater nicht von »Bandidos« umgebracht wurde, nicht wahr?

»Ich bin unpassend gekleidet, um zum Edificio Libertador zu fahren, mi General. Darf ich Ihnen weiterhin zur Last fallen und bitten …«

»Inzwischen wird Ihr Gepäck im Haus sein«, sagte Ramirez. »Sie fallen überhaupt nicht zur Last, Señor Frade.«

»Danke«, erwiderte Clete. »Und mit Ihrer Erlaubnis möchte ich ein privates Wort mit el Coronel-Medico Orrico wechseln.«

»Was immer Sie wünschen«, sagte Ramirez, doch sein Tonfall machte klar, daß ihm das mißfiel.

Clete ergriff Orrico am Arm und ging mit ihm ein Stück über den Flur.

»Wurde mein Vater hergebracht?« fragte er den Arzt.

Orrico nickte.

»Fand eine Autopsie statt?«

Orrico nickte wieder. Er wirkte beklommen.

»Ich möchte mit dem Arzt sprechen, der die Autopsie durchführte.«

»Diese traurige Pflicht hatte ich.«

»Was war die Todesursache?«

Orrico zögerte mit der Antwort, dann sah er Clete in die Augen.

»Zahlreiche Wunden von Schrotkugeln in Brust und Kopf. Wir entfernten fünfundzwanzig Schrotkugeln aus dem Körper, was darauf schließen läßt – zusammen mit zwei Einschußwunden –, daß zweimal mit einer Schrotflinte Kaliber 12 auf ihn geschossen wurde. Nach meiner Einschätzung hätte jede der beiden Schrotladungen zum sofortigen Tod geführt. Ihr Vater hat nicht gelitten, Mr. Frade, wenn das ein Trost für Sie ist.«

»Kein großer, mi Coronel«, sagte Clete. »Aber vielen Dank.«

Er legte kurz die Hand auf Orricos Arm, machte kehrt und ging schnell zu General Ramirez zurück.

3

Alvear Palace Hotel
Avenida Alvear
Buenos Aires

9. April 1943, 17 Uhr 30

Oberst Karl-Heinz Grüner, der Militärattaché der Botschaft des Deutschen Reichs in der Republik Argentinien, war ein großer, asketisch aussehender Mann, der älter wirkte als seine vierzig Jahre.

Er war nicht überrascht, als er in Kenntnis gesetzt wurde, daß Standartenführer Josef Goltz einen ›Verbindungsbesuch in Zusammenhang mit Sicherheitsfragen‹ in Buenos Aires machen würde. Es überraschte ihn nur, daß der ›Verbindungsbesuch‹ so lange auf sich warten ließ. Die *Reine de la Mer* war am 31. Dezember 1942 gesprengt worden, vor dreieinhalb Monaten.

Es war für ihn keine Frage, daß der erste Punkt auf der Liste der Dinge, in denen Goltz Verbindung halten wollte, die Zerstörung der *Reine de la Mer* sein würde. Deshalb hatte er erwartet, daß Goltz so schnell wie möglich nach dem katastrophalen Zwischenfall nach Buenos Aires kommen würde.

Die Operationen deutscher U-Boote im Südatlantik waren äußerst wichtig für den Krieg. Das neutrale Argentinien versorgte in zunehmendem Maße sowohl die Alliierten als auch die Achsenmächte mit Rindfleisch, Leder, Wolle und anderen landwirtschaftlichen Produkten.

Nach internationalem Recht durfte ein Handelsschiff eines neutralen Landes auf dem Weg von einem neutralen Land zu einem anderen nicht torpediert werden. Deshalb wurde Versorgungsmaterial, das für Deutschland bestimmt war, in Argentinien und anderen neutralen Ländern verschifft und zum neutralen Portugal oder Spanien gebracht und von dort aus per Eisenbahn durch das besetzte Frankreich nach Deutschland transportiert.

England konnte natürlich ebenfalls neutrale Handelsschiffe bis Spanien oder Portugal benutzen und tat es manchmal. Aber es gab keine Möglichkeit, Fracht über den Landweg von Spanien oder Portugal aus nach England zu transportieren, und in dem Augenblick, in dem ein Handelsschiff, neutral oder nicht, einen spanischen oder portugiesischen Hafen verließ, um nach England zu fahren, war es leichte Beute für die deutschen U-Boote.

Die Alliierten sahen eine Lösung des Problems darin, ihre eigenen Handelsschiffe zu benutzen. Diese fuhren unter dem Schutz von brasilianischen Kriegsschiffen und dann der U.S. Navy an der Atlantikküste von Südamerika hinauf, bis sie sich gutgeschützten Konvois anschließen konnten, die von Häfen im Golf von Mexiko und der Ostküste der Vereinigen Staaten aus gen England fuhren.

Folglich war die beste – und oftmals einzige – Stelle, an der deutsche U-Boote Handelsschiffe mit dem Ziel England angreifen konnten, die Hochsee vor der Mündung des Rio de la Plata, wenn sie das geschützte argentinische/uruguayische neutrale Territorium verließen und bevor sie den Schutz der brasilianischen Marine erreichten.

Es war ein sehr langer Weg – über siebentausend Seemeilen – von den U-Boot-Bunkern in Deutschland und

Frankreich bis zur Mündung des Rio de la Plata. Praktisch konnten U-Boote, die im Südatlantik stationiert waren, nicht in ihre Heimathäfen zur Versorgung zurückkehren. Unter den besten Bedingungen dauerte die Hin- und Rückfahrt vierzig Tage, und U-Boote, die in den Südatlantik zurückkehrten, trafen bereits ohne frische Nahrung und mit nur noch wenig Treibstoff ein.

Versorgungsschiffe, gefüllt mit allem, was die U-Boote brauchten, waren offenbar die Lösung des Problems. Aber entweder die deutsche Marine oder zivile Frachtschiffe gingen das große Risiko ein, versenkt zu werden, entweder auf der Route zum Südatlantik oder wärend der Stationierung auf hoher See, während sie darauf warteten, U-Boote zu versorgen. Und ›neutrale‹ Handelsschiffe, die als Nachschubschiffe dienten, waren ebenfalls keine Lösung, denn jedes ›neutrale‹ Schiff, das verdächtigt wurde, Nachschub zu bringen, wurde von Kriegsschiffen der Alliierten auf hoher See und vor den Küsten Uruguays und Argentiniens kontrolliert.

Die Lösung des Problems bestand darin, Argentiniens Neutralität zu nutzen – mit der geheimen Unterstützung von einigen hochrangigen argentinischen Offizieren.

Ein unter spanischer Flagge fahrendes Handelsschiff wurde in Bremen heimlich mit Treibstoff, Torpedos und anderem Nachschub beladen. Es kehrte nach Spanien zurück und fuhr von dort aus nach Buenos Aires als neutrales Schiff von einem neutralen Hafen zum anderen und folglich sicher vor dem Embargo der Alliierten.

Es ankerte mit ›Maschinenproblemen‹ in argentinischen Gewässern in der Bucht von Samborombón an der Mündung des Rio de la Plata. Während die argentinische Marine und Küstenwache wegschaute, konnten U-Boote Treibstoff, Waffen und frische Lebensmittel aufnehmen und ihre Patrouillen fortsetzen.

Die Argentinier brauchten nicht lange, um das herauszufinden.

Den Amerikanern widerstrebte es, Argentiniens Neutralität zu verletzen und Kriegsschiffe in argentinische Gewässer zu schicken, um ein ›neutrales‹ Handelsschiff auszuschalten, und so operierten sie verdeckt. Sie schickten ein Team von OSS-Agenten, um das Schiff zu sprengen. Aber bei ihrer Ankunft wurde Grüner von seinen Kontaktpersonen beim argentinischen Nachrichtendienst vor der Anwesenheit des OSS-Teams gewarnt, und später identifizierte er die Mitglieder des Teams.

In Argentinien, Uruguay und Paraguay gab es kriminelle Elemente, die so schlimm wie die in Berlin oder Hamburg waren. Grüner hatte wenig Mühe, eine Gruppe von argentinischen Schmugglern anzuheuern, um dieses OSS-Team auf dem Rio de la Plata zu eliminieren. Danach hatte er die argentinischen Mörder von Killern in Paraguay umbringen lassen, wohin er sie geschickt hatte, ›bis sich die Dinge abkühlten‹.

Die Amerikaner hatten ein zweites Team von OSS-Agenten nach Buenos Aires geschickt, das Grüner abermals durch deutsche Sympathisanten im argentinischen Militär identifiziert hatte. Grüner versuchte, den Teamchef eliminieren zu lassen, doch der Mordanschlag mißlang. Und kurz nachdem das unter portugiesischer Flagge fahrende Versorgungsschiff *Reine de la Mer* mit Nachschub an Torpedos, Treibstoff und Lebensmitteln in der Bucht von Samborombón eintraf, wurde es in Stücke geblasen, versank und nahm ein U-Boot mit in die Tiefe, das längsseits lag und betankt wurde. Es gab keine Überlebenden.

Grüner wußte nicht genau, wie das erreicht worden war. Aber er hatte den Verdacht, daß ein Team von Unterwasser-Sprengexperten der U.S. Navy in Argentinien eingesickert war – mit der Unterstützung von el Coronel Jorge Guillermo Frade. Frade hatte zweifellos dem Team geholfen, wieder unbemerkt außer Landes zu gelangen.

Es war eine Katastrophe für die deutschen U-Boot-Operationen. Die *Reine de la Mer* hatte vor ihrer Zerstörung nur ein einziges anderes U-Boot mit Nachschub versorgen können. Grüner hatte keine Ahnung, wie viele andere U-Boote – er schätzte zehn oder vielleicht zwölf – im Südatlantik auf Versorgung in der Samborombón-Bucht warteten.

Grüner hatte keine Ahnung, welche Möglichkeiten den U-Boot-Kommandanten blieben, wenn man ihnen mitteilte, daß Treibstoff und Lebensmittel – ganz zu schweigen von Torpedos oder Munition für ihre Geschütze – im Südatlantik nicht zur Verfügung standen.

Sogar das Naheliegende – zu den U-Boot-Bunkern an der Küste Frankreichs zu fahren – war für einige von ihnen nicht möglich. Sie hatten nicht den nötigen Treibstoff für die Zwanzigtagefahrt.

Es gab natürlich Alternativen. Es gibt immer welche. Sie konnten sich auf See mit anderen U-Booten treffen. Diejenigen, die Reservetreibstoff hatten, konnten ihn mit denjenigen teilen, deren Tanks leer waren. Als letzte verzweifelte Maßnahme konnte theoretisch ein U-Boot das andere ins Schlepptau nehmen.

Grüner hatte nicht erfahren, was tatsächlich geschehen war. Der deutschen Botschaft in Buenos Aires war nur mitgeteilt worden, was sie notgedrungen wissen mußte. Grüner fand vielsagend, daß kein Wort über einen Ersatz für die *Reine de la Mer* gefallen war. Das bedeutete wahrscheinlich, daß kein Ersatzschiff unterwegs war. Es bestand natürlich die Möglichkeit, daß der völlig unerwartete – und katastrophale – Verlust der *Reine de la Mer* die Leute so aufgeregt hatte, daß Buenos Aires von einem Ersatzschiff erst erfahren würde, wenn es argentinische Gewässer erreichte.

Es war ebenfalls möglich, daß ein Treffen mitten auf dem Ozean stattgefunden hatte und die U-Boote wenigstens Treibstoff aus den Tanks von deutschen Oberwasser-Schiffen erhalten hatten oder vielleicht sogar von Handelsschiffen, deutschen oder sonstigen, wodurch sie wenigstens zu den U-Boot-Bunkern in Frankreich zurückkehren konnten.

Aber die Zerstörung der *Reine de la Mer* hatte praktisch die U-Boot-Operationen im Südatlantik lahmgelegt.

El Coronel Jorge Guillermo Frade war einer der mächtigsten Männer in Argentinien gewesen. Es war ein offenes Geheimnis, daß er die Macht hinter der Grupo de Oficiales Unidos gewesen war, und es war aus zuverlässigen Quellen gemeldet worden, daß die G. O. U. einen Staatsstreich plante und die Regierung von Präsident Ramón S. Castillo stürzen wollte. Eine Zeitlang hatte man angenommen, daß Frade, ein enger Freund von General Pedro P. Ramirez, dem argentinischen Kriegsminister, sehr mit der deutschen Sache sympathisierte.

Das hatte sich geändert. In einem unerwarteten, meisterhaften Schachzug schickten die Amerikaner Frades Sohn nach Argentinien, von dem er sich lange entfremdet hatte. Grüner wußte, wie stark Blutsbande sind, und er selbst hatte das starke Gefühl erlebt – Stolz gemischt mit Liebe –, das ein Vater für seinen Sohn empfand, der ein heldenhafter Pilot war.

Grüner gestand sich jetzt ein, daß dieses Wissen sein Urteilsvermögen beeinflußt hatte. Es stellte sich heraus, daß der junge Frade mehr war als ein Sohn, der geschickt worden war, um einen Vater zu rühren, von dem er lange getrennt gewesen war. Der junge Frade war ein hervorragender Nachrichtenoffizier. Die Leichen der beiden hochqualifizierten Killer, die ihn hatten eliminieren sollen, und die Sprengung der *Reine de la Mer* gaben Zeugnis davon.

Nach langem Nachdenken sagte sich Grüner, daß Goltz mit seinem Besuch in Argentinien gewartet hatte, bis die Operation der Eliminierung Frades durchgeführt war. Wenn Goltz zu diesem Zeitpunkt in Argentinien gewesen wäre, hätte jemand argwöhnen können, daß er darin verwickelt war. Wegen der Auswirkungen von Frades Eliminierung und seiner und Botschafter Lutzenbergers Einwände dagegen war Grüner überzeugt, daß der Befehl zu Frades Ermordung von höher oben gekommen sein mußte – vielleicht von Canaris oder Ribbentrop. Aber er war sich dessen nicht sicher. Nach seiner Erfahrung waren hohe SD-Offiziere der SS sehr gut darin, alles so zu arrangieren, daß der Verdacht auf andere fiel.

Es würde natürlich eine Reihe anderer Themen auf der Liste von Standartenführer Goltz stehen, Dinge, die für die höheren Ränge der Nazi-Hierarchie von Interesse waren.

Diese zweitrangige Liste würde mit Fragen beginnen, wie lange er, Grüner gebraucht hatte, um mit dem Problem el Coronel Jorge Guillermo Frade fertig zu werden, nachdem er den Befehl erhalten hatte, ihn eliminieren zu lassen. Dann würden die rituellen Fragen folgen, wie groß die Treue zum Führer persönlich und dem Nationalsozialismus im allgemeinen war, angefangen von ihm, Grüner, und dem Stab von Botschafter Manfred Alois Graf von Lutzenberger bis nach unten.

Goltz und seine Vorgesetzten würden ebenso interessiert sein, was er unternommen hatte und unternahm, um bei der Freilassung und Repatriierung der Offiziere der *Graf Spee* zu helfen, die seit dem Rückzug des Schiffes in Argentinien interniert waren.

Die Offiziere aus dem Internierungslager herauszuholen, damit sie nach Deutschland zurückkehren konnten, war von persönlichem Interesse für den Chef der Abwehr Admiral Wilhelm Canaris, der während des Ersten Weltkriegs selbst aus argentinischer Internierung entkommen war. Oberst Grüner war sehr feinfühlig in diesem Punkt; Canaris war nicht nur sein Vorgesetzter in der Abwehr, sondern auch ein alter Freund.

Er war überzeugt, daß Canaris mit seinem Bericht über die Versenkung der *Reine de la Mer* zufrieden gewesen war und Canaris ihn nicht persönlich dafür und für den gescheiterten Versuch der Eliminierung des OSS-Teamchefs verantwortlich machte. Dinge waren schiefgelaufen, Fehler waren gemacht worden; in seinem Bericht an Canaris hatte er seine Schuld eingestanden.

Er hatte ferner bekannt, daß er Coronel Frades Sohn unterschätzt hatte. Das war kein naiver Amateur, wie er geglaubt hatte. Und er, Grüner, hätte ebenfalls damit rechnen müssen, daß Frade seinem Sohn helfen würde, ungeachtet seiner Sympathie für die deutsche Sache. Canaris würde das verstehen. Aber das bedeutete nicht, daß sich auch alle anderen oben in der Hierarchie des Nachrichtendienstes und der Spionage mit seinen Erklärungen oder mit der Zeit für die Erfüllung der Befehle zur Eliminierung el Coronel Frades zufriedengaben.

»Herr Oberst«, kündigte Günther Loche laut an, als er die Tür der Suite öffnete, die Grüner für den Besuch des Verbindungsoffiziers gemietet hatte, »Standartenführer Goltz!«

Grüner mochte Loche, einen der zivilen Angestellten der Botschaft, weil er gerade schlau genug für seinen Dienst als Fahrer war – und nicht so gescheit, daß er sich für Dinge interessierte, die ihn nichts angingen.

Seine Eltern waren nach dem Ersten Weltkrieg in Argentinien eingewandert, ins Wurstgeschäft eingestiegen und zu Wohlstand gelangt. Noch wichtiger – sie waren treuere Anhänger von Adolf Hitler und dem Nationalsozialismus, als Grüner jemals welche kennengelernt hatte. Und da war noch etwas: Günthers Vater, der im Ersten Weltkrieg an der Westfront gedient hatte, machte sich wenig Illusionen über den Dienst bei den Kampftruppen und war entzückt gewesen, als Grüner Günther überzeugt hatte, daß er einen größeren Beitrag für den Nationalsozialismus leisten konnte, indem er als sein Fahrer diente, als ›ins Vaterland‹ zurückzukehren und sich für den Militärdienst zu melden.

»Willkommen in Argentinien, Standartenführer«, sagte

Grüner und hob den Arm zum Nazigruß. »Oberst Grüner zu Ihren Diensten. Ich hoffe, Sie hatten einen angenehmen Flug.«

»Einen sehr langen, Oberst«, sagt Goltz und erwiderte den Gruß. Die beiden Männer schüttelten sich die Hände und musterten sich unverhohlen.

Sie hatten den gleichen Dienstrang. Heute abend, beim Essen in der Residenz des Botschafters würde Standartenführer Goltz natürlich auf dem Ehrenplatz sitzen, am Kopf des Tisches neben dem Botschafter und gegenüber von dessen Gattin. Normalerweise würde er – obwohl er fast zwei Jahre dienstälter als Grüner war – weit fort von ihm an einem offiziellen Tisch sitzen. Für das Protokoll, von dem Grüner aus irgendeinem Grund stets fasziniert gewesen war, kam die Truppengattung an erster Stelle vor dem Rang der einzelnen Person.

Vom Protokoll her war das Heer der ranghöhere Dienst, gefolgt von Marine, Luftwaffe und SS. Das war eine Quelle des Ärgers für viele SS-Mitglieder. Weil ihre Mission der Schutz des Nationalsozialismus und des Führers persönlich war, waren sie der Ansicht, daß die SS der ranghöchste Dienst sein sollte und daß SS-Offiziere nicht an eine ferne Ecke eines Tischs verwiesen werden sollten. Damit war natürlich keine der anderen Truppengattungen einverstanden.

Grüner hatte die Notwendigkeit des Protokolls verstanden und schätzen gelernt, und es war ihm klar, warum es die SS wurmte. Viele ranghohe SS-Offiziere hatten sich nie von Rang zu Rang hochgedient, und diese Situation verschlimmerte sich. Um sich bei ihnen lieb Kind zu machen – und sich ihre Loyalität zu sichern –, gaben die Nazis hohen Bürokraten, prominenten Ärzten, Anwälten und Geschäftsleuten ehrenhalber Offiziersränge bei der Allgemeinen SS. Diese Personen hatten das Privileg, die schwarze SS-Uniform und die Mütze mit dem Totenkopf zu tragen.

Bei einem offiziellen Essen hatten dienende SS-Offiziere den Vorrang vor Offizieren ehrenhalber. So konnte jeder am Tisch sehen, wer ein dienender SS-Offizier und wer ein Bürokrat oder Geschäftsmann war, der wie einer gekleidet war.

Grüner fand eine gewisse Gerechtigkeit im Diktat des Protokolls, und es amüsierte ihn jedesmal, wenn die SS das System ändern wollte und an denjenigen scheiterte, die es bewahren wollten.

Goltz war wenigstens einmal dienender Offizier gewesen. Obwohl sie sich noch nie gesehen hatten, wußte Grüner viel über ihn. Demselben Umschlag, den er außerhalb des Dienstwegs erhalten hatte und in dem er über die Identität des SS-Verbindungsoffiziers informiert worden war, der Argentinien besuchen würde, hatte Admiral Canaris eine Kopie von Goltz' Dossier bei der Abwehr beigefügt.

Grüner hatte erfahren, daß Standartenführer Josef Luther Goltz Hesse war, geboren 1897 in Gießen nördlich von Frankfurt am Main. Er wurde 1915 mit seinem Jahrgang von Achtzehnjährigen eingezogen und diente vier Monate in den Schützengräben der Westfront beim 219. Infanterieregiment. Während er sich in Wiesbaden von Verwundungen erholte, wurde ihm das Eiserne Kreuz Zweiter Klasse verliehen, und er wurde für die Offiziersanwärterschule ausgewählt.

Als Offizier wurde er zum Sechzehnten Bayerischen Infanterie-Reserve-Regiment versetzt – in dem dem Gefreiten Adolf Hitler das Eiserne Kreuz erster Klasse verliehen wurde – und diente darin bis zum Waffenstillstand im November 1918. Während dieser Zeit wurde er wiederum zweimal verwundet, zum Hauptmann befördert, und er erhielt ebenfalls das Eiserne Kreuz erster Klasse.

Grüner dachte, als er das Dossier las: *Offenbar ist Hitler von Leutnant oder Hauptmann Goltz bei Begegnungen in den Schützengräben gut behandelt worden, denn sonst wäre er nicht Standartenführer.*

Nach dem Waffenstillstand von 1918 wurde Goltz sofort entlassen und studierte kurze Zeit, doch nach weniger als einem Jahr auf der Uni München brach er das Studium ab. Dann fand er eine Stelle als Straßenbahnfahrer bei der Stadt München. Und 1921 schloß er sich der Sturmabteilung (SA) – der privaten Armee der Nazipartei, allgemein ›Braunhemden‹ genannt und unter dem Kommando von Ernst Röhm – der soeben umbenannten (von Deutsche Arbeiterpartei) Nationalsozialistischen Deutschen Arbeiterpartei an.

Grüner erinnerte sich jetzt daran, als er die Anstecknadel der Nazipartei für ›langen Dienst‹ an Goltz' Revers sah.

1924 verließ Goltz den städtischen Dienst, um als Vollzeitkraft für die Nazipartei zu arbeiten, und 1929 verließ er sowohl die SA als auch die Parteiarbeit, um wieder in Staatsdienst einzutreten, diesmal als Polizist. 1933 wurde er Hauptsturmführer – etwa Hauptmann – der SS. Danach folgten die Beförderungen rapide.

Nachdem Grüner das Dossier gelesen hatte, sagte er sich, daß Goltz offenbar ein gescheiter Mann mit guten Beziehungen und deshalb gefährlich war. Als er jetzt sein Gesicht betrachtete, sah er nichts, was diese Meinung änderte.

»Ich hoffe, daß Sie es hier bequem haben«, sagte Grüner und wies in die Runde.

»Bestimmt wird das der Fall sein«, erwiderte Goltz. »Wissen Sie, zu welcher Zeit es dem Botschafter genehm sein würde, wenn ich ihm meine Aufwartung mache?«

»Der Botschafter erbittet das Vergnügen Ihrer Gesellschaft beim Abendessen in der Residenz ...«

»Wie nett von ihm.«

»... um zwanzig Uhr. Der Botschafter schlägt vor, daß Sie sich der offiziellen Gesellschaft anschließen, die dem verstorbenen Oberst Jorge Guillermo Frade die Ehre erweist.«

Goltz' Miene zeigte nun Interesse. »Tatsächlich?«

»Günther, würden Sie bitte auf dem Gang warten?« sagte Grüner.

»Jawohl, Herr Oberst.« Günther schlug die Hacken zusammen, wie er es bei Major von Wachtstein gesehen hatte, machte kehrt und verließ die Suite.

»Oberst – Coronel Frade«, sagte Grüner und zündete sich eine Zigarette an, »ein prominenter Argentinier, kam vor drei Tagen auf tragische Weise ums Leben. Er wurde bei einem Raubüberfall ermordet.«

»Davon hörte ich«, sagte Goltz. »Ermordet von Räubern, sagten Sie?«

»Ja. Sie wurden schnell von der Polizei der Provinz Buenos Aires ermittelt und starben bei einer Schießerei, als sie sich der Festnahme widersetzten.«

»Dies war einer der Punkte, über die ich mit Ihnen sprechen wollte, Oberst«, sagte Goltz. »Es gab einige Fragen ...«

Grüner war klar, worauf Goltz hinaus wollte. »Ich mußte die sofortige Erfüllung meiner Befehle mit anderen Überlegungen in Einklang bringen, wie Sie sicher verstehen, Standartenführer.«

»Es gibt Leute in Berlin, die das Gefühl haben, daß Sie diese Entscheidung in Frage stellten, Oberst.«

»Sowohl der Botschafter als auch ich hielten sie für unnötig, Standartenführer, und vielleicht für unklug. Ich kann natürlich nicht für den Botschafter sprechen, aber ich habe immer noch diesen Eindruck. Es ist ohnehin eine akademische Frage. Coronel Frade lebt nicht mehr.«

»Man dachte in Berlin – Ihre Vorgesetzten und meine –, wie man mich einweihte, daß die befohlene Lösung nicht nur sicherstellt, daß Frade nicht mehr in der Position ist, Argentinien zu veranlassen, Deutschland den Krieg zu erklären, sondern auch den Feinden Deutschlands klarmacht, daß niemand vor deutscher Bestrafung sicher sein kann, ganz gleich, welch hohe Stellung er einnimmt.«

Grüner sagte nichts.

»Stellen Sie die Klugheit dieser Entscheidung in Frage, Oberst?«

»Ich stelle meine Befehle niemals in Frage, Standartenführer. Aber ich halte es für meine Pflicht, meinen Vorgesetzten bei jedem bevorstehenden Thema meine beste Einschätzung mitzuteilen.«

»Selbstverständlich. Und Ihre Aufrichtigkeit und Ihre Professionalität werden in Berlin bewundert und respektiert. Aber in diesem Fall werden Sie gewiß einräumen, daß Sie ... wie soll ich es sagen ... daß Sie übervorsichtig waren?«

»Die Zeit wird das natürlich zeigen, Standartenführer.«

»Was sagen Sie, wenn ich Ihnen erzähle, daß Coronel Juan Domingo Perón mit mir in der Condor war?«

Grüner zuckte mit den Schultern.

»Wir können glaubwürdig bestreiten, daß wir in irgendeiner Weise in Coronel Frades tragischen Tod durch die Hand von Räubern verwickelt sind, nicht wahr?«

»Da die Täter tot sind, kann niemand irgendeine Verbindung zu uns beweisen, Standartenführer. Glaubwürdig abstreiten, ja. Aber das ist nicht ganz das gleiche.«

»Coronel Perón ist ein Mitglied, ein mächtiges Mitglied der G. O. U., nicht wahr?«

»Das ist er.«

»Würden Sie mir zustimmen, daß es zu Deutschlands Vorteil ist, wenn Perón Frade als Macht in der G. O. U. ersetzt? Besonders nach dem Staatsstreich?«

»Perón und Frade waren enge, lebenslange Freunde, Standartenführer. Das war einer der Punkte, auf die ich hinwies.«

»Und er wurde entsprechend zur Kenntnis genommen«, sagte Goltz, obwohl er sich nicht erinnern konnte, daß davon in Berlin etwas erwähnt worden war. »Ich gebe zu, daß das kein kurzfristiges Problem sein mag. Aber da Sie mir sagten, daß wir glaubwürdig jede Kenntnis von dem Zwischenfall leugnen können, und wenn einige Zeit vergeht …«

»Heute ist mit dem Panagra-Flug Frades Sohn von Miami eingetroffen, Standartenführer. Ich bezweifle, daß er Perón verschweigen wird, wen er als verantwortlich für den Tod seines Vaters verdächtigt, oder daß er einfach über das Thema hinweggeht.«

»Gewiß wissen die argentinischen Behörden, daß er ein OSS-Agent ist, der in puncto der *Reine de la Mer* Argentiniens Neutralität verletzte, oder?« fragte Goltz.

»Ich bin überzeugt, daß Admiral Montoya sich dieser Tatsachen bewußt ist.«

»Und er wird nicht ausgewiesen? Es überrascht mich, daß man ihn überhaupt ins Land ließ.«

»Es wäre unmöglich gewesen, ihn nicht einreisen zu lassen.«

»Wieso?«

»Er betrat das Land mit einem argentinischen Paß.«

»Wie ist das möglich?« fragte Goltz überrascht und ärgerlich.

»Er wurde hier geboren. Nach argentinischem Gesetz ist er Argentinier. Er beansprucht offenbar sein Erbe und seine argentinische Staatsbürgerschaft.«

»Wollen Sie mir sagen, daß ein Wort in das richtige Ohr diese Farce nicht beenden kann? Und nicht für eine Ausweisung sorgen?«

»Es ist vielleicht schwierig, das richtige Ohr zu finden, Standartenführer.«

»Das ist Ihre Aufgabe, Oberst«, ereiferte sich Goltz.

»Als Frades Sohn am Terminal der Pan American eintraf, Standartenführer, wurde er von einer Delegation ranghoher argentinischer Offiziere mit dem Kriegsminister, General Pedro P. Ramirez, und Generalmajor Arturo Rawson an der Spitze begrüßt. Beide Männer waren enge Freunde von Coronel Frade. Ich bezweifle sehr, daß es von Nutzen sein würde, in eines ihrer Ohren zu flüstern, daß es eine gute Sache wäre, Frades Sohn auszuweisen.«

»Die Amerikaner haben das arrangiert?«

»Das bezweifle ich. Ich glaube, es war General Ramirez' eigene Idee. Um den Respekt vor dem verstorbenen Coronel Frade zu bezeugen und den Verantwortlichen an seinem Tod ein Signal zu geben, daß das Offizierskorps der argentinischen Armee verärgert ist.«

»Das ist eine unerwartete Entwicklung.«

»Ich war enttäuscht, aber nicht überrascht. Coronel Frade war ein hochangesehener Offizier. Vielleicht sogar ein beliebter.«

»Wir werden ein längeres Gespräch darüber führen müssen«, sagte Goltz. »Aber ich würde es vorziehen, daß der Botschafter und Gradny-Sawz daran teilnehmen. Dies ist nicht der richtige Zeitpunkt dafür.«

»Ich stehe zu Ihrer Verfügung, Standartenführer.«

»Sie sprachen von heute abend?«

»Der Botschafter schlägt vor, daß Sie sich der offiziellen Gruppe anschließen, die Coronel Frade im Edificio Libertador die Ehre erweist. Da der Botschafter und der Erste Sekretär in Uniform sein werden, wollen Sie vielleicht ebenfalls Uniform tragen.«

Goltz dachte darüber nach. »Sie müßte gebügelt werden ...«

»Ich bin überzeugt, das wird kein Problem sein«, sagte Grüner. »Darf ich vorschlagen, daß Sie beim Essen in der Residenz des Botschafters Uniform tragen?«

»Ja«, stimmte Goltz zu.

»Nach dem Essen werden sich die ranghohen Offiziere der Botschaft in der Residenz treffen, und wir alle fahren zum Edificio Libertador. Das sollte nicht lange dauern. Es gibt dort eine Schlange des Diplomatischen Korps. Sie tragen sich in einem Gästebuch ein, betreten die Ehrenhalle, erweisen dem Verstorbenen die Ehre am Sarg und kondolieren dann den Mitgliedern der Familie Frade im Nebenraum und trinken ein Glas Champagner mit dem argentinischen Protokollchef in einem anderen Nebenraum. Danach können Sie gehen, wann es Ihnen beliebt. Der Botschafter wird Sie zum Hotel zurückbringen.«

»Was genau heißt ›erweisen dem Verstorbenen die Ehre am Sarg‹?«

»Dies ist ein römisch-katholisches Land. Es ist Sitte, daß man sich vor den Sarg kniet – ein Betpult steht bereit – und stumm betet, daß der Verstorbene schnell in den Himmel aufgenommen wird.«

»Sind Sie Katholik, Oberst?« fragte Goltz fast mißtrauisch.

»Ich wurde protestantisch erzogen, aber ich betrete selten eine Kirche, wenn es nicht die Pflicht erfordert. Es wird morgen ein Trauergottesdienst für Coronel Frade in der Basilika der Heiligen Frau von Pilar stattfinden, dem die Beisetzung auf dem angrenzenden Friedhof folgt. Er heißt Recoleta. Ich weiß nicht, ob der Botschafter möchte, daß Sie teilnehmen oder nicht.«

»Ich werde heute abend mit ihm darüber sprechen«, sagte Goltz. »Ich mag weder Beerdigungen noch Kirchenbesuche.«

»Der diplomatische Dienst des Deutschen Reichs erfordert manchmal, daß man Dinge tut, die man lieber nicht tun würde«, sagte Grüner und bereute es sofort.

Goltz konnte die Bemerkung auf die Aktion Frade beziehen, und der Standartenführer schaute ihn tatsächlich sonderbar an.

»Wie komme ich von hier zur Residenz?«

»Ich würde Sie gern dorthin bringen, aber dann müßte ich bei meinem Haus vorbeifahren, um meinen großen Dienstanzug anzuziehen. Die Alternative wäre, daß Major von Wachtstein Sie begleitet. Eine dritte Möglichkeit wäre, Sie fahren allein zur Residenz. In meinem Wagen. Dann würde Günther Sie fahren. Er ist ein fähiger Fahrer und spricht Spanisch, was vielleicht nützlich für Sie wäre.«

»Von den drei Möglichkeiten würde ich vorziehen, dem Major Unannehmlichkeiten zu bereiten«, sagte Goltz.

»Der Major arbeitet für mich«, erwiderte Grüner. »Was Ihnen gefällt, würde keine Unannehmlichkeit für ihn sein.«

»Vielleicht kann er mich hier abholen?«

Grüner ging zur Tür, öffnete sie und winkte Günther in die Suite.

»Wissen Sie, wo der Major ist, Günther?«

»Der Herr Major kümmert sich um das Gepäck des Herrn Standartenführers, Herr Oberst«, sagte Günther. »Er sollte jeden Augenblick hiersein.«

»Dann ist das gelöst«, sagte Grüner. »Ich lasse Sie hier in Günthers fähigen Händen zurück, bis von Wachtstein auftaucht, und ich sehe Sie dann in der Residenz.«

Günther lächelte, weil er glaubte, ein Kompliment bekommen zu haben.

»Sie waren sehr freundlich, Oberst«, sagte Goltz.

»Es war mir eine Ehre, Standartenführer«, sagte Grüner, gab ihm die Hand und hob dann den Arm zum Nazigruß.

Goltz erwiderte den Gruß, und Grüner schickte sich an, die Suite zu verlassen.

»Oh, da ist noch etwas«, hielt Goltz ihn zurück. Grüner verharrte und schaute ihn an. »Ich muß nach Montevideo. So schnell wie möglich. Wie schwierig ist ein solcher Ausflug?«

»Ich nehme an, daß Sie Visa für Argentinien und Uruguay haben, Standartenführer?«

Goltz nickte.

»In diesem Fall ist es ein ziemlich angenehmer Ausflug. Man nimmt um zehn Uhr abends in der Innenstadt ein Boot, diniert an Bord, geht in eine sehr schöne Kabine und wacht in der Innenstadt von Montevideo auf.«

»Ist das die schnellste Möglichkeit?«

»Man kann auch mit dem Auto fahren. Es gibt eine

Fähre bei Gualeguaychú über den Rio Uruguay. Es ist eine Fahrt von sechs Stunden.«

»Es geht nicht schneller?«

»Wir haben eine Fieseler Storch, Standartenführer. Von Wachtstein fliegt sie. Ich bin überzeugt, sie würde zu Ihrer Verfügung stehen.«

Die Fieseler Storch war ein zweisitziges Aufklärungs- und Verbindungsflugzeug mit einem V8-Argus-3240-PS-Motor, der für eine Spitzengeschwindigkeit von 175 km/h und eine Reichweite von fast 650 km sorgte.

»Wie lange würde es mit der Storch dauern?«

»Das käme darauf an, Standartenführer, wieviel der Reise man über Wasser zurücklegen will. In Vogelfluglinie anderthalb Stunden. Diese Route führt hauptsächlich über den Rio de la Plata. Der Rio de la Plata endet achtzig Kilometer nördlich, wo der Rio Uruguay beginnt. Der Flug nach Norden und dann südlich über Land nach Montevideo dauert vielleicht drei Stunden.«

»Seien Sie so gut und sorgen Sie dafür, daß die Storch verfügbar ist, sollte ich sie brauchen.«

»Selbstverständlich, Standartenführer. Ist das alles, Standartenführer?«

»Ich danke Ihnen noch einmal, Oberst.«

Grüner verließ die Suite.

Goltz fügte seine Reaktion auf den kurzen persönlichen Kontakt seinem Eindruck bei der Lektüre des Dossiers, das er im Hauptquartier des Sicherheitsdienstes in Berlin gelesen hatte, hinzu und sagte sich in etwa das gleiche über Grüner, was Grüner über ihn dachte: Grüner war offenbar gescheit, hatte gute Beziehungen und war folglich gefährlich.

Goltz nahm sich sich vor, bei der Erfüllung seiner Mission sehr vorsichtig im Umgang mit Oberst Grüner zu sein.

VI

1

Avenida Coronel Diaz 1728
Palermo, Buenos Aires

9. April 1943, 17 Uhr 30

Ein 1940er Ford Fordor parkte am Bordstein vor dem schmiedeeisernen Zaun. Zwei Männer saßen in dem Wagen.

Polizisten? überlegte Clete. *Oder Martins Männer?*

Die gewaltigen Bronzelampen neben dem Portal des Herrenhauses waren schwarz verhängt, und schwarze

Girlanden waren an der Bronzeeinfassung des Portals befestigt.

Ein würdevoller, grauhaariger Mann Anfang Sechzig, der einen grauen Gehrock mit Trauerflor am Ärmel trug, öffnete ihnen. Antonio war länger el Coronel Jorge Guillermo Frades Butler gewesen, als Clete alt war.

»Señor Cletus, meine Gebete, daß Sie rechtzeitig eintreffen, um von Ihrem Vater Abschied zu nehmen, sind erhört worden«, sagte er.

»Ja, ich bin hier«, erwiderte Clete. »Würden Sie General Ramirez und den anderen Gentlemen etwas zu trinken anbieten – Kaffee, Whisky, was immer sie möchten –, während ich mich umziehe? Ist mein Gepäck hier?«

»Es ist ausgepackt worden, Señor Cletus«, sagte Antonio.

»Wo haben Sie mich einquartiert?« fragte Clete.

»Natürlich in der Elternsuite, Señor Cletus«, sagte Antonio. »Soll ich Ihnen den Weg zeigen?«

»Ich weiß Bescheid«, erwiderte Clete. »Kümmern Sie sich bitte um meine Gäste.« Er wandte sich an General Ramirez. »Es wird nicht lange dauern, mi General.«

»Lassen Sie sich nur Zeit«, sagte Ramirez.

Als Clete das Foyer mit dem Marmorfußboden durchquerte und die gewundene linke Treppe ins Obergeschoß hinaufstieg, erinnerte er sich an zwei Beschreibungen des Herrenhauses. Sein Vater hatte ihm erzählt, daß seine Mutter es als ›Museum‹ bezeichnet und sich geweigert hatte, dort zu wohnen. Und sein Vater hatte es als »mein Geldschlucker in der Avenida Coronel Diaz« genannt.

Es war wie ein Museum, sowohl in der Größe als auch in der Überfülle von Kunstwerken, riesigen Ölgemälden, Statuen und Skulpturen. Als er das Gebäude zum ersten Mal gesehen hatte, war er der etwas respektlosen Ansicht gewesen, daß die argentinischen Maler und Bildhauer von zwei Themen fasziniert waren: von der Prärie – hier *La Pampa* genannt – in der Abenddämmerung während heftigem Regen und von Frauen, die mit so etwas wie nassen Laken bekleidet waren und bei denen mindestens eine große und gutgeformte Brust entblößt war.

Er wünschte, Antonio hätte ihn in einem der Gästezimmer einquartiert – es gab gewiß genug davon –, statt in der Suite seines Vaters. Deren vier Zimmer befanden sich an der Rückseite des Hauses, und die Fenster öffneten sich zu einem architektonischen Garten, der von einer Mauer umgeben war. Als er vor der doppelflügeligen Tür der Suite seines Vaters stehenblieb, hob er tatsächlich die Hand, um anzuklopfen.

»Das ist nicht mehr nötig, nicht wahr?« murmelte er vor sich hin und drückte die bronzene Klinke des rechten Türflügels hinunter.

Er betrat ein Wohnzimmer, eines der wenigen Zimmer im Haus, bei dessen Möblierung man auf Bequemlichkeit Wert gelegt hatte. Rechts befand sich ein Arbeitszimmer mit Regalen voller Bücher. Geradeaus gelangte man ins Schlafzimmer mit einem Ankleidezimmer auf einer Seite und einem Badezimmer auf der anderen. Alle Möbel waren schwer, und die Couches und Sessel waren niedriger als solche Möbel in den Vereinigten Staaten.

Er zog sein Jackett aus und warf es aufs Bett. Dann ging er in den Ankleideraum.

»Wo mögen sie meine Sachen versteckt haben?« fragte er laut.

Er öffnete die erste der vielen Türen an der rechten Seite des Ankleideraums.

»Nicht zu glauben«, murmelte er.

In dem Schrank hingen die drei Anzüge und drei Sakkos, die er mitgebracht hatte, und ein Dutzend Hosen auf separaten Kleiderbügeln. Er nahm einen nagelneuen, fast schwarzen Anzug mit dezenten Nadelstreifen – den er beim Kauf in Washington als ›meine Diplomatenuniform‹ getauft hatte –, ging damit ins Schlafzimmer und legte ihn aufs Bett.

Es kam ihm in den Sinn, daß seine gesamte Garderobe in dem großen Schrank sehr einsam wirkte.

Er kehrte ins Ankleidezimmer zurück und öffnete die nächste Tür. Dieser Schrank war völlig leer, ebenso der folgende. Auf der anderen Seite des Ankleideraums enthielt ein Schrank mit Fächern für wer weiß wie viele Hemden jetzt nur die neuen Hemden, die er – wie zwei der Anzüge – für seine diplomatische Arbeit gekauft hatte, und ein halbes Dutzend anderer Hemden. Im Schrank daneben lagen die drei Pullover, die er mitgebracht hatte – in Fächern, die fünfzig hätten aufnehmen können. Im letzten Schrank befanden sich seine Unterwäsche und die Schuhe und Stiefel – einschließlich seiner geliebten, alten und verschrammten Cowboystiefel, die jemand entschlossen, aber erfolglos gewienert hatte – und sein halbes Dutzend Krawatten und zwei Hosenträger.

Als er das Ankleidezimmer zum letztenmal gesehen hatte, waren die Schränke voll mit Kleidung seines Vaters gewesen. El Coronel Frade war ein Modenarr gewesen. Jetzt waren alle Kleidungsstücke fort. Clete fragte sich, wo sie geblieben waren.

Er wählte eine Krawatte, Unterwäsche und Hosenträger aus und nahm nach kurzer Unentschlossenheit sein neues Paar Schuhe und trug alles ins Schlafzimmer, wo er es aufs Bett warf.

Das riesige Badezimmer mit Marmorboden und -wänden war so groß wie Cletes Schlafzimmer im Haus des alten Howell in der St. Charles Avenue. Cletes alter Gillette-Rasierapparat, Kamm, Bürste, Zahnbürste, Zahnpasta und ein halbleeres Fläschchen von Mennens Aftershave waren links des Waschbeckens ausgelegt – ein winziges verlorenes Häufchen auf sechs Metern Marmor. Auf der anderen Seite des Waschbeckens lag eine offenbar neue silberne Version des Rasierapparats in einem silbernen Etui, und für den Fall, daß er nicht genehm war, lag ein Sortiment von sieben Rasiermessern mit Elfenbeingriff aufgereiht. Außerdem ein Rasierpinsel und eine Tube mit englischer Rasierseife, zwei verschiedene Sorten Badeseife; ein Sortiment von Flakons mit After-shave und Eau de Cologne; ein passender Satz verschiedener Bürsten und ein Schildpattkamm, der groß und stabil genug aussah, um damit eine Pferdemähne zu kämmen.

Ein dicker Frotteebademantel war weiter hinten auf der Marmorplatte ausgelegt. Und auf Haltern aus Chrom bei der Glastür zur Dusche hingen vier Handtücher und ein Badetuch.

Clete zog sich aus, nahm Seife und seinen Gillette und öffnete die Tür der Dusche. Er duschte schnell und rasierte sich, wobei er die Badeseife benutzte, eine zeitsparende Prozedur, die er in seinem ersten Jahr auf der Texas A & M gelernt hatte, wo Kadetten nur fünf Minuten Zeit für ihre Morgentoilette gehabt hatten.

Er verließ die Duschkabine und nahm ein Handtuch – ein warmes Handtuch; der Chromhalter war offenbar beheizt – und trocknete sich ab. Er schaute auf den Frotteebademantel, sagte sich, daß keine Zeit für diesen Luxus blieb, und ging nackt aus dem Badezimmer ins Schlafzimmer.

Ein Hausmädchen in Dienstkleidung stand dort, eine junge Frau, die ihr Haar streng zurückgekämmt unter ihrem Spitzenhäubchen trug. Sie hatte einen Servierwagen in die Suite gerollt. Als sie den nackten Mann sah, wandte sie sittsam den Blick ab.

»Verzeihung«, sagte Clete verlegen und zog sich ins Badezimmer zurück, um den Bademantel zu holen.

Züchtig verhüllt mit dem Bademantel, kehrte er ins Schlafzimmer zurück.

»Antonio war sich nicht sicher, ob Sie Kaffee, Tee oder Whisky bevorzugen, Señor Frade«, sagte das Hausmädchen und wies auf den Servierwagen, auf dem eine silberne Kaffeekanne, eine Teekanne, drei verschiedene Whiskyflaschen und all das Zubehör standen.

»Kaffee, bitte, und nichts sonst«, sagte Clete, ging zum Bett, nahm seine Unterwäsche und zog sich wieder ins Badezimmer zurück.

Als er ins Schlafzimmer zurückkehrte, war das Hausmädchen verschwunden. Kaffee war eingeschenkt und wartete auf einem kleinen, runden Tisch. Er nippte an dem Kaffee, verzog das Gesicht, weil er so stark war, stellte die Tasse ab und ging zu dem Servierwagen.

Er nahm eine Flasche Jack Daniel's, entkorkte sie und trank einen kräftigen Schluck aus der Flasche.

Dann zog er sich schnell an und ging ein letztes Mal ins Badezimmer, um seine Krawatte zu binden und sein Haar zu kämmen.

Die Uniformmützen von General Ramirez und den anderen Offizieren waren auf einem Tisch im Foyer aufgereiht. Die Offiziere hatten es sich auf den Couches und Sesseln im Empfangsraum bequem gemacht. Alle standen auf, als er eintrat.

2

Verteidigungsministerium
Edificio Libertador
Avenida Paseo Colón
Buenos Aires

9. April 1943, 18 Uhr 45

Auf der breiten Treppe, die zum Eingang des fünfzehnstöckigen Edificio Libertador führte, standen sowohl zeremonielle als auch diensttuende Wachen. Die zeremoniellen Soldaten trugen eine Uniform *, die auf Argentiniens Unabhängigkeitskrieg (1810–16) zurückging. Sie waren mit Gewehr und Säbel jener Zeit bewaffnet und standen still wie die Wachen am Buckingham Palace. Andere Soldaten mit deutsch wirkenden Uniformen der Gegenwart und Stahlhelmen und bewaffnet mit Mauser-Gewehren, führten eine lange Schlange von Leuten in das Gebäude.

Der Offizier des Marine Corps in Clete Howell Frade fragte sich, ob die zeremoniellen Wachen hier den Kriegsminister grüßen würden. Das taten sie nicht, doch der befehlshabende Unteroffizier der anderen Abteilung marschierte schnell herbei, grüßte schneidig vor Ramirez und öffnete ihm und seinem Gefolge die Tür.

Clete folgte Ramirez durch die Halle des Gebäudes zu einem Flur zur Rechten. Die Schlange der Leute, die er draußen gesehen hatte, strömte offenbar in dieselbe Richtung.

Zum Sarg meines Vaters? dachte Clete. *Warum stört mich das?*

Als Clete Ramirez an der Menschenschlange vorbei folgte, bewegte sich die lange Reihe langsam über einen Flur. Der Korridor war von ausländischen Fahnen ge-

* weiße Reithose, dunkelblauer Rock, hohe schwarze Lederstiefel und eine Kopfbedeckung, die einem seidenen Zylinderhut ähnelt. Der Hut ging sogar noch länger zurück, auf 1806, als ein Freiwilligentrupp rekrutiert und von dem dreißigjährigen General Juan Martin Pueyrredón befehligt wurde. Um Widerstand gegen den britischen Versuch zu leisten, Buenos Aires zu besetzen, nahm Pueyrredón ein britisches Handelsschiff im Hafen ein. Dessen Fracht enthielt Zylinderhüte, die Pueyrredón an seine Soldaten – hauptsächlich Gauchos aus der Pampas – ausgab, das einzige Uniformstück, das er zur Verfügung hatte. Vier Jahre später führte er zusammen mit den Generälen Manuel Belgrano und José de San Martin (verehrt als El Libertador) den Befreiungskrieg gegen Spanien, der am 19. Juli 1816 endete. Die Proklamation des Kongresses von Tucumán erklärte die Vereinigten Provinzen von La Plata als befreit von Spanien und zur Republik Argentinien.

säumt, deren Stangen in schweren bronzenen Haltern steckten. Das Sternenbanner wirkte irgendwie fremd, wie einfach eine Flagge unter vielen. Clete entdeckte die Flagge des Deutschen Reichs mit ihrem Hakenkreuz und die japanische mit dem roten Ball der ›aufgehenden Sonne‹, die ähnlich verloren unter anderen Flaggen wirkten, von denen er viele noch nie gesehen hatte. Er lächelte, als er sich erinnerte, daß auf Guadalcanal mancher gute Dollar verdient worden war, indem man aus Fallschirmstoff ›echt japanische Kriegsflaggen‹ genäht und an leichtgläubige Einfaltspinsel verkauft hatte.

Diese dienen hier offenbar für diplomatische Empfänge, dachte Clete. *Wenn man auftaucht, hängt die entsprechende Flagge im Flur, damit man das Gefühl hat, willkommen zu sein.*

Der Flur endete an einem anderen gewaltigen Portal, das ebenfalls von Soldaten in gewöhnlichen Uniformen bewacht wurde. Nur ein Flügel war offen, und als sie sich näherten, hielt ein Feldwebel die langsam vorrückende Schlange zurück und forderte Ramirez, Clete und die folgenden Offiziere mit einer Geste auf, den Raum zu betreten. Ramirez gab Clete einen Wink, voranzugehen.

Er gelangte in einen riesigen Raum mit Marmorfußboden und Marmorwänden, der ihn an Fotos erinnerte, die er von Hitlers Reichskanzlei in Berlin gesehen hatte. Er wollte den Raum durchqueren und zum Ende der vorrückenden Schlange gehen, doch Ramirez hielt ihn mit einem leichten Zupfen am Ärmel zurück.

Es dauerte ein paar Minuten, bis der letzte in der langen Reihe den Sarg am fernen Ende des Raums passiert hatte, aber schließlich konnte Clete den Sarg sehen. Er stand auf etwas, das wie ein Tisch aussah, der mit schwarzem Samt bedeckt war. Von der Decke darüber – *sie muß mindestens zwanzig Meter hoch sein,* dachte Clete – hing eine riesige argentinische Flagge, die dreimal so groß wie der Sarg war.

Sie hat dieses goldene Gesicht in einem Durchbruch der Sonne in der Mitte der blauweißblauen Streifen, dachte Clete, was sie zu einer militärischen Flagge macht. Die normale Flagge hat nur die Streifen.

Hinter dem Sarg gab es zwanzig oder dreißig argentinische Militärflaggen in normaler Größe in Haltern, die so dicht zusammen waren, daß die Fahnen ein blauweißes Farbenmeer bildeten.

An jeder Ecke des Sarges stand mit gesenktem Kopf und dem Mauser-Kavallerie-Karabiner bei Fuß ein Soldat der Húsares de Pueyrredón in großem Dienstanzug.* Hinter dem Sarg stand ein Capitán der Húsares und hielt den Säbel.

Ramirez berührte Clete am Arm zum Zeichen, daß er zum Sarg gehen sollte. Clete ging allein und beklommen darauf zu. Als er auf halbem Weg war, hörte er ein leises Kommando. Überrascht sah er, daß die Soldaten und der Offizier wie in Zeitlupe den Kopf hoben und dann ihre Waffen präsentierten, die Soldaten den Karabiner, der Capitán seinen Säbel.

Er erinnerte sich, daß sein Vater, der zu diesem Zeitpunkt nicht mehr ganz nüchtern gewesen war, gesagt hatte, es überrasche ihn überhaupt nicht, daß Clete beim Marine Corps ›seine Sache gut gemacht‹ habe, ›weil das Blut von Pueyerredón durch seine Adern fließt‹.

Diese Ehrenbezeigung gilt ebenso mir, dem Ururenkel oder was immer von Puyerredón, wie meinem Vater.

Er glaubte, auf einmal einen Kloß in der Kehle zu haben, und seine Augen wurden feucht.

Um Himmels willen, reiß dich zusammen! Du bist ein Offi-

* Zu der Uniform der Húsares de Puyerredón – Reiter der Pampas, die zu Kavalleristen wurden – zählen eine Bärenfellmütze und ein Rock mit vielen Knöpfen und phantasievollen Verzierungen, Dinge, die den kaiserlichen und königlichen ungarischen Husaren der Doppelmonarchie Österreich-Ungarn nachempfunden sind.

zier des Marine Corps, und Offiziere des Marine Corps weinen nicht!

Er erreichte den geschlossenen, mit schönen Schnitzereien verzierten Zedernsarg. Eine argentinische Flagge war über die untere Hälfte drapiert. Auf dem oberen Teil lagen die hochkronige, reich mit Gold verzierte Uniformmütze und ein blaues Samtkissen, das mit Orden bedeckt war.

Woher, zum Teufel, hattest du all diese Medaillen, Dad? Argentinien war nie im Krieg. Soweit ich weiß, hast du nie einen Schuß im Ernstfall gehört.

Mit Ausnahme von einem natürlich. El Coronel-Medico Orrico sagte, du warst sofort tot.

Er kniete sich auf das Betpult.

Ich möchte nicht an dich denken, wie du in diesem Sarg liegst, Dad. Ich habe gesehen, wie Leute aussehen, wenn sie eine Schrotladung ins Gesicht bekommen haben.

Es tut mit leid, daß mein Herkommen zu deinem Tod geführt hat. Es tut mir leid, daß ich dich die meiste Zeit meines Lebens für einen Hurensohn durch und durch gehalten habe. Es tut mir leid, daß ich dich nie besser kennenlernen werde. Ich hoffe aus ganzem Herzen, daß Enrico recht hat und du jetzt bei den Engeln und meiner Mutter im Himmel bist. Und ich schwöre bei Gott, Dad, daß ich die Hurensöhne finden werde, die dir das angetan haben.

Er erhob sich. Der Capitán der Húsares gab leise einen Befehl. Die Soldaten und er nahmen im Zeitlupentempo ihre vorherige Position ein.

Clete salutierte. Er sah Überraschung und vielleicht Mißfallen in den Augen des Capitán.

Leck mich am Arsch, Capitán. Ich bin Offizier, du bist Offizier, und mein Vater war Offizier. Wenn ich grüßen will, werde ich das verdammt noch mal tun.

Er hielt die rechte Hand an der Schläfe, bis die Hände des Capitán wieder auf dem Säbel ruhten und er den Kopf zu neigen begann. Dann machte er eine perfekte Linksschwenkung und marschierte vom Sarg fort.

Der Capitán, der an Bord des Wasserflugzeugs gekommen war und jetzt einen großen Dienstanzug der Húsares trug, stand bei einer Tür in der Seite des Raums. Er gab Clete einen Wink, und Clete ging durch die Tür und gelangte in einen kleinen Raum, der mit schweren Polstermöbeln ausgestattet war.

»Darf ich Ihnen eine kleine Erfrischung anbieten, Mayor Frade?« fragte der Capitán, der nur ein paar Jahre älter als Clete war.

Klar. Warum nicht? Ein paar Canapés. Wie wäre es mit einem Gurkenbrötchen und gefüllten Eiern?

Der Capitán nahm eine Flasche Johnny Walker mit einer Hand und eine Flasche Martell Cognac mit der anderen.

»Den Cognac bitte, Capitán«, sagte Clete.

Der Cognacschwenker, den ihm der Capitán einen Augenblick später überreichte, war halb voll. Clete hatte gerade einen großen Schluck getrunken und spürte, wie sich Wärme in ihm ausbreitete, als die Generale Ramirez und Rawson in den Raum kamen. Ramirez nahm ein Taschentuch aus der Tasche und tupfte sich über die Augen.

»Ein Soldat soll keine Emotion zeigen«, sagte Ramirez, »aber als Sie salutierten ...«

Nun, wenigstens ihm hat es nicht mißfallen, dachte Clete. *Da fühle ich mich besser.*

Ramirez wies auf Cletes Cognacschwenker, ein Zeichen, ihm einen Cognac zu servieren.

»Wir werden mit Ihrer Erlaubnis auf die anderen Offiziere warten, bis sie sich uns anschließen, Señor Frade«, sagte Ramirez. »Dann werden wir, wenn Sie es für passend halten, unsere Gläser ein letztes Mal im Gedenken an Ihren Vater heben.«

»Ich glaube, das würde ihm gefallen, mi General.«

»Und dann werde ich Sie an Capitán Lauffer übergeben, der General Rawsons Adjutant ist«, sagte Ramirez und nickte zu den Capitán der Húsares hin. »Er wird bis nach der morgigen Beisetzung zu Ihrer Verfügung stehen. Wenn Sie etwas brauchen, das der Capitán nicht besorgen kann, nehmen Sie bitte Kontakt mit mir auf.«

»Sie sind sehr freundlich, mi General.«

»Überhaupt nicht. Ihr Vater war sein Leben lang mein Freund, und ich kann Ihnen nicht sagen, wie traurig und beschämt ich bin, weil ihm diese schreckliche Sache widerfuhr.«

Der kleine Raum füllte sich allmählich mit den Offizieren, die ihnen gefolgt waren, seit Clete aus dem Flugzeug gestiegen war. Als Capitán Lauffer alle mit Cognac versorgt hatte, hob Ramirez sein Glas.

»Señores, ich trinke auf unseren Waffenbruder, Freund und berühmten Argentinier, el Coronel Jorge Guillermo Frade.«

Alle hoben die Gläser und tranken sie leer – was Clete überraschte, der gedacht hatte, sie würden nur um der Zeremonie willen daran nippen. Dann schüttelte jeder Clete die Hand – anscheinend in der Reihenfolge des Rangs; Ramirez zuerst –, kondolierte ein letztes Mal und verließ den Raum.

»Capitán, was haben Sie verbrochen?« Clete schaute Lauffer fragend an. »Sie haben mich anscheinend jetzt am Hals.«

»Es ist mir eine Ehre, Señor«, erwiderte Lauffer. »Ich habe unter Ihrem Vater gedient.«

»Nun, wenn Sie mich zurück zum Haus gebracht haben, können Sie heimfahren. Ehrlich gesagt, ich werde nur noch einen Cognac trinken und zu Bett gehen.«

Capitán Lauffer fühlte sich sichtlich unbehaglich.

»Das hatten Sie wohl nicht vor?« fragte Clete.

»Ich dachte, vielleicht wünschen Sie, Ihre Tante und Ihren Onkel anzurufen, Señor.«

O Gott, die hab' ich total vergessen!

»La Señora de Duarte ging nur Minuten vor Ihrem Eintreffen«, sagte Lauffer. »Sie bat mich, Ihnen zu sagen, daß sie so lange gewartet hat, wie sie konnte, aber sie hatte dann einen Termin mit Monsignore Kelly wegen einiger letzter Fragen bezüglich des morgigen Trauergottesdienstes und der Beerdigung.«

»Danke«, sagte Clete. »Die peinliche Wahrheit ist, daß ich Tante und Onkel völlig vergessen hatte.«

»Unter diesem Umständen ...«, sagte Lauffer.

»Wenn Sie so freundlich sind, würde ich gern zur Avenida Alvear fahren.«

»Mein Wagen steht am Hinterausgang«, sagte Lauffer. »Das erspart Ihnen den Weg durch die Menschenmenge am Vordereingang.«

Ich habe auch nicht an Dorotea gedacht. Allmächtiger! Und auch nicht an Tony und Dave Ettinger und Peter. Ich möchte sie unbedingt wiedersehen. Aber wie kann ich das, wenn ich Capitán Lauffer am Hals habe?

Und – o Gott – ich habe nicht an Claudia gedacht! Sie war nicht mit ihm verheiratet, aber wenn sich irgend jemand schlimmer nach der Ermordung meines Vaters fühlt als ich, dann Claudia, und ich denke erst jetzt an sie.

3

Alvear Palace Hotel
Avenida Alvear
Buenos Aires

9. April 1943, 19 Uhr 30

Anton von Gradny-Sawz, Erster Sekretär der Botschaft des Deutschen Reichs in der Republik Argentinien, trug eine reich mit Gold verzierte Diplomatenuniform, als der Portier mit Zylinderhut in den Arkaden des Hotels die Tür des Mercedes der Botschaft öffnete.

Gradny-Sawz war äußerst ärgerlich, weil er erst vor einer Stunde erfahren hatte, daß die ›wichtige Persönlichkeit‹, die mit der Condor der Lufthansa eingetroffen war, Standartenführer Josef Goltz war. Das war ein weiteres Beispiel dafür, daß Botschafter von Lutzenberger ihm eine Information vorenthalten hatte, auf die er ein Recht hatte. In diesem Fall war es besonders ärgerlich, denn er und Josef Goltz waren nicht nur alte Freunde, sondern hatten auch beim Anschluß Österreichs ans Deutsche Reich zusammengearbeitet. Er konnte nur hoffen, daß sein alter Freund ihm glaubte, wenn er ihm sagte, er hätte ihn am Flughafen begrüßt und zu seinem Quartier gebracht, wenn er eher von seiner Ankunft erfahren hätte.

Früher, als er ein relativ junger Beamter im Außenministerium der Republik Österreich gewesen war, hatte Gradny-Sawz die Überzeugung gewonnen, daß Adolf Hitler und seine Nationalsozialisten die einzige Hoffnung für das deutsche Volk waren und daß Österreich ins deutsche Vaterland ›zurückkehren‹ sollte.

Als er zu dieser Meinung gelangt war, brachte ein deutscher Offizier – ein Sturmbannführer namens Josef Goltz –, der zu Besuch war, zur Sprache, daß Österreich ein Teil des Deutschen Reichs werden sollte und wie das erreicht werden konnte. Gradny-Sawz erkannte, daß dies die Chance war, die man nur einmal im Leben erhielt, und er nutzte sie. Er versicherte Goltz, daß er Adolf Hitlers Plänen für das deutsche Volk völlig zustimme und alles in seiner Macht Stehende tun würde, um Österreich so bald wie möglich ins Tausendjährige Reich heimzubringen.

Er hatte auf das richtige Pferd gesetzt, sagte er sich ein wenig selbstgefällig. 1938 fiel die Republik Österreich mit Unterstützung von Gradny-Sawz in einem fast unblutigen Staatsstreich, die deutsche Wehrmacht marschierte gen Wien und Österreich wurde die Ostmark.

Gradny-Sawz wurde vom deutschen Außenminister, der dankbar für seine Dienste war, freudig ›aufgenommen‹ – mit einer Beförderung und Auszeichnung ›für geleistete Dienste‹. Im Januar 1940 wurde er Dritter Sekretär der Botschaft in Rom. Und 1941 wurde er zum Ersten Sekretär der Botschaft in Buenos Aires ernannt.

In Buenos Aires sah er als seine Mission an, alles daranzusetzen, daß Argentinien den Alliierten den Krieg erklärte, und wenn sich das als unmöglich erwies, dafür zu sorgen, daß Argentiniens Neutralität soviel wie möglich zu Gunsten Deutschlands ausgelegt wurde.

»Warten Sie hier«, befahl er dem Fahrer. »Ich komme sofort zurück.«

Der Portier ärgerte sich. Es war nur Platz für drei oder vier Wagen unter den Arkaden des Hotels. Gradny-Sawz' Mercedes blockierte einen der Plätze, und der Verkehr wurde behindert. Aber der Portier konnte nichts dagegen tun. Der Mercedes hatte ein CD-Abzeichen und ein Nummernschild des diplomatischen Corps. Wer Diplomatenstatus hatte, durfte parken, wo es ihm beliebte.

Gradny-Sawz marschierte in die Halle zur Rezeption und fragte nach Standartenführer Goltz' Zimmernummer. Als er sie wußte, sagte er in nicht sehr gutem Spanisch: »Seien Sie so gut und informieren Sie den Standartenführer, daß ich auf dem Weg hinauf bin. Ich bin der Erste Sekretär Gradny-Sawz von der deutschen Botschaft.«

»Ich weiß, wer Sie sind, Señor Gradny-Sawz«, erwiderte der Mann an der Rezeption in einem Tonfall, der an Beleidigung grenzte.

Gradny-Sawz ging die Treppe hinauf und betrat den Aufzug.

Als er an die Tür der Suite klopfte, wurde sie von Major Freiherr Hans-Peter von Wachtstein geöffnet.

Gradny-Sawz stellte erleichtert fest, daß von Wachtstein den großen Dienstanzug und das Ritterkreuz trug. Er war manchmal nachlässig in Dingen des Protokolls. Gradny-Sawz war bereit, ihm das zu verzeihen – er war schließlich ebenfalls Adliger –, aber manchmal mußte man ihm klarmachen, daß er sich in diplomatischem Dienst an Kleidungsvorschriften und andere Dinge des Protokolls halten mußte.

»Hoffentlich haben Sie sich sehr gut um Standartenführer Goltz gekümmert, Hans-Peter«, sagte Gradny-Sawz.

»Ich habe mein Bestes getan«, erwiderte Peter. »Ich dachte, wir sehen Sie in der Residenz.«

Goltz kam neugierig aus dem Wohnzimmer, um zu sehen, wer an der Tür war. Anton von Gradny-Sawz hob den rechten Arm zum Nazigruß.

»Heil Hitler!« bellte Gradny-Sawz.

»Anton, mein alter Freund!« Standartenführer Goltz ging zu ihm und schloß ihn in die Arme. »Du kommst gerade rechtzeitig. Major von Wachtstein und ich haben soeben eine Flasche geöffnet.«

»Josef«, sagte Gradny-Sawz und ergriff Goltz am Arm,

als sie ins Wohnzimmer gingen. »Wenn du keine so bedeutende Persönlichkeit geworden wärst, hätte mir der Botschafter von deiner Ankunft erzählt, und ich hätte dich am Flughafen mit einer Flasche Champagner abgeholt und zu meinem Haus gefahren.«

»Ich weiß, daß du das getan hättest«, sagte Goltz. »Aber die Sicherheit ...«

»Nun, wenigstens wirst du heute abend hier ausziehen«, sagte Gradny-Sawz. »Ich werde dafür sorgen, daß von Wachtstein sich darum kümmert.«

»Kann das nicht bis morgen warten? Ich bin ein bißchen mitgenommen von der Reise.«

»Der Umzug kann vielleicht warten, aber was wir heute abend dort antreffen, Josef, könnte morgen nicht mehr dasein.«

Goltz verstand, was er meinte.

»Ich dachte, du wärst zu alt für so etwas, Anton.«

»Gott, ich hoffe es nicht!«

»In diesem Fall werde ich dem bereits übermäßig beanspruchten Freiherrn von Wachtstein zur Last fallen müssen.«

»Standartenführer?« fragte Peter, der seinen Namen gehört hatte, und betrat das Wohnzimmer.

»Hans-Peter«, sagte Gradny-Sawz, »würden Sie dafür sorgen, daß das Gepäck des Standartenführers gepackt und zu meinem Haus gebracht wird?«

»Jawohl, Herr von Gradny-Sawz.«

»Der Standartenführer und ich sind alte Freunde«, sagte Gradny-Sawz. »Ich kann ihn nicht in einem Hotel lassen. Rufen Sie meinen Butler an und sagen Sie ihm, daß wir nach unserem Besuch im Edificio Libertador gleich nach Hause kommen und er alles für unsere Ankunft vorbereiten soll.«

»Jawohl, Herr von Gradny-Sawz«, sagte Peter. »Ich wollte soeben dem Standartenführer den köstlichen hiesigen Sekt anbieten.«

»Nun, da will ich Sie nicht aufhalten«, sagte Gradny-Sawz. »Er ist ganz gut. Es ist natürlich kein deutscher Sekt, aber genauso gut wie jeder französische, den ich jemals getrunken habe.«

Peter schenkte Sekt ein.

»Willkommen in Argentinien, Josef!« sagte Gradny-Sawz, stieß mit Goltz an und nach kurzem Zögern auch mit von Wachtstein.

»Sehr richtig«, sagte Peter.

Goltz kostete den Sekt. »Schmeckt gut.«

»Der Wein hier ist gut und ebenfalls das Bier«, sagte von Wachtstein. »Und das Rindfleisch! Köstlich!«

»Das sind laut Oberst Perón auch die Frauen«, sagte Goltz. »Oder waren Sie nur diplomatisch, von Wachtstein?«

»Nein, Standartenführer, ich war nicht diplomatisch. Die argentinischen Frauen sind prächtig.«

»Arisch?«

»Darüber habe ich noch nie nachgedacht«, sagte von Wachtstein. »Ich bin mir nicht sicher, wie die Spanier und Italiener zu Ariern passen. Die Mehrheit hier sind Spanier oder Italiener. Einige Deutsche, Engländer und sogar Slawen. Polen zum Beispiel.«

»An Ihrer Stelle, von Wachtstein, würde ich darauf verzichten, eine spanische oder italienische Schönheit zu Papa in Pommern mitzubringen.«

Von Wachtstein lachte.

»Ich bin noch nicht soweit, Standartenführer, eine Berliner Blondine von tadelloser arischer Herkunft heim zu meinem Vater zu bringen.«

»Wäre ich an Ihrer Stelle auch nicht. Genießen Sie das Leben, solange Sie das können. Bevor Sie so ein alter Mann wie Anton werden.«

Anton von Gradny-Sawz lächelte gezwungen. »Wir sollten aufbrechen. Es wird Zeit.«

»Ich werde dafür sorgen, daß die Sachen des Herrn

Standartenführers gepackt und zur Residenz gebracht werden, und dann komme ich dorthin.«

»Sie sind ein guter Mann, von Wachtstein«, sagte Goltz, lächelte ihn an und legte ihm kurz die Hand auf den Arm.

Er ging zum Spiegel neben der Tür, setzte seine schwarze Schirmmütze mit dem Totenkopfabzeichen auf und rückte sie zweimal zurecht, bis er zufrieden war.

Peter schloß die Tür der Suite hinter ihnen, nahm sich noch ein Glas Sekt und wartete auf das Klopfen des Zimmermädchens. Als sie eintraf, gab er ihr Anweisungen, was sie erledigen sollte. Dann erklärte er ihr, daß er etwas in der Halle zu erledigen hatte und in der Hotelbar auf das Gepäck warten würde, und verließ die Suite.

Im Aufzug wies er den Liftboy an, ihn zum Dachgarten zu fahren. Dort stellte er sich an der Schlange der Wartenden vor dem Tisch des Maître d'Hôtel an. Als er an der Spitze der Schlange stand, erklärte er dem Maître, der überrascht war, ihn in Uniform und allein zu sehen, daß er schnell telefonieren mußte.

Der Maître nahm den Telefonhörer ab. Peter nannte ihm die Nummer, der Maître gab sie durch und überreichte Peter den Hörer.

»Hier bei Duarte«, meldete sich eine Männerstimme.

»Señorita Alicia, bitte«, sagte Peter. »Señor Cóndor ist am Apparat.«

»Ich werde feststellen, ob die Señorita daheim ist, Señor«, erwiderte der Butler.

Peter wußte nicht, ob die Leitung der Duartes abgehört wurde; es konnte sein. Die Leitung von Goltz' Hotelsuite war höchstwahrscheinlich angezapft. Aber selbst wenn die Leitung der Duartes abgehört wurde, würde keiner Verdacht schöpfen, sofern Alicia in ihrer Naivität nichts Falsches sagte. Als er in Buenos Aires eingetroffen war, hatte er fließend Spanisch gesprochen. Seither hatte er hart daran gearbeitet, den Akzent und die Redewendungen von Porteño, der Mundart von Buenos Aires, zu lernen. Cóndor – was sie als Liebesnamen nach dem argentinischen Nationalvogel ausgewählt hatten und weil er Pilot war – war ein ziemlich häufiger Name. Es war unwahrscheinlich, daß jemand, der das Telefon überwachte, einen Anruf von einem weiteren jungen Mann bei Señorita Alicia Carzino-Cormano verdächtig fand oder gar annahm, daß Señor Cóndor ein deutscher Offizier war.

»Hola?«

Jedesmal, wenn er ihre weiche Stimme hörte, schlug sein Herz schneller.

»Wie geht es dir?«

»Wie soll es mir schon gehen? Wo bist du?«

»Auf dem Dach vom Alvear.«

»Ich meine, wirklich?«

»Wirklich.«

»Hast du nicht gesagt, du mußt arbeiten?«

»Ich arbeite. Ich trage das Gepäck einer wichtigen Persönlichkeit. Später bin ich Teilnehmer einer offiziellen Delegation, die im Edificio Libertador el Coronel Frade die Ehre erweist ...«

»Oh, Peter!«

»Danach sollte ich freihaben. So gegen zehn, nehme ich an.«

»Ich kann hier nicht weg, und du kannst nicht herkommen.«

»Die Duartes haben mir gesagt, ich sei stets willkommen«, neckte er sie.

»Cletus ist hier«, sagte Alicia.

»Cletus ist bei euch?«

Das war das letzte, das er erwartet hatte.

Ich muß ihn sehen. Wie, zum Teufel, kann ich das arrangieren?

»Nicht *hier.* Im Augenblick weiß anscheinend keiner,

wo er ist. Aber er ist in Buenos Aires. Er wird vermutlich, nein mit Sicherheit, früher oder später herkommen. Mutter ist ganz aus dem Häuschen.«

»Woher weißt du, daß er in Buenos Aires ist?«

»Eine Freundin rief Beatrice Duarte an und sagte, sie sah ihn am Sarg ... im Edificio Libertador. Er war mit General Ramirez zusammen.«

Wenn er mit Ramirez zusammen war, wird jeder in Buenos Aires wissen, daß er zurückgekehrt ist.

»Wenn du ihn vor mir siehst, sagst du ihm dann bitte, daß er Kontakt mit mir aufnehmen soll?«

»Natürlich, Cariño. Ist er in Gefahr?«

»Das glaube ich nicht.«

Jedenfalls, solange er mit Ramirez zusammen ist. Und vielleicht ist er einen Tag oder zwei nicht in Gefahr, bis Grüner Zeit gehabt hat, einen weiteren Mordanschlag auf ihn zu arrangieren.

»Peter, ich mache mir Sorgen um ihn.«

Wir beide sorgen uns um ihn, Schatz.

»Es wird ihm nichts passieren«, sagte von Wachtstein.

»Bis morgen.« Alicias Stimme klang sehnsüchtig.

»Ich liebe dich.«

»Ich dich auch.«

»Ist jemand da?«

»Ja, natürlich.«

»Isabela?«

»Ja.«

Isabela war die ältere der beiden Töchter von Señora Claudia Carzino-Cormano. Clete bezeichnete sie als ›El Pißnelko‹, wie Peter sich mit einem Lächeln erinnerte. Die Abneigung war gegenseitig. Isabela verabscheute Clete, und sie mochte auch Peter nicht besonders, was seiner Ansicht nach darauf zurückzuführen war, daß er kein Interesse mehr an ihr gezeigt hatte, als sein Blick auf Alicia gefallen war.

»Zeig ihr den Stinkefinger«, sagte Peter.

»Das ist eine gute Idee, aber unmöglich. Danke für deinen Anruf. Auf Wiedersehen.«

Peter legte den Hörer auf und sah, daß der Maître nachdenklich seinen Zeigefinger betrachtete

»Mutter oder Tochter?« fragte der Maître.

»Tochter.«

»Ich zahle die Gebühren für Sie. Schwestern sind gefährlicher als Mütter.«

»Danke.« Peter legte einen Geldschein hin und ging zum Aufzug. Er fuhr in die Halle hinab, ging in die Bar, bestellte ein Bier und wartete darauf, daß das Zimmermädchen oder ein Page das Gepäck von Standartenführer Goltz brachte.

4

Avenida Alvear
Buenos Aires, Argentinien

9. April 1943, 21 Uhr 05

Der Mercedes fuhr vor dem Tor im hohen schmiedeeisernen Zaun vor. Einer der drei Polizisten, die auf dem Bürgersteig vor dem Herrenhaus standen, hob die Hand und stoppte ihn.

Ein Offizier mit der Uniform der Húsares de Pueyerredón war kein gewöhnlicher Bürger, aber die Befehle des Polizisten waren deutlich. Er mußte sicherstellen, daß keiner die Privatsphäre der trauernden Familie Duarte störte.

»Werden Sie erwartet, mi Capitán?« fragte er höflich, als Lauffer die Fensterscheibe herunterkurbelte.

»Wir werden erwartet«, entgegnete Lauffer und fügte hinzu: »Dies ist Señor Frade.«

»Danke, mi Capitán.« Der Polizist grüßte und forderte die beiden Kollegen mit einer Geste auf, das Tor zu öffnen.

Die Tür des Herrenhauses wurde von einem Hausmädchen geöffnet, aber im nächsten Augenblick tauchte ein Butler auf, der einen Trauerflor am Arm trug.

»Señor Frade«, kündigte Lauffer an. »Wir möchten zu Señora Duarte.«

»Ich werde Sie anmelden«, sagte der Butler. »Darf ich Sie zur Reception* führen?« Er sah Clete an. »Mein aufrichtiges Beileid, Señor Frade.«

»Danke«, sagte Clete.

Clete und Lauffer folgen dem Butler durch das Foyer zu einer doppelflügeligen Tür. Er öffnete die Tür und komplimentierte sie hinein. Dann schloß er die Tür hinter ihnen und ging die Treppe hinauf ins Obergeschoß.

»Cletus!« rief eine grazile Frau Anfang Fünfzig, erhob sich aus einem der Lehnsessel und eilte zu ihm. Sie trug ein schwarzes Kleid mit einer Perlenkette als einzigem Schmuck. Ihre schwarze Haarfülle hatte graue Strähnen, war in der Mitte gescheitelt und hinten zu einem Knoten gebunden.

Señora Claudia de Carzino-Cormano küßte Clete auf die Wange.

»Ich bin mir nicht ganz sicher, ob es mich freut, dich zu sehen«, sagte sie, und dann besann sie sich anders: »Ja, ich freue mich. Oh, Cletus!«

Sie schlang die Arme um ihn und schmiegte das Gesicht an seine Brust.

Er spürte, daß sie ein Schluchzen unterdrückte.

* Das Alltags-Spanisch der Mittel- und Oberklasse Argentiniens ist voller britischer Begriffe. Wohnzimmer – »Living rooms« – werden »the living« genannt, Eßzimmer »the dining«, Empfangszimmer »the reception« usw.

»Wie wirst du ohne ihn auskommen, Cletus?« fragte sie.

Er zuckte mit den Schultern.

Jetzt bemerkte Claudia die Anwesenheit von Capitán Lauffer.

»Guten Abend«, sagte sie. »Trotz der Umstände ist es schön, Sie zu sehen.«

»Es ist stets eine Freude, Sie zu sehen, Señora«, erwiderte Lauffer.

Als sich Claudia von Clete löste und zurücktrat, nahm Alicia ihren Platz ein, die fast identisch gekleidet und zurechtgemacht war. Der einzige Unterschied, den Clete sehen konnte, war das goldene Kreuz an einer Halskette, das sie anstatt einer Perlenkette trug.

»Oh, Clete, es tut mir so leid«, sagte sie.

Sie küßte Clete etwas feucht auf die Wange, und während sie ihn umarmte, flüsterte sie: »Peter möchte, daß du ihn anrufst.«

»Okay«, sagte er sehr leise, damit Isabela, die sich näherte, es nicht hören konnte.

Isabela, zwei Jahre älter als Alicia, trug ihr schwarzes Haar zu einer Hochfrisur aufgetürmt. Eine mit Smaragden besetzte Brosche war an ihr schwarzes Kleid geheftet. Sie war groß und schlank und hatte edle Gesichtszüge. Isabela sah sogar besser aus als Alicia, dachte Clete oftmals, aber leider wußte sie das.

Sie umarmte Clete nicht, und er fand, daß ihr Kuß von der Art war, wie Isabela ihn einem Alligator geben würde, wenn gutes Benehmen es von ihr verlangte.

»Cletus«, sagte sie.

»Isabela«, erwiderte er.

»Möchtest du etwas essen? Etwas trinken?« fragte Claudia.

»Ja, etwas trinken«, sagte er.

»Ich läute dem Butler«, sagte Alicia.

»Dort im Schrank ist Whisky«, sagte Claudia. »Whisky, Clete? Capitán?«

»Bitte«, sagte Clete.

Claudia ging zu dem großen Schrank, in dem sich eine komplette Hausbar befand.

»Du wirst läuten müssen«, sagte Claudia. »Da ist kein Eis.«

»Pur ist prima«, sagte Clete.

»Vielleicht für dich«, entgegnete Claudia. »Laß Eis kommen, Alicia.« Sie schaute Clete an. »Ich habe dich noch nie so todschick gesehen.«

»Ich habe das als meine Diplomatenuniform gekauft«, sagte er.

»Wirst du jetzt bleiben? In deiner Botschaft, meine ich?«

»Ich habe die Ernennung abgelehnt. Aber ich werde bleiben.«

»Was heißt das, Cletus?«

»Ich bin mit meinem argentinischen Paß eingereist«, sagte er. »In gewissem Sinne bin ich heimgekehrt.«

»Du meine Güte!« sagte Claudia.

»Mit deinem argentinischen Paß?« sagte Isabela. »Aber du bist Nordamerikaner.«

»Isabela, ich bin hier geboren worden«, erwiderte Clete. »Ich habe ein Recht auf einen argentinischen Paß wie du.«

»So was habe ich noch nie gehört!« schnaubte Isabela.

»Es gibt gewiß vieles, was du noch nicht gehört hast«, sagte Clete.

»Fangt nicht schon wieder Streit an«, mahnte Claudia. »Das könnte ich nicht ertragen.«

»Entschuldigung«, sagte Clete.

»Dein Vater ist im Edificio Libertador«, sagte Claudia.

»Wir kommen soeben von dort.«

»Ihm hätte es bestimmt gefallen, aber ich fand es ziemlich makaber.«

»Es war beeindruckend«, sagte Clete. »Aber ja, ich nehme an, el Coronel hätte es gefallen.«

Ein Hausmädchen brachte einen Kübel Eis.

Zu schnell, um auf Alicias Bitte hin schon da zu sein, dachte

Clete. *Jemand hat sich gesagt, daß wir Eis für Drinks brauchen werden.*

»Deine Tante Beatrice war dort den ganzen Tag. Sie kehrte erst vor einer Stunde zurück. Wir werden ein kleines Abendessen einnehmen – im Familienkreis, nehme ich an.«

»Wie geht es ihr?« fragte Clete.

»Sie ist nicht anwesend«, antwortete Claudia. »Sie ist in den Armen von Jesus und/oder Morphium.«

»Mutter!« sagte Alicia schockiert.

»Es tut mir leid. Ich hätte das nicht sagen sollen. Verzeih mir.«

Es klopfte kaum wahrnehmbar an die Tür, und als Humberto Valdez Duarte hinblickte, wurde die Tür einen Spalt geöffnet, und das Gesicht seines Butlers tauchte auf, der mit erhobenen Brauen stumm um die Erlaubnis zum Eintreten bat.

Duarte, ein großer, schlanker Siebenundvierzigjähriger mit dichtem, schwarzem Haar, das er zurückgekämmt trug, verneinte mit einem Kopfschütteln.

Er schwang schnell die Beine von dem rosafarbenen und blaßblauen Seidenbezug der Chaiselongue seiner Frau und ging durch das Schlafzimmer zur Tür.

»Señor Frade ist hier, Señor«, meldete der Butler.

»Gott sei Dank!« murmelte Duarte.

»Ich habe ihn und Capitán Lauffer von den Húsares in den Empfangsraum zu den Carzino-Cormanos geführt.«

»Prima. Biete ihnen an, was sie wünschen, und sag ihnen, daß sich die Señora und ich gleich zu ihnen gesellen werden.«

Der Butler nickte, zog sich zurück und schloß leise die Tür.

Duarte kehrte ins Schlafzimmer zurück. Beatrice Frade de Duarte saß im Slip vor ihrem Toilettentisch und bürstete ihr langes, schwarzes Haar. Sie lächelte ihn im Spiegel an. Seine Frau war ein halbes Jahr älter als er. Sie war schlank und hatte große, dunkle Augen und ein strahlend schönes Lächeln.

»Was ist los, Cariño?« fragte sie.

»Cletus ist hier.«

»Oh, wie *gut*. Rechtzeitig zum Abendessen.«

»Er hat Capitán Lauffer von den Húsares bei sich. Was soll ich mit dem machen?«

»Du lädst ihn natürlich ein. Ich habe ihn immer gut leiden können, und du weißt, daß Jorge ihn gemocht hat.«

»Soll ich jetzt zu ihnen gehen oder warten, bis du bereit bist?«

»Geh jetzt zu ihnen, entschuldige mich und sag ihnen, daß ich in Kürze zu ihnen komme.«

Er ging zum Toilettentisch, lächelte seine Frau im Spiegel an, streichelte über ihr Haar, neigte sich schließlich hinab und küßte es. Sie lächelte, ergriff seine Hand und drückte sie leicht.

Dann verließ er das Schlafzimmer.

Daß seine Frau ernste seelische Probleme hatte, verringerte nicht seine Liebe zu ihr, eher im Gegenteil. Manchmal – wie jetzt – empfand er eine Zärtlichkeit für sie, die überraschend stark war … den Wunsch, sie in den Armen zu halten und sie weiterhin vor allem Unangenehmen zu beschützen.

Sie kannten sich ihr ganzes Leben lang und hatten mit einundzwanzig geheiratet, bei Humbertos Abschluß auf der Universität von Buenos Aires. Während man der einhelligen Meinung war, daß es eine gute Ehe war, die zwei von Argentiniens prominentesten Familien vereinigte, gab es gleichzeitig erhobene Augenbrauen – sogar Getuschel – über ihr zartes Alter. Leute mit ihrer gesellschaftlichen Stellung heirateten für gewöhnlich erst mit fünfundzwanzig, oftmals später. Es sei denn natürlich, es gab einen Grund, früher zu heiraten.

Das Getuschel war dreizehn Monate nach der Hochzeit verstummt, als Beatrice ihr erstes – und wie sich herausstellte einziges – Kind gebar, Jorge Alejandro.

Das erste Anzeichen auf seelische Probleme wurde offenbar, als Beatrice nach der Entbindung in Depressionen verfiel und in Behandlung eines Psychiaters mußte.

Im nachhinein betrachtet, hatten sich die Anzeichen auf seelische Probleme die ganze Zeit lang gezeigt, am meisten in Beatrices Realitätsverlust – sie war einfach nicht bereit, irgend etwas Unangenehmes als gegeben hinzunehmen –, gepaart mit zunehmendem religiösen Eifer. Sie begann täglich in die Messe zu gehen, wenn Jorges Schulunterricht begann, und sie entwickelte eine ungewöhnlich enge Beziehung zu ihrem Beichtvater, Padre (später Monsignore) Patrick Kelly.

Humberto fragte sich oftmals, was sie zu beichten hatte. Wenn er zur Beichte ging, unregelmäßig, dann hatte er im allgemeinen etwas getan oder gedacht, für das er wirklich Absolution brauchte. Aber sosehr er auch grübelte, es fiel ihm nichts ein, was Beatrice Sündigeres beichten wollte als vielleicht unfreundliche Gedanken über eine ihrer Freundinnen, Jorges Lehrer oder ihren Bruder Jorge Guillermo Frade. Letzteres war am wahrscheinlichsten. Es war sehr verständlich, wenn sie unchristliche Gedanken bezüglich ihres Bruders hatte.

Während der sechs Monate seit Jorge Alejandros Tod hatte er viele Male das gleiche gebeichtet.

Jorge Alejandro verehrte seinen Onkel von Kindesbeinen an. Kinder neigen dazu, nachsichtige Onkel zu verehren, besonders wenn sie fesche Kavallerieoffiziere und hervorragende Reiter sind und sich eine Freude daraus machen, ihren Neffen Spielzeuge zur Verfügung zu stellen – schnelle Autos, rassige Pferde, Feuerwaffen, Flugzeuge –, die ihre Eltern ihnen nicht in jungen Jahren oder auch nie geben konnten.

Aber weder Humberto noch Beatrice konnten Beatrices

Bruder die Gesellschaft seines Neffen versagen. Nachdem Jorge Guillermo Frade seine Frau verlor – und praktisch seinen Sohn – heiratete er nicht wieder. Und es war klar, daß er Jorge Alejandro wirklich liebte ... in ihm einen Ersatz für den Sohn sah, den er verloren hatte.

In seinem dritten Jahr auf der St. George's School kündigte Jorge Alejandro kategorisch an, daß er kein Bankier werden wollte – mit der klaren Andeutung, daß er den Beruf eines Bankiers für ungefähr so männlich hielt wie den eines Friseurs oder Innendekorateurs. Er kündigte an, daß er statt dessen dem Beispiel seines Onkels folgen und die Militärakademie besuchen wollte, um Offizier zu werden – schließlich hatte er das Blut von Pueyerredón in seinen Adern. Humberto, Direktor der Anglo-Argentinischen Bank, konnte nichts dagegen tun. Er konnte nur hoffen, daß Jorge Alejandro die strenge Zucht und Disziplin auf dem Campo de Mayo unerträglich fand.

Diese Hoffnung erfüllte sich nicht. Wie sein Onkel wurde Jorge Alejandro während seines letzten Jahrs auf dem Campo de Mayo zum Cadet Coronel ernannt. Und wie sein Onkel – inzwischen el Coronel Jorge Guillermo Frade, der Kommandeur des Kavallerieregiments der Húsares de Puyerredón – wurde er Kavallerist. Und sicherlich durch den Einfluß seines Onkels wurde er »routinemäßig« den Húsares zugeteilt.

All dies war gut und schön, aber el Coronel arrangierte ebenfalls, daß Capitán Duarte als Beobachter zur Deutschen Wehrmacht abkommandiert wurde. Humberto schwor sich, daß er ihm das niemals verzeihen würde – jetzt tat es ihm natürlich leid. Die Logik sagte Humberto, daß el Coronel eher selbst gestorben wäre, als Jorge Alejandro irgendwelchen Schaden zuzufügen. Aber es war Tatsache, daß el Coronel arrangierte, daß Jorge Alejandro als Beobachter nach Deutschland ging und bei Stalingrad fiel. Die gottlosen Kommunisten schossen das Aufklärungsflugzeug ab, das er flog.

Beatrices Nervenprobleme wurden natürlich schlimmer, als Jorge nach Europa ging. Und als die Nachricht von seinem Tod eintraf, drehte sie völlig durch. So wurde eines der Zimmer in ihrem Haus praktisch in eine psychiatrische Anstalt umgewandelt. Es war komplett mit einem Krankenbett, auf dem sie festgeschnallt werden konnte, und Schwestern im Schichtdienst und Ärzten im Dienst rund um die Uhr. Nach einer Weile überwand sie die Krise – Monsignore Kelly ermahnte sie, daß Selbstmord eine Todsünde ist, und die Ärzte stellten sie mit Medikamenten ruhig.

Dann überführten die Deutschen Jorges sterbliche Überreste von Stalingrad, begleitet von einem hoch ausgezeichneten Piloten der Luftwaffe aus sehr guter deutscher Familie. Humberto hielt es für eine kalte und nüchtern berechnete Geste der Deutschen aus Propagandagründen, aber Beatrice sah darin einen Akt großer christlicher Nächstenliebe.

Jorges Leichnam und Major Hans-Peter von Wachtstein von der Luftwaffe trafen in Buenos Aires fast gleichzeitig mit einem anderen hochdekorierten Piloten ein. Der zweite strahlende junge Held war ein amerikanischer Marineinfanterist. Die Amerikaner hatten ihn hauptsächlich nach Argentinien geschickt, weil er Jorge Guillermo Frades Sohn war, der seit der Kindheit von ihm entfremdet gewesen war. Humberto betrachtete das ebenfalls als einen kalten und wohlberechneten diplomatischen Schachzug. Es war ein offenes Geheimnis – wenigstens vor Cletus' Ankunft –, daß el Coronel vermutlich der nächste Präsident der argentinischen Republik werden würde, und die Nordamerikaner wußten darüber Bescheid.

Obwohl Cletus Howell Frade natürlich der Neffe von ihm und Betrice war, beichtete Humberto bei Padre Welner, einem Jesuiten – nicht bei Monsignore Kelly, der durch Beatrice bereits zuviel aus seiner Privatsphäre erfahren hatte –, daß er egoistische und unchristliche Gedanken über ihn hatte und ihn haßte, und wenn auch nur, weil Cletus lebte und Jorge Alejandro tot war.

Jorge Alejandro wurde in der Familiengruft auf dem Friedhof Recoleta beigesetzt. Es gab ein großes Zeremoniell – einschließlich einer Eskorte von den Húsares de Pueyrredón und dem Ritterkreuz auf der Flagge, die auf dem Sarg drapiert war. In ihrem durch Medikamente benebelten Zustand war Beatrice anscheinend mehr an dem Empfang nach der Beerdigung als an der Beisetzung ihres einzigen Kindes interessiert.

In derselben Nacht versuchten die Deutschen, Cletus Frade zu ermorden. Die offizielle Version war, daß Cletus auf Einbrecher gestoßen war, aber für Humberto stand fest, daß dieselben Deutschen, die feierlich Jorge Alejandro auf dem Friedhof Recoleta geehrt hatten, am selben Tag kaltblütig die Ermordung seines Cousins befohlen hatten.

Beatrice akzeptierte die Einbrecher-Geschichte, ohne sie in Frage zu stellen. Und später, als ihr Bruder angeblich von ›Banditen‹ erschossen wurde, war sie noch entfernter von der Realität. Sie wollte einfach nicht glauben, daß der charmante deutsche Botschafter, Graf von Lutzenberger, oder der sogar noch charmantere Baron von Gradny-Sawz fähig war, etwas Schlechtes zu tun, geschweige denn die Ermordung ihres Bruders zu befehlen.

Das unterstrich sie sogar, indem sie persönlich beide Männer zu dem Empfang nach der Beisetzung einlud.

Unter den gegebenen Umständen war Beatrices Realitätsverlust vielleicht eine gute Sache. Humberto wollte sie nicht wieder erleben, wie sie gewesen war, als die Nachricht von Jorge Alejandros Tod eingetroffen war. Damals hatte ihm ihre Verfassung das Herz gebrochen.

Und es gab auch Praktisches in Erwägung zu ziehen. Gradny-Sawz war erfreut darüber, daß von Wachtstein für Beatrice ein willkommener Gast in ihrem Haus war. (Der junge deutsche Pilot war als Stellvertretender Militärattaché bei der deutschen Botschaft geblieben.) Gradny-Sawz betrachtete sich als Aristokrat. So sah er diese Beziehung zwischen dem aristokratischen jungen Offizier und der prominenten Familie Duarte – und folglich zur Anglo-Argentinischen Bank – als etwas Natürliches an, das für Deutschland möglicherweise nützlich sein konnte. Zugleich hatte er nicht die geringste Ahnung, daß die wahre Beziehung zwischen von Wachtstein und der Anglo-Argentinischen Bank absolut nichts mit der Förderung der Interessen der Nazis zu tun hatte, sondern das Gegenteil der Fall war.

Als Humberto die Tür zum Empfangsraum aufschob, saß Cletus Frade auf einer Couch neben Claudia Carzino-Cormano, die seine Hand hielt. Als Cletus seinen Onkel sah, stand er auf.

Humberto ging zu ihm. Obwohl Cletus klargemacht hatte, daß Nordamerikaner jede Geste zwischen Männern, die intimer als ein Handschlag war, für verdammt sonderbar hielten – sogar zwischen Onkel und Neffen – umarmte er ihn, küßte ihn auf beide Wangen und schloß ihn dann noch einmal in die Arme.

»Cletus, es tut mir so leid.«

»Danke.«

»Gott hat es für angebracht gehalten, meinen Sohn und deinen Vater zu sich zu holen«, sagte Humberto. »Mögen sie in Frieden ruhen. Und Gott, so möchte ich es sehen, hat uns einander gegeben. Ich werde dich jetzt als meinen Sohn betrachten und dich bitten, mich als deinen Vater zu sehen.«

Oh, Scheiße, dachte Clete. *Das meint er ernst. Das ist ganz klar Blödsinn. Warum ist mir zum Heulen zumute?*

Clete umarmte unwillkürlich seinen Onkel.

»Und wie geht es Tante Beatrice?« hörte er sich fragen, als sie sich voneinander lösten.

»Ich glaube, Gott erspart Beatrice in Seiner unendlichen

Gnade den Schmerz, den sie unter normalen Umständen erleiden müßte. Ich nehme an, du verstehst, was ich damit sagen will.«

Clete nickte.

Mit anderen Worten stimmt haargenau, was Claudia gesagt hat: Sie ist in den Armen von Jesus und/oder Drogen, und du weißt es. Du armer Kerl.

»Beatrice wird sich bald zu uns gesellen«, sagte Humberto, und dann wandte er sich an Claudia und ihre Töchter und küßte jede auf die Wange.

»Habt ihr alles, was ihr braucht?«

Alle nickten.

»Dann werde ich mir selbst einen einschenken«, sagte Humberto und ging zur Hausbar. »Beatrice wird in ein paar Minuten hiersein, und dann können wir essen.«

VII

1

Avenida Alvear 1420
Buenos Aires, Argentinien

9. April 1943, 21 Uhr 45

Beatrice Frade de Duarte betrat ein paar Minuten nach ihrem Mann die Bibliothek. Beatrice war tadellos gekleidet und zurechtgemacht und der Inbegriff kultivierter Gastfreundschaft. Und ganz offensichtlich verrückt.

Sie küßte Clete flüchtig auf die Wange, als hätte sie ihn vor ein paar Stunden schon einmal begrüßt, küßte die Carzino-Cormanos überschwenglich, machte ihnen Komplimente über ihre Kleider und Frisuren und rief dann nach Champagner.

»Champagner steigert den Appetit aufs Essen«, sagte sie, »aber Whisky macht einen einfach gefräßig.«

Claudia Carzino-Cormano, die sichtlich gezwungen lächelte, drückte Cletes Oberarm.

Als der Champagner serviert war, hob Beatrice ihr Glas. »Gute Freunde. Sie sind immer eine starke Stütze in diesen Zeiten.«

Clete dachte, Alicia würde in Tränen ausbrechen.

Als Beatrice sie in Paare eingeteilt hatte – Humberto mit Claudia, Capitán Lauffer mit Isabela und Clete mit Alicia –, gingen sie in den Speiseraum. Beatrice begann die Plauderei bei Tisch mit der Ankündigung: »Es ist vielleicht der falsche Zeitpunkt, um dies zu sagen – Cletus würde einen besonderen Dispens vom Kardinal Erzbischof brauchen, um das Trauerjahr abzukürzen –, aber ich hatte immer den Verdacht, daß mein verstorbener Bruder hoffte, Cletus und Isabela würden von Amors Pfeil getroffen werden. Dich, liebe Claudia, zähle ich bereits zur Familie. Ihre Heirat würde es offiziell machen.«

»Nun, man weiß nie, was die Zeit bringt«, sagte Claudia hastig, um irgendeiner Antwort von Isabela, die die Augen verdrehte, oder Clete zuvorzukommen.

Während des Abendessen plauderte Beatrice glücklich über ihre idyllische Kindheit mit ihrem Bruder auf der Estancia San Pedro y San Pablo. Der Höhepunkt von alldem war die Geschichte von el Coronels Sarg.

»Poppa kam irgendwie an eine Ladung Zedernholz«, sagte sie und lächelte Capitán Lauffer strahlend an. »Das hier nicht wächst, wenn ich mich nicht irre. Oder wenn, dann war das Zedernholz von außergewöhnlicher Qualität. Um ehrlich zu sein, ich habe keine Ahnung, woher es kam. Es war jedenfalls da, in einem der Gebäude weit entfernt vom Haupthaus, und eines Tages sah Poppa es und sagte sich, daß er in einem Zedernsarg beerdigt werden will.«

»Tatsächlich?« erwiderte Capitán Lauffer höflich.

»So bat er einen der Vorarbeiter, jemand aufzutreiben, der wußte, wie man einen Sarg macht. Der Vorarbeiter brachte ihm einen Mann von Poppas Estancias in Corrientes ... du weißt doch, wo Corrientes ist, Cletus, mein Lieber?«

»Nein, Ma'am«, bekannte Cletus.

»Das ist im Norden. Es grenzt an Brasilien und Paraguay und im Süden an eine kleine Ecke von Uruguay.«

»Tatsächlich?«

»Du mußt dorthin reisen, Cletus, und zwar bald.«

»Das möchte ich gern.«

»Du hast dort Besitz. Er gehörte deinem toten Vater und jetzt natürlich dir. Es war natürlich Poppas Besitz. Poppa war dein Großvater, aber den hast du nie kennengelernt. Er kam in den Himmel, bevor du geboren wurdest. Dein Vater und ich erbten das Land natürlich von Poppa, aber als ich deinen Onkel Humberto heiratete, kaufte dein Vater mir meinen Anteil ab.«

»Tatsächlich?«

»Wie ich mich erinnere, ist der Landbesitz in Corrientes ziemlich groß. Fünf oder sechs Estancias befinden sich darauf und noch etwas, irgendein Geschäft ...«

»*Drei* Estancias, Schatz«, sagte Humberto mit der Kenntnis des Bankiers. »Die Teeplantage und das *refrigerico* – ein Schlachthaus und eine Fleischverpackungsfabrik.«

»Ja, ich weiß, daß es so etwas war. Jedenfalls lange bevor wir dort waren, brachten dort die Jesuitenpater die Indianer zu Jesus. Du kannst die Ruinen ihrer Missionen dort noch sehen. Du mußt sie dir wirklich ansehen, Cletus, das wäre sehr bildend für dich. Jedenfalls, die Jesuiten – und das war vor Hunderten von Jahren – lehrten die Indianer, deren Seelen sie gerettet hatten, unter anderem die Kunst des Holzschnitzens.«

»Tatsächlich?«

»Und diese Kunst ist nach all diesen Jahren weiter betrieben worden, obwohl es kaum noch Indianer gibt. Lange nachdem die Jesuiten aus Argentinien vertrieben wurden. Kannst du das glauben?«

»Kaum zu glauben, Tante Beatrice.«

»Aber es *stimmt.* Du kannst in Corrientes die schönsten Schnitzereien bekommen. Jedenfalls – da war ein Mann auf einer der Estancias, der ein wirklich guter Holzschnitzer war, und so ließ Poppa ihn auf die Estancia San Pedro y San Pablo kommen, brachte ihn zu dem Zedernholz und forderte ihn auf, einen Sarg zu machen.«

»So?«

»Und der Mann tat es. Und als Poppa in den Himmel geholt wurde, erinnerte sich dein Vater daran, daß Poppa immer davon gesprochen hatte, daß er in seinem geschnitzten Zedernsarg beerdigt werden wollte, und so suchte er nach dem Sarg, den Poppa hatte anfertigen lassen. Und weißt du, was er fand, Cletus?«

»Nein, Ma'am.«

Er trank sein Weinglas leer, und Claudia sah ihn mahnend an.

El Coronel hat sich hackevoll betrunken, als Cousin Jorge beerdigt wurde, und sie will keine Wiederholung, dachte Clete. *Sie hat recht. Wenn dies noch länger dauert, werde ich entweder blau oder verrückt.*

»Sarg um Sarg um Sarg. Ein *Dutzend* Särge!« sagte Beatrice glücklich. »Vielleicht mehr. Vielleicht fünfzehn oder sechzehn. Aber mindestens ein Dutzend. Jedenfalls, als der Mann, der den Sarg schnitzte, nicht nach Corrientes zurückgeschickt wurde und weil es noch eine Menge Zedernholz gab, schnitzte er immer weiter Särge. Ist das nicht erstaunlich?«

Ein Hausmädchen mit einer Flasche Cabernet Sauvignon wollte Clete nachschenken. Er hielt sein Glas mit der Hand zu und wurde von Claudia mit einem Lächeln belohnt, wobei sie die Lippen spitzte, wie um ihn zu küssen.

»Absolut erstaunlich«, sagte er.

»Dies ging so weiter … ich weiß nicht wie lange. Humberto, Liebling, wie viele Jahre machte der Holzschnitzer Särge?«

»Mehrere, mein Schatz.«

Wie kann er das Tag für Tag ertragen? dachte Clete.

»Jedenfalls«, fuhr Beatrice gnadenlos fort, »ging ihm schließlich das Zedernholz aus, und er fragte jemand, einen der Vorarbeiter, was er als nächstes tun sollte, und da erfuhr dein Vater zum ersten Mal von all den Särgen, die der Mann gemacht hatte. Was ist überhaupt aus dem Mann geworden, Humberto, erinnerst du dich?«

»Ich weiß nicht, wo er jetzt ist, Schatz. Ich weiß, daß er lange Zeit auf der Estancia San Pedro y San Pablo blieb. Er machte alle Schnitzereien in der Kapelle Nuestra Señora de los Milagros.«

»Ja, das stimmt. Das hatte ich vergessen. Jetzt fällt mir ein, Cletus, daß du hiergewesen bist. Dein Vater ließ Señora Pellano von der Kapelle Nuestra Señora de los Milagros aus beerdigen.«

Die Kapelle Unserer Lieben Frau der Wunder, für die zwei Priester angestellt waren, befand sich im alleinigen Besitz der Estancia San Pedro y San Pablo. Clete erinnerte sich an die Worte seines Vaters, daß tausendvierhundert Leute auf der Estancia lebten und arbeiteten. Die ungefähr vierundachtzigtausendzweihundert Hektar der Estancia umgaben die kleine Stadt Pila im Südosten der Provinz Buenos Aires.

»Ja, Ma'am.«

»*Und* in einem der Zedernsärge, die Poppa schnitzen ließ. Dein Vater mochte Señora Pellano wirklich sehr, Cletus. Sonst hätte er sie in einem gewöhnlichen Sarg beerdigen lassen – schließlich war sie nur eine Bedienstete –, nicht in einem von Poppas mit Schnitzereien verzierten Zedernsarg.«

»Ja, mein Vater mochte Señora Pellano sehr, Tante Beatrice.«

»Jedenfalls, all diese Särge standen da in dem Gebäude der Estancia, bis wir einen Sarg für Señora Pellano brauchten. Wir konnten meinen Jorge nicht in einen dieser Särge legen, verstehst du? Ich habe vergessen, warum, aber Monsignore Kelly sagte, es wäre nicht gut, und ich habe sein Urteil nie in Frage gestellt, aber als Señora Pellano in den Himmel kam, benutzten wir einen für sie, und wenn jetzt dein Vater zu all den Engeln und deiner gesegneten Mutter in den Himmel kommt, wird er in einem dieser Zedernsärge ruhen. Ich fand den Sarg so *schön* im Edificio Libertador. Das sagten auch viele Leute.«

»Es ist ein prächtiger Sarg, Señora de Duarte«, pflichtete Capitán Lauffer höflich bei.

»Nun, jedenfalls werden jetzt viele, viele Jahre vergehen, bevor jemand in *dieser* Familie einen Sarg kaufen muß«, sagte Beatrice, und dann wechselte sie das Thema: »Capitán Lauffer, haben Sie daran gedacht, den Zeitplan für das morgige Programm mitzubringen?«

»Ich habe ihn im Wagen, Señora.«

»Nun, nach dem Essen sollten wir ihn mit Cletus durchgehen, meinen Sie nicht? Um zu sehen, ob er damit einverstanden ist.«

»Das halte ich für eine gute Idee, Señora«, sagte Lauffer. Er schaute Clete an, und seine Miene verriet, daß es ihm leid tat, ihm aber unter den gegebenen Umständen nichts anderes übrigblieb, als ihr zuzustimmen.

Der Zeitplan erwies sich fast als Operationsbefehl: Der Sarg würde heute bis 22 Uhr 30 im Edificio Libertador zu sehen sein. Um ein Uhr würde er zur Basilika Unserer Lieben Frau von Pilar gebracht werden, die an den Recoleta-Friedhof grenzte. Er würde auf einer Lafette des Zweiten Artillerieregiments dorthin transportiert und von einer berittenen Eskorte der Húsares de Puyerredón eskortiert werden.

Clete wunderte sich darüber, doch dann erkannte er die Logik. Bei der Beerdigung von Cousin Jorge Alejandro war der Sarg auf dem gleichen Weg die sechs oder sieben Blocks vom Haus seiner Eltern zur Basilika gebracht worden. Weil das am Tage geschehen war, hatte es ein gewaltiges Verkehrschaos gegeben. Der Transport des Sargs mit den sterblichen Überresten seines Vaters vom Edificio Libertador zur Basilika, die mindestens drei Kilometer entfernt war, wäre am Tag logistisch unmöglich, wenn man nicht eine Schließung des Geschäftszentrums von Buenos Aires in Kauf nehmen wollte.

Die Basilika würde für die Öffentlichkeit für die Besichtigung des Sarges von acht bis zehn Uhr geöffnet sein und dann für die Allgemeinheit geschlossen werden. Die offiziellen Gäste würden ab elf Uhr Platz nehmen. Von elf bis zwölf Uhr würden Nonnen Choräle singen, und dann würde der Trauergottesdienst beginnen. Der Kardinal-Erzbischof von Argentinien, assistiert von drei Bischöfen, einem Monsignore namens Kelly und einem einfachen Priester namens Kurt Welner, Societatis Jesu, würde den Gottesdienst zelebrieren.

Nach dem Trauergottesdienst würde der Sarg von Offizieren der Húsares de Puyerredón von der Basilika zu der Familiengruft der Frades zur Beisetzung getragen werden.

Im Anschluß an die Beisetzung würden Señor und Señora Duarte in ihrem Haus in der Avenida Alvear 1420 eingeladene Trauergäste empfangen. Wegen der Knappheit an Parkplätzen wurde den Trauergästen vorgeschlagen, zu Fuß zum Haus der Duartes zu gehen. Eine begrenzte Zahl von Autos stand zur Verfügung, um die unmittelbaren Verwandten, die Alten und Gebrechlichen zu transportieren.

»Ich denke, daß Cletus gegen neun Uhr in der Basilika

sein sollte, wenn die letzte Besichtigung des Sarges vorüber ist, meinen Sie nicht auch?«

Lauffer schaute Clete an.

»Darf ich respektvoll vorschlagen, Señora, das Señor Clete entscheiden zu lassen?«

Beatrice sah Cletus an.

»Ja, natürlich, Tante Beatrice«, sagte Clete.

»Aber jetzt, Beatrice, müssen wir Cletus zu Bett schicken«, sagte Claudia Carzino-Cormano entschieden. »Er muß erschöpft sein.«

»Ich bin ein bißchen müde«, sagte Clete.

»Du armer Junge.« Beatrice küßte Clete auf die Wange. »Natürlich mußt du müde sein nach allem, was du heute zu tun hattest.«

2

Avenida Coronel Diaz
Palermo, Buenos Aires

9. April 1943, 23 Uhr 30

»Ich weiß, daß das Abendessen nervlich anstrengend für Sie gewesen sein muß, Capitán«, sagte Clete zu Lauffer, als sie vor der Tür des Herrenhaus hielten, das von seinem Vater ›Geldschlucker‹ genannt worden war. »Sie waren sehr verständnisvoll.«

»Das war doch selbstverständlich«, sagte Lauffer automatisch, und dann platzte er heraus: »Ich hatte mehr Mitleid mit Ihrem Onkel als mit Ihrer Tante.«

Clete stieß einen Grunzlaut aus.

»Das hätte ich nicht sagen sollen«, entschuldigte sich Lauffer. »Verzeihen Sie mir.«

»Ich dachte genau das gleiche«, sage Clete. »Er muß die Geduld eines Heiligen haben.«

»Er liebt sie sehr.« Lauffer hielt Clete die Hand hin. »Sie müssen müde sein.«

»Ja.«

»Ich werde um halb neun hier sein, um Sie zur Basilika zu bringen«, sagte Lauffer. »Einverstanden?«

»Prima.«

»Oder ich könnte mich fünfzehn oder zwanzig Minuten verspäten. Aufgehalten im Verkehrsstau.«

Clete lächelte ihn an. »Das weiß ich wirklich zu schätzen. Aber ich sollte besser um neun da sein.«

»Also dann um halb neun«, sagte Lauffer und griff an Clete vorbei, um die Beifahrertür zu öffnen. »Gute Nacht.«

Als Clete aus dem Wagen stieg, wurde die Haustür geöffnet. Er sah Antonio, den Butler.

Der perfekt geschulte Diener, dachte Clete. *Er öffnete erst die Tür, als er sicher sein konnte, daß ich sie geöffnet haben will.*

»Guten Abend, Señor Cletus.«

»Guten Abend, Antonio.«

»Kann ich irgend etwas für Sie tun, Señor?«

»Nein. Oder doch. Ich weiß nicht, ob ich ein gebügeltes Hemd für morgen habe. Kann jemand ...«

»Ihre Kleidung ist gebügelt worden, Señor.«

»In diesem Fall können Sie mir nur gute Nacht sagen.«

»Möchten Sie, daß Ihr Anzug gebügelt wird?«

Clete schaute auf die Bügelfalten seiner Hose.

»Sieht doch prima aus.«

»Ich werde ihn von dem Mädchen aufbügeln lassen«, sagte Antonio. »Ihr Vater legte großen Wert auf sein Äußeres.«

War das ein Seitenhieb, el Blödmanno? Oder war das ›Aufbügeln‹ des Anzugs vom Sohn ein letzter Dienst für el Coronel?

»Danke«, sagte Clete.

»Sie hatten einige Anrufe, Señor, Ich glaube, alle von derselben Dame. Sie nannte ihren Namen nicht.«

Ich weiß, wer es war, nicht wahr?

»Wenn sie noch einmal anruft, stellen Sie das Gespräch durch. Sogar wenn ich schlafe.«

»Jawohl, Señor.«

»Gute Nacht, Antonio.«

»Gute Nacht, Señor.«

Clete ging die breite Treppe hinauf. In der Suite sah er, daß die Bettdecke zurückgeschlagen worden war. Ein Pyjama lag auf dem Bett.

Ziehe ich den an und wälze mich die ganze Nacht darin herum? Oder schlafe ich in der Unterwäsche, wodurch ich mich beim Personal als undankbar und ungehobelt zeige?

Clete zog sich bis auf die Unterwäsche aus. Dann trug er den Anzug ins Wohnzimmer und legte ihn auf einen Sessel, damit das Mädchen ihn finden konnte. Danach kehrte er ins Schlafzimmer zurück und schloß die Tür hinter sich.

Er putzte sich die Zähne, als das Telefon klingelte.

Es summt, dachte er. *Hier klingeln die Telefone nicht, hier summen sie, als ob die Klingel von einer erschöpften Batterie betrieben wird.*

Ein reich verzierter Telefonapparat stand auf der großen Marmorplatte des Waschbeckens.

»Hola?«

»Clete?« Doroteas Stimme. Sein Puls beschleunigte sich.

»Hallo, Prinzessin.«

»Ich versuche seit Stunden, dich zu erreichen.«

»Woher weißt du, daß ich in Argentinien bin?«

»Dein Großvater rief meinen Vater an. Vater sagte es mir.«

»Wie geht es dir?«

»Mir geht es gut«, sagte Dorotea. »Clete, ich kann dir nicht sagen, wie entsetzt ich über den Tod deines Vaters bin und wie sehr es mir für dich leid tut.«

»Danke.«

Sie zögert mit irgend etwas, dachte Clete. *Klingt irgendwie distanziert.*

»Ich muß dir etwas sagen, Clete.«

»Nur zu.«

»Nicht am Telefon. Ich will dich ansehen, wenn ich es dir sage.«

»Sag es mir jetzt und sieh mich später an.«

»Hol dich der Teufel! Es ist sehr wichtig.«

»Was soll ich tun? Ich bezweifle, daß du herkommen kannst. Willst du, daß ich zu dir komme?«

»Um Gottes willen, nein! Vater würde Zustände kriegen.«

»Okay. Was dann?«

»Wohin gehst du als erstes morgen früh?«

»Um neun Uhr werde ich in der Kirche sein.«

»In der Basilika Unserer Lieben Frau von Pilar?«

»Richtig.«

»Wirst du allein sein?«

»Das bezweifle ich, aber wir können uns irgendwo unterhalten, wenn du das willst.«

»Also gut, ich sehe dich dort.«

»Prima.«

»Cletus, es tut mir so leid für dich.«

»Schon gut.«

»Bis morgen um neun oder etwas später«, sagte Dorotea, und dann war die Leitung tot.

Clete legte den verzierten Hörer auf.

»Clete, mein Junge«, sagte er laut, »ich nehme an, du hast soeben Teil eins eines Briefs bekommen, in dem dir die Liebste mitteilt, daß es aus ist, und Teil zwo wird dir persönlich morgen früh um neun Uhr serviert.«

Nun, was habe ich erwartet? Menschenskind, sie ist gerade neunzehn. Vor mir war sie wirklich die Jungfräuliche Prinzessin. Ich war der erste – Zitat Anfang – richtige Mann – Zitat Ende – in ihrem Leben. Neunzehnjährige Mädchen verlieben sich automatisch in – Zitat Anfang – ältere Männer – Zitat

Ende –, und wenn der ältere Mann ein Hurensohn ist, wie ich gewiß einer war, lassen sie ihn sogar an ihr Höschen.

»Cletus«, *wird sie sagen,* »ich werde dich immer lieben, aber ich habe einen anderen kennengelernt. Er ist in meinem Alter. Ich wollte mich nicht in ihn verknallen. Es ist einfach passiert. Ich kann nur hoffen, daß du das verstehst. Ich wollte dich niemals kränken.«

Woraufhin ich als Gentleman auf brüderliche Weise ihre Schulter berühren und aufrichtig erklären werde, daß ich sie selbstverständlich verstehe und ihr und dem Freund alles Glück der Welt wünsche. Und ich werde ihr sagen, daß ich sie ebenfalls nie vergessen werde.

Was die Wahrheit ist. Ich liebe sie – oder ich nehme es jedenfalls an. Ich habe nie so etwas für jemand empfunden – aber das führt nicht dazu, daß wir fortan glücklich in einem von Wein berankten Landhaus wohnen werden. Ich sollte dankbar sein, weil Juan oder Pancho, oder wie auch immer der Ficker heißt, in ihr Leben getreten ist und mich abgelöst hat, ohne ihr Schmerz zuzufügen. Oder sie zu ermorden, was durchaus möglich gewesen wäre. Und wenn diese Bastarde mich umlegen, was ebenso durchaus möglich ist, wird es noch leichter für die Prinzessin sein. Ich werde nur einer in einer langen Reihe von Ex-Freunden sein, nicht ihr Geliebter oder – noch schlimmer – ihr Verlobter.

Scheiße!

Er ging aus dem Bad ins Schlafzimmer und schaute aufs Bett.

Ich will nicht darin schlafen. Es ist nicht mein Bett, sondern das meines Vaters. Es juckt mich nicht, wieviel Mühe sie sich gegeben haben, alles aus dem Haus zu entfernen, was ihm gehörte, aber es ist immer noch sein Haus und sein Bett.

Und aus irgendeinem Grund bin ich überhaupt nicht mehr müde. Vermutlich liegt es an all dem Alkohol, den ich nicht getrunken habe, und all dem Kaffee – stark genug, um einem Maultier die Zähne zu schmelzen –, den ich getrunken habe.

Tony! Ich muß ihn sehen. Und Ettinger. Und Peter. Ich muß

Peter wiedersehen. Er weiß, wer die Ermordung meines Vaters befohlen hat, und ich nehme an, er wird es mir sagen.

Clete ging ins Ankleidezimmer und zog schnell eine Khakihose, ein Polohemd und ein Tweedsakko an.

Als er durchs Wohnzimmer ging, war sein Anzug bereits fort. Er ging die breite Treppe hinab und dann zu einem Gang, der zur Treppe in die Tiefgarage führte.

In der Garage standen fünf Wagen, aber der Platz für den geliebten Horch seines Vaters war leer.

Wo mag der Horch sein? Ob die Polizisten ihn haben?

Clete ging zu einem 1940er Ford Kombi, der zwischen einem alten, tadellos gepflegten Rolls-Royce und einem Mercedes stand. Der Ford war abgeschlossen.

»Verdammt!«

»Señor?«

Er wandte sich um und sah einen Mann Anfang Vierzig in Hemdsärmeln.

»Kann ich Ihnen helfen, Señor?«

»Können Sie mir die Schlüssel für diesen Wagen besorgen?« Clete wies auf den Ford.

»Ich würde den Señor gern überallhin fahren, wohin er möchte«, sagte der Mann und deutete zu dem Rolls-Royce.

»Geben Sie mir bitte nur die Schlüssel für den Ford«, sagte Clete.

3

Avenida Pueyrredón 1706
Buenos Aires, Argentinien

10. April 1943, 0 Uhr 05

Als Clete an dem Apartmentgebäude vorbeifuhr, in dem Peter wohnte, und einen Parkplatz suchte, sah er, daß der Portier in der Halle in seiner kleinen Kabine hinter dem Schreibtisch saß, die Hände vor dem Bauch gefaltet hatte und schlief.

Er hielt es für sehr wahrscheinlich, daß der Portier jede Woche einen Umschlag mit Geld von Teniente Coronel Martin vom Büro für Innere Sicherheit erhielt und als Gegenleistung meldete, wer in den zehnten Stock hinauffuhr und wann und wie lange er blieb.

Vielleicht bekommt der Portier auch zwei Umschläge mit Scheinen, den zweiten von der Policia Federal, dachte Clete. *Oder sogar drei. Peter erzählte mir, daß es zwei obskure Handlanger bei der Botschaft gibt, die in Wirklichkeit für den Militärattaché arbeiten, der – zusätzlich zu seinen anderen Aufgaben – der Spionageabwehroffizier ist. Vermutlich observieren sie Peter ebenfalls.*

Wenn ich also zu Peter hinauffahre – oder den Portier frage, ob er zu Hause ist –, wird Martin und vermutlich die Bundespolizei und dieser Oberst Sowieso … Grüner … davon erfahren. Das kann ich nicht riskieren. Was, zum Teufel, soll ich tun?

Offenbar muß ich heute nacht auf das Wiedersehen mit Peter verzichten.

Scheiße!

Doch dann fiel sein Blick auf die Türklingeln. Die Klingeln waren in einer Marmorsäule außerhalb der Halle angebracht – Clete hatte so etwas noch nirgendwo in Buenos Aires gesehen. Es gab Knöpfe für jede Wohnung und eine Gegensprechanlage. Man drückte auf den Knopf für die entsprechende Wohnung, und wenn sich jemand meldete, nannte man seinen Namen. Wenn dieser Jemand einen einlassen wollte, drückte er die Tür auf, die in die Halle führte.

Die Frage ist, ob Mr. Penner in der Halle aufwacht und sehen kann, wer auf die Klingel drückt. Clete schaute hin. *Er kann es von seiner Kabine aus sehen, wenn er aufwacht. Aber selbst wenn er mich sieht, weiß er nicht, auf welchen Klingelkopf ich gedrückt habe. Ich kann wenigstens mit Peter sprechen, wenn ich schon nicht in seine Wohnung raufgehen kann. Ich kann ihm sagen, daß er mich anrufen soll, oder sonstwas.*

Clete parkte den Ford um die Ecke und ging zu dem Apartmentgebäude. Der Portier schlief immer noch.

Clete mußte dreimal bei Nummer zehn klingeln, bis ein ärgerliches ›Hola?‹ ertönte.

»Clete.«

Kurze Stille.

»Geh um die Ecke rechts«, ertönte dann Peters Stimme aus der Gegensprechanlage.

Clete wandte sich von dem Klingelbrett in der Marmorsäule ab und schlenderte davon. Der Portier schlief immer noch. Rechts, das war die entgegengesetzte Richtung zu dem geparkten Ford.

Er machte auf dem Absatz kehrt, ging zu dem Ford und fuhr um den Block. Auf dem Bürgersteig waren keine Fußgänger, und soweit er das sehen konnte, saß keiner in den Wagen, die auf der Avenida Puyerredón am Bordstein parkten. Als er zum zweiten Mal an dem Apartmentgebäude vorbeifuhr, sah er Peter schnell zur Ecke gehen.

Clete überholte ihn, blendete kurz die Scheinwerfer auf und hielt am Bordstein. Peter öffnete die Tür auf der Beifahrerseite, sprang auf den Sitz, und Clete fuhr sofort davon.

»Sieh nach, ob uns jemand folgt«, sagte Peter im Befehlston.

Clete sah kein Scheinwerferlicht im Rückspiegel.

»Keiner«, sagte er. »Wohin sollten wir fahren?«

»In der Libertador gibt es eine Bar, die für gewöhnlich zu dieser Zeit rappelvoll ist. An der amerikanischen Botschaft vorbei und dann bis zur Eisenbahnbrücke. Die Bar heißt ›Das Pferd‹.«

»Wie geht es dir, mein Freund?« fragte Major Freiherr Hans-Peter von Wachtstein von der Luftwaffe Major Cletus Howell Frade vom U.S. Marine Corps.

»Na, wie denn schon?« erwiderte Clete, hob sein Glas mit Johnnie Walker und stieß mit Peter an.

Sie saßen an einem kleinen Tisch auf einer Galerie, von der aus sie auf die Bar und das Restaurant des Lokals hinabblicken konnten. Als sie zu der Galerie hinaufgegangen waren, hatte ihnen der Kellner sonderbar nachgeschaut. Er konnte nicht verstehen, weshalb zwei junge Männer sich auf die fast verlassene Galerie setzten, wenn sechs, sieben attraktive Frauen ohne Begleiter an der Bar saßen.

Die beiden hatten sich im vergangenen Dezember kennengelernt. Als Clete zum ersten Mal nach Argentinien kam, überließ ihm sein Vater das Gästehaus – »Onkel Willys Haus« gegenüber der Pferderennbahn an der Avenida del Libertador. Nach einem Ausflug nach Uruguay, wo er den Sprengstoff für die Sprengung der *Reine de la Mer* besorgt hatte – der gar nicht gebraucht wurde, wie sich herausstellte –, kehrte Clete zu dem Haus zurück, und Peter saß im Wohnzimmer, schlürfte sein viertes Glas Cognac und hörte sich Beethovens Dritte Symphonie vom Phonographen an.

Entweder weil sie nicht wußte, daß Clete in dem Haus wohnte, oder weil sie zu losgelöst von der Realität war, um daran zu denken, daß ein deutscher Offizier der Luftwaffe und ein amerikanischer Offizier des Marine Corps offiziell Feinde waren, hatte Beatrice Frade de Duarte von Wachtstein im Gästehaus unterbringen lassen.

Es war weit nach Mitternacht, und es blieb den beiden jungen Offizieren nichts anderes übrig, als einen vorübergehenden Waffenstillstand zu schließen. Sie besiegelten den Waffenstillstand mit einem Glas Cognac und dann noch einem und ein paar weiteren.

Und dann wurde ihnen klar, daß sie viele Gemeinsamkeiten hatten. Beide waren Jagdflieger, und das schuf sofort ein Band zwischen ihnen. Peter hatte von den Heldentaten der Jagdflieger des Marine Corps auf Guadalcanal gehört und bewunderte beruflich das Können eines Kollegen, der dabeigewesen war. Und Clete hatte von der Tapferkeit deutscher Jagdflieger gehört, die Berlin gegen B-17-Bomber verteidigt hatten, und bewunderte ebenso einen Kollegen, der dabeigewesen war.

Als sie ins Bett wankten, waren sie Freunde.

Aber dieser Waffenstillstand endete früh am nächsten Morgen, als ein argentinischer Offizier, der erfahren hatte, daß die beiden Feinde unter demselben Dach wohnten, von Wachtstein aus der heiklen Situation herausholte, bevor einer von beiden versuchte, den anderen zu töten.

Später, als von Wachtstein erfuhr, daß Oberst Grüner Cletus Howell Frade – inzwischen als OSS-Agent enttarnt – ›eliminieren‹ wollte, sagte er sich nach schwerem moralischen inneren Kampf, daß er nicht stumm bleiben und tatenlos zuschauen konnte. Er warnte Clete vor dem Mordanschlag.

Clete, vorgewarnt, konnte mit den Killern fertig werden, als sie ins Haus in der Avenida Libertador kamen. Von Wachtstein hatte ihm mit der Warnung das Leben gerettet, und das sagte Clete ihm.

Kurz danach erhielt Peter den Brief, in dem ihm sein Vater mitteilte, daß er sich der kleinen Gruppe deutscher

Offiziere angeschlossen hatte, die es für ein Gebot der Ehre und ihre Pflicht hielten, Adolf Hitler zu töten. Aus dem Brief ging klar hervor, daß Generalleutnant von Wachtstein überzeugt war, sein Leben zu opfern. Er war auf den Tod vorbereitet.

Das überraschte Peter nicht. Er hatte bereits Schweizer Franken, Englische Pfund, US-Dollars und Schwedische Kronen im Gegenwert von einer halben Million Dollar nach Argentinien geschmuggelt. Sein Vater hatte ihm das Geld zur sicheren Verwahrung in Argentinien bis nach dem Krieg gegeben. Als sein Vater das tat, erklärte er, daß ›ein Freund‹ in Argentinien ihm nicht nur helfen werde, das Geld zu investieren, sondern noch mehr Geld aus anderen Quellen erhalten werde, um es zu verwahren.

Der Freund entpuppte sich als der Botschafter Manfred Alois Graf von Lutzenberger. Kurz nachdem er sich zu erkennen gab, informierte der Botschafter Peter, daß der Transfer des Geldes nach Argentinien nur der Anfang der Probleme war, mit denen sie es zu tun hatten. Das Geld zu schützen und zu investieren war äußerst riskant. In ganz Argentinien gab es Nazi-Sympathisanten, die Grüner und seinen Agenten sofort irgend etwas Verdächtiges melden würden. Im Nazi-Deutschland wurden finanzielle Transaktionen ins Ausland als Hochverrat betrachtet. Die Strafe dafür war die Hinrichtung des Verräters, all seiner unmittelbaren Angehörigen und die Konfiszierung allen Landbesitzes oder Kapitals jedweder Art.

Widerstrebend und weil ihm nichts anderes übrigblieb, wandte sich Peter an Clete und bat ihn um Unterstützung. Und Clete ging zu seinem Vater und zeigte ihm Generalleutnant von Wachtsteins Brief an Peter. Der Brief rührte el Coronel Frade zu Tränen. Und er beauftragte sofort seinen Schwager Humberto Valdez Duarte, Direktor der Anglo-Argentinischen Bank, für das Investieren und Aufbewahren des Geldes zu sorgen.

»Es wäre verdammt unzureichend, dir zu sagen, daß mir das mit deinem Vater leid tut, Cletus.«

Clete zuckte mit den Schultern. »Erzähl mir, was du darüber weißt.«

»Ich weiß nichts über die Einzelheiten«, sagte Peter. »Aber ich wußte, daß so etwas versucht werden wird. Ich habe versucht, es deinem Vater zu erzählen ... es tut mir wirklich schrecklich leid, Clete.«

»Warum?«

»Ich nehme an, ich habe nicht das völlige Vertrauen von Oberst Grüner«, sagte Peter. »Oh, du meinst, warum sie es getan haben ...?«

»Warum sie meinen Vater ermordet haben.«

»Der Befehl kam von Berlin. Sowohl Grüner als auch der Botschafter versuchten, die Sache zu stoppen. Grüner aus beruflichen Gründen – er wußte, wie verärgert die Freunde deines Vaters sein würden. Von Lutzenberger? Ich entscheide im Zweifel zu seinen Gunsten und sage mal, er stimmte gern Grüners Einwand zu, daß die Sache Probleme bringen würde. Ich nehme an – und das ist nur eine Vermutung –, daß es mehrere Gründe für den Mord gab. Erstens wollten sie nicht, daß dein Vater Präsident von Argentinien wird. Zweitens konnten sie die Zerstörung der *Reine de la Mer* nicht ungerächt lassen. Du warst in Amerika ... dein Vater war hier. Wie nennt man es, ›zwei Fliegen mit einer Klappe schlagen‹?«

»O verdammt!«

»Drittens«, fuhr Peter fort, »wollten sie deinen Vater bestrafen, weil er die Seiten gewechselt hatte, um klarzumachen, daß Verräter mit Strafe rechnen müssen. Viertens wollten sie die Grupo de Oficiales Unidos einschüchtern, ihr klarmachen, daß sie jeden ermorden lassen können, der ihnen in die Quere kommt.«

»Aber Grüner gab den Befehl, nicht wahr?«

»Grüner *erfüllte* den Befehl.«

»Was ist der Unterschied?«

Peter zuckte mit den Schultern.

»Ich werde mir diesen Dreckskerl schnappen«, sagte Clete gepreßt.

»Wenn du an ihn herankommst, was nicht leicht sein wird ...«

»Ich schnappe mir den Hurensohn!«

»... dann wird man nur einen anderen schicken, sogar noch bevor man dich als unerwünschte Person aus Argentinien ausweist«, sagte Peter. »Tatsache ist, daß sie bereits jemand hier haben.«

»Wie bitte?«

»Ich habe den größten Teil des Tages mit Standartenführer Goltz verbracht.«

»Was ist ein Standartenführer?«

»Oberst, also Colonel für dich, bei der SS«, sagte Peter. »Wir hatten heute eine Lufthansa-Condor hier ...«

»Ich habe sie gesehen. Sie war im Landeanflug, als wir eintrafen«, sagte Clete. »Gutaussehende Maschine.«

»... und er war darin. Ich hielt es für bezeichnend, daß er Berlin sofort verließ, nachdem wir dorthin kabelten, was mit deinem Vater geschah.«

»Du meinst, er ist der Mann, der den Befehl gab ...«

»Ich *weiß* es nicht«, wandte Peter ein. »Es ist möglich. Er ist ein großes Tier, das ist mir bekannt. Kurz bevor er herflog, war er in der Wolfsschanze ...«

»Wo?«

»Hitlers Hauptquartier bei Rastenburg in Ostpreußen. Es ist sogar geheim, daß es existiert. Und Goltz ist vom Sicherheitsdienst.«

»Was bedeutet das?«

»Der Sicherheitsdienst – SD – ist die Geheimpolizei, die Elite der SS. Sicherheitsdienst plus Wolfsschanze bedeutet, daß er ein äußerst wichtiger Schweinehund ist.«

»Woher weißt du, daß er in dieser Dingsbums war ... wie nanntest du sie?«

»Wolfsschanze«, sagte Peter. »Weil er mir einen Brief

von meinem Vater mitbrachte. Mein Vater ist in der Wolfsschanze stationiert. Er brachte einen Brief und einige Major-Rangabzeichen.«

»Was macht er hier?«

»Das weiß ich nicht. Ich weiß, daß er sich morgen früh mit dem Botschafter, Grüner und Gradny-Sawz trifft«, sagte Peter. »Und er will so schnell wie möglich nach Uruguay – nach Montevideo. Ich soll ihn mit unserer Storch dorthin fliegen, aber er mag nicht die direkte Route über den Rio de la Plata.«

»Das kann ich verstehen«, sagte Clete. »Ich kenne das Gefühl. Jedesmal wenn ich kein Land mehr sehe, bilde ich mir ein, mein Motor klingt seltsam.«

»Ich mochte nicht den Ärmelkanal überfliegen«, sagte Peter. »Jedenfalls nehme ich an, daß er mich auf der Land-Route fliegen läßt, so begierig dieser Typ auch ist, schnell dorthin zu gelangen.«

»Warum ist er so scharf darauf, nach Montevideo zu fliegen?«

Peter zuckte mit den Schultern.

»Er hat es nicht gesagt.« Dann wechselte er das Thema. »Clete, ich habe ein Problem.«

»Welches?«

»Erinnerst du dich an den Brief, den ich von meinem Vater erhielt und den dein Vater für mich übersetzte?«

»Was ist damit?«

»Sag mir nicht, ich hätte ihn verbrennen sollen.«

»Er ist also noch da?«

Peter nickte.

»Warum, um Himmels willen? Wenn er Grüner in die Hände fällt ...«

»Ich gebe deinem Vater keine Schuld«, sagte Peter. »Aber er ... ich wollte den Brief nicht verbrennen. Dein Vater dachte, es wäre gut, ihn nach dem Krieg zu haben.«

»So hast du den Brief behalten.«

An deiner Stelle hätte ich das gleiche getan.

»Dein Vater bewahrte ihn für mich auf.«

»Wo?«

»Das weiß ich nicht genau. Vermutlich mit den Dokumenten der Geldanlagen. Ich mag gar nicht daran denken, was vielen Leuten – darunter Botschafter von Lutzenberger und vielleicht sogar dein Onkel Humberto – passieren wird, wenn diese Dokumente in die falschen Hände geraten.«

»Wo könnten sie deiner Ansicht nach sein?«

»Hatte dein Vater einen Safe auf der Estancia San Pedro y San Pablo? Oder an einem anderen Ort, außer den offensichtlichen wie zum Beispiel Bankschließfächern?«

»Ich weiß es nicht. Wahrscheinlich. Aber ich weiß es nicht. Ich werde Claudia fragen.«

»Es bleibt nicht mehr viel Zeit.«

»Ich verstehe«, sagte Clete. »Vielleicht weiß Enrico Bescheid. Ich werde ihn ebenfalls fragen.«

»Sei vorsichtig, diplomatische Immunität oder nicht«, mahnte Peter.

»Ich habe keine diplomatische Immunität.«

»Nicht?« Peter blickte ihn überrascht an. »Alicia erzählte mir, du wärst der Stellvertretende Marineattaché.«

»Das hat sich geändert. Ich bin mit meinem argentinischen Paß hier.«

»Aber du bist noch beim OSS?«

»Was?«

»Verzeihung.«

Clete zuckte mit den Schultern.

»Ich habe als Freund gefragt, aus Sorge um dein Wohlergehen. Hoffentlich siehst du es so.«

Clete nickte.

»Dir ist klar, daß man versuchen wird, dich zu ermorden?« fragte Peter.

»Bei der Jagdfliegerausbildung sagten die Ausbilder ständig: ›Passen Sie auf Ihren Hintern auf!‹ Damals wußte ich nicht genau, was die dauernde Leier bedeutete, aber schließlich wurde ich sehr gut darin.«

Clete schaute auf seine Armbanduhr. Viertel vor eins.

»Ich werde Claudia am Morgen sehen. Und Enrico. Sie sollten eine Ahnung haben, wo mein Vater etwas deponierte, an das niemand sonst herankommen sollte.«

»Ich sollte heimkehren«, sagte Peter.

»Ich setze dich ab.«

»Fahr du allein. Ich trinke aus und nehme ein Taxi.«

»Okay.«

»Dies könnte ein guter Treffpunkt sein, wenn wir uns sehen müssen.«

»Klar. Wir werden beim Telefonieren nur von hier reden, falls jemand mithört, was vermutlich der Fall sein wird.«

»Es heißt The Horse. Nennen wir es The Fish.«

Sie schauten sich an. Clete erhob sich und gab Peter die Hand.

»Es war schön, dich zu sehen, Amigo«, sagte er. »Aber tu mir einen Gefallen, ja?«

»Gewiß.«

»Versuch wie ein Mann zu gehen, wenn du das Lokal verläßt. Der Kellner ist zu drei Vierteln überzeugt, daß wir ein Schwulenpaar sind.«

»Na und? Wir haben hier allein gesessen, uns im Flüsterton unterhalten, und es hätte nur noch gefehlt, daß wir Händchen halten. Was soll er da anderes denken?«

4

Recoleta Plaza
Buenos Aires, Argentinien

10. April 1943, 1 Uhr 45

Als Clete an der Tür von Tony Pelosis Wohnung in einem heruntergekommenen Apartmenthaus im stark italienischen La Boca* Distrikt klingelte, öffnete niemand.

Er ist vielleicht mit Maria-Teresa ausgegangen, verdammt!

Clete hielt das Apartment für eine Bruchbude, aber Tony hatte es hauptsächlich gewählt, weil es nahe beim Ristorante Napoli war. Dessen Besitzer, Señor Alberghoni, hatte eine Tochter namens Maria-Teresa. Tony war verliebt in sie ... nicht sehr schlau für jemand mit Tonys Job, fand Clete.

Er fuhr auf der Avenida Libertador zurück durch die Innenstadt und in Richtung Belgrano, wo Ettinger eine Wohnung in der Calle Monroe hatte. Bevor er die Avenida 9. Julio erreichte, gab es einen Verkehrsstau. Clete kroch zwei Blocks weiter, und der Stau löste sich auf. Als er die Avenida 9. Julio erreichte, sah er den Grund für den Stau.

Eine Halbschwadron Kavallerie, jeder Kavallerist prächtig beritten und mit einer Lanze, ritt im Schritt. Er konnte keine Artillerie-Lafette sehen, aber er sagte sich, daß nur aus einem Grund Kavallerie zu dieser Stunde durch die Innenstadt von Buenos Aires reiten konnte. Ein Blick auf den Hamilton-Cronographen bestätigte ihm das.

* ›Der Mund‹, so genannt wegen der Mündung des Riachuelo-Industriekanals in den Rio de la Plata. Der Schiffstycoon – und zweite Ehemann von Jaqueline Kennedy – Aristoteles Onassis fing hier mit dem Betrieb einer kleinen Fähre über den Riachuelo-Kanal an.

Es war zwanzig vor zwei. Das Programm sah vor, daß der Sarg ab ein Uhr zur Basilika gebracht wurde. Clete fuhr drei Blocks weiter, bog links ab und erreichte die Avenida Alvear, als die ersten Kavalleristen in Sicht kamen. Er fuhr voraus zu dem Park vor dem Friedhof Recoleta und der Basilika Unserer Lieben Frau von Pilar, stoppte und stieg aus.

Aus dem Schatten der Einfriedung des Friedhofs heraus beobachtete er die Ankunft der Prozession. Das Manöver war offensichtlich sorgfältig geplant und geübt worden, denn es lief ab wie ein Uhrwerk.

Die Prozession hielt vor der Kirche. Sechs Kavalleristen an der Spitze der Prozession saßen ab und überreichten die Zügel ihrer Pferde den Soldaten neben ihnen. Die sechs Soldaten marschierten zur Spitze der Prozession und hielten die Pferde des befehlshabenden Offiziers und der Abteilung von acht Offizieren, die gleich hinter ihm ritten. Sie saßen ab und marschierten zur Lafette. Dort schnallten sie den Sarg los, hoben ihn auf die Schultern und trugen ihn im Gleichschritt in die Kirche.

Zwei Minuten später kehrten sie aus der Kirche zurück, saßen auf, warteten, bis die sechs Soldaten, die ihre Pferde gehalten hatten, zu ihren Pferden marschierten und aufsaßen, und schwenkten im Schritt links ab zurück zur Avenida Alvear.

Clete wartete, bis die Kavalleristen verschwanden. Dann stieg er in den Ford und fuhr zur Avenida Libertador zurück.

Er fragte sich, ob Enrico aus dem Hospital entlassen worden war, um zum Edificio Libertador zu gehen und am Sarg zu beten.

Er hoffe es, aber es war zu spät, um etwas zu unternehmen, wenn es nicht geklappt hatte.

Ich werde verdammt dafür sorgen, daß er bei der Beerdigung dabeisein kann; und wenn ich zum Hospital fahren und ihn selbst herausholen muß.

5

Als Clete auf der Avenida del Libertador zurück und am The Horse vorbeifuhr – das jetzt für ihn The Fish war –, fiel ihm plötzlich etwas ein:

Da war ein Geheimfach in Onkel Willys Schreibtisch. Wußte mein Vater davon? Hat er den Brief von Peters Vater und die Dokumente, von denen Peter sprach, dort versteckt?

Es war ein unangenehmer Gedanke. Clete hatte das Geheimfach durch Zufall entdeckt, als er in Onkel Willys Haus gewohnt hatte.

Es enthielt einige von Onkel Willys Geheimnissen: eine große Sammlung von Dias, die eine Reihe von Franzosen und Französinnen – die Mademoiselles ein bißchen zu üppig, und die Messieurs nur mit Schnurrbart und schwarzen Socken –, bei der Ausübung verschiedener obszöner Sexualakte zeigten.

Einerseits war die Möglichkeit, daß sein Vater auch nur von dem Geheimfach gewußt hatte, sehr gering. Und selbst wenn er davon gewußt hatte, hätte er es dann als Versteck für wichtige Dokumente benutzt? Andererseits konnte es genau das Versteck sein, das sein Vater gewählt hatte, weil es so unwahrscheinlich war. Und das Geheimfach war groß genug.

Was soll's. Ich bin praktisch vor dem Haus. Es wird nur ein paar Minuten dauern, um nachzuschauen. Und Peter hat offenbar begründete Sorge, daß jemand den Brief seines Vaters finden wird.

Clete stoppte gegenüber der Pferderennbahn auf der Libertador vor dem schmiedeeisernen Tor eines großen Backsteinhauses aus der Jahrhundertwende. Auf dem Tor prangten die Hausnummer – 4730 – und das Familienwappen der Frades. Er hupte, und eine halbe Minute später ging Licht im Haus an, und das Tor der Garage zum Kellergeschoß wurde geöffnet. Einen Augenblick später öffnete ein stämmiger Mann in mittleren Jahren das Tor zur Straße.

Was Clete als ›Onkel Willys Haus‹ betrachtete, war von seinem Großonkel Guillermo erbaut worden, ein Junggeselle und fast legendärer Frauenheld. Onkel Willys Apartment im Obergeschoß war eigentlich ein einziger großer Raum, der sich in der vollen Länge und Breite des Hauses erstreckte.

Es war aus zweierlei Gründen so gestaltet: Breite Fenster, die zur Avenida del Libertador hinausblickten, erlaubten Großonkel Guillermo praktisch einen komfortablen Logenplatz zum Beobachten der Pferderennen im Hipódromo gegenüber der Straße. Und wenn die Vorhänge zugezogen waren, hatte er eine komfortable Spielwiese zur Unterhaltung weiblicher Gäste. Laut Cletes Vater hatte es eine beeindruckende Zahl davon gegeben.

Cletes Verbindung zu dem Haus ging auf seine Geburt zurück. Laut seinem Vater hatte sich seine Mutter kategorisch geweigert, im ›Museum‹ zu wohnen, dem Herrenhaus in der Avenida Coronel Diaz, und war in Onkel Willys Haus gezogen. Als die Zeit der Niederkunft kam, verließ sie Onkel Willys Haus und wurde in der Klinik von einem männlichen Baby namens Cletus Howell – nach ihrem Vater – Frade entbunden.

Er fuhr in die Garage und dachte: *Sobald ich kann, ziehe ich aus dem Museum aus und kehre hierhin zurück.*

Ein zweiter stämmiger Mann trat an seinen Wagen. Clete hätte ihn fast nicht gesehen, denn seine Aufmerksamkeit galt den beiden Wagen, die bereits in der Garage parkten. Einer davon – ein 1941er Buick-Kabriolett – gehörte ihm. Der Wagen glänzte, wie er in der Ausstellungshalle von Davis Chevrolet-Buick in Midland, Texas, geglänzt hatte, als Onkel Jim ihm klargemacht hatte, daß nur Dummköpfe Kabrios fuhren und er nach bestandenem Studium als Geschenk allenfalls etwas Vernünftiges wie zum Beispiel einen geschlossenen Chevy erwarten konnte. Dann hatte er ihm trotzdem das Kabrio geschenkt.

Der zweite Wagen war das Horch-Kabrio seines Vaters, die Freude seines Lebens. El Coronels Vernarrtheit in den Horch war allgemein bekannt und eine Quelle der Belustigung für seine Freunde.

Enrico hatte Clete erzählt, daß seit dem Moment, in dem el Coronel – ›so nervös wie jemand, der zum ersten Mal Vater wird‹ – das massive Auto gesehen hatte, als es von der *Dresden* der Hamburg-Amerika-Linie auf den Kai verladen wurde, nur noch drei Leute jemals hinter dem Lenkrad gesessen hatten. El Coronel, Suboficial Mayor Enrico Rodriguez und Cletus Howell Frade.

Danach hatte sich Clete einen Spaß daraus gemacht, bei jeder gemeinsamen Fahrt seinen Vater zu fragen, ob er fahren durfte. Und wenn er die Erlaubnis erhalten hatte, war er so wild gefahren, daß sein Vater sich entsetzt am Armaturenbrett festgeklammert hatte.

Ich hätte ihn in dem Horch beerdigen lassen sollen, dachte Clete. *Er liebte diesen Wagen, und er starb darin.*

Selbst im schwachen Licht konnte Clete die zerschossene Windschutzscheibe und die Kugellöcher in der massiven Haube und den Türen sehen.

»Enrico wird bald hier sein, mi Teniente«, sagte der stämmige Mann. »Er ist mit el Coronel zur Basilika Unserer Lieben Frau von Pilar geritten.«

»Er ist *geritten?*«

»Si, mi Teniente.«

Mein Gott, seine Wunden bluten noch!

»Ich komme gerade von dort. El Coronel ist sicher in die Kirche gebracht worden.«

Der Mann nickte.

»Ich möchte Enrico sehen, wenn er eintrifft«, sagte Clete.

Und dann bringe ich den Blödmann zurück ins Krankenhaus, wo man mit einem bißchen Glück den Schaden beheben kann, den er bei sich angerichtet hat, indem er in seiner Verfassung auf ein Pferd gestiegen ist. Hoffentlich kann ich ihn wieder aus dem Krankenhaus rausholen, bevor Vater beerdigt wird!

Als er über die innere Treppe ging, die zur Küche führte, sah er, wo die stämmigen Männer gesessen hatten. Da standen Sessel in der Garage, die offenbar von irgendwo oben aus dem Haus geholt worden waren. An den Sesseln lehnten zwei doppelläufige Schrotflinten.

Drei Frauen hielten sich in der Küche auf, als Clete eintrat. Eine war in mittlerem Alter, die beiden anderen waren jünger. Die jüngeren trugen die Tracht von Hausmädchen.

Menschenskind, wenn niemand hier wohnt, warum brauchen sie dann zwei Hausmädchen und eine Haushälterin?

Ah, ja, el Coronel hat mir gesagt, daß dies ein Gästehaus war, bevor ich auftauchte. Es ist vermutlich vor der Beerdigung voller Trauergäste.

Die Küche war hell und freundlich, und die Bodenfliesen waren makellos sauber.

Clete sah vor seinem geistigen Auge, wie die Fliesen beim Küchentisch voller Blut von Enricos Schwester, Señora Marianna Maria Dolores Rodriguez de Pellano, gewesen waren, der Haushälterin zur Zeit des Mordanschlags auf ihn.

»Ihre Ermordung war unnötig«, hatte el Teniente Coronel Alejandro Bernardo Martin erklärt. (Er war zum Tatort gekommen, um zu sehen, ob sich die Tat auf die Sicherheit Argentiniens auswirkte, nicht, um wegen des Verbrechens zu ermitteln.)

»Andererseits«, hatte Martin hinzugefügt, »war es vom Gesichtspunkt der Mörder her das Richtige. Tote können nicht als Zeugen aussagen, und die Regierung kann Mörder nur einmal hinrichten.«

Eine Stimme riß Clete aus diesen Gedanken.

»Ich bin Señora Lopez, Señor Frade. Die Haushälterin. Kann ich Ihnen etwas holen?«

»Nein, danke. Ich gehe für ein paar Minuten nach oben, und dann warte ich im Wohnzimmer auf Enrico.«

»Ich habe einige Dinge im Wohnzimmer für unseren Gast ausgelegt, Señor Frade. Wenn Sie sonst noch etwas wünschen, läuten Sie nur. Und da sind Whisky und Eis und Sodawasser.«

»Danke«, sagte Clete und lächelte sie an.

Sagte sie ›unseren Gast‹, Einzahl? Das ist überraschend. Ich dachte, hier würde es vor der Beerdigung von Leuten wimmeln.

Er fuhr mit dem Aufzug zu Onkel Willys Apartment im Obergeschoß. Es gab Anzeichen darauf, daß jemand in dem Apartment wohnte, und es bereitete ihm ein wenig Unbehagen, hier einzudringen.

Was soll's, ich überprüfe nur das Geheimfach.

Er ging zu dem massiven Schreibtisch und öffnete das Geheimfach problemlos. Es war überhaupt nichts darin.

Nicht mal Onkel Willys geile Dias.

Jemand war hier. Wer? Wann? Und hat er nur die Dias gefunden? Oder, angenommen er war hier, den Brief von Peters Vater?

Verdammt!

Clete fuhr mit dem Fahrstuhl zurück in die Halle. Als er das Wohnzimmer betrat, sah er ein Tablett mit belegten Brötchen und andere Häppchen auf einem Tisch neben einem Kaffeeservice und einem halben Dutzend Flaschen mit Alkoholischem.

Er schenkte sich Scotch und Soda ein, nahm eine Zigarre aus einem Feuchthaltebehälter und nahm in einem Sessel Platz. Er schaute sich im Raum um. Es hatte sich einiges verändert. Das Ölgemälde, das ein Vollblutpferd zeigte, hing nicht mehr über dem Kamin. (Großonkel Guillermo hatte das Pferd vom Fohlen an aufgezogen, und es hatte ihm als siegreiches Rennpferd viel Geld eingebracht.) Statt dessen hing jetzt über dem Kamin ein großes Ölporträt einer schönen jungen Frau in einem Abendkleid und mit einem Baby auf den Armen. Die Frau war Señora Elizabeth Ann Howell de Frade, und der Säugling war ihr Erstgeborener Cletus Howell Frade.

Clete hatte das Ölgemälde zuletzt in der Bibliothek seines Vaters auf der Estancia San Pedro y San Pablo gesehen.

Warum hat er es hergebracht?

Er muß hier gewesen sein, als ich in den Staaten war. Vielleicht ist der gottverdammte Brief doch hier – oder war es.

Er zündete die Zigarre an, als die Tür geöffnet wurde.

Enrico, in der Uniform der Húsares, trat ein.

Sein Kopfverband ist voller Blut, dachte Clete. *Wer weiß, wie er unter seinem Uniformrock aussieht.*

»Mi Teniente ...«

»Ich habe dich gebeten, mich nicht so anzureden«, blaffte Clete.

»Señor Clete ...«

»Was in Gottes Namen hast du dir dabei gedacht, heute nacht in deiner Verfassung auf einem Pferd zu reiten?«

»Ich bin mein ganzes Leben lang mit Ihrem Vater in der Kavallerie geritten, Señor Clete. Es war meine Pflicht, heute nacht mit ihm zu reiten.«

»Und was machst du, wenn *ich* sterbe? Fliegst du mit mir dann in einem Flugzeug zum Friedhof?«

Enrico begriff nicht sofort die Logik dieser Worte, doch ein leises, anerkennendes Lachen von einem zuvor unbemerkten Zuhörer ertönte.

Clete hob den Blick von seiner noch nicht richtig angerauchten Zigarre und sah einen großen Mann in Uniform. Nicht von den Húsares. Er erkannte bei diesem Mann nichts außer den Schulterstücken, auf denen die Rangabzeichen eines Coronels zu sehen waren.

Clete stand auf.

»Laut Enrico sind Sie selbst durch und durch Soldat, Señor Frade. Deshalb sollten Sie wissen, daß ein Streit mit einem entschlossenen Suboficial Mayor verschwendete

Zeit und vergeudeter Atem ist. Man hat nur die Wahl, entweder nachzugeben oder ihn zu erschießen.«

»Ich bin versucht, letzteres zu tun«, sagte Clete. »Oder ihn wenigstens an sein Bett zu ketten.«

Der große Oberst ging zu ihm und gab ihm die Hand. »Vielleicht ist Frivolität unangebracht«, sagte er. »Andererseits habe ich gehört, daß man oftmals spontan lacht, wenn der Schmerz unerträglich wird.«

»Ich kenne leider Ihren werten Namen nicht, mi Coronel«, sagte Clete.

»Verzeihen Sie mir. Aber ich habe im Laufe der Jahre und heute nacht von Enrico so viel über Sie gehört, daß ich das Gefühl habe, Sie zu kennen. Ihr Vater war mein bester Freund seit unserem ersten Tag auf der Militärakademie. Mein Name ist Perón, Juan Domingo Perón.«

»Angenehm.«

»Ich habe soeben zu meiner großen Verlegenheit erkannt, daß ich ein ungebetener Gast in Ihrem Haus bin, Señor Frade.«

»Der beste Freund meines Vaters wird immer mein Ehrengast sein«, hörte Clete sich sagen.

Wieso, zum Teufel, rede ich diese blumigen Worte? Sie kamen mir einfach über die Lippen. Und ich bezweifle, daß es daran liegt, weil ich spanisch statt englisch spreche. Ich war in beiden Sprachen nie ein charmanter Plauderer.

Er wandte sich an Enrico.

»Zieh deinen Rock aus und setz dich«, befahl er und wies auf einen Sessel.

»Señor Clete?«

»Du hast es gehört.« Clete läutete der Haushälterin.

Als sie auftauchte, mühte sich Enrico immer noch ab, den Uniformrock auszuziehen. Der Haushälterin stockte der Atem, als sie Enricos blutgetränktes Unterhemd sah.

»Ich brauche Verbandsstoff, Heftpflaster, ein Baumwolltuch und Alkohol oder anderes zum Desinfizieren«, sagte Clete.

»Si, Señor.« Sie verließ eilig das Wohnzimmer.

»Ich sollte eine Ambulanz rufen und dich ins Krankenhaus zurückschicken.«

»Es ist nicht so schlimm, Señor Clete.«

Clete schaute ihn an und war gerührt von Enricos Treue zu seinem Vater. Er ging zu den Whiskyflaschen, schenkte Whisky in ein Glas ein und gab es Enrico.

»Mit etwas Glück erstickst du daran, und ich brauche mir keine Sorgen mehr um dich zu machen«, sagte Clete.

»Gracias, Señor Clete«, sagte Enrico, und er fügte hinzu: »Ich habe Sie draußen vor der Basilika gesehen.«

»Dein Glück, daß ich dich nicht gesehen habe«, erwiderte Clete.

Die Haushälterin und eines der Hausmädchen brachten, was Clete erbeten hatte.

Clete löste den Verband von Enricos Kopf. Getrocknetes Blut hatte den Verband an seine Haut geklebt. Nach kurzem Nachdenken sagte sich Clete, daß es weniger schmerzlich für Enrico war, wenn er den Verband mit einem Ruck abriß, statt langsam daran zu ziehen. Das tat er. Enrico zuckte zusammen, gab jedoch keinen Laut von sich.

Er zuckte abermals zusammen, als Clete das Blut mit dem alkoholgetränkten Baumwolltuch abtupfte. Die Wunde war nicht so schlimm, wie er gedacht hatte. Die Nähte waren nicht aufgegangen. Die Wunde selbst war einen halben Zoll tief, wie Enrico ihm im Krankenhaus erzählt hatte, und zwei Zoll lang. Er säuberte sie sorgfältig und legte einen frischen Verband an.

»Das machen Sie nicht zum ersten Mal«, sagte el Coronel Perón, der Clete zugeschaut hatte.

»Ich hab' das schon ein paarmal gemacht«, bestätigte Clete. »Dies ist eine jener berühmten Wunden – noch einen halben Zoll tiefer, und sie hat genug, Charley.«

»Wie bitte?« fragte Perón.

»Er hat Glück gehabt«, sagte Clete. »Noch einen halben Zoll tiefer, einen *Viertelzoll* ...«

Er neigte sich über die Verbände um Enricos Brust. »Andererseits«, sprach er weiter, »hat ihm die Kopfwunde vermutlich das Leben gerettet. Er verlor das Bewußtsein, und bei all dem Blut hielten ihn diese mörderischen Bastarde für tot und wollten keine Schrotladung mehr vergeuden.«

Er riß einen Verband ab. Enrico stöhnte auf.

»Die Bandidos, die das taten, bezahlten wenigstens bald dafür«, sagte Perón. »Das ersparte Ihnen und dem Rest der Familie den Schmerz einer Gerichtsverhandlung und der Regierung die Kosten.«

»*Bandidos?* Daß ich nicht lache«, entgegnete Clete. »Attentäter waren das, mi Coronel. Die verdammten Krauts konnten mich nicht erledigen, und so hielten sie sich an meinen Vater und Enrico. Und sie erwischten meinen Vater.«

Perón schwieg lange, während Clete die Wunde in Enricos Brust säuberte und einen frischen Verband nahm.

»Mit ›Krauts‹ meinen Sie Deutsche, nehme ich an?« fragte Perón dann etwas steif.

»Richtig.«

»Enrico sagte mir, daß er das glaubt«, sagte Perón. »Aber ehrlich gesagt, es überrascht mich, daß Sie so etwas glauben.«

»Ich glaube es, weil es der Wahrheit entspricht«, erwiderte Clete mit ruhiger Stimme. »Und die Bastarde sind tot, weil Tote nicht mehr aussagen können, in wessen Auftrag sie gehandelt haben.«

»Argentinien ist lange von Bandidos heimgesucht worden«, sagte Perón.

»Diese Bastarde mögen Bandidos gewesen sein, aber sie haben für die Deutschen gearbeitet.«

»Ihr Vater war ein Freund Deutschlands, Señor Frade.

Er hatte viele deutsche Freunde. Er war Absolvent der Kriegsschule.«

»Ja. Und einer seiner deutschen Freunde befahl seine Ermordung. Ein anderer – oder vielleicht derselbe Dreckskerl – befahl *meine* Ermordung. Dabei erwischten sie Enricos Schwester, Señora Pellano.«

»Wie ich hörte, erschossen Sie bei diesem tragischen Zwischenfall beide Einbrecher. Taten Sie das, damit sie vor Gericht nicht mehr aussagen konnten?«

Was, zur Hölle, ist mit dir los, Coronel? Magst du nicht die Wahrheit hören? Leck mich Arsch, Coronel!

Beherrsche dich, Clete!

»Ich mußte einen der beiden in Notwehr töten«, sagte Clete mit ruhiger Stimme. »Den zweiten, das muß ich zu meiner Schande sagen, erschoß ich, weil ich die Kontrolle über mich verlor, als ich sah, was sie Señora Pellano angetan hatten. Ich bedaure das jetzt sehr. Wenn ich die Beherrschung behalten hätte, hätten wir von dem Hurensohn erfahren können, wer ihn bezahlte.«

Es folgte wiederum langes Schweigen. Perón sagte erst wieder etwas, als Clete alle übrigen Verbände Enricos erneuert hatte.

»Offenbar glauben Sie, was Sie gesagt haben, Señor Frade«, sagte er schließlich. »Aber ich kann es kaum – unmöglich – glauben. Ich werde den Fall jedoch überprüfen und die Frage für immer klären.«

Paß auf, was du sagst, Clete! Dieser Mann war der beste Freund deines Vaters, und du erreichst nichts, wenn du ihn verärgerst.

»Dafür wäre ich Ihnen dankbar, mi Coronel«, sagte Clete. »Und ich möchte Sie um einen anderen Gefallen bitten.«

»Alles, was in meiner Macht steht, Señor Frade.«

»Würden Sie dafür sorgen, daß Suboficial Mayor Rodriguez heute morgen zur Basilika Unserer Lieben Frau von Pilar gebracht wird? Mit dem Auto? Ich werde mich darum kümmern, daß die besten Freunde meines Vaters bei der Familie sitzen.«

»Selbstverständlich.«

»Geh zu Bett, Enrico, und versuche, bis zum Morgen nichts Blödes zu tun.«

»Si, mi Teniente. Gracias, mi Teniente.«

»Wenn ich dich schon nicht dazu bringen kann, mich mit dem Namen anzureden, dann benutze wenigstens den richtigen Dienstrang«, sagte Clete. »Ich wurde aus dem Marine Corps als Major entlassen.«

Clete sah, daß es in Peróns Augen bei diesen Worten aufleuchtete.

Habe ich das deshalb gesagt? Damit Perón mich nicht nur als einen jungen und dummen Lieutenant betrachtet?

»Sie sind sehr jung für einen Major«, sagte Perón.

»Ja. Nun, wir waren im Krieg. Da gibt es schnell Beförderungen. Enrico, ist mein Buick fahrbereit?«

»Ja, natürlich, mi Mayor.«

»Ich werde ihn mitnehmen«, sagte Clete. »Ich bin mit einem Ford Kombi vom Haus meines Vaters hier. Meinst du, einer der Männer unten kann ihn für mich zurückfahren?«

»Sie sind allein hergefahren?« fragte Enrico entgeistert.

»Warum nicht?«

»Mi Mayor«, sagte Enrico und schüttelte über Cletes Dummheit den Kopf. »Die Männer unten werden dafür sorgen, daß Sie sicher zum Haus Ihres Vaters gelangen.«

Clete hielt Perón die Hand hin.

»Ich freue mich über die Ehre, Ihre Bekanntschaft gemacht zu haben, mi Coronel.«

Peróns Händedruck war fest.

»Ganz meinerseits, Mayor«, sagte er. »Ich bedauere die Umstände.«

VIII

1

Basilica St. Pilar
Recoleta Plaza
Buenos Aires

10. April 1943, 9 Uhr 15

Antonio mußte Clete wachrütteln, und auch nach einer Dusche und ein paar Tassen Kaffee beim Frühstück fühlte er sich immer noch groggy.

Capitán Lauffer holte ihn wie angekündigt um halb neun ab.

Auf der Fahrt zur Basilika erzählte Clete ihm, daß Enrico vom Krankenbett aus auf ein Pferd gestiegen war, um den Sarg mit el Coronel Frades sterblichen Überresten vom Edificio Libertador zur Basilika zu bringen. Er erwähnte auch die Begegnung mit el Coronel Perón.

»Er und Ihr Vater waren große Freunde«, sagte Lauffer.

»Das sagte er.«

»Er ist soeben von Deutschland zurückgekehrt.«

»Verzeihung? Was sagten Sie?«

»Er ist soeben von Deutschland zurückgekehrt. Er traf gestern mit der Lufthansa-Maschine ein.«

»Was hat er denn in Deutschland gemacht?« fragte Clete.

Lauffer zuckte mit den Schultern. »Das weiß ich leider nicht.«

Nun, das erklärt den Scheiß »das kann ich kaum – unmöglich – glauben« bei unserem Gespräch in der Nacht, nicht wahr?

»Hat Perón etwas mit dieser Grupo de Oficiales Unidos zu tun?«

»Señor Frade …«

»Könnten Sie sich dazu überwinden, mich ›Clete‹ zu nennen?«

»Das würde ich gern tun. Mein Vorname ist Roberto.« Er gab Clete die Hand.

»*Clete*«, sagte Lauffer, »eines der Probleme, das wir in Argentinien mit Nordamerikanern haben, ist deren Neigung, Fragen zu stellen, die sie nicht stellen sollten und deren Beantwortung undiplomatisch wäre.«

»Mit anderen Worten, ja«, sagte Clete. »Kehrte er deshalb zurück? Weil die G.O.U. zum Handeln bereit ist?«

Lauffer schaute ihn an und lächelte kopfschüttelnd.

»Ich weiß nichts von einer G.O.U.«

»Sie sind taub, dumm und blind, richtig?« scherzte Clete mit einem Lächeln.

»Aber wenn ich ein Spielertyp wäre und wüßte, daß ein Mann etwas mit der G.O.U. zu tun hatte, dann würde ich darauf wetten, daß es sein bester Freund war.«

»Okay. Das reicht. Danke für Ihre Nicht-Antwort, Roberto. Und weil Sie nichts über die G.O.U. wissen, nehme ich an, Sie können mir nicht sagen, ob sie voller Nazi-Sympathisanten ist, oder?«

»Ich frage mich, ob Sie diese Frage persönlich oder beruflich stellen.«

»Beruflich?«

»Es gibt Gerüchte, daß Sie in Wirklichkeit ein Agent des OSS sind.«

»Des was?«

»Dann nehme ich an, es stimmt ebenfalls nicht, daß Sie der Mann sind, der die *Reine de la Mer* sprengte.«

»Die was?«

»Als Offizier der argentinischen Armee war ich natürlich entsetzt, als ich erfuhr, daß das amerikanische OSS die argentinische Neutralität verletzte, indem es ein neutrales Schiff in unseren Gewässern in die Luft blies.«

»Wie Sie es natürlich sein sollten. Die Amerikaner sprengten ein Nazischiff, sagten Sie, Roberto? Meinen Sie, die hatten einen Grund dafür?« fragte Clete lächelnd.

»Mein Vater – er ist Admiral der Armada, ›Navy‹ heißt es bei den Amerikanern – teilt diese Ansicht jedoch nicht. Er drückte so etwas wie Überraschung aus, daß die Amerikaner so lange brauchten, um zu tun, was die Briten von vornherein hätten tun sollen, und er sagte, er hofft, daß derjenige, der es tat, nicht nur entkommt, sondern auch eine angemessene Auszeichnung erhält.«

»Sie können Ihrem Vater sagen, wenn stimmt, was Sie sagen, daß so etwas möglicherweise geschehen ist.«

Lauffer blickte ihn grinsend an. »Eine Auszeichnung und Beförderung zum Major?«

»Etwas in dieser Art«, sagte Clete.

»Was die Nazis in der Grupo de Oficiales Unidos anbetrifft: Ich würde vermuten, wenn es eine solche Organisation tatsächlich gibt, daß sie weder von denjenigen kontrolliert wird, die mit Deutschland sympathisieren, noch von denjenigen, die mit den Briten und den Nordamerikanern sympathisieren. Ich würde annehmen, sie beschäftigt sich mit inneren Angelegenheiten Argentiniens.«

Clete war enttäuscht, als er aus dem Fenster blickte und sah, daß sie hinter dem Friedhof Recoleta eingetroffen waren; er hätte die Unterhaltung gern fortgesetzt.

Als sie bei der Kirche* stoppten, hatte sich bereits eine Schlange von Leuten gebildet, die den Sarg sehen wollten, wenn die Kirche geöffnet wurde. Clete fragte sich, wie viele der Leute seinen Vater gekannt, geschweige denn bewundert hatten, und wie viele aus reiner Neugier gekommen waren.

Lauffer klopfte an eine Seitentür. Ein Mönch mit brauner Kutte und Sandalen öffnete.

»Dies ist Señor Frade«, sagte Lauffer, und der Mönch zog die Tür ganz auf und wies in die Kirche.

Der Sarg – el Coronels Uniformmütze, seine Medaillen und die argentinische Flagge lagen darauf – stand auf dem Mittelgang nahe beim Altar. Die Ehrengarde war anwesend und bereitete sich auf ihren Dienst vor; der befehlshabende Offizier überprüfte das Äußere der Soldaten. Als er Lauffer sah, stand er still und grüßte schneidig. Jemand zupfte an Cletes Ärmel, und als er sich umwandte, hielt ihm ein anderer Mönch einen großen Schlüssel hin.

»Der Schlüssel zur Gruft, Señor«, sagte der Mönch.

Clete blickte hilflos zu Lauffer, und der Mönch bemerkte es.

»Wir haben Ihren Großvater umgebettet, Señor, und alles für Ihren Vater vorbereitet. Ich möchte, daß Sie die Vorbereitungen billigen.«

»Den Großvater umgebettet?« Was, zur Hölle, heißt das?

Lauffer bemerkte Cletes Verwirrung und Zögern und nickte.

* Die Basilica Unserer Lieben Frau von Pilar (vollendet 1732) an der Recoleta Plaza gilt als die schönste Kirche in Buenos Aires.

»Danke«, sagte Clete zu dem Mönch.

»Ich werde Sie begleiten. Ich wußte, daß dies kommt, und habe eine Taschenlampe mitgebracht.«

Sie folgten dem Mönch aus der Seitentür der Kirche und auf den Friedhof. Verzierte Grabmale waren nichts Neues für Clete. Wegen des Grundwasserspiegels sind in New Orleans unterirdische Bestattungen praktisch unmöglich. Das führte im Laufe der Jahre zur Errichtung von kunstvollen überirdischen Grabmalen, die Hunderte Morgen bedeckten.

Der alte Mann nannte die Friedhöfe »Marmorstadt«, angeblich errichtet, damit die Leichen nicht den Mississippi hinabschwimmen, aber in Wirklichkeit erbaut, um die Nachbarn zu beeindrucken. Je schlimmer der verstorbene Halunke, desto größer sein Grabmal.

Aber in New Orleans gab es nichts wie auf dem Friedhof Recoleta. Hier ähnelten selbst die kleinsten der Familiengräber marmornen Kirchen, und sie reihten sich Seite an Seite Morgen um Morgen aneinander. Er war schon einmal hier gewesen, an dem Tag, an dem sein Cousin Jorge Alejandro in der Duarte-Gruft beigesetzt worden war.

Sie gelangten zu der Gruft der Frades. Sie war ungefähr so groß wie die Duarte-Gruft, ungefähr zehn Meter breit und sieben Meter tief. Eine Glastür mit schmiedeeisernen Gitterstäben davor bot einen Einblick ins Innere, das wie ein Kirchenaltar aufgebaut war.

Der Mönch bat um den Schlüssel.

»Mit Ihrer Erlaubnis, Señor Frade«, sagte er, nahm den Schlüssel entgegen und schloß die Tür auf.

Das ist ein Ding! Ich glaube, er erwartet, daß ich reingehe.

Clete blickte fragend zu Lauffer, und der lächelte, nickte und reichte Clete eine Taschenlampe.

Es war nett von ihm, daran zu denken, aber ich brauche da drinnen keine Taschenlampe. Ich kann gut genug sehen, und ich habe nicht vor, dort lange zu bleiben.

Er folgte dem Mönch in die Gruft und schaute sich um.

Er sah einen großen Christus am Kreuz – *entweder eine Statue oder wahrscheinlicher ein Bronzeguß* – an der Wand der Gruft über dem Altar; ein großes Kreuz – *ob das aus Gold ist? Vermutlich nicht. Wenn es Gold wäre, würde jemand des Nachts über die Friedhofsmauer steigen und es aus der Gruft klauen* – und einige goldene oder zumindest vergoldete Objekte – *sind das Vasen?* – daneben auf einer Art Regal an der Wand. Zwei der Vasen waren mit frischen Blumen gefüllt. *Schöne Geste.* Alles ruhte auf einem – *wie nennt man das, ein Altartuch?* – fein bestickten Leinentuch. *Frisch aus der Wäscherei.* Ein ähnliches, aber größeres Tuch bedeckte einen Marmortisch, der einen knappen Meter vom Altar entfernt an der Wand stand. *In einer Kirche wäre das der Platz für den Wein und die Hostien für die Heilige Kommunion gewesen.*

Er wandte sich zu dem Mönch um und überlegte, ob es passend sein würde, eine Bemerkung über die schöne Einrichtung zu machen oder ihm vielleicht zu danken – *er hatte den Schlüssel zu dieser Gruft, er ist vermutlich dafür verantwortlich.*

Der Mönch kniete, aber nicht zum Beten, sondern um einen Teil des Bodens der Gruft anzuheben. Clete bemerkte erst jetzt, daß der Boden aus Stahl war. *Wie in der Mitte einer Brücke, wo es einen solchen Stahlteil mit Löchern gibt, damit Wagen bei Eis nicht ins Schleudern geraten,*

Was, zur Hölle, macht er da?

Mit einem Ächzen hob der Mönch eine Stahlplatte aus dem Boden, schob sie mühsam zur Seite und lehnte sie gegen die Wand.

Dann nahm er eine kleine Taschenlampe aus den Falten seiner Kutte, steckte sie in den Mund und stieg rückwärts in das Loch im Boden. Als er nur noch mit der Brust in Bodenhöhe war, nahm er die Taschenlampe aus dem Mund.

»Seien Sie vorsichtig, Señor. Manchmal ist die Leiter glitschig.«

Erwartet er von mir, daß ich da runtergehe? Was ist da unten überhaupt?

Als der Mönch im Boden verschwand, ging Clete zu der Öffnung und blickte hinab. Eine Metalleiter, so etwas wie man auf einem Zerstörer fand, führte so weit hinab, wie Clete sehen konnte.

Mindestens drei Decks beziehungsweise Ebenen tief.

Er zuckte mit den Schultern – *was soll's?* – und stieg vorsichtig rückwärts in das Loch. Lauffers Taschenlampe war zu groß, um sie in den Mund zu stecken, und so schob er sie in seine Tasche. Es gab gerade genug Licht für ihn, um die Stufen der Leiter mit den Füßen zu finden. Er begann hinabzusteigen.

Clete gelangte in einen Raum, der so groß war wie der Altarraum darüber. Hier gab es keinen Altar. Statt dessen befanden sich Regale mit vier Fächern übereinander an allen vier Wänden, und in jedem stand ein Holzsarg. Die meisten Särge waren normal groß, aber er sah auch drei kleinere und einen winzigen. Kindersärge und ein Babysarg. An der Wand vor ihm hing in einer Aussparung, wo normalerweise zwei Regale sein würden, ein weiteres Kruzifix.

Der Mönch stieg tiefer hinab. Clete folgte ihm.

Hier unten riecht es nicht nach Tod. Nur etwas muffig und nach Holz.

Der Gedanke löste eine klare und äußerst unangenehme Erinnerung an den süßlichen,

Übelkeit erregenden Geruch von verwesenden Leichen aus.

Scheiße!

Clete stieg hinter dem Mönch durch drei weitere Grabkammern hinab, jede voller Regale mit Särgen, und dann gelangten sie in eine vierte Kammer. Darin standen nur zwei Särge.

Ich nehme an, hier wird el Coronel beigesetzt. Wie, zum Teufel, wollen die den Sarg hier hinunter bekommen?

Der Mönch richtete das Licht der Taschenlampe auf die Särge. Beide waren massiv und poliert wie gute Holzmöbel, aber nicht identisch.

Das ist ein Hammer! Da ist einer dieser Zedernsärge, von denen Beatrice geschwärmt hat!

»Wir haben Ihren Großvater hierhin umgebettet, Señor Frade«, sagte der Mönch und legte die Hand auf einen der Särge. »Neben Ihrer Großmutter.«

»Ich verstehe«, sagte Clete.

»Ich werde Sie jetzt zum Gebet für die Ruhe der Seelen der Verstorbenen allein lassen«, sagte der Mönch und ging zur Leiter. Dort wandte er sich noch einmal um. »Seien Sie vorsichtig mit Ihrer Lampe. Wenn Sie sie fallen lassen ... nur sehr wenig Licht dringt so tief hinab.«

Er wartete, bis Clete seine Lampe aus der Tasche gezogen und eingeschaltet hatte, und dann gab er noch einen letzten Rat. »Vielleicht ist es bequemer für Sie, wenn Sie die Lampe unter Ihren Gürtel schieben. Und passen Sie bei der Leiter auf!«

»Danke«, sagte Clete.

Das einzige, was ich will, ist hier raus! Aber Scheiße, ich kann ihm nicht sofort folgen.

Du warst schon mit Toten zusammen, mahnte eine innere Stimme. *Hör auf, dich wie ein Kind zu benehmen.*

Er richtete das Licht auf die Särge und bemerkte zum ersten Mal, daß Bronzeschilder mit Gravur darauf befestigt waren.

MARY ELIZABETH CONNERS DE FRADE
1861 – 1916

Mary Elizabeth Conners? Das klingt nicht spanisch. Was sagte der Mönch, »neben meiner Großmutter«? Mary Elizabeth Conners ist – war – meine Großmutter? Sie brachte meinen

Vater zur Welt? Wechselte seine Windeln? Säugte ihn? Eine Engländerin oder eine Irin?

Er richtete den Lichtstrahl der Taschenlampe auf den anderen Sarg.

EL CORONEL
GUILLERMO ALEJANDRO FRADE
1857 – 1919

Mein Opa, noch ein Coronel Frade.

Clete sah vor seinem geistigen Auge el Coronel Alejandro Frades Revolver. Sein Vater hatte ihm die Waffe zu Weihnachten geschenkt. Es war ein Colt .55-40 Single Action, oftmals abgefeuert, eine funktionierende Waffe, kein Dekorationsstück. Auf einer der abgenutzten Griffschalen mit silberner Einlegearbeit war das Wappen der Húsares de Pueyrredón, auf der anderen das Wappen der Familie Frade.

Nach der Waffe zu urteilen, war mein Opa offenbar ein echter Soldat.

El Coronel – warum denke ich so an ihn statt an »Dad«? – erzählte mir, daß sein Vater starb, bevor Dad ein Jahr später nach New Orleans kam und meine Mutter heiratete.

Brachte irgendein Mönch meinen Vater hier hinunter, als sein Vater starb, um ihm zu zeigen, wohin sein Großvater umgebettet worden war? Was, zum Teufel, heißt dieses »umbetten« überhaupt? Umgebettet von wo und warum?

Verzeiht mir, Großvater, Großmutter, ich bin Mitglied der Episkopalkirche, und ich weiß nicht, was ich beten soll, damit eure Seelen ruhen. Wenn ich wüßte, was ich beten soll, würde ich es tun.

Jetzt war ich lange genug hier unten.

Auf der nächsten Ebene überwältigte ihn die Neugier. Anstatt höher hinaufzusteigen, verließ er die Leiter und ging durch die Kammer, um nach einem besonderen Sarg Ausschau zu halten. Er fand ihn nicht auf dieser Ebene, jedoch eine überraschende Reihe von Namen, die nicht spanisch klangen. Es waren sogar einige deutsche Namen dabei, was er peinlich fand. Aber die meisten Namen waren englisch. Mawson. Miller. Evans.

Den Sarg, den er suchte, fand er auf der nächsten Ebene.

JORGE GUILLERMO FRADE
1850 – 1915

Da ist Onkel Willy drin. Pferdezüchter, Fechter mit nationalem Ansehen und Sammler von geilen Dias. Vielleicht habe ich einige deiner Gene in mir, Onkel Willy. Gott weiß, daß ich Pferde, Whisky und wilde, wilde Weiber liebe, und ich habe mir all deine Pornobilder angesehen, als ich sie gefunden habe.

Es freute ihn irgendwie, daß er Onkel Willys Sarg gefunden hatte, und als ihm das klar wurde, fühlte er sich unbehaglich. Er kehrte zur Leiter zurück und stieg weiter hinauf.

In der Kammer unter dem Boden, in die durch den Einstieg genug Licht fiel, sah er einen mit reichen Schnitzereien versehenen Sarg – Engel bliesen Trompeten; eine Frau mit wallendem Gewand trug einen Toten, vermutlich zum Himmel –, und er las das Namensschild darauf.

MARIA ELENA PUEYRREDÓN FRADE
1812 – 1858

Allmächtiger, Pueyrredóns Tochter! Ach du dickes Ei! Meine Urgroßmutter? Deshalb hat gestern der Capitán der Húsares de Pueyrredón im Edificio Libertador den Säbel präsentiert. Hier unten habe ich jetzt das Gefühl, mit George Washington verwandt zu sein.

Clete berührte den Sarg fast ehrfurchtsvoll. Dann verließ er die Kammer.

Colonel Graham weiß anscheinend mehr über meinen Stammbaum als ich. Er ist ein cleverer Hund und weiß verdammt genau, daß niemand so leicht Pueyrredóns Ururenkel aus Argentinien rauswirft.

Als er den Kopf durch den Einstieg steckte, sah er aus der Gruft hinaus. Genauer gesagt, er sah mehr, als es die Schicklichkeit erlaubte, zu den wunderbar geformten, von Seidenstrümpfen umschmeichelten Beinen einer jungen Frau auf, die ein schwarzes Kleid trug.

Er hatte zwei Gedanken, und der erste war ein wenig abschweifend.

Es gibt anscheinend viele Frauen mit Seidenstrümpfen in Argentinien. Ich frage mich, warum Seidenstrümpfe in den Staaten so sehr Mangelware sind. In den Staaten malen sich Frauen die Beine an, einschließlich einer »Naht« hinten, damit es aussieht, als trügen sie Strümpfe.

Der zweite Gedanke war direkter, denn er hatte die Beine wiedererkannt.

Allmächtiger, Dorotea! Die habe ich ganz vergessen. Jemand muß ihr gesagt haben, wo ich bin, und sie ist hier, um mir persönlich Teil zwo dessen mitzuteilen, was sie bereits gestern nacht am Telefon begonnen hat: daß das Verhältnis beendet ist.

Mein Gott, sie wird mir fehlen!

Er stieg aus der Gruft. Dorotea hatte auf ihn gewartet. Er forderte sie mit einer Geste auf, noch einen Moment zu warten, und wandte sich an den Mönch, um ihm für die Besichtigung der Familiengruft zu danken.

Und als sein Blick auf den Tisch mit dem bestickten Tuch fiel, war es plötzlich, als schaltete sein Gehirn vom Leerlauf bis in den höchsten Gang.

Man wird el Coronels Sarg auf diesen Tisch stellen. Das meinte er, als er sagte, sie haben meinen Großvater umgebettet. Er war wer weiß wie lange hier, bis heute oder gestern. Der Sarg des letzten Verstorbenen wird vor dem Altar aufgestellt, bis das nächste Familienmitglied stirbt.

Das werde höchstwahrscheinlich ich sein.

Mein Gott, welch sonderbare Sitte!

Ich sollte mit Tony reden, ihm einen Brief mit Anweisungen oder so was hinterlassen. Ich will hier nicht ausgestellt werden!

Oder doch? Was ist falsch daran, bei meinem Vater und Onkel Willy zu sein?

Allmächtiger!

»Ist alles zu Ihrer Zufriedenheit, Señor Frade?« fragte der Mönch.

»Perfekt. Ich danke Ihnen für Ihre Mühe.«

»Ihr Vater, Señor Frade, und Ihre Familie haben immer großzügig den Recoleta-Friedhof unterstützt.«

Der schnorrt mich um eine Spende an!

Was, zur Hölle, sage ich jetzt?

Ich muß jemand fragen – Humberto –, wieviel Geld ich geben soll und wem.

»Ich danke Ihnen noch einmal für Ihre aufmerksamen Bemühungen. Und ich werde sie nie vergessen.«

Der Mönch lächelte, wandte sich um, verneigte sich vor dem Altar und verließ die Gruft.

Clete folgte ihm. Er sah, daß Lauffer, der zehn Meter entfernt stand, den Mönch zu sich winkte.

Er denkt, ich will mit dem hübschen Mädchen allein sein. Was sagte General Lee im Appomattox Courthouse? »Ich würde lieber tausend Tode sterben …«

»Wie geht's, Prinzessin?«

»Ich wünschte, du würdest mich nicht so nennen«, sagte Dorotea in britisch akzentuiertem Englisch.

»Verzeihung. Du sagtest, du hast etwas auf dem Herzen, *Dorotea*?«

»Dies ist vermutlich der *falscheste* Ort und *schlechteste* Zeitpunkt, um es dir zu sagen«, meinte sie. »Es tut mir wirklich leid.«

Oh, ich weiß nicht. Dies ist ein Friedhof. Sollte Liebe nicht anständig begraben werden?

»Was ist es, Prin... äh *Dorotea?* Es wird mich vielleicht nicht annähernd so überraschen, wie du annimmst.«

Sie trat dicht an ihn heran und schaute ihm in die Augen.

»Wir werden ein Baby bekommen«, sagte sie leise.

Noch während sie sprach und er in ihre Augen sah, wußte Clete, daß seine gekrächzte Frage – »Bist du dir sicher?« – überflüssig war.

»*Natürlich* bin ich mir sicher.«

»Oh, Prinzessin!«

»Heißt das ›Hipp hipp Hurra!‹ oder ›O Gott!‹?«

»Prinzessin, du hast mich wirklich überrascht.«

»Mit anderen Worten ›O Gott!‹?«

»Ich dachte, ich bekomme einen Dear John«, sagte Clete.

»Ich habe keine Ahnung, wovon du redest, Cletus. Was ist ein ›Dear John‹?«

»Das ist ein Brief, den ein Mädchen dem Freund beim Militär schickt. ›Dear John, es tut mir leid, dir das mitteilen zu müssen, aber ein anderer ist in mein Leben getreten.‹«

»Manchmal bist du ein *verdammtes Arschloch,* Cletus«, sagte Dorotea ärgerlich und so laut, daß sich der Mönch umwandte. »Ich liebe dich, und bis zu diesem Augenblick hatte ich die Illusion, daß du mich ebenfalls liebst.«

»Prinzessin, ich liebe dich mehr als mein Leben«, sagte Clete. »Als ich dachte, ich werde dich verlieren, wollte ich in den Rio de la Plata springen.«

Sie schaute ihn an. Leckte sich nervös mit der Zungenspitze über die Lippen, was er köstlich erregend fand.

»Ja«, sagte sie.

»Ja, was?« fragte er verwirrt.

»Ja, ich werde dich heiraten. Oder war das kein Heiratsantrag?« fragte sie mit einem schalkhaften Glitzern in den Augen.

»Es war einer«, sagte er. »Aber ich finde, hier ist nicht der richtige Ort, um vor dir zu knien.«

»Oder der richtige Zeitpunkt. Du solltest noch ein paar Tage warten, bevor du bei Vater um meine Hand anhältst. Und da wir sozusagen vom Teufel sprechen, er denkt, ich suche ein Klo. Ich muß also zurück.«

Sie stellte sich auf die Zehenspitzen und küßte seine Wange.

»Ich möchte dich wirklich umarmen und richtig küssen«, sagte sie. »Aber nicht hier, wenn der Mönch zuschaut. Kannst du warten?«

»Mir bleibt nichts anderes übrig, oder?«

»So ist es«, sagte sie strahlend, machte kehrt und schritt davon.

Sie trägt keinen Hüfthalter unter diesem Kleid. Sie hat wirklich einen Superpo. Was das anbetrifft, alles andere ist ebenfalls super.

Und sie trägt mein Kind!

Warum konnte ich den Pimmel nicht in der Hose lassen, ich blöder Hurensohn?

Capitán Lauffer hob fragend die Augenbrauen: *Meinen Sie nicht, Sie sollten zur Kirche zurückkehren?*

Clete nickte und ging zu ihm.

2

Avenida Alvear 1420
Buenos Aires, Argentinien

10. April 1943, 12 Uhr 15

»Möchtest du etwas essen, Cletus?« fragte Humberto Valdez Duarte an der Bar, die am Empfang in der Halle aufgestellt worden war, und bediente sich mit einer Flasche Scotch.

Sind das nur gute Manieren, oder ist das Besorgnis um mein Wohlergehen, oder befürchtet er, daß ich mich besaufe, wie mein Vater es tat, als mein Cousin Jorge Alejandro beerdigt wurde?

»Alles in Ordnung, danke. Soll ich dir etwas einschenken?«

»Es sollte jemand hier sein ...« Humberto sah sich ungeduldig in der leeren Halle um. Die Tür zum Anrichteraum wurde geöffnet, und zwei Barkeeper in gestärkten weißen Jacketts kamen heraus. Sie trugen einen großen silbernen Kübel mit Eis und verschiedene Flaschen. »Ah, da sind sie!«

Er wartete, bis sie den Eiskübel hinter der Bar abgestellt hatten, und sagte dann: »Ich möchte einen hiervon, bitte.«

»Wirklich alles in Ordnung, Cletus?« fragte er dann seinen Neffen.

Alles ist prima, Onkel Humberto. Ich habe soeben die Beerdigung meines ermordeten Vaters erlebt und dabei gedacht, wenn ich nicht hier aufgetaucht wäre, würde er noch leben. Und mir ist ebenfalls durch den Kopf gegangen, daß ganz oben auf der Liste der beschissenen Dinge – Sünden, wenn du willst –, die ich in meinem Leben getan habe, die Schwängerung einer unschuldigen Neunzehnjährigen steht. Ich habe nicht nur ihr Leben versaut, sondern auch das eines Kindes.

»Mir geht's prima. Danke.«

Einer der Barkeeper reichte Humberto Scotch mit Eis. Er nickte dankend und hob das Glas.

»Auf Jorge Guillermo«, sagte er. »Möge er deine Mutter im Himmel so schön wiedersehen, wie er sie in Erinnerung hatte.«

Clete stieß mit ihm an.

»Und die Pferde mögen schnell und der Champagner richtig gekühlt sein«, sagte Clete.

Humberto lachte leise und trank einen Schluck Scotch.

»Ja«, stimmte er zu.

»Ich habe gestern nacht gesehen, wie die Húsares de Pueyrredón ihn von Edificio Libertador zur Basilika gebracht haben«, sagte Clete. »Ich nehme an, el Coronel wäre mit seiner Beerdigung zufrieden gewesen.«

»Er liebte Paraden«, sagte Humberto. »Besonders wenn er sie anführte.«

»Er war zu verdammt jung zum Sterben. Und auch noch auf diese Weise!«

»Ja«, sagte Humberto. »Cletus, das bringt mich zu einer etwas heiklen Sache.«

Clete blickte ihn fragend an.

»Der Empfang beginnt in ungefähr einer Viertelstunde. Es treffen bereits Leute ein.«

Clete nickte und wartete darauf, daß Humberto fortfuhr.

»Die Hinterbliebenen begrüßen die Gäste ...«

»Kann ich da aussteigen?«

»... und wir erwarten Botschafter von Lutzenberger und Mitglieder seines Personals der deutschen Botschaft. Ich glaube, Major von Wachtstein wird dabeisein.«

Clete hob die Augenbrauen, sagte jedoch nichts.

»Wir sehen Botschafter von Lutzenberger und Leute von seinem Personal oft bei gesellschaftlichen Anlässen«, fuhr Humberto fort. »Deine Tante Beatrice hat viele davon in unsere Gästeliste aufgenommen, nachdem sie uns bei Jorge Alejandros Überführung viele Gefälligkeiten erwiesen. Sie mag besonders Major von Wachtstein. Diese Situation ergibt natürlich gewisse Vorteile.«

»Ich möchte die mörderischen Dreckskerle nicht begrüßen und anlächeln.«

»Ich nehme an, jeder wird Verständnis dafür haben, daß du indisponiert bist.«

»Bin ich das, ›indisponiert‹?« sagte Clete, und dann fügte er leiser hinzu: »Da wir von den Deutschen reden, ich habe Peter gestern nacht getroffen.«

»War das klug? Wenn man dich gesehen hat ...«

»Wir sind nicht gesehen worden«, unterbrach Clete. »Er ist sehr besorgt, daß mein Vater einige Dokumente hatte ...«

»Die Dokumente von gewissen finanziellen Transaktionen«, sagte Humberto. »Ich habe selbst große Sorgen.«

»Plus einen persönlichen Brief von Peters Vater.«

»Ich weiß auch über diesen Brief Bescheid.«

»Aber du weißt nicht, wo er ist?«

»Alles ist höchstwahrscheinlich im Safe deines Vaters auf der Estancia San Pedro y San Pablo«, sagte Humberto. »Gott, ich hoffe es!«

»Ich weiß nicht, von welchem Safe du redest,«

»Er befindet sich im Arbeitszimmer deines Vaters.«

»Dann möchte ich den Safe so schnell wie möglich öffnen. Wer hat die Kombination?«

»Ich hatte gehofft, du hast sie.«

»Nein. Ich wußte bis jetzt nicht mal etwas von einem Safe.«

»Nun, ich weiß, daß Claudia die Kombination nicht hat«, sagte Humberto. »Sie hat mich danach gefragt.«

»Warum wollte sie die Kombination wissen?«

»Ich nahm einfach an, daß darin persönliche Dinge – vielleicht Briefe – sind, die niemand sonst sehen sollte. Die sie herausholen wollte, bevor du den Inhalt siehst.«

»Wie komme ich also heran?«

»Im Augenblick weiß ich das nicht. Laß mich darüber

nachdenken. Aber jetzt solltest du von hier verschwinden, wenn du die Deutschen nicht sehen willst.«

»Wohin gehe ich?«

»Ins obere Wohnzimmer«, sagte Humberto. »Ich werde dem Personal sagen, wer dorthin geführt werden soll, um dir allein zu kondolieren. Die Mallins zum Beispiel. Und da ist ein amerikanischer Offizier ...«

»Ein amerikanischer Offizier? Wie heißt er?«

»Teniente Pelosi«, sagte Humberto. »Ich habe seine Karte.« Er gab sie Clete.

Anthony Joseph Pelosi
First Lieutenant, Corps of Engineers
Army of the United States

Assistant Military Attaché
Embassy of the United States of America

»Den möchte ich unbedingt sehen«, sagte Clete. »Aber es sollte nicht auffallen. Warte, bis das Haus voller Leute ist, und schick ihn dann nach oben.«

»Geht klar.«

»Sorge bitte dafür, daß er nicht weggeht. Er könnte denken, ich will ihn nicht sehen.«

»Ich verstehe«, sagte Humberto.

»Danke, Humberto. Und wenn all dies vorüber ist, muß ich unbedingt mit dir reden.«

»Ich hätte es fast genauso formuliert«, sagte Humberto. »Es gibt geschäftliche Dinge, für die eine sofortige Entscheidung nötig ist. Vielleicht können wir Zeit am Wochenende finden. Wir *müssen* sie am Wochenende finden. Soll ich dir den Weg hinauf zeigen?«

»Ich weiß, wo es ist, danke.«

Suboficial Mayor Enrico Rodriguez, in Uniform der Húsares de Pueyrredón, sprang auf und stand still, als Clete das obere Wohnzimmer betrat. Er erschreckte Clete so sehr, daß er in einem pawlowschen Reflex als Offizier des Marine Corps bellte: »Weitermachen!«

»Mi Mayor?« fragte Enrico verblüfft.

»Erstens rühren, Enrico, und zweitens hör auf, mich mit ›Mayor‹ anzureden.«

»Por favor, mi Mayor«, sagte Enrico. »Mein letzter Dienst für mi Coronel.«

»Was?«

Enrico trat zu dem Tisch neben ihm.

»Mi Mayor«, sagte er. »Ich präsentiere den Säbel und die Auszeichnungen des verstorbenen el Coronel Jorge Guillermo Frade!«

Er hielt Clete einen Säbel und das blaue Samtkissen mit den Orden hin, die auf dem Sarg gelegen hatten.

Cletes Augen wurden feucht. Er stand still.

»Muchas gracias, Suboficial Mayor«, sagte er und nahm die Dinge mit soviel militärischer Etikette entgegen, wie er aufbieten konnte. Als er zu Enrico blickte, sah er, daß Tränen über dessen Wangen rannen.

Clete machte eine Kehrtwendung und legte den Säbel und das Kissen mit den Medaillen auf den Tish und wandte sich dann zu Enrico um.

»Ich glaube, Enrico, meinem Vater würde es jetzt gefallen, wenn sein Freund und sein Sohn auf ihn trinken, statt wie Frauen herumzustehen und zu heulen.«

»Si, mi Mayor, das würde ihm gefallen«, sagte Enrico. Er schlug die Hacken zusammen, als hätte Clete »Stillgestanden« befohlen, und nahm dann bequeme Haltung an, als hätte Clete ›Rührt euch!‹ gesagt. Dann ging er zu einer kleinen Bar, die bei diesem Anlaß aufgestellt worden war. »Englischen Whisky, Señor Clete, oder nordamerikanischen?«

»Ganz gleich, solange er flüssig ist«, sagte Clete.

3

Die offizielle Delegation der Botschaft des Deutschen Reichs war in zwei Wagen bei der Basilika Unserer Lieben Frau von Pilar eingetroffen, und man nahm an, der Vorschlag, daß Trauergäste die sechs Blocks die Avenida Alvear hinunter zu Fuß zum Empfang im Haus der Duartes gingen, nicht für sie galt.

Botschafter von Lutzenberger lud Standartenführer Goltz nicht ein, mit ihm und seiner Gattin im Mercedes der Botschaft zu fahren. Einerseits überraschte das den Ersten Sekretär Gradny-Sawz, denn es wäre eine höfliche Geste gegenüber einem Besucher von Goltz' hohem Rang gewesen, wie er fand. Andererseits freute es ihn, denn es erlaubte ihm, mit Goltz zusammenzusein. Major Freiherr Hans-Peter von Wachtstein fuhr mit Gradny-Sawz und Goltz im zweiten, etwas kleineren Mercedes der Botschaft.

Die Polizei ließ sie bei den Barrieren, von denen die Avenida Alvear blockiert war, ohne Fragen passieren, aber das Tor des Herrenhauses war verschlossen, und sie mußten am Bordstein aus den Wagen steigen.

Ein Blitzlichtgewitter setzte ein. Gradny-Sawz schaute sich um und sah eine aufgeregte Menschenmenge auf dem Bürgersteig. Er erkannte, was los war. Die Polizei hatte versucht, die Journalisten der Zeitungen von Buenos Aires in respektvoller Entfernung vom Haus fernzuhalten, doch die Zeitungsleute waren über die Absperrungen gesprungen und hatten sich mit dem halben Dutzend Polizisten am Tor angelegt. Sie sahen die Aussicht auf gute Fotos und nahmen den Hieb eines ärgerlichen Polizisten mit dem Schlagstock in Kauf, um sie zu bekommen.

Nach einem Höflichkeitsbesuch verließ Präsident Ramón Castillo mit einem kleinen Gefolge das Herrenhaus in dem Augenblick, in dem der amerikanische Botschafter mit seinem Gefolge es betreten wollte – Gradny-Sawz sah Vizekonsul Spiers und den amerikanischen Militärattaché.

Das Protokoll verlangte natürlich ein Händeschütteln, und das allein würde gute Fotos ergeben. Aber dieser Akt fand statt, als Botschafter von Lutzenberger ebenfalls das Herrenhaus betreten wollte. Ein Foto vom Präsidenten Argentiniens, der dem amerikanischen Botschafter die Hand schüttelte, während der deutsche Botschafter warten mußte, war es wert, auf der Titelseite gebracht zu werden, und würde vermutlich auf der ganzen Welt gesehen werden.

Und Gott war mit Deutschland, fand Gradny-Sawz, als der amerikanische Botschafter mit seinem Gefolge ins Haus ging. Wenigstens drei Fotografen knipsten, wie Castillo von Lutzenberger die Hand schüttelte, während – mit dem Rücken zur Kamera, der amerikanische Botschafter und sein Gefolge abzogen, als wären sie nicht beachtet worden.

Dieses Foto würde höchstwahrscheinlich auf der Titelseite von *La Nacion, La Prensa* und *Clarin,* den größten Zeitungen von Buenos Aires, erscheinen. Mit etwas Glück würde es auf der ganzen Welt verbreitet werden.

Der Presseoffizier der amerikanischen Botschaft hatte es irgendwie geschafft, die größten argentinischen Zeitungen darauf aufmerksam zu machen, daß der verstorbene el Coronel Frade einen Hinterbliebenen hatte, seinen Sohn Cletus Howell Frade aus New Orleans, Louisiana, USA, und Buenos Aires. *La Nacion* hatte den Sohn darüber hinaus als ›Teniente Frade, USMC‹ bezeichnet, und in *La Prensa* war er ›Major Frade, U.S. Navy‹. Der *Buenos Aires Herald* – wie zu erwarten angesichts der engen Verbindung zu den Amerikanern – hatte berichtet, daß Major im Ruhestand Cletus H. Frade, USMC, ein Held der Schlacht von Guadalcanal, von seinem Wohnort in Texas, USA, eingeflogen war, um an der Beisetzung seines Vaters teilzunehmen. Man erwartete, daß Major Frade in Argentinien, seinem Heimatland, blieb. Und man wies darauf hin, daß er nach argentinischem Gesetz argentinischer Staatsbürger war.

Das Foto, das Präsident Castillo beim Händeschütteln mit Botschafter von Lutzenberger zeigte, würde sich nach Gradny-Sawz' beruflicher Einschätzung weitaus wirkungsvoller auf die öffentliche Meinung Argentiniens auswirken als die beste Öffentlichkeitsarbeit der Amerikaner.

Es war natürlich jammerschade, daß Botschafter von Lutzenberger keine beeindruckender Statur hatte. Von Lutzenbergers Uniform war zwar reicher goldverziert als die von Gradny-Sawz. Gradny-Sawz sagte sich wie für gewöhnlich bei solchen Anlässen, daß Graf von Lutzenberger nichts für sein Aussehen konnte; er war dreiundfünfzig, klein, schmächtig und fast kahlköpfig. Aber das Ergebnis ließ sich nicht wegdiskutieren: Von Lutzenberger wirkte irgendwie komisch in seiner Uniform, wie ein Chormitglied in einer Operette.

Die Polizei schaffte es bald, die Presseleute hinter die Absperrungen zurückzudrängen, und Gradny-Sawz, Goltz und von Wachtstein gingen schnell zum Tor im Zaun. Botschafter Graf von Lutzenberger und Gattin erwarteten sie jenseits der Bediensteten, die an einem Tisch beim Eingang die Einladungskarten der Eintreffenden überprüften.

Nur zwei Personen empfingen die Gäste: Señor und Señora Duarte. Gradny-Sawz fragte sich, wo der Sohn war; er war in der Kirche gewesen, und man hatte Gradny-Sawz berichtet, daß er auch im Edificio Libertador gesehen worden war.

»Erlauben Sie mir, Señor Duarte und Señora«, sagte von Lutzenberger, »Ihnen im Namen der deutschen Regierung und meiner Frau und von mir persönlich mein tiefstes Beileid wegen des tragischen Verlustes von el Coronel Frade auszusprechen.«

»Wie freundlich von Ihnen«, sagte Humberto.

»Mein Bruder ist jetzt im Himmel bei Jesus und all den Engeln«, fügte Beatrice fast fröhlich hinzu.

»Sie kennen natürlich meine Frau«, sagte von Lutzenburger. »Und den Ersten Sekretär Gradny-Sawz. Darf ich Ihnen Standartenführer Goltz vorstellen? Standartenführer, dies sind meine Freunde Señor und Señora Duarte. Señor Duarte ist der Direktor der Anglo-Argentinischen Bank.«

Goltz schlug die Hacken zusammen und verbeugte sich. Dann neigte er sich über Beatrices behandschuhte Rechte.

»Es ist mir eine Ehre, Señor und Señora, die Eltern des tapferen Offiziers kennenzulernen, der sein Leben im Krieg gegen den Bolschewismus opferte.«

Beatrice hörte es anscheinend nicht.

»Guten Tag, Peter«, sagte sie überschwenglich.

Peter von Wachtstein schlug die Hacken zusammen und verneigte sich.

»Señora«, sagte er.

Beatrice zwängte sich zwischen der Gattin von Botschafter von Lutzenberger und Standartenführer Goltz hindurch, um Peters Hand zu ergreifen und ihm die Wangen zum Begrüßungsküßchen hinzuhalten, woraufhin er die Geste mit vollendeter Korrektheit ausführte. Dann erwiderte sie die Begrüßung mit einem Hauch von Küßchen auf seine Wangen.

»Und wir werden Sie am Wochenende sehen, nicht wahr?« sagte Beatrice. »Sie kommen zur Estancia Santa Catharina zum Gedenkgottesdienst?«

»Ich hoffe, ich habe die Ehre, Señora«, erwiderte Peter.

»Sie werden natürlich bei uns sitzen. Ich werde Señora Carzino-Cormano darum bitten.« Dann gab sie ihm noch einmal Küßchen auf die Wangen, bevor sie wieder den

Platz neben ihrem Mann einnahm und Gradny-Sawz die Hand schüttelte.

»Anton«, sagte sie überschwenglich. »Danke für Ihr Kommen.«

»Danke für die Einladung, meine liebe Señora«, sagte Gradny-Sawz, und die Begrüßung der deutschen Delegation war damit beendet.

Ein Butler mit weißen Handschuhen wies ihnen den Weg zur Tür des Empfangsraums. Ein Kellner mit einem Tablett, auf dem gefüllte Champagnergläser standen, erwartete sie bei der Tür.

»Die Bar, Señores, befindet sich hinten im Raum«, sagte er.

Jeder nahm ein Champagnerglas und betrat den Empfangsraum. Goltz blickte über die Schulter.

»Was hatte das soeben zu bedeuten, von Wachtstein?« fragte er. »Was meinte unsere Gastgeberin?«

Botschafter von Lutzenberger antwortete für Peter. »Am Sonntag findet ein privater Gedenkgottesdienst für Oberst Frade auf der Estancia statt, nur im Familien- und Freundeskreis. Unser von Wachtstein ist dazu eingeladen worden. Die Duartes haben ihn anscheinend fast adoptiert, weil er die sterblichen Überreste von Hauptmann Duarte nach Buenos Aires begleitet hat.«

»Wie interessant«, sagte Goltz.

Und er dachte: *Faszinierend, von Wachtstein hat eine Freundschaft zu den Leuten entwickelt, die bei der Anglo-Argentinischen Bank das Sagen haben. Das könnte sich wirklich als sehr nützlich erweisen.*

4

Cletes erste Besucherinnen im oberen Wohnzimmer waren Señora Claudia Carzino-Cormano und ihre Töchter. Er saß mit einem Glas Whisky in einem Sessel und las ungläubig im *Buenos Aires Herald.*

Es war ihm klar, daß der Artikel auf der Titelseite – in dem er als Held der Schlacht von Guadalcanal, Major im Ruhestand vom Marine Corps und argentinischer Staatsbürger bezeichnet wurde – direkt aus der Schreibmaschine des Presseoffiziers der amerikanischen Botschaft stammte. Er fragte sich, ob der Artikel auf Anweisung des Botschafters geschrieben worden war oder ob Colonel Graham etwas damit zu tun hatte. Das war zwar unwahrscheinlich, aber Graham tat meistens unwahrscheinliche Dinge.

Laut anderer Artikel im *Herald* zogen sich die Deutschen und Japaner nach großen Verlusten an allen Fronten zurück, Hitler war nahe daran, in die Knie zu gehen und um Gnade zu betteln, und Kaiser Hirohito würde bald seinem Beispiel folgen.

Als letztes hatte er gehört, daß die Deutschen immer noch den größten Teil Europas besetzt hielten. Und daß die Japaner immer noch Singapur, die Philippinen und all die kleinen Pazifikinseln besetzten, von denen das Marine Corps sie vertreiben mußte, in Kämpfen, die zumindest so blutig sein würden, wie sie auf Guadalcanal gewesen waren.

Er fragte sich, wie die Leser des *Herald* die optimistischen Artikel auf der Titelseite mit den zweieinhalb Seiten Todesanzeigen für Anglo-Argentinier in Einklang bringen konnten, die im Kampf für die Royal Army, Navy und Air Force Ihrer Britischen Majestät in der ganzen Welt gefallen waren. Drei Anglo-Argentinier, las er, waren im Kampf für die Royal Australien Air Force auf Neuguinea gefallen, eine weitere Insel, von der sich die Japaner offenbar nicht zurückziehen wollten.

Als er Claudia eintreten sah, ließ er die Zeitung auf den Boden neben sich fallen, sprang auf und eilte zu ihr.

»Wie geht's dir?« fragte er, obwohl er durch den schwarzen Schleier von ihren Augen und ihrem angespannten Gesicht die Antwort ablesen konnte.

Sie hob den Schleier vom Gesicht, umarmte ihn und küßte ihn liebevoll auf die Wange.

»Soweit einigermaßen«, sagte sie. »Jedenfalls betrinke ich mich nicht.«

Sie wies auf sein Whiskyglas, das er auf die breite Lehne des Sessels gestellt hatte.

»Mein erster«, log er, und sie schnaubte.

Alicia küßte ihn herzlich auf die Wange, und dann gab Isabela ein schmatzendes Geräusch, so weit entfernt von seiner Wange wie möglich, von sich.

»Alles in Ordnung mit dir, Enrico?« fragte Claudia und ging zur Bar. Sie schenkte einen Scotch ein und kippte ihn hinunter.

»Das Leben wird leer sein ohne el Coronel«, sagte Enrico.

»Du hast jetzt Señor Cletus, auf den du aufpassen mußt«, sagte Claudia.

»Dafür würde ich mein Leben geben, Señora«, erwiderte Enrico.

»Ich fragte mich, wie du damit fertig wirst, daß Beatrice die Deutschen eingeladen hat, Cletus«, sagte Claudia.

»Ich bin indisponiert«, sagte Clete. »Humberto erklärt ihnen das.«

»Sie sind unten, kondolieren und versprühen ihren Charme«, sagte Claudia.

Clete schaute Alicia an. Sie nickte und gab ihm damit zu verstehen, daß Peter von Wachtstein dabei war.

»Wir *wissen* nicht, ob die Deutschen verantwortlich sind«, sagte Isabela.

»Mein Gott, Isabela«, brauste Clete auf, »du *und* Coronel Perón ...«

Claudia legte besänftigend die Hand auf seinen Arm.

»Was meinst du mit Coronel Perón?« fragte sie.

»Ich fuhr gestern nacht bei Onkel Willys Haus vorbei. Perón war dort. Er war soeben aus Deutschland zurückgekehrt und hielt es für unmöglich, daß die Deutschen irgendeine Schuld haben ...«

»Juan Domingo Perón war der beste Freund deines Vaters.«

»Das sagte er.«

»Und du hast die Sache falsch angepackt.«

Clete zuckte mit den Schultern.

»Er wird übers Wochenende auf der Estancia sein. Du solltest dich wirklich bemühen, ihn besser kennenzulernen.«

»Du meinst, ich soll dorthin kommen? Warum?«

»Weißt du nicht, daß es am Sonntag einen Gedenkgottesdienst in der Kapelle Nuestra Señora de los Milagros für deinen Vater gibt?«

»Bis jetzt wußte ich nichts davon. Was hat das zu bedeuten?«

»Die Leute auf der Estancia erwarten das natürlich. Und es wird eine Reihe anderer Leute dort sein. Die engsten Freunde deines Vaters – und unsere. Sozusagen ein privater Gottesdienst im Gegensatz zu dem heutigen. Es werden ungefähr vierzig Personen da sein, einschließlich Ehefrauen und Familienangehörige.

»Und ich muß natürlich hin?«

Wenn ich dorthin fahre, hätte ich eine Möglichkeit, zur Funkstation zu gelangen. Und je eher ich das tue, desto besser.

»Natürlich mußt du das, Cletus. Du bist der neue Patrón der Estancia San Pedro y San Pablo. Du solltest dich daran gewöhnen.«

»Das wird nicht leicht sein.«

»Die Leute auf *deiner* Estancia, von denen dich viele noch nie gesehen haben, werden erwarten, ihren Patrón zu sehen.«

»Okay. Alles ist besser, als im Schlafzimmer meines Vaters im Museum zu übernachten«, sagte Clete. Dann fügte er schnell hinzu: »Verzeihung, ich meinte es nicht so, wie es herauskam.«

»Ich weiß«, sagte sie. »Da ist noch etwas, Cletus. Es sind einige Papiere im Safe deines Vaters, die General Rawson gehören. Er besucht mich auf der Estancia Santa Catharina, und ich würde ihm die Papiere wirklich gern zurückgeben, wenn er eintrifft.«

Welche Papiere?

»So?«

»Du kennst doch die Kombination vom Safe, nicht wahr?«

Und das war ein bißchen zu beiläufig gefragt.

»Ich habe den Safe noch nicht einmal gesehen«, sagte Clete. »Enrico, was weißt du über el Coronels Safe? Wo ist die Kombination?«

»Nur el Coronel kannte die Kombination, Señor Clete«, sagte Enrico.

»Nun, dann wird General Rawson vermutlich warten müssen, bis wir den Safe von einem Schlosser öffnen lassen können«, sagte Clete. »Oder wir könnten ihn aufsprengen, wenn die Papiere so wichtig sind.«

Claudia fand das nicht lustig.

»Ich kann einfach nicht glauben, daß dein Vater die Kombination nicht irgendwo aufgeschrieben hat«, sagte sie. »Würde es dir etwas ausmachen, wenn ich danach suche?«

Ja, das würde mir etwas ausmachen. Ich weiß nicht warum, aber der Gedanke beunruhigt mich. Warum habe ich das Gefühl, Claudia, daß ich nicht sehen soll, was in dem Safe ist?

»Wenn es wichtig für dich ist, Claudia, dann rufe ich dich an, sobald ich dorthin fahren kann, und wir suchen zusammen danach«, sagte er.

»Ich ... die Mädchen und ich ... wir fahren heute abend zur Santa Catharina raus«, sagte Claudia. »Ich wollte eigentlich morgen rüber zur San Pedro y San Pablo und versuchen, die Kombination zu finden. Wenn du nichts dagegen hast, machen wir's so.«

Ich kann sie nicht vor mir an den Inhalt des Safes heranlassen. Sie darf nicht die Dokumente sehen, die el Coronel für Peter aufbewahrt hat.

Ist ihr Drängen unschuldig, oder will sie mich austricksen, weil sie verdammt genau weiß, daß ich wahrscheinlich nicht wieder »nein« sagen werde, ganz gleich wie höflich? Und was ist in dem Safe, das sie – und General Rawson – haben will und das ich nicht sehen soll?

»Sagt dir G.O.U. etwas, Claudia?« fragte Clete.

»Was weißt du über die G.O.U.?« antwortete sie mit einer Gegenfrage.

»Nicht annähernd soviel, wie ich wissen möchte«, sagte er.

»Clete ...« begann sie und verstummte, als der Butler die Tür öffnete.

»Señora Frade, Señora Mallin und seine Familie wünschen, ihre Aufwartung zu machen.«

»Ich verlasse dich, Clete«, sagte Claudia. »Es war ein sehr langer Tag für mich.«

Sie bot ihm ihre Wange zum Kuß dar.

»Ich muß auch mit dir reden, Claudia«, sagte Clete.

»Ruf mich an, wenn du zur San Pedro y San Pablo fährst«, sagte sie. Dann schaute sie zu Alicia und Isabela. »Gehen wir, Mädchen.«

Sie verließen das Wohnzimmer und tauschten im Hinausgehen leise Grüße mit den Mallins aus, die eintraten.

IX

1

Avenida Alvear
Buenos Aires, Argentinien
10. April 1943, 13 Uhr 20

Clete ging zur Tür, um die Familie Mallin zu begrüßen.

Enrico Mallin war ein großer Vierunddreißigjähriger mit buschigem Schnurrbart. »Henry«, wie er genannt wurde, lernte seine Frau kennen und heiratete sie, die frühere Pamela Holworth-Talley, während er auf der London School of Economics war. Sie hatten zwei Kinder: den blonden, hellhäutigen, schlaksigen ›Enrico den

Kleinen‹, den fünfzehnjährigen Sohn; und Dorotea. Clete fand, daß sie mit ihrem schwarzen Kleid und Hütchen mit Schleier schöner aussah als alle Frauen, die er jemals gesehen hatte.

Clete war sich darüber im klaren, daß Enrico Mallin glaubte, seine Tochter zeige ein Interesse an Clete, das unpassend für ein Mädchen in ihrem zarten Alter, mit ihrer Reinheit und ihrem Stand war.

Wenn du könntest, Henry, dann hättest du pro forma Beatrice und Humberto kondoliert und wärst mit deiner Familie so schnell wie möglich von hier verschwunden. Du bist nur hier und lächelst mich an, weil dein Geschäft vom Rohöl und den Ölprodukten abhängig ist, die es von Howell Petroleum erhält, und du willst nicht den Enkel vom alten Howell vor den Kopf stoßen.

Was soll's, wenn ich an deiner Stelle wäre, würde ich vermutlich genauso über Clete Howell denken: Daß ich zu alt für deine unschuldige neunzehnjährige Tochter bin – was stimmt –, ist nur ein Zehntel dessen, was an Cletus H. Frade als Freier falsch ist. Nachdem man versucht hat, mich zu ermorden, und nach der Ermordung meines Vaters würde nur ein Wahnsinniger seine Tochter – oder jedes andere Familienmitglied – auf fünf Meilen an mich heranlassen.

»Guten Tag, Señor Mallin. Wie schön von Ihnen, vorbeizuschauen«, sagte er höflich.

»Unser Mitgefühl für Ihren Verlust sollte keiner Worte bedürfen, Cletus. Ihr Vater war ein wunderbarer Mann, den wir bitter vermissen werden.«

»Danke.«

»Mrs. Mallin«, fuhr Clete fort. »Guten Tag, Ma'am.«

»Zum fünfundfünfzigsten Mal, Clete, nennen Sie mich *bitte* Pamela«, sagte Señora Mallin und hielt ihm die Wange zum Kuß hin. »Mein Beileid.«

»Danke«, sagte Clete.

»Wie geht's, Enrico?« Clete boxte den kleinen Enrico, sozusagen von Mann zu Mann, gegen den Arm.

»Das mit Ihrem Vater tut mir sehr leid, Cletus«, sagte Enrico der Kleine.

Und dann wandte sich Clete an Dorotea.

»Und die bezaubernde Señorita Mallin«, sagte er und gab ihr die Hand. »Wie ist es Ihnen ergangen, Dorotea?«

»Sehr gut, danke, alles in allem betrachtet«, erwiderte Dorotea. »Mein herzliches Beileid.«

»Danke.«

»Und wie geht es Ihrem Großvater, Cletus?« fragte Henry Mallin.

»Er ist wie üblich giftig wie eine Klapperschlange«, sagte Clete und bereute es sofort. Die Argentinier – und besonders die Anglo-Argentinier – hatten einen völlig anderen Sinn für Humor als Texaner oder Louisianer.

Henry der Kleine stieß eine Mischung aus Glucksen und Kichern hervor. Sein Vater starrte ihn wütend an. Dann richtete er den wütenden Blick auf Clete.

Clete lächelte den Mann an, der glücklicherweise keine Ahnung hatte, daß er bald Großvater und Schwiegervater werden würde.

»Mein Großvater bat mich, Ihnen und Ihrer Familie seine besten Grüße auszurichten, Señor Mallin.«

»Wie freundlich von ihm.«

»Darf ich Ihnen eine Erfrischung anbieten?«

»Nein, danke. Wir müssen gehen. Wir wollten nur unsere Aufwartung machen.«

»Das war sehr nett von Ihnen.«

»Clete, besuchen Sie uns, wenn Sie die Zeit finden, ob zum Mittag- oder Abendessen oder nur so«, sagte Señora Mallin zum Mißfallen ihres Mannes.

»Ja, tun Sie das«, pflichtete Dorotea schelmisch bei. »Wir haben über *soviel* zu reden.«

Ihr Vater ging zur Tür, gefolgt von Henry dem Kleinen, seiner Frau und Dorotea. Unbewußt ging Clete hinterher, und seine Hand berührte Doroteas Schulter wie aus eigenem Willen.

Sie wandte sich um, schaute ihm in die Augen, legte einen Finger auf ihre Lippen und gab den Kuß dann auf Cletes Lippen weiter. Clete bezweifelte, daß ihr Vater oder Bruder es sah, aber er wußte, daß die Mutter es mitbekam. Sie blickte Clete an und fragte ihn stumm, was das zu bedeuten hatte.

Clete erwiderte den Blick von Doroteas Mutter, nickte und zuckte mit den Schultern.

Ich bin gezwungen, Señora, hiermit Ihren Verdacht und Ihre schlimmsten Befürchtungen zu bestätigen.

»Meine Güte!« stieß Pamela Mallin hervor. »Oh, meine Güte!« Dann eilte sie hinter ihrem Mann her.

Clete schaute ihnen einen Augenblick lang nach und wandte sich dann um.

Enrico Rodriguez stand da. Er zwinkerte Clete zu und tippte mit dem Zeigefinger an die Stirn.

Was hat das zu bedeuten?

»Sie ist da, Señor Clete«, sagte Enrico.

»Wer ist da?«

»Die Kombination für el Coronels Safe.«

»Tatsächlich?«

»Wenn Sie möchten, kann ich heute abend rausfahren und Ihnen den Inhalt des Safes holen.«

Cletes nächster Besucher unterbrach die Unterhaltung.

»Allmächtiger, wo kommst du her?« fragte er entgeistert.

First Lieutenant Anthony J. Pelosi, Pionierkorps U.S. Army, war durch eine versteckte Tür in der getäfelten Wand eingetreten.

»Enrico, wir werden morgen sehr früh zur San Pedro y San Pablo rausfahren«, sagte Clete. Als Enrico zustimmend nickte, gab Clete seiner Neugier nach und ging zu der Tür, um sie zu untersuchen.

Sie war ein Meisterstück von Zimmerhandwerk und verschmolz unsichtbar mit der getäfelten Wand, wenn sie geschlossen war. Nur bei ganz genauem Hinsehen aus nächster Nähe fand Clete eine Täfelung, die als Türgriff diente, wenn man sie mit der Fußspitze antippte.

»Führt zur Küche«, sagte Tony Pelosi. »Dein Onkel schickte mich auf diesem Weg rauf.«

Tony war ein dunkelhäutiger kleiner junger Mann, der vor zwei Wochen seinen einundzwanzigsten Geburtstag gefeiert hatte. Sein muskulöser Oberkörper und die Arme spannten den pinkfarbenen und grünen Rock der Uniform ›Class A‹.

Das Abzeichen der zweiundachtzigsten Luftlandedivision war auf den Ärmel seines Uniformrocks genäht, und auf der Brust trug er das silberne Fallschirmspringerabzeichen und zwei Medaillen. Eine war der Silver Star, die dritthöchste Auszeichnung für Tapferkeit, und die andere zeigte an, daß der Träger auf dem amerikanischen Kriegsschauplatz gedient hatte. Diese Medaille wurde automatisch nach neunzig Tagen Dienst verliehen. Pelosis pinkfarbene Uniformhose mit den scharfen Bügelfalten steckte in Fallschirmspringerstiefeln, die auf Hochglanz poliert waren.

Clete dachte: *Tony ist vermutlich der einzige in der U.S. Army, Navy oder im Marine Corps, der den Silver Star für Dienst auf dem amerikanischen Kriegsschauplatz – die Vereinigten Staaten und Südamerika – erhalten hat, theoretisch weit entfernt von Schüssen im Ernstfall.*

»Wie geht's, Tony?« Clete schüttelte ihm die Hand. »Ich wollte dich gestern besuchen. Du warst nicht zu Hause.«

»Ich stand vermutlich in der Schlange im Edificio Libertador«, sagte Tony. Gefühle seiner italienischen Herkunft überwältigten ihn. Aus dem Handschlag wurde eine Umarmung. »Mensch, Clete, das mit deinem Vater tut mir so leid.«

»Danke«, sagte Clete.

Als der Moment der Rührung vorbei war, ging Tony, der ein wenig verlegen wirkte, zu Enrico.

»Wie geht es Ihnen, Sergeant Major?« fragte er.

»Mi Teniente«, sagte Enrico. Er war sichtlich hin und her gerissen zwischen der Entscheidung, ob er militärisch grüßen oder den Offizier umarmen sollte. Schließlich tat er beides.

»Alles in Ordnung?« fragte Tony, als sich Enrico von ihm löste.

»Mir geht's prima«, sagte Enrico.

»Das stimmt nicht«, widersprach Clete. »Er wurde von einer Kugel, offenbar von einer .45er, am Kopf getroffen und von Schrotkugeln in der Brust und am Arm.«

»O Gott!«

»Mir geht's prima«, wiederholte Enrico. Tony wandte sich an Clete.

»Ich konnte heute morgen nicht in die Basilika kommen, Clete. Hatte keine Einladungskarte.«

»Entschuldige, daran hatte ich nicht gedacht.«

»Aber als der Gottesdienst vorüber war, bin ich reingegangen und habe eine Kerze für ihn angezündet, und danach war ich bei der Gruft und habe für ihn gebetet.«

»Danke, Tony.«

»Und dann kam ich her. Hatte Probleme, eingelassen zu werden – keine Einladung. Aber ich machte Theater, schwenkte meinen diplomatischen Zollpassierschein, und schließlich gab der Cop nach.«

»Ich habe einfach vergessen, dir Einladungskarten zu besorgen, Tony. Tut mir leid.«

»Mann, du hattest genug im Kopf, Clete. Du brauchst dich nicht zu entschuldigen.«

Clete entschied sich, die Unterhaltung aufzuheitern.

»Du siehst wie auf einem Rekrutierungsplakat aus«, sagte er.

»Ich hielt es für richtig, die Uniform zu tragen«, erwiderte Tony. »Und als ich diese verdammten Krauts unten in ihren Uniformen sah, war ich froh, daß ich sie anhatte. Entschuldige, wenn du es für falsch hältst.«

»Es war richtig, Tony. Mein Vater hätte sich gefreut, wenn er dich in Uniform gesehen hätte, und ich weiß es auch zu schätzen.«

»Okay«, sagte Tony und nahm an, was er als Entschuldigung wertete. Dann wechselte er das Thema. »Der Botschafter erhielt gestern nacht ein SECRET-Kabel, daß Lieutenant Commander Frederico J. Delojo, der neue Marineattaché, heute mit dem Pan-American-Flug kommt. Sagst du mir, was das zu bedeuten hat?«

»Wieso hattest du Zugang zu einem SECRET an den Botschafter?«

»Ich habe einen der Jungs von der Entschlüsselungsabteilung überredet«, sagte Tony. »Einen Navy-Sergeant im Bürodienst, der aus Iowa oder dieser Ecke stammt.«

»*Überredet?* Oder bestochen?« fragte Clete lächelnd.

»Wie auch immer. Ich zeigte ihm meinen OSS-Ausweis. Er pinkelte sich vor Ehrfurcht praktisch in die Hosen. ›Fragen Sie nur alles, was Sie über Telefon- oder Funkverkehr zur Botschaft wissen wollen ...‹, sagte er.«

»Und du hast keine Sorge, er erzählt jemand, daß du ihn ... überredet hast?«

»Ich erklärte ihm, daß wir Leute erschießen, die OSS-Agenten verraten«, sagte Tony. »Und er glaubte mir.«

»Vielleicht können wir doch noch einen Spion aus dir machen, Tony«, sagte Clete.

Tony wurde ein wenig verlegen bei Cletes anerkennenden Worten.

»Sagst du mir, was mit Commander Delojo los ist? *Du* solltest der Marineattaché sein. Was läuft da?«

»Nicht hier, Tony«, sagte Clete. »Erinnerst du dich, wo das Haus meines Vaters ist?«

Tony nickte.

»Okay, gib mir zwanzig Minuten, bis ich von hier weg kann. Ich fahre mit einem Taxi hin und ...«

»Ihr Buick ist hier, Señor Clete«, unterbrach Enrico.

»Du hast ihn hergebracht?« fragte Clete überrascht. »Warum?«

»Es fällt weniger auf, eine Schrotflinte in einem Privatwagen zu transportieren als in einem Taxi, Señor Clete.«

»Das stimmt.« Clete lächelte. »Steht er in der Kellergarage?«

»Si, Señor Clete.«

»Okay. Tony, geh irgendwann in den nächsten zwanzig Minuten runter in die Garage im Kellergeschoß. Ich zeige mich noch mal unten und treffe mich dann mit dir in der Garage.«

Als Tony erkannte, daß Enrico schwerer verletzt war, als er zugeben wollte, überredete er ihn, auf dem Beifahrersitz Platz zu nehmen. Das gelang ihm erst, nachdem er ihm erklärt hatte, daß er dort leichter als auf dem Rücksitz die Schrotflinte benutzen konnte, wenn es nötig war.

Clete kam eine halbe Stunde später in die Garage. Es hatte länger gedauert, sich von dem Empfang zu verabschieden, als er gedacht hatte. Die Ausfahrt der Garage führte hinter dem Haus auf die Avenida Posadas, und so konnten sie der Menschenmenge entgehen, die sich immer noch auf der Avenida Alvear drängte.

Als Clete den Innenspiegel richtig einstellte, bemerkte er, daß ein Wagen, ein englischer Ford, genannt ›Anglia‹, vom Bordstein anfuhr und ihnen folgte. Auf der Avenida del Libertador bog er links ab, und der Anglia war immer noch hinter ihnen. Sie wurden zweifellos verfolgt.

Er überlegte, ob die Deutschen abermals Killer geschickt hatten, doch dann verwarf er diese Möglichkeit. Es war nicht genügend Zeit gewesen, um so etwas zu planen, und er bezweifelte, daß selbst die Deutschen einen Mordversuch an dem Sohn unternahmen, der am selben Tag seinen Vater beerdigt hatte.

Aber wer verfolgt mich? Und warum? Um mich zu beschatten oder zu beschützen?

Die Route zur Avenida Coronel Diaz führte sie an der Residenz des Botschafters der Vereinigten Staaten von Amerika in der Republik Argentinien vorbei. Das Sternenbanner flatterte über dem vierstöckigen Herrenhaus, dessen Grundstück den größten Teil des Blocks einnahm.

Hauptsächlich um zu verhindern, daß Enrico die Verfolger bemerkte – *wer weiß, wie er reagieren würde* -, lehnte sich Clete zu ihm hinüber und wies zu der Statue von George Washington im Park gegenüber der Residenz des Botschafters.

»George Washington, Tony. Hast du die Statue schon mal gesehen?«

»Ja«, erwiderte Tony ohne viel Interesse.

»Er hatte schlechte Zähne.«

»Was?«

»Als ich in Washington war, fuhr ich zum Mount Vernon«, sagte Clete. »Dort sind seine falschen Beißer ausgestellt. Sie sind aus *Holz.* Der Arme konnte vermutlich nur Suppe und Brei essen.«

»Im Ernst?«

»Wenn man mir als Kind diese hölzernen Beißer gezeigt hätte, wäre es kein Problem gewesen, mich zum Zähneputzen anzuhalten.«

»Zwischen blödsinnigen Lektionen, wie ich mich als ›Mitglied der diplomatischen Gesellschaft‹ verhalten soll, und der kryptographischen Ausbildung in Camp A. P. Hill blieb mir in Washington gerade noch Zeit, um zu pinkeln und mir die Zähne zu putzen«, sagte Tony.

Clete lachte.

»Zähne aus Holz, Señor Clete?« fragte Enrico zweifelnd.

»Zähne aus Holz, Enrico.«

Der Anglia blieb hinter ihnen, bis sie auf den Zufahrtsweg zum Haus an der Avenida Coronel Diaz einbogen.

Dann fuhr er langsam am Haus vorbei und hielt am Bordstein.

Clete dachte: *Ich muß mir merken, daß Enrico den Wagen nicht entdeckt hat. Er ist gut, aber nicht perfekt.*

2

Avenida Coronel Diaz
Palermo, Buenos Aires

10. April 1943, 15 Uhr 45

Tony schaute sich übertrieben ehrfürchtig im riesigen Foyer des Herrenhauses um.

»Du wohnst hier? Ist das nicht ein bißchen beengt?«

»Ich würde lieber im Haus in der Libertador wohnen, aber da ist ein Coronel namens Perón einquartiert.«

»Wer ist das?«

»Der beste Freund meines Vaters. Kehrte soeben aus Deutschland zurück.«

»Was machte er in Deutschland?«

»Keine Ahnung«, sagte Clete, »aber er sagte mir, er hält es für unmöglich, daß die Deutschen etwas mit der Ermordung meines Vaters zu tun haben.«

»Oh, Scheiße!« sagte Tony. Dann fügte er hinzu: »Clete, ich habe Druck auf der Blase.«

»Dort drüben.« Clete blieb auf der ersten Stufe der Treppe zum Obergeschoß stehen und wies zu einer Toilette. »Es sei denn, du kannst warten, bis wir oben sind.«

»Dort drüben wäre mir genehm, vielen Dank, Major, Sir«, erwiderte Tony und eilte zur Toilette.

Enrico zupfte Clete am Arm.

»Señor Clete, wir werden von den Clowns verfolgt.

Einer ihrer Wagen, ein Anglia, folgte uns von der Avenida Alvear aus.«

»Du hast nichts gesagt.«

»Wir brauchen uns wegen der Clowns keine Sorgen mehr zu machen, Señor Clete. El Coronel Martin ist jetzt einer von uns«, sagte Enrico. Er blickte Clete fragend an. »Ist Ihnen nicht aufgefallen, daß wir verfolgt wurden?«

Clete schüttelte den Kopf. »Nein«, log er.

»Sie müssen auf so etwas achten«, mahnte Enrico. »Wenn Ihnen ein Wagen folgt, könnte es auch keiner von den Clowns sein.«

»Da hast du recht.«

Tony kam mit einem Lächeln der Erleichterung aus der Toilette, und die drei Männer gingen die Treppe hinauf.

In seinem Schlafzimmer läutete Clete nach einem Hausmädchen. Er bestellte Getränke und etwas zu knabbern, und dann wechselte er den Anzug gegen Freizeitkleidung.

»Okay«, sagte er, als er aus seinem Schlafzimmer ins Wohnzimmer zurückkehrte und sah, daß Tony Quilmes Bier aus der Flasche trank. »Jetzt fühle ich mich besser. Ich mußte unbedingt aus dem Anzug raus.«

Clete sah einen silbernen Kühler, der mit Eiswürfeln und Bierflaschen gefüllt war, und nahm eine Flasche heraus. Als das Hausmädchen ihm ein Glas anbot, lehnte er ab und entließ das Mädchen mit einem Lächeln.

Dann sank er in einen Lehnsessel gegenüber von Tony.

»Wie war der Urlaub?« fragte Clete und trank aus der Bierflasche.

»Sind wir den weiten Weg hergekommen, um über meinen Urlaub zu labern?«

»Sei nachsichtig, Tony. Ich hatte ein paar schlimme Tage. Jetzt setze ich mich zum ersten Mal hin und entspanne mich.«

Tony schaute ihn sonderbar an. Dann zuckte er mit den Schultern.

»Also gut«, sagte er. »Mein Urlaub war beschissen. Ich hätte auf diese blödsinnigen Einsatzbesprechungen in Washington gut verzichten können. Und die Schulung als Kryptograph war noch schlimmer.«

»Das war nötig, nehme ich an. Ich habe das auch mitmachen müssen.«

»Nein, nicht die kryptographische Schulung«, korrigierte Tony. »Oder die Schulung in Luftfotografie.«

»Was hast du deiner Familie gesagt?«

»Das, was mir das OSS geraten hatte. Wir bauen einen geheimen Luftstützpunkt in Brasilien auf. Ich bin für Abbrucharbeiten von Ruinen zuständig.«

»Und das haben sie dir geglaubt?«

»Ja. Meine Mutter hielt eine neuntägige Andacht, um Gott zu danken, weil er mich aus der Luftlandedivision herausgeholt hat, wo ich vielleicht etwas Gefährliches hätte tun müssen.«

»Du hast deinen Silver Star offenbar nicht in Chicago getragen.«

»Ich bekam ihn erst, als ich in Washington war.«

»Hast du deiner Familie von Maria-Teresa erzählt?«

»Wenn ich meiner Mutter gesagt hätte, daß ich hier ein Mädchen gefunden habe, hätte sie gedacht, Maria-Teresa hat einen Ring in der Nase und läuft mit einem Baströckchen und oben pudelnackt durch den Urwald.«

»Maria-Teresa ist doch Italienerin und Katholikin. Was hat deine Mutter dann an einem Ring in ihrer Nase auszusetzen?«

»Ich will Maria-Teresa heiraten, Clete.«

»Ist das eine Feststellung, oder bittest du um einen Rat?«

Tony zuckte mit den Schultern.

»Tony, ich habe in den letzten beiden Stunden im Flugzeug geübt, was ich Dorotea sagen soll, um Schluß zu machen«, sagte Clete. »Es war eine gute Ansprache, die ich mir zurechtgelegt hatte, aber ich konnte sie nie halten. Ich gebe sie gern an dich weiter. Der wichtigste Punkt ist, daß wir den falschen Job haben, um zu heiraten.«

»Das klingt, als hätte sich deine Ansicht geändert.«

»Die Lage hat sich geändert«, sagte Clete trocken. »Dorotea ist schwanger.«

Tony hob die Augenbrauen. »Wann hast du das erfahren?«

»Heute morgen«, sagte Clete.

»Ihr Vater wird in die Luft gehen«, sagte Tony. »Er mag keine Amerikaner im allgemeinen und dich, Ettinger und mich im besonderen.«

»Ja, ich bezweifle, daß er Freudentänze aufführt«, stimmte Clete zu. »Und mein Opa wird auch nicht gerade glücklich sein.«

»Was hat er gegen Dorotea?«

»Er haßt alle Argentinier.«

»O Gott, Clete. Was wirst du tun? Sie heiraten?«

»Mir bleibt nichts anderes übrig, oder?«

»Jetzt verstehe ich, was du mit den schlimmen Tagen, die hinter dir liegen, gemeint hast. Wann wirst du sie heiraten?«

»Mensch, ich habe erst heute morgen erfahren, daß sie schwanger ist! Bis jetzt weiß es keiner außer Dorotea und mir und jetzt dir.«

»Wo werdet ihr leben?« fragte Tony, und an seinem Tonfall erkannte Clete, daß es keine müßige Frage war.

»Meinst du wirklich, diese Bastarde würden ihr etwas antun?«

»Sie haben Señora Pellano ermordet«, sagte Tony. »Sie war eine unbeteiligte Zuschauerin.«

»Ich habe noch nicht darüber nachgedacht, wo wir leben werden. Entweder hier – es wäre sicherer als in der Libertador – oder auf der Estancia.«

»Hier wäre sie vielleicht sicher«, sagte Tony. »Dieses Haus ist erbaut wie eine Bank. Aber die Estancia ist offenbar besser.«

Clete wollte nicht an die Gefahr denken, in die Dorotea geraten würde, geschweige denn darüber reden. Er wechselte wieder das Thema.

»Drängt Maria-Teresa auf eine Heirat?«

»Sie ist eine gute italienische Katholikin. Gute italienische Katholikinnen können nicht zur Beichte gehen und Absolution erhalten, wenn sie nicht bei Gott schwören, daß sie mit dem Pimpern ohne Trauschein aufhören. Wenn sie keine Absolution bekommen, können sie nicht zur Heiligen Kommunion gehen. Wenn du mich fragst, ob sie auf eine Heirat drängt, dann ist es diese Art Drängen. Gesagt hat sie nichts.«

»Du hast ihr hoffentlich nichts von deinem Job erzählt?«

»Ihr Vater denkt, die *Reine de la Mer* hat sich selbst gesprengt. Er hält all das Gerede, daß sie von Amerikanern versenkt wurde, für Blödsinn. Ich nicke dazu beipflichtend. Maria-Teresa hält mich für einen Angestellten beim Militärattaché der Botschaft. Der Militärattaché übrigens ebenfalls.«

»Hast du Ärger mit ihm?«

»Nein, keinen Ärger. Er ist Colonel, ich bin Lieutenant. Wenn Colonels sich vor einer Arbeit drücken wollen und ein Lieutenant ist greifbar, muß der Lieutenant sie erledigen. Vorige Woche machte ich Inventur im PX* der Botschaft.«

»Im Ernst?« Clete lachte. »Das ist ein Ding. Aber er weiß nicht, daß du beim OSS bist, nicht wahr?«

»Man sagte mir, ich soll abwarten, bis du zurück bist und es ihm sagst. Aber ich weiß nicht. In der Botschaft wird geklatscht und getrascht wie bei verdammten Weibern. Ich glaube, jeder dort weiß, daß du vom OSS bist. Und einige Leute wissen, daß ich schon hier war.«

* Post Exchange – Verkaufsladen für Angehörige der amerikanischen Streitkräfte.

»Commander Delojo wird ihn dir vom Hals halten.«

»Da sind wir wieder beim Thema, oder?« fragte Tony.

»Okay. Entschuldige, Tony. Ich brauchte eine Verschnaufpause. Dein furchtloser Führer hat tönerne Füße.«

»Was, zum Teufel, heißt ›tönerne Füße‹? Das habe ich mich schon immer gefragt.«

»Ich weiß es nicht«, bekannte Clete. »Ich will dir damit vermutlich sagen, daß du viel mehr in mir siehst, als du erwarten kannst.«

»Na, ich weiß nicht«, sagt Tony nachdenklich. »Ich meine, abgesehen davon, daß du fast Mrs. Pelosis Jungen umgebracht hast, indem du ihn dazu gebracht hast, etwas zu tun, das keiner mit Verstand auch nur versuchen würde, was hast du denn so falsch gemacht?«

»Soll ich mit dem Versorgungsschiff anfangen?«

»Warum nicht?«

»Da hat sich eigentlich nicht viel Neues ergeben, seit du nach Washington abgereist bist«, sagte Clete. »Wir erhielten eine Menge Material vom Nachrichtendienst über Schiffe, die auf dem Weg hierher sind. Bei der letzten Zählung waren es fünf. Keine besonderen, genauen Erkenntnisse über irgendeines der Schiffe.«

»Vielleicht schicken sie fünf, damit wir nicht alle ausschalten können.«

»Graham hält das für unwahrscheinlich. Er meint, die Deutschen haben nicht so viele Torpedos.«

»Woher weiß Graham das?«

»Das OSS hat eine gute Vorstellung davon, wie viele die Deutschen herstellen können, und die Torpedos sind überhaupt nicht schwer zu entdecken, wenn sie transportiert werden. Graham meint, daß eines der fünf Schiffe das Ersatzschiff ist; die anderen dienen zur Täuschung. Das richtige Schiff ist vielleicht sogar keines der fünf, von denen wir etwas wissen.«

»Was ist mit dem Flugzeug? Wie bekommen wir das jetzt ins Land, wenn ...«

»... mein Vater das nicht mehr arrangieren kann, meinst du? Ich weiß es nicht. Graham wird vielleicht eine Idee haben. Es ist in Brasilien, ebenfalls das andere Team. Es hat den Auftrag, sich darauf vorzubereiten, über den Fluß Uruguay in die Provinz Corrientes einzusickern, nahe bei einer Stadt namens Santo Tomé. Bis Delojo – Zitat Anfang – auf dem Boden ist – Zitat Ende –, soll ich mir etwas einfallen lassen, wie wir sie und ihre ganze verdammte Ausrüstung von dort nach hier schaffen können.«

»Erzähl mir über Delojo«, sagte Tony. »Was soll das Theater, daß du ein Marine im Ruhestand bist – ich las diese Story im *Herald* – und daß dieser Commander Sowieso der Marineattaché geworden ist?«

»Graham überzeugte mich, daß ich nützlicher sein würde, wenn ich als Argentinier hierher zurückkehre. Nicht mehr beim Marine Corps und als argentinischer Staatsbürger. Wenn der geplante Staatsstreich stattfindet, soll ich auf diese Weise in einer Position sein, in der ich die neue Regierung beeinflussen kann.«

»Aber wenn du als Argentinier zurückgekehrt bist ... wie hast du das übrigens geschafft?«

»Ich habe einen argentinischen Paß.«

»Einen echten?«

»Einen echten. Für deine Akten: Ich habe argentinische Pässe für dich, Ettinger und auch den Chief. Oder ich hatte sie. Wo sind sie, Enrico?«

»Im Safe auf der San Pedro y San Pablo«, sagte Enrico. »Ich wollte nicht, daß Señora Carzino-Cormano sie sieht.«

»Ich verstehe nur Bahnhof«, sagte Tony.

»Kurz bevor wir die *Reine de la Mer* versenkten, besorgte uns mein Vater Pässe für den Fall, daß wir Argentinien in aller Eile hätten verlassen müssen.«

Tony nickte verstehend. Dann fragte er: »Aber wenn du mit einem argentinischen Paß eingereist bist ... Mann, du reist *nicht* mit einem Diplomatenpaß?«

»Nein.«

»Ist dir klar, was das bedeutet? Wenn ich hier bei etwas Verbotenem erwischt werde, kann man mich nur aus dem Land werfen. Wer weiß, was man mit dir machen wird. Ich kann nicht glauben, daß du so blöde warst, dabei mitzumachen.«

»Keiner von uns hatte einen Diplomatenpaß, als wir zum ersten Mal hier waren. Ettinger hat immer noch keinen.«

»Wir hatten *amerikanische* Pässe. Die Argentinier hätten es sich gründlich überlegt, bevor sie einen amerikanischen Bürger an die Wand gestellt hätten. Aber einen Argentinier? Du wirst wahrscheinlich aus Prinzip erschossen.«

»Das halte ich für unwahrscheinlich.«

»Jeder, der genug Grips hat, um seinen Arsch mit einer Hand zu finden, weiß, daß wir vom OSS sind, Clete. Glaubt Graham, wir könnten jemand verarschen?«

»Nein, das glaubt er nicht.«

»Was dann?«

»Unser Team, Tony, vorausgesetzt, Captain Ashtons Radar kommt her und funktioniert – wird sehr wenig damit zu tun haben, das Ersatzschiff auszuschalten, abgesehen davon, daß unser Funk für die Kommunikation mit dem U-Boot benutzt wird. Graham hofft, daß jeder damit beschäftigt ist, uns zu beobachten, anstatt das andere Team im Auge zu behalten.«

»Und wenn Ashton sein Radar nicht herschaffen kann?«

»Dann müssen wir das Schiff orten.«

»Mit einer Piper Cub?«

»Nur wenn wir keine Möglichkeit finden, die C-45 nach Argentinien zu holen.«

»Wie wird das andere Team das Ersatzschiff versenken?«

»Bist du nicht informiert worden?«

»Erklär du es mir.«

»Graham teilt uns den Namen des Schiffes mit, sobald er ihn weiß. Dann finden wir heraus, wo ungefähr es in der Samborombón-Bucht liegt. Wenn wir es geortet haben, verfolgt Ashton es weiter mit seinem Radar. Und dann schicken sie ein anderes U-Boot, um das Schiff zu versenken.«

»Und wenn Captain Ashton und sein Zauberradar nicht in Argentinien reinkommen? Oder wenn sein Radar nicht funktioniert?«

»Ich gehe davon aus, daß es funktioniert«, sagte Clete. »Das Problem ist, es ins Land zu bekommen.«

»Du weißt soviel über Radar wie ich«, sagte Tony. »Nämlich null. Andererseits weiß der Chief alles darüber. Als ich ihm von dieser verrückten Idee erzählte, wußte er nicht, ob er lachen oder heulen sollte. Er sagte, es gibt kein Radar auf der Welt, das ein Schiff binnen hundert Yards orten kann.«

Der Chief war Chief Radioman Oscar J. Schultz, U.S. Navy, der früher auf dem United States Ship (USS) *Alfred Thomas*, DD-107 diente. Chief Schultz meldete sich freiwillig zum Dienst beim OSS, als er während eines ›Höflichkeitsbesuchs‹ seines Schiffs in Buenos Aires erfuhr, daß der Funker des Teams, David Ettinger, nicht allein mit allem zurechtkam, was er erledigen mußte.

»Ich glaube, der Chief irrt sich. Wenn er recht hat, dann fliege ich raus und orte das Schiff mit einer Piper Cub.«

»Wenn wir wieder rausgeschickt werden, um es anzustrahlen, wirst du mir das sagen, richtig?«

»Das wird nicht passieren. Aber wir werden vermutlich Fotos davon machen müssen –, wenn ich eine Möglichkeit finden kann, die C-45 ins Land zu bringen.«

»Übernimm dich dabei nicht«, sagte Tony. »Ein Ausflug wie der letzte reicht mir, danke. Und was soll überhaupt der Blödsinn mit Fotos?«

»Ich kann mir denken, wenn wir Fotos von dem Schiff

haben, wie es tatsächlich ein deutsches U-Boot versorgt und das wir versenken – entweder durch eins unserer U-Boote oder mit Bombern oder wie auch immer –, und die Portugiesen oder Spanier aufheulen, können wir ihnen die Fotos zeigen und sagen: ›Ja, das haben wir versenkt. Und zwar deshalb, ihr verdammten ...‹«

»Damit ich das richtig verstehe. Du redest davon, daß wir, also *unser* Team, das neue Schiff orten und bei der Versorgung eines U-Boots fotografieren und dann Ashton und sein Team alles andere erledigen werden?«

»Sie werden unseren Funk benutzen, um mit dem U-Boot Kontakt zu halten«, erklärte Clete. »Aber, ja, wenn sich nichts Neues ergibt, was passieren kann, wird das alles sein. Ich soll versuchen, die Argentinier – die Leute, die nach dem Staatsstreich die Macht haben –, im Sinne der Vereinigten Staaten zu beeinflussen. Oder sie wenigstens davon abzuhalten, sich der anderen Seite zuzuwenden. Wenn ich nichts Blödes tue, wird das wohl kein ernstes Problem sein. Ich habe nicht vor, die Casa Rosada in die Luft zu jagen, Tony.« (Die Casa Rosada – ›Das rosafarbene Haus‹, so genannt wegen seiner Farbe – ist Argentiniens Regierungssitz.)

»Das ist alles?« fragte Tony ungläubig.

»Das ist alles.«

»In welcher Beziehung stehe ich mit Commander Sowieso?«

»In keiner. Er weiß natürlich, wer du bist. Aber ich habe immer noch die Leitung unseres Teams.«

»Ettinger und der Chief zählen dazu?«

Oh, Mann, ich habe vergessen, Graham nach dem Chief zu fragen! Der Chief ist dem Büro des Marineattachés zugeteilt, und Delojo wird wahrscheinlich annehmen, er gehört zu ihm. Und Graham hat das nicht geklärt. Außerdem ist Graham meiner Frage ausgewichen, in welcher Beziehung ich zu Delojo stehe. Verdammt!

»Bis ich etwas anderes höre, gehört der Chief zu unserem Team. Wir brauchen ihn, um die Funkstation zu betreiben. Ettinger kann das nicht allein.«

»Vom wem erhältst du deine Befehle? Von Delojo? Ist ein Commander nicht ranghöher als ein Major?«

Absolut. Ist Graham deshalb meiner Frage ausgewichen, weil ich das hätte verstehen sollen? Aber er hat die Frage nicht *beantwortet. Er soll mich am Arsch lecken. Solange es nicht ausgesprochen ist, nehme ich keine Befehle von Delojo entgegen.*

»Das gilt hier nicht«, sagte Clete. »Ich erhalte meine Befehle von Graham.«

»Mann, ich hatte mir schon Sorgen gemacht.«

»Reibe es ihm nicht unter die Nase, aber wenn Delojo etwas verlangt, das dir nicht gefällt, sag es mir, und ich beende es. Aber ich bezweifle, daß das geschieht. Wenn er herkommt, werde ich ihm verklickern, daß du, Ettinger und der Chief hier für mich arbeiten. Wie geht es ihnen übrigens? Ich wollte Dave besuchen, aber er war nicht daheim.«

»Er ist in der Funkstation. Es geht ihnen prima. Ich fahre alle paar Tage dorthin – wenn ich keine Inventur im PX oder anderen Scheiß mache – und bringe ihnen Zigaretten und anderes aus dem PX und ihre Post.«

»Sie bleiben dort draußen?«

»Der Chief. Ettinger verbringt seine meiste Zeit in Buenos Aires. Die Estancia ist ein guter Treffpunkt für uns.«

»Ich fahre morgen in der Frühe raus. Ich werde zur Funkstation kommen, um dich und Ettinger und den Chief zu sehen, aber ich will nicht, daß einer von euch zum Haus kommt. Es gibt noch einen Gedenkgottesdienst für meinen Vater, für die Leute auf der Estancia. Und viele Leute werden dort sein, die sich Fragen stellen würden, wenn sie dich oder einen der anderen sehen.«

»Okay. Ich lasse mich nicht blicken. Sind diese Leute von der G.O.U.?«

»Du weißt über die G.O.U. Bescheid?«

Tony nickte.

»Ja, Leibermann erzählte mir davon. Sie wollen die Regierung stürzen.«

»Wer erzählte davon?«

»Milt Leibermann. Sie nennen ihn ›Berater für Rechtsfragen‹, aber in Wirklichkeit ist er der FBI-Knabe. Und *er* weiß, für wen wir arbeiten. Er will mit dir so bald wie möglich reden.«

»Mensch, Tony!«

»Ist was?«

»Ich habe genaue Befehle. Ich und damit auch du, wir sollen sowenig Kontakt wie möglich mit dem FBI haben, vorzugsweise keinen.«

»Warum denn das?«

»Wild Bill Donovan und J. Edgar Hoover können sich nicht leiden.«

»Das allein kann es nicht sein.«

»Der Kongreß gab Hoover – dem FBI – die Befugnis, nachrichtendienstliche und spionageabwehrdienstliche Operationen in der westlichen Hemisphäre durchzuführen. Hoover glaubt, das schließt verdeckte Aktivitäten ein – mit anderen Worten das, was wir tun. Aber der Präsident gab dem OSS weltweit die Verantwortung für den Nachrichten- und Spionageabwehrdienst und für besondere Operationen, was offene und verdeckte Sabotage, Spionage, praktisch alles bedeutet. Seit Südamerika bei jedermanns Definition von weltweit eingeschlossen ist, denkt Donovan, Hoover wildert in seinem Revier. Und umgekehrt. Graham meinte es ernst, als er sagte: Halten Sie sich von diesem FBI-Mann fern.«

»Er ist ein netter Kerl, Clete.«

»Halte dich von ihm fern, Tony. Das ist ein Befehl.«

»Jawohl, Sir.« Tony zuckte mit den Schultern. »Aber du solltest dich mit ihm treffen, Clete.«

»Vielleicht später.«

»Ich habe ihm versprochen, ein Treffen mit dir um halb neun im Café Colón zu arrangieren«, sagte Tony zerknirscht. »Er sagte, er wird dort auf dich warten.«

»Du meinst, heute abend?« fragte Clete entgeistert. »Wie bist du auf die Idee gekommen, dir anzumaßen, Verabredungen für mich zu treffen?«

»Ich dachte, es macht dir nichts aus, Clete.«

»Und ob es mir was ausmacht!«

»Okay«, sagte Tony. Er fühlte sich abgekanzelt und war gekränkt. »Es wird nicht wieder vorkommen, Clete.«

Verdammt, dachte Clete. *Es gibt schon genug böses Blut zwischen FBI und OSS. Wenn ich mich nicht mit diesem Typ treffe, wird es noch schlimmer werden.*

»Wo, zum Teufel, ist er – was sagtest du, Café Colón?«

»Café Colón«, bestätigte Tony. »Gleich hinter der Oper*. Da gibt es eine Kellerbar. Er sagt, er wird dort auf dich warten.«

»Woran wird er mich erkennen?« überlegte Clete laut, immer noch in ärgerlichem Tonfall.

»Er hat ein Foto von dir.«

»Du hast ihm ein Foto von mir gegeben?« fragte Clete ungläubig.

»Er hatte eins. Er zeigte es mir. Darauf steigst du aus einem Taxi vor den National Institutes of Health.«

»Mein Gott! Das FBI läuft in Washington herum und fotografiert Leute vom OSS vor dem Hauptquartier?«

Tony zuckte mit den Schultern.

»So ist es wohl. Er zeigte mir das Foto.«

»Ich werde mich mit diesem Typ treffen ... wie heißt er noch?«

»Leibermann.«

»Ich werde mich mit Mr. Leibermann vom FBI treffen und ihn so höflich wie möglich wissen lassen, daß ich

* Buenos Aires' ›Teatro de Colón‹ in der Avenida 9 de Julio ist eines der größten Opernhäuser der Welt.

nicht daran interessiert bin, mir neue Freunde zu machen. Und du tust so was nie wieder, okay?«

Tony nahm den Tadel mit einem Nicken hin. Dann fragte er: »Siehst du den SS-Kerl im Haus deines Onkels?«

»Nein.«

»Verdammter Colonel – Oberst heißt das auf deutsch – von der SS. Komische schwarze Uniform. Ich kann nicht glauben, daß er es wagt, sich dort blicken zu lassen.«

»Wenn sie sich nicht zeigen, könnte es aussehen, als ob sie was mit der Ermordung meines Vaters zu tun haben«, sagte Clete. »Und da wir von Uniformen sprechen, du siehst aus wie auf einem Rekrutierungsplakat. Aber es ist nicht sehr klug, diesen Silver Star zu tragen. Was sagst du, wenn dich jemand fragt, wofür er dir verliehen wurde?«

»Darüber habe ich nachgedacht. Ich trug den Silver Star für deinen Vater. Ohne ihn hätte ich ihn nicht bekommen. Und ich nehme an, man hat ihn aus dem Grund umgebracht, aus dem ich ihn erhielt, wegen unserer Mission, die wir hier erfüllt haben. Außerdem bezweifle ich, daß jemand hier weiß, was ein Silver Star ist. Die Argentinier verleihen jemand Medaillen, der keine dreimal im Monat den Gottesdienst versäumt hat.«

Clete lachte.

»Was unternimmst du bezüglich deines Vaters?« fragte Tony.

»Was meinst du damit?«

»Nun, ich nehme an, dieser SS-Kerl oder der Militärattaché Grüner befahl die Ermordung deines Vaters. Dein Freund von Wachtstein weiß es vielleicht genau und würde es dir sagen.«

»Und?«

»Du weißt von diesem Plastiksprengstoff, den wir in Uruguay besorgt und nie eingesetzt haben? Ich habe ein bißchen davon benutzt, nur um zu sehen, was passiert. Ein Stückchen von der Größe meines Daumennagels, richtig eingesetzt ...«

Mein Gott, der meint das ernst!

»Vergiß es, Tony!«

»... sagen wir mal in einem Telefonhörer ...«

»Hey, ich habe nein gesagt.«

»... würde das verdammte Gehirn des Verbrechers aus dessen anderem Ohr blasen.«

Clete schüttelte mehrmals den Kopf.

»Dein Vater war ein guter Mann, Clete. Er hat mir das Leben gerettet. Seine Mörder sollten nicht ungestraft davonkommen.«

»Danke, Tony, aber nein. Und das meine ich so, wie ich es sage. Ich meine *danke,* und ich meine *nein.* Jedenfalls nicht jetzt.«

»Laß mich wissen, wenn du deine Meinung änderst«, sagte Tony. »Ich betrachte es als eine Sache der Ehre.«

Clete blickte kurz zu Enrico und sagte sich, daß der Tonys Idee für hervorragend hielt und es auch für ihn eine Frage der Ehre war, el Coronels Tod zu rächen.

Es klopfte diskret an der Tür, die sofort durch Antonio geöffnet wurde.

»Verzeihen Sie, Señor«, sagt Antonio. »Eine Señorita Mallin ist da. Ich habe sie gebeten, im Empfangszimmer zu warten, während ich nachsehe, ob Sie da sind.«

»Aha!« sagte Tony und zwinkerte Clete zu. Er blickte auf seine Armbanduhr. »Ich muß ohnehin weg. Dann können die BIS-Jungs zu ihren Frauen und Kindern heimkehren.«

»Was?«

»Die Jungs vom Büro für Innere Sicherheit verfolgen mich, seit du in Argentinien bist. Ist dir nicht der Ford Anglia aufgefallen, der uns von der Alvear aus gefolgt ist?«

Clete schüttelte den Kopf und blickte zu Enrico.

»Glaube mir, sie waren hinter uns her. Und sie parken jetzt gegenüber.«

»Hau ab, Tony«, sagte Clete im Befehlston. »Und du auch, Enrico.«

»Ich werde meine Uniform zum letzten Mal ausziehen«, sagte Enrico und stand auf. »Aber erst setze ich el Teniente in ein Taxi.«

»Antonio, schicken Sie bitte Señorita Mallin herauf«, sagte Clete.

3

Die Tür wurde geöffnet, und die nicht mehr jungfräuliche Prinzessin trat ein. Sie trug jetzt einen Tweedrock und einen graublauen Pullover.

Sie sieht wie die Schönheitskönigin von Tulane aus. Schöner. Damals bei meinem Rendezvous mit der Uni-Schönsten von Tulane stellte sich leider heraus, daß sie ein Miststück war.

Allmächtiger, sie ist wunderschön!

»Du hast mich nicht angerufen«, sagte sie anklagend.

»Ich … äh …«

»Was hast du getrieben?« fragte Dorotea, und dann sah sie die Bierflaschen und den Kühler mit Flaschen auf Eis und beantwortete selbst ihre Frage. »Du hast Bier gesoffen!«

»Schuldig«, sagte er.

»Ich habe seit Stunden am Telefon gewartet!«

»Ich … äh … hielt es für besser, nicht anzurufen. Dein Vater …«

»Was ich dir gesagt habe, hat dir nichts bedeutet?« Dorotea war jetzt den Tränen näher als einer Miene schockierter Empörung.

»Mein Gott, Prinzessin«, sagte Clete. Es klang wie ein Stoßseufzer.

Sie schaute ihm lange in die Augen, und dann lachte sie.

»Wenn du wegen Vater schon Angst hast, mich *anzurufen*, was wirst du ihm dann erst ins Gesicht sagen?«

»Ich weiß es nicht«, bekannte Clete. »Wie bist du weggekommen?«

»Mutter hat mir geholfen«, antwortete Dorotea. »Ich mußte weinen, als mein Vater deinen Onkel Humberto anrief und sagte, wir würden nicht zum Gedenkgottesdienst für deinen Vater zur Estancia Santa Catharina kommen.«

»Ihr wolltet zur Santa Catharina?«

Wenn dort Ramirez, Rawson und die meisten von der G.O.U. sind? Was, zur Hölle, hat das alles zu bedeuten? Wie viele Leute sollen laut Claudia dort sein, vierzig? Vielleicht haben einige davon nichts mit der G.O.U. zu tun; sie werden dort sein, damit es aussieht, als wären es alles Leute, die Claudia aus Mitgefühl besuchen.

»Jetzt nicht mehr. Henry der Kleine hat Vater erzählt, daß er gesehen hat, wie du meine Fingerspitzen geküßt hast.«

»O Gott!«

»Ich bin angeblich im Kino. Da gibt es einen neuen Film mit Bing Crosby und Bob Hope – Straße nach Marokko oder so – im Belgrano. Er sollte mich aufheitern.«

»Oh.«

»Was werden wir jetzt tun, Cletus?«

»Was meinst du damit?«

»Was denkst du denn?« fragte Dorotea ärgerlich.

»Welche Wahl habe ich?«

»Du Bastard!«

»Möchtest du, daß ich vor dir auf die Knie gehe?«

»Das wäre fein«, sagte sie.

»Allmächtiger, das hatte ich fast vergessen.«

»Was?«

Er ging ins Badezimmer. Nach einer Weile wurde sie von Neugier überwältigt und folgte ihm. Er kramte in seiner Toilettentasche.

»Was machst du da?« fragte Dorotea.

Er wurde fündig und überreichte ihr einen Ring. Sie betrachtete ihn unschlüssig.

»Was ist das?«

»Ein Ring«, sagt Clete. »Der meiner Mutter. Mein Großvater gab ihn mir. Ihr High-School-Ring. Ich ... äh ... als er ihn mir gab, sagte ich mir, daß du ihn vielleicht möchtest.«

»Er ist schön«, sagte sie nicht sehr überzeugend. »Sieht katholisch aus.«

»Ja. Von der Herz-Jesu-Klosterschule in New Orleans. Katholischer geht's kaum. Alle netten Mädchen in New Orleans gehen in die Herz-Jesu-Klosterschule.«

»Ich dachte, deine Mutter war in der anglikanischen Kirche.«

»Sie war in der Episkopalkirche. Das ist mehr oder weniger das gleiche. Sie konvertierte zum Katholizismus, als sie meinen Vater heiratete.«

Und das brachte sie um den Verstand.

»Ich will in der anglikanischen Kirche heiraten. Das Baby soll anglikanisch aufgezogen werden.«

»Ich habe noch nicht mal um deine Hand angehalten.«

Sie streifte den Ring über ihren Finger.

»Paßt«, sagt sie. »Und es war der deiner Mutter. Ich werde ihn nie wieder abziehen.« Sie überlegte es sich sofort anders und zog ihn vom Ringfinger. »*Nachdem* du mit Vater gesprochen hast. Dann werde ich ihn nicht mehr ablegen. Ich möchte nicht, daß er hysterisch wird, bevor ihr miteinander redet.«

Sie zog ihren Pullover hoch und steckte den Ring in ihren weißen Büstenhalter, der alles war, was sie unter dem Pullover anhatte. Cletus fand ihre Aktion unglaublich erotisch.

»Bis dahin trage ich ihn an meinem Herzen«, sagte sie, schaute Clete an, las seine Gedanken und kündigte an. »Sie schwellen schon.«

»Tatsächlich?«

»Sie schwellen, und sie sind weicher. Möchtest du sie sehen?«

»Allmächtiger!«

»Erst wenn du mir einen ordentlichen Heiratsantrag gemacht hast«, sagte sie.

»Du zuerst«, forderte Clete.

»Ich soll dir einen Heiratsantrag machen?«

»Nein, mir die Bobbys zeigen.«

»Du bist wirklich ein böser Finger«, sagte Dorotea. »Mein Vater hat vermutlich recht.«

Dann schaute sie ihm in die Augen und zog sehr langsam den Pullover aus, ließ ihn auf den Boden fallen und griff hinter ihren Rücken, um den BH aufzuhaken.

Das Telefon auf dem Nachttisch summte.

»Verdammt, wer kann das sein?« fragte Dorotea. »Geh nicht ran, Cletus!«

Sie lag nackt auf ihm, und ihr Gesicht ruhte auf seiner Brust. Als sie sprach, spürte er die Wärme ihres Atems.

Antonio weiß vielleicht nicht, was genau hier oben los ist, aber es ist ihm klar, daß ich nicht gestört werden will. Dieser Anruf ist vermutlich wichtig.

Clete nahm den Telefonhörer von der Gabel.

»Ein Gentleman besteht darauf, mit Ihnen zu sprechen, Señor Frade«, sagte Antonio. »Er sagt, er ist von der ›Texas A und M‹.«

Sein Tonfall verriet, daß er keine Ahnung hatte, was das war.

»Stellen Sie ihn durch«, sagte Clete. Dorotea schnaubte.

»Ich bin soeben eingetroffen«, sagte Commander Delojo. »Ich wohne – vorübergehend – im Plaza Hotel, und ich hoffe, wir können uns bald treffen.«

»Nicht vor Dienstag oder Mittwoch, befürchte ich. Ich werde durch unseren Freund Kontakt mit Ihnen aufnehmen.«

»Prima«, sagte Delojo. »War schön, Ihre Stimme zu hören.«

Dann war die Leitung tot.

»Ich hoffe, es war wichtig«, sagte Dorotea.

»Ja, das war es.«

»Wichtiger als wir? Konnte es nicht warten?«

Sie neigte den Kopf und liebkoste mit der Zunge eine seiner Brustwarzen. Dann stemmte sie sich plötzlich von ihm auf.

»O Gott, wie spät ist es? Wie lange sind wir hier?«

»Nicht annähernd lange genug.«

»Inzwischen wird Vater im Belgrano angerufen und erfahren haben, wann der Film aus war. Er wird mit der Uhr in der Hand vor der Haustür sitzen.«

»Er wird früher oder später erfahren, daß wir nicht nur Fingerspitzen geküßt haben. Wahrscheinlich früher, unter den gegebenen Umständen.«

»Nicht heute, danke«, sagte sie, erhob sich und schlüpfte aus dem Bett.

Sie hob ihre auf dem Boden verstreuten Sachen auf und schritt nackt ins Badezimmer.

»Du bist das Schönste, was ich je in meinem Leben gesehen habe«, rief Clete ihr nach.

»Wenn wir unser Baby haben, werde ich fett und häßlich sein, und du wirst mich nicht mehr sehen wollen.«

»Mensch, Dorotea!«

»Ich wünschte, Frauen könnten Eier legen wie die Hühner«, rief Dorotea aus dem Badezimmer. »Weißt du, nur auf einem Nest sitzen und brüten.«

»Du bist irre!« rief er, als sie die Badezimmertür schloß.

Er verschränkte die Hände hinter dem Nacken und sah sich im Schlafzimmer um.

Vielleicht sollte ich eine Art Schuldgefühl haben, wenn ich am Tag der Beerdigung meines Vaters in seinem Bett mit einer Frau vögele, aber ich habe keins.

»Soll ich dich nach Hause bringen?« rief er laut.

»Um Gottes willen!« rief Dorotea zurück. »Besorg mir ein Taxi!«

Clete stieg aus dem Bett, zog seine Sachen an und griff nach den verschrammten Cowboystiefeln.

Als Dorotea aus dem Badezimmer kam – viel eher, als er erwartet hatte –, zog er gerade die Stiefel an.

»Diese Stiefel sind eine Schande«, sagte sie.

»Ich mag sie.«

»Was sagst du meinem Vater? Und wann sagst du es ihm?«

»Was, weiß ich nicht. Wann, nächste Woche. Ich muß unbedingt zur Estancia.«

»Warum sprichst du nicht mit deinem Onkel Humberto? Oder mit Claudia?«

»Willst du, daß sie es erfahren?«

»Jeder wird es früher oder später erfahren, Liebling«, sagte Dorotea mit unwiderlegbarer Logik.

»Okay. Du hast recht. Ich rede mit Claudia.«

»Ruf mich an, wenn du mir etwas zu sagen hast. Und jetzt besorg mir ein Taxi.«

»Ich liebe dich, Prinzessin«, sagte Clete.

»Das hoffe ich. Ich tue das, was wir soeben getan haben, nicht mit jedem.«

Sie küßte ihn – ziemlich keusch – auf die Lippen, ging zur Tür und wartete darauf, daß er sie für sie öffnete.

»Antonio wird wissen, daß wir nicht Schach gespielt haben«, sagte Clete scherzhaft.

»Jeder wird bald wissen, was wir getrieben haben«, erwiderte Dorotea. »Aber ich hätte lieber, daß mein Vater es von dir erfährt.«

Sie gingen händchenhaltend die Treppe ins Foyer hinab.

»Es gibt hier Wagen«, sagte er. »Mensch, ich kann dich in einem Rolls-Royce heimschicken.«

»Ein Taxi reicht, trotzdem vielen Dank«, sagte Dorotea.

Als sie bei der Tür waren, tauchte Enrico, jetzt in einem Anzug, wie aus dem Nichts auf.

»Señorita Mallin braucht ein Taxi«, sagte Clete.

»Ich werde sie vom Chauffeur fahren lassen. Oder sie selbst fahren, wenn Sie es wünschen, Señor Clete.«

»Ein Taxi, bitte«, sagte Dorotea.

»Si, Señorita.« Enrico ging zu einem Schirmständer, und als er zurückkehrte, sah Clete, daß er eine doppelläufige Schrotflinte geholt hatte.

»Ist das nötig?« fragte Clete.

Enrico ignorierte die Frage.

»Ich werde ein Taxi besorgen. Sie und die Señorita warten hier.«

Er überquerte die schmale Fläche zwischen Haus und Zaun, ging durch das Tor auf die Avenida Coronel Diaz hinaus und stoppte ein Taxi. Es war ein Ford Modell A, dessen Karosserie am oberen Teil gelb lackiert war.

Als Enrico die Tür des Taxis geöffnet hatte, forderte er Clete mit einem Wink auf, Dorotea zu bringen.

»Warum muß ich mich in einen Mann verlieben, den Leute umbringen wollen?« fragte Dorotea. Sie wirkte überhaupt nicht ängstlich. »Liebling, ruf mich an, wenn du mit Claudia gesprochen hast.«

»Okay.«

Sie küßte ihn schnell und keusch auf die Wange, lief zum Taxi und stieg ein.

Clete sah dem Taxi nach und kehrte dann ins Haus zurück.

X

1

Avenida Coronel Diaz 1728
Palermo, Buenos Aires

10. April 1943, 20 Uhr 55

Enricos Schrotflinte lehnte an der getäfelten Wand hinter ihm, und er döste in einem dunkelroten Ledersessel im Foyer. Er schreckte auf, als Clete aus dem Aufzug kam.

»Ich nehme an, du begleitest mich?« fragte Clete.

Er trug jetzt einen Glencheck-Anzug, ein steif gestärktes weißes Hemd mit dunkelblauer Krawatte und Straßenschuhe. Khakihose, Cowboystiefel und Pulli waren nicht die richtige Kleidung für ein Treffen mit dem Leiter des FBI-Büros in Buenos Aires – auch wenn man ihm nur höflich sagen wollte, daß er einen am Arsch lecken konnte.

»Wohin fahren wir?«

»Zum Café Colón bei der Oper.«

»Ich werde Sie fahren.«

»Ich fahre selbst, danke«, sagte Clete. »Ich bin ein großer Junge. Ich kann sogar meine Schnürsenkel selbst schnüren.«

Enrico hatte kein Ohr für Cletes Esprit.

»Ich werde Sie natürlich begleiten«, sagte er.

Sie gingen durch die Küche in die Tiefgarage. Die Schlüssel des Buick steckten im Zündschloß, und er sprang sofort an. Aber als Clete den Gang einlegen wollte, hielt Enrico seinen Arm fest, öffnete das Handschuhfach und wies hin.

Die Garage war nur schwach beleuchtet, und Clete brauchte einen Moment, bis er erkannte, daß Enrico auf eine .45er deutete.

Das ist keine Colt 1911 A1, sondern eine argentinische Kopie, dachte Clete. *Aber im wesentlichen die gleiche Waffe.*

»Okay, Enrico«, sagte er. »Gracias.«

Enrico schloß das Handschuhfach, und Clete fuhr aus der Garage in Richtung Innenstadt.

Die Avenida 9 de Julio, die an der Avenida del Libertador an den Gleisen des Hauptbahnhofs als Sackgasse endet, ist eine der breitesten Straßen der Welt. Wie die Libertador erinnert sie an Argentiniens Unabhängigkeit. Als Clete in Washington gewesen war, hatte sich ihm der Vergleich dieser Stadt mit Buenos Aires aufgedrängt. Er sagte sich, daß die Avenida del Libertador der Constitution Avenue ähnelte. Aber Washington hatte keine Hauptstraße wie die des Neunten Juli. Er fragte sich, warum nicht.

Es gab auch noch einen anderen Unterschied. Washington war ›verdunkelt‹. Das bedeutete, daß Schilder unbeleuchtet waren und die Lichter, die in Friedenszeiten bei Regierungsgebäuden leuchteten, nach Einbruch der Dunkelheit nicht mehr eingeschaltet wurden und daß per Gesetz vorgeschrieben war, die obere Hälfte von Autoscheinwerfern schwarz zu übermalen.

Theoretisch diente das dazu, daß deutsche U-Boote kein reflektiertes Licht erhielten, das es ihnen erleichterte, Schiffe im Atlantik zu torpedieren. Man deutete ebenfalls an, daß es eine Schutzmaßnahme gegen Angriffe deutscher Bomber auf die Hauptstadt war.

Diese Maßnahmen hätten einen Sinn in New York City oder Miami gehabt, aber Washington war zu weit vom Ozean entfernt, um von dort aus Licht zu sehen. Mit anderen Worten, es war eine Propaganda-Aktion, um das amerikanische Volk daran zu erinnern, daß es sich im Krieg befand. Das erklärte auch die ›Air Raid Wardens‹ und die patriotischen Bürger, die ihre Nächte auf den Dächern von Gebäuden verbrachten, um Alarm zu schlagen, wenn die ersten deutschen Bomber gesichtet wurden.

In der Avenida 9 de Julio brannten die Lampen, und die riesigen Reklameschilder auf den Gebäuden längs der Straße waren hell beleuchtet.

Soweit Clete das sagen konnte, war ihnen niemand vom Haus aus gefolgt.

Sie fanden das Teatro Colón und einen Parkplatz für den Buick, aber sie mußten das Theater umrunden – fast einen Straßenblock weit –, bevor Clete das Café Colón entdeckte, ein wenig beeindruckendes Gebäude im Schatten des Opernhauses.

Tony hatte gesagt, daß Leibermann in der Kellerbar sein würde, und so hielt er danach Ausschau und fand schließlich eine schmale Wendeltreppe, die hinunterführte. In dem schummrigen Raum gab es vielleicht zwanzig Tische, von denen ungefähr die Hälfte besetzt war.

Er schaute sich um. An einem Tisch winkte ein untersetzter, ziemlich schlampig wirkender Mann mit Brille.

Bevor Clete hinging, forderte er Enrico mit einer Geste auf, an einem anderen freien Tisch Platz zu nehmen. Ohne sich zu erheben, hielt der Mann Clete die Hand hin und sagte in perfektem Spanisch: »Dr. Livingstone, nehme ich an?«

»Und Sie müssen Señor Stanley sein«, erwiderte Clete. »Wie schön, Sie hier mitten im dunkelsten Argentinien zu sehen.«

Leibermann lachte. »Danke für Ihr Kommen. Ich war mir nicht sicher, ob Sie herkommen. Ich hörte, was Ihrem Vater widerfuhr. Mein Beileid.«

»Danke«, sagte Clete kurz angebunden. »Ich bin mir nicht sicher, ob ich hätte herkommen sollen. Worum geht es?«

Ein Kellner kam an den Tisch. Clete bestellte Bier, und Leibermann wies auf sein Weinglas, um noch einen Wein zu bestellen.

Dann gab er Clete ein kleines Schwarzweiß-Foto. Es zeigte einen kleinen, aber sehr muskulösen jungen Mann mit Uniformhemd und Hose eines Arbeitsanzugs, dessen Beine abgeschnitten waren. Der junge Mann posierte mit einem Thompson-Maschinengewehr in einer Hand und einem K-bar-Messer in der anderen.

»Mein Sohn«, sagte Leibermann. »Sidney. Corporal. First Raider Bataillon. U.S. Marine Corps.«

»Gutaussehender junger Mann«, sagte Clete.

»Ich erhielt einen sehr netten Brief von einem Lieutenant Colonel namens Merritt Edson«, sagte Leibermann mit ruhiger Stimme. »Er teilte mir mit, daß es ihm eine Ehre war, der Kommandant eines solch feinen jungen Mannes gewesen zu sein; daß er stolz gewesen war, ihn für einen Silver Star vorzuschlagen; und daß sein Grab sorgfältig markiert wurde, damit man seine Gebeine bergen kann, wenn die Schlacht von Guadalcanal vorüber ist.«

»Mein Beileid«, sagte Clete.

»Ich habe den Brief bei mir. Möchten Sie ihn sehen?«

Gott, nein, das will ich nicht!

Leibermann gab ihm den Brief. Clete las ihn und reichte ihn zurück.

»Ich will darauf hinaus, Major Frade, daß Sie und ich – wenn auch nicht jeder im OSS und FBI – in diesem Krieg auf derselben Seite sind.«

»Ich bin nicht mehr Major. Ich bin aus dem Marine Corps entlassen worden«, sagte Clete und wartete darauf, daß Leibermann fortfuhr.

»Ich habe davon gehört«, sagte Leibermann, und sein Tonfall machte klar, daß er es nicht glaubte. »Aber wie heißt es, ›einmal Marine, immer Marine‹? Ich habe nicht gehört, daß Sie nicht mehr beim OSS sind, und dieses Gespräch wird leichter sein, wenn wir keine Zeit damit verschwenden, uns gegenseitig zu verarschen.«

Clete nickte.

Etwas an diesem Typ gefällt mir. Und das hat nichts damit zu tun, daß sein Sohn auf Guadalcanal gefallen ist.

»Meine Befehle – nichts Schriftliches, natürlich, aber ich erkenne einen Befehl, wenn ich einen erhalte«, sagte Leibermann, »lauten, daß ich sowenig Kontakt wie möglich mit dem OSS haben darf. Das gilt ebenso für die Leute, die für mich arbeiten.«

»Ich habe die gleichen Befehle erhalten«, sagte Clete.

»Lassen Sie mich Ihnen ein paar Informationen über mich geben – es sei denn, Sie sind bereits im Bilde?«

»Ich habe Ihren Namen vor ein paar Stunden zum ersten Mal gehört«, sagte Clete.

»Ich stamme aus New York. Ich habe das Bakkalaureat in Wirtschaftsprüfung vom City College of New York. Nach meinem Studium waren amtlich zugelassene Wirtschaftsprüfer nicht gefragt, besonders keine jüdischen. Aber das FBI nahm Bewerbungen von Wirtschaftsprüfern an – in jenen Tagen mußte man entweder Anwalt oder amtlich zugelassener Wirtschaftsprüfer sein, um in das FBI hineinzukommen, und sie konnten mich nicht heraushalten. Ich war im City College of New York Mitglied der studentischen Vereinigung hervorragender Akademiker.«

»Was meinen Sie mit ›nicht heraushalten‹?«

»Es gibt eine Reihe von Witzen über Juden beim FBI. Zum Beispiel: Es gibt so wenige von uns, daß wir eine Tagung in einer Telefonzelle abhalten können. Und ein anderer: Bei der letzten Tagung stimmten wir für eine Petition an J. Edgar Hoover, uns zu behandeln wie Hitler die Juden in Deutschland, weil das eine Verbesserung sein würde.«

Der Kellner servierte den Wein und das Bier. Leibermann prostete Clete zu und nippte an dem Wein.

»Okay. So kam ich zum FBI, überraschte jeden, indem ich die Ausbildung als Agent schaffte und dem Manhattan Field Office zugeteilt wurde. Ich arbeitete als Wirtschaftsprüfer. Ich war glücklich – ich betrachtete mich nie als ein jüdischer Elliott Ness –, und das FBI war glücklich, weil ich ein guter Wirtschaftsprüfer bin. Wenn ich Leute erwischte, die ihre Bücher frisiert hatten, dann wanderten sie für gewöhnlich in den Knast. Zweimal pro Jahr schoß ich mit meiner Dienstwaffe, und dann schloß ich sie in einem Schrank ein. Sie können sich ein Bild davon machen?«

»Ich nehme es an«, sagte Clete.

»Nach 1940 wurde das FBI in Aktivitäten in Südamerika verwickelt. Ich hörte, daß sie jetzt Lateinamerikaner rekrutieren, aber früher gab es ungefähr so wenige Spanisch sprechende FBI-Agenten wie Juden. Jedenfalls, man stöberte in allen Personalakten und stellte fest, daß Leibermann, Milton, ein bißchen Spanisch sprach ...«

»Ihr Spanisch ist ziemlich gut«, warf Clete ein.

»Ich lernte drei Jahre am City College of New York, aber das meiste habe ich in Spanish Harlem aufgeschnappt. Mein Vater hatte eine chemische Reinigung in der 119th Street. Ihr Spanisch ist ebenfalls ziemlich gut.«

»Ich habe von einer mexikanischen Lady gelernt, die unsere Haushälterin in Midland, Texas, war«, sagte Clete.

»Überraschend. Sie können glatt als Argentinier durchgehen«, sagte Leibermann. »Jedenfalls erhielt ich einen vorgedruckten Brief, in dem man mir mitteilte, daß ich für eine Verwendung im Ausland vorgesehen war. Ich sagte mir, das würde irgendwann sein, wenn es in Miami am Vierten Juli schneit, und ich schenkte ihm keine Aufmerksamkeit.«

»Das verstehe ich nicht«, bekannte Clete.

»Jobs für juristische oder wirtschaftliche Berater in Städten wie Buenos Aires erhielten und erhalten für gewöhnlich nette, junge protestantische weiße Angelsachsen von Princeton, nette Mormonenjungs von Brigham Young und gelegentlich sogar ein Ire von Notre Dame, aber fast nie jüdische Wirtschaftsprüfer vom City College of New York.«

»Sie sind hier«, wandte Clete ein.

»Der SAC hier ... Sie wissen, wen ich meine?«

Clete schüttelte den Kopf.

»Der Special Agent in Charge. Die Argentinier erwischten ihn bei etwas Verbotenem und erklärten ihn zur unerwünschten Person. Ihr BIS ... Sie wissen natürlich, was das bedeutet?«

Clete nickte. »Das Büro für Innere Sicherheit.«

»Ihr BIS ist ziemlich gut«, fuhr Leibermann fort. »So machten sie den ASAC, das ist der Assistant Special Agent in Charge, zum SAC. Der schickte ein Kabel los, daß er unbedingt, am besten schon gestern, einen Spanisch sprechenden ASAC braucht. Nun raten Sie mal, wen man als ASAC herschickte?«

»Leibermann, Milton«, sagte Clete und lachte.

»Richtig. Ich war zwei Wochen hier, da wurde wieder jemand zur unerwünschten Person erklärt. Raten Sie mal, wer das war?«

»Der SAC?« Clete lachte von neuem.

»Und da aller guten Dinge drei sind, können Sie raten, wen man vorübergehend zum neuen SAC machte?«

»Beginnt sein Nachname mit L?«

»Richtig. Ich nahm an, das würde so lange dauern, bis ein richtiger SAC mit dem Panagra-Flug von Miami kommt, aber das geschah nicht. Ich weiß nicht, warum. Niemand sonst kam jemals her, um mich abzulösen, und vor ungefähr einem halben Jahr, etwa zu der Zeit, als Sie zum ersten Mal herkamen, machte man meine Ernennung offiziell.«

»Vielleicht sagte sich jemand, daß Sie gute Arbeit leisten.«

»Ich versuche es. Ich nehme an, daß das FBI hiersein soll, um Informationen zu sammeln, nicht um zum Beispiel Schiffe zu versenken und solcherlei Dinge zu tun.«

»Hier versenken Leute Schiffe?«

»So erzählt man. Viele Leute – zum Beispiel Colonel Martin vom BIS – denken, daß der OSS hier solche Dinge tut ... Dinge, die Argentiniens Neutralität verletzen.«

»Ich habe el Teniente Coronel Martin kennengelernt«, sagte Clete. »Ein mißtrauischer Mensch.«

»Er ist ein netter Kerl«, sagte Leibermann. »Wir verstehen uns. Ich stelle sicher, daß das FBI keine Schiffe sprengt, und wir tauschen Informationen aus. Zum Beispiel rief er mich in der Nacht an, in der Sie – Zitat Anfang – Einbrecher – Zitat Ende – in Ihrem Haus in der Libertador erschossen.«

»Das war nett von ihm.«

»Und als jemand dieses portugiesische Schiff versenkte – wie hieß es noch mal?«

»Ich habe keine Ahnung, wovon Sie sprechen«, sagte Clete.

»Die *Reine de la Mer*«, sagte Leibermann. »Sie hieß *Reine de la Mer.* Ich rief ihn an und gab ihm mein Wort, daß ich keine Ahnung hatte, was geschehen war.«

»Warum sollten Sie eine Ahnung haben?«

»Richtig. Warum sollte ich? Ich hatte keine. Und wenn

so etwas wieder passiert, will ich darüber ebenfalls nichts wissen.«

»Das sollte kein Problem für uns beide sein«, sagte Clete.

»Zwischen Martin und mir hat sich eine ziemlich gute Beziehung entwickelt. Wir erzählen uns dauernd interessante Dinge.«

»Zum Beispiel?«

»Zum Beispiel erzählte er mir gerade heute, daß in der Maschine der Lufthansa ein sehr interessanter Passagier war. Ein Mann namens Goltz. Er ist ein SS-Standartenführer – in etwa ein Colonel bei uns oder ein Oberst in Deutschland.«

»Wie interessant.«

»Das war es für mich. Was treibt ein SS-Standartenführer in Argentinien?«

»Keine Ahnung.«

»Wenn Sie etwas hören, lassen Sie es mich dann wissen?« fragte Leibermann. »Ich schlage vor, daß wir, Sie und ich, die gleiche Art Abmachung treffen, wie ich sie mit Teniente Coronel Martin habe. Wenn ich etwas Interessantes höre, gebe ich es an Sie weiter, natürlich inoffiziell. Und umgekehrt, wenn Sie etwas erfahren, geben Sie es inoffiziell an mich weiter.«

»Wenn ich jemals etwas Interessantes höre, werden Sie der erste sein, der es erfährt«, sagte Clete. »Inoffiziell natürlich.«

»Zum Beispiel, was bei der G.O.U.-Versammlung an diesem Wochenende los ist.«

»Die G.O.U.-Versammlung? Ich weiß nicht, wovon Sie reden«, sagte Clete.

»Auf der Estancia Santa Catharina«, sagte Leibermann. »Sie werden beisammensitzen, ein bißchen Vino trinken, Steaks essen, singen und vielleicht ein bißchen mit Sombrero herumtanzen. Und dann ... «, er schnippte mit den Fingern, »... wenn sie ein paar Minuten Zeit finden, werden sie entscheiden, wer der nächste Präsident von Argentinien wird, nachdem Ihr Vater nicht mehr zur Verfügung steht. Und vielleicht werden sie sogar beschließen, *wann* sie Castillo stürzen. Sie können sicherlich verstehen, warum ich alles hören möchte, was Sie zufällig aufschnappen.«

»Ich habe nichts von einer Versammlung gehört«, sagte Clete. »Und wenn es eine gibt, wurde ich nicht dazu eingeladen.«

»Halten Sie mich nicht für so dumm, wie ich aussehe«, sagte Leibermann. »Einer der Coronels, die dort sein werden, ist ein großer Typ namens Juan Domingo Perón. Er war ein enger Freund Ihres Vaters. Er kam gestern aus Deutschland zurück, und zwar mit demselben Flugzeug, in dem der SS-Standartenführer war. Es gibt hier viele Leute, mich eingeschlossen, die den Hurensohn für einen echten Nazi halten. Und ich möchte wissen – die US-Regierung möchte wissen –, welche Rolle der Nazi-Hurensohn bei dem Staatsstreich spielt und welche Rolle er in der neuen Regierung spielen wird, wenn die Spezis Ihres Vaters damit durchkommen. Ich wüßte jede Information äußerst zu schätzen, die Sie mir geben können.«

Leibermann zog seine Brieftasche hervor und gab Clete ein Kärtchen, auf dem drei Telefonnummern standen

»Mein Büro, meine Wohnung und eine Nummer, die rund um die Uhr angewählt werden kann. Ihr Kodename ist ›Cowboy‹, wenn Sie nicht Ihren richtigen Namen nennen wollen.«

»Cowboy?«

»Cowboy«, bestätigte Leibermann. »Hat man Ihnen auf der OSS-Schule nicht beigebracht, daß man sich solche Telefonnummern einprägt und dann das Kärtchen verbrennt?«

»Ich war nicht auf der OSS-Schule«, sagte Clete.

»Warum überrascht mich das nicht?« erwiderte Leibermann trocken und erhob sich unvermittelt. Er setzte ein breites Lächeln auf und gab Clete die Hand.

»Nun, es war mir ein großes Vergnügen, Ihre Bekanntschaft zu machen, Señor Frade«, sagt er mit erhobener Stimme, damit jeder im Lokal es hören konnte. »Willkommen daheim in Argentinien!«

Er schüttelte Clete überschwenglich die Hand und ging dann zur Treppe.

2

Büro für Innere Sicherheit (BIS)
Verteidigungsministerium
Edificio Libertador
Avenida Paseo Colón
Buenos Aires

11. April 1943, 9 Uhr 15

Der Chef des Büros für Innere Sicherheit des Verteidigungsministeriums, el Almirante Francisco de Montoya, schaute gern aus dem Fenster seines Büros im neunten Stock auf den Rio de la Plata. An klaren Tagen konnte er jenseits des Flusses die Küste von Uruguay bei Colonia del Sacramento erkennen.

Der Admiral war besonders stolz darauf, daß er durch ein Fernrohr auf einem Dreibein, das ihm Captain Sir Bernard Jules-Wiley, Royal Navy, der britische Militärattaché, geschenkt hatte, die Schiffe auf dem Fluß betrachten konnte. Montoya hatte einst bei el Teniente Coronel Alejandro Bernardo Martin, den er mochte und zugleich ein wenig fürchtete, im Scherz gesagt, wenn sein Bürofenster nicht zum Fluß, sondern zur Stadt hinausblicken würde, könnte er vermutlich in obere Apartmentfenster spähen und einige von Buenos Aires' schönsten Damen in Unterwäsche oder gar pudelnackt sehen.

Der Admiral hatte den Hintern auf seinem Schreibtisch deponiert und spähte durch sein Royal-Navy-Fernglas, als Martin den Kopf durch die Tür steckte.

»Sie haben mich rufen lassen, el Almirante?«

Es war ungewöhnlich, daß Montoya ihn antanzen ließ, und das machte Martin ein wenig nervös. Normalerweise gab sich Montoya damit zufrieden, zuzuhören, wenn Martin eine interessante Information zu berichten hatte. Für gewöhnlich rief er ihn nur in sein Büro, wenn er eine besondere Frage beantwortet haben wollte, oder – noch seltener – wenn er selbst etwas mitzuteilen hatte, das Martin seiner Ansicht nach wissen sollte.

Jetzt beunruhigte Martin, daß Montoya vielleicht irgendwie von OUTLINE BLUE erfahren hatte. Einerseits würde er, Martin, durch dieses Wissen wie ein unfähiger Dummkopf wirken, weil er es nicht selbst herausgefunden hatte. Andererseits würde es seine Loyalität – mit jeder Berechtigung der Welt – in Frage stellen.

Noch schlimmer, es war möglich, daß Montoya nicht nur von der Existenz von OUTLINE BLUE erfahren hatte, sondern auch, daß OUTLINE BLUE verschwunden war und ein beträchtliches Risiko bestand, daß es in die Hände von Präsident Castillos Anhängern fiel.

Martin arbeitete lange genug für Montoya, um eine gute Vorstellung von dessen Gedankengängen zu haben. Er hatte keinen großen Respekt vor Montoyas Intelligenz. Manchmal gab el Almirante Beispiele von großer Blödheit. Dennoch bewies er häufig fast erstaunliche List – wie viele andere ranghohe Offiziere und Beamte, die Martin kennengelernt hatte und die von ihrem Schöpfer nicht gerade großzügig mit Verstand ausgestattet worden waren.

Martin wußte, daß Montoya hin und her überlegt hatte, ob der geplante Staatsstreich erfolgreich sein würde oder nicht. Wenn er klappte, wollte er wahrheitsgemäß sagen können, daß er Frade, Ramirez, Rawson und die anderen zwar nicht offen hatte unterstützen können, daß er jedoch alles in seiner Macht Stehende getan hatte, um ihre noble Sache zu unterstützen. Zum Beispiel hatte er Teniente Coronel Martin befohlen, keinen von ihnen überwachen zu lassen.

Wenn der Staatsstreich scheiterte, dann wollte er in der Lage sein, wahrheitsgemäß sagen zu können, daß er Teniente Coronel Martin befohlen hatte, ihm sofort jedes Anzeichen darauf zu melden, daß Frade, Ramirez, Rawson oder sonst jemand einen verräterischen Staatsstreich plante.

Diesen Tanz auf zwei Hochzeiten konnte er nur schaffen, wenn er Martin nicht zu viele Fragen stellte. Martin war sich darüber im klaren, daß Montoya nichts von einem Plan namens OUTLINE BLUE für einen Staatsstreich wissen wollte. Lieber wollte er, daß Martin ihm berichtete, daß ein Staatsstreich geplant war und ob er scheitern oder gelingen würde.

An diesem Punkt konnte er in Aktion treten.

Martin hatte deshalb Montoya nicht informiert, daß es den Plan OUTLINE BLUE gab oder daß er verschwunden war und auf Präsident Castillos Schreibtisch auftauchen konnte. Wenn er ihm das gesagt hätte, wäre das mit an Sicherheit grenzender Wahrscheinlichkeit genug gewesen, um Montoya zu veranlassen, sich auf die Seite des gegenwärtigen Regimes zu stellen.

Und schließlich, wenn Castillo von OUTLINE BLUE wußte und der Plan trotzdem klappte, konnte Montoya glaubwürdig argumentieren, daß er unter den gegebenen Umständen nur seine Pflicht hatte tun können. Und um den Staatsstreich zu unterstützen, habe er sie so lange wie möglich erfüllt.

»Ah, Bernardo«, sagte der Admiral. »Wir sehen Sie nicht oft in Uniform.«

»Ich trage sie von Zeit zu Zeit, mi Almirante, um mir in Erinnerung zu rufen, daß ich einst ein ehrbarer Kavallerist war.«

Das stimmte zwar, doch es war nicht der wahre Grund, weshalb er an diesem Morgen seine Uniform trug. Er war auf dem Weg zum Flugplatz El Palomar – wenn Montoya ihn nicht zu sich bestellt hätte, wäre er bereits auf halbem Weg dorthin –, wo ihn ein leichtes Flugzeug vom Campo de Mayo* abholen sollte. Fast mit Sicherheit würden von irgendeinem eifrigen Beamten auf El Palomar Fragen gestellt werden, wenn ein Flugzeug der Armee einen Zivilisten aufnahm, und Martin wollte nicht mehr Aufmerksamkeit auf sich ziehen als unbedingt nötig.

Besonders heute. Obwohl er durch seine Ausweispapiere Zugang zu jedem argentinischen Militärstützpunkt oder zu jeder Regierungsbehörde hatte und befugt war, Personal und Ausrüstung zu überprüfen, wann immer er das für nötig hielt, wiesen die Papiere auch darauf hin, daß jede Frage bezüglich seiner Aktivitäten an el Almirante Francisco de Montoya persönlich zu richten war. Er wollte vermeiden, daß Montoya erfuhr, wohin er flog oder warum.

»Meinen Sie, Sie sind jetzt kein ehrbarer Kavallerist mehr?« fragte Montoya im Scherz.

»Ein ehrbarer Kavallerist, mi Almirante, beginnt den Tag nicht mit einer Befragung der Damen der Nacht über die Vorzüge Ihrer Freier der vergangenen Nacht.«

* Der riesige argentinische Militärkomplex außerhalb von Buenos Aires. 1943 gab es auf dem Campo de Mayo ein Kavallerieregiment, ein Infanterieregiment, ein Pionierbataillon, eine Reitschule, die Artillerieschule, das Militärgefängnis, eine Reihe von Versorgungseinheiten, den Campus der Militärakademie und die Gebäude und Flugplätze dessen, was später die argentinische Luftwaffe werden würde.

»Haben Sie tatsächlich diese … Damen befragt?«

»Der Agent, der diese Informationen sammeln sollte, erkrankte, und ich hielt es für besser, nicht zu warten, bis er gesund ist.«

»Und wer waren die Freier der Damen?«

»Gradny-Sawz und der deutsche Standartenführer, der zu Besuch hier ist.«

»Komisch, ich rief Sie her, um Sie über ihn zu befragen. Wer ist er, und was treibt er hier?«

»Ich weiß nicht viel, nur daß er und Gradny-Sawz alte Freunde sind; daß Gradny-Sawz ihn veranlaßte, aus dem Alvear auszuziehen und in seinem Haus zu wohnen; und daß laut Damen der Nacht beide Herren tadellose Umgangsformen hatten.«

»Tatsächlich?«

»Es gab Champagner und Tanz zu Musik vom Phonographen. Später setzte Gradny-Sawz' Butler sie in ein Taxi und entlohnte sie großzügig für ihre Mühen.«

»Und die Damen hörten nichts von Interesse?«

»Man erzählte ihnen, daß Wien die romantischste Stadt der Welt ist. Anscheinend lernten sich Goltz und Gradny-Sawz dort kennen.«

»Wie sonderbar.«

»Ehrlich gesagt, ich war erleichtert. Ich finde es abscheulich, Dossiers über absonderliche sexuelle Vorlieben anzulegen.«

»Abscheulich, aber manchmal sehr nützlich.«

»Ich finde das Benutzen solcher Informationen sogar noch widerlicher«, sagte Martin.

»Ist Ihnen jemals in den Sinn gekommen, Bernardo, daß Sie vielleicht im falschen Metier arbeiten?«

»Oftmals, mi Almirante. Erst vor zwei Minuten habe ich daran gedacht.«

»Leider, Bernardo, sind Sie sehr gut in Ihrer Arbeit. Gibt es etwas über den jungen Frade?«

Bei Gott, er weiß nichts über OUTLINE BLUE. Oder daß der

Plan verschwunden ist. Wenn er davon wüßte, hätte er das Thema jetzt zur Sprache gebracht!

»Er traf sich mit Leibermann im Café Colón. Er fuhr allein dorthin – abgesehen natürlich von Suboficial Mayor Rodriguez. Der Agent, der ihn beschattete, sagte, er wäre im Verkehr geschickt zurückgeblieben, damit er nicht gesehen wurde – ich bin mir nicht sicher, ob ich das glauben soll oder ob er sich abhängen ließ. Jedenfalls hat ihn der Agent, der auf Leibermann angesetzt war, gesehen und im Büro angerufen, um seinem Kollegen mitzuteilen, wo er den jungen Frade finden kann.«

»Und ihr Gespräch?«

»Es konnte nichts mitgehört werden. Sie waren eine knappe halbe Stunde zusammen und trennten sich dann. Leibermann fuhr nach Hause und der junge Frade ebenfalls.«

»Bestätigt Ihrer Ansicht nach dieses Treffen mit dem Leiter des FBI-Büros und Señor Frade, daß Frade als Leiter der OSS-Station zurückgekehrt ist?«

»Leibermann sagte mir, daß der neue Marineattaché der neue Leiter der OSS-Außenstelle ist. Seine Name ist Delojo, Commander Delojo, und er traf gestern ein. Als ich Leibermann über die Beziehung zwischen Frade und Delojo befragte, zuckte er mit den Schultern.«

»Heißt das, er weiß es nicht, oder wollte er es Ihnen nicht sagen?«

Martin lachte leise. »Das heißt entweder, er wollte es mir nicht sagen, oder er weiß es wirklich nicht.«

»Sie vertrauen Leibermann, nicht wahr?«

»Er hat mich nie angelogen.«

»Wir können wohl davon ausgehen, daß Frade immer noch eine Verbindung mit dem OSS hat.«

Ja, und wir können wohl davon ausgehen, daß morgen wieder die Sonne aufgeht und der Winter dem Herbst folgen wird. Mein Gott, muß er wirklich darüber nachdenken?

»Jawohl, mi Almirante. Aber ob er seine Befehle von diesem Delojo erhält oder umgekehrt Delojo Befehle gibt, ist noch nicht klar. Leibermann sagt, Delojo ist ein erfahrener Offizier des Marinenachrichtendienstes. Ich würde gern annehmen, daß er hergeschickt wurde, um Frade zu kontrollieren, aber ich habe immer etwas gegen offenkundige Antworten.«

Montoya stieß einen Grunzlaut aus und zuckte mit den Schultern.

»Ich möchte wirklich wissen, was mit diesem Deutschen los ist, diesem Standartenführer.«

Meinst du, das weiß ich nicht?

»Es ist durchaus möglich, daß er auf einem Routinebesuch hier ist. Wenn es andererseits kein Routinebesuch ist, dann hat er vermutlich etwas mit den deutschen Plänen zu tun, ein Ersatzschiff für die *Reine de la Mer* zu schicken.«

»Haben Sie eine Meinung dazu?«

»Das war sie, mi Almirante.«

»Sonst noch etwas?«

»El Coronel Juan Domingo Perón wird sich an diesem Wochenende mit General Rawson und einigen anderen auf der Estancia Santa Catharina treffen.«

»Um Señora Carzino-Cormano zu trösten?« fragte Montoya.

»Es findet in der Kapelle der Estancia San Pedro y San Pablo ein Gedenkgottesdienst für el Coronel Frade statt«, sagte Martin. »Sie ist natürlich eingeladen und ebenfalls eine Reihe von ihren – und el Coronels – alten und lieben Freunden.«

»Argentinien wird Jorge Guillermo Frade vermissen, und mir wird er ebenfalls fehlen«, sagte Montoya. Dann schaute er Martin fragend an. »Woher haben Sie Peróns Pläne für das Wochenende erfahren?«

»Er wohnt in Frades Gästehaus in der Libertador. Capitán Lauffer rief ihn gestern abend dort an und fragte ihn, wann General Rawson ihn heute morgen dort abholen soll. Da ich wußte, daß General Rawson ...«

»Ich dachte, ich habe vorgeschlagen und Sie pflichteten mir bei, daß weder bei General Ramirez noch bei General Rawson die Telefonleitung angezapft wird, oder irre ich mich?«

»Die Leitung, die überwacht wurde, mi Almirante, ist die in Frades Gästehaus. Ich ließ sie abhören, weil ich annahm, daß der junge Frade nach Argentinien zurückkehren könnte, was ja tatsächlich eingetreten ist.«

Montoya dachte anscheinend darüber nach. Dann wechselte er das Thema.

»Peróns Rückkehr aus Deutschland könnte bedeuten, daß sie zum Handeln bereit sind.«

»Ja, das könnte sein.«

»Aber Sie bezweifeln das, Bernardo?«

»Ich habe keine Meinung ausgesprochen.«

»Selbst wenn wir ihren Kode nicht knacken können, könnte es interessant sein, ob es eine Zunahme des Funkverkehrs von der amerikanischen Funkstation auf der Estancia San Pedro y San Pablo während oder kurz nach diesem Wochenende gibt.«

»Ich habe befohlen, daß rund um die Uhr die Frequenzen überwacht werden, die sie benutzen, mi Almirante.«

»Die große Frage ist, Bernardo, wieviel Kontakt es zwischen der G.O.U und den Nordamerikanern gab. Wenn überhaupt welchen. Wenn plötzlich der Funkverkehr zunimmt ...«

»Ich verstehe, was Sie sagen wollen, mi Almirante.«

»Halten Sie mich auf dem laufenden, Bernardo«, sagte Montoya. »Darüber und über diesen deutschen Standartenführer.«

»Selbstverständlich, mi Almirante.«

»Danke, Bernardo. Das war alles.«

Er weiß gar nichts. Ich bezweifle sogar, daß er etwas

gehört *hat. Aber da ist wieder diese verdammte Gerissenheit, diese Bauernschläue, mit der er* spürt, *daß etwas Wichtiges im Gange ist.*

3

Botschaft des Deutschen Reichs
Avenida Córdoba
Buenos Aires, Argentinien

11. April 1943, 9 Uhr 20

Als Standartenführer Josef Goltz das Büro des Botschafters betrat, hob er den rechten Arm zum Nazigruß.

»Ich weiß sehr zu schätzen, daß Sie am Wochenende Zeit für mich finden, Herr Botschafter«, sagte er.

»Zu Ihren Diensten, Standartenführer«, sagte Botschafter Manfred Alois Graf von Lutzenberger. Er erhob sich nicht hinter dem Schreibtisch und erwiderte auch nicht den Gruß. Statt dessen reichte er Goltz die Hand und forderte ihn mit einer Geste auf, in einem Sessel Platz zu nehmen.

»Darf ich darum bitten, daß sich der Erste Sekretär Gradny-Sawz und Oberst Grüner zu uns gesellen?« fragte Goltz.

Von Lutzenberger telefonierte.

»Bitten Sie Herrn Gradny-Sawz und Oberst Grüner zu mir«, wies er seine Sekretärin an. »Und bringen Sie bitte ein kleines Frühstück für uns alle, ja?«

Er lächelte Goltz an.

»Gradny-Sawz hat Probleme mit der argentinischen Version von einem kleinen Frühstück«, sagte er. »Als Wiener hält er natürlich Wiener Konditorwaren für die besten der Welt. Mit mehr Sahne, mehr Butter.«

»Und?«

»Hier gibt es die gleichen Konditorwaren. *Wiener* stellen sie her. Sogar die Namen auf spanisch sind die gleichen. Doch wenn das Wiener Rezept sechs Eier und zweihundert Gramm Butter verlangt, dann nehmen sie hier ein Dutzend Eier und ein halbes Kilo Butter. Das richtet nicht nur Schreckliches bei Gradny-Sawz' Taille an, sondern erschüttert auch seinen heiligen Glauben an die Überlegenheit aller Wiener Dinge.«

Goltz lächelte. »Ich habe Gradny-Sawz in Wien kennengelernt. Vor dem Anschluß.«

»Ja, das hörte ich«, sagte von Lutzenberger, und als die Tür geöffnet wurde: »Ah, da ist er ja!«

Gradny-Sawz trat ein und entbot etwas korrekter als zuvor Goltz den Nazigruß.

»Heil Hitler!« sagte er. »Guten Morgen, Herr Botschafter.«

Oberst Karl-Heinz Grüner, in Zivilkleidung, folgte ihm auf dem Fuß. Sein einziger Gruß war ein kurzes Verneigen zu dem Botschafter.

»Ich habe Kaffee und etwas Kuchen bestellt«, sagte von Lutzenberger, ohne Gradny-Sawz' Gruß zu erwidern.

Gradny-Sawz ging zu einer Couch und machte es sich darauf bequem. Grüner setzte sich neben ihn.

»Josef«, sagte Gradny-Sawz, »die Konditoreiwaren hier sind unglaublich. Fast so gut wie in Wien. Vermutlich, weil sie von Wienern gemacht werden.«

Goltz und von Lutzenberger tauschten lächelnd einen Blick.

Von Lutzenbergers Sekretärin, Fräulein Ingeborg Hässel, schob einen Servierwagen mit Konditoreiwaren und einem silbernen Kaffeeservice herein.

Gradny-Sawz schaute auf den Servierwagen, ohne von

Fräulein Hässel Notiz zu nehmen. Sie war eine Jungfer in mittlerem Alter, die ihr graues Haar streng zurückgekämmt und zu einem Dutt gebunden trug.

»Und sogar Schlagobers«, sagte er, als er die Schlagsahne auf dem vollen Servierwagen entdeckte. »Fast wie in Wien.«

Die Sekretärin servierte zuerst dem Botschafter und dann den anderen Kaffee und gab wie gewünscht Zucker und Schlagsahne hinein. Schließlich lud sie den Anweisungen der Männer entsprechend mit einem Tortenheber Konditoreiwaren auf Teller und verteilte sie.

»Das ist alles, Fräulein Hässel, vielen Dank«, sagte von Lutzenberger. »Und bitte keinerlei Störung.«

Fräulein Hässel lächelte gezwungen und verließ das Büro.

Goltz stellte seine Kaffeetasse ab, erhob sich und ging zu von Lutzenberger.

»Die erste Frage, die wir Deutschen stets stellen, ist ›mit wessen Genehmigung? ...‹ sagte er lächelnd. »Dies ist meine Genehmigung, Herr Botschafter.«

Er überreichte ihm das Kuvert, das er von Bormann in der Wolfsschanze erhalten hatte.

Von Lutzenberger öffnete den Umschlag, las das Schreiben ohne sichtbare Reaktion, faltete es, steckte es in das Kuvert und gab es Goltz zurück.

»Ein bemerkenswertes Dokument, Standartenführer«, sagte er.

Goltz gab das Kuvert Grüner.

Er gibt es nicht Gradny-Sawz, dachte von Lutzenberger. *Das bedeutet, daß er es bereits gesehen hat.*

»Ich brauche nicht zu betonen, daß alles, was hier gesagt wird, in diesen vier Wänden bleibt«, sagte Goltz.

»Wirklich ein Jammer, daß dies ein geheimes Dokument ist«, sagte Grüner und gab es ihm zurück. »Bei diesen Unterschriften würde ein Sammler von Autogrammen der Mächtigen einen stolzen Preis dafür bezahlen.«

»Ich werde es behalten und mir das merken, Oberst. Vielleicht nach dem Krieg ...«

Es folgte höfliches Lachen. Gradny-Sawz lachte etwas später als der Botschafter.

»Wie können wir Sie bei Ihrer Mission unterstützen, Standartenführer?« fragte von Lutzenberger.

»Lassen Sie mich ein bißchen Hintergrundinformationen geben, wenn ich darf. Informationen historischer und philosophischer Art«, begann Goltz. »Wir müssen stets daran denken, daß wir alle die Ehre haben, Teilnehmer an den ersten Tagen des Tausendjährigen Reichs zu sein. *Tausendjähriges* Reich. Eine lange Zeit. Wenn ich eine Zeitreise ins Jahr 2943 – *nach Christus* – machen würde, würde es mich nicht überraschen, daß der Kalender nicht mehr nach dem Geburtsdatum eines hebräischen Zimmermanns in Palästina berechnet ist, sondern von 1933 an, dem Jahr der Machtübernahme des Führers, und daß ich jetzt im Jahr 1000 – *nach unserem Führer* – bin.«

Dieser Idiot glaubt wirklich, was er sagt, dachte von Lutzenberger. *Und es gibt nichts Gefährlicheres als einen Idioten und Fanatiker mit Macht.*

»Mit diesem Gedanken im Sinn, daß wir es hier nicht mit Jahren oder Jahrzehnten oder sogar Jahrhunderten zu tun haben, sondern mit einem Jahrtausend«, sagte Goltz, »ist es nötig, daß unsere Führer – wenn Sie so wollen, die Jünger unseres Führers –, über Dinge nachdenken, die normale Deutsche für undenkbar halten würden.«

»Warum nicht?« fragte Gradny-Sawz nachdenklich. »Warum beginnen wir die Zeitrechnung nicht mit dem Tag, an dem der Führer die Führung übernahm?«

Warum nicht? dachte von Lutzenberger. *Schließlich haben wir bereits in* Mein Kampf* *das* neue *Neue Testament. Die Bibel laut Adolf.*

* *Mein Kampf* wurde von Adolf Hitler während seiner Haft in Landsberg nach dem gescheiterten Münchener Staatsstreich

»Ich bezweifle, Anton, daß der Standartenführer den weiten Weg gekommen ist, um über eine mögliche Korrektur des Kalenders zu diskutieren«, sagte von Lutzenberger. »Welche undenkbaren Dinge meinen Sie, Standartenführer?«

»Das bringt uns zur Geschichte«, sagte Goltz. »Geschichte, mit der wir alle hier im Raum vertraut sind. Zum Waffenstillstand von 1918 und zum Versailler Vertrag von 1919.*«

»Ich kann Ihnen nicht ganz folgen, Standartenführer«, sagte Grüner.

»Stellen wir uns mal den Waffenstillstand – sagen wir – 1944 vor, gefolgt von der Washingtoner Konferenz 1945.«

»Jetzt kann *ich* Ihnen nicht folgen, Standartenführer«, sagte von Lutzenberger.

»Unsere Führer, die Männer, die mir diese Mission übertragen haben, hatten die Pflicht, das Undenkbare in Erwägung zu ziehen. Einen Waffenstillstand von 1944, nicht viel anders als der Waffenstillstand von 1918, gefolgt

geschrieben. Das Buch war in vielen deutschen Wohnungen und Häusern wie die Bibel, und die Tantiemen waren die Hauptquelle für Hitlers persönlichen Reichtum und wurden unter anderem für den Berghof auf dem Obersalzberg bei Berchtesgaden benutzt.

* Unter dem Versailler Vertrag verlor Deutschland 70580 Quadratkilometer mit fast 6,5 Millionen Einwohnern an Polen, Frankreich, Litauen und die Tschechoslowakei. Danzig wurde Freistaat, verwaltet von Polen. Der größte Teil des Rheinlands wurde von den Alliierten besetzt. Das Saarland wurde einer Völkerbundkommission unterstellt. Die Ströme Rhein, Oder, Memel, Donau und Mosel wurden internationalisiert. Österreich wurde jedes zukünftige Bündnis mit Deutschland verboten.
Aller deutscher Besitz, einschließlich des von deutschen Privatleuten, wurde konfisziert. Fast die gesamte Handelsflotte wurde enteignet. Über 140000 Milchkühe wurden als Reparationen aus Deutschland verschifft, ebenfalls schwere Maschinen und ganze Fabriken. Und große Mengen von Eisenerz, Kohle und sogar Vieh wurden von den Alliierten requiriert.

von einer anderen Konferenz wie der von Versailles im Jahre 1919.«

»Sie wollen doch nicht sagen, daß ein Waffenstillstand von 1944 möglich ist?« fragte Grüner herausfordernd.

»Persönlich sage ich das natürlich nicht. Ich glaube an den Endsieg. Hier muß erwogen werden, *wenn* es einen Waffenstillstand von 1944 geben *sollte*, kann ihm keine – *darf* ihm keine Wiederholung der Versailler Konferenz von 1919 folgen.«

»Ehrlich gesagt, Standartenführer«, sagte von Lutzenberger empört, »wenn Sie nicht die Vollmachten von unseren Führern hätten, würde ich solches Gerede als gefährlich nahe an Defätismus und vielleicht sogar Verrat betrachten!«

Diese Reaktion wurde von mir erwartet, und ich habe sie wohl überzeugend gebracht. Worauf will dieser SS-Schleimer hinaus?

»Herr Botschafter«, sagte Gradny-Sawz. »Ich muß Ihnen sagen, daß meine Reaktion Ihrer ähnelte, bevor der Standartenführer mir das erklärte.«

»Das hoffe ich!« sagte von Lutzenberger.

»Lassen Sie mich versuchen, es zu erklären, Graf von Lutzenberger«, sagte Goltz. »Seien wir realistisch. Der Krieg hat sich in letzter Zeit nicht ganz nach unseren Vorstellungen entwickelt. Und natürlich müssen sich unsere Führer mit kalten Fakten beschäftigen. Niemand schmälert die Tapferkeit und die Selbstaufopferung der Sechsten Armee bei Stalingrad – doch die kalte Tatsache ist, daß die Sechste Armee, dreihunderttausend Mann stark, dort ausgelöscht wurde.«

»Wie ich das sehe, erfüllten die Männer ihre Soldatenpflicht für Deutschland bis zum Ende«, sagte Grüner.

»In der Tat. Und es wäre sinnlos, zu leugnen, daß die Lage in Afrika ernst ist, daß alliierte Bomber dem Vaterland großen Schaden zufügen; und daß dem Führer nicht so schnell, wie er erhofft hat, die nächste Stufe von

Waffen geliefert werden kann. Lassen Sie mich abschweifen, ich hatte das Privileg, in Peenemünde* Zeuge beim Test von Waffen zu sein, die meiner Ansicht nach nicht nur die alliierten Flugzeuge vom Himmel fegen, sondern auch England in die Knie zwingen werden. An *unseren* Konferenztisch, wenn Sie so wollen, an dem sie um *unsere* Bedingungen für einen Waffenstillstand betteln.«

Von Lutzenberger dachte: *Und irgendwo in den Bayerischen Alpen gibt es ein Schwein, das ›An der schönen blauen Donau‹ pfeifen kann.*

»Tatsächlich?« fragte Grüner.

»Raketen, Herr Oberst, die fast mit Schallgeschwindigkeit fliegen«, sagte Goltz. »Und es gibt noch andere Waffen, propellerlose Flugzeuge zum Beispiel, die schneller sind als alles, was jetzt fliegt. Außerdem haben wir neue Panzer in der Entwicklung – ein ganzes Waffenarsenal –, und ich bin sicher, daß sie die entscheidende Wende herbeiführen. Aber der springende Punkt ist, daß sie vielleicht nicht rechtzeitig zur Verfügung stehen. Unsere Führer haben die Pflicht, die unangenehmen Alternativen zu erwägen. Was uns, wenn ich das ausführen darf, wieder zu dem Waffenstillstand von 1944 zurückbringt.«

»Ich habe Vertrauen in den Führer«, sagte Gradny-Sawz.

»Wie wir alle«, sagte Goltz in ungeduldigem Tonfall. »Aber lassen Sie mich bitte fortfahren. Ziehen wir mal das Unmögliche in Betracht. Sagen wir hypothetisch, 1944 entscheidet der Führer, daß ein Waffenstillstand das beste für Deutschland ist.«

»Die Briten, Amerikaner und Russen haben in Casablanca unsere bedingungslose Kapitulation gefordert«, sagte von Lutzenberger.

* Deutsche V-1- und V-2-Raketen wurden in Peenemünde unter Wernher von Braun entwickelt.

»Rhetorik. Wenn wir einen Waffenstillstand anbieten, werden sie sich darauf stürzen«, sagte Goltz. »Aber eine Konferenz nach einem Waffenstillstand 1944 wird weitaus schlimmer für Deutschland werden als die Versailler Konferenz. Roosevelt ist praktisch in der Hand von Juden. Sein Staatssekretär Morgenthau *ist* Jude. England ist nicht viel besser, und Frankreich ist viel schlimmer, wie wir alle wissen. Und Rußland!«

»Dann sollten wir keinen Waffenstillstand suchen!« sagte Gradny-Sawz entschieden.

»Hier haben unsere Führer in einem längeren Zeitrahmen gedacht, dem Jahrtausend des Tausendjährigen Reichs«, sagte Goltz. »Es ist möglich – ich sage nicht wahrscheinlich, sondern *möglich* -, daß der Führer entscheidet, ein paar Jahre Demütigung Deutschlands ist jetzt ein Preis, der gezahlt werden muß, damit das Tausendjährige Reich am Ende triumphiert.«

»Darf ich fragen, was das mit Argentinien zu tun hat, Standartenführer?« fragte von Lutzenberger.

»Das wird in einem Moment klar, Graf«, erwiderte Goltz. »Sagen wir, es gibt einen Waffenstillstand von 1944 mit einer anschließenden Konferenz. Fast mit Sicherheit würden die Alliierten darauf bestehen, ganz Deutschland – was davon übrig ist – zu besetzen, nicht nur das Rheinland wie nach dem Ersten Weltkrieg. Wir müßten damit rechnen, daß wir diesmal mehr an Territorium verlieren als 1920. Die Russen werden alles rauben, was sie in die Hände bekommen können. Die Amerikaner, Franzosen und Engländer werden unsere Währung entwerten und unsere Wirtschaft ruinieren. Unsere Technologie wird gestohlen. Die Zustände in Deutschland werden zwei-, drei-, *zehnmal* so schlimm sein, wie sie es nach dem Ersten Weltkrieg waren.«

»Es ist schwierig, sich so etwas Schreckliches für Deutschland vorzustellen!« sagte Gradny-Sawz entsetzt.

Nun, das ist die erste deiner Äußerungen, bei denen ich glei-

cher Meinung bin, dachte von Lutzenberger. *Aber das wird geschehen. Wir haben diesen Krieg angefangen, und jetzt müssen wir dafür bezahlen.*

»Aber nach ein paar Jahren«, fuhr Goltz fort, »werden die Alliierten der Kosten für die Besatzung Deutschlands überdrüssig. Und nachdem sie uns alles gestohlen haben, was sie können, werden sie wissen, daß wir nicht für die Kosten aufkommen können, um ihre Soldaten auf unserer Heimaterde zu halten.«

»Und was wird dann geschehen?« fragte von Lutzenberger.

»Sie werden Deutschland verlassen«, sagte Goltz. »Überzeugt, daß sie uns bis auf die Knochen ausgezogen haben.«

Und jetzt wirst du uns sagen, wie Adolf diese Niederlage in einen Sieg umwandeln wird, dachte von Lutzenberger.

Goltz sprach weiter, als müsse er Kinder belehren. »Nehmen wir an, daß es eine Zuflucht, einen sicheren Ort gibt, an dem vor dem Waffenstillstand von 1944 nicht nur große Geldsummen, sondern auch deutsche Technologie und sogar deutsche Führer geheim untergebracht werden können.«

Warum überrascht mich das? Es sollte mich überraschen, daß sie so lange gebraucht haben, um an das zu denken, was wir bereits seit einem halben Jahr tun, Geld aus Deutschland herauszuziehen, damit es zurückgeschickt werden kann, um zu retten, was von der Asche gerettet werden kann.

»Sie meinen hier?« fragte von Lutzenberger mit ruhiger Stimme.

»Ja, natürlich hier«, sagte Goltz.

»Haben unsere Führer eine Möglichkeit gefunden, dies zu bewerkstelligen?«

»Meine Hauptsorge ist die Geheimhaltung«, sagte Goltz. »Wenn es einen Waffenstillstand von 1944 gibt, dann darf keine Spur hinterlassen werden, die von den Alliierten entdeckt werden kann.«

»Eine Geldspur, meinen Sie?« fragte Grüner.

»Zusätzlich zu anderen Dingen«, sagte Goltz.

»Denken Sie an geheime Bankkonten in der Schweiz?« fragte Grüner.

»Die Schweiz ist eine Nation von Bankiers«, erwiderte Goltz. »Banken werden von Juden kontrolliert. Sie haben keine Geheimnisse untereinander. Und wenn Deutschland auf dem Boden liegt, würden Gelder auf Schweizer Banken nicht sicherer sein als in der Dresdner Bank.«

»Sie meinen, bei den Banken hier in Argentinien wäre es anders?« fragte von Lutzenberger.

»Wenn man hier nichts von der Quelle der Gelder weiß«, sagte Goltz. »Dieses Kapital wäre nicht geheim. Es wäre in den Händen argentinischer Staatsbürger, nicht zu unterscheiden von anderen Guthaben argentinischer Bürger.«

Genau das haben Duarte und ich mit von Wachtsteins Geld gemacht. Warum sollte mich überraschen, daß andere ebenfalls auf diese Idee gekommen sind?

»Ich bin natürlich gerade erst eingetroffen«, sagte Goltz. »Aber ich habe bereits einen guten Deutschen, einen guten Nationalsozialisten kennengelernt – Ihren Fahrer, Oberst Grüner –, der zufällig die argentinische Staatsbürgerschaft hat. Ich erwähne das nur, um Ihr Denken anzuregen. Was wäre, wenn der Junge – wie heißt er?«

»Loche, Standartenführer«, sagte Grüner. »Günther Loche.«

»Wie wäre es, wenn das Würstchengeschäft der Familie Loche blüht und gedeiht? Wenn ihre Bankkonten wachsen, wenn sie neue Konten eröffnen und Landbesitz in ganz Argentinien erwerben? Wer würde da mißtrauisch?«

»Ich verstehe, was Sie meinen«, sagte Grüner.

»Aber es gäbe Schriftliches in Deutschland«, wandte von Lutzenberger ein. »Wir sprechen offenkundig von sehr großen Beträgen.«

»In nächster Zukunft ungefähr hundert Millionen US-

Dollar«, sagte Goltz, »und ich kann Ihnen versichern, Graf von Lutzenberger, daß es nirgendwo etwas Schriftliches darüber gibt.«

Er meint es anscheinend ernst mit dieser Summe. Aber hundert Millionen Dollar ohne Belege und Dokumente? Woher nehmen die soviel Geld? Geld, das nirgendwo verbucht ist?

»Zusätzlich sind zur Zeit ungefähr zwanzig Millionen US-Dollar in Uruguay«, sagte Goltz, »die in unsere Transaktionen hier einfließen werden.«

Wovon, zum Teufel, spricht der?

»Zwanzig Millionen Dollar in Uruguay?« fragte von Lutzenberger.

»Darauf komme ich zu gegebener Zeit, Graf«, sagte Goltz. »Unser augenblickliches Problem ist der Empfang der hundert Millionen und die sichere und geheime Aufbewahrung, wenn sie im Land sind. Bis das Geld ausgezahlt und investiert werden kann.«

Mein Gott, er redet von Geld, das sie den Juden gestohlen haben! Soviel Geld kann nirgendwoher sonst kommen!

»Das Geld wird mit Diplomatenpost nach Argentinien gebracht?« fragte von Lutzenberger. »Ich muß sagen, Standartenführer, daß ich das für ein großes Risiko halte.«

»Die Gelder sind an Bord der *Comerciante del Océano Pacifico,* eines in Spanien registrierten Schiffs, das sich bereits auf hoher See befindet«, erwiderte Goltz.

»Verzeihen Sie, Standartenführer«, sagte Grüner, »aber da *gibt* es eine Spur. Die Passagierliste, Dokumente ...«

»Die angebliche Mission der *Pacifico* – scheinbar ein gutgehütetes Geheimnis – ist der Ersatz der *Reine de la Mer*«, sagte Goltz. »Niemand schöpfte den geringsten Verdacht, als in letzter Minute noch ein halbes Dutzend Kisten zu den Kisten mit Maschinen- und Funkteilen zu der Fracht hinzugefügt wurde, die unter persönlicher Aufsicht des Kapitäns an Bord genommen wurde.«

»Ich fragte mich schon, was mit dem Ersatz der *Reine de la Mer* unternommen wird«, sagte von Lutzenberger.

»Wenn die *Pacifico* in der Samborombón in Position ist«, fuhr Goltz fort, »werde ich an Bord gehen. Der Kapitän ist informiert worden, daß ihm bei der Ankunft jemand besondere Befehle geben wird. Wenn die Kisten in meinem Gewahrsam sind, ist die Spur zu Ende.«

»Sechs Kisten, sagten Sie?« fragte Grüner. »Voller Geld?«

»Sechs Kisten, Herr Oberst, mit Maschinenteilen und Funkzubehör *und* die Gelder. Nicht alles ist Bargeld. Darunter sind Gold, Edelsteine und Wertpapiere. Alles werden wir hier natürlich zu Bargeld machen müssen.«

»Ich verstehe«, sagte Grüner.

Wenn Gold dabei ist, dachte von Lutzenberger, *dann stammt es von Zahngold und Eheringen von ermordeten Juden; und die Edelsteine von den Fingern und Halsketten ermordeter jüdischer Frauen.*

Glaubt dieser Drecksack wirklich, daß dieses Tausendjährige Reich wie Phoenix aus der Asche des Berliner Wahnsinns aufsteigen wird, oder ist er einfach ein Verbrecher?

»Wenn ich die Kisten von der *Océano Pacifico* in Empfang nehme, werde ich den Kapitän einweihen, daß sie Waffen und anderes Material enthalten, das für die Erfüllung meiner Mission hier erforderlich ist«, sagte Goltz.

»Wie bitte?« fragte von Lutzenberger.

Goltz lächelte ihn selbstgefällig an.

»Meine Mission – die mir der Führer persönlich übertragen hat, ist die Befreiung der internierten Offiziere der *Graf Spee* und ihre Rückführung nach Deutschland. Wie Sie wissen, ist dies ebenfalls von persönlichem Interesse für Admiral Canaris. Und wenn wir tatsächlich, sagen wir mal, zwanzig Offiziere der *Graf Spee* an Bord der *Océano Pacifico* bringen, zu einem anschließenden Transfer zu einem U-Boot, sollte das jede Neugier zerstreuen, die der Kapitän wegen der sechs Kisten haben mag.«

»Sehr schlau«, sagte Grüner.

»›Brillant‹ meinen Sie, mein lieber Grüner«, fügte Gradny-Sawz hinzu.

»Ich nehme an, man hat an die Auswirkungen der Befreiung der Offiziere der *Graf Spee* gedacht«, sagte von Lutzenberger. »Die Argentinier werden beleidigt sein.«

»Wir gehen natürlich davon aus, Graf, daß die Argentinier *pro forma* Theater machen werden. Das wird prima sein. Erstens wird es weiterhin meine – unsere – hauptsächliche Mission verschleiern. Zweitens sollten Sie leicht mit den Protesten der Argentinier fertig werden. Und nach ein, zwei Wochen werden sie unsere Kühnheit bewundern.«

»Dessen bin ich mir nicht so sicher«, sagte von Lutzenberger. »Daß ich leicht damit fertig werde. Wenn sich herumspricht, daß die Offiziere der *Graf Spee* ihr Ehrenwort gebrochen haben – und wir können das unmöglich aus den Zeitungen heraushalten –, wird sich Präsident Castillo gezwungen sehen, sich mehr als nur pro forma zu beschweren – ganz gleich, wie er persönlich über das Thema denkt. Und wenn der von der Grupo de Oficiales Unidos geplante Staatsstreich gelingt – und nach meiner Einschätzung wird er das –, kann das Entkommen der Offiziere der *Graf Spee* ein willkommener Vorwand für den neuen Präsidenten sein, den Status quo radikal zu ändern. Vielleicht den argentinischen Botschafter aus Berlin abzuberufen. Und sogar eine Kriegserklärung anzustreben.«

»Die Strömungen der argentinischen Empörung sind auf höchster Ebene bedacht worden, und es wurde entschieden, daß dieser Preis bezahlt werden muß«, sagte Goltz. »Ehrlich gesagt, ich finde, Ihre Sorge ist wieder mal übertrieben. Als ich mit Oberst Grüner wegen der Eliminierung von Frade sprach, sagte er mir, das argentinische Offizierskorps würde die Tat zutiefst verabscheuen.«

»Ich habe diese Meinung geteilt«, sagte von Lutzenberger.

»Gestern spürte ich überhaupt keine Verstimmung«, sagte Goltz. »Nicht im Edificio Libertador und nicht einmal im Haus Duarte. Mein Gott, Frades Schwester lud von Wachtstein sogar zu diesem privaten Gedenkgottesdienst ein!«

Beatrice Frade de Duarte hat den Verstand verloren, dachte von Lutzenberger. *Sie ist sogar noch wahnsinniger als Hitler.*

Weder er noch Grüner erwiderten etwas.

»Was Frade anbetrifft«, fuhr Goltz fort, »so bin ich überzeugt, daß das argentinische Militär unser Handeln versteht und – noch wichtiger – unsere Kühnheit achtet. Und angesichts der Repatriierung der Offiziere der *Graf Spee* wird es das gleiche sein. Sind Sie da anderer Meinung, Graf von Lutzenberger?«

»An Ihren Worten ist vermutlich etwas dran«, antwortete von Lutzenberger. »Ich halte die Verärgerung von Frades engsten Freunden ...«

»Die wird vorübergehen«, sagte Goltz.

»... für das größere Problem, mit dem wir fertig werden müssen«, fuhr von Lutzenberger fort, »das natürlich noch größer wird, wenn einer seiner Freunde, zum Beispiel General Rawson, Präsident von Argentinien wird. Schließe ich richtig aus Ihren Befehlen, Standartenführer, daß mir verboten ist, um eine nochmalige Überprüfung des Plans zur Befreiung der internierten Offiziere zu bitten?«

»Sie und ich haben nur unsere Befehle zu erfüllen.«

»Verstehe ich das richtig, daß es von höchster Priorität ist, diese Gelder an Land zu bringen?« fragte Grüner.

Ah, das militärische Denken, sagte sich von Lutzenberger. *Wenn man einen Befehl erhält, plant man die Durchführung. Nie die moralischen Aspekte erwägen; das ist Sache der Vorgesetzten.*

»*Sicher* an Land zu bringen«, sagte Goltz.

»Dann ist das Hauptproblem meiner Meinung nach, einen absolut sicheren Ort zu finden, an dem das Kapital aufbewahrt werden kann, wenn es an Land ist. Es vom Schiff zu holen wird relativ leicht sein. Vielleicht wäre es besser, wenn wir zwei oder drei oder sogar sechs Verstecke für das Kapital suchen. Wenn eines entdeckt wird, wäre nicht alles verloren …«

»Oberst«, unterbrach Goltz, »ich weiß Ihre Begeisterung zu schätzen, Aber ich finde, wir alle brauchen jetzt etwas Zeit – vierundzwanzig Stunden, vielleicht sogar achtundvierzig –, um all dies zu überdenken. Danach werden wir uns wieder treffen und die Einzelheiten diskutieren. Ich weise Sie darauf hin, mit keinem darüber zu reden, der bei diesem Gespräch nicht dabei war.« Er blickte in die Runde. »Es sei denn, jemand sollte eingeweiht werden?«

»Ich dachte an Major von Wachtstein«, sagte Grüner. »Ich werde ihn vielleicht brauchen. Außerdem ist sein Spanisch tadellos.«

»Kann man ihm vertrauen?« fragte Goltz.

»Das würde ich sagen, Josef«, erklärte Gradny-Sawz. »Er ist ein feiner junger Offizier aus einer alten pommerschen Familie. Der Führer persönlich verlieh ihm das Ritterkreuz.«

»Graf von Lutzenberger?« Goltz sah den Botschafter fragend an.

»Er ist ein vertrauenswürdiger Offizier«, sagte von Lutzenberger. »Und ich stimme Grüner zu. Wir werden ihn sicherlich bei einer Sache dieser Art brauchen. Er fliegt unsere Storch und …«

»Also gut«, schnitt ihm Goltz das Wort ab. »Sie informieren ihn, Graf.«

»Ich möchte Ihre Anweisung keinesfalls kritisieren, Standartenführer, aber darf ich vorschlagen, daß Oberst Grüner mit Major von Wachtstein spricht? Sie sind beide Soldaten.«

»Ja, das wäre vielleicht das beste«, sagte Goltz und erhob sich. »Danke für Ihre Zeit, meine Herren. Ich wünsche ein angenehmes Wochenende. Ich erwarte Ihre weiteren Gedanken zu dieser Operation am Montag.« Und dann fiel ihm noch etwas ein. »Ihre Sekretärin, Graf von Lutzenberger?«

»Eine zuverlässige Frau. Eine gute Nationalsozialistin.«

»Wir werden natürlich jemand zum Protokollieren brauchen, aber es muß jemand sein, der absolut vertrauenswürdig ist.«

»Auf Fräulein Hässel ist Verlaß«, sagte Grüner.

»Nun, dann haben wir anscheinend den ersten Schritt für die Erfüllung unserer Befehle getan, nicht wahr? Wir haben die Mitglieder unserer Mannschaft ausgewählt«, sagte Goltz. »Anton wird mir die Stadt zeigen.«

Er ging zur Tür und öffnete sie.

»Bereit, Anton?«

»Zu Diensten, Josef«, sagte Gradny-Sawz.

»Ah, noch eines«, sagte Goltz und schloß die Tür. »Ich habe Kontakt mit einem unserer Agenten hier aufgenommen. Er erzählte mir, daß einer der OSS-Agenten gefährliche Fragen gestellt hat – der Jude, sein Name ist Ettinger ...« Er unterbrach sich und schaute Grüner an. »Keiner Ihrer Agenten, Oberst. Ein Spezialagent, der direkt Reichsinnenminister Himmler berichtet. Seine Identität muß geheim bleiben.«

»Ich verstehe, Standartenführer«, sagte Grüner. »Sollte ich jedoch die Natur der gefährlichen Fragen wissen?«

»Zu gegebener Zeit, Oberst, jetzt nicht. Für jetzt will ich, daß Sie mit großer Vorsicht, aber so schnell wie möglich Herrn Ettinger eliminieren. Was wissen Sie über ihn?«

»Er ist ein spanischer Jude, dessen Familie einen Zweig in Berlin hatte. Er und seine Mutter verließen Deutschland und reisten in die Vereinigten Staaten, wo er offenbar vom OSS rekrutiert wurde. Er kam als Geheimagent her, als eine Art Öl-Experte von Howell Petroleum. Nach dem Zwischenfall mit der *Reine de la Mer,* als die anderen Agenten in die Vereinigten Staaten zurückkehrten, blieb er hier. Er hat eine Wohnung – 4B – in der Calle Monroe 127 ...«

»Wenn Sie soviel über ihn wissen, sollte es kein Problem sein, ihn zu eliminieren, oder?«

»Würden Sie meine Pläne überprüfen, wenn ich sie gemacht habe, Standartenführer?«

»Ja. Und ich bin froh, daß Sie das zur Sprache gebracht haben. Von jetzt an möchte ich alle Pläne dieser Art überprüfen.«

»Jawohl, Standartenführer.«

Goltz öffnete die Tür und ging hinaus.

ZWEITER TEIL

XI

1

Avenida del Libertador
Buenos Aires

11. April 1943, 9 Uhr 25

»Ich frage mich, warum mich das beunruhigt«, sagte General Arturo Rawson leise zu seinem Adjutanten, Capitán Roberto Lauffer, der neben ihm auf dem Rücksitz von Rawsons privatem Packard saß. Beide trugen Zivilkleidung.

Rawson wies auf den Dienst-Mercedes-Benz von General Pedro P. Ramirez, der vor dem Frade-Gästehaus parkte.

»Interessant«, sagte Lauffer.

»Ich sollte mit Ihnen reingehen.«

Der Fahrer, ein Sargento, ebenfalls in Zivilkleidung, stoppte hinter dem Mercedes, eilte um den Packard herum und öffnete die Tür für Rawson.

Als sie das Tor im hohen Zaun erreichten, war ein Hausmädchen aus dem Haus gekommen und öffnete es.

»El Coronel Perón bittet Sie, ihm beim Kaffee im Wohnzimmer Gesellschaft zu leisten«, sagte sie und ging voran, um ihnen die Haustür aufzuhalten.

Das Hausmädchen durchquerte das Foyer, klopfte höflich an die Wohnzimmertür, zog sie jedoch auf, bevor jemand Zeit hatte, auf das Klopfen zu antworten.

Juan Domingo Perón, mit Tweedsakko und Hemd mit offenem Kragen, und Ramirez, in Uniform, saßen nebeneinander in identischen Lehnsesseln und tranken Kaffee. Mayor Pedro V. Querro, Ramirez' kleiner Adjutant, hockte auf den Kissen einer Couch, und seine Füße reichten nicht ganz bis zum Boden.

»Mi General«, sagte Rawson zu Ramirez.

»Ich wollte Sie sprechen, Sie und Juan Domingo, bevor Sie aufs Land fahren«, sagte Ramirez.

»Ist alles in Ordnung, mi General?« fragte Rawson.

»Das wird es sein, wenn Sie an den Inhalt von Jorges Safe herankommen, bevor jemand anders ihn sieht.«

Rawson hielt eine Hand ans Ohr und wies durch das Wohnzimmer, eine stumme Frage, ob jemand mithören konnte.

»Martin hat das Haus gestern überprüft und seither überwacht«, sagte Perón.

»Claudia Carzino-Cormano sagte mir, daß niemand die Kombination des Safes kennt«, sagte Rawson. »Wir haben also ...«

»Juan Domingo glaubt, daß Suboficial Mayor Rodriguez die Kombination hat«, unterbrach Ramirez.

»Claudia sagte, sie hat Rodriguez gefragt – oder der Sohn hat ihn in ihrer Gegenwart gefragt –, und Rodriguez hat behauptet, die Kombination nicht zu kennen und nicht zu wissen, wo sie notiert ist.«

»Juan Domingo glaubt, daß Rodriguez die Kombination hat«, wiederholte Ramirez. »Er meint, er kann mit ihm reden, ihm die Situation erklären.«

»Ich kenne Rodriguez, seit Jorge und ich als Sub-Tenientes beim zweiten Kavallerieregiment in Santo Tomé waren«, sagte Perón. »Aber es ist etwas anderes, ihn zu bitten, mir die Kombination zu geben, als ihn zu bitten, sie Claudia zu nennen.«

»Wo ist Rodriguez?« fragte Ramirez. »Im Hospital?«

»Das bezweifle ich, mi General«, sagte Lauffer. »Ich bin überzeugt, er ist dort, wo sich Mayor Frade gerade aufhält.«

»Sie meinen in Jorges Haus in der Coronel Diaz?« fragte Ramirez.

»Ich glaube, Mayor Frade fährt heute zur Estancia San Pedro y San Pablo hinaus, mi General«, sagte Lauffer.

»Na wunderbar«, sagte Ramirez sarkastisch. »Und was wird Rodriguez Ihrer Meinung nach tun, wenn Frade ihn um die Kombination für den Safe bittet – vorausgesetzt Perón hat recht und Rodriguez kennt sie?«

»Er wird sie ihm geben, mi General«, antwortete Lauffer. »Mi General, ich habe einige Zeit mit ihnen verbracht. Rodriguez hat seine Treue zu el Coronel Frade auf dessen Sohn übertragen.«

»Warum tauchte Jorges Sohn plötzlich hier auf?« fragte Perón. »Nach all diesen Jahren?«

»Offenbar dachten die Amerikaner, er könnte seinen Vater beeinflussen«, sagte Rawson. »Und einige haben den Verdacht, daß er ein Agent des OSS ist.«

»*Verdacht?*« schnaubte Ramirez. »Mein Gott! Er hat die *Reine de la Mer* versenkt!«

»Jorges Sohn?« fragte Perón ungläubig. Ramirez und Rawson nickten. »Und jeder weiß das?«

»Jeder tut so, als wäre die *Reine de la Mer* kein Versorgungsschiff für deutsche U-Boote gewesen, was es für jeden leichter macht, daran zu glauben, daß sie versank, weil sie durch eine Panne beim Betanken explodierte«, sagte Ramirez.

»Die Deutschen wissen es besser«, sagte Perón. »Sie wissen, daß sie von den Amerikanern gesprengt wurde, indem sie die argentinische Neutralität in empörender Weise verletzten!«

»Juan Domingo, die Versorgung deutscher U-Boote in argentinischen Gewässern war ebenfalls ›eine empörende Verletzung argentinischer Neutralität‹«, sagte Rawson.

»Argentinien hat mehr für die Deutschen getan als die Amerikaner für die Briten«, sagte Perón. »Ich kann einfach nicht glauben, daß Jorge an so etwas beteiligt war!«

»Und ich finde, je weniger über die *Reine de la Mer* gesprochen wird, desto besser«, sagte General Ramirez.

Perón blieb beharrlich. »Ich weigere mich zu glauben, daß Jorge irgend etwas mit der Versenkung dieses Schiffs zu tun hatte!«

»Bevor die ›Panne beim Betanken‹ der *Reine de la Mer* passierte, hatte Jorge eine Beechcraft Stagger-wing, ein Flugzeug mit gestaffelten Tragflächen, Sie erinnern sich?«

Perón nickte.

»Es gab Berichte, daß solch ein Flugzeug kurz vor der Explosion in der Nähe der *Reine de la Mer* gesehen wurde, und andere Berichte, daß es in die See stürzte. Jorge meldete den Verlust seines Flugzeugs weder den Behörden noch seiner Versicherungsgesellschaft.«

»Sein Sohn kann es ohne sein Wissen genommen, gestohlen haben!«

»Ich sage hoffentlich zum letzten Mal, je weniger über

die *Reine de la Mer* gesprochen wird, desto besser. Ist das jetzt klar?«

»Si, mi General«, sagten Rawson und Perón wie aus einem Munde.

»Da gibt es ein anderes Problem mit dem Sohn«, sagte Perón. »Er hat die sonderbare Vorstellung, daß die Deutschen für den Tod von Jorge verantwortlich sind.«

»Er ist nicht der einzige, der das glaubt«, sagte Rawson.

»Unfug!« entgegnete Perón.

»Und es gibt noch ein Problem bezüglich Jorges Safe«, sagte Rawson. »Claudia sagte mir, das Geld ist ebenfalls darin.«

»Welches Geld?« fragte Perón.

»Das Geld, das den Erfolg von OUTLINE BLUE sicherstellen wird, um es höflich zu formulieren«, sagte Rawson. »Die Mittel, um gewisse Offiziere und Beamte zu bestechen, wäre zutreffender.«

»Mir mißfällt schon das Wort ›bestechen‹«, sagte Perón. »Und die Durchführung ...«

»Wir haben über die Durchführung diskutiert, Juan Domingo«, sagte Ramirez. »Unsere erste Überlegung war, wie wir die Macht übernehmen, ohne Blut zu vergießen. Wir haben das alles durchgekaut. Der Exekutivausschuß der G.O.U. hat abgestimmt. Gewisse Zahlungen werden bar geleistet. Seit mehreren Monaten haben wir die nötigen Gelder gesammelt und Jorge anvertraut.«

»Zu dieser Zeit war das die naheliegende Handhabung der Sache, nicht nur weil drei Viertel des Geldes von Jorge stammten. Wir konnten nicht ahnen, daß er ermordet wird.«

»Und jetzt müssen wir bei einem nordamerikanischen OSS-Agenten *betteln,* daß er uns *unser* Geld gibt?« fragte Perón, und sein Tonfall machte klar, daß er das mindestens so widerlich fand wie das Bestechen von Offizieren und Beamten.

»Es sei denn, wir kommen vor ihm an den Inhalt von

Jorges Safe heran, und das ist anscheinend unwahrscheinlich«, sagte Ramirez.

»Vielleicht kann Claudia ihn darum bitten. An ihn appellieren, etwas zu beenden, was sein Vater begonnen hat«, meinte Rawson. »Oder wir könnten an ihn als Argentinier appellieren.«

»Zu welchem Preis?« fragte Perón.

»Nach dem, was ich von ihm gesehen habe, mag ich ihn«, sagte Ramirez, ohne auf die Frage einzugehen. »Ich nehme an, er würde Claudia Carzino-Cormano in dieser Sache vertrauen.«

»Und wenn nicht?« fragte Perón.

Rawson zuckte mit den Schultern.

»Sie beide und Claudia Carzino-Cormano werden sich mit ihm treffen müssen. Es bleibt uns nichts anderes übrig. Wenn er einen Preis fordert, zahlt ihn.«

»Vielleicht würde Suboficial Mayor Rodriguez hilfreich sein, wenn er ständig mit Frade zusammen ist, wie Roberto sagt«, meinte Ramirez. »Ich wünschte, ich könnte dort sein, aber ...«

»Darf ich fragen, warum Sie nicht dort sind?« sagte Perón.

»Das war *mein* Vorschlag«, antwortete Rawson für ihn. »Um den Verdacht von Almirante Montoya zu zerstreuen, daß OUTLINE BLUE bald durchgeführt wird. Nicht, daß ich mir viel von diesem Schachzug verspreche.«

»Ist Montoya auf unserer Seite oder nicht?« fragte Perón.

»Ich weiß es wirklich nicht«, erwiderte Rawson. »Und ich bezweifle, daß wir es erfahren werden, bis wir den Plan in die Tat umsetzen.«

»Was *denken* Sie denn, mi General?«

»Ich denke, el Almirante wird sich sehr spät in dem Spiel auf die Seite derjenigen schlagen, die seiner Ansicht nach gewinnen werden«, antwortete Ramirez.

»Ist es nicht bereits sehr spät im Spiel?« fragte Perón.

Ramirez zuckte mit den Schultern.

»Die andere Frage, die entschieden werden muß, vorzugsweise an diesem Wochenende, ist folgende«, sagte Rawson. »Wer wird die Macht übernehmen, wenn wir OUTLINE BLUE durchgeführt haben?«

»Vorausgesetzt, wir haben das Geld dafür«, sagte Perón bitter. »Geld, um Offiziere zu bestechen ...«

Rawson unterbrach ihn. »Wie würde es Ihnen gefallen, Präsident zu sein, Juan Domingo?«

Peróns Gesicht schien zu versteinern.

»Machen Sie keine Scherze über so was«, sagte er. »Jemand, der es nicht besser weiß, könnte es ernst nehmen.«

»Vielleicht nehme ich es ernst«, erwiderte Rawson. »Das ist etwas, über das man nachdenken sollte.«

Perón schüttelte ungläubig den Kopf.

»Mein Kandidat ist General Rawson«, sagte Ramirez. »Ich habe General O'Farrel meinen diesbezüglichen Stimmzettel abgegeben.«

»Ich habe nie gesagt, daß ich Präsident werden will«, sagte Rawson.

»Viele Leute, nicht nur ich, halten Sie für die logische Wahl, nachdem Jorge Frade uns nicht mehr zur Verfügung steht.«

»Warum nicht Sie, mi General?« fragte Perón.

»Ich wünsche, nicht in Betracht gezogen zu werden. Ich tue, was wir zum Wohl Argentiniens tun müssen, nicht, um ein politisches Amt zu übernehmen«, sagte Ramirez.

»Die Deutschen wären erfreut, wenn Sie Präsident werden würden, mi General«, sagte Perón.

»Sie haben doch nichts davon bei irgendwelchen Ihrer deutschen Freunde erwähnt, Juan Domingo, oder?« fragte Rawson leise.

»Natürlich nicht«, sagte Perón. »Dies ist allein unsere Sache. Trotzdem werden die Deutschen erleichtert aufatmen, wenn wir es tun.«

»Warum, Ihrer Meinung nach?« fragte Rawson.

»Was jetzt mit Argentinien nicht in Ordnung ist, das war die ganze Zeit falsch. Ein Mangel an Ordnung, Mangel an Leistung, Mangel von Respekt gegenüber der Obrigkeit. Die Deutschen verstehen das.«

Rawson zuckte mit den Schultern.

»Sind Sie nicht der gleichen Meinung?«

»Die Art, wie die Deutschen Ordnung, Leistung und Respekt vor der Obrigkeit erreicht haben, ist mehr als ein bißchen erschreckend.«

»Als der Nationalsozialismus die Macht übernahm, waren Sie erfreut, wie ich mich erinnere«, sagte Perón.

»Da war mir noch nicht klar, was Señor Hitler mit Deutschland wirklich vorhatte.«

»Sie sagten in einer Rede – ich war dabei –, daß ›nur Deutschland das sich ausbreitende Krebsgeschwür des gottlosen Kommunismus aufhalten kann‹.«

»Ich nehme an, die Deutschen werden sich freuen, wenn wir Erfolg haben«, sagte Ramirez, »weil es für sie vielleicht von Vorteil sein wird. Sie haben es lieber mit jemand zu tun, dem sie vertrauen können. Und sie haben wie wir die Erfahrung gemacht, daß man Castillo nicht vertrauen kann.«

»Ist daran etwas falsch, mi General?« fragte Perón.

»Nicht, wenn es dabei bleibt«, sagte Rawson. »Für Argentinien kann außer einem weiteren Regime Castillo nur noch ein Anschluß an die Achsenmächte schlimmer sein.«

»Die Deutschen werden diesen Krieg gewinnen«, sagte Perón überzeugt.

Rawson schüttelte den Kopf. Er war ganz anderer Meinung.

»Laßt uns um Himmels willen jetzt nicht darüber diskutieren«, sagte Ramirez. »Je eher Sie auf der Estancia Santa Catharina sind, desto besser. Rufen Sie mich an, wenn Sie etwas erfahren.«

2

Nationalstraße 2
Provinz Buenos Aires

11. April 1943, 10 Uhr 05

»Pinkelpause«, kündigte Clete an und blickte zu Enrico, der neben ihm im Buick saß.

Als sie Buenos Aires verlassen hatten, war es zu kalt gewesen, um das Verdeck des Buick herunterzuklappen, und eine Zeitlang hatte Clete sogar die Heizung eingeschaltet. Clete war froh über seine impulsive Entscheidung in letzter Minute vor dem Aufbruch, seinen neuen Stetson zu tragen. Ohne den Hut hätte er am Kopf gefroren.

Und es war auch irgendwie tröstend, etwas von Onkel Jim bei sich zu haben, das mußte er zugeben. James Fitzhugh Howell hatte den weißen Stetson mit Klapperschlangenband am Morgen des Tags gekauft, an dem er im Midland Petroleum Club an einem Schlaganfall gestorben war.

»Señor?« fragte Enrico verwirrt.

Clete wies durch die Windschutzscheibe zu einem Rastplatz für Lastwagen.

»Kaffeezeit«, sagte Clete, als er verlangsamte, um abzubiegen.

»Hier, Señor Clete?« fragte Enrico, und sein Tonfall machte klar, daß ein Stop bei einem popeligen Rastplatz für Trucker unter der Würde eines Frade war.

»Die Zeit und der Ruf der Natur warten auf keinen«, sagte Clete sonor und imitierte den Sprecher des Fernsehmagazins ›Der Lauf der Zeit‹.

Weil Enrico so wenig mit dem Fernsehprogramm wie

mit der Erlaubnis des Marine Corps zur Erleichterung der Blase vertraut war, schaute er Clete neugierig an, sagte jedoch nichts.

Clete hielt auf dem Parkplatz neben einem Ford Truck mit offener Ladefläche und stieg aus. Der Truck war überladen mit Säcken voller Karotten.

»Laß die Schrotspritze im Wagen«, befahl Clete und wies auf Enricos doppelläufige Schrotflinte.

Enrico legte widerstrebend die Schrotflinte unter den Sitz und stieg aus.

Das große, schlicht eingerichtete Rasthaus war voller Leute, denn es diente zugleich als der örtliche Busbahnhof. Clete fand einen freien Tisch und bestellte heiße Schokolade, seine Alternative zu argentinischem Kaffee, der so stark war, daß einem fast die Zähne schmolzen, wie er meinte. Enrico geriet in Verlegenheit. Der Kellner, der offenbar wie Enrico der Überzeugung war, daß Frauen und Kinder heiße Schokolade, Männer jedoch Kaffee trinken, bat ihn, die Bestellung zu wiederholen.

Clete machte sich auf die Suche nach dem baño. Die Toilette war sauber, aber nicht sehr kultiviert. Eine Betonwand diente als Pissoir; Wasser rieselte daran herab. Flache Porzellanpodeste am Boden mit einem Loch in der Mitte und Trittflächen dienten zur Aufnahme des Stuhlgangs. Der Geruch der Plumpsklos war alles andere als angenehm.

Sei kein Snob, dachte Clete. *Dies ist weitaus luxuriöser als die Latrinen auf Guadalcanal. Und sie sind wenigstens in einem separaten Raum.*

Als er zum Tisch zurückkehrte, sah er, daß er und Enrico die Objekte großen Interesses für die anderen Gäste waren.

Hat der Kellner allen erzählt, daß der Typ mit dem komischen Hut und den Stiefeln heiße Schokolade bestellt hat? dachte Clete.

Er lächelte herzlich einen hünenhaften Trucker mit schlechten Zähnen und Dreitagebart zu. Nach einer Weile ließ sich der Mann zu einem etwas gezwungenen Nicken herab.

Als sie das Rasthaus verließen, klappte Clete das Verdeck herunter, ließ die Fensterscheiben jedoch hochgekurbelt. Enrico war sichtlich erleichtert, weil sie den Rastplatz verließen.

Clete fuhr am See Chascomús vorbei bis zur Abzweigung nach Pila, dann durch Pila, eine schläfrige Ortschaft mit Steinhäusern, die aussahen, als wären sie vor einem Jahrhundert erbaut worden oder noch früher.

Anderthalb Kilometer außerhalb der Stadt verkündete ein Schild am Straßenrand, daß sie sich ›San Pedro y San Pablo‹ näherten. Einen Augenblick später rumpelte der Wagen über acht Eisenbahnschienen, die quer über der Straße dicht nebeneinander lagen und als Viehbarriere dienten. Auf beiden Seiten der Straße erstreckten sich die gewellten Grasebenen, die Pampas. Sie ähnelten den texanischen Prärien, doch das Gras war grüner, und hier und da gab es Baumgruppen. Abgesehen von Wassertanks und ihren durch Windmühlen betriebenen Wasserpumpen waren keine Gebäude oder andere Anzeichen auf menschliches Leben zu sehen. Rinder streiften in kleinen Herden, Gruppen oder allein durch das Grasland, so weit der Blick reichte.

Zehn Minuten später – ungefähr fünfzehn Kilometer nach dem Hinweisschild – wurde der erste Windschutz sichtbar – eine dreifache Reihe hoher Zedern –, von dem die Hauptgebäude der Estancia umgeben waren. Und dann sah Clete das langgestreckte, zweigeschossige und weiß angestrichene Steinhaus, das mit den Nebengebäuden in einem drei Hektar großen, gepflegten Garten stand, und schließlich konnte er jenseits des Windschutzes den Start- und Landestreifen sehen, auf dem zwei Piper Cubs parkten.

Ich möchte wirklich nicht in einem dieser Mini-Vögel nach dem gottverdammten Ersatzschiff suchen.

Als sie sich näherten, sah er, daß die Tore des Hangars, in dem die Beechcraft mit den gestaffelten Tragflächen früher gestanden hatte, offenstanden, und er erhaschte noch einen Blick auf die Nase einer dritten Piper Cub.

Warum nicht? Die Beech liegt auf dem Grund der Samborombón-Bucht.

Selbst wenn ich irgendwie diese C-45 bekomme, könnte ich damit auf diesem Streifen landen? Warum nicht? Ich habe allen Platz, den ich für einen langsamen Landeanflug brauche. Und ich habe die Beech ohne Probleme rauf und runter gebracht, also warum nicht eine C-45? Das Problem wird nicht der Start, sondern die Landung sein. Wenn ich hier lange rollen muß, ist der Landestreifen zu kurz. Man kann eine C-45 nicht so leicht stoppen wie die Beech Stagger-wing.

Seine Gedanken waren bei dem Start- und Landestreifen, und er fuhr durch die Lücke im Windschutz aus Zedern, ohne darauf zu achten, und befand sich plötzlich auf dem Zufahrtsweg mit Kopfsteinpflaster.

Auf einmal bemerkte er, daß beide Seiten des Zufahrtswegs von Männern, Frauen und Kindern gesäumt waren. Viele der Gauchos – Clete betrachtete sie als Kuhtreiber – hielten ihre Pferde an den Zügeln, und alle hatten ihre Hüte abgesetzt und hielten sie in der Hand.

O Mann, das ist ein Empfangskomitee. Sie bezeigen dem neuen Patrón ihre Hochachtung. Der alte Patrón ist tot; lang lebe der neue!

Und sie wußten, daß ich komme. Jemand hat hier angerufen und uns angekündigt.

Was, zum Teufel soll ich tun, ihnen zuwinken?

Verlegen hob er die linke Hand und winkte ein wenig steif, während er starr geradeaus sah und zum Haus fuhr.

Das Hauspersonal, ein halbes Dutzend Hausmädchen, drei Frauen mit Schürzen von Köchinnen und eine Frau in mittlerem Alter, die er als Haushälterin wiedererkannte – *verdammt, wie heißt sie noch?* -, stand auf der Treppe zur schattigen Veranda aufgereiht hinter drei Priestern. Zwei davon trugen Gewänder – *wie auch immer diese kleiderartigen Kostüme heißen* –, und einer hatte einen schwarzen Straßenanzug an. *Ich erkenne den alten Priester und den jungen von Señora Pellanos Beerdigung her, aber wer ist das mit dem Anzug?* Antonio, der Butler seines Vaters, stand neben den Priestern. *Ist Antonio heute morgen um vier Uhr aufgestanden, um vor mir hier zu sein? Oder ist er gestern nacht hierhin gefahren, nachdem ich endlich schlafen gegangen bin?*

Eines der Hausmädchen lief zum Wagen und öffnete für Clete die Tür.

»Danke«, sagte er und stieg aus.

Der ältere Priester ging zu Clete.

»Gott segne Sie, mein Sohn«, sagte er.

Clete hielt ihm die Hand hin. Der Priester ignorierte sie und machte das Kreuzzeichen.

»Schön, Sie zu sehen, Padre«, sagte Clete und nickte dem jüngeren Priester zu, der ebenfalls das Kreuzzeichen machte.

Der Priester mit dem Straßenanzug ging zu Clete und reichte ihm die Hand. Er war ein schlanker, hellhäutiger Vierzigjähriger mit Brille, der den größten Teil seines hellbraunen Haars verloren hatte. Clete gewann sofort den Eindruck, daß er alles andere als ein einfacher Gemeindepriester war; sein gutgeschnittener schwarzer Anzug war nicht von der Stange, er trug goldene Manschettenknöpfe, und sein Verhalten ließ auf ungewöhnliches Selbstvertrauen schließen, das fast an Arroganz grenzte.

»Ich bin Padre Welner, Mr. Frade«, sagte er mit nur leicht akzentuiertem britischen Englisch. »Wenn Ihr Vater es für nötig hielt, die Absolution zu erhalten – was leider selten war –, war ich sein Beichtvater.«

»Guten Tag, sehr angenehm.«

»Es war keine Gelegenheit und Zeit für ein Gespräch in Buenos Aires. Vielleicht finden wir hier die Zeit.«

»Das würde mir gefallen«, sagte Clete.

Ich weiß, wer das ist. Der einzige einfache Priester bei der Gruppe von Bischöfen und Monsignores in der Kirche. Worüber will er mit mir reden?

»Die Padres Denilo und Pordido hätten gern Ihre Billigung der Vorbereitungen für den morgigen Gedenkgottesdienst für Ihren Vater«, sagte Welner.

»Ich bin überzeugt, daß alles prima ist, was sie bieten«, sagte Clete.

»›Bieten‹? Veranstalten? Arrangieren?«

»Ja.«

»Ich nehme an, Padre Denilo wäre dankbar, wenn Sie besichtigen, was er *bietet*«, sagte Welner.

»Es wäre mir eine Ehre, Padre Denilo«, sagte Clete auf spanisch und lächelte den älteren Priester an, »wenn Sie und Padre Pordido mit mir einen Kaffee oder ein Glas Wein trinken, während Sie mir von den Vorbereitungen erzählen, die Sie für den Gottesdienst getroffen haben.«

Der alte Priester strahlte.

»Wohin gehen wir, Antonio?« fragte Clete.

»Ich schlage vor, in die Bibliothek, Señor Cletus.«

»Padre, ich werde gleich zu Ihnen in die Bibliothek kommen«, sagte Clete. »Aber zuvor muß ich noch etwas erledigen.«

»Ich verstehe«, sagte Padre Denilo.

Clete forderte die Priester mit einer Geste auf, vor ihm das Haus zu betreten. Sie bestanden darauf, daß er zuerst eintrat.

Clete führte sie zur Bibliothek, und dann winkte er Antonio, ihm auf den Gang hinaus zu folgen.

»War Señora Carzino-Cormano hier? Gestern abend oder heute morgen?«

»Nein, Señor.«

»Das ist alles, Antonio, danke«, sagte Clete und ging über den Flur. Enrico folgte ihm auf dem Fuße.

»Wo ist der Safe?« fragte Clete.

»In el Coronels Arbeitszimmer.«

»Wir werden einen Schlüssel brauchen!«

Enrico zog einen Schlüsselbund mit einem einzigen Schlüssel aus der Tasche. Die meisten der Schlüssel für die Türen der Estancia San Pedro y San Pablo waren altmodisch, groß und einfach. Der Schlüssel, den Enrico hochhielt, war klein und modern; das Schloß, in das er paßte, konnte nicht von einem Amateureinbrecher mit einem Schraubendreher geknackt werden.

Der Zutritt zu el Coronels Arbeitszimmer war für fast jeden tabu gewesen und stets sorgfältig abgeschlossen worden. Es überraschte Clete nicht, daß die Tür auch jetzt abgeschlossen war.

»Ich werde einen eigenen Schlüssel brauchen, Enrico«, sagte Clete. Enrico trat an ihm vorbei und schob seinen Schlüssel ins Schloß.

»Si, Señor«, sagte Enrico, schloß auf, schob die Tür auf und schaltete das Licht an. Die schweren Metallrollos am Fenster waren heruntergelassen. Enrico blickte fragend zu Clete, ob er sie hochziehen sollte.

»Laß sie im Augenblick zu«, sagte Clete.

El Coronels Arbeitszimmer war schlicht eingerichtet. Es gab einen bequem aussehenden, dunkelroten Ledersessel und eine dazu passende Fußbank. Daneben stand ein Tisch mit einem Zigarren-Feuchthaltebehälter und einem großen Aschenbecher. Zwei kleinere, mit Stoff bezogene Sessel, die keine Anzeichen auf Benutzung zeigten, standen einem großen Schreibtisch gegenüber, hinter dem ein roter Schreibtischsessel mit hoher Rückenlehne stand. Auf einem Büchertisch standen vier in Leder gebundene Fotoalben. Über dem Kamin hing ein großes Ölporträt, das Elizabeth Ann Howell de Frade mit ihrem Baby Cletus auf den Armen zeigte.

Mein Gott, ich könnte schwören, daß ich dieses Bild in Onkel Willys Haus gesehen habe. Gibt es zwei davon?

Clete ging zu einem kleinen Tisch, auf dem ein großes Foto in einem silbernen Rahmen stand, und betrachtete es. Er hatte es schon einmal gesehen, als er das einzige Mal im Arbeitszimmer seines Vaters gewesen war. Es war vor dem Altar der Kathedrale von Saint Louis am Jackson Square in New Orleans aufgenommen worden. Es zeigte Elizabeth Ann Howell de Frade in ihrem Hochzeitskleid neben ihrem zweiten Ehemann, der einen Frack trug. Sie wurden flankiert von Seiner Eminenz, dem Erzbischof von New Orleans, Mr. James Fitzhugh Howell und Miss Martha Williamson, seiner Verlobten. An den Seiten standen Mr. Cletus Marcus Howell, dessen Lächeln sichtlich gezwungen war, und ein großer, junger Mann mit aufrechter Haltung und olivfarbener Haut, den er zuvor nicht hatte identifizieren können. Jetzt wußte er, wer es war.

»Enrico?« fragte er. Enrico ging zu ihm. Clete wies auf das Foto.

»Si, Señor Clete. Juan Domingo Perón.«

»War er der ›best man‹ meines Vaters?«

Enrico schaute ihn verständnislos an.

»El Coronel Perón – er war damals wie Ihr Vater Capitán – stand neben Ihrem Vater. Er hatte die Ringe. Heißt das ›best man‹?«

»Ja, ›best man‹ ist ein Freund des Bräutigams, der bei der Ausrichtung der Hochzeit eine wichtige Rolle spielt«, sagte Clete.

Nicht zu glauben!

»Öffne bitte den Safe, Enrico«, verlangte Clete.

Eine der Wände des Arbeitszimmer war bedeckt mit gerahmten Fotografien, die Clete zeigten. Mit neun Jahren als Sieger des Rodeo-Wettbewerbs der untersten Jugendklasse von Midland FFA. Als Kadett Corporal Cletus Frade mit Stiefeln und Reithose des Kadettenkorps des

Texas Agricultural and Mechanical College (TA&M). In schweißgetränktem weißem Dreß und als hätte er bereits mindestens drei Sazeracs nach dem Turnier getrunken mit dem Rest des Tulane-Tennis-Teams …

Die Fotoalben auf dem Tisch waren voller Fotos und Zeitungsausschnitte, hauptsächlich aus dem *Advertiser* von Midland, Texas, und *Times-Picayne* von New Orleans. Weil Jorge Guillermo Frade keine andere Möglichkeit gehabt hatte, die Aktivitäten seines Sohns zu verfolgen, hatte er einen Anwalt in Midland eingeschaltet, und der Anwalt hatte einen Ausschnittdienst beauftragt. Jedesmal, wenn Cletes Name in einer Zeitung erwähnt wurde – wenn er zum Beispiel als Gast auf der Geburtstagsfeier eines Sechsjährigen gewesen war –, wurde der Artikel ausgeschnitten und nach Argentinien geschickt.

Cletes Augen füllten sich mit Tränen.

Was mein Großvater dir angetan hat – was er mir angetan hat –, war falsch. Du warst mein Vater, und ich war dein Sohn, und er hätte nicht unterbinden sollen, daß wir einander kennenlernten.

Er hat meine Mutter nicht umgebracht. Sie hat sich selbst umgebracht. Als sie zum Katholizismus konvertierte, machte sie die Sache gründlich – nicht überraschend, wenn man bedenkt, wer ihr Vater war – und schluckte diesen Scheiß, daß Geburtenkontrolle eine Todsünde, sprich Mord, ist. Und sie wurde schwanger, obwohl man ihr gesagt hatte, daß sie bei der Geburt wahrscheinlich sterben würde.

Und du hast mich jedesmal angelogen, wenn das Thema zur Sprache kam. Mein Vater strich mich nicht einfach aus seinem Gedächtnis, als wäre ich nie passiert. Der Beweis sind all die Fotos und Zeitungsausschnitte in diesem Arbeitszimmer. Er nahm nie Kontakt zu mir auf, weil du alles in deiner Macht Stehende darangesetzt hast, ihn sogar davon abzuhalten, mir auch nur einen Brief zu schreiben.

Und mein Vater erzählte mir, und ich glaube ihm, daß er mit dem Gedanken spielte, mich zu kidnappen und hier-

hinzubringen. Er tat es nur deshalb nicht, weil ich dann von seiner Schwester aufgezogen worden wäre, und die ist verrückt. Er kidnappte mich nicht, weil er sich sagte, Martha zieht mich besser auf, als es die irre Beatrice tun würde. Und er hatte recht.

Mein Vater hat mich nie vergessen. Er hat Claudia nur nicht geheiratet, weil das Probleme wegen meines Erbes gegeben hätte. Er wollte, daß ich all seinen Besitz erbe.

Eine andere Wand von el Coronel Jorge Guillermo Frades Arbeitszimmer wurde von einem Bücherregal eingenommen. *Bücher, die er tatsächlich gelesen hat,* hatte sich Clete gesagt, als er sie zum ersten Mal gesehen hatte, *keine Bücher, die man meterweise als Dekorationsstücke kauft.*

Als Clete von den Fotoalben aufblickte, zog Enrico an einem der Regale. Ein Stück von vier Fächern des Bücherregals schwang langsam auf und gab den Blick auf einen Safe frei. Es gab eine Kombinationsscheibe und ein stählernes Rad. In den Safe war in goldenen Lettern HIMPELL G.M.B.H. BERLIN eingeprägt.

Enrico neigte sich vor, um die Kombination einzustellen.

»Wenn ich's mir recht überlege, gibst du besser mir die Kombination«, sagte Clete. »Warte, bis ich etwas zum Schreiben und einen Zettel gefunden habe.«

Er ging zum Schreibtisch seines Vaters, zog die mittlere Schublade auf und fand, was er brauchte.

»Okay, Enrico?«

»Señor Clete, wollen Sie die Zahlen aufschreiben?« fragte Enrico zweifelnd.

»Nenn Sie mir«, befahl Clete.

»Zweimal nach rechts, dann bei elf stoppen«, sagte Enrico widerstrebend. »Nach links, vorbei an der elf zu achtzehn. An achtzehn vorbei auf zweiundzwanzig. Nach links an zweiundzwanzig vorbei zu neun.«

Clete schrieb die Zahlen auf.

»Laß mich sehen, ob ich damit zurechtkomme«, sagte er und ging zum Safe. Er zeigte Enrico, was er aufgeschrieben hatte. *Rechts 12. Links 27. Rechts 26. Links 13.*

»Das ist nicht das, was ich gesagt habe«, wandte Enrico ein und blickte Clete neugierig an.

»Das ist es, wenn du jeweils eine Ziffer in der Reihenfolge vom Jahr 1943 hinzufügst«, erwiderte Clete. »Elf und eins ist zwölf; achtzehn und neun ist siebenundzwanzig et cetera. Verstehst du das Prinzip?«

»Si, Señor Clete«, sagte Enrico. »Das ist clever!«

»Ich bin ein cleveres Bürschchen mit einem lausigen Gedächtnis«, sagte Clete. »Dieser kleine Trick ist sehr hilfreich.«

Clete hatte das gleiche mit den Telefonnummern gemacht, die Leibermann ihm im Café Colón gegeben hatte.

Er neigte sich zum Safe, las die Zahlen vom Zettel ab und stellte die Kombination ein. Die Wählscheibe drehte sich sehr glatt; es war kein Einrasten zu hören oder zu ertasten, als er die Zahlen einstellte.

Ich werde wie ein Dummkopf dastehen, wenn dieses Ding nicht aufgeht.

Er stoppte bei der dreizehn und drehte das verchromte Speichenrad. Wieder war nichts zu hören oder zu spüren, aber als er das Rad bis zum Anschlag gedreht hatte und daran zog, schwang die Tür glatt auf.

Es waren zwei Fächer in dem Safe, die ihn drittelten. In dem oberen Fach lag ein zolldicker Stapel von Papieren, der mit einer Metallklammer zusammengehalten wurde. Offenbar handelte es sich um irgendwelche Dokumente. Clete wollte sie herausnehmen, doch dann fiel sein Blick auf eine Colt .45 ACP Pistole, die fast verborgen unter dem großen, hellblauen Umschlag im zweiten Fach lag.

Wofür ist die Waffe?

Ein melodramatisches Szenario kam ihm in den Sinn.

El Coronel, mit Waffengewalt gezwungen, den Safe zu öffnen, tut es, wirbelt plötzlich herum, und die Automatik in seiner Hand kracht und spuckt den bösen Jungs Blei genau zwischen die Augen. Oh, Scheiße!

Er schob das Kuvert zur Seite und nahm die Waffe. Sie war geladen und entsichert. Er nahm das Magazin heraus und warf eine glänzende Patrone aus. Sie hüpfte über den gefliesten Boden und landete auf einem Läufer.

Mein Gott! Geladen, gespannt und entsichert! Und offenbar mit Absicht. El Coronel war kein Mann, der eine geladene, gespannte und entsicherte Pistole aus Sorglosigkeit herumliegen ließ.

Enrico hob die Patrone auf und gab sie Clete. Clete schob die Patrone ins Magazin, setzte es ein und lud die Waffe durch. Er sicherte sie und legte sie vorsichtig auf den Läufer. Dann nahm er den Umschlag und band die Kordel los, die darum gebunden war.

Das Kuvert enthielt zwei argentinische Pässe, ausgestellt auf Namen, die er nicht kannte, jedoch mit den Fotos von Dave Ettinger und Tony Pelosi. Er schaute sie sich schnell an, steckte sie in den Umschlag zurück und legte ihn auf den Boden neben die Pistole.

Dann nahm er das Dokument aus dem Safe und entdeckte, daß es auf einem Stapel von Geldscheinen gelegen und ihn verdeckt hatte.

Was, zum Teufel, hat all das Geld zu bedeuten?

Er wollte das erste der Geldbündel herausnehmen, doch dann besann er sich anders.

Claudia war nicht besorgt wegen Geld, nicht mal wegen soviel Geld.

Clete sah sich das Dokument an. Der hellblaue – wie das Blau in der argentinischen Flagge – Pappdeckel war unbeschriftet. Er sah sich die erste Seite an. Darauf stand sauber getippt: OUTLINE BLUE.

Was, zum Teufel, ist das?

Er blätterte zur nächsten Seite. Sie war so ordentlich

getippt wie die Titelseite, aber es gab eine Reihe von Korrekturen mit Bleistift und Tinte. Er hatte wenig Zweifel, daß es ein Inhaltsverzeichnis des gesamten Dokuments war. Als er zu Blatt drei blätterte, gab es keinen Zweifel mehr, was er in Händen hielt.

TEIL EINS
ABSICHTSERKLÄRUNG

Das Ziel von OUTLINE BLUE ist, im Namen des argentinischen Volkes alle Mitglieder der Regierung von Argentinien durch die Gruppe Vereinigter Offiziere gefangenzunehmen, den amtierenden Präsidenten der Republik und alle von ihm ernannten Personen mit Amtsgewalt abzusetzen und die Republik Argentinien unter Kriegsrecht zu regieren, bis zum frühestmöglichen Termin eine freie, ehrliche und demokratische Wahl abgehalten werden kann.

Jorge Guillermo Frade

Jorge Guillermo Frade
Coronel, Kavallerie, i.R.
Präsident, Grupo de Oficiales Unidos

Kein Wunder, daß Claudia vor mir an den Inhalt des Safes herankommen wollte, dachte Clete. *Aber wenn sie davon weiß, heißt das, daß sie ebenfalls darin verwickelt ist, und zwar bis zu den Ohren.*

Wie mag Humberto ins Bild passen, wenn überhaupt? Ich bezweifle, daß er davon weiß.

Clete blätterte den Aktenhefter schnell durch. Der Inhalt war nicht genau wie ein amerikanischer Einsatzbefehl, aber er ähnelte sehr dem letzten Einsatzbefehl, den Clete gesehen hatte – ›*Verlegung der Staffel VMF-221 vom Luftstützpunkt des Marine Corps in Ewa, Territorium Hawaii, nach Guadalcanal, Salomoneninseln*‹.

In allen Einzelheiten war aufgeführt, wer was und

wann zu tun hatte. In OUTLINE BLUE waren alle Offiziere von Armee und Marine in ganz Argentinien aufgelistet, die in den geplanten Staatsstreich verwickelt waren.

Offiziere, die wegen Hochverrats verurteilt werden konnten, wenn dieses Dokument in die falschen Hände fiel und OUTLINE BLUE im Keim erstickt wurde.

»Wußtest du, was das ist, Enrico?« fragte Clete.

»Si, Señor Clete.«

»Meinst du, daß Señora Carzino-Cormano das wußte?«

»Natürlich.«

»Humberto Duarte?«

»Das bezweifle ich.«

»Können wir das woanders verstecken?« fragte Clete. »Sie könnte hier jeden Augenblick auftauchen. Und ich möchte es lesen.«

Und mich entscheiden, was ich damit mache, wenn überhaupt etwas.

»Ich weiß, wo wir es verwahren können«, sagte Enrico. »Das Geld ebenfalls, Señor Clete?«

»Wofür ist das Geld?«

»Um einige der ranghohen Offiziere zu bezahlen«, antwortete Enrico, und sein Tonfall machte klar, daß das eigentlich jedem Dummkopf klar sein mußte.

»Wir sollten das Geld hierlassen«, dachte Clete laut. »Ich sollte vielleicht sogar Señora Carzino-Cormano an den Safe lassen. Aber ich will OUTLINE BLUE irgendwo deponieren – sicher aufbewahren, bis ich mich entschieden habe, was damit geschieht, verstehst du?«

Enrico nickte.

Clete legte OUTLINE BLUE auf den Boden und nahm die drei großen Umschläge aus dem Safe. Das erste Kuvert enthielt juristische Dokumente, einschließlich einiger Vertragsurkunden.

Das waren offenbar die Dokumente, deretwegen Humberto sich Sorgen machte. Die Dokumente für die Investierung des Geldes, das Peter von Wachtstein aus Deutschland mitgebracht hatte.

Es bleibt jetzt keine Zeit, um all das durchzusehen, und selbst wenn ich Zeit hätte, würde ich nichts davon verstehen, dachte Clete.

Der dritte Umschlag enthielt nur ein anderes Kuvert von der Größe eines Briefes. Auf der Verschlußlasche war SCHLOSS WACHTSTEIN, POMMERN eingeprägt.

Vor einem Jahr und noch vor einem halben, als ich das Wort »Schloß« hörte, dachte ich an eine Burg, an König Arthur oder vielleicht Frankenstein. Mir kam nie in den Sinn, daß ich jemals jemand kennenlernen würde, der in einem Schloß aufgewachsen ist ... es als sein Elternhaus betrachtet. Und als ich »Pommern« hörte, dachte ich an einen häßlichen knurrenden Köter, der seibernd auf dem Schoß einer fetten Lady sitzt.

Clete erinnerte sich daran, daß Peter erfolglos gegen das Brechen seiner Stimme und die Tränen angekämpft hatte, als er den Brief vorgelesen und für ihn übersetzt hatte.

Und er erinnerte sich, daß sein Vater den Brief kurz danach gelesen hatte, sich mit Tränen in den Augen an Peter gewandt und tiefbewegt gesagt hatte: »Ich kann nur hoffen, mein Freund, daß eines Tages mein Sohn Grund haben wird, nur halb so stolz auf mich zu sein, wie Sie es auf Ihren Vater sein müssen.«

Nun, ich bin ebenfalls sehr stolz auf dich, Dad. Man braucht großen Mut, um dieses OUTLINE BLUE zu unterzeichnen. Du hast verdammt genau gewußt, daß Castillo dich für deine Unterschrift wegen Hochverrats verurteilen und von einem Exekutionskommando hinrichten lassen kann. Es war vielleicht unklug, das zu unterschreiben, aber es war ehrenvoll.

Mit feuchten Augen steckte er den kleinen Umschlag in den großen, verschloß ihn und legte ihn auf den Boden zu den anderen Dingen. Dann ging er zum Schreibtisch seines Vaters und begann OUTLINE BLUE zu lesen.

»Señor Clete, die Padres warten auf Sie«, sagte Enrico.

»Verdammt!« Clete schloß OUTLINE BLUE und hielt Enrico den Aktenhefter hin. »Wo immer du das verwahrst, Enrico, leg es an einen Platz, wo ich es später lesen kann.«

»Si, Señor.«

3

Estancia San Pedro y San Pablo
Bei Pila, Provinz Buenos Aires

11. April 1943, 11 Uhr 05

»Darf ich?« fragte Padre Welner und hob eine Flasche Wein und einen Korkenzieher an.

Die Padres Denilo und Pordido hatten sie soeben verlassen, nachdem jeder zwei Glas Wein getrunken und eine Viertelstunde lang über die Vorbereitungen für den Gedenkgottesdienst berichtet hatte. Er wurde anscheinend fast so sorgfältig und in großem Stil geplant wie der Gottesdienst in der Basilika; nur der Sarg und die Húsares de Pueyrredón fehlten.

»Selbstverständlich«, sagte Clete und schob sein Glas über den Schreibtisch. »Ich könnte auch noch einen Schluck brauchen.«

»War es sehr schwierig für Sie?« fragte Welner, und dann unterbrach er sich. »Dieser Wein ist sehr gut. Er stammt aus einem Ihrer Weingärten. Ihr Vater war sehr stolz darauf.«

»Aus einem *meiner* Weingärten?«

»San Bosco, in Córdoba. Ein ausgezeichneter Cabernet.«

Welner entkorkte die Flasche, atmete das Bukett ein und schenkte in Cletes Glas ein, bevor er sein eigenes füllte.

»Es war nicht schwierig«, sagte Clete. »*Merkwürdig*. Ich bin kein Katholik, und daß ein katholischer Priester meine Billigung einholt, ist ein wenig sonderbar.«

»Oh, aber Sie sind Katholik«, sagte Welner.

»Ich bin Mitglied der Episkopalkirche«, sagte Clete. »Anglikaner, sagt man hier wohl. Ein Mitglied der Trinity Protestant Episcopal Church, Midland, Texas.«

»Sie wurden hier in der römisch-katholischen Kirche getauft«, sagte Welner. »Was uns anbetrifft, so sind Sie römisch-katholisch.«

»Was mich anbetrifft, so bin ich das nicht.«

»Würde es Sie beleidigen, wenn ich Sie weiterhin als *Christ* betrachte? Es gibt sogar Stimmen in Rom, die sagen, daß anglikanische Weihen gültig sind.«

»Sie können mich betrachten, als was Sie wollen, Padre.«

Welner lächelte und nickte.

»Sie haben Padre Denilo glücklich gemacht, als Sie seine Vorbereitungen gebilligt haben. Ihre Billigung ist sehr wichtig für ihn. Ich weiß, er würde gern weiterhin hier auf der Estancia bleiben. Er ist seit fast dreißig Jahren hier.«

»Was habe ich damit zu tun, ob er bleibt oder nicht?«

»In gewissem Sinne nichts. Er ist Priester der Diözese, der mit Genehmigung seines Bischofs hier ist. Andererseits, wenn dem Bischof zu Ohren kommt, der Patrón der Estancia San Pedro y San Pablo wünscht, daß Padre Denilo woanders arbeitet, wird er in Erwägung ziehen, daß deren Patrón zwischen vierzig und fünfzig Prozent seines Budgets finanziert.«

»Geld regiert die Welt, wie? Sie klingen wie mein Großvater.«

»Sollte ich über diesen Vergleich beleidigt sein? Ihr Vater war kein Bewunderer Ihres Großvaters, von dem er oft sprach.«

»Es war nicht böse gemeint. Ich bin sehr stolz auf meinen Großvater, und ich bewundere ihn.«

Ich bewundere sogar seine Fähigkeit zu hassen, seine Gnadenlosigkeit. Bin ich ganz wie der Vater?

»Ihr Vater beschrieb ihn als starrköpfigen Mann, der die Dinge nur schwarzweiß sieht. Was ihn selbst hätte beschreiben können.«

Clete lachte.

»Wo üben Sie das Priesteramt aus, Padre? Ich meine, wie kommt es, daß Sie der Priester meines Vaters waren … wie sagten Sie ›sein Beichtvater‹?«

»Ich bin Mitglied der Gesellschaft Jesu.«

»Jesuit?«

Welner nickte. »Ich bin in Gesetzeskunde ausgebildet, in geistlicher und weltlicher. Ich lehre in Buenos Aires an der Universität von St. Ignatius von Loyola. Wir sind in Wirklichkeit nicht schlecht wie Machiavelli, wie man uns manchmal zeichnet, Mr. Frade.«

»Wie kommen Sie auf den Gedanken, ich könnte Sie für machiavellistisch halten?« fragte Clete mit einem Lächeln.

»Durch den Ausdruck Ihrer Augen. Als Ihr Mund ›Jesuit‹ sagte, las ich in Ihren Augen ›Okay, das erklärt ja alles‹.«

»Bin ich so leicht zu durchschauen?«

»Sie sind der Sohn Ihres Vaters, Mr. Frade. Sie sind nicht undurchsichtiger, als er es war. Und ich war viele Jahre lang nicht nur sein Beichtvater, sondern auch sein Freund.«

»Sie sagten, Sie möchten mit mir reden. Worüber?«

»Ich bin natürlich in erster Linie Priester. Und ich dachte, ich könnte unter den gegebenen Umständen von Nutzen sein. Wie sind Sie zum Beispiel mit dem Tod Ihres Vaters fertig geworden?«

»Ehrlich gesagt, Padre, mit viel Zorn.«

»Die klassische Zweiteilung in Begriffspaare zwischen ›Auge um Auge‹ im Alten Testament und Christus' Mahnung ›halte die andere Wange hin‹ im Neuen Testament.«

»Du sollst nicht töten«, zitierte Clete.

»Die Rache ist mein, sprach der Herr«, erwiderte Welner.

»Wie kommen wir darauf?« fragte Clete.

Welner nahm die Weinflasche.

»Dies hat vielleicht etwas damit zu tun«, sagte er. »*In vino veritas.*«

»Nun, beenden wir das Thema«, sagte Clete.

»Wie Sie wünschen«, erwiderte Welner. »Gibt es sonst etwas, über das Sie mit mir reden möchten?«

»Nichts, danke«, sagte Clete, und dann hörte er sich sagen: »Doch, da ist etwas.«

»Was?«

Clete nahm sein Weinglas. Es war fast leer. Er trank den Rest Wein aus, füllte das Glas von neuem und hob die Flasche an, woraufhin Welner nickte.

»Ich brauche einen kleinen *kulturellen* Rat«, sagte Clete, während er das Glas des Priesters füllte. »Keinen moralischen.«

»Wenn man es mit soviel Tischbesteck zu tun hat, daß man nicht weiß, was man damit anfangen soll, dann arbeitet man sich am besten von außen nach innen vor«, sagte Welner mit unbewegtem Gesicht. »Die äußere Gabel zuerst und dann …«

»Meine Tante Martha lehrte mich alles, was ich über Messer und Gabel wissen muß, vielen Dank, Padre«, fiel ihm Clete ins Wort und lachte.

»Das überrascht mich. Ihr Vater sagte mir, Nordamerikaner sind Wilde, die mit angespitzten Stöcken essen«, sagte Welner. »Das war offenbar eine Fehlinformation.«

»Eigentlich essen wir meistens mit den Fingern«, erwiderte Clete.

»Was ist Ihr *kulturelles* Problem?«

»Ich nehme an, der Wein ist mir zu Kopf gestiegen«, sagte Clete. »Jetzt tut es mir leid, daß ich mit diesem Thema angefangen habe.«

»Ihr Vater sagte mir einst – wir hatten einigen Wein

getrunken –, daß er mich nur an seinem Tisch duldet, weil ich der einzige ihm bekannte Priester bin, der nicht die Nase in seine Angelegenheiten steckt«, sagte Welner. »Wir werden Ihr kulturelles Problem auf sich beruhen lassen.«

Er trank einen Schluck Wein und stellte das Glas ab.

»Ich werde Sie verlassen, damit Sie sich eingewöhnen können«, sagte er. »Danke für Ihre Freundlichkeit Padre Denilo gegenüber.«

Clete schoß ein Gedanke durch den Kopf.

»Waren Sie deshalb hier, um mich zu begrüßen?«

»Das war einer der Gründe. Padre Denilo ist ein guter Mann, ein guter Priester, aber ich war mir nicht sicher, ob Sie ihn verstehen würden. Oder er Sie.«

»Sagen Sie dem Bischof, wenn er ihn versetzt, werde ich *ihm* den Geldhahn zudrehen«, sagte Clete.

»Das werde ich nicht tun«, sagte Welner. Als Clete ihn überrascht anschaute, fuhr Welner fort: »Nach dem, was Ihr Vater sagte, waren Sie oder sind Sie ein hervorragender Offizier. Lernen die Offiziere bei der U.S. Army nicht, daß sie sich die Munition aufsparen, bis sie wirklich gebraucht wird?«

»Ich war beim Marine Corps, nicht bei der Army«, sagte Clete. »Aber danke für Ihren Rat.«

»Danke für den Wein«, erwiderte Welner, erhob sich und ging zur Tür. »Wir werden uns bald wiedersehen.«

»Ich freue mich darauf«, sagte Clete und fühlte sich etwas scheinheilig.

Motorengeräusch eines Flugzeugs, tief über dem Haus, lenkte ihn ab.

Das ist keine von el Coronels Piper Cubs.

Zwei der drei Piper Cubs seines Vaters waren J-3-Maschinen mit einem 40-PS Continental A-40-4 Motor; die dritte war eine J-4 mit einem 75-PS Continental A-75-8.

Alle drei gehörten jetzt natürlich ihm.

Die Maschine, die jetzt die Estancia überflog, hatte einen viel stärkeren Motor.

Was für eine mag das sein?

Das Motorengeräusch hatte sich verändert, als der Pilot landete.

Wer *landet da auf* meinem *Landestreifen?*

Er wandte seine Aufmerksamkeit wieder Padre Welner zu und sah, daß der Priester gerade die Tür erreicht hatte.

»Padre«, rief Clete, und als der Priester stehenblieb und sich umwandte, hörte Clete sich sagen: »Padre, ich ... äh ... ich habe ein Mädchen geschwängert.«

Welner schaute ihn lange an.

»Halten Sie das nicht für ein moralisches Problem?«

»Mit der moralischen Seite werde ich selbst zurechtkommen müssen. Aber ich weiß nicht, wie ich es ihrem Vater sagen soll.«

»Sie lieben sie?«

»Ja, ich liebe sie.«

»Sie wollen sie heiraten?«

»Selbstverständlich.«

»Wer ist es?«

»Es widerstrebt mir, Ihnen den Namen zu nennen.«

»Es mag Ihnen nicht gefallen, aber meiner Ansicht nach haben Sie sich an mich als Priester gewandt. Was Sie mir sagen, wird niemand erfahren. Sagen Sie mir wenigstens, ob sie von Ihrem Stande ist.«

Das bereits schwache Motorengeräusch verklang, als der Pilot den Motor abstellte, und dann gab es eine Fehlzündung.

Was für eine Maschine ist das? Wer ist damit gelandet?

»Dorotea Mallin«, hörte Clete sich sagen. »Ihr Vater ist Enrico ...«

»Ich kenne ihn gut«, fiel ihm Welner ins Wort. »Es wird ihm überhaupt nicht gefallen.«

»Er ist ein scheinheiliger Hurensohn«, platzte Clete zu seinem eigenen Entsetzen heraus. »Großartige Frau, großartige Familie, und er hielt sich nebenbei eine mina – eine Mätresse.«

»›Richte nicht‹ und so weiter«, sagte Welner. »Ich muß sagen, ich bewundere Ihren Geschmack. Und wenn ich's mir richtig überlege, kann ich verstehen, warum Sie Dorotea gefallen haben.«

»Ich nehme an, man nennt es ›Dummheit‹«, sagte Clete. »Ich meine, Sie ist fast noch ein Kind ...«

»Nicht mehr«, warf Welner ein.

»... das wirklich keine Ahnung hatte, worauf es sich einließ.«

»Wegen Ihrer Verbindung zum OSS?«

»Woher haben Sie von dem – wie sagten Sie, ›OSS‹? – gehört? Keine Ahnung, was das ist.«

»Woher schon?«

Er weiß es von meinem Vater.

Clete nickte vor sich hin.

»Sie sollten in Betracht ziehen, daß es in den Vereinigten Staaten vermutlich viele tausend junger Frauen mit Kind gibt, deren Männer nicht daheim sind und im Krieg kämpfen. Ist Doroteas Lage so anders?«

»Hölle, ja, sie ist anders. Ich will nicht, daß sie oder unser Baby ermordet wird, weil die Deutschen hinter mir her sind.«

»Dann werden Sie Vorsorge treffen müssen. Bringen Sie Dorotea hierher, zum Beispiel, wenn Sie geheiratet haben.«

»Das augenblickliche Problem ist, erst zu heiraten«, sagte Clete. »Wie schaffe ich das? Soll ich zu ihm gehen und sagen: *›Buenos dias, Señor Mallin, Sie werden Opa, und ich bin der Hurensohn, der Sie dazu gemacht hat.‹ oder so ähnlich?«*

Welner lachte.

»Wollen Sie meinen Rat hören?«

»Ich glaube, ja«, sagte Clete nach kurzem Überlegen.

»Nun, dann schlage ich vor, Sie sagen es zuerst Ihrem Onkel Humberto und dann Señora Carzino-Cormano. Wenn man über das fehlende Sakrament hinwegsieht, ist sie de facto die Witwe Ihres Vaters. Sie wird es wissen wollen; sie wäre tief gekränkt, wenn Sie es ihr verschweigen. Wenn Sie damit Schwierigkeiten haben, spreche ich gern an Ihrer Stelle mit ihr.«

»Und dann?«

»Und dann werden Humberto und Claudia und ich Señor Mallin anrufen, um mit ihm über unser Problem hinsichtlich der Kinder zu sprechen.«

»*Der Kinder?* Und dann?«

»Was kann er schon tun, Cletus?« fragt Welner. »Sie erschießen ...?«

Zum ersten Mal nennt er mich beim Vornamen.

»Dorotea auf die Straße werfen? Wissen Sie, Sie und Dorotea sind nicht die ersten beiden jungen Leute in der Geschichte, deren Hormone den Verstand überwältigt haben. Er liebt Dorotea, und im Laufe der Zeit lernt er vielleicht sogar, Sie zu akzeptieren.«

»An dem Tag friert die Hölle zu«, sagte Clete.

»Es heißt, ein Neugeborenes kann steinerne Herzen schmelzen.«

»Meinen Sie wirklich, es gibt kein Problem?«

»Das Problem haben wir bereits. Wir können damit fertig werden. Und ich bin überzeugt, der Bischof wird nach gebetsreicher Überlegung bereit sein, meinen Vorschlag anzunehmen, auf das sonst übliche Aufgebot für den Patrón der Estancia San Pedro y San Pablo zu verzichten. Sie könnten hier in der Kapelle heiraten. Möglicherweise schon nächste Woche.«

»Getraut von einem katholischen Priester? Der Alte wird sich in die Hosen scheißen, wenn er davon erfährt!«

»Nun, diese Formulierung ist ein wenig vulgär, aber recht anschaulich«, bemerkte Welner. »Der ›Alte‹ – damit meinen Sie vermutlich Ihren Großvater – wird sich ...?«

Clete nickte lächelnd.

»Ich bin überzeugt, daß Dorotea oder ihre Mutter einen meiner irrenden Brüder der anglikanischen Kirche überreden können, in aller Stille eines ihrer heidnischen Rituale zu vollziehen. Sie könnten Ihrem Großvater von dieser Zeremonie erzählen.«

»Das ist ein Hammer!« sagte Clete.

»Das beziehen Sie nicht aufs Heiraten, nehme ich an.«

»Sie meinen, es kann arrangiert werden?«

»Das kann es, weil es arrangiert werden muß. Möchten Sie, daß ich mit Claudia und Ihrem Onkel Humberto spreche?«

Clete nickte. »Da wäre ich Ihnen sehr dankbar. Ich bin ein Feigling.«

»Nein«, sagte Welner. »Ein verwirrter junger Mann vielleicht, aber kein Feigling.« Er blickte auf seine Armbanduhr. »Ich muß mit Buenos Aires telefonieren und einen Termin absagen. Kein Problem. Ich möchte nicht dorthin fahren und dann gleich wieder zurück fahren. Humberto und Ihre Tante Beatrice werden vermutlich zur Teezeit hier eintreffen. Ich spreche jetzt mit Claudia und bin bei ihrer Ankunft rechtzeitig zurück.«

»Ich bin Ihnen sehr dankbar«, sagte Clete. »Vielen Dank.«

»Wissen Sie, dafür sind Priester da. Um Leuten zu helfen, Gottes Gebote zu befolgen.«

Er schüttelte Clete mit festem Händedruck die Hand und verließ die Bibliothek.

Ein cleverer Hundesohn, dachte Clete. *Ein Gebrauchtwagenverkäufer mit dem Kragen des Geistlichen. Ich sollte nachzählen, ob ich nach dem Handschlag noch alle Finger habe. Und dann sollte ich mich vergewissern, daß meine Uhr und Brieftasche noch da sind. Ich habe nicht die geringste Ahnung, was, aber er will etwas von mir.*

Dennoch fühle ich mich viel besser seit dem Gespräch. Weil er sagte, er schaukelt die Dinge bezüglich Dorotea. Und ich glaube, das wird er tun. Wenn er das schafft, kann er haben, was er will.

Soweit es in meinen Kräften steht.

XII

1

Estancia San Pedro y San Pablo
Bei Pila, Provinz Buenos Aires

11. April 1943, 11 Uhr 25

Enrico erhob sich, als Clete aus der Bibliothek kam. Er hatte auf einem der massiven Holzstühle gesessen, die den breiten Flur säumten, fast in militärischer Präzision im gleichen Abstand wie Soldaten auf Wache bei einer Randstellung. Die Stühle waren fast viereckig, und ihre einzige Polsterung bestand aus dickem Sattelleder, das auf die Rückenlehne, den Sitz und die Armlehnen genagelt war.

»Wessen Flugzeug ist gelandet?« fragte Clete.

»Ich habe Rudolpho losgeschickt, um das festzustellen.«

Das einzig Logische wäre, Geduld zu haben. Rudolpho wird gleich mit einer Erklärung zurückkommen.

Enrico holte Clete ein, als er die Verandatreppe hinunterging.

»Gibt es noch andere Flugzeuge hier, von denen ich nichts weiß?« fragte Clete.

»Das war keins unserer Flugzeuge, Señor Clete.«

»Wer, zur Hölle, kann es sein?«

Enrico zuckte mit den Schultern.

»Erzähl mir von meinem Vater und Padre Welner«, sagte Clete.

Enrico fühlte sich sichtlich unbehaglich, und Clete erinnerte sich an Welners Bemerkung, daß er, Clete, so undurchsichtig sei wie sein Vater.

»Na komm schon, Enrico!«

»El Coronel behandelte den Padre nicht mit dem angemessenen Respekt«, sagte Enrico. »Sie stritten sich des öfteren. Oft wurde Ihr Vater laut bei ihm. Er sprach den Padre sogar mit dem Vornamen an, manchmal sogar in meiner Gegenwart.«

»Worüber stritten sie?«

»Über Dinge, die man nicht mit einem Priester diskutieren sollte«, sagte Enrico.

»Zum Beispiel?«

»Himmel, Hölle, Absolution. Die Sakramente. Was zwischen Mann und Frau geschieht.«

Mit anderen Worten, el Padre und el Coronel waren tatsächlich Freunde.

Sie hatten den Garten durchquert und gingen jetzt durch den Windschutz.

Ein zweisitziger Eindecker mit hoher Tragfläche, olivfarben angestrichen und mit einem argentinischen militärischen Abzeichen auf dem Rumpf – das Schwarze in einer weißen Zielscheibe – parkte neben zweien der Piper Cubs, die im Vergleich dazu winzig wirkten.

Was ist das für eine Kiste? Sieht aus wie die Cadillac-Version einer Piper Cub. O Mann, das ist ein militärisches Aufklärungsflugzeug. Vermutlich ein deutsches. Ich habe so eines noch nie gesehen, und in Argentinien werden keine Flugzeuge hergestellt.

Neben der Maschine standen zwei Männer, denen Rudolpho, bewaffnet mit einer Schrotflinte, den Weg blockierte. Einer der Männer, in einer ausgebeulten Fliegerkombination, war offenbar der Pilot. Der andere trug die Uniform eines Kavallerieoffiziers, komplett mit glänzenden Reitstiefeln. Clete erkannte den Mann sofort wieder, obwohl er ihn nur zweimal in seinem Leben gesehen hatte.

Was, zum Teufel, treibt el Teniente Coronel Martin hier? Da drängt sich der Gedanke auf, daß er hinter OUTLINE BLUE und dem Geld her ist. Einen anderen Grund kann ich mir nicht vorstellen. Aber für wen will er den Plan und das Geld? Er ist vom Büro für Innere Sicherheit – sprich Spionageabwehr – und hat die Aufgabe, die Regierung vor Operationen wie OUTLINE BLUE zu schützen. Wenn er für Castillo arbeitet, und das unterstelle ich, dann ist es das Ende von OUTLINE BLUE, und alle Beteiligten werden mit verbundenen Augen an die Wand gestellt werden.

Verdammt, warum taucht er jetzt hier auf? Ich brauche Zeit zum Nachdenken.

Als der Pilot Clete und Enrico nahen sah, stieß er leicht Martin an, der ihnen daraufhin entgegenblickte.

Clete hatte Martin zum ersten Mal in der Nacht des Zwischenfalls im Gästehaus in der Avenida del Libertador gesehen. Nachdem Martin unterrichtet worden war, daß die Agenten, denen er die Überwachung des Hauses befohlen hatte, erschossen worden waren, war er zu dem Gästehaus geeilt. Er traf kurz nach der Policia Federal ein, die gerade den OSS-Agenten Frade festgenommen hatte. Sie wollten ihn ins Polizeipräsidium zum Verhör bringen, aber Martin nutzte seine höheren Vollmachten des BIS, um den ›Zwischenfall‹ unter die Zuständigkeit des BIS zu stellen, was ihn nicht gerade beliebt bei dem leitenden Beamten der Bundespolizei machte.

In der Küche fand er die Haushälterin Señora Pellano mit durchgeschnittener Kehle in ihrem Blut. Oben im Haus sah er dann zwei tote Männer, beide erschossen von dem Mann, den sie hatten ermorden sollen. Aus den Spuren am Tatort schloß er, daß einer der Killer von dem OSS-Agenten in Notwehr erschossen worden war. Der zweite Attentäter war verwundet worden. Frade schaute erst nach der Frau, fand sie mit durchgeschnittener Kehle, rannte zornig nach oben und tötete den zweiten Killer. Mit drei Kugeln – mit aller Munition, die noch in der Waffe war –, und mit einer davon blies er das Gehirn des Killers auf die Wände des Badezimmers, in das er gekrochen war.

Martin fand zu diesem Zeitpunkt, daß es ein ziemlich überraschender Verlust von Selbstbeherrschung eines Profis war.

Der ›Zwischenfall‹ zwang Martin, seine Neutralität als BIS-Beamter aufzugeben und sich zwischen der Regierung von Präsident Castillo und der Grupo de Oficiales Unidos zu entscheiden, die unter Führung von el Coronel Jorge Guillermo Frade Castillos Sturz plante.

Martin fragte sich manchmal immer noch, ob er durch die Wahl von letzterem wirklich die Kräfte des Guten denen des Bösen vorgezogen hatte; oder ob ihn so sehr empört hatte, daß die von Castillo kontrollierte Policia Federal das beabsichtigte Opfer von Killern, die von den Deutschen bezahlt wurden, des Mordes anklagen wollte, und dadurch sein Gerechtigkeitssinn verletzt wurde und er nicht untätig dabei zuschauen konnte.

Und er fragte sich, ob er sich für die andere Seite entschieden hatte, weil ihm klar war, daß el Coronel Frade wahrscheinlich der nächste Präsident von Argentinien werden und jeden bestrafen würde, der diejenigen unterstützt hatte, die für die Ermordung seiner Haushälterin und die Festnahme seines einzigen Sohns verantwortlich waren. Oder daß er diejenigen belohnen würde, die ihm geholfen hatten.

Nach vielem Nachdenken gelangte Martin zu dem Schluß, daß er nicht nur einen Grund für sein Handeln gehabt hatte. Es war eine Kombination von mehreren Gründen. Er konnte nur hoffen, daß die Zeit zeigen würde, daß er das Beste für Argentinien getan hatte.

Er bestellte einen Sanitätswagen der Armee vom Dr.-Cosme-Argerich-Militärkrankenhaus und befahl, den OSS-Agenten dort bis auf weiteres inkognito »zur ärztlichen Untersuchung« in Arrest zu halten.

Danach nutzte er kreativ einige Ermittlungstechniken, um die nötigen Beweise zu entwickeln, damit in seinem offiziellen Ermittlungsbericht stehen konnte, daß das Opfer Frade in Notwehr gehandelt und gegen keine Gesetze verstoßen hatte. Nur zwei Tage später konnte Martin Frade im Krankenhaus besuchen und ihm offiziell mitteilen, daß der Fall abgeschlossen war und er entlassen werden würde. Er schlug dann Frade vor – inoffiziell –, das Land so schnell wie möglich zu verlassen.

Clete ging zu Martin und reichte ihm die Hand.

»Guten Tag, mi Coronel. Welch eine angenehme Überraschung!«

»Verzeihen Sie bitte die Störung«, sagte Martin. »Ich wäre nicht hier, wenn es unnötig wäre.«

»Sie stören überhaupt nicht«, erwiderte Clete. »Sehr interessantes Flugzeug. Welcher Vogel ist das?«

»Eine Fieseler Storch, Señor«, sagte der Pilot. »Deutsch.«

»Verzeihen Sie, ich habe nicht vorgestellt«, sagte Martin. »Mayor Frade, darf ich Ihnen Capitán Birra vorstellen?«

»A sus ordenes, mi Mayor«, sagte der Pilot höflich.

»Anscheinend kann ich hier keinem klarmachen, daß ich nicht mehr diene«, sagte Clete.

»Ist das so?« fragte Martin.

»So ist das.«

»Früher, Capitán, war *Señor* Frade Flieger beim nordamerikanischen Marine Corps«, sagte Martin. »Wie wäre es, wenn Sie ihm das Flugzeug zeigen?«

»Es wäre mir ein Vergnügen, Señor.« Capitán Birra wies zu der Fieseler Storch.

»Ich glaube, in diesem Flugzeugtyp fiel Capitán Duarte in Rußland«, sagte Martin.

Clete bereute bereits, daß er mit dem Thema Flugzeug angefangen hatte, und es wurde noch schlimmer. Capitán Birra war mit Recht stolz auf sein Flugzeug. Es war für den gleichen Zweck – zur Verbindung und Artillerieaufklärung – entwickelt worden wie Maschinen, die von der U.S. Army und dem Marine Corps benutzt wurden. Der Unterschied bestand darin, daß die vom Marine Corps benutzten Piper Cubs direkt aus den Montagehallen der Zivilmaschinen kam. Diese Fieseler Storch, das konnte Wildcat-Pilot Frade nicht leugnen, war ein *richtiges* Flugzeug. Natürlich war es keine Wildcat, aber auch keine Piper Cub.

Capitán Birra erklärte ihm, daß die Storch einen 240-PS-Motor hatte, eine Reichweite von ca. 1.200 Kilometern und eine Reisegeschwindigkeit von 200 km/h. Die Cubs, mit denen Clete mehrmals auf Guadalcanal geflogen war, hatten 75-PS-Motoren und nur eine Reichweite von ungefähr zwei Stunden bei einer Reisegeschwindigkeit von etwa

120 km/h. Dann fragte Capitán Birra höflich, ob es tatsächlich stimmte, daß die Amerikaner ›kleine Zivilflugzeuge wie die Piper‹ im Kampf benutzten. Clete konnte es nur bestätigen.

»Wenn Sie Zeit haben, Señor Frade, würde ich Sie gern auf einen Flug mitnehmen.«

»Das ist sehr nett von Ihnen, Capitán«, erwiderte Clete. »Aber ich nehme an, el Coronel Martin hat es eilig.«

»Vielleicht ein anderes Mal, Señor Frade«, sagte Martin. »Können wir irgendwo miteinander sprechen?«

»Gewiß. Gehen wir ins Haus.«

»Darf ich Ihnen mein Beileid aussprechen?«

»Vielen Dank.«

Clete führte sie durch den Windschutz und Garten ins Haus. Er bat Rudolpho, Capitán Birra mit allem zu versorgen, was er wünschte, und führte dann Martin in die Bibliothek. Enrico folgte ihnen und setzte sich in einen Sessel nahe bei der Tür.

Clete forderte Martin mit einer Geste auf, in einem der Sessel Platz zu nehmen, und setzte sich in einen anderen.

»Ich habe Sie noch nie in Uniform gesehen, mi Coronel.«

»Ich trage sie von Zeit zu Zeit, um mich daran zu erinnern, daß ich Offizier und kein Polizist bin«, sagte Martin. »Es freut mich, Sie hier anzutreffen, Señor Frade.«

»Morgen findet ein Gedenkgottesdienst für meinen Vater statt. Deshalb mußte ich natürlich hier sein.«

»Da ich unangekündigt eintraf, habe ich befürchtet, Sie könnten draußen bei der Funkstation sein«, sagte Martin. »Und ich habe nicht viel Zeit.«

Ich tue so, als ob ich das nicht gehört hätte. Die lässige, nüchterne Bemerkung bezüglich meiner angeblich geheimen Funkstation wurde absichtlich von einem wahren Profi gemacht, und ich als gottverdammter Amateur weiß nicht, was ich darauf erwidern soll.

»Wie kann ich zu Diensten sein, mi Coronel?«

»General Rawson und Coronel Perón werden Sie besuchen«, sagte Martin. »Vermutlich vor dem Gedenkgottesdienst, vielleicht aber auch danach.«

»Ich hörte so etwas ...«

»Sie wollen OUTLINE BLUE haben.«

»Wie bitte?«

»OUTLINE BLUE«, wiederholte Martin, »und das Geld, das in Zusammenhang mit OUTLINE BLUE gesammelt wurde.«

»Ich habe wirklich keine Ahnung, wovon Sie sprechen«, sagte Clete.

Martin ging gar nicht auf sein Leugnen ein.

»Ich wollte Sie sehen, bevor sie kommen, weil ich Ihnen vorschlagen möchte – von einem vernünftigen Profi zum anderen –, daß es für jeden das beste wäre, wenn Sie es ihnen aushändigen.«

»Ich wiederhole, ich weiß nicht, wovon Sie reden, aber wenn ich so etwas hätte, warum wäre es dann das beste für mich, es Ihnen aushändigen?«

»Ich sagte, Mayor Frade ...«

»*Señor* Frade, wenn es Ihnen nichts ausmacht, mi Coronel.«

»Verzeihen Sie. Meine Erinnerung ist anscheinend so schlecht wie Ihre. Ich sagte, *Señor* Frade, daß es für *jeden* das beste wäre, OUTLINE BLUE und das Geld General Rawson auszuhändigen. Ich kann verstehen, warum Sie es nicht mir übergeben wollen.«

»Nicht ihnen? Ich meine, wenn ich wüßte, wovon Sie reden und wenn ich es hätte.«

»Sie sind Profi wie ich. Sie wissen nicht, für wen ich in Wirklichkeit arbeite. Wenn ich an Ihrer Stelle wäre ...«

Clete erinnerte sich jetzt, daß Enrico gesagt hatte: »Martin ist jetzt einer von uns.«

Hält mich der Kerl tatsächlich für einen Profi? Oder will er mir schmeicheln?

»Sagen Sie mir, warum es für jeden das beste wäre. Warum für Sie das beste, zum Beispiel, mi Coronel.«

»Um halb zehn heute morgen fuhr General Ramirez zu Ihrem Haus in der Libertador und traf sich mit General Rawson und el Coronel Perón. Das Thema ihres Gesprächs war, wie OUTLINE BLUE und das Geld aus Ihrem Safe geholt werden können.«

»Sie sind anscheinend ziemlich überzeugt, daß es in meinem Safe ist. Wie kommt das? Und von welchem Safe reden Sie, mi Coronel?«

Martin lächelte ihn an und zuckte mit den Schultern.

»Ich wußte, daß es nicht leicht sein wird«, sagte er. »Aber wenn Sie darauf bestehen ... Ich bin überzeugt, daß OUTLINE BLUE und das Geld hier sind, weil sie weder im Haus in der Coronel Diaz noch im Haus in der Libertador noch in Bankschließfächern Ihres Vaters sind.«

»Sie haben nachgeschaut, nicht wahr?«

»Sagen wir, ich bin überzeugt von dem, was ich sagte«, erwiderte Martin. »Wir alle nehmen an, daß OUTLINE BLUE und das Geld hier sind, denn es ergab Sinn für Ihren Vater, die Dinge hier aufzubewahren, anstatt sonstwo, genauer gesagt im Safe seines Arbeitszimmers.«

»Ist das der Safe, nach dem Señora Carzino-Cormano fragte, Enrico? Der Safe, zu dem nur el Coronel die Kombination hatte, wie du sagtest?«

»Si, Señor Frade.«

»Verzeihen Sie mir, Suboficial Mayor«, sagte Martin. »Aber nicht nur ich nehme an, daß Sie die Kombination des Safes kennen, sondern auch el Coronel Perón meint das. Das sagte er General Ramirez.«

Enrico fühlte sich sichtlich unbehaglich.

»Sie wollten mir sagen, warum es in Ihrem Interesse ist, daß ich es Rawson gebe, wenn ich hätte, wovon Sie sprachen«, sagte Clete.

»Ich muß es wiederholen, ich sagte, es wäre für *jeden* das beste«, sagte Martin.

»Okay, also für jeden.«

»Viele Offiziere, Freunde Ihres Vaters, sind der Ansicht, wie er es war, daß die gegenwärtige Regierung Argentiniens ersetzt werden muß ...«

»Reden wir Klartext«, sagte Clete. »Was ist für Sie drin, mi Coronel, wenn ich Ihnen OUTLINE BLUE und das Geld übergebe?«

Martin schaute ihm in die Augen.

»Es würde mir ersparen, daß ich einen Befehl erhalte, den ich viel lieber nicht ausführen möchte.«

»Welcher Befehl würde das sein?«

»Alle notwendigen Schritte zu unternehmen, um OUTLINE BLUE und das Geld zu erhalten.«

»Und was wäre für mich drin?« fragte Clete.

»Abgesehen von meiner tiefen Dankbarkeit, meinen Sie?« sagte Martin lächelnd.

»Abgesehen von Ihrer tiefen Dankbarkeit.«

»Woran denken Sie denn?«

Verdammt, er zwingt mich, Farbe zu bekennen. Er ist ein Profi, und er weiß, wie er jemand festnageln kann. Was sage ich jetzt? Cletus, mein Junge, laß dir um Himmels willen etwas einfallen!

Dieser SS-Oberst!

»Ein SS-Colonel ... Oberst ... traf mit demselben Flugzeug wie el Coronel Perón aus Deutschland ein ...«

»Goltz«, unterbrach Martin. »Josef Goltz. Was ist mit ihm?«

»Ich bin ein neugieriger Mensch, mi Coronel. Wer ist das, und was will er hier?«

»Er ist im Geheimdienst der SS«, sagte Martin. »Ich habe keine Ahnung, was er hier macht. Warum interessieren Sie sich für ihn?«

»Ich frage mich, ob er der Mann ist, der den Befehl zur Ermordung meines Vaters gab.«

»Vor einem Moment schlugen Sie vor, Klartext zu reden. Sehr gut. Ich weiß wirklich nicht, wer den Tod Ihres Vaters befahl, aber es ist möglich, daß er es war. Ich *weiß*, daß er heute morgen die Ermordung Ihres Ettinger befahl. Das erfuhr ich kurz vor dem Abflug.«

Ettinger soll ermordet werden, nicht ich? Was hat das alles zu bedeuten?

»Ich nehme an, Sie wollen mir nicht sagen, wer Ihnen das erzählt hat. Vielleicht General Ramirez?«

Martin lächelte. »Eine zuverlässige Quelle.«

»Ihre zuverlässige Quelle hat nicht gesagt, wann und wo der Mord stattfinden soll? Oder warum?«

»So ist es. Ich weiß nur, daß es hieß, je eher, desto besser. Ich würde an Ihrer Stelle die Bedrohung sehr ernst nehmen, Señor Frade.«

Ich glaube ihm. Und daß er darüber Bescheid weiß, ist ein weiterer Beweis, daß er ein Profi ist und es vermessen von mir ist, zu versuchen, ihm ebenbürtig zu sein. Mir bleibt nichts anderes übrig, als ihm zu vertrauen.

»Wo ist es, Enrico?« fragte Clete.

»Was, Señor?«

»OUTLINE BLUE.«

»In el Coronels … in Ihrem Zimmer, Señor Clete.«

Clete forderte Martin mit einer Geste zum Aufstehen auf und führte ihn aus der Bibliothek über den Gang und in das Zimmer, das jetzt seins war.

»Ist da auch ein Safe, Enrico?« fragte Clete.

»Nein, Señor Clete.«

Enrico ging zum Bett, zog die Bettdecke ab und schob seine Hand unter die Matratze. Er zog den blauen Aktenhefter hervor, ging zu Clete und überreichte ihn.

Martin lachte.

»Da ich nicht glauben kann, daß el Coronel Frade OUTLINE BLUE tatsächlich unter seiner Matratze versteckt hatte, irre ich mich dann in der Annahme, daß Sie den Safe geöffnet haben?«

Ohne zu antworten, gab Clete ihm OUTLINE BLUE.

»Danke«, sage Martin. »Glauben Sie mir. Sie tun das Richtige.«

»Ich hoffe es«, sagte Clete.

»Das Geld?«

»Das ist im Safe.«

»Ist noch alles da?«

»Das nehme ich an. Ich bezweifle, daß sonst jemand hier war.«

Ich weiß, *daß keiner sonst hier war. Denn dann wäre das Geld verschwunden und ebenfalls Peters Papiere und Geld.*

»Haben Sie das gelesen?«

»Ich habe nur einen Blick darauf geworfen.«

»Aber Sie wissen, wie gefährlich es in den falschen Händen wäre?«

Clete nickte.

»Ich bin sehr dankbar«, sagte Martin. »Und viele andere Leute werden dankbar sein.«

»Halten Sie mich nur auf dem laufenden über Oberst Goltz' Pläne für Ettinger«, sagte Clete, »und wir sind dann quitt.«

»Das hätte ich ohnehin getan«, sage Martin. »Es empört mich, daß ein Ausländer in mein Land kommt, sich hinter diplomatischer Immunität versteckt und einen Mordbefehl gibt. Kann ich wirklich nichts sonst für Sie tun?«

»Können Sie Importgenehmigungen besorgen?«

»Welche Art Importgenehmigungen?«

»Zum Beispiel für ein Flugzeug.«

»Für welchen Typ Flugzeug?«

»Ein Flugzeug meines Vaters ist anscheinend verschwunden.«

»Es gibt Gerüchte, daß es auf dem Grund der Samborombón-Bucht liegt, in der Nähe der Stelle, an der die *Reine de la Mer* versenkt wurde.«

»Davon habe ich nichts gehört«, sagte Clete. »Ich brauche jedenfalls ein Flugzeug.«

»Warum?«

»Für jemand, der offenbar weiß, welche Vorteile es bringt, wenn man ein leichtes Flugzeug zur Verfügung hat, ist das eine merkwürdige Frage, finden Sie nicht auch?«

»Seien Sie nachsichtig mit mir.«

»Ich habe vor kurzem erfahren, daß ich einen Weingarten in Córdoba besitze_«

»Natürlich, San Bosco.«

»..und daß es anderes im Land gibt, das mir gehört.«

»Und Sie möchten von Zeit zu Zeit herumfliegen und sich alles anschauen, nicht wahr?«

»Richtig.«

»Nun, Importgenehmigungen fallen eigentlich nicht so sehr unter meine Zuständigkeit, aber ich werde sehen, was ich für Sie tun kann.«

»Danke.«

»An welchen Flugzeugtyp dachten Sie? Eine andere Beechcraft mit gestaffelter Tragfläche?«

»Die werden leider nicht mehr hergestellt. Aber ich habe durch Zufall erfahren, wo ich an eine zweimotorige Beech vom selben Hersteller in Brasilien herankommen kann.«

»In Brasilien? Sie meinen, Sie könnten sie einfliegen. Sie müßte nicht per Schiff transportiert werden?«

»Ich könnte sie einfliegen.«

»Das vereinfacht die Dinge sehr. Lassen Sie mich einige Fragen stellen.«

»Bitte diskrete Fragen, mi Coronel.«

»Selbstverständlich diskrete«, sagte Martin. »Und jetzt bin ich etwas verlegen, weil ich wieder auf Ihre Großzügigkeit angewiesen bin.«

»Wieso?«

»Meinen Sie, Sie könnten eine Aktentasche oder einen kleinen Aktenkoffer auftreiben, damit ich OUTLINE BLUE darin mitnehmen kann?«

»Enrico?«

»Si, mi Coronel«, sagte Enrico. »Es sind einige Aktentaschen im Haus. Vielleicht ist sogar eine hier im Schrank im Wohnzimmer.«

»Siehst du mal bitte nach?« bat Clete.

Enrico nickte und verließ das Schlafzimmer.

»Wollen Sie das Geld ebenfalls mitnehmen?« fragte Clete.

»Ich habe darüber nachgedacht«, sagte Martin. »Wenn es Ihnen nichts ausmacht, lasse ich es vorläufig, wo es ist. Geld an sich ist nicht belastend.«

»Wie Sie wollen«, sagte Clete. »Und wenn General Rawson es verlangt?«

»Dann sollten Sie es ihm geben, oder wenn er seinen Adjutanten schickt, Capitán Lauffer – Sie haben ihn kennengelernt –, geben Sie es ihm. Aber keinem sonst.«

Clete nickte. Enrico kehrte zurück und brachte eine ziemlich abgenutzte Aktentasche.

»Perfekt«, sagte Martin und nahm sie entgegen. »Ich werde sie natürlich zurückgeben.«

»Enrico sagte mir, das Geld dient dazu, den Erfolg von OUTLINE BLUE ›sicherzustellen‹.«

Martin schaute ihn kalt an.

»Wenn Sie höflich fragen, ob es Bestechungsgeld ist, ja, ich befürchte, das ist es. Nehmen Sie daran Anstoß?«

»In unserer Unabhängigkeitserklärung ist die Rede von heiliger Ehre ...«

»Ich weiß«, fiel im Martin ins Wort. »Ich bin darüber im Bilde.«

»Und bei unseren Revolution gingen unsere Jungs ein Risiko ein. Sie setzten ihr Leben ein. Ich sah die Unterschrift meines Vaters auf OUTLINE BLUE. Er ging ein Risiko ein. Er setzte sein Leben ein. Aber ich sah keine andere Unterschrift auf OUTLINE BLUE. Jeder sonst fühlt sich anscheinend wohl bei dem Gedanken, Leute zu bestechen.«

»Ich kann nicht sagen, daß sich irgendein Beteiligter wohl dabei fühlt. Es ist notwendig.«

»Warum?«

»Es gibt zwei Arten von Offizieren in der Armee und Marine Argentiniens«, sagt Martin. »Vielleicht zehn, fünfzehn Prozent sind, wie Ihr Vater war. Sie brauchen sich keine Sorgen wegen Sold oder Pension zu machen. Die anderen würden bei einem Scheitern von OUTLINE BLUE ihr Patent und ihre Pension verlieren und somit kein Auskommen mehr haben. Es ist verständlich, daß sie ihre Familien schützen wollen.«

»Hat man sich überlegt, daß diese ›Patrioten‹, die Sie kaufen, von der Fahne gehen würden, wenn jemand ihnen mehr Geld bietet?«

»Ihr Vater hatte ähnliche moralische Einwände, Señor Frade. Über das Thema wurde lange diskutiert. Es wurde entschieden, daß die Revolution um jeden Preis ohne Blutvergießen stattfindet. Nachdem ich das gesagt habe, möchte ich nichts mehr davon hören. Verzeihen Sie, aber es geht Sie wirklich nichts an, ja?«

»Ich weiß nicht, ob es mich was angeht oder nicht«, entgegnete Clete. »Wenn OUTLINE BLUE nicht erfolgreich durchgeführt werden kann, könnte ich selbst in Schwierigkeiten geraten.«

»Ich würde mir an Ihrer Stelle keine Sorgen deswegen machen«, sagte Martin. »Sie sind Nordamerikaner.«

»Oh, das bin ich nicht. Ich bin Argentinier.«

»Stimmt ja«, sagte Martin. »Das vergesse ich immer wieder. Ich bemühe mich, Sie als Argentinier zu sehen, aber es fällt mir schwer.«

»Vielleicht sollten Sie sich mehr bemühen, mi Coronel. Ich werde eine Weile hier leben.«

»Ich verspreche, daß ich mich mehr bemühen werde.« Martin schloß die Aktentasche und gab Clete die Hand. »Danke für all Ihre Freundlichkeit.«

»Es war mir ein Vergnügen, mi Coronel«, sagte Clete. »Nichts zu danken.«

2

Estancia San Pedro y San Pablo
Bei Pila, Provinz Buenos Aires

11. April 1943, 11 Uhr 40

Clete beobachtete mit Enrico von der Veranda aus den Abflug der Fieseler Storch, die in unglaublich steilem Steigflug über die Zedern des Windschutzes flog.

Der Pilot macht natürlich eine Schau, dachte Clete. *Aber toll, wie die Kiste steigt.*

Der Pilot ließ die Tragflächen auf und ab wippen, »winkte« auf Wiedersehen und flog über das Haus davon.

»Was hältst du von Martin, Enrico?«

»Für einen der Clowns ist er nicht schlecht. Er ist natürlich ein Kavallerieoffizier.«

»Es gibt keinen schlechten Kavallerieoffizier, richtig?«

»Das habe ich nicht gesagt, Señor Clete.«

»Was hältst du von Piloten, Enrico?«

»El Coronel fragte sich, warum Sie nicht zur Kavallerie gingen, Señor Clete.«

»Wir haben keine Kavallerie mehr«, sagte Clete. »Aber im Marine Corps sind Flugzeuge so was wie fliegende Pferde.«

Enrico dachte sorgfältig darüber nach, erwiderte jedoch nichts.

»Ich mache einen Ausflug«, sagte Clete. »Zu el Jefe.«

»Ich werde Sie begleiten, Señor Clete.«

»Und zu Ettinger«, fügte Clete hinzu. »Du kommst nicht mit. Du bist voller Löcher, und ich will nicht, daß du blutest und ein Pferd von oben bis unten mit Blut bekleckerst. Das wird Fliegen anlocken und das Pferd ärgern.«

Enrico blickte ihn lange an und gelangte zu dem Schluß, daß ein Einwand sinnlos sein würde.

»Rudolpho wird Sie begleiten«, kündigte er an.

»Okay. Wenn Señora Carzino-Cormano oder mein Onkel Humberto eintrifft, bevor ich zurück bin, erzähl Ihnen nicht, wo ich bin.«

»Si, Señor Clete.«

Gefolgt von Enrico, ging Clete zum Foyer, wo er von Antonio abgefangen wurde.

»Kann ich etwas für Sie tun, Señor?«

»Ich reite aus.«

»Ich werde Ihre Reitsachen auslegen.«

»Antonio, ich bin ein Texas Aggie. Dies sind alle Reitsachen, die ein Texas Aggie braucht.«

Er zog seine Khakihose hoch, um seine Stiefel zu zeigen.

»Wie Sie wünschen, Señor Cletus«, sagte Antonio.

Als sie durch den Garten zu den Ställen gingen, fragte Enrico: »Señor Clete, was ist ein ›Texas Aggie‹?«

»Ein Hurensohn, der die Mädchen ihrer Jungfräulichkeit beraubt, ein Säufer harten Whiskys und vor allem ein hervorragender Reiter.«

Enrico nickte.

Zwanzig oder mehr Sättel hingen in der Sattelkammer ordentlich auf ledergepolsterten Sägeböcken. Clete sah zwei Damensättel und ein halbes Dutzend Sättel ohne Sattelhorn, vermutlich für Polo. Bei den übrigen handelte es sich um *recados,* Sättel mit langen Steigbügeln und ohne Horn, die mit einem dicken Schaffellpolster unter dem Reiter benutzt wurden.

Clete wählte impulsiv einen der *recados,* hievte ihn auf die Schulter und ging in den Stall. Es war Platz für vierzig Tiere, jedes in einer separaten Box. Fast in allen Boxen standen Pferde. Clete bemerkte, daß Enrico nicht mehr bei ihm war.

»Wo, zur Hölle, bist du, wenn ich dich brauche?« fragte er laut. »Einer dieser Gäule wird ein tückischer Bastard sein, der sogar Gene Autry abwerfen würde, und ausgerechnet den werde ich mir aussuchen.«

Enrico tauchte einen Moment später auf, gefolgt von Rudolpho, der einen *recado* auf der Schulter trug. Enrico hielt ein kurzläufiges Mauser-Gewehr in der Hand.

»Welchen Gaul reite ich, Enrico?«

»Ihr Vater war begeistert von Julius Caesar, Señor Clete«, sagte Enrico und wies auf einen offenbar temperamentvollen schwarzen Hengst, der seinen Kopf aus der Box steckte und sie neugierig beäugte.

»Prima«, sagte Clete und ging zu der Box.

Rudolpho hob die Augenbrauen, und Enrico bemerkte es.

»Señor Clete ist ein hervorragender Reiter«, sagte er. »Er ist ein *Texas Aggie.*«

Peinlich, peinlich, wenn der Gaul mich abwirft, bevor wir aus dem Stall raus sind, dachte Clete.

»Ich sattele für Sie«, sagte Enrico.

»Nein, das mache ich.«

Als Clete Julius Caesar sattelte, versuchte ihn der Hengst zu beißen. Und als er ihn aus dem Stall auf den Hof hinausführte und aufsitzen wollte, scheute Julius Caesar und schnappte abermals nach ihm. Dann schwang sich Clete in den Sattel und wollte über den Hof reiten, um zu zeigen, wer der Herr war. Clete zog an den Zügeln, und Julius Caesar stieg auf die Hinterhand.

Clete konnte sich im Sattel halten, doch Onkel Jims Stetson flog ihm vom Kopf. Julius Caesar setzte mit der Vorderhand wieder auf, machte freiwillig ein paar tänzelnde Schritte und bockte von neuem.

»Verdammtes Biest! Wenn du auf den Hut trittst, du Satansbraten, dann wirst du Katzenfutter!« sagte Clete, parierte ihn hart und stieß ihm die Hacken in die Flanken.

Julius Ceasar stellte das Bocken ein. Als ob er sich entschieden hätte, daß der Reiter es wert war, ihn gewähren zu lassen, wurde er plötzlich ruhig.

Enrico hob den Stetson auf und gab ihn Clete, der in den Augen des alten Kavalleristen Anerkennung und Belustigung sah.

»*Katzenfutter*, Señor Clete?«

Oh, Mann, wenn Enrico das verstanden hat, muß ich dem Pferd auf spanisch gedroht haben!

Rudolpho, auf einem rassigen Rotschimmel, ritt neben ihn. Er hielt das Mauser-Gewehr lässig mit dem Kolben auf dem Oberschenkel.

Sie ritten vom Hof, durch den Garten und zur Straße. Dabei passierten sie ein Dutzend Arbeiter, und jeder zog den Hut, wenn er Clete sah, und blieb abwartend stehen, um ihn vorbeireiten zu lassen.

Ich fühle mich wie Don Pancho, der Spanier, Vater der dunkelhäutigen Schönheit, auf die Gene Autry auf seiner Hazienda unten in Mexico in dem Film scharf ist, während er huldvoll den ergebenen Gruß seiner Anhänger entgegennimmt.

Ich sollte mich verlegen fühlen wie im Wagen bei der Ankunft. Aber das tue ich nicht. Wie kommt das?

Er nickte jedem Arbeiter zu und lächelte.

Nach fünfhundert Metern auf der Straße bog Rudolpho ab und ritt auf die Pampas. Clete trieb Julius Caesar mit den Hacken an, und der Hengst fiel in kurzen Galopp. Nur um zu sehen, wie das Pferd reagierte, drückte Clete ihm das linke Knie gegen das Fell und zog so leicht an den Zügeln, wie er nur konnte. Julius Caesar schwenkte sofort nach links. Und als Clete dann das rechte Knie leicht in die Flanke drückte – ohne Zügeldruck, wandte sich das Pferd in die andere Richtung.

Verdammt gut abgerichtetes Pferd. Kein Wunder, daß mein Vater es mochte. Hat er es selbst dressiert? Ist das ein Polopferd? Aber die sind doch kleiner, oder?

Ich muß mal Polo versuchen, richtiges Polo. Warum nicht? Es gibt hier zwei Polofelder, und es kann nicht so schwierig sein. Der Ball ist zwar verdammt klein, aber vielleicht lerne ich mit einem bißchen Übung, ihn zu treffen.

Das Polo, das Clete auf der Big Foot Ranch außerhalb von Midland und auf dem College gespielt hatte, war mit Besen und einem Volleyball auf lammfrommen Ponys gespielt worden, nur dann und wann zum Spaß auf einem gut dressierten Quarterhorse.

Was denke ich da? An Polo? *Als gäbe es nichts Wichtigeres!*

Ohne zu denken, ruckte er leicht an den Zügeln. Julius Caesar, der versucht hatte, Rudolphos Rotschimmel zu überholen, fiel gehorsam zurück.

»Rudolpho, ist es hier sicher zu galoppieren?« rief Clete.

»Si, Señor.«

»Dann los!«

Rudolpho gab seinem Rotschimmel die Sporen und rief ihm etwas zu, das Clete nicht verstehen konnte. Der Rotschimmel fiel in Galopp.

Julius Caesar war größer und schneller als Rudolphos Tier und galoppierte eine Minute später an ihm vorbei. Clete sah, daß Rudolpho seine Haltung beim gestreckten Galopp nur änderte, indem er das Mauser-Gewehr nicht mehr auf dem Oberschenkel aufstützte. Jetzt hielt er es in der Armbeuge wie ein Jäger. Er wirkte so entspannt, als sitze er in einem Lehnsessel.

Nun, das erschüttert meinen Aberglauben, daß ich ungefähr so gut wie jeder andere reiten kann, nicht wahr?

Fünf Minuten später, als sie im Schritt ritten, damit sich die Pferde etwas erholen konnten, wurde Clete klar, daß er keine Ahnung mehr hatte, wo er war. Von Horizont zu Horizont erstreckte sich gewelltes Grasland, gesprenkelt mit Rindern, Gruppen von Eukalyptusbäumen und Kiefern. Kein Anzeichen auf eine Straße, eine Stromleitung oder einen Zaun.

Er hatte den ernüchternden Gedanken: *Wenn ich allein losgeritten wäre, und genau das hatte ich verdammter Blödmann vor, hätte ich mich verirrt, anstatt die Funkstation zu finden, und man hätte nach mir suchen müssen.*

Zwanzig Minuten später ritten sie über eine kleine Erhebung, und Clete suchte den Horizont ab. In einem Kiefernwäldchen voraus wurde Licht reflektiert. Es verschwand und blinkte von neuem. Er beschattete die Augen mit der Hand und schaute wieder hin. Es war fort.

Als er einen Augenblick später wieder hinsah, war es erneut sichtbar. Er war gerade zu dem Schluß gelangt, daß es ein weißes und ein paar Zentimeter langes Licht war – wahrscheinlich künstlich –, als das bestätigt wurde. Das schwache, aber unverkennbare Glänzen von Kupferdraht.

Eine Funkantenne. Voraus lag die Station.

Als sie sich dem Wäldchen näherten, konnte er durch die Bäume Autos und Trucks erkennen. Drei der Wagen – tadellos gepflegte Ford Pickup-Trucks Modell A – gehörten zur Estancia.

Und da standen ein 1940er Chevrolet Coupé und eine 1941er Studebaker-Limousine. Toni Pelosis und Dave Ettingers Wagen, sagte sich Clete, aber er wußte nicht, welcher Wagen wem gehörte.

Sie ritten in das Wäldchen und gelangten auf eine kleine Lichtung, auf der drei Gebäude aus Sandstein standen. Ein großer Mann mit rötlichem Gesicht, der die Kleidung eines Gauchos trug, der am Samstagabend in die Cantina ging, tauchte aus dem größten Gebäude auf. Sein flacher, breitkrempiger schwarzer Gauchohut thronte in keckem Winkel auf seinem Kopf. Er trug ein rotes Halstuch, ein weitgeschnittenes weißes Hemd, schwarze, rotbestickte Weste, gebauschte schwarze Hose und langschäftige schwarze Stiefel. Ein bedrohlich aussehender Dolch mit silbernem Griff steckte in einer Lederscheide an seinem Gürtel. Und er hielt einen silbernen Krug mit Mate* in der Hand. Er lächelte Clete an.

»Buenas tardes, Señor.«

Der sieht mehr wie ein Gaucho aus als Rudolpho. Aber er würde auf kein Pferd steigen.

Clete lächelte und hielt die Rechte in schneidigem Gruß an die Schläfe.

»Erlaubnis, an Bord zu kommen, Chief?«

Chief Radioman Oscar J. Schultz, USN, erwiderte den Gruß ebenso schneidig.

»Erlaubnis erteilt, Sir«, sagte er. »Willkommen an Bord.«

Clete stieg von Julius Caesar.

»Ihr Hut gefällt mir«, sagte Chief Schulz und reichte Clete die Hand.

»Danke.«

»Wenn ich ein wenig vorgewarnt worden wäre, hätte ich Pferdeburschen hier«, sagte Chief Schultz, und dann fiel ihm ein, daß Cletes Vater gestorben war, und er fügte ernst hinzu: »Das mit Ihrem Vater tut mir sehr leid, Mr. Frade. Herzliches Beileid.«

»Danke. Schön, Sie zu sehen, Chief.«

»Sie kommen gerade rechtzeitig zum Mittagessen«, sagte Chief Schultz und wies zum Haus. »Mr. Pelosi und Sergeant Ettinger sind hier. Sie sagten mir, daß Sie kommen würden, aber nicht wann.«

Tony und Dave Ettinger – ein großer, dunkeläugiger Endzwanziger mit scharfen Gesichtszügen, der in Hemdsärmeln war – saßen an einem Tisch. Clete sah Schüsseln mit Tomaten, Zwiebeln und rotem und grünem Paprika und dicke Steaks auf einem Holztablett, die zusammen so ungefähr zehn Pfund wiegen mochten.

Sie wurden serviert von einer schwarzhaarigen Frau

* Ein Kräutertee, auch beliebt bei Arabern, die über ein Jahrhundert lang die besten Exportkunden der argentinischen Mate-Plantagen in der Provinz Corrientes waren.

Anfang Dreißig, die eine weiße Bluse, einen gebauschten schwarzen Rock und Stiefel trug, die Clete für Gaucho-Stiefel hielt. Sie lächelte Clete nervös an und blickte zwischen ihm und Chief Schultz hin und her.

Es würde mich überhaupt nicht überraschen, dachte Clete, *wenn die Lady den Chief in kalten Pampas-Nächten wärmt – jedenfalls wenn Tony und Ettinger nicht hier sind.*

Der Chief schrieb sein fast perfektes Spanisch dem »schlafenden Wörterbuch« zu, das er während einer Dienstzeit auf dem Marinestützpunkt Cavite auf den Philippinen kennengelernt hatte.

»Buenas tardes«, sagte Clete und lächelte sie an.

»Buenas tardes, Patrón«, erwiderte sie.

»Das ist Dorothea«, stellte Chief Schultz vor.

Na prima. Ich werde aufpassen müssen, daß ich die gleichnamigen Ladys – die eine mit »h«, die andere ohne, aber mit meinem Kind – nicht durcheinanderbringe.

»Sie hilft Ihnen, Ihr Spanisch zu perfektionieren, Chief?« sagte Clete, setzte sich auf einen Stuhl und gab Ettinger die Hand.

»Ja, und sie ist auch keine schlechte Köchin«, sagte Chief Schultz.

»Mein Beileid, Major«, sagte Ettinger.

»Danke«, erwiderte Clete. »Und nur für die Akten, ich bin nicht mehr im Marine Corps.«

»Tony sagte so etwas.«

Dorothea – die mit h – hielt Clete das Tablett mit Steaks hin – genannt *bife de chorizo* –, und Clete nahm eines. Dorothea füllte eine weitere Schüssel mit Tomaten, Zwiebeln und Paprika.

»Señorita ...«, begann Clete.

»Señora«, korrigierte Chief Schultz. »Sie ist Witwe.«

»Und Sie sind die Antwort auf das Gebet der Witwe, wie?« sagte Clete auf englisch, und fuhr dann auf spanisch fort: »Señora, bitte suchen Sie Rudolpho, und sagen Sie ihm, er möchte herkommen und essen.«

»Si, Patrón.«

»Tony drückte sich nicht sehr klar aus, wie unsere Beziehung zu Commander Delojo ist«, sagte Ettinger.

»Ich dachte, ich habe ziemlich klargemacht, Tony«, sagte Clete, »daß ich dieses Team leite – und das schließt Sie ein, Chief Schultz. Das heißt, Sie haben keine Beziehung zu Commander Delojo außer durch mich. Beantwortet das Ihre Frage, Dave?«

»Nicht genau«, sagte Ettinger. »Tony sagte, Sie trafen sich mit Mr. Leibermann.«

Clete nickte bestätigend.

»Ich habe einige Dinge, die ich ausgearbeitet habe, an Leibermann weitergegeben«, fuhr Ettinger fort. »Soll ich das gleiche bei Commander Delojo tun?«

In Clete stieg Ärger auf. Ettinger war ein verdammt guter Mann, aber er begriff anscheinend nicht, daß er beim Militär war – er war im Spionageabwehrdienst der Army, »abkommandiert« zum OSS – und daß man beim Militär keine Befehle verweigern darf, nur weil man sie für lästig hält oder anderer Meinung ist.

»Welche Dinge haben Sie an Leibermann weitergegeben, David?« fragte Clete kalt.

»Ich habe mit den Juden hier zusammengearbeitet, mit den argentinischen Juden und den Flüchtlingen ...«

»Das weiß ich. Ich will wissen, was Sie an Leibermann weitergegeben haben.«

»Nichts, das in irgendeinem Zusammenhang mit unserer Arbeit steht. Ich weiß, wie Sie in dieser Hinsicht denken.«

»Was dann, um Himmels willen?«

»Die argentinischen Juden sind stark engagiert im Schiffereigeschäft. Sie haben mir Passagierlisten, Ein- und Auslaufzeiten und dergleichen für Schiffe nach Spanien und Portugal und von dort nach hier gegeben. Leibermann will diese Art Informationen, und – ich meine es nicht schnodderig, aber wir sind in diesem Krieg auf derselben Seite – ich finde, es kann nicht schaden, sie ihm zu geben.«

Das finde ich auch, dachte Clete. *Und ich verschwende nur meinen Atem, wenn ich Ettinger befehle, mit der Weitergabe von Informationen dieser Art aufzuhören.*

»Meine Befehle – die natürlich auch Ihre sind – lauten, sowenig Kontakt mit dem FBI zu haben wie möglich«, sagte Clete.

»Sie befehlen mir, ihm keine solchen Informationen mehr zu geben?«

»Ich befehle Ihnen, sowenig Kontakt wie möglich mit dem FBI zu haben. Und ich schlage nachdrücklich vor, daß Sie Commander Delojo nicht – ich wiederhole *nicht* – wissen lassen, daß Sie Leibermann auch nur kennen.«

»Okay«, sagte Ettinger. »Das beantwortet meine Frage, was ich ihm über Uruguay sagen soll.«

»Was über Uruguay?«

»Ich gehe der Sache gerade auf den Grund«, sagte Ettinger. »Ich habe noch nicht mal Tony davon erzählt.«

Das ist mein Stichwort, Ettinger streng daran zu erinnern, daß Tony Lieutenant *Pelosi ist, daß in meiner Abwesenheit* Lieutenant *Pelosi Teamleiter wird und daß* Sergeant *Ettinger dienstlich verpflichtet ist,* Lieutenant *Pelosi alles und jedes von Interesse zu melden.*

Aber das wäre ebenfalls vergeudete Mühe. Ettinger weiß seit langem, daß Tony nur hier in Argentinien it, weil er viel über Sprengstoffe und Sprengungen weiß und man alles, was er über Spionage und nachrichtendienstliches Sammeln von Informationen weiß, auf die Innenseite eines Streichholzbriefchens schreiben könnte. Und die Wahrheit ist, Ettinger wäre vermutlich ein besserer Teamleiter als ich, und was das anbetrifft, ein besserer OSS-Stationsleiter als Delojo. Er ist nur kein Offizier, weil er die spanische Nationalität hat und die U.S. Army keine Spanier zu Offizieren macht.

»Sagen Sie es uns«, forderte Clete ihn auf.

»Ich kann dies nicht beweisen – keiner ist bereit, auszusagen, was geschehen ist; man schlägt mir nur die Tür vor der Nase zu, und die Unterhaltung ist plötzlich beendet …«

»Was beweisen?« fragte Clete und schob sich einen weiteren Bissen *bife de chorizo* in den Mund.

»Ich glaube, wenn man einen Verwandten in Sachsenhausen oder Belsen hat – vermutlich in jedem Konzentrationslager, aber das sind die einzigen Namen, die ich gehört habe«, sagte Ettinger, »und zu dem richtigen Mann in Uruguay geht und eine Menge Dollars oder Schweizer Franken mitbringt, daß dieser Mann einen Verwandten, eine Verwandte, seine ganze Familie herausholen kann.«

»Das ist ein Ding«, sagte Clete. »Sind Sie dessen sicher?«

»Nein. Nicht in dem Sinne, daß ich es beweisen kann. Aber ich glaube es.«

»Wer ist dieser ›richtige‹ Mann in Uruguay? Jemand in der Deutschen Botschaft? Haben Sie einen Namen?«

»Nein, kein Name. Aber ich bezweifle, daß es jemand in der Botschaft ist. Ich nehme an, die Verbindung vom richtigen Mann in der jüdischen Gemeinde hier besteht zwischen dem richtigen Mann in der jüdischen Gemeinde in Montevideo oder vielleicht Colonia, und von dort aus mit demjenigen, den sie in der deutschen Botschaft schmieren. Oder in der spanischen oder schwedischen Botschaft. Ich habe es schon gesagt, Clete. Niemand will darüber reden.«

»Nicht einmal Sie?« sagte Clete. »Verzeihung, das mußte ich fragen.«

Ettingers gesamte Familie war in Konzentrationslager geschafft worden … mit Ausnahme seiner Mutter, die mit ihrem Sonn aus Deutschland flüchten konnte, weil sie noch ihre spanischen Pässe gehabt hatten. Es gab eine offizielle Benachrichtigung der SS, daß seine Großeltern an »Lungenentzündung« gestorben waren, aber über die anderen wußte er nichts.

»Ich bekam diese ganze Sache mit, als ein alter Mann,

den ich in Berlin kannte, mir sagte, es sei ein Jammer, daß ich nach New York ginge, anstatt hierhin, ›wo vielleicht etwas getan werden kann‹.«

»Sie nehmen an, er meinte, Sie hätten Ihre Verwandten herausholen können?«

»Aus diesem Mann war nicht mehr herauszubekommen«, sagte Ettinger. »Ich sah die KZ-Tätowierung, die Häftlingsnummer auf der Innenseite seines Handgelenks.«

»Er wollte Ihnen nichts sonst sagen?«

Ettinger nickte. »Nichts. Mein großer Fehler bei der Ankunft hier war, daß ich Ernst Klausner, einem Bekannten aus Berlin, erzählte, daß ich in der U.S. Army war; er hat das offenbar verbreitet. Mein Gefühl sagt mir, daß sie dieses System haben und nicht wollen, daß es von irgend etwas gefährdet wird.«

»Menschenskind, wissen sie denn nicht, daß wir gegen die verdammten Krauts kämpfen?« sagte Tony.

»Sie wollen ihr System durch nichts gefährden lassen«, wiederholte Ettinger. »Das amerikanische Interesse daran, was den europäischen Juden widerfuhr, widerfährt, ist relativ neu, Tony.«

»Was geschieht mit den Leuten, die aus den Konzentrationslagern rauskommen?« frage sich Clete laut.

»Offenbar erhalten sie Dokumente, mit denen sie Deutschland verlassen können. Nach Schweden vielleicht oder nach Spanien. Und dann weitere, um nach hier oder Uruguay auszureisen. Ich weiß es nicht. Der alte Mann ist hier; er kam aus einem Konzentrationslager und dann irgendwie aus Deutschland heraus. Das wäre ihm ohne Papiere nicht gelungen.«

»Haben Sie etwas davon Leibermann erzählt?« fragte Clete.

»Nein«, antwortete Ettinger, und er fügte hinzu: »Ich habe auf Ihre Rückkehr gewartet, und ich wollte mehr herausfinden, wenn ich kann.«

»Ich möchte, daß Sie nichts davon Leibermann erzählen, David.«

Ettinger nickte, akzeptierte den Befehl.

»Ich finde, wir müssen das an Colonel Graham weitergeben«, sagte Clete.

»Ich habe schon befürchtet, daß Sie das sagen«, bemerkte Ettinger.

»Es stört Sie?«

»Es ist für mich ein moralisches Problem«, sagte Ettinger. »Wenn es ein System gibt und Leute freigekauft werden, dann möchte ich nicht dafür verantwortlich sein, daß dieses System zerstört wird.«

»Das ist vielleicht – nein mit Sicherheit – etwas, womit Sie und ich nicht fertig werden können«, sagte Clete.

Ettinger, der sehr unglücklich wirkte, zuckte mit den Schultern.

»Was David uns soeben sagte, bleibt unter uns«, sagte Clete und schaute Tony und Chief Schultz an. Beide nickten.

»Ich muß euch etwas sagen. Ich erfuhr soeben von einer Quelle, der ich vertraue ...«

»Das heißt natürlich, du nennst uns die Quelle nicht?« unterbrach Tony.

»Stimmt, ich nenne sie nicht«, erwiderte Clete scharf. »Und du weißt, warum. Wir operieren unter der Voraussetzung, daß jemand von uns, der von einem Profi verhört wird, früher oder später alles sagen wird, was was die anderen wissen wollen. Wenn ihr nichts wißt, könnt ihr es nicht preisgeben, okay?«

»Verzeihung, Clete«, sagte Tony, und es klang zerknirscht.

»Ein deutscher Offizier, ein SS-Standartenführer, das ist so was wie ein Colonel, traf am selben Tag wie ich hier mit einem Lufthansaflug ein ...«

»SS oder SS-SD?« fragte Ettinger.

»SD. Sagt Ihnen das etwas?«

»SD heißt Sicherheitsdienst. Sozusagen die Geheimpolizei. Die wahren Bastarde.«

»Okay, dieser Typ ist vom SD. Und wir haben bereits einen Beweis, daß er ein Bastard ist. An diesem Morgen gab dieser Bastard den Befehl, Sie zu ermorden.«

»Im Ernst?« fragte Tony. »Nur Dave?«

»Daraus könnte man schließen, daß ich vielleicht die richtigen Fragen stellte, nicht wahr?« sagte Ettinger.

»Nur um des Arguments willen, ja«, erwiderte Clete. »Und es läßt ebenfalls darauf schließen, daß es zwischen Goltz und dieser Sache eine Verbindung gibt. Er kommt her, jemand erzählt ihm, daß Sie Fragen stellen, und er befiehlt ›eliminiert ihn‹.«

»Ich habe unter der Voraussetzung operiert, daß solch ein Befehl ein Dauerbefehl ist. ›Eliminiert jeden, der die falschen Fragen stellt. Oder auf etwas stößt‹«, sagte Ettinger. »Der Sicherheitsdienst ist unbarmherzig, und es wäre normale Routine, jemand zu ermorden, um solch ein Geheimnis zu wahren. Meinen Sie, dies ist etwas Neues?«

»Laut meiner Quelle – die ich wie gesagt für zuverlässig halte – wurde der Befehl zu Ihrer Eliminierung heute morgen erteilt von diesem Standartenführer Goltz. Vielleicht ist es ein Zufall, und sie haben erst jetzt erfahren, daß Sie Fragen stellen, aber ich bezweifle es.«

Ettinger nickte nachdenklich. »Das bezweifle ich ebenfalls.«

»Dave, haben Sie eine Waffe?« fragte Clete.

Ettinger nickte.

»Er hat eine kleine .38er«, sagte Chief Schultz. »Ich versuchte, ihn dazu zu bringen, eine .45er zu tragen, aber er sagt, er kann damit nicht schießen.«

»Das kann ich nicht«, sagte Ettinger, »und eine .45er ist schwer zu verstecken.«

»Es ist Ihr Kopf, Dave«, sagte Clete. »Tun Sie, was Sie für richtig halten.«

Ettinger nickte.

»Sind wir im Äther, Chief?« fragte Clete.

»Alle fünf Stunden«, antwortete Chief Schultz.

»David, schreiben Sie alles auf, was Sie über diese Lösegeld-Operation wissen oder vermuten. Bevor ich zur Estancia zurückreite, will ich das über Funk durchgeben.«

Ettinger akzeptierte den Befehl mit einem Nicken.

»Alles, David«, betonte Clete. »Ich will Colonel Graham alles mitteilen, was Sie in dieser Sache wissen. Und ihn fragen, ob Sie tiefer graben sollen. Da wir so weit unten am Totempfahl sind, könnten sie bereits darüber Bescheid wissen und uns einfach befehlen, auszusteigen oder nachzufassen.«

»Ich habe die Möglichkeit erwogen, daß Leibermann Bescheid weiß. Er ist sehr clever.«

Clete nickte zustimmend.

»Unterdessen kehren Sie nicht nach Buenos Aires zurück, Dave, bis ich es sage.«

»Hier kann ich nicht sehr viele Fragen stellen«, wandte Ettinger ein.

»Wir könnten Befehle erhalten, daß Sie keine weiteren Fragen stellen sollen, basta.«

»Clete, wenn stimmt, daß der Befehl, mich umzulegen, erst heute morgen erteilt wurde, dann bezweifle ich, daß sie Zeit genug hatten, um schon etwas zu arrangieren. Und ich möchte mit ein paar Leuten reden.«

O Mann, er weiß einfach nicht, wie man einen Befehl entgegennimmt!

»Und in diesem Augenblick lauern vielleicht zwei Killer vor Ihrem Apartment, die darauf warten, daß Sie auftauchen. Ich will nicht, daß Sie gekillt werden. Ich brauche Sie. Sie bleiben hier, bis ich Ihnen etwas anderes sage, verstanden?«

Ettinger hob die Hände in einer Geste der Kapitulation.

Clete wandte sich an Chief Schultz. »Chief, in Washington ist man ernsthaft besorgt, daß wir die Funkstation verlieren. Ich mußte mir an die sechs Lektionen über Triangulation anhören.«

»Kein Problem hier, Mr. Frade«, sagt Chief Schultz. »Sie wissen, wie das funktioniert?«

Clete nickte und wollte sagen »ja, ein bißchen«, aber Chief Schultz sprach weiter, ohne ihn zu Wort kommen zu lassen.

»Erstens müssen sie uns im Äther erwischen«, erklärte er. »durch zwei, vorzugsweise drei Richtantennen auf Trucks. Ein Empfänger nutzt nichts. Wenn sie uns zufällig aufspüren, werden sie nicht nahe sein. Wenn man einen Sender wirklich lokalisieren will, muß man nahe heran.«

»Und sie können hier nicht nahe heran?«

»Wissen Sie, wie groß dieses Gebiet ist? Ich habe eine Landkarte davon. Und Mr. Pelosi stahl in der Botschaft einen Almanach für mich. Dieses Gebiet umfaßt über achtzigtausend Hektar. Ein Hektar sind ungefähr zwei Komma fünf Acres. Das ergibt über zweihunderttausend Acres. Das sind dreihundertfünfundzwanzig Quadratmeilen. Wissen Sie, wie groß Manhattan Island ist? Zwanzig Quadratmeilen. Dieses Gebiet hier ist ein Viertel so groß wie Rhode Island.«

»Wir haben so große Counties in Texas«, hörte sich Clete sagen. »Hölle, ich glaube, die King Ranch hat über zweihunderttausend Acres.«

Chief Schultz schaute ihn einen Moment lang mit dem toleranten Blick eines Chief Petty Officers gegenüber jungen Offizieren an, die anscheinend nicht die einfachsten Erklärungen verstehen konnten.

»Ohne auf diesen Grundbesitz zu gelangen, Mr. Frade – und das können sie nicht ohne unsere Genehmigung –, kommen sie nicht nahe genug heran, um eine gute Festlegung eines Netzes von trigonometrischen Punkten zu schaffen«, sagte er. »Darüber hinaus habe ich den Sender mobil gemacht.«

»Was?«

»Ich habe einen der Sender und einen Empfänger auf einen der Modell-A-Trucks installiert und einen Generator auf einen anderen. Wir können also drei, vier Meilen von hier fortfahren und eine Antenne aufstellen, funken, und dann abhauen. Selbst wenn ihnen die Triangulation auf diesen Punkt gelingt – was verdammt unwahrscheinlich ist –, dann finden sie nur Bäume und Kühe, wenn sie dort eintreffen.«

»Was ist mit der Antenne, die ich in den Bäumen gesehen habe?«

»Das ist eine *Empfangs*-Antenne. Mr. Frade«, sagte Chief Schultz nachsichtig. »Worüber wir hören, was Leute *uns* funken.«

Clete schaute Ettinger an, der Elektroingenieur war. Ettinger nickte bestätigend. Es stimmte, was Chief Schultz gesagt hatte.

»Nun, vielleicht sind nicht alle Chief Petty Officers geistig so zurückgeblieben, wie Offiziere des Marine Corps glauben«, sagte Clete. »Kann ich mir Ihren mobilen Sender ansehen?«

»Sie möchten bestimmt nicht hören, was Chief Petty Officers über Offiziere des Marine Corps sagen, Mr. Frade«, erwiderte Chief Schultz. »Wollen Sie den mobilen Sender nur sehen, oder soll ich ihn für Sie betriebsbereit machen?«

»Ich möchte jetzt nur einen Blick darauf werfen, und wenn Mr. Ettinger seinen Bericht fertig hat, hätte ich den Sender gern betriebsbereit.«

»Gleich hinter dem Haus, Mr. Frade.«

»Erzählen Sie mir etwas über Radar, Chief«, sagte Clete, nachdem ihm Schultz seine mobile Funkstation gezeigt hatte.

»Schickt man wirklich eins her?«

»Es ist in Brasilien mit einem Team, das es aufstellt und bedient.«

»Ich nehme an, sie pissen in den Wind«, sagte Schultz. »Erzählen Sie mir, warum.«

»Sie wissen, wie Radar funktioniert?«

»Sagen Sie's mir.«

»Man hat herausgefunden – in den Bells Labors in New Jersey –, daß auf den höheren Frequenzen elektromagnetische Wellen reflektiert werden. So senden sie Peilfunk. Sie wissen, wovon ich rede?«

Clete schüttelte den Kopf. »Nein.«

»Man versucht, das Strahlungsfeld einzuengen. Wie ein ziviles Radiosystem versucht, ein breiteres Ausstrahlungsmuster zu erreichen. Wie ein Stein, der in Wasser fällt, wissen Sie? Mit immer größeren Kreisen ringsum? Damit das Signal von so vielen Empfängern wie möglich empfangen wird?«

Clete nickte.

»Bei Radar versucht man das Gegenteil. Man sendet einen so engen Wellenzug wie möglich. Dann hat man eine Empfangsantenne. Sie sieht wie eine große Schüssel aus. Die Signale vom Sender werden vom angepeilten Objekt reflektiert in die Schüssel. Können Sie mir noch folgen?«

Clete nickte abermals.

»Die Antenne bewegt sich, manchmal in einem 360-Grad-Kreis, manchmal nur durch einen Teil des Kreises. Okay. Wenn man Radar auf See benutzt, zum Beispiel, werden die Signale *nicht* zum Empfänger zurückgeworfen, es sei denn sie treffen auf etwas – ein Schiff –, von dem sie abprallen. Wenn das geschieht, dann werden die Signale reflektiert, und man braucht nur noch das Echo auszuwerten.«

»Wie macht man das?«

»Funksignale bewegen sich mit Lichtgeschwindigkeit. Das ist die Konstante. Das Radar kann sagen – dies ist die Theorie –, wie lange das Signal braucht, um vom angepeilten Objekt zum Empfänger zurückzukehren. Dann kann man das mit einem Elektronenmikroskop auswerten. Sie wissen, was das ist?«

»Nein«, sagte Clete.

»Erinnern Sie sich an die 1940er Weltausstellung in New York, wo Bilder von Leuten gesendet wurden? Sie sahen die Bilder unter einem Mikroskop, in dem Kathodenstrahlen, also Elektronen, zu vergrößerter Abbildung an Stelle von Licht dienen; jedenfalls stellt man auf dem Schirm die Entfernungen fest. Soundso viele Mikrosekunden für das Signal, das von dem reflektiert wird, auf das es trifft – das wird Zielobjekt genannt –, und es ist, sagen wir mal, zwei Meilen entfernt. Soundso viele Mikrosekunden mehr, und es ist, sagen wir mal, fünf Meilen entfernt. Und weil die Empfangsantenne darauf gerichtet ist – wie der Funkpeiler bei Flugzeugen –, weiß man, wo das Zielobjekt ist. Das ist die Theorie, Mr. Frade.«

»Und was ist die Praxis?« fragte Clete.

»Es gab Radar auf Henderson Field, richtig?«

»Ja.«

»Was brachte es?«

»Wenn es funktionierte, sagte es uns, wenn japanische Flugzeuge kamen.«

»Das schafft es. Und es sagt einem die Richtung, aus der sie kommen. Aber nicht die genaue Distanz. Mr. Pelosi sagte, man hat ihm weisgemacht, daß sie etwas auf hundert Yards orten können. Das glaube ich erst, wenn ich's sehe.«

»Und Sie erwarten nicht, es zu sehen?«

Schultz schüttelte den Kopf. »Nein.«

»Chief, was ist, wenn das Radar, das man uns schickt, das absolut neueste ist?«

»Ich werde glauben, daß man etwas bis auf hundert Yards orten kann, wenn ich es sehe.«

»Wo werden wir es aufstellen?«

»Das Ziel muß zwischen dem Sender und dem Horizont sein. Also muß es auf dem höchsten Punkt sein, den man finden kann. Auf Schiffen installiert man es so hoch oben wie möglich. Das ist hier ein weiteres Problem. Das Land hier bei der Samborombón-Bucht ist flach. Es gibt nur ein paar Hügel. Wenn die Deutschen ihr Schiff über dreißig Meilen von der Küste entfernt ankern, dann wird es unter dem Horizont sein, und das Radar funktioniert nicht.«

»Das Radar auf Henderson Field entdeckte japanische Flugzeuge, die viel weiter als dreißig Meilen entfernt waren.«

»Wenn man auf den Himmel zielt, gibt es keinen Horizont«, erklärte Schultz. Da ist nur die Stärke des reflektierten Signals entscheidend.«

»Mit anderen Worten, Sie bezweifeln, daß dieses Radar hier funktioniert?«

»Ich glaube es nur, wenn ich es sehe.«

»Wenn wir es ins Land bringen können, wüßten Sie dann eine Stelle, wo es installiert werden kann?«

»Jawohl, Sir. Und ich habe alles, was wir brauchen – Beton, Bauholz, sogar einen Generator – um es betriebsbereit zu machen.«

»Ich hoffe wirklich, daß Sie sich irren, Chief«, sagte Clete. »Ich möchte dieses verdammte Schiff nicht mit einer Piper Cub orten müssen.«

»Ja«, sagte Chief Schultz. »Nun, ich habe mich schon mal geirrt, Mr. Frade.«

Clete spürte, daß Chief Schultz diesmal felsenfest davon überzeugt war, daß er sich diesmal nicht irrte.

»Gehen wir zurück und hören wir, ob Dave seinen Bericht fertig hat«, sagte Clete.

[illegible] Deutschen [illegible]

[illegible]

[illegible]

[illegible] Wir müssen [illegible]

[illegible]

[illegible]

[illegible]

Ich hoffe, [illegible] dass [illegible]

[illegible]

[illegible]

[illegible]

XIII

1

Büro des Kriegsministers
Edificio Libertador
Avenida Paseo Colón
Buenos Aires

11. April 1943, 14 Uhr 45

Major Pedro V. Querro stieß den linken Flügel der hohen Tür auf, die zum Büro von Teniente General Pedro P. Ramirez führte, wartete, bis er die Aufmerksamkeit des

Kriegsministers hatte, und kündigte dann an: »El Teniente Coronel Martin ist hier, mi General.«

Ramirez war wie Querro in Zivil. Vor einer Stunde hatte ihm Martin telefonisch mitgeteilt, daß es wichtig war, ihn sofort zu sprechen, und Ramirez hatte Martin angewiesen, ihn in seinem Büro aufzusuchen. Sein Haus im Vorort Belgrano – wie das anderer ranghoher Regierungsbeamter – wurde von der Policia Federal kontrolliert, und er hielt es für wahrscheinlich, daß notiert werden würde, wenn der BIS-Spionageabwehrchef ihn am Samstagnachmittag besuchte. Er hatte eine Viertelstunde lang auf Martin gewartet, und er wartete höchst ungern auf jemand.

Ramirez forderte Querro mit einer ungeduldigen Geste auf, den Besucher hereinzubitten. Martin marschierte in das Büro und hielt seine Schirmmütze unter dem linken Arm. Im letzten Moment erinnerte er sich daran, daß er in der rechten Hand eine Aktentasche hielt und es folglich schwierig war, den erforderlichen militärischen Gruß zu entbieten. Ramirez lächelte, als Martin hastig die Aktentasche in die linke Hand wechselte und dadurch die Schirmmütze unter dem Arm wegrutschte. Martin schaffte es gerade noch, die Mütze mit dem Arm aufzufangen und einzuklemmen, damit sie nicht auf den Teppich fiel, und grüßte. Die Präzision des Grüßens ließ ein wenig zu wünschen übrig.

»Guten Tag, mi Coronel«, sagte Ramirez, als er den Gruß erwiderte.

»Darf ich vorschlagen, mi General, daß wir die Tür schließen?« sagte Martin.

Ramirez wedelte wieder ungeduldig mit der Hand.

Querro schickte sich an, die Tür zu schließen.

»Wird meine Anwesenheit erforderlich sein, mi General?« fragte er.

»Martin?« Ramirez schaute ihn fragend an.

»Ich finde, das wäre das beste, mi General«, sagte Martin.

Querro schloß die Tür, marschierte durch das Büro und postierte sich hinter Ramirez' Schreibtisch.

»Darf ich?« sagte Martin und hielt die Aktentasche über Ramirez' Schreibtisch.

Ramirez sagte ihm mit einer Geste, daß er durfte.

Martin stellte die Aktentasche auf den Schreibtisch, öffnete sie, nahm OUTLINE BLUE heraus und übergab Ramirez den Aktenhefter.

Ramirez überzeugte sich mit einem Blick auf die erste Seite, daß der Aktenhefter enthielt, was er dachte, und blickte dann auf.

»Woher haben Sie das, Coronel?«

»Von Señor Frade, mi General.«

»Ich dachte, er würde zu seiner Estancia fahren?«

»Das tat er, mi General. Ich war dort.«

»Und das Geld?« fragte Ramirez.

»Im Safe auf der Estancia San Pedro y San Pablo, mi General.«

»Er wollte es Ihnen nicht geben?«

»Ich hielt es für das beste, es im Safe zu lassen, mi General.«

»Ihre Gründe?«

»Ich dachte, das Geld wäre dort sicher, bis der Abtransport arrangiert werden kann. Ich bin mit einer Fieseler dorthin geflogen.«

»Deshalb die Uniform? Wir sehen Sie nicht oft in Uniform, Coronel.«

»Si, Señor.«

»Zwei Fragen: Sind Sie sicher, daß Sie das Geld haben können, wenn wir es wollen, und wie würden Sie empfehlen, es zu transportieren?«

»Ich bin überzeugt, daß das Geld verfügbar sein wird, wenn wir darum bitten, mi General, und ich würde empfehlen, es per Auto und angemessen geschützt zu transportieren.«

»Wann?«

»Ich bezweifle, daß heute genug Zeit ist, um alles Nötige zu arrangieren. Also morgen, während des Gedenkgottesdienstes für el Coronel Frade.«

»Mi General«, sagte Querro. »Ich kann heute nachmittag mit einem halben Dutzend Männern dorthin fahren. Ich könnte gegen zweiundzwanzig Uhr zurück sein.«

»Und Sie meinen, es würde keine Fragen aufwerfen, wenn mein Adjutant dort auftaucht, begleitet von einem halben Dutzend Soldaten?« sagte Ramirez geduldig. »Danke, aber nein, Pedro. Lassen wir dies in den Händen von Experten. Fahren Sie bitte fort, Coronel Martin.«

»Ich empfehle, mi General, zwei Offiziere zu schikken ...«

»Ihre Männer, Coronel?«

»Nein, mi General. Ich hatte Offiziere im Sinn, die Mitglieder der Grupo de Oficiales Unidos sind. Offiziere, die el Coronel Frade kannten und deren Anwesenheit bei dem Gedenkgottesdienst keine Neugier erregen würde. Sie würden in einem Auto fahren und von zwei anderen Wagen begleitet werden, jeder mit einem Offizier und drei Mann, vorzugsweise dienstalte Sub-Oficiales, die zuverlässig sind und natürlich bewaffnet sein würden.«

»Sie meinen, Frade würde das Geld einem Offizier aushändigen, den er noch nie gesehen hat, mi Coronel?« fragte Querro.

Martin bedachte ihn mit einem leicht sarkastischen Blick, der anzeigte, daß er nicht mochte, wenn ihm ein rangniedrigerer Offizier Fragen stellte. Ramirez bekam das mit und forderte Querro mit einer Geste auf, die Klappe zu halten.

»Ehrlich gesagt, ich hätte nicht gedacht, daß Frade mir OUTLINE BLUE aushändigt, mi General«, sagte Martin. »Ich hatte gehofft, ihn überreden zu können, die Akte und das Geld entweder General Rawson oder Coronel Perón zu geben.«

»Darüber möchte ich gleich reden«, sagte Ramirez. »Aber fahren Sie fort.«

»Ich nahm an, daß in diesem Fall General Rawson für den sicheren Transport gesorgt hätte.«

»Wissen Sie von so etwas, Pedro?«

»Nein, Señor.«

Ramirez schaute Martin an und zuckte mit den Schultern.

»Als Señor Frade mir OUTLINE BLUE gab, mi General, tat ich das einzige, was mir zu diesem Zeitpunkt einfiel. Ich brachte OUTLINE BLUE her und ließ das Geld im Safe. Inzwischen hat General Rawson erfahren, daß ich OUTLINE BLUE habe und das Geld im Safe ist.«

»Sie sind auf Señora Carzino-Cormanos Estancia. Waren Sie dort?«

»Nein, mi General. Aber ich habe General Rawson eine Nachricht geschickt.«

»Wie?«

»Einer der Piloten auf der Estancia San Pedro y San Pablo ist ein Offizier im Ruhestand. Ich sah ihn kurz vor dem Rückflug nach Buenos Aires.«

»Ein Offizier im Ruhestand, der für Sie arbeitet, meinen Sie?«

Martin antwortete nicht.

»Ich schlage jetzt vor, mi General – vorausgesetzt, Sie stimmen meinem Vorschlag zu, das Geld Offizieren der G.O.U anzuvertrauen ...«

Ramirez nickte. Martin sprach weiter. »Ich schlage vor, daß wir heute am späten Abend oder morgen sehr früh die von mir erwähnten Offiziere zur Estancia Santa Catharina schicken, mit dem Befehl, sich bei General Rawson zu melden. Als ich Señor Frade verließ, schlug ich ihm vor, das Geld entweder General Rawson oder dessen Adjutant, Capitán Lauffer, zu geben, wenn einer von beiden danach fragen sollte. Sowohl General Rawson als auch Coronel

Perón kennen sich auf der Estancia San Pedro y San Pablo besser aus als ich; und sie werden in jedem Fall dort zum Gedenkgottesdienst sein.«

»Wir sollen ihnen die Vorgehensweise überlassen, richtig?«

»Si, Señor.«

»Sehr bald werden Mayor Querro und ich einen überraschenden Besuch beim Ersten Kavallerieregiment im Campo de Mayo machen«, sagte Ramirez, »wo ich ein paar diskrete Worte mit einigen Offizieren reden werde, die ich kenne. Sie werden morgen sehr früh auf der Estancia Santa Catharina sein, begleitet von bewaffnetem und vertrauenswürdigem Personal, und sich bei General Rawson melden, um besondere Befehle entgegenzunehmen.«

»Si, Señor.«

»General Rawson wird ihnen Befehle geben, wie sie ihre Mission auszuführen haben, und sie werden auf die eine oder andere Weise das Geld auf der Estancia San Pedro y San Pablo übernehmen.«

»Si, Señor.«

»Es gibt ein mögliches Problem bei diesem Plan, Coronel. Wissen Sie, welches?«

»Ich weiß nicht, ob ich verstehe, mi General«, sagte Martin.

»Es hängt alles von Ihrem Vertrauen in Frade ab. Woher wollen wir *wissen*, daß er uns das Geld morgen aushändigt? Daß er sich zum Beispiel nicht heute abend anders besinnt? Und was das anbetrifft, daß er das Geld nicht heute abend aus dem Safe entfernt?«

»Das können wir nicht mit Sicherheit wissen, mi General.«

»Ich kann selbst dorthin fahren und es holen, mi General, und gegen zweiundzwanzig Uhr zurück sein«, bot Major Querro noch einmal an.

Ramirez ignorierte ihn völlig.

»Sagen Sie mir, warum Sie glauben, daß Frade sich nicht anders besinnt, Coronel.«

»In meinem Metier, mi General, ist es manchmal nötig, sich auf seine Intuition zu verlassen«, erwiderte Martin.

»Bei der Infanterie benutzen wir unsere Intuition gestützt auf Fakten, die wir haben«, sagte Ramirez. »Ich bin neugierig auf Frades Motive. Warum übergab er Ihnen diesen Plan? Sie hätten doch auch für Castillo arbeiten können. Was wollte er als Gegenleistung?«

»Ich glaube, sein hauptsächliches Motiv war, daß er die Unterschrift seines Vaters unter der Absichtserklärung von OUTLINE BLUE las, mi General.«

»Das mag erklären, daß er das Material mir übergibt oder General Rawson oder Juan Domingo Perón, aber nicht Ihnen. Nach allem, was wir über ihn gehört haben, ist er beruflich Nachrichtenoffizier.«

»Si, mi General, das ist er.«

»Und Nachrichtenoffiziere, habe ich mir sagen lassen, vertrauen keinem ohne Grund. Ohne guten Grund. Hat Frade einen Grund, einen guten Grund, um Ihnen zu vertrauen?«

»Si, Señor.«

»Würden Sie mir sagen, welcher das ist?«

»Das möchte ich lieber nicht, mi General.«

Ramirez dachte lange darüber nach.

»Nun gut, Coronel. Aber können Sie mir versichern, daß Frades Kooperation nicht auf einem Versprechen Ihrerseits beruht, in Zukunft mit ihm zusammenzuarbeiten?«

»Mi General, es ist überhaupt nicht ungewöhnlich, daß Nachrichtenoffiziere sich mit ihren Gegenspielern arrangieren«, sagte Martin. »Aber ich habe Frade nichts mehr als das angeboten. Ich würde ihm nichts sagen, was er nicht wissen sollte, und er würde das nicht von mir erwarten.«

»Er hat nichts verlangt?«

»Er bat um eine Importgenehmigung für ein Flugzeug als Ersatz für die Beechcraft, die verschollen ist.«

Ramirez stieß einen Grunzlaut aus. »Dieses ›Arrangieren‹ zwischen Nachrichtenoffizieren fasziniert mich. Können Sie mir ein Beispiel nennen?«

»Ich habe erfahren, daß die Deutschen die Ermordung von einem von Frades Männern befohlen haben. Das habe ich ihm gesagt.«

»Wie haben Sie das erfahren?« fragte Querro.

Martin gab ihm keine Antwort, sondern schaute Ramirez an.

»Ich finde, Pedro, daß Sie das nicht zu wissen brauchen«, sagte Ramirez. Dann fragte er Martin: »Glauben Sie, die Deutschen werden diesen Mann ermorden?«

»Si, Señor, ich glaube, sie werden es versuchen.«

»Gewiß können Sie etwas tun, um das zu verhindern?«

»Nicht sehr viel, Señor. Ich kann ihn nur offen oder verdeckt beschützen lassen, mi General. Und das würde keine Garantie sein, daß ...«

»Tun Sie das.«

»Wie bitte?«

»Tun Sie das, Coronel. Tun Sie, was immer nötig ist, um zu verhindern, daß Frades Mann ermordet wird.«

»Señor, ich könnte kein Viertel des nötigen Schutzes geben, ohne daß el Almirante Montoya davon erfährt. Es würden viele Leute und viel Geld erforderlich sein.«

»Der letzte Etat des Büros für Innere Sicherheit, den ich sah, war alles andere als armselig.«

»Señor, ich meinte, ich kann eine solche Operation nicht aus eigener Befugnis befehlen. Und zu melden, daß ich es auf Ihre Befehle hin tue ...«

»Dann würde Montoya wissen, daß wir in Kontakt waren? Wollten Sie das sagen?«

»Si, mi General.«

Ramirez dachte darüber nach.

»Pedro, holen Sie mir bitte el Almirante ans Telefon. Ich werde ihm sagen, Martin, daß ich von dieser Bedrohung erfahren habe und ihm genehmige, daß er Ihnen genehmigt, alles Nötige zu veranlassen, um diese Bedrohung auf Null zu reduzieren.«

»Señor? Erlaubnis, zu sprechen, mi General?« sagte Martin.

»Ehrlich gesagt, Coronel, ich habe es satt, mit Ihnen darüber zu debattieren. Aber reden Sie.«

»Señor, ich habe Anlaß zu der Vermutung, daß die Deutschen einen Spitzel im BIS haben. Wenn Almirante Montoya erfährt, daß wir von dieser deutschen Entscheidung wissen, werden die Deutschen erfahren, daß er Bescheid weiß.«

»Die Deutschen haben jemand im Büro für Innere Sicherheit?« fragte Ramirez ungläubig.

»Das glaube ich, Señor.«

»Was soll's, wenn die Deutschen erfahren, daß wir Bescheid wissen? Vielleicht überlegen sie sich die Sache dann noch einmal.«

»Es würde ihm ebenfalls verraten, daß wir jemand in ... seiner Botschaft haben, Señor. Meine Quelle wäre gefährdet.«

»Eine wichtige Quelle? Wichtig für die Sicherheit von Argentinien?«

»Si, Señor.«

»Soll ich el Almirante für Sie anrufen, mi General?« fragte Querro. Er hielt einen Telefonhörer in der Hand.

Ramirez winkte ab, und Querro legte den Hörer auf die Gabel.

»Mit Argentiniens Interessen als Kriterium, Coronel, ist diese Quelle das Leben dieses Mannes wert?«

»Si, Señor. Ich komme sehr widerstrebend zu diesem Schluß.«

»Sie haben niemand, dem Sie diese Aufgabe zuweisen können?«

»Ich hatte bereits geplant, die Überwachung von Frade und den anderen zu verstärken, mi General. Aber darüber hinaus ...«

»Und Sie haben ihn gewarnt, nicht wahr?«

»Si, Señor. Und wenn mir sonst noch etwas zu Ohren kommt, das ich ihm erzählen kann, ohne meine Quelle zu gefährden, werde ich es ihm sagen.«

»Das wäre anscheinend alles, was Sie unter den gegebenen Umständen tun können«, warf Querro ein.

»Vielen Dank, Mayor, für diese scharfsinnige Bemerkung«, sagte Martin mit eisigem Sarkasmus.

Ramirez blickte zwischen ihnen hin und her.

»Diese Importgenehmigung für das Flugzeug, um die Frade gebeten hat ...«, sagte er. »Würde die Einfuhr, seine Nutzung des Flugzeugs eine ernste Bedrohung für Argentiniens Sicherheit darstellen?«

»No, Señor. Und es sind andere Flugzeuge für ihn verfügbar.«

»Können Sie die Genehmigung für ihn beschaffen?«

»Es wäre schwierig, mi General«, sagte Martin. »Und es wäre unmöglich, das geheimzuhalten. Es würde Neugier erregen, wenn das BIS um die Importgenehmigung für ein Flugzeug für Señor Frade bittet.«

»Sie sagen also, es wäre unklug.«

»Auf dem Rückflug von der Estancia dachte ich an eine irreguläre Möglichkeit, um es zu erreichen.«

»Mit ›irregulär‹ meinen Sie zweifellos ›illegal‹«, sagte Ramirez.

»Si, Señor.«

»Wie illegal?«

»Die Zulassungsnummern von Flugzeugen sind auf dem Heck und auf der Tragfläche. Wenn ein Flugzeug irgendwo landet, notieren die Flughafenbehörden diese Nummern, und sie kommen in eine Akte. Danach bekommen menschliche Augen sie selten, wenn jemals zu Gesicht.«

»Und?«

»Mir kam in den Sinn, wenn jemand die Zulassungsnummern eines bereits registrierten Flugzeugs auf ein anderes malt – mit anderen Worten austauscht –, ist sehr zu bezweifeln, daß es jemandem auffällt.«

»Es sei denn, das Originalflugzeug taucht auf«, sagte Ramirez nachdenklich.

»Das halte ich in diesem Fall für unwahrscheinlich«, sagte Martin.

»Würde nicht der Name der Herstellerfirma irgendwo auftauchen?«

»Sowohl el Coronel Frades verschwundenes Flugzeug als auch das Flugzeug, das Señor Frade nach Argentinien bringen möchte, wurden von Beech hergestellt.«

»Dann würde das überhaupt kein Problem sein, meinen Sie das?«

»Da gibt es ein kleines Problem. El Coronel Frades verschwundenes Flugzeug war einmotorig. Die andere Maschine ist zweimotorig.«

»Nun, Sie sind sehr einfallsreich, Coronel«, sagte Ramirez. »Eine kleine Sache wie der Austausch der Anzahl der Motoren sollte ein Kinderspiel für Sie sein.«

»Mir kam noch ein anderer Gedanke, mi General. Wenn etwas bei der Ausführung von OUTLINE BLUE schiefgeht, wäre es schön, wenn ein Flugzeug, das sechs und zur Not auch acht Leute nach Uruguay fliegen kann, zur Verfügung steht.«

»Ihre Findigkeit erstaunt mich immer wieder, Coronel«, sagte Ramirez.

2

Büro des Direktors
Office of Strategic Services
Washington, D.C.

11. April 1943, 19 Uhr 30

»Kommen Sie rein, Alex«, sagte Colonel William J. Donovan, ein stämmiger Mann Anfang Fünfzig mit maßgeschneidertem Anzug, und blickte von seinem Schreibtisch auf. »Was haben Sie da?«

Colonel A.(Alejandro) F.(Fredrico) Graham, USMCR, legte ein großes offenes Kuvert auf den Schreibtisch des OSS-Direktors und nahm in einem grünen Ledersessel Platz.

Donovan entnahm dem Kuvert einen etwas kleineren Umschlag, der ebenfalls vor kurzem geöffnet worden war. Darauf war oben und unten und an beiden Seiten in roten Lettern TOP SECRET gestempelt. Aus dem Umschlag zog er drei zusammengeheftete Papierblätter hervor.

Das erste Blatt war eine interne Aktennotiz der US-Regierung. Sie stammte vom Chef des Marinenachrichtendienstes und war an den Stellvertretenden Direktor für Operationen in der westlichen Hemisphäre, Office of Strategic Services, gerichtet und kündigte an, daß hiermit per Kurieroffizer die unverschlüsselte Funkbotschaft N-45-7643 (keine Kopien angefertigt) übermittelt wurde, die von der Station Aggie am 11. April 1943 um 15 Uhr 05 empfangen wurde

Das zweite Blatt enthielt viele Zeilen von scheinbar bedeutungslosen fünfbuchstabigen Wörtern (zum Beispiel AKLQE MXCBI PISLA TDEQF).

Das dritte Blatt war oben und unten mit TOP SECRET gestempelt und mit der Überschrift ENTSCHLÜSSE-

LUNG VON USN # N-45-7643 versehen. Donovan riß dieses Blatt von den beiden anderen ab und warf sie und die Umschläge in einen der Papierkörbe neben seinem Schreibtisch. Dieser Korb enthielt eine weiße Papiertüte mit dem mehrfachen Aufdruck in roten Lettern: VERBRENNEN TOP SECRET VERBRENNEN.

Donovans Miene sagte Graham deutlich, daß die Zeit des OSS-Direktors zu kostbar war, unwichtige Papierblätter von wichtigen Papieren abzureißen, und daß Graham diese bürokratische Aufgabe selbst hätte erledigen sollen.

Wenn sich Colonel Graham getadelt fühlte, so bot er keine Entschuldigung an. Und seiner Miene war kein Bedauern darüber anzusehen, daß er Colonel Donovan ärgerte.

Donovan las die entschlüsselte Botschaft:

TOP SECRET

DECRYPTION OF USN # 45-7643

URGENT TOP SECRET

FROM STACHIEF AGGIE 1555 GREENWICH 11APR43

MSG NO 0001

TO ORACLE WASHDC

EYES ONLY FOR DDWHO GRAHAM

1. Sarnoff hat äußerst zuverlässige Information erhalten, daß mindestens eine deutsch-jüdische männliche Person, die im Konzentrationslager Sachsenhausen inhaftiert war, freigelassen wurde und die Ausreisegenehmigung aus Deutschland erhielt, um nach Argentinien zu reisen, möglicherweise via Uruguay nach Zahlung einer hohen Geldsumme an deutschen Agenten oder Beauftragten des deutschen Agenten in Uruguay.

»Das ist aus Argentinien, nach diesem niedlichen Stachief sprich ›Station Chief Aggie‹ zu schließen, richtig?«

»Richtig.«

»Das kam soeben herein?«

»Es traf um 15 Uhr 55 Greenwich Zeit ein. Das ist ein

Uhr mittags Buenos-Aires-Zeit, und elf Uhr morgens nach unserer Zeit. Ausnahmsweise mal hat die Navy es schnell übermittelt.«

»Sie werden diese ›Aggie‹-Sache nicht ändern, nachdem wir jetzt einen neuen Stationsleiter dort haben?«

»Erstens: Wir haben keinen neuen Stationsleiter dort unten, und ich bezweifle zweitens, daß ich den Codenamen ändern würde, wenn wir einen neuen Mann dort hätten. Was ist daran falsch?

»Was heißt das, wir haben keinen neuen Stationschef dort unten? Was ist denn Delojo?«

»Commander Delojo ist der nominelle Stationsleiter«, sagte Graham. »Und wir haben Roosevelts Befehl erfüllt, den Stationsleiter für den Botschafter und das FBI zu identifizieren, indem wir ihm einen Namen geben.«

»Und Frade?«

»Frade ist Frade. Ich war ein bißchen vage darin, wer in Wirklichkeit das Kommando hat. Wenn der Botschafter und das FBI denken, Delojo ist der Stationsleiter, dann ist das prima. Ich nehme an, wir können ebenfalls mit ziemlicher Sicherheit davon ausgehen, daß jemand dort unten die Argentinier informiert – zufällig oder absichtlich –, daß der Marineattaché Delojo der OSS-Stationsleiter ist. Mit etwas Glück werden die Argentinier ihn vielleicht wirklich dafür halten, was etwas Druck von Frade nehmen würde. Aber ich will, daß Frade die Dinge leitet.«

»Das können Sie nicht machen, um Himmels willen, Alex! Sie können nicht ein ›bißchen vage‹ hinsichtlich der tatsächlichen Leitung der Mission sein.«

»Moment mal, Bill«, sagte Graham kühl. »Nach dem Fiasko, das Ihre Leute dort angerichtet haben, indem sie ihren eigenen Krieg dort unten führten, haben wir einen Handel gemacht. Solange ich Ihnen alles erzähle, was ich dort unten mache, was ich hiermit tue, ist Argentinien mein Kuchen, und jeder – Sie eingeschlossen – läßt die Finger davon. Entweder lassen Sie es mich machen, wie das will, oder Sie lassen es von jemand anderem machen, und ich kümmere mich wieder um meine Eisenbahn.«

Bevor er in aktiven Dienst trat, war Colonel Graham Präsident der zweit- oder drittgrößten Eisenbahngesellschaft der Vereinigten Staaten – je nachdem welche Faktoren man ansetzte, um das zu bestimmen. Er hatte zwar eine Menge Respekt vor Colonel Donovan, aber nicht mehr als vor jedem anderen Anwalt, der ein Vermögen in der Wall Street gemacht hatte.

»Seien Sie nicht so empfindlich, Alex«, sagte Donovan.

»Manchmal haben Sie ein kurzes Gedächtnis«, sagte Graham. »Lesen Sie weiter.«

Donovan blickte auf die Botschaft und fragte: »Wer ist Sarnoff?«

»Sein richtiger Name ist Ettinger. Abkommandiert vom CIC der Army zu uns. Er ist ein spanischer Jude, dessen Familie einen Zweig nach Berlin hatte. Oder umgekehrt. Bevor er in die Army ging, arbeitete er für Dave Sarnoff bei RCA als Elektroingenieur, und laut Dave war er ein verdammt guter.«

»Ja«, sagte Donovan und las weiter.

> 2. Sarnoff hat Grund zu der Annahme, daß mehrere tausend Juden freigekauft worden sind. Es ist äußerst schwierig, an Informationen heranzukommen. Flüchtlinge und frühere argentinische jüdische Gemeinden weigern sich, zu reden, sogar Flüchtlinge, die Sarnoff sehr gut aus Deutschland gekannt hat und die wissen, daß die meisten seiner Verwandten in Konzentrationslagern sind.

»Mehrere tausend sind herausgekommen?« fragte Donovan. »Glauben Sie das, Alex?«

»Ettinger ist äußerst clever«, sagte Graham. »Ja, ich glaube es. Und Cletus Frade glaubt es ebenfalls, sonst hätte er die Funkbotschaft nicht geschickt.«

»Wenn Mr. Hoover etwas darüber gehört hat, so hat er es nicht für nötig gehalten, mir etwas davon zu erzählen«, es nicht für nötig gehalten, mir etwas davon zu erzählen«, sagte Donovan.

»Oder jeder, den ich hier fragte – jedenfalls jeder, der meint, daß ich ein Recht auf Information habe«, sagte Graham.

Donovan las weiter.

> 3. Die bisherigen Informationen weisen darauf hin, daß die Freikauf-Operation (im folgenden Lindbergh genannt) mit Sachsenhausen (positiv) und Belsen (vermutlich) stattgefunden hat. Aber Sarnoff glaubt, daß es auf andere (vielleicht alle) Konzentrationslager zutrifft.
>
> 4. Da Staubsauger enge Verbindungen zur jüdischen Gemeinde von Buenos Aires hat, besteht die große Möglichkeit, daß er von Lindbergh weiß. Es ist möglich, daß weitere Ermittlung durch Sarnoff Ermittlung durch Staubsauger verhindert. Erbitte Anweisung.

»Staubsauger ist Hoover, richtig?« fragte Donovan. »Das FBI?«

»Richtig«, sagte Graham. »Wie der Hoover-Staubsauger saugt er dort unten die Dinge auf. Dieser nette Codename war Ihre Idee, wie ich mich erinnere.«

Das trug ihm einen bösen Blick von Donovan ein, der zu einer Erwiderung ansetzte, es sich dann jedoch anders überlegte und weiterlas.

> 5. SS-SD Standartenführer Josef Goltz (im folgenden Schwarzrock) traf am 9. April mit Lufthansa in Buenos Aires ein. Sarnoff hält es für sehr wahrscheinlich, daß Schwarzrocks Mission Lindbergh betrifft, die nicht ohne Beteiligung von Deutschen an hohen Stellen operieren könnte.
>
> 6. Zuverlässige Quelle (im folgenden Kavallerie genannt) informierte Stachief, daß Schwarzrock heute die Eliminierung von nur – Wiederholung – nur Sarnoff mit Priorität befohlen hat. Kavallerie glaubt, daß Schwarzrock vermutlich die Ermordung von Schimmel befahl.«

»Schimmel ist ... war ... Frades Vater, richtig?« fragte Donovan. »Wer ist diese zuverläßliche Quelle, ›Kavallerie‹?«

»Da kann ich nur raten. Delojo teilte mit, daß der rote Teppich ausgerollt war, als Frade in Argentinien eintraf. Der Kriegsminister, General Ramirez, holte ihn am Flughafen ab und brachte ihn zu dem Ort, wo Frades Sarg feierlich aufgebahrt war. Es könnte Ramirez sein, aber das bezweifle ich. Ramirez war von der Infanterie, und Frade bezeichnet die Person als ›Kavallerie‹. Vielleicht General Rawson. Er war bei der Kavallerie, und er und el Coronel Frade waren befreundet. Wer auch immer, es ist jemand, der Zugang zu ihrem Nachrichtendienst hat und über die deutschen Aktivitäten Bescheid weiß. Was ebenfalls bedeutet, daß sie jemand in der Deutschen Botschaft haben müssen.«

Donovan dachte darüber nach, nickte und las weiter.

7. Stachief glaubt, Schwarzrocks besonderes Interesse an Sarnoff kann ebenfalls auf Sarnoffs Fragen bezüglich Schiffen zurückzuführen sein, die neue Aktivitäten betreffen.

8. Wenn weitere Ermittlung bezüglich Lindbergh durch Sarnoff befohlen, erbitte ich Genehmigung, Informationen mit Staubsauger zu diskutieren und eventuell auszutauschen. Ohne Befehl des Gegenteils wird Sarnoff Ermittlung bezüglich Lindbergh fortsetzen.

9. Stachief glaubt, Operation Outline Blue wird trotz Verlust von Schimmel fortgesetzt. Treffen von Outline Blue-Führern findet an diesem Wochenende statt und läßt stark auf Durchführung in naher Zukunft schließen.

STACHIEF ENDE

»Haben wir etwas über diesen Schwarzrock?« fragte Donovan.

»Wir haben Goltz als Himmlers Verbindungsoffizier zu

Martin Bormann – zur Nazipartei – verzeichnet«, erwiderte Graham. »Langjähriger Nazi. Ich nehme an, wir müssen davon ausgehen, daß (a) Frades Quelle zuverlässig ist und (b) dieser Typ den Befehl gegeben hat, Sarnoff ... Ettinger zu liquidieren. Das überrascht mich.«

»Warum überrascht Sie das? Sie liquidierten das gesamte Team, das wir vor Frades Team dorthin schickten.«

»Es überrascht mich, daß Schwarzrock nur die Eliminierung von Ettinger befohlen hat. Ist Ihnen das aufgefallen?«

Donovan nickte.

»Warum nicht das ganze Team? Das Team stellt dieselbe Bedrohung für ihr Versorgungsschiff dar wie zuvor. Warum also nur Ettinger?«

»Sagen Sie mir das.«

»Das Treffen von Frade mit diesen hohen Tieren – einschließlich Rawson, der wahrscheinlich Präsident wird, wenn Ramirez es nicht wird – sieht für mich aus wie eine Botschaft von Ramirez an die Deutschen, daß ihm (a) mißfällt, was mit el Coronel Frade geschah, daß er (b) die Deutschen nicht fürchtet und (c) der größte Teil der anderen hohen Tiere die Deutschen ebensowenig fürchtet.«

»Ich wünschte, wir wüßten, wer ›Kavallerie‹ ist«, sagte Donovan. »Mir gefällt das nicht.«

»Sie glauben diese Lösegeld-Geschichte Lindberg?«

Donovan nickte.

»Weder Frade noch Ettinger sind Ermittler«, sagte er. »Ettinger ist Elektroingenieur. Frade ist Pilot. Wenn sie das melden, müssen wir davon ausgehen, daß der FBI-Knabe dort unten bereits alles darüber weiß. *Mehr* als Ettinger. Sind Sie da meiner Meinung?«

Graham nickte.

»Ich kann förmlich sehen, wie J. Edgar mit dieser Lösegeldgeschichte zum Präsidenten geht – wenn er das nicht schon getan hat«, sagte Donovan. »›Ich habe Ihnen stets gesagt, Franklin, daß das OSS dort nur Geld und Material verpulvert, dieser Haufen, der von Intellektuellen und hohen Leuten aus der Geschäftswelt und Gesellschaft rekrutiert wurde. Meine gut ausgebildeten Ermittler hingegen, die für mich Nachrichten in der westlichen Hemisphäre sammeln, kennen dieses Geschäft von Anfang an. Die Nation wäre besser dran, wenn Sie diese Sache den Profis überließe, dem FBI.‹«

Graham lachte.

»*Wir* haben die *Reine de la Mer* versenkt«, sagte er. »Damit kann Hoover sich nicht schmücken.«

»Nach dem Evangelium des heiligen Sankt J. Edgar hat die Navy die *Reine de la Mer* versenkt. Wenn der Commander des U-Boots nicht in seinem Bericht ausdrücklich darauf hingewiesen hätte, daß OSS-Agenten die Lorbeeren zustehen, hätten Frade und Pelosi bestimmt nicht die Medaillen erhalten.«

Graham nickte abermals und erinnerte sich an die Verleihung. Der Präsident hatte befohlen, daß Frade das Navy Cross und Pelosi der Silver Star, die nächsthohe Auszeichnung für Tapferkeit, verliehen wurde.

19. Der Unterzeichner wünscht abschließend zu erklären, daß die Erfüllung der Mission unmöglich gewesen wäre ohne das berufliche Können und die Tapferkeit von First Lieutenant C. H. Frade und Second Lieutenant A. J. Pelosi, AUS, die zur Illuminierung des Zielobjekts mit ihrem kleinen, unbewaffneten Flugzeug absichtlich in Reichweite von schwerem MG-Feuer und automatischen Flugabwehrkanonen an Bord der *Reine de la Mer* flogen, mit dem sicheren Wissen, daß ihr Flugzeug getroffen und vermutlich zerstört werden würde, was dann der Fall war. Ihre Pflichterfüllung und Tapferkeit angesichts des fast sicheren Todes waren beispielhaft und entsprachen den höchsten Traditionen des Marinedienstes und der Army der Vereinigten Staaten.

Bryce J. Stevens
Commander, USN
Commanding, USS Devil Fish

»Was soll ich Frade sagen, Bill?« fragte Graham.

»Was denken Sie denn? Die Fortsetzung der Ermittlung ist eine Sache von höchster Priorität. Keine Kommunikation irgendwelcher Art mit dem FBI bezüglich allem, was auch nur entfernt mit der Lösegeld-Sache zu tun hat. Identifizierung der Quelle, die er ›Kavallerie‹ nennt.«

»Worum geht es Ihrer Meinung nach bei der ganzen Sache, Bill? Meinen Sie, es geht um Politik? Und wenn ja, warum haben wir hier in den Staaten nichts davon gehört?«

»Ich weiß es wirklich nicht. Ich habe den Verdacht, daß es eine Art private Operation ist. Irgendein hochrangiger SS-Hurensohn hat sich gesagt, daß da für ihn viel Geld drin ist, und er ist in einer Position, um es zu raffen. Warum nicht hier in den Staaten? Weil es *keine* deutsche Politik ist und er verhindern will, daß seine private Operation den hohen Tieren in der SS bekannt wird. Oder vielleicht sind die oberen Nazis darin verstrickt und haben Sorgen wegen der öffentlichen Meinung. Ich weiß es einfach nicht, Alex. Ich weiß nur, daß wir mehr darüber erfahren müssen, je schneller, desto besser.«

Graham stieß einen Grunzlaut aus.

»Wir nennen es ›Lindbergh‹, richtig? Und wie klassifizieren wir es?«

»Top Secret – Lindbergh. Nur für Sie und mich bestimmt. Und das meine ich ernst. Niemand außer Ihnen und mir darf es sehen. Wir können uns nicht erlauben, daß jemand mit losem Mundwerk davon erfährt.«

»In Ordnung«, sagte Graham und stand auf.

»Wenn ich damit zum Präsidenten gehe, Alex, will ich Fakten haben, keine Vermutungen.«

»In Ordnung«, wiederholte Graham und verließ das Büro.

3

Estancia San Pedro y San Pablo
Bei Pila, Provinz Buenos Aires

11. April 1943, 17 Uhr 30

Als Clete und Rudolpho zum Haupthaus zurückritten, hing Clete seinen Gedanken nach, die sich im Kreis drehten.

Vielleicht hätte ich OUTLINE BLUE sorgfältig lesen und erst dann Martin geben sollen. Ich bin schließlich Nachrichtenoffizier, und da stand bestimmt etwas, das Graham interessieren würde. Bewußt weiß ich, daß alles OSS-Sache ist, aber ich habe unbewußt entschieden; weil die Grupo de Oficiales Unidos keine Bedrohung für die Vereinigten Staaten ist, geht uns diese Sache wirklich nichts an. Grahams Neugier zu befriedigen rechtfertigt nicht, Ramirez und Rawson in Gefahr zu bringen.

Was, zum Teufel, macht Henry Mallin, wenn dieser Jesuit mit Claudia und Humberto an seiner Tür auftaucht und ihm sagt, daß die jungfräuliche Prinzessin schwanger ist? Und wer sie geschwängert hat?

Ich muß Kontakt mit Peter aufnehmen und ihm sagen, daß ich den Brief seines Vaters und die Dokumente habe. Davon habe ich Graham ebenfalls nicht unterrichtet, und ich weiß verdammt genau, daß das OSS an einem deutschen General interessiert wäre, der die Ermordung Hitlers plant.

Aber es gibt ein paar gefährliche Hurensöhne im OSS, wie zum Beispiel die beiden, die mich nach Argentinien schickten in der Hoffnung, daß die Deutschen mich killen, damit mein Vater sauer wird. Diese beiden sind fort, aber es gibt vermutlich andere, die helfen wollen, Hitler zu ermorden, und diese ›Hilfe‹ könnte Peters Vater das Leben kosten. Wenn sie meine Ermordung in Kauf genommen haben, dann haben sie bestimmt keine

Skrupel wegen der Ermordung eines deutschen Generals. Wenn Peters Vater amerikanische Hilfe wollte, dann hätte er darum gebeten.

Ist es wirklich richtig, Dorotea zu heiraten, vorausgesetzt, der Jesuit erreicht etwas? Oder wird es ihr Tod sein, wenn sie mich heiratet? Ihr Tod und der des Kindes?

Was, zur Hölle, ist das mit dem Freikaufen von Juden aus Konzentrationslagern? Hat Ettinger da in ein Wespennest gestochen? Hat dieser Nazi-Bastard deshalb seine Ermordung befohlen?

Wenn der Jesuit mit Henry Mallin klarkommt und wir heiraten können, kann ich Dorotea vielleicht in die Staaten schicken, damit sie dort das Baby bekommt und abwarten kann, bis dieser Scheißkrieg vorbei ist. Martha würde sie gern aufnehmen, und auf der Big Foot Ranch wäre sie aus der Feuerlinie.

Es war etwas Unwirkliches bei all diesen Gedanken, während er an einem schönen Nachmittag über die Pampas galoppierte, auf der nur Rinder und gelegentlich Baumgruppen zu sehen waren.

Er erinnerte sich an die Salomoneninseln. In fünfzehntausend Fuß Flughöhe über Guadalcanal war es ebenfalls schön und friedlich gewesen. Blauer Himmel, weiße Wölkchen, der blaugrüne Ozean und die hellgrüne Vegetation der Insel tief unten.

Bis die ersten japanischen Flugzeuge aufgetaucht waren. Dann, urplötzlich, hatte es keinen Frieden und keine Schönheit mehr gegeben.

Das wird hier ebenfalls passieren. Ganz plötzlich wird hier ebenfalls alles beschissen werden. Bei den Salomonen war der Unterschied, daß ich wenigstens ein ziemlich guter Wildcat-Pilot war. Hier kann ich Scheiße nicht von Kacke unterscheiden.

Als sie zum Haus ritten, wurden sie von Enrico erwartet, der in einem der Rattansessel auf der Veranda saß. Ein gutaussehender blonder Junge, dreizehn oder vierzehn Jahre alt, saß bei ihm auf der breiten Verandatreppe. Beide trugen ein weites, weißes Hemd mit langen Ärmeln, schwarze Weste, bauschige, schwarze Hose und einen breiten Ledergürtel; und beide trugen ein Messer mit silbernem Griff hinten am Gürtel. Enrico hatte zusätzlich eine .45er Automatik im Gürtel, und seine Schrotflinte lehnte an einer der Säulen.

Es ist für ihn keine Frage, daß er früher oder später eine Waffe braucht, um mich zu beschützen. Und er hat wahrscheinlich recht.

Allmächtiger, warum können wir nicht einfach weiterreiten? Aber das kann ich ebensowenig, wie ich in fünfzehntausend Fuß einfach über Guadalcanal weiterkreisen konnte.

Der gutaussehende Junge erhob sich und kam die Treppe herab.

»Buenas tardes, Patrón«, sagte er und griff nach Julius Caesars Zaum.

Clete schwang sich aus dem Sattel. Der Junge stieg auf Julius Caesar – Clete war ein bißchen ärgerlich, weil der Gaul sofort den erfahrenen Reiter spürte und sich lammfromm verhielt – und übernahm die Zügel von Rudolphos Rotschimmel. Rudolpho saß ab, und der Junge ritt zu den Ställen.

Selbst in dieser Gauchokleidung sieht der Junge mehr nach einem Engländer oder Deutschen aus – oder vielleicht wie ein Pole oder irgendein Slawe – als nach einem Spanier oder Italiener.

Clete erinnerte sich, daß sein Vater von einer massiven Einwanderung von Deutschen um die Jahrhundertwende und von einer weiteren Einwanderungswelle nach dem Ersten Weltkrieg gesprochen hatte – Deutsche wanderten bei der Wirtschaftskrise nach dem Krieg aus Deutschland aus, und Litauer, Letten, Polen und Russen flüchteten vor der Russischen Revolution.

Antonio wartete ebenfalls auf seine Rückkehr.

»Ist Señor Duarte oder Señora Carzino-Cormano hier?«

»No, Señor«, erwiderte Antonio und öffnete die Tür für

Clete. »Señor Duarte und Señora Duarte werden jeden Moment erwartet.«

»Nun, da habe ich Zeit zum Duschen«, dachte Clete laut. »Wo sind meine Sachen, Antonio?«

»In Ihrem Zimmer, Señor«, sagte Antonio. Seine Stimme klang leicht mißbilligend.

Wenn man eine blöde Frage stellt, bekommt man eine blöde Antwort, dachte Clete. *Wohin sonst würde er meine Sachen bringen?*

O Gott! Mein Zimmer ist nicht mehr das, in dem ich zuvor wohnte. Mein Zimmer ist das von el Coronel.

Nun, daran sollte ich mich gewöhnen. El Coronel ist tot, und was ihm gehörte, gehört jetzt mir. Sein Zimmer und sein Bett inbegriffen.

Clete wandte sich um und schaute zu Enrico. Er erhob sich aus seinem Sessel.

Mit Mühe, wie Clete sah.

Harter alter Soldat oder nicht, du hast Schmerzen, dachte Clete. *Und harter alter Soldat oder nicht, bist du überhaupt in der Verfassung, um mich beschützen zu können? Wirst du ebenfalls gekillt, nur weil du bei mir bist?*

Antonio führte Clete in die Wohnung des verstorbenen el Coronel Jorge Guillermo Frade – was unnötig war, denn Clete wußte, wo sie war. Sie bestand aus Schlafzimmer, Wohnzimmer und Bad und befand sich hinten im Haus. Die Fenster blickten zum Garten hinaus.

In der Wohnung entdeckte er ein weiteres Anzeichen auf Antonios Snobismus. Auf einem Stummen Diener hingen ein Tweedsakko, ein Polohemd – *ein echtes Polohemd für Leute, die* richtiges Polo *spielen* – und eine Reithose aus Gabardine. Ein Paar auf Hochglanz polierte Reitstiefel stand darunter.

Oh, Mann! Hoffentlich sind das nicht Sachen von meinem Vater!

»Ihr Vater hatte diese Sachen als Weihnachtsgeschenk für el Capitán Duarte vorgesehen«, sagte Antonio. »Er konnte sie niemals tragen. El Capitán hatte ungefähr Ihre Größe ...«

Ich möchte lieber keine Kleidung tragen, die für meinen toten Cousin vorgesehen war, ganz zu schweigen von Kleidung, in der ich aussehe wie ein Engländer bei der Fuchsjagd, doch trotzdem vielen Dank, Antonio.

»Danke«, sagte Clete. »Ich werde sehen, ob die Sachen passen.«

Doch die Saat der Neugier war gesät, und beim Duschen und Rasieren dachte Clete: *Wie würde ich in diesen Klamotten aussehen? Die Prinzessin würde mich damit vielleicht – wie heißt dieses Tommy-Wort, das sie benutzt? –* fantastic *finden.*

Und warum soll ich die Sachen nicht tragen? Sie sind neu. Und ich trage auch Onkel Jims Stetson. Und ich habe Sullivans Wellington-Stiefel von Guadalcanal mit heim genommen und trage sie. Warum soll ich also nicht Cousin Jorge Alejandros englische Reitstiefel und den übrigen Kram tragen? Einem geschenkten Gaul schaut man nicht ins Maul, wie Tante Martha immer sagt.

Plötzlich war ein sehr klares und sehr schmerzliches Bild vor seinem geistigen Auge, und es war immer noch da, als er in seiner Unterwäsche aus dem Badezimmer ging: First Lieutenant Francis Xavier Sullivan, 167. Kampfstaffel, U.S. Army Air Corps, flog zur Unterstützung der Marine Raiders ein nach Edson Ridge, und die Maschine stand von der Nase bis zur Seitenflosse in Flammen ...

Als Clete ins Schlafzimmer ging, erschrak er – fürchtete sich sogar einen Moment lang –, denn Capitán Roberto Lauffer saß in Zivil in einem Sessel neben dem Bett und hatte die sehr schönen, auf Hochglanz polierten Reitstiefel auf eine Fußbank gelegt.

Lauffer erhob sich schnell aus dem Sessel und reichte Clete die Hand.

»Ich dachte mir, mi Mayor«, sagte Enrico, »daß ich el

Capitán hierher bringen kann. Señor und Señora Duarte sind im Empfangszimmer.«

Ein Kavallerist sorgt für den anderen, wie? Er erspart einem Kavalleriekameraden eine Begegnung mit Beatrice. Nun, das zeigt wenigstens, daß Enrico ihn mag.

Clete nickte Enrico zu, um zu zeigen, daß er einverstanden war, und schaute dann Lauffer an.

Todschick, dachte Clete, *verdammt schönes Tweedsakko, ein klassisches Polohemd und sogar ein seidenes Halstuch.*

»Wie geht's, Roberto?«

»Ich befürchte, Sie haben mich wieder am Hals«, sagte Lauffer. »General Rawson möchte, daß ich nahe bei etwas bleibe, das Sie für ihn aufbewahren ...«

»Das Geld, meinen Sie?« sagte Clete, doch es war eine Feststellung, keine Frage.

»... bis er den morgigen sicheren Abtransport arrangieren kann. Señora Carzino-Cormano sagte, Sie würden die leider nötige Störung verstehen, die damit verbunden ist.«

»Klar«, sagte Clete. »Ich fühle mich gar nicht gestört. Wann kann ich sie erwarten?«

»Sie sagte, Sie würden verstehen, warum sie heute nicht kommen kann, aber sie freut sich darauf, Sie morgen zu sehen.«

Was hat das alles zu bedeuten?

Clete zog sich an.

Cousin Jorge Alejandros – des verstorbenen Capitán Duartes – Polohemd paßte ihm perfekt. Die Reithose war vielleicht zwei Zentimeter in der Taille zu weit, ebenso wie das Jackett. Aber auch die Reitstiefel paßten perfekt.

Auf dem Stummen Diener hing noch etwas, ein seidenes Halstuch, wie Lauffer eines trug. Robertos Halstuch war gelb. Cousin Jorge Alejandros Seidentuch war rot.

Das Halstuch so umzubinden, daß es an Ort und Stelle blieb, war schwieriger, als Clete gedacht hatte, aber er schaffte es.

»Sehr elegant«, sagte Lauffer.

»Ich würde mich viel behaglicher damit fühlen, wenn der Butler meines Vaters mir nicht erzählt hätte, daß mein Vater die Sachen als Weihnachtsgeschenk für meinen Cousin, den verstorbenen Capitán Duarte, gekauft hat.«

»Ich bin der Jüngste in einer großen Familie«, sagte Lauffer. »Ich glaube, ich war sechzehn, bevor ich etwas außer Schuhen bekam, das nicht zuvor von meinen Brüdern ›kaum abgetragen‹ worden war. Seien Sie dankbar, daß die Sachen passen. Und sie sind schick.«

»Sie sehen selbst sehr elegant aus. Ich habe Sie nie in Zivil gesehen.«

»Oh, man kann nie wissen, wo man einer attraktiven Vertreterin des schwachen Geschlechts begegnet, die ein Auge für Männerkleidung hat«, sagte Lauffer.

»Und dann, toll herausgeputzt, wird man vom launischen Finger des Schicksals gefickt, nicht wahr? Sie werden hergeschickt, und das einzige weibliche Wesen ist meine Tante Beatrice.«

»›Launischer Finger des Schicksals‹? Das ist gut.« Lauffer lachte. »Nun, es gibt immer ein Morgen.« Dann, sichtlich verlegen: »Verzeihen Sie, ich dachte nicht an den morgigen Anlaß. Es war nicht pietätlos gemeint.«

»Das weiß ich«, sagte Clete. »Ich tue das nur pro forma, weil man mir sagte, daß die Leute, die hier arbeiten, das von mir erwarten.« Er wandte sich an Enrico. »Hast du für den Capitán einen Platz zum Schlafen gefunden?«

»Ich habe Antonio gesagt, Sie wünschen, daß für den Capitán gut gesorgt wird«, erwiderte Enrico. »Er ist im Zimmer dritte Tür links einquartiert.«

»Da wir von Tante Beatrice sprechen«, sagte Clete. »Antonio sagte, sie wird jeden Augenblick hier sein. Enrico, ich finde, el Capitán und ich brauchen ein wenig flüssigen Mut, bevor wir ihr gegenübertreten. Gibt es hier etwas – Starkes – zu trinken?«

»Scotch, mi Mayor?«

Clete blickte zu Lauffer, der nickte.

»Bitte, Enrico.«

»Jawohl, mi Mayor«, sagte Enrico und verließ das Schlafzimmer.

Er wird nie aufhören, mich mit Sie und Mayor anzureden, dachte Clete. Und dann hatte er einen anderen Gedanken: »Es könnte mit meiner Tante schlimmer sein, als Sie denken.«

»Sie ist eine sehr charmante Dame.«

»Heute abend wird sie Sie höchstwahrscheinlich mit den Einzelheiten einer Hochzeit ergötzen, die hier irgendwann in naher Zukunft stattfinden wird, wie wir hoffen.«

»Oh, tatsächlich? Wessen Hochzeit?«

»Meine.«

Lauffer hob die Augenbrauen.

»Ich wußte nicht, daß Sie … ich hatte nicht gehört, daß Sie verlobt sind.«

»Im Augenblick bin ich das eigentlich nicht«, sagte Clete.

»Ich verstehe nicht ganz«, bekannte Lauffer.

Enrico kehrte ins Schlafzimmer zurück, doch er brachte nicht den erwarteten Scotch, sondern ein Telefon, einen großen, französisch aussehenden Apparat.

»Es ist Padre Welner, Señor«, sagte er, ging zu einem Anschluß in der Wand neben dem Bett und stöpselte es ein.

Er nahm den Hörer von der Gabel und hielt ihn Clete hin. Clete ging zum Bett, setzte sich und nahm den Telefonhörer entgegen.

»Was kann ich für Sie tun, Padre?«

»Ich habe mich eifrig um meine seelsorgerischen Pflichten gekümmert, und ich dachte, Sie sind vielleicht interessiert, das Ergebnis zu erfahren«, kündigte der Priester heiter an.

Wenn er schlechte Nachrichten hätte, wäre er nicht so *fröhlich!* dachte Clete.

»Und ob ich interessiert bin!«

»Als erstes rief ich den Bischof an, um ihm zu erklären, welche Rolle Sie und Padre Denilo ihm im morgigen Gottesdienst zugedacht haben, wenn er so freundlich ist, sie zu übernehmen. Und das Thema kam irgendwie auf das Verbot einer Ehe, das kirchlich aufgehoben werden kann, wenn ein Bischof entscheidet, daß es außergewöhnliche Umstände gibt. Bei außergewöhnlichen Umständen …«

»Sie haben ihm von den Umständen erzählt?« unterbrach Clete.

»Nicht im Detail. Ich nehme an, der Bischof gewann den Eindruck, daß ich von den außergewöhnlichen Umständen im Beichtstuhl gehört habe; und er konnte natürlich nicht von mir verlangen, preiszugeben, was ich als Beichtvater erfahren habe. Jedenfalls meint der Bischof, daß er Ihre Hochzeit in vierzehn Tagen guten Gewissens genehmigen kann. Er hat auch darauf hingewiesen, daß er die Trauung vornehmen wird, wenn Sie darum bitten.«

»Und was machen wir mit ihrem Vater?«

»Das erwies sich als geringeres Problem, als ich gedacht hatte. Nachdem ich mit Claudia gesprochen hatte, rief sie ihn an und bat ihn, seine Entscheidung, nicht zur Estancia Santa Catharina zu kommen, noch einmal zu überdenken. Sie sagte ihm, daß ich dort sein würde und mit ihm über Sie und Dorotea sprechen wollte.« Der Padre lachte.

»Ist das lustig?«

»Señor Mallin antwortete, daß Claudia mir für mein Interesse danken, jedoch sagen soll, daß es keinen weiteren Anlaß zur Besorgnis gibt. Er wisse bereits von Ihrem bedauernswerten und unmöglichen Interesse an Dorotea und habe die nötigen Schritte unternommen, um die Situation unter Kontrolle zu bringen.«

»Und?« fragte Clete lachend.

Warum lache ich?

»Zu diesem Zeitpunkt sagte Claudia ihm, daß ich neben ihr stehe, und warum er mir das nicht selbst sage.«

»Und?«

»Das tat er. Ich mußte ihn in seinem Glauben, die Situation unter Kontrolle zu haben, korrigieren und ihm die Möglichkeiten erklären, wie ich sie sehe.«

»Und zwar?«

»Er wählte die Möglichkeit, Ihre Einladung zur Übernachtung auf der Estancia San Pedro y San Pablo anzunehmen. Morgen wird seine Familie auf den Familienplätzen – rechts vom Altar – in der Capilla Nuestra Señora de los Milagros sitzen. Natürlich mit Ausnahme von Dorotea.«

»Sie kommen hier raus?«

Welner ignorierte die Frage.

»Während des Gottesdienstes wird Dorotea neben Ihnen auf der Bank sitzen – vor den Familienplätzen –, die für el Patrón der Estancia San Pedro y San Pablo und seine Gattin reserviert ist. Wenn der Gottesdienst vorüber ist, wird sie Ihren Arm ergreifen, und Sie beide werden an der Spitze der Prozession zum Ausgang gehen. Danach wird sie neben Ihnen an der Spitze des Empfangs stehen, während Sie Ihre Gäste begrüßen.«

»Damit war er einverstanden?« fragte Clete ungläubig. »Sie kommen heute abend her?«

»Sie sind in diesem Augenblick unterwegs und sollten in einer Stunde eintreffen. Aber lassen Sie mich zu Ende erzählen. Ich wies Señor Mallin darauf hin, daß Doroteas führende Rolle bei der Zeremonie jedem Anwesenden vor Augen führen sollte, daß die Beziehung zwischen Ihnen und ihr seit langer Zeit besteht und die ganze Zeit von den beiden Familien gutgeheißen wurde und daß wegen Ihres kürzlichen Verlustes wirklich nichts Ungewöhnliches daran ist, daß Sie sich für eine kleine Hochzeitsfeier in privatem Kreis entschieden haben, die in zwei Wochen auf der Estancia stattfinden wird.«

»Sie sind ein erstaunlicher Mann, Padre.«

»Das höre ich nicht zum ersten Mal. Ich ziehe es vor, mich als einfacher Priester zu betrachten, ein simpler

Hirte, der seine verirrten Schafe ermuntert, auf den richtigen Weg zurückzukehren«, sagte Welner salbungsvoll. Dann fügte er hinzu. »Und Señor Mallin hatte ja nun wirklich keine Wahl, oder?«

»Er hätte nein sagen können«, erwiderte Clete und lachte. »Nicht nur ›nein‹, sondern ›nur über meine Leiche‹.«

»Aber das, mein Sohn, hätte von einigen Leuten falsch ausgelegt werden können – wie es bei Dingen dieser Art oft der Fall ist. Man hätte im Jockey Club hinter vorgehaltener Hand flüstern können: ›Da ist der arme Henry Mallin. Dummer Mann. Dachte an eine gute Partie und warf seine Tochter praktisch Cletus Frade an den Hals, der, nach kurzem Ausprobieren der Ware, zu der Entscheidung gelangte, die junge Dame doch nicht mit all seinen weltlichen Gütern zu beglücken.‹ Ich weiß, daß Mallin so etwas schwer ertragen würde.«

»Guter Gott! Sie haben ihm doch nicht so etwas gesagt, oder?«

»Sagen wir, ich habe Señor Mallin klargemacht, daß es wirklich besser für ihn aussieht, wenn Sie anscheinend begierig darauf sind, seine Tochter zu Ihrer Braut zu machen. Sie sind darauf vorbereitet, nicht wahr? Begierig darauf, Dorotea mit all Ihren irdischen Gütern zu beglücken?«

»Selbstverständlich.« Clete lachte.

»Gut. Nachdem Sie nun Gelegenheit hatten, abzuschätzen, wie viele irdische Güter Sie jetzt besitzen, war ich ein wenig besorgt, daß Sie es sich vielleicht anders überlegen könnten.«

»Ich hoffe, Sie scherzen.«

»Ich rufe noch aus einem anderen Grund an, Cletus. Claudia sagte, daß sich dort vermutlich ein Ring in der Stahlkassette Ihres Vaters befindet, der vielleicht für Dorotea passend ist.«

»In welcher Stahlkassette?« Clete wandte sich an Enrico. »Gibt es hier eine Stahlkassette?«

»In der Bibliothek, Señor Clete.«

»Enrico sagt, es gibt eine Stahlkassette in der Bibliothek.«

»Das ist sie vermutlich. Warum schauen Sie nicht nach? Ich nehme an, es wäre schön, wenn ich zum Abendessen kommen könnte ... habe ich erwähnt, daß Claudia vorschlug, daß Sie mich zum Abendessen einladen?«

»Warum kommen Sie nicht zu uns zum Abendessen, Padre?«

»Vielen Dank. Sehr freundlich von Ihnen. Es wäre wie gesagt schön, wenn ich dorthin komme und Dorotea hätte einen Verlobungsring am Finger. Und noch schöner, wenn ihn die Leute morgen früh sehen.«

»Tolle Idee.«

»Ich werde vermutlich vor dem Eintreffen Ihrer Verlobten und ihrer Familie dort sein«, sagte der Padre, und dann war die Leitung tot.

Clete legte den Hörer auf und erhob sich vom Bett.

»Zeig mir die Stahlkassette, Enrico«, sagte er. Dann wandte er sich an Lauffer. »Ich bin soeben informiert worden, daß meine Verlobte und ihre Familie uns beim Abendessen Gesellschaft leisten. Ich weiß, vor ein paar Minuten sagte ich Ihnen, ich sei nicht verlobt. Vor ein paar Minuten war ich das auch noch nicht. Jetzt bin ich es.«

»Nun, dann möchte ich Ihnen als erster gratulieren«, sagte Lauffer.

XIV

1

Estancia San Pedro y San Pablo
Bei Pila, Provinz Buenos Aires

11. April 1943, 18 Uhr 05

Die Kassette war aus Eisen, verstärkt durch dicke Stahlbänder und mit zwei enormen Vorhängeschlössern versehen. Sie war versteckt in einer Truhe in der Bibliothek. Enrico zeigte sie Clete und holte die Schlüssel aus dem Bücherregal hinter dicken Bänden von *Compton's Picture Encyclopedia* hervor.

In der Kassette befanden sich zwei Holzkistchen auf etwas, das wie juristische Dokumente aussah. Clete nahm die erste kleine Kiste und öffnete sie.

»Wo ist der Whisky, den du uns versprochen hast, Enrico?« fragte er.

In dem Kistchen war ein Sortiment abgelegten Männerschmucks, Manschettenknöpfe, Taschenuhren, Armbanduhren, Krawattennadeln und Ringe. Die Uhren und Ringe hatten Schildchen mit dem Namen ihrer Besitzer. Clete sah sich verschiedene davon an. Da war ein großer Goldring mit vielleicht einem Dutzend Diamanten um das tief eingravierte Familienwappen; auf dem Schildchen stand: GUILLERMO JORGE FRADE.

Genau so etwas würde Onkel Willy tragen.

Er legte den Ring in das Kistchen zurück und nahm das zweite. Es enthielt ausrangierten Damenschmuck – Broschen, Halsketten, Ringe, Anhänger und Armbanduhren. Auf dem Boden der Kiste lagen lose unzählige Perlen. Er sah die gerissenen Schnüre, von denen sie abgefallen waren. Über ein Dutzend Ringe enthielten Namensschildchen. Aber nur drei konnten als Verlobungsringe durchgehen. Er las die Namen. Nur einer – MARIA ELENA PUEYRREDÓN DE FRADE sagte ihm etwas, und dieses Schildchen war an dem Ring befestigt, der von den dreien am wenigsten eindrucksvoll war. Er war alt und dünn, und der Stein war winzig im Vergleich zu den Steinen der anderen Ringe.

Schade. Es wäre schön gewesen, wenn ich gerade diesen Ring Dorotea hätte geben können. Weil ›das Blut von Pueyrredón‹ durch meine Adern fließt. Und jetzt durch die unseres Babys.

Aber was soll's. Ich werde ihr die drei Ringe zeigen und sie einen für den morgigen Zirkus aussuchen lassen. Ich werde ihr sagen, daß ich ihr später jeden verdammten Ring kaufen werde, den sie haben will.

Er entfernte die Namensschildchen und steckte die drei Ringe in die Tasche.

Enrico hielt ihm ein Glas Scotch hin. Clete nahm es.
»Schließ wieder zu, Enrico«, sagte er.

Eine halbe Stunde später kam Antonio in die Bibliothek, um die Ankunft der Familie Mallin anzukündigen.

Clete stand schnell aus seinem Sessel auf und ging zur Tür. Dabei erkannte er, daß er sich gewaltig geirrt hatte, als er vor fünfunddreißig Minuten gedacht hatte, Cousin Jorge Alejandros englische Reitstiefel paßten perfekt.

»O Mann!« stieß er hervor, überrascht, wie sehr seine Füße schmerzten.

»Neue Stiefel, wie?« fragte Roberto Lauffer unschuldig.

Als Clete im Foyer eintraf, trugen Hausmädchen das Gepäck der Mallins ins Haus. Enrico Mallin war bereits auf der Türschwelle, und Clete humpelte schmerzerfüllt.

Enrico Mallin hob fragend die Augenbrauen, als Clete zu ihm humpelte und ihm die Hand reichte.

»Danke für Ihr Kommen, Señor Mallin«, sagte Clete.

»Wie nett von Ihnen, uns einzuladen«, erwiderte Mallin mit einem Lächeln, das nach Cletes Meinung den Oscar für Falschheit verdient hatte. Der Handschlag übermittelte ihm den gleichen Eindruck.

»Darf ich Ihnen Capitán Lauffer vorstellen?« fragte Clete, als Pamela Mallin das Haus betrat.

Sie legte kurz die Hände auf seine Arme und neigte ihr Gesicht zu seinem Ohr.

»Ich weiß nicht, ob ich Sie küssen oder killen will«, sagte sie. »Wie konnten Sie nur, Cletus?«

Er wurde abgelenkt, als Dorotea eintrat. Sie trug Rock und Pullover und hielt die Hände züchtig vor sich verschränkt. Ihr Kopf war schüchtern gesenkt. Sie blickte schnell und sehr kurz zu Clete und senkte dann wieder den Kopf.

Allmächtiger, sie ist wunderschön!

»Wie konnte ich was?« fragte Clete geistesabwesend.

»Das wissen Sie sehr gut, Sie ...«, erwiderte Pamela heftig, dann errötete sie und verstummte.

Henry der Kleine trat ein.

»Kleiner Mister großes Plappermaul«, sagte Clete.

Das brachte ihm ein leichtes Lächeln von Dorotea ein.

»Darf ich dich einen Moment sprechen, Dorotea?« fragte er.

Ihr Vater blickte ihn finster an.

Clete ging zu Dorotea und nahm die drei Ringe aus der Tasche. Er hielt sie ihr auf der Handfläche hin.

»Such dir einen aus«, sagte er, »nur für heute abend und morgen. Ich kaufe dir später einen anderen.«

»Willst du mir einen Ring schenken oder leihen?« fragte Dorotea.

»Du kannst sie alle drei haben, wen du sie willst«, sagte Clete. »Ich wußte nicht, ob dir einer gefällt und ...«

»Dieser ist vorzüglich!« sagte sie und nahm einen der Ringe von seiner Handfläche. »Du kannst so ein verdammter Dummkopf sein, Cletus!«

Sie streifte den Ring auf den Finger, schaute Clete einen Moment herausfordernd an und rief dann: »Vater, schau dir den wunderschönen Ring an, den Cletus mir geschenkt hat.«

Ihr Vater betrachtete den Ring höchstens eine halbe Sekunde.

»Wie schön«, sagte er.

»Der ist alt«, sagte Pamela Mallin, und es war eine Feststellung, keine Kritik.

»Er gehörte meiner Urgroßmutter«, sagte Clete. »Maria-Elena Puyerredón de Frade.«

»Dann gehört er in ein Museum«, sagte Pamela. »Ins Nationalmuseum, nicht an Doroteas Finger.«

»Er gehört mir«, sagte Dorotea. »Cletus hat ihn mir geschenkt. Der Ring kommt nur über meine Leiche in ein Museum!«

2

Estancia San Pedro y San Pablo
Bei Pila, Provinz Buenos Aires

11. April 1943, 20 Uhr 10

Humberto und Beatrice Duarte trafen zwanzig Minuten nach der Familie Mallin ein. Bis dahin hatte Enrico Mallin zwei große Whisky intus.

Es waren sehr lange zwanzig Minuten.

Nachdem sich Enrico Mallin nach dem Wohlergehen von el Almirante Lauffer und dessen Gattin erkundigt hatte, gab es anscheinend wenig Gesprächsstoff, jedenfalls wenig, was Mallin und dessen Frau Cletus H. Frade zu sagen hatten, und das alles auch noch vor Lauffer.

Lauffer spürte das, blickte Clete fragend an und nickte kaum wahrnehmbar zur Tür hin, eine stumme Frage, ob Clete wünschte, daß er die Bibliothek verließ. Clete faltete die Hände wie zum Gebet und schüttelte den Kopf, eine stumme Bitte an Lauffer, zu bleiben und ihn nicht mit seinem zukünftigen Schwiegervater allein zu lassen.

Als Humberto eintrat, empfand Clete große Erleichterung. Doch die währte nicht lange.

Mit Tränen in den Augen umarmte Humberto Clete und küßte ihn feucht auf die Wangen. Die Bartstoppeln eines anderen Mannes auf seinen eigenen zu spüren, machte Clete verlegen, und er fühlte sich sehr unbehaglich.

»Gott ist gut«, erklärte Humberto tief bewegt. »Der Herr nimmt, und der Herr gibt. Ein neues Leben! Ich werde beten, daß es ein Sohn sein wird.«

Dorotea wirkte äußerst verlegen.

Roberto Lauffer stand neben Clete, und seine Miene verriet, daß er die Bedeutung von ›neues Leben‹ verstand.

Gleichzeitig verriet Enrico Mallins Miene sehr deutlich, daß er das neue Leben nicht als Beweis der Hochherzigkeit des Herrn hielt. Er ließ Humbertos Umarmung über sich ergehen und hielt einem der Hausmädchen sein Glas zum Nachfüllen hin.

»Ich habe diese Dokumente gefunden, deretwegen du besorgt warst«, sagte Clete.

Es dauerte eine Weile, bis Humberto dämmerte, was gemeint war.

»Oh, gut«, sagte er schließlich.

Da er alles andere als blöde ist, muß er getrunken haben. Was ich bei seiner Küsserei gerochen habe, roch bestimmt nicht nach After-shave. Und dann diese ›Gott ist gut!‹-Rederei!

»Um welche Dokumente handelt es sich?« fragte Beatrice.

»Einige geschäftliche Transaktionen, die ich mit von Wachtstein abgeschlossen habe«, erwiderte Humberto. »Nichts, das dich interessieren wird.«

Und er hat ein lockeres Mundwerk. Mein Gott!

»Oh«, sagte sie, und damit war das Thema für sie vergessen.

Schon bei ihrem Eintreten war Clete sofort klargewesen, daß Beatrice wieder – immer noch? – von der Realität losgelöst war, vollgeknallt mit dem, was Humberto beschönigend ihre Medizin nannte. Clete sagte sich, daß sie sich höchstwahrscheinlich niemals mehr an den Wortwechsel erinnern würde.

Aber Enrico Mallin und Roberto Lauffer hörten den Namen von Wachtstein und wurden aufmerksam.

Bald wurde offenkundig, daß Padre Welner Humberto und Beatrice erzählt hatte, daß Clete und Dorotea heiraten würden. Anscheinend hatte er es jedem von beiden einzeln gesagt und bei Beatrice nichts von Doroteas Schwangerschaft erwähnt.

Als der Padre eintraf, kurz bevor sie ins Speisezimmer gingen, lief Beatrice ihm nach.

»Ich will nicht darüber beim Essen reden«, sagte Beatrice, »aber ich will nicht noch einmal etwas von einer kleinen Hochzeitsfeier hier und in vierzehn Tagen hören. Das kommt einfach nicht in Frage. Was würden die Leute denken?«

Die Mienen von Señor und Señora Mallin verrieten, daß sie bereits erwogen hatten, was die Leute denken würden.

»Ich stimme zu, daß dies kein Thema ist, über das wir beim Essen reden sollten«, sagte Welner.

Dann sprach Beatrice beim Essen nur über die Hochzeit, die Dorotea und Clete haben sollten, angefangen mit einem äußerst detaillierten Bericht über ihre eigene Hochzeit und Hochzeiten, die ihrer Meinung nach ›gut gemacht‹ gewesen waren. Dann ließ sie sich über die Vor- und Nachteile der Frade-Mallin-Hochzeit aus, wenn sie auf der Estancia oder in der Stadt stattfinden würde.

Dorotea rührte kaum ihr Essen an und saß die ganze Zeit mit gesenktem Kopf da.

Nur mit großer Mühe, gestützt durch Mitleid, verzichtete Clete darauf, mit Humberto hinauszugehen und ihn zu bitten, um Himmels willen seiner schwatzhaften Frau den Mund zu verbieten.

Und bei den Blicken, mit denen Enrico Mallin sie bedachte, überraschte es ihn, daß Mallin nichts zu ihr sagte.

Es war jedoch Mallin, der es schließlich beendete.

Der Kaffee war soeben serviert worden, zusammen mit Cognac in Schwenkern. Antonio machte die Runde bei den Männern und bot Zigarren aus einem Feuchthaltebehälter an.

Mallin stieß sich plötzlich vom Tisch ab, sprang auf und warf seinen Stuhl, sein Weinglas, sein Wasserglas und den nicht angerührten Cognacschwenker um. Das schwere Wasserglas aus Kristall fiel auf den Cognacschwenker und zerdepperte ihn. Er bemerkte es anscheinend nicht, doch seiner Frau war anzusehen, wie peinlich ihr das war. Henry der Kleine kicherte.

»Mit Ihrer freundlichen Erlaubnis, Cletus«, sagte Señor Enrico Mallin, »bitten wir Sie, uns zu entschuldigen. Es war ein langer Tag, und wir haben morgen einen ereignisreichen Tag.«

»Selbstverständlich«, sagte Cletus und erhob sich.

Das perfekte Ende eines perfekt lausigen Abendessens, dachte er.

Die Mallins verließen das Speisezimmer. Dorotea schaute Clete nicht einmal an.

»Beatrice und ich sollten uns ebenfalls zur Ruhe begeben«, sagte Humberto.

»Aber ich rede mit Cletus über seine Hochzeit!« protestierte sie.

»Du kannst morgen mit ihm reden«, sagte er und blieb hinter ihrem Stuhl stehen, bis sie endlich aufstand.

»Arme Frau«, sagte Padre Welner, als sie fort waren. Und dann stand auch er auf. »Ich werde auf den Cognac verzichten, Cletus. Ich hatte selbst einen ereignisreichen Tag.«

Er legte Cletus kurz die Hand auf die Schulter, nickte Roberto Lauffer zu und verließ das Speisezimmer.

»Wir haben anscheinend den Cognac für uns allein, mi amigo«, sagte Clete.

»Ich bezweifle, mi amigo, daß wir allen trinken sollten, aber einen … einen doppelten …«

»Danke für Ihr Verständnis …«

»Arme Frau«, sagte Roberto und zitierte offenbar den Padre.

Er prostete Clete zu, und Clete stieß mit ihm an.

»Roberto, ich möchte Sie um einen Gefallen bitten.«

»Alles, was in meiner Macht steht.«

»Könnten Sie vergessen, daß Sie heute abend den Namen von Wachtstein gehört haben?«

Lauffer hob die Augenbrauen.

»Es ist sehr wichtig für mich«, sagte Clete.

»Wessen Name?« sagte Lauffer. »Ich kann mich so schwer an Namen erinnern …«

»Danke.«

»Darf ich sagen, daß ich Ihren Geschmack bewundere? Dorotea ist sehr schön.«

»Das habe ich bemerkt«, sagte Clete.

Lauffer stand auf.

»Ich sollte nicht gehen, ohne zu sagen, daß ich Ihnen beiden viel Glück wünsche«, sagte er.

»Danke«, sagte Clete. Dann lachte er. »Das war übrigens der erste Glückwunsch, den ich heute abend hörte.«

»Dann freut es mich, daß er von mir ist«, sagte Lauffer und reichte ihm die Hand. »Wir haben morgen alle einen anstrengenden Tag. Danke für einen ... ich hätte fast ›denkwürdigen‹ Abend gesagt, aber das wäre nicht treffend. Danke für Ihre Gastfreundschaft.«

»Gute Nacht, Roberto.«

Lauffer ließ Clete allein.

Clete nahm seinen Cognacschwenker und trank.

O Gott, dachte er. *Ich muß es dem alten Mann und Martha sagen, bevor sie es von sonst jemandem erfahren.*

Er stellte den Cognacschwenker ab und stand auf.

»Ist das alles, Señor?« fragte Antonio.

»Ja, danke, Antonio«, sagte Clete. »Danken Sie bitte dem Koch für das ausgezeichnete Essen ... Moment mal. Gibt es hier irgendwo eine Schreibmaschine?«

»Eine Schreibmaschine, Señor?«

»Eine Schreibmaschine.«

»Die Haushälterin hat eine.«

»Bringen Sie mir die bitte und etwas Papier, Umschläge und eine Kanne Kaffee in mein Zimmer?«

»Selbstverständlich, Señor.«

Das Schreiben an den alten Mann war noch schwieriger, als Clete gedacht hatte, nicht nur weil die alte Underwood-Schreibmaschine eine spanische Tastatur hatte, bei der die Tasten anders angeordnet waren als bei der amerikanischen Version.

Er hatte gerade den sechsten gescheiterten Versuch eines Briefes an den alten Mann aus der Maschine gerissen, als jemand an die Tür klopfte.

Wer mag denn das sein?

»Herein!«

Die Tür wurde geöffnet. Eines der Hausmädchen tauchte auf der Schwelle auf. Dahinter stand in seinem Gauchokostüm Chief Schultz.

»Señor, der Señor bestand darauf ...«, begann das Mädchen.

»Wir haben eine Antwort auf Ihre Funkbotschaft, Major«,unterbrach Chief Schultz. »Ich hielt es für das beste, sie Ihnen vorbeizubringen.«

»Kommen Sie rein und her damit. Möchten Sie eine Tasse Kaffee? Oder etwas Kräftigeres?«

»Da sage ich nicht nein.«

»Scotch?«

»Sie haben nicht zufällig einen kleinen Cognac hier?«

»Bringen Sie bitte Cognac«, sagte Clete zu dem Hausmädchen. »Es steht eine Flasche auf dem Tisch im Speisezimmer.« Er wandte sich an Schultz.

»Wie kommt es, daß wir so schnell Antwort erhalten haben?« fragte er.

»Wir sind dreimal pro Tag auf Empfang, um null Uhr dreißig, um neun Uhr dreißig und um siebzehn Uhr dreißig«, erklärte Schultz. »Aber wir hören die Frequenz ständig ab, wenn jemand da ist. Wir bestätigen Funkbotschaften nur nicht, wenn das nicht ausdrücklich verlangt wird. Einmal pro Tag, um neun Uhr dreißig, bestätigen wir, wenn sie etwas gesendet haben. Oder wenn wir etwas für sie haben – wie Ihr 0001 –, bestätigen wir alles, was wir bekommen. Der Zweck ist, daß *wir* so wenig wie möglich im Äther sind. Verstehen Sie?«

»Wir werden stets abgehört?«

»Klar. Und wenn wir etwas außerplanmäßig senden, füge ich an jede Navy Station einen Zusatz bei und bitte sie zu kopieren und weiterzuleiten. Das habe ich mit Ihrer 0001 gemacht.«

Clete öffnete den Umschlag, den Schultz ihm gab, und las die Funkbotschaft.

TOP SECRET
LINDBERGH
EILT
KOPIEREN VERBOTEN

VON ORACLE WASHDC

MSG NO 2545 DDWHO 0030 GREENWICH 12 APRIL 1943

AN STACHIEF AGGIE

BETRIFFT IHRE NO. 0001

1. Lindbergh Ermittlung mit höchster Priorität fortsetzen.

2. Verbindung mit Staubsauger in jedem Aspekt von Lindbergh ist verboten Wiederholung verboten.

3. Nachrichtendienstliche Erkenntnisse sind Top Secret Lindbergh Eyes Only DDWHO und nur per Funk zu übermitteln. Einrichtung von US-Botschaft ist nicht Wiederholung nicht zu benutzen.

4. Identifizieren Sie Quelle Kavallerie, einschließlich Motivation für seine Kooperation.

5. Persönliche Botschaft an Sarnoff von Oracle Zitat Anfang Guter Job Zitat Ende.

6. Bestätigen Sie Empfang dieser Botschaft an Stachief. Senden der Worte ERHALTEN Wiederholung ERHALTEN.

GRAHAM ENDE

»Ich frage mich, warum wir nicht den Funk der Botschaft benutzen sollen«, sagte Clete.

»Vermutlich nimmt Graham an, das das FBI seine Nase in fast alles rund um die Botschaft steckt«, sagte Schultz. »Tony ... Mr. Pelosi ... geriet an den Kryptographen der Army, ich glaube, er hat es Ihnen gesagt. Die Botschaft ist in punkto Sicherheit ein Sieb.«

Clete räusperte sich.

»Schreiben Sie nach Hause, Chief?«

Schultz sah ihn sonderbar an.

»Ich habe eine Schwester in Milwaukee«, sagte er. »Einmal im Monat schreibe ich ihr und schicke ihr etwas Geld. Sie ist mit einem Penner verheiratet.«

»Wie befördern Sie die Post?«

»Durch die Botschaft. Sie haben einen Postsack – Sie wissen das – auf allen Pan-American-Flügen. Man braucht nur seinen Namen, die Dienstnummer und ›frei‹ auf den Umschlag zu schreiben, wo sonst die Briefmarke klebt, und das ist alles.«

»Ich bin nicht mehr im Dienst ...«

»Ja, das behaupten Sie.«

»Würden Sie Ihren Namen und die Dienstnummer auf ein paar Briefe schreiben und für mich aufgeben?«

»Klar. Haben Sie die?«

»Ich muß sie noch schreiben. Ist Tony noch draußen?«

»Er sagte, er bleibt dort für den Fall, daß Sie etwas über die Funkbotschaft sagen.«

»Dann kehrt er nach Buenos Aires zurück?«

»Richtig.«

»Sorgen Sie dafür, daß Ettinger nicht nach Buenos Aires fährt, Chief. Und wenn Sie ihn an einen Baum ketten müssen. Er ist ein guter Mann, aber er hat noch nicht ganz gerafft, daß ein Befehl ein Befehl ist. Er ignoriert diejenigen, die ihm nicht gefallen.«

»Nun, Mr. Frade ...« Der Chief unterbrach sich. »Ich hätte fast gesagt, er hat ein persönliches Interesse in diesem Krieg, das wir nicht haben. Aber jetzt haben Sie auch eines, nicht wahr?«

»Ettinger hat Ihnen von seiner Familie erzählt?«

»Von seiner Familie und viel mehr. Ich gebe es ungern zu, aber bevor ich Dave kennenlernte, dachte ich, all diese Dinge, die über die Verbrechen der Nazis gesagt werden, wären Propaganda-Scheiß – die Konzentrationslager, das Vergasen von Leuten, nur weil sie Juden sind. Wissen Sie, wie im Ersten Weltkrieg, als es hieß, die Deutschen töten in Belgien Babys mit dem Bajonett.«

»Das ist kein Propaganda-Scheiß. Was sie tun, ist so schlimm, daß unser Verstand es nicht akzeptieren will. Und wenn es einen persönlich betrifft … ich kann Dave verstehen, Chief. Aber ich kann nicht erlauben, daß er einen Privatkrieg führt. Wir können uns nicht erlauben, ihn zu verlieren. Sie halten ihn hier, bis Sie persönlich etwas anderes von mir hören.«

»Aye, aye, Sir.«

»Trinken Sie noch einen, Chief. Dies wird nicht lange dauern. Und sagen Sie Mr. Pelosi, er soll dafür sorgen, daß das morgen im Postsack ist.«

Er setzte sich wieder an die betagte Underwood mit der spanischen Tastatur, spannte ein Blatt Papier ein und begann zu tippen.

Clete brachte Chief Schultz durch das Haus und hinaus auf den Zufahrtsweg, wo er seinen Modell A geparkt hatte.

»Ich dachte, Sie haben vielleicht das Reiten gelernt, während ich weg war«, sagte Clete, als Schultz hinter dem Steuer saß.

»Sparen Sie Ihren Atem. Mr. Frade«, sagte Chief Schultz. »Pferde sind gefährlich.«

Dann fuhr er los.

Clete kehrte in seine Wohnung zurück. Im Wohnzimmer stand ein gefüllter Cognacschwenker auf dem Tisch.

Nun, das ist erledigt, dachte Clete. *In drei, vier Tagen wird der alte Mann den Brief haben, und dann geschieht, was geschehen wird.*

Er nahm den Cognacschwenker und trank ihn leer. Dann schob er die Tür zum Schlafzimmer auf.

Es fiel gerade genug Licht durch das Fenster, um das Bett zu erkennen, und so verzichtete er darauf, das Licht anzuschalten.

Er setzte sich aufs Bett und zog ächzend und stöhnend die Stiefel aus.

Was mag damit passiert sein? Die verdammte Dinger waren nicht so eng, als ich sie angezogen habe. Aber dann konnte ich damit nicht mehr gehen. Habe ich soviel getrunken? Oder lag es an der charmanten Gesellschaft?

»Ich habe mich schon gefragt, wo du bleibst«, sagte eine Stimme hinter ihm. »Was um alles in der Welt hast du da draußen auf der verdammten Schreibmaschine getippt? Und wer war bei dir?«

Er wandte den Kopf. Seine Augen hatten sich jetzt an das schwache Licht gewöhnt.

»Hallo, Prinzessin«, sagte er.

Sie lag in einem weißen Nachthemd im Bett.

»Hallo, selbst, und nenn mich bitte nicht so.«

Sie setzte sich plötzlich auf und begann auf der Matratze zu hüpfen.

»Ich glaube, ich mag das Schlafen hier drin«, sagte sie. »Die Matratze ist wunderbar.«

»Bist du durchs Fenster hereingeklettert?«

»Ich konnte wohl kaum über den Flur gehen, oder?« erwiderte sie. »Was würden die Leute *denken?*«

Dann breitete sie die Arme aus, um ihn zu empfangen.

3

Kapelle Nuestra Señora de los Milagros
Estancia San Pedro y San Pablo
Bei Pila, Provinz Buenos Aires

12. April 1943, 9 Uhr 40

Ein großes, schlecht koloriertes Foto von el Coronel Jorge Guillermo Frade in einem vergoldeten Holzrahmen stand auf einer Staffelei auf dem Mittelgang der Kapelle.

Clete nahm an, daß die Aufnahme gemacht worden war, bevor sein Vater als Kommandeur der Húsares de Pueyrredón in den Ruhestand getreten war. Sein Vater – mit einem grünen Uniformrock, der mit Ordensbändern bedeckt war, und einer Schirmmütze mit gewaltiger Krone – stand neben einem Pferd und hielt die Zügel. Die Satteldecke trug das Regimentswappen der Húsares de Pueyrredón und das Rangabzeichen eines Coronel.

Ohne bewußte Respektlosigkeit fragte sich Clete, woher sein Vater all diese Medaillen erhalten hatte, und er erinnerte sich an Tonys witzige Bemerkung, daß die argentinische Armee jemandem einen Orden verlieh, wenn er es geschafft hatte, drei Monate lang den Besuch des Gottesdienstes nicht zu vergessen.

Er hatte aus zweierlei Gründen viel Zeit, um das Foto zu betrachten. Erstens hatte der Gedenkgottesdienst um acht Uhr begonnen. Das lag daran, daß die Arbeit auf der Estancia weitergehen mußte und keiner arbeiten würde, bis der Gedenkgottesdienst und der anschließende Empfang vorüber waren.

Der zweite Grund war, daß es Clete schwerfiel, den Blick von Dorotea zu lösen. Am besten konnte er seine Aufmerksamkeit auf das Foto seines Vaters oder die Zeremonie selbst konzentrieren. Dorotea saß neben ihm auf einer etwas kleineren Version seines thronähnlichen, reich mit Schnitzereien verzierten Stuhls mit hoher Rückenlehne und hatte die Beine züchtig übereinandergeschlagen.

Sie trug ein schwarzes Kostüm mit weißer, hochgeschlossener Seidenbluse. Dazu hatte sie einen schwarzen Hut mit Schleier auf, und ihre Hände mit schwarzen Handschuhen hielten ein Meßbuch auf ihrem Schoß. Mit anderen Worten, sie war das Abbild einer ehrbaren, sittsamen, christlichen jungen Frau.

Immer wenn er zu ihr blickte und sie ihn sittsam anlächelte, sah er vor seinem geistigen Augen Bilder von Dorotea im Evakostüm, die mit Begeisterung im Bett seines Vaters fleischlichen Genüssen frönte.

Während es durchaus möglich war, daß sie schließlich zwischen dem Zeitpunkt, an dem sie die Arme ausgebreitet hatte, und dem Zeitpunkt, an dem sie im ersten Grau des Morgens aus dem Schlafzimmerfenster geklettert war, eingedöst waren, konnte er sich nicht daran erinnern. Er wußte nicht mehr, wann sie das Bett verlassen hatte, das sie rechtmäßig vor Gottes Angesicht teilen würden, wenn sie erst die gottverdammte Hochzeit hinter sich hatten.

Solcherlei Gedanken – ganz zu schweigen von der körperlichen Reaktion, die sie im Bereich seiner Lenden verursachten – waren anscheinend nicht angemessen in der Kapelle Unserer Lieben Frau der Wunder während eines Gedenkgottesdienstes für seinen Vater, und so bemühte er sich hart, seine Aufmerksamkeit dem Foto seines Vaters und der Zeremonie zu widmen.

Hinter den Stühlen, die er als seinen und Doroteas Thron betrachtete, saßen Humberto und Beatrice Duarte und die Ehrengäste auf Bänken mit Kissen aus rotem Samt. Zu den Ehrengästen zählten Señora Claudia Carzino-Cormano und ihre beiden Töchter; Suboficial Mayor (im Ruhestand) Enrico Rodriguez; Antonio LaVallé, el

Coronels lebenslanger Butler; Major Hans-Peter Freiherr von Wachtstein, ein Hausgast von Señora Carzino-Cormano; und el Capitán Roberto Lauffer, Adjutant von General Arturo Rawson, der dem Sohn des verstorbenen el Coronel Frade während der Beerdigung beigestanden und seinen Vater geehrt hatte.

Schließlich beendete der Bischof – der nach den Padres Denilo, Pordido und Welner sprach – seine Predigt … Clete war sich nicht sicher, ob es eine Moralpredigt, eine Lobrede oder eine schwach verschleierte Bitte an den neuen Patrón der Estancia San Pedro y San Pablo war, weiterhin die Diözese und ihre Geistlichen so großzügig zu unterstützen, wie es lange Tradition bei den vorherigen gottesfürchtigen und lobenswert frommen Patrónes der Estancia gewesen war.

Der Bischof stieg von der Kanzel und nahm seinen Platz an der Spitze der abschließenden Prozession ein. Padre Welner, der sich hinter den Padres Denilo und Pordido einreihte, signalisierte Clete diskret, daß es Zeit für ihn und Dorotea war, sich zu erheben und sich anzuschließen, gleich hinter dem Kreuzträger.

Das Kreuz wurde von dem gutaussehenden blonden Jungen getragen, der am Vortag Julius Caesar und Rudolphos Rotschimmel zu den Ställen zurückgebracht hatte. Clete erinnerte sich an seine eigene Zeit als Meßdiener in der Trinity Episcopal Church in Midland, Texas. Er war zum Kreuzträger nach einem unglücklichen Zwischenfall ›befördert‹ worden, bei dem er als einer von zwei Altardienern die Kerze aus dem Halter verloren und das Altartuch in Brand gesteckt hatte.

Die Prozession ging durch die Kirche, hinaus und über die Wege des Englischen Gartens bis zum Haus. Dort reihten sich der Bischof, die Priester und der Diakon auf der untersten Stufe der Verandatreppe auf. Der Kreuzträger und die anderen Meßdiener marschierten über den Zufahrtsweg davon.

Clete und Dorotea und dann Beatrice und Humberto gesellten sich auf der breiten Verandatreppe zu der Geistlichkeit. Padre Welner veränderte die Position, so daß er neben Clete stand.

Nicht auf dem Boden, sondern auf der Treppenstufe, dachte Clete. *Ist das Absicht? Dies ist alles fast mehr, als ich ertragen kann.*

Zuerst schüttelte die Familie Mallin jedem die Hand.

Dieser Handschlag und das Lächeln, Henry, sind sogar noch falscher als gestern. Hast du geübt, oder ist das nur ein Kater nach dem Saufen?

Henry Mallin küßte als nächstes seine Tochter, dann ließ er die überschwengliche Begrüßung von Beatrice Frade de Duarte über sich ergehen, der es offensichtlich Spaß machte, ein Mitglied des Empfangskomitees zu sein.

Pamela Mallin küßte Clete auf die Wangen.

Nett, wenn Pamela mich so küßt, regelrecht mütterlich.

Henry der Kleine ist ein bißchen verlegen. Er weiß, daß ich sauer bin. Gut. Das bin ich. Keiner mag einen Petzer.

»Ein wundervoller Gottesdienst, fand ich«, sagte Claudia Carzino-Cormano, schüttelte Clete die Hand und küßte ihn auf die Wangen. »Und ihr beide wart ein schönes Paar.«

Du hast soviel verloren wie ich, Claudia. Vielleicht mehr. Du hast die meiste Zeit deines Lebens mit ihm verbracht, und er hat dich nie geheiratet. Meinetwegen. Und dann wurde er ermordet, ebenfalls meinetwegen. Wenn ich an deiner Stelle wäre, dann würde ich Cletus Frade nicht mögen. Du hättest auf Doroteas Platz sitzen sollen, und das wissen wir beide.

»Ich möchte mit dir reden, wenn wir Zeit finden können, Claudia.«

»Wir werden sie uns nehmen.«

Isabela Carzino-Cormano küßte Cletes Wange ungefähr so begeistert, wie ihm Henry Mallin die Hand geschüttelt hatte.

Die Abneigung ist gegenseitig, Señorita. Leck mich am Arsch.

»Ich fühlte mich ein bißchen besser, als ich Dorotea neben dir sitzen sah«, sagte Señorita Alicia Carzino-Cormano.

»Du bist sehr süß. Habe ich dir das jemals gesagt?«

»Noch einmal mein Beileid, Señor Frade«, sagte Major Hans-Peter Freiherr von Wachtstein, schlug die Hacken zusammen und verneigte sich, während er Clete die Hand schüttelte. Sie waren per Du, aber vor anderen siezten sie sich.

»Ich habe diesen Brief gefunden, den wir suchten«, sagte Clete leise. »Geh nicht fort, bevor wir eine Möglichkeit hatten, miteinander zu sprechen.«

Peter nickte und ging weiter. El Capitán Roberto Lauffer war der nächste in der Reihe.

Er hat gehört, was ich zu Peter gesagt habe. Und der Jesuit ebenfalls.

»Wenn es Ihnen paßt, würde ich dieses Material gern entgegennehmen«, sagte Lauffer.

Und das hat Welner ebenfalls mitbekommen. Wieviel mag er wissen?

Es dauerte eine halbe Stunde, bis die letzten der Gäste und Arbeiter der Estancia kondoliert hatten. Dann wandte sich Padre Welner an den Bischof.

»Señor Frade schlägt vor, daß Sie vielleicht einen Kaffee mit ihm trinken, wann immer Sie möchten«, sagte Welner.

Der Bischof strahlte Clete an und ging ins Haus, gefolgt von den anderen.

»Gott sei Dank ist es vorbei«, sagte Dorotea. »Und was das Schlimmste ist, ich muß unbedingt ein Klo finden.«

»Das Schlimmste ist vermutlich, wenn man eins mit verbundenen Augen suchen muß«, sagte Clete ernst.

Es dauerte eine Weile, bis sie verstand, daß er das als Scherz gemeint hatte.

»Und dich heirate ich und verbringe den Rest meines Lebens mit dir?« fragte sie ungläubig und eilte ins Haus.

Als Clete sah, daß Beatrice sich umwandte und mit einem strahlenden Lächeln zu ihm gehen wollte, folgte er schnell Dorotea.

Das Haus war voller Leute. Jeder hielt etwas zum Trinken in einer Hand und etwas zum Essen in der anderen. Clete sah General Rawson und Coronel Perón.

Ich kann mich nicht erinnern, daß Perón in der Schlange der Kondolierenden war, dachte Clete.

Er sah Lauffer, der in Richtung Safe nickte und die Augenbrauen hob, eine stumme Frage, ob er Zeit hatte, zum Safe zu gehen. Clete nickte.

Zwei gutgekleidete Männer – *Armeeoffiziere?* dachte Clete, *vielleicht Major* – standen in Zivil auf dem Gang bei der Tür zum Arbeitszimmer. Zwei große Aktentaschen standen auf dem Boden neben ihnen. Und beide Männer trugen offenbar Pistolen unter ihren Jacketts, wie die Ausbuchtung verriet.

Clete suchte in seinen Taschen nach dem Schlüssel. Enrico ging an ihm vorbei und hielt seinen Schlüssel in der Hand.

Lauffer machte Clete und die beiden Offizierstypen nicht miteinander bekannt, und sie stellten sich auch nicht vor.

»Öffne den Safe, Enrico«, sagte Clete. Enrico schob einen Teil des Bücherregals vom Safe fort und stellte die Kombination ein. Dann zog er die Safetür auf.

Clete schaute zu Lauffer und sah, daß er eine der Aktentaschen in der Hand hatte.

»Bedienen Sie sich«, sagte Clete.

»Ich möchte nichts Falsches nehmen«, sagte Lauffer.

Clete ging zum Safe und überreichte Lauffer die Geldbündel. Sie hätten leicht in nur eine der beiden Aktentaschen gepaßt. Doch als sich Lauffer sagte, daß Clete ihm ungefähr die Hälfte des Geldes ausgehändigt hatte, stoppte er Clete, indem er ihm die Hand auf die Schulter legte. Er ließ sich die zweite Tasche bringen.

Die gesamte Geldübergabe dauerte gerade zwei Minuten.

»Das war's«, sagte Clete.

»Gracias, Mayor Frade«, sagte einer der beiden Männer.

»Ich werde el Coronel informieren, daß wir unsere Arbeit erledigt haben«, sagte Lauffer.

Okay, el Coronel ist offenbar Perón. Ich habe ihn nicht in der Reihe der Kondolierenden und auch nicht in der Kirche gesehen, weil er und diese beiden Offizierstypen den Safe bewacht haben.

»Gehen Sie jetzt, Roberto?« fragte Clete.

Das war blöde. Beide Männer haben mitbekommen, daß ich ihn mit dem Vornamen angeredet habe.

»Wenn el General Rawson gehen möchte, Señor Frade.«

»Nun, wenn wir uns nicht mehr sehen sollten, danke für alles, was Sie für mich in den vergangenen paar Tagen getan haben, Roberto.«

»Es war mir eine Ehre, zu Diensten zu sein, Señor Frade.«

Das haben wir prima hingekriegt. Roberto war richtig förmlich mit mir, und ich war der typische ungehobelte Nordamerikaner, der Leute, die er kaum kennt, mit dem Vornamen anspricht.

Die beiden Männer nickten ihm zu und verließen das Arbeitszimmer. Clete hatte jetzt keinen Zweifel mehr, daß sie Offiziere waren. Lauffer ging als letzter.

Warum denke ich, daß ich mir einen Freund mit diesem Jungen gemacht habe? Daß ich ihm vertraue? Weil ich das Gefühl habe, daß er mit niemandem über Peter spricht? Nennt man das Intuition? Oder große Blödheit?

Zehn Sekunden nachdem die Offiziere das Arbeitszimmer verlassen hatten, gab Clete seiner Neugier nach. Er trat auf den Gang hinaus und sah gerade noch, wie sie das Haus durch eine Tür am Ende des Flurs verließen. Er ging in eines der Zimmer und wollte an der Schnur ziehen, mit der das Rollo hochgezogen wurde.

Enrico stoppte ihn.

»Was soll das?« fragte Clete ungeduldig.

Enrico gab ihm einen Wink und zeigte ihm, daß man die Lamellen verstellen und durch die Spalten sehen konnte. Die Botschaft war klar. Er konnte hinaussehen, und niemandem würde ein hochgezogenes Rollo auffallen.

»Gracias«, sagte Clete und spähte durch einen Spalt.

Drei Wagen parkten auf dem Weg, der an der Küche vorbeiführte, zwei 1941er Chevrolets und ein Wagen von ungefähr der gleichen Größe dazwischen – er nahm an, daß es ein Opel war. In den Chevrolets saßen jeweils vier Männer.

Die beiden Offiziere mit den Aktentaschen stiegen hinten in den Opel. Zwei oder drei Minuten lang geschah gar nichts. Dann tauchte eine Mercedes-Limousine auf. Clete sah die hoch aufgeschossene Gestalt von Juan Domingo Perón auf dem Rücksitz. Der Wagen fuhr über den Rasen um die drei Autos auf der Straße herum. Dann folgten sie ihm.

Bald verschwand der kleine Konvoi – ein kleiner *bewaffneter* Konvoi, dachte Clete – um die Hausecke.

»Wohin bringen sie das Geld?« fragte Clete.

Enrico zuckte mit den Schultern.

Clete fand es interessant, daß el Coronel Perón die Verantwortung für das Geld übernommen hatte. Das stellte Peróns Platz in der Hierarchie der G.O.U. klar; er war irgendwo nahe der Spitze.

Enrico schloß das Rollo und folgte Clete auf den Gang hinaus.

Peter von Wachtstein stand an der offenen Tür des Arbeitszimmers.

»Capitán Lauffer sagte, Sie würden hierher zurückkehren«, sagte Peter.

»Geh nur rein«, sagte Clete. »Laß keinen sonst rein, Enrico.«

Er folgte Peter in das Arbeitszimmer und schloß die Tür.

»Lauffer *suchte* nach mir«, sagte Peter. »Um mir zu sagen, daß du hierhin zurückkehrst. Was hat das alles zu bedeuten? Mit anderen Worten, wieviel weiß er?«

»Er ist ein netter Kerl«, sagte Clete. »Er weiß, wo ich war und daß ich dich treffen wollte. Er weiß nichts, das er nicht wissen sollte, und was er vermutet, wird er für sich behalten.«

Peter wirkte nicht überzeugt.

»Der Brief deines Vaters ist hier«, sagte Clete und wies über seine Schulter zum Safe. Als Peter ihn verständnislos anblickte, wandte Clete den Kopf und sah, daß der bewegliche Teil des Bücherregals den Safe wieder verdeckte.

Er ging hin und zog das Regal vom Safe fort.

»Hast du ihn gesehen?« fragte Peter.

»Und die Dokumente.«

»Dann solltest du ihn lassen, wo er ist«, sagte Peter. »Ich habe kein besseres Versteck.«

»Vielleicht hat Alicia eins«, erwiderte Clete. »Natürlich kannst du die Dinge auch hierlassen, aber ...«

»Ich werde sie fragen«, sagte Peter. »An sie hatte ich nicht gedacht.«

»Oder vielleicht hat Claudia einen sicheren Platz dafür«, sagte Clete und schloß das Regal.

»Claudia steckt bis zum Hals mit drin in diesem Staatsstreich«, sagte Peter. »Der halbe Generalstab der argentinischen Armee ist oder war in den letzten vierundzwanzig Stunden bei ihr.«

»Hast du etwas Interessantes gehört?«

»Ist das persönliche Neugier, oder ist das OSS interessiert?«

»Beides.«

»Ich werde dir etwas erzählen, das ich gehört habe.« Peter schaute ihm in die Augen. »Das sollte dich persönlich interessieren. Wir haben einen Besucher. Einen Standartenführer – weißt du, was das ist?«

Clete nickte.

»Gestern morgen befahl Standartenführer Goltz Grüner, deinen Ettinger zu ermorden. So bald wie möglich.«

»Wer hat dir das gesagt?«

»Von Lutzenberger. Du solltest deinen Mann warnen, Clete.«

Ob von Lutzenberger es auch Martin erzählt hat?

Und sage ich Peter, daß ich es schon weiß?

Nein, ich weiß nicht, warum ich es verschweige, aber nein.

»Ich bin an diesem SS-Typen interessiert. Warum ist er hier?«

»Das klingt nach einer Frage des OSS«, sagte Peter.

»Das klingt, als ob du versuchst, es mit beiden Parteien zu halten, Peter«, sagte Clete.

»Du mußt verstehen, mein Freund, daß ich in diesem Punkt feige bin«, entgegnete Peter. »Ich will nicht, daß Goltz etwas darüber erfährt, wie es wahrscheinlich der Fall sein wird, wenn er herausfindet, daß du und folglich die Amerikaner ihn durchschaut haben. Er wird sich dann fragen, wer es dir gesagt haben könnte. Er ist vom Sicherheitsdienst der SS. Sie folgen der Nazi-Philosophie, daß es besser ist, hundert unschuldige Leute hinzurichten oder zu kastrieren, als einen Schuldigen entkommen zu lassen.«

Clete schwieg dazu.

»Mir mißfällt die Aussicht«, fuhr Peter fort, »daß Goltz etwas erfährt und Grüner den Befehl gibt, *mir* von jemand die Kehle durchschneiden zu lassen und es Einbrechern in die Schuhe zu schieben. Das würde nicht nur verderben, was ich für meinen Vater tun soll, sondern vermutlich auch weh tun.«

»Was führt der SS-Typ also im Schilde?« fragte Clete.

Peter schaute ihn an und lachte.

»Ob du es glaubst oder nicht, laut von Lutzenberger das gleiche wie ich: sichere Investitionen in Argentinien machen. Für verschiedene Leute, davon bin ich überzeugt, aber wir haben dasselbe Ziel.«

»Erzähl mir mehr darüber«, bat Clete.

»Sagte Mata Hari zu dem netten jungen feindlichen Piloten.«

Clete mußte lachen.

»Ich dachte, Mata Hari sagte zu dem jungen feindlichen Piloten, ›warum läßt du mich nicht mit deinem Steuerknüppel spielen?‹«

»Mein Gott!« sagte Peter. »Dein Sinn für Humor ist nicht nur kindisch, sondern auch vulgär ...«

»Also, was hat der SS-Typ vor?« fragte Clete noch einmal.

»Ich weiß nicht viel – von Lutzenberger hatte keine Zeit, um mir viel zu sagen –, aber es ist anscheinend eine Menge Geld hierher unterwegs – plus Juwelen und Wertpapiere.«

»Wie auf dem Weg hierher? Und wieviel ist eine Menge Geld?«

Peter zögerte.

»Dies ist schwierig für mich, das mußt du verstehen«, sagte er. »Ich möchte dir keine Informationen geben, die den Tod von Landsleuten bedeuten können, von denen viele keine Nazis und so gegen Hitler sind wie ich.«

Clete schwieg.

»Ein Ersatzschiff für die *Reine de la Mer* ist unterwegs«, sagte Peter schließlich. »Ein spanisches Schiff namens *Comerciante del Océano Pacifico.*«

»Wenn du dich dadurch besser fühlst – das wußten wir bereits«, sagte Clete.

Das ist nicht wahr. Das OSS weiß, daß ein Ersatzschiff unterwegs ist. Jetzt habe ich zum ersten Mal den Namen gehört. Warum habe ich Peter angelogen, und so automatisch? Weil ich als guter Nachrichtenoffizier der Quelle etwas von den Schuldgefühlen nehmen will? Oder weil er ein Freund ist?

»Du hast es schon gewußt?« fragte Peter überrascht.

Clete ignorierte die Frage. »Das Geld, von dem du gesprochen hast, ist in dem Schiff?«

Peter nickte. »Er sagte nicht – von Lutzenberger, meine ich –, wieviel Geld. Aber er sagte, Goltz hat ihm erzählt, sie haben bereits zwanzig Millionen US-Dollar in Uruguay. Das erinnert mich an etwas, das mein Vater mir gesagt hat ...«

»Erzähl mir von den zwanzig Millionen Dollar in Uruguay«, unterbrach Clete.

»Das ist alles, was ich weiß«, sagte Peter. »Warum interessiert dich das?«

»Es gibt Gerüchte, daß man für genug Geld, gezahlt in Uruguay, Leute aus Konzentrationslagern freikaufen kann.«

»Wo hast du das gehört?«

Clete hob abwehrend die Hände, um zu zeigen, daß er seine Quelle nicht preisgeben wollte.

»Wenn sie zwanzig Millionen Dollar in Uruguay haben, könnte es Lösegeld sein.«

»Das kann ich nicht glauben.«

»Halte die Ohren offen.«

»Du meinst das ernst, nicht wahr?« fragte Peter überrascht.

»Ja.«

»Ich glaube es nicht«, sagte Peter. »Das ist ihnen zwar moralisch zuzutrauen. Die meisten von der SS würden ihre Mütter verkaufen. Aber ich kann einfach nicht glauben, daß sie so etwas tun. Die Risiken wären enorm.«

»Es sei denn, es wird von einigen sehr ranghohen Leuten durchgezogen oder mit ihrer Genehmigung«, sagte Clete. »Paßt das zu diesem Goltz?«

Peter blickte nachdenklich vor sich hin. »Von Lutzenberger sagte mir, er ist Verbindungsoffizier zwischen Himmler und Bormann.«

»Ich weiß nicht, wer das ist ...«

»Reichsführer SS Heinrich Himmler leitet den nationalsozialistischen Polizeiapparat, die Gestapo, die Spionageabwehr ...«

»Auch die Konzentrationslager?«

»Natürlich auch die Konzentrationslager. Martin Bormann ist der Leiter der Parteikanzlei.«

»Was ist das?«

»Er führt die Nazipartei. Ist Hitlers Privatsekretär. Damit meine ich nicht, daß er für ihn stenographiert. Es gibt ein halbes Dutzend andere zwischen Hitler und ihm, die am zweitmächtigsten sind.«

»Ich dachte, Göring wäre Hitlers Nummer zwo.«

»Als ich den Großen Hermann zum letzten Mal sah, trug er seine Jägeruniform – Lederhose und einen Jägerhut mit langer Feder ...«

»Du willst mich verarschen!«

Peter breitete die Hände aus, um die Länge der Feder anzuzeigen.

»Überhaupt nicht. Und mehr Make-up als Marlene Dietrich.«

»In der Öffentlichkeit?« fragte Clete. Er war sich nicht sicher, ob er Peter glauben sollte oder nicht.

»Ich sah ihn in dieser Aufmachung auf seinem Landsitz. Der Oberbefehlshaber der Luftwaffe hat die Angewohnheit, alle Piloten, die mehr als das Eiserne Kreuz verdient haben, für ein Wochenende dorthin einzuladen und oftmals zu versuchen, sie ins Bett zu bekommen.«

»Er ist schwul?« fragte Clete ungläubig.

»Du bist wirklich naiv, nicht wahr?« erwiderte Peter. »Schwuler geht's nicht. Außerdem ist er drogensüchtig.«

»Und Hitler weiß das?«

»Natürlich, und deshalb ist Göring nicht Hitlers Nummer zwei, ganz gleich, was für die Öffentlichkeit ausgestreut wird. Bormann und Himmler sind Schweine, aber sie staffieren sich nicht wie eine Frau aus und – noch wichtiger – nehmen keine Drogen. Was auch immer sonst mein Führer ist, er ist nicht dumm.«

»Bist du Hitler jemals begegnet?«

»O ja. Oft. Als er mir das Ritterkreuz verlieh, sagte er

mir, ich sei die Zukunft Deutschlands. Faszinierender Mann. Charmant. Wenn man zehn Minuten in seiner Anwesenheit ist, bietet man freiwillig an, ihm in die Hölle zu folgen. Was natürlich vielen Leuten widerfahren ist. Sie haben nur das getan.«

»Der Oberbefehlshaber der Luftwaffe fand dich nicht attraktiv, Peter? Oder doch?«

Peter lächelte. »Ich bin überzeugt, daß er ganz hingerissen von mir war. Warum auch nicht. Ich bin ein hübscher Bursche.«

»Ach du dickes Ei!«

»Mein Vater ist im Stab des OKW«, sagte Peter und wurde ernst. »Es hätte Konsequenzen für Göring gehabt, wenn er sich an mich herangemacht hätte. Göring und andere seinesgleichen lassen im allgemeinen den Adel und die Offiziersklasse in Ruhe. Sie haben Tausende andere, von denen sie auswählen können.«

»Wenn dieser Goltz Verbindungsoffizier zu Bormann und ... wie heißt noch mal der andere?«

»Himmler«, sagte Peter, und sein Tonfall machte klar, daß er nicht verstehen konnte, warum Clete den Namen vergessen hatte. »Ich weiß, was du sagen willst. Zwischen diesen beiden kann alles in Deutschland arrangiert werden. Aber warum? Sie alle haben Geld wie Heu. Was würden sie mit noch mehr Geld anfangen?«

»Besitz in Argentinien kaufen«, sagte Clete. »Moment mal ...«

Peter sah ihn neugierig an.

»*Warum* wollen sie hier Besitz kaufen?« fragte Clete. »Denk darüber nach.«

Peter schaute ihn verständnislos an.

»Keine Ahnung«, bekannte er dann.

»Warum kaufst du hier Besitz?«

»Damit etwas aus den Trümmern gerettet werden kann.«

»Du hast soeben gesagt, dein Führer ist nicht dumm.

Vielleicht hat er erkannt, daß er den Krieg bereits verloren hat, und sucht einen Ort, an den er sich verpissen kann, wenn alles vorüber ist.«

Peter dachte darüber nach.

»Wenn er das wollte – nur um deines Arguments willen –, würde er einfach von Lutzenberger Geld schicken und ihm befehlen, Besitz zu kaufen.«

»Das würde aktenkundig werden«, sagte Clete. »Roosevelt und Churchill haben in der Casablanca-Konferenz bedingungslose Kapitulation verlangt. Wenn wir solche Akten und Papiere finden würden, dann würden wir sie als Besitz der ehemaligen deutschen Regierung erklären und beschlagnahmen.«

Peter ließ sich das lange durch den Kopf gehen.

»Ich behaupte nicht, daß es unmöglich ist, aber es ist kaum zu glauben.«

»Für mich ist kaum zu glauben, daß der Oberbefehlshaber der Luftwaffe drogensüchtig und schwul ist und mit einer Feder am Hütchen herumläuft und versucht, seine Piloten zu pimpern.«

Peter schaute ihn lange an, und Clete sah, daß er diese Argumentation akzeptierte.

»Mal sehen, was ich herausfinden kann«, sagte Peter schließlich.

»Wann kehrst du zurück?«

»Heute abend. Von Lutzenburger sagte, Goltz will vermutlich am Montag morgen nach Uruguay. Ich sagte schon, daß ich ihn mit der Storch rüberfliegen soll.«

»Wann fliegst du zurück?«

»Vielleicht am selben Tag. Aber ich wette, nicht später als Dienstag.«

»Ich möchte wissen, wen Goltz in Uruguay besucht.«

»Ich versuche, das herauszufinden.«

»Frühestens Dienstag werde ich wieder in Buenos Aires sein. Willst du dich mit mir Mittwoch abend im Horse – Fish – treffen?«

»Wir legen besser gleich jetzt eine Zeit fest. Wenn einer von uns nicht kommen kann, sagen wir um zehn, machen wir telefonisch etwas anderes aus.«

»Also Mittwoch abend um zehn, das paßt mir prima«, sagte Clete.

»Darf ich etwas Persönliches fragen?« erkundigte sich Peter.

»Natürlich.«

»Dorotea?«

»Warum Dorotea neben mir auf dem Königsthron saß – meinst du das?«

Peter nickte lächelnd.

»Es sollte bei unseren treuen Untertanen und den oberen Gesellschaftsschichten Argentiniens der Eindruck erweckt werden, daß wir seit einiger Zeit verlobt sind, und das mit dem Segen unserer Eltern. Das wird außerdem erklären, weshalb wir hier in ungefähr vierzehn Tagen und in aller Stille getraut werden.«

»Soviel habe ich von Alicia erfahren, die es von ihrer Mutter gehört hat«, sagte Peter, aber dahinter steckte eine Frage.

»Sie ist schwanger, Peter.«

»In diesem Fall herzlichen Glückwunsch.«

»Ja, das war es, Peter.«

»Was, ja das war es?«

»Äußerst verantwortungslos von mir.«

»Das habe ich nicht gedacht.«

»Doch, das hast du.«

»Ja, ich habe es gedacht«, gab Peter zu. »Und es bringt mich in höllische Schwierigkeiten, weißt du.«

»Alicia will geheiratet werden?«

»Ja.«

»Ich bin nicht in der Lage, irgend jemandem irgendeinen Rat zu erteilen.«

»Oder mir«, sagte Peter und reichte ihm die Hand. »Viel Glück, mein Freund.«

XV

1

Empfangszimmer
Estancia San Pedro y San Pablo

12. April 1943, 16 Uhr 45

Clete stand mit einer Tasse Kaffee in der Hand in einem Kreis von sieben Männern. Er hatte festgestellt, daß jeder von ihnen entweder ein Unternehmen von Frade leitete oder Geschäftsbeziehungen mit ihm gehabt hatte. Sie waren aus ganz Argentinien gekommen, um el Coronel die letzte Ehre zu erweisen und natürlich um ihren neuen Patrón kennenzulernen.

Er war so etwas wie ein Ein-Mann-Empfangskomitee mit dem Unterschied, daß diejenigen, die sich zu dem Kreis gesellten, das Gefühl hatten, das Recht oder die Verpflichtung dazu zu haben – er war sich nicht sicher, was von beiden –, sich um el Patrón auf eine Tasse Kaffee und vier oder fünf Minuten Unterhaltung zu scharen. Wenn ein Mann zu der Gruppe hinzukam und ein Hausmädchen ihm eine kleine, goldgerandete Kaffeetasse mit Untertasse reichte, verließ ein anderer den Kreis und stellte seine Kaffeetasse mit Untertasse auf dem Tablett des Mädchens ab.

Den ganzen Nachmittag lang war ein ständiges Kommen und Gehen von Angestellten dessen, was Clete ›El Coronel Frade Incorporated‹ nannte, oder Repräsentanten von Firmen, die von El Coronel Inc. kauften oder an die eine oder andere Filiale verkauften.

Humberto stellte ihm zum Beispiel nicht nur den Mann vor, der die San-Bosco-Weingüter in Córdoba leitete, sondern auch die Leute, die San Bosco die Weinflaschen verkauften; die Korken, mit denen San-Bosco-Flaschen verschlossen wurden; und die Flaschenetiketten – diese Firma lieferte San Bosco auch die Kisten, in die die Weinflaschen verpackt wurden. Ein Mann erzählte Clete, daß sein Vater zu Beginn San-Bosco-Wein mit Wagen transportiert hatte, die von Pferden gezogen worden waren. Und ein etwas gestreßt wirkender Hombre erzählte ihm, daß er San-Bosco-Produkte mit Ausnahme der Provinz Buenos Aires in ganz Argentinien vertrieb.

Das gleiche geschah mit den Leuten, die für die Estancia San Pedro y San Pablo selbst und für andere Estancias und Unternehmen der El Coronel Incorporated im ganzen Land arbeiteten. In einem Ort namens Bariloche – Clete hatte den Namen noch nie gehört – besaß die El Coronel Inc. eine Forellenfarm und eine Molkerei, die auch Käse herstellte. Die Forellenzucht fand er faszinierend, denn er hatte bisher angenommen, Forellen könne man nur in Gebirgsbächen angeln.

Einige Leute platzten damit heraus, daß sie nichts von der Existenz eines Sohns von el Coronel gewußt hatten. Doch es gab fast immer Überraschung und Erleichterung darüber, daß el Patrón Spanisch sprach. Jeder wußte folglich, daß er Nordamerikaner war. Er fragte sich, ob jemand die Gerüchte gehört hatte, daß die Deutschen el Coronel ermordet hatten, weil sein Sohn amerikanischer OSS-Agent war. Wenn jemand davon gehört hatte, dann war keiner so taktlos oder sorglos, es zu erwähnen.

Humberto stand bei dieser Feuerprobe neben Clete. Claudia hatte eine Stunde nach dem Gedenkgottesdienst die Estancia mit der ›militärischen Delegation‹ verlassen, wie Clete es bezeichnete, aber zuvor hatte sie ihm gesagt, man erwarte von ihm, daß er die Manager und Geschäftsleute empfange. Humberto, hatte sie weiterhin erklärt, würde Vorschläge machen, wie er am besten mit ›den Leuten in Buenos Aires‹ umging – er nahm an, sie meinte die Anwälte und Bankiers und dergleichen. Er würde damit spätestens Mittwoch anfangen müssen.

Clete erhaschte nur selten einen Blick auf Dorotea. Sie und ihre Mutter vermischten sich bei dem Empfang mit den Frauen der Männer, die mit Clete sprachen. Aber er hatte keine Möglichkeit, mit ihr zu reden. Vor dem Empfang hatte er Henry den Kleinen mit dem gutaussehenden Jungen – er hieß Gustavo, wie er erfuhr, und war wahrscheinlich deutschstämmig – zum Ausreiten geschickt. Er hatte Gustavo ernst ermahnt, Henry den Kleinen auf ein Pferd zu setzen, das ihn höchstwahrscheinlich nicht abwerfen würde. Von Henry Mallin sah Clete nichts, und er fragte sich, ob das daran lag, daß Doroteas Vaters Cletus H. Frade nicht sehen wollte, oder ob er die Auswirkungen des gestrigen Abends durch Schlaf bekämpfte.

Clete spürte, daß Antonio hinter ihn getreten war.

»Señor, Ihre Gäste brechen auf«, sagte Antonio.

»Entschuldigen Sie mich bitte, Gentlemen«, sagte Clete

und stellte seine Kaffeetasse auf das Tablett des Hausmädchens.

Als Clete bei der Familie Mallin eintraf, war sie bereits auf der Veranda, umgeben von ihren Gepäckstücken, und wartete auf ihren Wagen. Henry der Kleine zeigte keine Anzeichen darauf, daß er vom Pferd gefallen war. Dorotea hatte sich umgezogen und trug nicht mehr das schwarze Kleid, sondern Rock und Bluse.

»Danke für den Besuch, Henry«, sagte Clete.

»Es war sehr freundlich, uns einzuladen«, erwiderte Mallin mit einem Lächeln, das kalt genug war, um ein texanisches Wasserloch mitten im August zuzufrieren.

»Ich nehme an, wir sehen uns bald wieder, Cletus«, sagte Pamela. »Wir haben wirklich nicht mehr viel Zeit, nicht wahr?«

»Ich fahre entweder Dienstag oder Donnerstag zur Stadt«, sagte Clete. »Claudia sagte, sie würde helfen, die Dinge dort zu erledigen.«

»Dafür bin ich verantwortlich – die Mutter der Braut –, aber es war nett von dir, sie um Hilfe zu bitten, und ich werde sie brauchen.«

»Danke für den Ritt«, sagte Henry der Kleine.

»Welcher Ritt?« fragte Henry Mallin.

»Clete schickte Henry mit einem seiner Gauchos auf einen Ausritt«, sagte Pamela. »War das nicht nett von ihm?«

Henry gab keine Antwort.

Rudolpho fuhr mit dem Rolls-Royce-Coupé der Mallins vor der Veranda vor, stieg aus und begann das Gepäck in den Kofferraum zu laden.

»Danke für meinen Ring, Cletus«, sagte Dorotea, und ihr Vater beobachtete mit sichtlichem Unbehagen, wie sie Clete mit noch weniger Leidenschaft auf die Lippen küßte, wie sie Henry den Kleinen geküßt hätte.

Henry Mallin ging um den Wagen herum zur Fahrerseite. Clete ging mit Dorotea zur Beifahrerseite, ließ Henry den Kleinen auf dem Rücksitz Platz nehmen und wartete auf eine Gelegenheit, Dorotea noch einmal zu küssen, und zwar richtig. Die Gelegenheit ergab sich nicht. Dorotea ließ sich auf den Beifahrersitz sinken und lächelte Clete sittsam an.

»O verdammt«, sagte sie dann. »Ich glaube, ich habe meine Puderdose auf dem Wagendach liegengelassen!«

»Na prima!« sagte ihr Vater.

Clete schaute aufs Dach des Rolls-Royce. Dorotea schob sich auf dem Sitz vor, um zu sehen, ob Clete fündig wurde. Das brachte sie nahe an Cletes untere Regionen, so daß ihr Körper die Sicht auf ihre Hand verdeckte, mit der sie besitzergreifend Cletes Zeugungsapparatur drückte.

»Ist nicht hier!« rief Clete und bezog sich auf die Puderdose.

»Nun, dann muß ich mich geirrt haben«, sagte Dorotea, rutschte auf dem Sitz zurück, lächelte Clete wieder sittsam an, hob mahnend den Finger und sagte: »Bleib ein braver Junge, Cletus.«

»Verdammt«, entfuhr es Clete, »du bist mir eine!«

»Würdest du bitte die Tür schließen?« fragte Henry Mallin ungeduldig.

Clete sah dem Rolls-Royce nach, bis er außer Sicht war. Dann wandte er sich ab, um ins Haus zu gehen.

»Verzeihen Sie, Señor Frade«, sagte ein kleiner, muskulöser Mann um die Vierzig. »Erinnern Sie sich an mich? Capitán Delgano.«

Und ob ich mich erinnere, du Hurensohn! Du warst der Pilot meines Vaters, und er vertraute dir, und du hast die ganze Zeit für Martin und das verdammte Büro für Innere Sicherheit gearbeitet!

»Ja, ich erinnere mich an Sie«, sagte Clete.

»Haben Sie einen Moment für mich Zeit, Señor Frade?«

»Ich wüßte nicht, was wir uns zu sagen hätten, Capitán«, sagte Clete kalt.

Delgano blickte ihn mit seinen großen, dunkelbraunen Augen gekränkt an.

»Ich würde gern irgendwo mit Ihnen reden, wo niemand mithören kann«, sagte er und wies zum Englischen Garten.

»Ich habe Ihnen nichts zu sagen.« Clete schickte sich an, die Verandatreppe hinaufzugehen. Enrico stand bei der Tür.

»Coronel Martin hat mich hergeschickt«, sagte Delgano leise.

Clete verharrte, wandte sich um und starrte Delgano an. Dann wies er zum Garten.

Delgano ging über den mit roten Kieseln bestreuten Pfad bis fast in die Mitte des Gartens. Dann blieb er stehen.

»Martin hat Sie geschickt? Sie arbeiten immer noch für ihn?«

Delgano antwortete nicht direkt auf Cletes Frage, doch sie wurde beantwortet.

»Ich möchte Sie bitten, Mayor Frade, zu bedenken, daß Leute in unserem Beruf manchmal Dinge tun müssen, die ihnen persönlich widerstreben. Ihr Vater, vor dem ich Hochachtung hatte, verstand, daß ich dienender Offizier war und bin, der seine Befehle ausführt.«

»Ich dachte, Sie waren angeblich im Ruhestand«, sagte Clete herausfordernd.

Warum rede ich überhaupt mit diesem Dreckskerl?

»Und Sie sind angeblich aus dem Marine Corps entlassen worden, mi Mayor.«

»Mit welchem Auftrag hat Martin Sie hergeschickt, Delgano?«

»Ich bin die ganze Zeit über hiergewesen, mi Mayor.«

Cletes Gesicht spiegelte Überraschung oder Ungläubigkeit wider.

»Ihr Vater stellte mich eine Woche nach Ihrer Rückkehr in die Vereinigten Staaten wieder ein«, sagte Delgano. »Auf die Bitte von Coronel Martin hin, nachdem Ihr Vater erfuhr, daß sich Coronel Martin mit der Grupo de Oficiales Unidos verbündet hatte.«

Das meinte Enrico also, als er sagte ›Martin ist jetzt einer von uns‹.

»Was wollen Sie, Capitán?«

»Ich habe zwei Missionen«, sagte Delgano, »die für Sie Beweis sein sollten, daß Sie mir vertrauen können. Erstens für jeden Schutz zu sorgen, den ich Ihrem Mann Ettinger gegen das deutsche Problem geben kann.«

»Wie wollen Sie das erreichen?«

»Wenn Sie mich informieren, wann er die Estancia verläßt, werde ich dafür sorgen, daß er nicht allein ist«, sagte Delgano. »Je mehr Informationen Sie mir geben können, desto besser. Zweitens soll ich das Problem bezüglich des Flugzeugs lösen, das Sie importieren möchten. Wir müssen eine Einigung über das Flugzeug erzielen.«

Von dem Mordbefehl kann er sonstwo erfahren haben, das mit dem Flugzeug kann er nur von Martin wissen.

»Welche Einigung? Daß Sie jedesmal mein Kopilot sind, wenn ich einsteige?«

Delgano lächelte.

»Ich bin überzeugt, unserem gemeinsamen Freund würde das gefallen, aber ich bin gleichfalls überzeugt, ihm ist klar, daß das unmöglich ist«, sagte er. »Meine Befehle lauten, Sie zu unterstützen, die Maschine aus Brasilien einzufliegen, unter der Bedingung, daß Sie mir beibringen, wie sie geflogen wird, und dafür zu sorgen, daß das Flugzeug zu einer festgelegten Zeit für Coronel Martin zur Verfügung steht – er hat eine Zeitspanne von drei Tagen im Sinn.«

Was, zum Teufel, soll das? Okay!

»Falls OUTLINE BLUE scheitert? Um gewisse Leute auf die schnelle außer Landes zu bringen?«

Delgano hob beide Hände und zuckte mit den Schultern.

Welche Antwort habe ich denn erwartet?

»Sind diese Bedingungen akzeptabel für Sie, mi Mayor?«

Clete nickte.

»Dann versuchen wir, das Flugzeug herzubringen«, sagte Delgano. »Wo ist es jetzt?«

»Irgendwo in Brasilien.«

»Sie wissen nicht, wo genau?«

»So ist es.«

»Aber Sie können es herausfinden? Wir müssen das wissen.«

»Ich kann es herausfinden.«

»Der Plan sieht vor, daß Sie die Zulassungsnummer von der verschollenen Maschine auf das neue Flugzeug übertragen. Und dann die Seriennummer auf dem Rumpf und die Motorennummer auf den argentinischen Zulassungsdokumenten verändern. Die Zahlen können hier verändert werden oder dort, wo das Flugzeug jetzt ist. Die Frage ist, wie die Maschine von dem Aufenthaltsort in Brasilien zu einem Flugplatz in Argentinien geflogen werden kann. Die Wahl dieses Flugplatzes hängt davon ab, wo das Flugzeug in Brasilien ist und welche Reichweite es hat.«

»Das Ändern der Zulassungspapiere wird so leicht sein?«

»Ich weiß nicht, wie leicht, aber ich bin überzeugt, daß Coronel Martin das arrangieren kann.«

»Ich kenne die Nummer der alten Beechcraft nicht.«

Delgano griff in die Tasche, zog einen Zettel hervor und gab ihn Clete.

»Es wäre hilfreich, wenn das neue Flugzeug dieselbe Farbe hat, wenn es möglich ist – ich hörte, sie wird ›Beechcraft Stagger-wing Red‹ genannt.«

»Ja«, sagte Clete. Er warf einen Blick auf den Zettel. »Ich werde mir das ansehen.«

Delgano hielt ihm die Hand hin.

Clete schaute nur darauf, ohne sie zu schütteln.

»Je eher das erledigt werden kann, desto besser«, sagte Delgano. »Kann ich Coronel Martin sagen, daß ich bald von Ihnen hören werde?«

»Wir haben bald eine Revolution, nicht wahr?« fragte Clete.

Dann gab er Delgano die Hand.

»Ich habe wirklich keine Antwort darauf erwartet«, sagte er, wandte er sich um und ging davon.

Enrico stand auf dem Pfad, der zum Haus führte.

»Warum hast du mir nicht gesagt, daß Delgano hier war?« fragte Clete.

»Sie haben mich nicht gefragt, Señor Clete«, erwiderte Enrico.

2

Büro des Direktors
Office of Strategic Services
Washington, D.C.

13. April 1943, 8 Uhr 30

»Das kam über Nacht, Bill«, sagte Colonel A.F. Graham, USMCR, zu OSS-Direktor William J. Donovan und legte ein großes Kuvert auf seinen Schreibtisch. »Ich dachte mir, Sie sollten sich das ansehen.«

Donovan nahm das Kuvert, zog einen kleineren Umschlag heraus, auf den in großen Lettern TOP SECRET gestempelt war, entnahm ihm zwei sorgfältig getippte Seiten und begann zu lesen.

Nach seiner Miene zu schließen, war seine erste Reaktion nicht besonders gut.

TOP SECRET
LINDBERGH
URGENT
FROM STACHIEF AGGIE 1605 GREENWICH 12APR43
MSG NO 0002
TO ORACLE WASHDC
EYES ONLY FOR DDWHO GRAHAM

1. Betr. Lindbergh

A. zuverlässige Quelle (im folgenden Galahad) berichtet, daß als Ersatz für Reine de la Meer das spanische Handelsschiff Océano Pacifico (im folgenden Lebensmittelladen zwei) unterwegs nach Argentinien ist und große Summen Geld und Wertpapiere (unbestätigt hundert Wiederholung hundert Millionen Dollar) an Bord hat für sicheren Hafen und/oder zum Erwerb von Grundbesitz nach dem Krieg für ranghohe Nazis. Ermittlungen dauern an.

B: Es besteht die Möglichkeit, daß Lindbergh-Lösegelder dem gleichen Zweck dienen. Ermittlungen dauern an.

»Schon wieder«, sagte Donovan.

»Wie bitte?«

»Eine weitere unidentifizierte ›zuverlässige‹ Quelle. Wer, zum Teufel, ist ›Galahad‹?«

»Das teilt er nicht mit«, sagte Graham.

Donovan überflog den Rest der Botschaft.

»Und die andere, ›Kavallerie‹, hat er ebenfalls nicht identifiziert. Sie haben diese Information befohlen, nicht wahr?«

»Ja, das habe ich.«

»Meinen Sie, er hat vergessen, sie zu funken?« fragte Donovan sarkastisch. »Ich hoffe nicht, daß er Sie ignoriert, Alex.«

»Frade hat vielleicht Gründe.«

»Zum Beispiel?«

»Mir kommt auf Anhieb in den Sinn, daß die anderen vom Team nicht wissen sollen, wer diese Leute sind, damit sie bei einem Verhör nichts verraten können.«

»Und wenn Frade etwas passiert und niemand sonst weiß, wer ›Kavallerie‹ und ›Galahad‹ sind? Dann wären sie für uns verloren.«

»Ich bin überzeugt, daß er das bedacht hat.«

»Und sich entschieden hat, es Ihnen nicht mitzuteilen?«

Graham nickte. »Das ist möglich. Vielleicht sogar wahrscheinlich. Ich finde, ich muß bei einer solchen Sache im Zweifelsfalle zu Gunsten Frades entscheiden.«

»Verstehen Sie, was er mit ›sicherer Hafen‹ meint, Alex?«

»Ich nehme an, jemand Hohes in Berlin ist sich des ›Endsieges‹ nicht so sicher, wie das Volk glauben soll.«

»Ich möchte mit dieser Sache ›sicherer Hafen‹ zum Präsidenten gehen, aber ich pfeife darauf, wenn ich nur eine ›zuverlässige‹ Quelle ohne Namen habe.«

»Ich werde ihn noch einmal fragen«, sagte Graham.

»Nein. Sie werden es ihm *befehlen*!«

Sie schauten sich lange an, und dann zuckte Graham mit den Schultern.

»Sie sind der Boß«, sagte er.

»Ja, das bin ich.« Donovan las weiter.

»Gehen Sie zum Präsidenten mit dem Namen des Schiffs, das die Deutschen schicken?« fragte Graham.

»Wenn wir ein spanisches Schiff auf hoher See entern, geschweige denn versenken«, sagte Donovan, sichtlich verärgert über die Unterbrechung, »müssen wir zuverlässigere Quellen haben als jemand, den wir nur als ›Galahad‹ kennen. Nein. Ich gehe damit nicht zum Präsidenten.«

»Die *Comerciante del Océano Pacifico* ist eines der Schiffe auf unserer Liste«, sagte Graham.

»Sie hören nicht genau zu, Alex. Wir müssen wissen, wer Galahad ist, wie der an diese Information gekommen ist und warum er sie uns gibt. Kann ich jetzt bitte zu Ende lesen?«

2. Betrifft Flugzeug. Folgende Bedingungen für das Einfliegen hier:

A. Gesamtes Flugzeug muß in der Farbe gespritzt werden, die als Beechcraft Stagger-wing Red bekannt ist.

B: Zulassungsnummer Z Strich 5843 Wiederholung Z Strich 5843 ist wie folgt aufzumalen:

(1) Acht Zoll schwarze Blockbuchstaben auf Außenfläche der Seitenflossen, ungefähr einen Fuß unterhalb der Spitze.

(2) Vierundzwanzig Zoll schwarze Blockbuchstaben in der Mitte der Oberfläche der rechten Tragfläche.

(3) Wie (2) jedoch an der Unterseite der linken Tragfläche.

C. Flugplatz für den heimlichen Start, vorzugsweise in der Dunkelheit, kann festgelegt werden. Brauche eine Stunde für das Vertrautwerden mit dem Cockpit und Aufsetz- und Durchstartlandungen.

D. Flugzeug sollte sofort bei der Ankunft des Unterzeichners auf dem Flugplatz zur Verfügung stehen. Deshalb wird der Name eines Offiziers benötigt, der rund um die Uhr Kontaktperson ist und Befugnis hat, das Flugzeug dem Unterzeichner zu übergeben und heimlichen Start zu ermöglichen.

E. Es werden 48 bis 72 Stunden vom Empfang Ihrer Benachrichtigung an für den Flug zum Flugplatz erforderlich sein. Deshalb wird um schnellstmögliches Handeln Ihrerseits gebeten.

STACHIEF ENDE

TOP SECRET

LINDBERGH

»Er hat anscheinend eine Möglichkeit gefunden, wie er das Flugzeug nach Argentinien bringen kann, nicht wahr?« sagte Donovan. »Können wir erfüllen, was er will, die Maschine umspritzen und beschriften?«

»Das dürfte kein Problem sein«, sagte Graham.

»Er will es rot gespritzt haben. ›Beechcraft Staggerwing Red‹. Das ist doch eine Farbe. Was, zur Hölle, hat das alles zu bedeuten?«

»Ich habe keine Ahnung, aber ich bin überzeugt, daß er seine Gründe hat.«

»Moment mal«, sagte Donovan. »Da war doch etwas über dieses Flugzeug!«

»Was?«

Donovan hob die Stimme. »Helen! Können Sie mir die Akte über dieses Flugzeug besorgen, das wir nach Brasilien geschickt haben? Anweisung des Präsidenten?«

Donovans Sekretärin, die in mittleren Jahren, jedoch immer noch attraktiv war, brachte zwei Minuten später einen Aktenhefter mit dem Stempel TOP SECRET und legte ihn auf seinen Schreibtisch. Donovan blätterte schnell darin.

»Ja, ich wußte, daß da etwas war«, sagte er in triumphierenden Tonfall. »Es war keine Beechcraft. Sie konnten so kurzfristig keine auftreiben.«

»Und?«

»Als wir das gottverdammte Air Corps um ein Flugzeug baten, sagte man uns, man könnte uns eine C-45 geben. Wir sagten, das ist prima. Dann sagten sie, sie können uns keine C-45 geben, aber wie wäre es mit einer C-56?«

»Was ist eine C-56?« fragte Graham. »Ich kann diese Modellzahlen nie auseinanderhalten.«

»Der Mann vom Air Corps, den ich fragte, sagte, das wäre ungefähr das gleiche«, sagte Helen. »Beides sind zweimotorige, kleine Transportflugzeuge.«

»Wie klein?« fragte Donovan. »Zum Beispiel im Vergleich zu der C-45?«

»Größer«, sagte Helen. »Der Mann vom Air Corps, es war ein Brigadier General, aber ich kann mich nicht an seinen Namen erinnern, er sollte da irgendwo vermerkt sein, sagte mir, sie sind beide größer als die C-45.«

»Ist das ein Problem?« fragte Graham.

»Nicht für mich, Alex«, erwiderte Donovan. »Für Sie. Sie müssen den Namen des Generals vom Air Corps finden und ihm sagen, ohne den Grund zu nennen, daß er veranlassen muß, daß das Air Corps in Brasilien diese C-56 oder was immer es ist, feuerwehrrot umspritzt. Außerdem muß er dafür sorgen, daß dort jemand rund um die Uhr zur Verfügung steht, der Frade einweisen kann, wie sie geflogen wird. Aber Sie können ihm natürlich nicht sagen, wer Frade ist, wann er auftaucht, oder wo er mit dem Flugzeug hinfliegt. Viel Glück!«

»Danke«, sagte Graham und lachte.

»Das finde ich nicht wirklich lustig«, sagte Donovan. »Wenn wir all dies schaffen, woher sollen wir dann wissen, ob Frade dieses Flugzeug wirklich fliegen kann? Haben Sie mal darüber nachgedacht?«

»Er ist Marineflieger, Bill«, sagte Graham. »Selbstverständlich kann er das Flugzeug fliegen!«

»O Gott!« stöhnte Donovan. »Verschwinden Sie, Alex, und lassen Sie mich etwas arbeiten.«

3

Über Nueva Helvecia Uruguay

13. April 1943, 11 Uhr 05

Major Hans-Peter Freiherr von Wachtstein wandte den Kopf und blickte zum Rücksitz der Storch, um zu sehen, ob Standartenführer Josef Goltz wach war.

Das war er. Er trug eine graue Fliegerkombination, die er vor anderthalb Stunden widerstrebend auf dem Flugplatz La Palomar angezogen hatte. Er hatte Kopfhörer aufgesetzt.

Peter wies aus dem Fenster und hinab. Als er sah, daß Goltz auf die kleine Stadt unterhalb der rechten Tragfläche hinabblickte, schaltete er sein Mikrofon ein.

»Die Neue Schweiz, Standartenführer«, sagte Peter.

Goltz brauchte eine Weile, um sein Mikrofon zu finden und auf Empfang zu schalten.

»Was?«

»Die Neue Schweiz, Standartenführer«, wiederholte Peter. »Man nennt den Ort Nueva Helvecia. Ein Stück weiter flußaufwärts befindet sich Nueva Berlin.«

Goltz wirkte alles andere als dankbar für diesen Reisebericht.

»Wie weit bis Montevideo?« fragte er ungeduldig.

»Ungefähr fünfzig Minuten, Standartenführer«, antwortete Peter, und dann fügte er aus einem Impuls heraus hinzu: »Es sei denn, wir erwischen mehr Gegenwind, was die Ankunft vielleicht bis zu zwanzig Minuten verzögern wird.«

Es gab keinen Gegenwind. Peter hatte ihn aus dem gleichen Grund erfunden, aus dem er mit voller Kraft und unnötig steil in La Palomar gestartet war, was bei dem

Herrn Standartenführer ein unangenehmes flaues Gefühl im Magen auslösen sollte. Und immer wenn er zum Rücksitz geschaut und gesehen hatte, daß der Standartenführer einzudösen drohte, hatte er einen kleinen Höhen- und Kurswechsel vollführt, damit er aufwachte.

Wir würden jetzt schon in Carrasco landen, Arschloch, wenn du nicht darauf bestanden hättest, auf der Überlandroute zu fliegen.

Er war in La Palomar nach dem Start nordwärts geflogen – Montevideo lag im Osten. Er hatte die Flugverbotszone um Campo Mayo gemieden, war über El Tigre und das Delta geflogen, dann auf Ostkurs, und er hatte den Rio Uruguay südlich eines kleinen Ortes namens Carmelo überflogen.

»Haben wir genug Treibstoff?« fragte Goltz.

Peter blickte auf die Anzeige und rechnete im Geiste. Sie hatten noch mindestens für zwei Stunden Sprit, um den Flugplatz Carrasco östlich von Montevideo zu erreichen.

»Ich bin überzeugt, daß wir gut hinkommen, Standartenführer«, sagte Peter mit einer Spur von Zweifel in seinem Tonfall, wie er hoffte. »Sie brauchen sich aber keine Sorgen zu machen, Standartenführer. Ich kann diese Kiste fast überall landen, auf der Straße oder einem Feld.«

Er nahm dann seine Karte und studierte sie sorgfältig – und völlig unnötig. Er würde sich an Uruguays Nationalstraße Nummer eins orientieren, um Montevideo zu finden. Aber mit einem bißchen Glück würde Herr Scheißer denken, sie hätten sich verirrt.

Als Peter auf der einzigen asphaltierten Start- und Landebahn des Flugplatzes Carrasco landete, kam ihm in den Sinn, daß er diesmal zum neunten Mal in Uruguay war. Aber zum ersten Mal – Goltz hatte gesagt, daß er übernachten würde – würde er mehr davon sehen als nur den Flugplatz.

Bei den meisten seiner vorherigen Flüge hatte er Diplomatenpost oder andere Korrespondenz zwischen der Botschaft in Buenos Aires und der hiesigen deutschen Botschaft abgeliefert oder abgeholt. Er hatte nur wenige Passagiere transportiert. Die meisten vom Stab der Botschaft, die bedeutend genug waren, um ein Anrecht auf Beförderung mit der Storch zu haben, zogen den Komfort der Schiffsreise über Nacht nach Montevideo dem ungepolsterten Rücksitz der Storch vor. Peter war stets in Carrasco gelandet, hatte seine Fracht abgeliefert oder abgeholt, getankt und war nach Buenos Aires zurückgeflogen.

Die Condor, mit der Dieter von und zu Aschenburg am Freitag eingeflogen war, hatte einen Postsack für die deutsche Botschaft in Montevideo enthalten. Normalerweise hätte Peter ihn noch am selben Tag über den Fluß geflogen; aber Gradny-Sawz hatte gewollt, daß er, Peter, am Gedenkgottesdienst für el Coronel Frade teilnahm, und so hatte sich die Lieferung bis heute verzögert. Dieser Postsack stand jetzt unter Goltz' Sitz. Und morgen, wenn er nach Buenos Aires zurückkehrte, würde er höchstwahrscheinlich einen Postsack haben – zwei oder mehr Postsäcke, hoffte Peter, schwere, die er mit großer Sorge betrachten konnte, wenn Goltz es sah –, um sie nach Buenos Aires und an Bord der Condor zu bringen, bevor sie morgen nachmittag nach Deutschland zurückflog.

Er rollte zum Abfertigungsgebäude, und uruguayische Beamte des Zolls und der Einwanderungsbehörde kamen heraus zu der Maschine. Es gab kein Problem. Sie hatten Diplomatenstatus und waren nicht den hiesigen Gesetzen unterworfen.

»Ihre Befehle, Standartenführer?« fragte Peter, während er wartete, bis Goltz die Fliegerkombination ausgezogen hatte.

»Was machen Sie normalerweise, von Wachtstein?«

»Normalerweise tausche ich Postsäcke mit denjenigen,

die von der Botschaft herkommen, tanke auf und fliege nach Buenos Aires zurück.«

»So werden Sie heute abend ein Quartier zum Übernachten brauchen, nicht wahr?«

»Oberst Grüner schlug vor, daß ich hier in Carrasco im Casino-Hotel bleibe, Standartenführer.«

»Und was machen Sie mit der Diplomatenpost?«

»Normalerweise, Standartenführer, ist jemand von der Botschaft hier, um sie mir abzunehmen.«

»Ich wünschte, ich hätte vorher an diesen verdammten Postsack gedacht«, sagte Goltz, »und arrangiert, daß jemand sich hier mit Ihnen trifft.«

»Gibt es da ein Problem, Standartenführer?«

»Ich hatte nicht vor, die Botschaft zu besuchen. Ich wickle meine dienstlichen Angelegenheiten hier mit dem Sicherheitsoffizier der Botschaft ab, einem alten Freund. Ich wollte das Dienstliche in seinem Haus erledigen und dann bei ihm übernachten.«

»Ich kann mit einem Taxi zur Botschaft fahren, Standartenführer, und dann mit einem anderen zum Casino Hotel, wenn Sie damit einverstanden sind.«

»Nein. Ich weiß, was wir machen. Ich rufe ihn an, daß ich hier bin. Er wird herauskommen und mich abholen. Vorausgesetzt, Sie können ihm den Postsack übergeben.«

»Dem Sicherheitsoffizier? Selbstverständlich, Standartenführer.«

»Und dann kann er Sie beim Hotel absetzen, wir können unser Dienstliches erledigen und holen Sie dann am Morgen ab. Wie finden Sie das?«

»Was immer Sie wünschen.«

»Wo ist ein Telefon?«

»Gleich im Abfertigungsgebäude, Standartenführer.«

»Nun, ich werde anrufen, und Sie erledigen, was auch immer Sie mit dem Flugzeug erledigen müssen.«

»Jawohl, Standartenführer!«

Während sie warteten, nutzte Peter die Gelegenheit, um die Storch aufzutanken. Dabei fragte er sich, weshalb Goltz' alter Freund, der Sicherheitsoffizier der Botschaft, oder zumindest jemand von der Botschaft nicht auf dem Flughafen gewartet hatte, als sie gelandet waren. Eine halbe Stunde später traf ein kanariengelbes 1941er Chevrolet-Kabrio mit heruntergeklapptem Verdeck vor dem Abfertigungsgebäude ein.

Ein schick gekleideter, untersetzter Mann Anfang Vierzig, der einen sorgfältig gestutzten Schnurrbart à la Hitler trug, stieg aus und ging schnell zu Goltz.

»Standartenführer, wie schön, Sie zu sehen!«

»Werner, wie geht es Ihnen«, sagte Goltz, schüttelte ihm begeistert die Hand und fragte dann bewundernd: »Woher haben Sie diesen tollen Wagen?«

»Inge hat ihn entdeckt«, sage der untersetzte Mann und wies auf die Frau, die aus dem Wagen stieg. »Sie sagte, die Farbe paßt zu ihrem Haar und ich müßte ihn unbedingt kaufen.«

»Meine liebe Inge«, sagte Goltz. »So bezaubernd wie immer!«

Mein Gott, die kenne ich! durchfuhr es Peter.

»Josef, schön, Sie zu sehen. Willkommen in Uruguay.«

»Darf ich Ihnen Major Hans-Peter Freiherr von Wachtstein vorstellen?« sagte Goltz. »Sturmbannführer von Tresmarck und seine entzückende Gattin.«

»Ich glaube, daß der Major und ich uns schon gesehen haben. Nicht wahr, Herr Major?«

Frau von Tresmarck war eine große, schlanke Blondine, vielleicht fünfzehn Jahre jünger als ihr Mann.

Wir haben uns in der Tat schon gesehen – wenn ich mich richtig erinnere in der Bar des Hotel am Zoo –, und dann haben wir zwei Tage im Hotel am Wannsee verbracht und das Bett nur verlassen, um dem Ruf der Natur nachzukommen. Ich war so ausgelutscht, daß ich bei meiner Rückkehr zur Staffel kaum genug Kraft hatte, um ins Cockpit zu kriechen.

»Ich glaube, wir haben uns schon gesehen, Frau Sturmbannführer«, sagte Peter und schlug die Hacken zusammen. »Ich versuchte gerade, mich zu erinnern, wo.«

»Ich ebenfalls«, sagte sie. »Ich werde noch darauf kommen, wo es war.«

Peter reichte von Tresmarck die Hand, der lächelte, ihn jedoch sonderbar anschaute.

Ist dir bewußt, Herr Sturmbannführer, daß deine Frau mit jedem vierten Jagdflieger der Luftwaffe gevögelt hat? Siehst du mich deshalb so merkwürdig an?

»Wir haben ein kleines Problem, Werner«, sagte Goltz. »Von Wachtstein hat einen Postsack für die Botschaft, und vermutlich muß er einen anderen morgen zurück nach Buenos Aires bringen –«

»Das sollte kein Problem sein, Josef«, sagte Inge von Tresmarck. »Wenn wir alle zu Hause sind, kann Werner die Botschaft anrufen und die Post abholen lassen.«

»Leider ist arrangiert, daß von Wachtstein im Casino-Hotel wohnt. Er muß eigene Geschäfte abwickeln.«

Entweder weißt du, daß die gnädige Frau von Tresmark fickt wie ein Nerz, und versuchst zu verhindern, daß Inge und ich ein gesellschaftliches Problem werden, oder du willst mich nicht bei dir und von Tresmarck haben. Oder beides.

»Wie schade«, sagte Inge.

»Sie können den Postsack übergeben, von Wachtstein«, sagte von Tresmarck, »und wir werden Sie am Casino-Hotel absetzen. Es ist nicht weit von hier.«

»Sie sind sehr freundlich, Sturmbannführer.«

»Und wir werden irgendwann heute eine Lösung finden, wie wir das mit der ausgehenden Post regeln«, sagte Goltz.

»Zu Befehl, Standartenführer.«

Peter nahm das Empfangsformular für den Postsack aus seiner Jackettasche und gab es von Tresmarck zum Unterzeichnen. Als er das unterschriebene Empfangsformular in die Tasche steckte, sah er, daß Inge in den

Wagen gestiegen war. Sie hatte sich auf den Rücksitz gesetzt.

»Meine liebe Inge«, sagte Goltz, »ich werde hinten mit von Wachtstein fahren.«

»Nein, Sie sind unser Ehrengast«, sagte Inge.

Von Tresmarck bedachte Peter, der sich neben Inge auf den Rücksitz setzte, wieder mit einem sonderbaren Blick.

Als sie losfuhren, neigte sich Inge vor und legte die Ellenbogen auf die Rückseite der Sitze zwischen ihrem Mann und Goltz.

»Ich kann Ihnen nicht sagen, wie ich mich freue, Sie wiederzusehen, Josef«, sagte sie. »Nun laufen Sie nicht zum Botschafter und erzählen es ihm, denn diese Leute vom Außenministerium sind dumm, dumm, dumm.«

»Hier ist nicht Berlin, nicht wahr?«

»Und man fühlt sich ... oh, ich weiß nicht, wie ich es sagen soll, und mir ist klar, Werner tut Wichtiges, aber ich fühle mich ... *schuldig* ist vermutlich das richtige Wort ... schuldig, weil ich von der Heimatfront fort bin, wo ich einen Beitrag leisten könnte.«

»Aber meine liebe Inge«, sagte Goltz. »Sie leisten einen Beitrag! Allein Ihre Anwesenheit hier hilft Werner, seine Pflichten zu erfüllen.«

»Ich wünschte, ich könnte mehr tun«, sagte Inge.

Sie stieß sich von den Rückseiten der Vordersitze ab und ließ sich auf den Rücksitz sinken. Mit der rechten Hand streichelte sie langsam und provozierend Peters Oberschenkel hinauf.

Mit etwas Glück – wir sind fast am Casino-Hotel – kann ich der geilen Frau Sturmbannführer auf Wiedersehen sagen, bevor etwas passiert.

Zehn Minuten später, nachdem sie das vornehme Wohnviertel durchquert hatten, das Peter an Zehlendorf in Berlin erinnerte, gelangten sie zu einem großen, reich verschnörkelten Gebäude aus der Jahrhundertwende. Es stand allein im Schnittpunkt dreier Straßen.

»Da ist es«, kündigte Inge an, drückte noch die Innenseite seines Oberschenkels, daß es fast schmerzte, und zog ihre Hand zurück.

Während von Tresmarck zum Haupteingang fuhr, sah Peter einen Sandstrand und Wasser auf der anderen Seite einer vierspurigen, durch einen Mittelstreifen geteilten Straße.

Braunes Wasser, dachte Peter, *das ist vermutlich noch der Rio de la Plata.*

Ein Portier und ein Page – der Junge sah aus, als wäre er erst zwölf oder dreizehn – kamen die breite Marmortreppe herunter zum Wagen.

Goltz öffnete die Tür für Peter zum Aussteigen, und von Tresmarck holte Peters kleine Reisetasche aus dem Kofferraum.

»Ich werde Sie informieren, wann ich am Morgen hier sein werde«, sagte Goltz.

»Danke, Standartenführer.« Peter schlug die Hacken zusammen. »Und danke, Sturmbannführer.« Von Tresmarck nickte, sagte jedoch nichts. »Es war ein Vergnügen, Sie wiederzusehen, Frau Sturmbannführer«, schloß Peter, schlug von neuem die Hacken zusammen und marschierte hinter dem Pagen her die Treppe hinauf.

Er blickte nicht zum Wagen zurück.

In der Halle des Hotels wimmelte es von gutgenährten, gutgekleideten, wohlhabend wirkenden Leuten. Peter hatte den Eindruck, daß es hier weniger blonde, hellhäutige Leute gab als in Buenos Aires, aber er fragte sich, ob er sich das nur einbildete.

Peter wurde zu einer Suite mit Diele, Wohnzimmer und Schlafzimmer mit großem Doppelbett geführt. Als er die Jalousie aufzog, sah er, daß es einen Balkon mit Blick auf das Wasser gab. Er trat auf den Balkon hinaus.

Ein paar Minuten später verließ er die Suite und ging anstatt mit dem Aufzug zu fahren über die Haupttreppe aus Marmor hinab in die Halle. Er war gerade zu dem

Schluß gelangt, daß das Hotel ein wenig dem Spielkasino in Baden-Baden ähnelte, als er durch einen Seitenflur blickte und das Hotelkasino sah.

Peter ging hinein. Er war kein Spieler, aber neugierig. Drei Viertel der Tische im Kasino waren besetzt. Er schaute ein paar Minuten lang beim Roulette und Bakkarat zu, und das reichte ihm.

Als er das Spielkasino verließ, durchquerte er den Speisesaal, der sich in der Mitte des Gebäudes befand. Es war ein großer, etwas dunkler Raum, von dessen hoher Decke vier gewaltige Kristallkronleuchter hingen. Ein Klavier stand an einem Ende des Saals neben der Bar, und ein Pianist spielte Johann Strauß. An der Bar wimmelte es von Gästen.

Ein Oberkellner bot ihm einen Tisch an, doch Peter lehnte dankend ab.

Er verließ das Hotel und ging durch die Straßen. Der Duft von gebratenem Rindfleisch stieg ihm in die Nase, und er folgte ihm zu einem kleinen Restaurant, wo eine erstaunliche Masse von Rindfleisch über offenem Feuer gegrillt wurde.

Er aß ein Steak mit Pommes frites und gemischtem Salat und trank dazu eine Flasche des hiesigen Biers. Es überraschte ihn, wie niedrig die Rechnung war.

Auf dem Rückweg zum Hotel machte er an einem Kiosk halt, wo es ein Sortiment von amerikanischen Zeitschriften gab. Es gab nichts auf deutsch außer dem gestrigen Exemplar der Buenos Aires *Freie Post*. Er kaufte *Time, Look, The Saturday Evening Post* und ein Männermagazin namens *Esquire,* das auf der Titelseite ein gewagtes Foto einer Frau im Badeanzug zeigte.

Dann ging er mit der Lektüre zurück zum Casino-Hotel, kämpfte tapfer gegen den Durst an, den das erste Bier auf ein zweites an der Bar geweckt hatte, und ging in seine Suite.

Dort rief er den Zimmerservice an und bestellte drei

Flaschen Bier in einem Kühler. Das Bier würde reichen, bis er die Zeitschriften gelesen hatte. Bis dahin würde es Zeit zum Abendessen sein. Dann würde er wieder zu dem kleinen Restaurant gehen und abermals ein Steak essen und vielleicht noch ein Bier trinken. Anschließend würde er satt und schläfrig zum Hotel zurückkehren.

Er zog Hemd und Hose aus und hängte die Sachen sorgfältig in den Schrank zu seinem Jackett. Dann zog er die Bettdecke vom Bett, arrangierte die Kissen am Kopfende, zog Schuhe und Socken aus, legte die Zeitschriften zurecht, machte es sich auf dem Bett bequem und wartete auf den Zimmerservice.

Es klopfte, als er gerade das Männermagazin *Esquire* aufblätterte.

»Herein«, sagte er und nahm das Geld vom Nachttisch, um dem Kellner Trinkgeld zu geben.

»Du mußt ziemlich überzeugt gewesen sein, daß ich kommen würde!« sagte Inge von Tresmarck an der Tür.

Er blickte sie an.

»Ich hätte nie gedacht, daß du kommst«, erwiderte er ehrlich.

»Aber du freust dich, mich zu sehen?«

»Ich bin entzückt«, log er.

Sie ging zum Bett und setzte sich auf die Kante. Inge legte die Hand auf die Zeitschriften.

»Du hast mich wirklich nicht erwartet?«

»Nein. Was ist mit deinem Mann?«

»Um den brauchen wir uns keine Sorgen zu machen«, sagte Inge. »Jedenfalls nicht heute nachmittag. Sie gingen gleich in Werners Arbeitszimmer und schlossen die Tür.«

»Vielleicht haben sie die Tür wieder geöffnet und wundern sich über dein Verschwinden.«

»Ich mache Einkäufe«, sagte sie. »Wo sonst könnte ich sein?«

»Dein Mann hat mich am Flugplatz seltsam angesehen.«

»So sieht Werner jeden gutaussehenden jungen Mann an«, sagte sie.

Jemand klopfte an der Tür.

»Oh, du hast jemand erwartet«, sagte Inge spitz. »Nicht *mich*, aber *jemand*.«

»Das ist vermutlich mein Bier.«

»Dein *Bier*?«

»Ich habe Bier bestellt.«

»Nun, laß den Kellner rein und bestell Champagner«, sagte Inge. »Ich trinke kein Bier. Erinnerst du dich nicht?«

Sie erhob sich und ging zum Badezimmer.

»Herein!« rief Peter.

Ein Kellner trat mit drei Flaschen Bier in einem mit Eiswürfeln gefüllten silbernen Kühler ein.

»Ich habe es mir anders überlegt«, sagte Peter. »Ich möchte eine Flasche Champagner. Ist das ein Problem?«

»No, Señor«, sagte der Kellner, ging zu dem Schreibtisch und nahm eine in Leder gebundene Weinkarte, die darauf lag. Er schlug sie auf und reichte sie Peter.

Peter konnte über die Schulter des Kellners Inge im Badezimmer sehen. Mit einem frivolen Lächeln streifte sie den Rock ab.

Er kannte keinen einzigen Namen unter den zwanzig verschiedenen Champagnern auf der Karte. So bestellte er nach dem Preis, wählte einen aus, der doppelte so teuer war wie der billigste, jedoch beträchtlich billiger als der teuerste.

Inge duckte sich hinter die Badezimmertür, als sich der Kellner umwandte, um zu gehen. Als sie hörte, daß die Tür geschlossen wurde, tauchte sie wieder auf, jetzt nackt. Sie posierte in der Tür mit einer Hand auf der Hüfte.

Er spürte, wie es in seinen Lenden aufwallte.

Wirklich eine gutaussehende Frau, dachte er. *Es stimmt offenbar, daß ein steifer Pimmel kein Gewissen hat.*

»Bitte sag mir, daß du mich nicht fett findest«, verlangte sie.

»Ich finde dich nicht fett«, sagte er. »Dumm vielleicht, aber nicht fett.«

»Warum dumm?« fragte sie und schritt zum Bett.

»Du hast einen Ehemann«, sagte Peter. »Ich vermute mal, einen eifersüchtigen.«

Inge setzte sich aufs Bett und legte eine Hand auf sein Bein, gerade unterhalb der Unterhose.

»Werner befürchtet, daß ich dem Werben eines großen, schwarzhaarigen und sehr reichen uruguayischen Ranchers nachgebe und es Gerede geben wird«, sagte Inge. »Es gibt hier nicht viele Blondinen, und sehr viele große, schwarzhaarige und sehr reiche uruguayische Rancher sind anscheinend fasziniert von uns.«

Ihre Hand glitt unter seine Unterhose.

»Oh, du *freust* dich, mich wiederzusehen. Ich war mir nicht ganz sicher.«

»Ich weiß nicht, wie schnell der Kellner mit dem Champagner zurückkommt«, sagte Peter.

»Ich möchte nichts anfangen und dann unterbrochen werden«, sagte Inge. »Also werden wir uns nur ein bißchen aufgeilen, bis der Kellner kommt und geht.«

Sie streichelte in seiner Unterhose und zog dann langsam die Hand heraus.

»Erzähl mir über Werner«, sagte Peter. »War er in der Nähe, als wir uns kennenlernten?«

»Der treibt sich immer in der Nähe herum«, erwiderte sie. »Er arbeitet für Goltz im Büro des Reichsprotektors.«

»Du warst damals schon verheiratet mit ihm?«

»Nein. Laß mich nachdenken. War ich? Nein, ich war es nicht. Ich war damals Frau Obersturmbannführer (das SS-Gegenstück von Oberstleutnant) Kolbermann«, sagte sie. »Ich dachte, ich habe dir von Erich erzählt?«

»Das hast du nicht.«

»Erich war mit der Waffen-SS an der Ostfront. Er fiel kurz bevor Paulus mit der Sechsten Armee bei Stalingrad kapitulierte.«

»Das tut mir leid.«

»Ich brauchte natürlich einen neuen Mann«, sagte Inge nüchtern. »Jemand, der mich aus den Händen des Arbeitsministeriums heraushalten konnte.«

»Da komme ich nicht mit.«

Inge legte sich neben ihm aufs Bett.

»Liebling, sehe ich wie ein Mädchen aus, das zehn Stunden pro Tag Schuhe zusammennähen sollte – schlimmer noch, in einer Schuhfabrik arbeiten sollte?«

»Nein, so siehst du nicht aus«, sagte Peter und lachte.

»Ich war für eine Weile sicher«, erklärte Inge. »Mein Papa hatte mich auf der Lohnliste der Mühlen. Ich war in einer Industrie angestellt, die wichtig für den Krieg war. Dann wurden die Mühlen ausgebombt, und Albert Speer entschied, daß ein Wiederaufbau sich nicht lohnte. So wurden Papa und ich auf die Liste der ›verfügbaren‹ Arbeiter gesetzt. Papa wurde an die Saar geschickt – obwohl er überhaupt nichts über Stahl wußte; er hatte fast sein ganzes Leben mit den Mühlen verbracht. Dort an der Saar lebte er in einem einzigen Zimmer und arbeitete als Art Hilfsarbeiter der Kruppwerke. Das Arbeitsministerium befahl mir, mich bei der Schuhfabrik Gebrüder Pahlenberg in Potsdam als ›Lehrling‹ zu melden. Aber gerade rechtzeitig tauchte da Erich auf und eroberte mein Herz und alles andere im Sturm. Er hatte zwanzig Tage Heimaturlaub. Eine stürmische Romanze. Er hatte Freunde bei der Polizeiseite der SS, die mit dem Arbeitsministerium mauscheln konnten. Von der Frau eines Obersturmbannführers der Waffen-SS, der heroisch für das Vaterland an der Ostfront kämpfte, konnte man nicht verlangen, daß sie so etwas Würdeloses tat, wie in einer Schuhfabrik zu arbeiten. Das wäre schrecklich für seine Moral gewesen.«

»Er war ein älterer Mann?« fragte Peter.

»Älter als du und ich, Liebling, jünger als Werner. Eigentlich war er ziemlich nett. Es tut mir leid um ihn. Er war aus

Hamburg und hatte bei der Bombardierung seine Frau und zwei Kinder verloren. Und natürlich seine Wohnung.«

»Warum hast du den älteren Mann genommen?«

»Nun, zum einen neigen jüngere Männer dazu, Leutnant oder Hauptmann zu sein – du bist natürlich eine Ausnahme, Peter. Und sie können es sich anscheinend nicht leisten, im Hotel am Zoo zu trinken, geschweige denn Verantwortung für eine Frau mit teurem Geschmack zu übernehmen.«

»Und Werner kann das wohl?«

»Ich bezweifle, daß er das wirklich konnte«, sagte Inge. »Jetzt ist das natürlich anders.«

»Wieso?« fragte Peter.

Es klopfte an der Tür.

»Ah, der Champagner«, sagte Inge. »Das ging schnell.«

Sie sprang vom Bett und lief ins Badezimmer. Peter ging zur Tür, nahm vom Kellner den Champagner mitsamt Kühler und zwei Gläsern entgegen und unterzeichnete den Rechnungsbeleg, ohne den Kellner in die Suite zu lassen.

Als Peter die Champagnerflasche entkorkte, kam Inge aus dem Badezimmer.

»Der Champagner ist hier nicht schlecht«, sagte sie. »Der Wein ist sehr gut. Und das Essen ist phantastisch!«

»Das habe ich bemerkt«, sagte Peter.

Er schenkte Champagner in die Gläser ein.

»Ich hätte es vorgezogen, einen wie dich zu heiraten«, sagte Inge. »Aber du warst nicht verfügbar, nicht wahr?«

»Stimmt, das war ich nicht.«

»Du warst meine erste Niete«, sagte sie. »Vielleicht bin ich deshalb so fasziniert von dir.«

»Wieso Niete?«

»Du hast dich nicht in mich verknallt und mich nicht gebeten, dir treu zu sein, als du in den Krieg zurückgekehrt bist.«

»Alle sonst haben das getan?«

»Alle, die ich ins Hotel am Wannsee mitnahm«, sagte Inge. »Das hatte ich für besondere Männer reserviert.«

»Ich dachte, *ich* habe dich zum Hotel am Wannsee mitgenommen«, bemerkte Peter.

»Hast du immer Mädchen vom Hotel am Zoo zum Hotel am Wannsee abgeschleppt?«

»Nur besondere Mädchen«, erwiderte Peter. »Vom Hotel am Zoo *und* vom Adlon.«

»Ich war was Besonderes für dich?«

»Natürlich.«

»Nein, ich meine, etwas *wirklich* Besonderes?«

»Natürlich warst du das.«

»Sag mir die Wahrheit, Peter. Hast du mir deshalb das Geld geliehen? Weil ich was Besonderes war?«

Welches Geld? Ich habe ihr Geld geliehen? Daran erinnere ich mich nicht.

»Ich werde es dir zurückzahlen«, sagte Inge. »Das war mein erster Gedanke, als ich dich sah. Nein. Der zweite. Der erste war: ›Ach du lieber Gott, das ist Peter. Und er lebt. Und er ist hier.‹ Der zweite Gedanke war: ›Ich kann ihm die Schulden zurückbezahlen.‹«

»Ich erinnere mich nicht daran, daß ich dir etwas geliehen habe, Inge«, sagte Peter. »Ehrlich nicht.«

»Du hast es vermutlich für Bezahlung gehalten. Ich habe dir schöne Stunden bereitet, und dann habe ich dich gebeten, mir etwas Geld zu leihen, und du hast es mir ›geliehen‹.«

»Ich kann mich wirklich nicht an Geld erinnern«, sagte Peter. »Aber wenn ich dir etwas geborgt habe, vergiß es.«

»Nein. Ich werde es zurückzahlen«, sagte Inge. »Das ist wichtig für mich. Wenn wir lange hier in Uruguay sein werden – und es sieht Gott sei Dank so aus –, möchte ich nicht, daß du mich in zehn, fünfzehn Jahren beim Dinner über den Tisch hinweg ansiehst und denkst: *›Diese alte Frau war einst eine Amateurnutte, die ich ins Hotel am Wannsee mitgenommen habe. Ich sage ›Amateurnutte‹, weil sie nicht* *vorher nach Geld fragte, wie es eine Profi-Prostituierte macht. Sie fragte erst nachher, ob ich ihr etwas ›leihe‹, komplett mit einer komplizierten Erklärung ihrer finanziellen Notlage.‹«

»Deine Wohnung war ausgebrannt«, erinnerte sich Peter. »Du konntest nicht zum Vermieter gehen und um eine andere bitten, weil du keine Aufenthaltserlaubnis für Berlin hattest. Du wußtest, wo du eine Wohnung auf dem Schwarzen Markt bekommen konntest, hattest aber nicht das nötige Geld …«

»Ich brauchte fünftausend Reichsmark«, sagte sie. »Und du hast mir einen Scheck gegeben.«

Du hast recht, dachte Peter. *Ich hielt dich für eine Amateurnutte. Ich hatte Mitleid mit dir, weil du durch den Krieg dazu gezwungen warst – und das war zu einer Zeit, in der ich eine Vorahnung vom Tod hatte –, und so habe ich dir einen Scheck ausgeschrieben und gedacht, ich werde das Geld ohnehin nicht mehr brauchen.*

»Ich hielt dich nicht für eine Prostituierte, Inge, weder für eine Amateurin noch für sonst eine«, sagte Peter. »Ich hielt dich für ein nettes Mädchen, das einsam und in Schwierigkeiten war. Und ich hatte das Geld, und so gab ich es dir. *Lieh* es dir.«

»Aha! Du hast ›gab‹ gesagt und dich dann korrigiert. Du hast mich für eine Prostituierte gehalten, nicht wahr?«

»Ich habe dir gesagt, wofür ich dich gehalten habe.«

»Du hast gedacht, du würdest das Geld niemals wiedersehen, nicht wahr?« sagte Inge. »Sag die Wahrheit, Peter!«

»Mir war es egal, ob ich es wiedersehe oder nicht. Und jetzt ist es mir auch egal.«

»Dann hast du also gedacht, ich bin eine, die sich aufgabeln läßt. Und dich ins Hotel am Wannsee abschleppt?«

»Ich dachte, du bist geblendet von dem Ritterkreuz«, sagte Peter ehrlich.

Später, als du mich gebeten hast, dir Geld zu leihen, hielt ich dich für ein Amateurflittchen. Und das war gar nicht gut für mein Ego. Jagdflieger haben es nicht nötig, Huren zu bezahlen. So habe ich die Sache vergessen.

»Wenn ich an dich dachte – und ich dachte oft an dich, sagte ich mir, daß ich nicht von deinem Orden oder dem adligen ›von‹ oder auch nur von deinem Aussehen stark beeindruckt war, sondern von der Tatsache, daß dir der Barkeeper echten Cognac aus einer Flasche servierte, die ohne Etikett unter der Bar stand und normalerweise für Generale reserviert war. Das bedeutete, daß du etwas Besonderes warst – die Barkeeper dort sind als Snobs berüchtigt –, und das faszinierte mich an dir.«

»Tatsächlich?« fragte Peter. Er fühlte sich allmählich bei diesem Gespräch unbehaglich.

»Aber heute, auf dem Weg vom Flugplatz, wurde mir klar, daß dies nicht alles war.«

»Nicht?«

Wovon, zum Teufel, redet sie da?

»Es war im Unterbewußtsein«, sagte Inge. »Es war, weil wir von derselben Art sind.«

Was meint sie damit?

»Überlebende«, sagte sie. »Ich spürte, daß du ebenfalls ein Überlebender bist. Und ich hatte recht, nicht wahr? Wir sind beide hier, nicht wahr? Wir zählen zu den ersten Überlebenden.«

»Die ersten Überlebenden wovon?«

»Vom Tausendjährigen Reich, natürlich«, sagte Inge. »Deshalb habe ich schließlich Werner geheiratet. Das waren natürlich praktische Erwägungen. Er erzählte mir, daß er hierhin versetzt ist, und ich glaube, ich hätte einen Gorilla geheiratet, wenn er mir versprochen hätte, mich irgendwohin fort von der Bombardierung zu bringen, irgendwohin, wo es frische Eier und Fleisch ohne Lebensmittelkarte gibt und wo es warm ist. Aber der wahre Grund war, daß ich spürte – diese unbewußte Sache –, Werner ist ebenfalls ein Überlebender.«

»Ist er das?« fragte Peter.

»Wenn er kein Überlebender wäre, Liebling, wäre Werner in Sachsenhausen und würde ein rosafarbenes Dreieck* tragen, anstatt in Montevideo reich zu werden, indem er Juden aus Sachsenhausen *herausholt.*«

Was hat sie da gesagt? Reich werden, indem er Juden aus Sachsenhausen rausholt?

»Werner kassiert ein bißchen?« fragte Peter, so leichthin wie er konnte.

Sie nickte.

»Meinst du, Goltz weiß das?«

»Natürlich weiß er das«, sagte Inge. »Deshalb ist Werner hier.«

»Das verstehe ich nicht.«

»Man kann jemandem trauen, der weiß, daß man etwas über ihn in der Hand hat, das ihn in die Gaskammer bringen könnte«, sagte Inge. »Was hat Standartenführer Goltz über dich in der Hand, Peter? Oder ist es umgekehrt?«

»Gott weiß, daß ich nichts über ihn in der Hand habe, und ich bezweifle, daß er etwas Kompromittierendes über mich weiß.«

»Warum bist du dann darin verwickelt?«

»Worin?«

»Ich hoffe, du bist diskret«, sagte sie.

»Diskret worüber?«

Inge schaute ihn lange forschend an.

»Du *weißt* wirklich nichts davon? O Gott, ich glaube, mir wird schlecht!«

»Wovon weiß ich nichts?«

»Peter, sag mir ehrlich – sieh mir in die Augen –, was machst du in Montevideo?«

»Ich habe Goltz in einer Storch der Botschaft hergeflo-

* Homosexuelle mußten in Konzentrationslagern ein rosafarbenes Dreieck auf ihrer Kleidung tragen wie die Juden einen sechseckigen Stern.

gen«, antwortete Peter. »Zusätzlich zu meinem anderen Dienst bin ich Pilot der Storch.«

»Und du weißt nicht, was Goltz hier treibt?« fragte Inge.

»Ich habe nicht die geringste Ahnung.«

»Weißt du, wer Goltz ist?«

»Er ist Verbindungsoffizier zwischen Reichsführer SS Himmler und Reichsleiter Martin Bormann.«

»Würdest du mir glauben, wenn ich dir sage, daß wir beide tot sein werden, wenn ein Wort, das ich dir über Werners Schwulsein oder Goltz' Wissen davon, ganz zu schweigen über Juden und Sachsenhausen, gesagt habe, Goltz zu Ohren kommt?«

»Ja«, sagte Peter einfach. »Mir ist klar, daß Goltz ein sehr gefährlicher Mann ist.«

»Ich kann nicht glauben, daß ich so blöde war«, sagte Inge. »Ich habe einfach vorausgesetzt ... wie bist du aus Deutschland herausgekommen?«

»Ein argentinischer Offizier, ein Beobachter bei von Paulus, kam bei Stalingrad um. Ich habe den Sarg mit dem Leichnam heimgebracht. Ich war Stellvertretender Attaché für das Luftfahrtwesen bei der Botschaft.«

Inge schaute ihm prüfend in die Augen.

»Du hast mir erzählt, dein Vater ist General, nicht wahr?«

»Ich erinnere mich nicht, ob ich etwas davon erzählt habe oder nicht«, sagte Peter.

»Ist er einer?«

Peter nickte.

»Wo ist er stationiert?«

»Beim OKW.«

»In Ordnung. Er brachte dich aus Deutschland raus. Vielleicht hat er etwas über Goltz in der Hand.«

»Ich kann mir nicht vorstellen, was das sein könnte.«

»Dann hat Goltz vielleicht Pläne mit dir hier und benutzt deinen Vater in Deutschland als Druckmittel, um sicherzustellen, daß du tust, was man von dir verlangt.«

»Bist du jetzt nicht ein bißchen melodramatisch?«

»Als ich mit Werner herkam, sagte mir Standartenführer Goltz, wenn ich auch nur ein bißchen von der Linie abweiche, würde ich eine dieser Postkarten erhalten, auf denen Himmler bedauert, mich informieren zu müssen, daß mein Vater in Sachsenhausen an Lungenentzündung gestorben ist.«

»Meinst du nicht, daß du von der Linie abgewichen bist, indem du zu mir ins Hotel gekommen bist?« fragte Peter.

»Er sprach nicht von meinem Sexleben, solange ich Werner dadurch nicht zum Narren mache. Er sprach davon ...«

»... wie man reich wird, indem man Juden aus Sachsenhausen herausholt?« fragte Peter.

»Du bringst uns beide um, Peter, und meinen Vater dazu und vielleicht sogar deinen, wenn du so etwas jemals wieder sagst. Hier oder sonstwo. Hast du das verstanden?«

»Ja. Diese Unterhaltung hat nie stattgefunden. Du warst niemals hier.«

Sie schüttelte den Kopf. »Ich *war* hier. Ich bin vielleicht verfolgt worden. Oder der Wagen wurde gesehen. Wenn ich gefragt werde, sage ich, daß ich hier war. Und du sagst das auch.«

»In Ordnung«, sagte Peter. »Und was machen wir jetzt?«

Sie nahm die Champagnerflasche aus dem Kühler, füllte ihr Glas auf und ging zum Bett.

»Was denkst du, was wir jetzt machen, Liebling?« fragte Inge.

Sie legte sich aufs Bett, lehnte den Rücken gegen das Kopfende, schaute Peter an, hielt absichtlich das Champagnerglas schief und verschüttete etwas Champagner auf ihre Brüste.

»Erinnerst du dich daran, Peter?« fragte sie und forderte ihn mit einer Geste auf, zu ihr zu kommen.

XVI

1

Estancia San Pedro y San Pablo
Bei Pila, Provinz Buenos Aires

14. April 1943, 2 Uhr 30

In der Suite von el Patrón ging das Licht an und erschreckte Clete. Er setzte sich schnell im Bett auf und sah Chief Schultz und Enrico.

»Ihr habt mich zu Tode erschreckt«, bekannte er. »Was ist los?«

»Eine Antwort auf die Botschaft um halb zwei«, sagte Chief Schultz. »Hätte ich bis zum Morgen warten sollen?«

»Nein, natürlich nicht«, sagte Clete, lehnte sich ans Kopfende und nahm das Blatt Papier, das Schultz ihm hinhielt.

TOP SECRET
LINDBERGH

EILT

KOPIEREN VERBOTEN

MSG NO 2545 DDHWO 1655 GREENWICH 13APR43

VON ORACLE WASHDC

AN STACHIEF AGGIE

BETRIFFT: IHRE NO. 0002

1. Orakel weist Sie an, schnellstmöglich Identität von Kavallerie und Galahad und Ihre Gründe mitzuteilen, warum Sie glauben, daß sie Zugang zu beschriebenem Nachrichtenmaterial haben.

2. Flugzeug (im folgenden Papagei) wird verfügbar sein, auf Flugplatz Porto Alegre, Brasilien (im folgenden Vogelkäfig) ab 16. April 43, 1700 Greenwich. Colonel J.B. Wallace USAAC (im folgenden Hühnerhund) wird Papagei an Sie übergeben, wenn Sie ihm Ihre Telefonnummer in New Orleans nennen.

3. Hühnerhund teilt mit, daß Papagei wie verlangt bemalt wird mit gewünschter Farbe; es hat 1600 Meilen Reichweite; nur ziviles Wiederholung nur ziviles Funk- und Navigationssystem. Erbetene Einweisung vor Ort für Sie und Kopilot ist gewährleistet.

4. Der Unterzeichner befiehlt schnellste Information, wann Verlegung von Papagei beginnt und vollendet ist.

GRAHAM ENDE

»Sieht aus, als bekommen Sie Ihr Flugzeug, Major«, sagte Chief Schultz, als Clete zu ihm aufblickte.

»Ich brauche nur von Porto Alegre, wo immer auch das sein mag, nach Argentinien zu fliegen, richtig?«

»Das liegt an der Atlantikküste, vielleicht auf einem Drittel des Weges zwischen Buenos Aires und São Paulo«, sagte Schultz. »Ich habe eine Karte.«

Er gab sie Clete.

»Ist die Schreibmaschine noch hier?« fragte Clete und wies zum Wohnzimmer.

Schultz nickte.

»Tun Sie mir einen Gefallen, Chief«, sagte Clete und schwang die Füße vom Bett. »Während ich mich anziehe und Enrico Capitán Delgano aus dem Bett holt, kürzen Sie diese Botschaft so beim Abtippen, daß ich sie Delgano zeigen kann, ohne ihm irgend etwas zu verraten, das ihn nichts angeht, ja?«

»Aye, aye, Sir.«

»Seien Sie so freundlich und grüßen Sie el Capitán Delgano von mir, Suboficial Mayor«, sagte Clete, diesmal ganz förmlich. »Und bitten Sie ihn, sich so früh wie es ihm paßt zu mir zu gesellen.«

»Si, mi Mayor«, sagte Enrico lächelnd.

»Sieh zu, ob du auf dem Weg etwas Kaffee auftreiben kannst, Enrico«, fügte Clete hinzu.

»Kaffee, mi Mayor? Keine Schokolade?«

»Gut, daß du daran gedacht hast, Enrico. Ich bin schon nervös genug. Ich brauche keinen Kaffee. Schokolade, bitte.«

»Für mich bitte auch Schokolade, Enrico«, sagte Schultz. »Ich kann argentinischen Kaffee nicht vertragen.«

Enrico schüttelte ungläubig den Kopf und folgte dann Schultz aus dem Schlafzimmer.

Clete ging ins Badezimmer. Er duschte schnell und hoffte, das würde ihn wacher machen. Als er aus dem Badezimmer trat, hatte Schultz den Auszug bereits getippt. Clete las ihn und zog sich an.

Flugzeug verfügbar auf Flugplatz Porto Alegre, Brasilien, ab 16 April 1943, 12 Uhr Ortszeit.

Flugzeug hat argentinische Zulassungsnummer und ist in gleicher Farbe gespritzt wie Stagger-wing.

Flugzeug hat Reichweite von 1600 Meilen und nur ziviles Funk- und Navigationssystem.

Erbetene Einweisung für Sie und Kopilot vor Ort ist gewährleistet.

»Ich wußte nicht, ob Sie Delgano mitnehmen wollen oder nicht, und so habe ich die Sache mit der Einweisung dringelassen«, sagte Schultz.

»Genauso wollte ich es haben, Chief«, sagte Clete. »Und ich nehme Delgano nicht mit. Er ist argentinischer Nachrichtenoffizier. Daß wir das Flugzeug bekommen, ist nur ein vorübergehender Waffenstillstand, nicht mehr. Ich bin überzeugt, er wäre fasziniert, einen Blick auf einen Stützpunkt der Navy in Brasilien werfen zu können. Und ich will die Brasilianer nicht verärgern, indem ich einen argentinischen Offizier mitbringe. Wenn es nicht sein müßte, würde ich ihn nicht einmal wissen lassen, wo das Flugzeug ist.«

»Brauchen Sie nicht seine Hilfe, um es zu fliegen?«

»Nein. Es ist keine besondere Maschine. Ein kleines, zweimotoriges Lufttaxi, mehr ist es nicht. Damit komme ich allein zurecht.«

»Und Sie wollen allein navigieren? Ich könnte mitkommen.«

»Sie bleiben hier und sorgen dafür, daß Ettinger nicht abhaut«, sagte Clete. »Aber danke für das Angebot, Chief.«

Schultz zuckte mit den Schultern, um anzuzeigen, daß kein Dank nötig war. Dann fragte er: »Wollen Sie die Antwort auf die Botschaft schreiben, während wir auf Delgano warten?«

»Das ist keine große Sache. Wenn Sie das nächste Mal Kontakt haben, teilen Sie mit, daß ich kurz nach der Fertigstellung der Maschine in Porto Alegre sein werde.«

»Ich meinte, man will, daß Sie ›Galahad‹ und ›Kavallerie‹ identifizieren«, sagte Schultz. »Schnellstmöglich, heißt es.«

»Ich werde sie nicht identifizieren«, sagte Clete. »Ich will nicht das Risiko eingehen, daß einer von ihnen auffliegt.«

»Der Luftwaffen-Typ und Coronel Martin, richtig?«

Clete gab keine Antwort.

»Mr. Frade, ich arbeite für Sie«, sagte Schultz. »Ich habe nur gefragt, um klarzusehen. Wenn mich jemand fragt, habe ich keine Ahnung, wer Galahad und Kavallerie sind.«

»Wie kommen Sie auf Martin?«

»Ich dachte mir, es muß entweder er oder Capitán Lauffer sein, aber Delgano arbeitet für Martin. Zwei und zwei ergibt für gewöhnlich vier.«

»Für gewöhnlich«, sagte Clete und lachte.

»Ich finde, Sie können sie nicht einfach ignorieren«, sagte Schultz. »Ich meine, wir müßten ihnen die Gründe mitteilen, weshalb wir ihre Identität nicht preisgeben.«

»Meinen Sie wirklich?«

»Entweder das oder Namen erfinden«, meinte Schultz.

»Oh, Scheiße«, sagte Clete, ging ins Wohnzimmer und setzte sich an die Schreibmaschine. Er spannte ein Blatt Papier ein und schaute eine Weile nachdenklich vor sich hin. Dann tippte er einen einzigen Satz, zog das Blatt aus der Maschine und gab es Schultz.

> Bedauere, aber um absolut zuverlässige nachrichtendienstliche Informationen von Galahad und Kavallerie zu bekommen, war es nötig, mein Ehrenwort zu geben, daß ihre Identität nicht an Dritte weitergeben wird.

»Soll ich das wirklich senden?« fragte Schultz lachend.

»Es ist höflicher als ›leck mich am Arsch, ich sage es nicht‹ oder? Senden Sie das Wort für Wort.«

»Aye, aye, Sir.«

Ein Hausmädchen mit verschlafenen Augen betrat das Zimmer mit einer Kaffeekanne, Tassen und Untertassen auf einem Tablett. Einen Augenblick später traf Capitán Delgano im Morgenrock in Begleitung von Enrico ein.

Clete gab ihm den Auszug der Funkbotschaft, den Schultz getippt hatte.

»Ich würde es vorziehen, dieses Thema unter vier Augen zu diskutieren, Señor Frade«, sagte Delgano.

»Ich ziehe es vor, daß Chief Schultz bleibt«, erwiderte Clete. »Tut mir leid.«

»Nun denn«, sagte Delgano. »Ich nahm bereits an, daß das Flugzeug in Porto Alegre ist. Es ist ein bedeutender brasilianischer Luftstützpunkt, und sowohl die U.S. Navy als auch das Army Air Corps sind dort stationiert.«

»Tatsächlich?«

»Und so plante ich ein wenig voraus«, sagte Delgano. »Darf ich Ihnen das auf der Karte zeigen?«

»Selbstverständlich.«

Delgano legte Chief Schultz' Karte neben der Schreibmaschine auf den Schreibtisch und zeigte auf eine Stelle.

»Dies ist Santo Tomé in der Provinz Corrientes«, sagte er.

O Mann, Graham sagte, das neue Team sickert in der Provinz Corrientes nach Uruguay ein!

»Es liegt auf der anderen Seite des Rio Uruguay gegenüber von São Borja, Brasilien. Von Porto Alegre bis Santo Tomé sind es ungefähr 150 Kilometer. Da Ihr Flugzeug eine Reichweite von 1600 Meilen hat, sollten wir kein Problem haben ...«

»Moment mal«, unterbrach Clete. »Wenn ich mir das richtig überlege, hat die C-45 keine Reichweite von 1600 Meilen. Das ist vielleicht ein Übermittlungsfehler. Tausend ist wahrscheinlicher, und vielleicht sind es nur sechshundert.«

»Sechshundert scheint mir eine kurze Reichweite für ein Transportflugzeug«, sagte Delgano.

»Es ist kein Transportflugzeug«, sagte Clete. »Es ist ein Verbindungsflugzeug, ein kleines, zweimotoriges Lufttaxi.«

Delgano schaute ihn zweifelnd an. »Jedenfalls ist es kein Problem, wenn es nur eine Reichweite von sechshundert Meilen hat. Sechshundert Meilen sind fast tausend Kilometer. Wir sollten keine Schwierigkeiten haben ...«

»Ich fliege allein, Capitán Delgano«, unterbrach Clete. »Es ist unmöglich, Sie nach Brasilien mitzunehmen.«

Delgano dachte einen Moment lang darüber nach.

»In diesem Fall«, sagte er schließlich, »sind die Dinge vielleicht weniger kompliziert, als ich dachte. Reden wir zuerst über Santo Tomé.«

»Warum Santo Tomé?« fragte Clete. »Warum kann ich nicht auf direktem Kurs hierhin fliegen?«

»Über Uruguay?«

Clete nickte.

»Es wäre besser, zu vermeiden, überhaupt über Uruguay zu fliegen«, sagt Delgano. »Die Uruguayer patrouillieren an ihrer Grenze zu Brasilien, und wir patrouillieren an unserer Grenze mit Uruguay. Die Gefahr, daß Sie entdeckt werden, wäre viel geringer, wenn Sie direkt von Brasilien nach Argentinien und in die Provinz Corrientes fliegen, nicht nach Entre Rios oder in die Provinz Buenos Aires.«

Das ist der Grund, weshalb Graham dem Team befohlen hat, durch die Provinz Corrientes einzusickern. Sie werden vermutlich über den Fluß paddeln müssen, doch der Gedanke ist der gleiche – eine geringere Gefahr, beim Überqueren der Grenze erwischt zu werden.

»Okay«, sagte Clete, »erzählen Sie mir von Santo Tomé.«

»In Santo Tomé ist das Zweite Kavallerieregiment stationiert«, sagte Delgano. »Der Kommandeur ist ein Mitglied der Grupo de Oficiales Unidos. Noch wichtiger, dort gibt es eine Art Flugplatz.«

»Eine Art?«

»Als Ihr Vater Teniente Coronel war, Mayor Frade, war er Stellvertretender Kommandeur des zweiten Kavallerieregiments. Es ist Tradition, daß ein Offizier als Stellvertretender Kommandeur des Ersten oder Zweiten Kavallerieregiments dient, bevor er zum Coronel befördert wird.«

»Tatsächlich?«

»›Santo Tomé‹, pflegte Ihr Vater zu sagen, ›ist zweihundert Kilometer vom Nichts entfernt.‹ Während seiner Stationierung in Santo Tomé interessierte er sich sehr für den möglichen Wert von Verbindungs- und Aufklärungsflugzeugen für die Armee. Es war zu dieser Zeit allgemein abgemachte Sache, daß er befördert werden würde, wie es dann auch der Fall war, wenn er das Kommando über die Húsares de Pueyrredón übernahm. Als er dann um die Errichtung eines Behelfslandeplatzes in Santo Tomé ersuchte, wurde das Gesuch genehmigt. Ein Flugzeug der Armee, zufällig eine Piper Cub, wurde dem Zweiten Kavallerieregiment mitsamt einem Piloten – mir – und einer kleinen Abteilung Mechaniker zugeteilt. Unter meiner Aufsicht wurde angrenzend an die Kasernen des Zweiten Kavallerieregiments ein unbefestigter Flugplatz angelegt. Auf den ›Vorschlag‹ Ihres Vater hin wurde die Start- und Landebahn etwas länger angelegt, als es für eine Piper Cub nötig gewesen wäre. Sie sollte lang genug für eine Beechcraft Stagger-wing – also die mit versetzt angeordneten Tragflächen – sein, damit sie auch für größere Maschinen geeignet war. Er hatte gerade eine Beechcraft gekauft, und sie war auf dem Weg von den Vereinigten Staaten. Wenn er ins Edificio Libertador gerufen wurde, konnte er binnen Stunden nach Buenos Aires reisen, anstatt zwölf bis vierzehn Stunden mit dem Auto oder über Nacht mit dem Zug zu fahren.«

»Die Armee war damit einverstanden?« fragte Clete.

Delgano nickte.

»Und Sie waren der Pilot der Stagger-wing?«

»Der Pilot von Beech, der die Maschine überführte, zeigte mir, wie die Beech mit den versetzten Tragflächen geflogen wird«, sagte Delgano. »Und ich flog auch eine der Piper Cubs, die Ihr Vater auf seiner Estancia – San Miguel – bei Posadas hielt.«

»Was hatte das alles zu bedeuten?«

»Ihr Vater fand das Quartier in Santo Tomé, das dem Stellvertretenden Kommandeur des zweiten Kavallerieregiments zur Verfügung stand, unangemessen. Er verbrachte seine Wochenenden – diejenigen, an denen er nicht in Buenos Aires oder hier war – auf der Estancia San Miguel.«

»War das bevor oder nachdem Sie die Arbeit für Coronel Martin begannen?«

»El Coronel Martin trat seinen Dienst an, nachdem Ihr Vater befördert worden war und Kommandeur der Húsares de Pueyrredón wurde«, sagte Delgano. »Ich hatte zuvor für den Mann gearbeitet, den er ablöste.«

»Mit anderen Worten, Sie haben meinen Vater die ganze Zeit bespitzelt?«

»Ich ziehe es vor, es als Erfüllung meiner Pflicht als Offizier des Büros für Innere Sicherheit zu betrachten«, sagte Delgano. »Ihr Vater verstand das schließlich, Mayor Frade.«

»Okay«, sagte Clete nach einer Weile. »Diesen Flugplatz, den Sie anlegten, damit mein Vater seine Wochenenden in Buenos Aires verbringen konnte, gibt es immer noch?«

»Nach der Beförderung und Versetzung Ihres Vaters wurde er nicht oft benutzt, aber er ist noch da. Vor kurzem erhielt dort der befehlshabende Offizier die Anweisung, sicherzustellen, daß die Start- und Landebahn in Schuß gehalten wird, um Maschinen wie der Stagger-wing zu genügen.«

»Wann erhielt er die Anweisung?«

»Kurz nachdem wir die Bedingungen erfuhren, unter denen Sie das Flugzeug aus Brasilien importieren.«

Kapiert. Wenn der Staatsstreich scheitert, werden Delgano, Ramirez, Rawson und die anderen zu diesem Behelfslandeplatz fliegen – der in den Händen des Zweiten Kavallerieregiments sein wird. Dort wird die Maschine aufgetankt und entweder nach Brasilien oder – wahrscheinlicher – nach Paraguay geflogen werden.

»Mit anderen Worten …«, begann Clete.

»Ich nehme an, Sie verstehen die Lage, Mayor Frade«, fiel ihm Delgano ins Wort. »Ich bezweifle, daß wir über die Einzelheiten sprechen müssen.«

»Was ist mit Treibstoff?« fragte Clete.

»Dafür ist gesorgt worden«, sagte Delgano. »Ich schlage vor, daß Sie und ich morgen nach Santo Tomé fahren. Es sind von hier aus fünfzehn oder sechzehn Stunden …«

»Ich habe heute etwas in Buenos Aires zu erledigen.«

»Der Nachtzug verläßt Buenos Aires um zweiundzwanzig Uhr und trifft am nächsten Morgen um neun Uhr in Santo Tomé ein. Können Sie Ihre Geschäfte in Buenos Aires bis dahin erledigen?«

»Ja.«

»Sehr gut. Ich werde nach Santo Tomé fahren. Heute abend. Es ist bereits morgen, nicht wahr, wenn wir hier fertig sind. Ich werde Sie in Santo Tomé am Zug abholen und zum Zweiten Kavallerieregiment bringen. Wir werden die Start- und Landebahn inspizieren und uns vergewissern, daß der Treibstoff da ist. Dann werde ich Sie zur Fähre über den Rio Uruguay bringen. Ich nehme an, ich kann Sie durch den Zoll und die Einwanderungsbehörde bringen, ohne daß Ihr Paß gestempelt wird oder irgendwelche Fragen gestellt werden. Dann wäre es Ihre Sache, von São Borja nach Porto Alegre zu reisen. Würde das ein Problem sein?«

»Nein«, sagte Clete. »Warten Sie. Ich brauche etwas brasilianisches Geld.«

»Das werde ich für Sie in Santo Tomé haben. Ich schlage vor, Sie kaufen eine Fahrkarte nach Posadas, geben als Ihr Ziel die Estancia San Miguel an, die in der Nähe von Posadas liegt, und verlassen dann den Zug einfach in Santo Tomé.«

»Okay«, sagte Clete. »Die Start- und Landebahn in Santo Tomé ist wohl unbeleuchtet?«

»Ich vermute, die Brasilianer sollen nichts von Ihrem Flug mitbekommen, richtig? Sie müssen die Grenze in den Stunden der Dunkelheit überqueren?« fragte Delgano.

Clete nickte.

»Ja, die Start- und Landebahn ist unbeleuchtet«, sagte Delgano. »Ich werde während der Stunden der Dunkelheit eine Befeuerung in Form eines Pfeils brennen lassen. Wenn Sie den Pfeil überfliegen, werde ich die Benzinlampen anzünden lassen. Wir können diese Einzelheiten in Santo Tomé durchgehen.«

»Okay.«

»Ist das jetzt alles?« fragte Delgano.

Clete nickte. »Ich nehme es an.«

»Soll ich noch etwas für Sie erledigen, Mr. Frade?« fragte Chief Schultz.

»Schicken Sie die Funkbotschaft, von der wir gesprochen haben«, sagte Clete. »Und sorgen Sie dafür, daß Ettinger hierbleibt.«

»Aye, aye, Sir.«

2

Avenida Coronel Diaz
Palermo, Buenos Aires

14. April 1943, 8 Uhr 15

Durch Zufall sah Clete, der im Begriff war, die weiße Marmortreppe hinab in die Halle des ›Museums‹ zu gehen, daß Antonio die Haustür öffnete, offenbar auf ein Klingeln in der Küche oder sonstwo hin, das Clete nicht gehört hatte.

Clete verharrte, um zu sehen, wer Einlaß begehrt hatte. Wenn es nicht Tony oder Delojo waren, würde er umkehren und sich nicht zeigen.

Es waren Tony und Delojo, beide in Zivilkleidung.

Tony sieht wirklich todschick aus, dachte Clete ein wenig selbstzufrieden.

In Washington hatte er festgestellt, daß Tonys Vorstellung von ›geschmackvoller Ausgehkleidung‹ eine zweifarbige Jacke, pastellfarbene Hose und ein farbiges Hemd ohne Krawatte war, dessen Kragen er über dem Jackenkragen trug. Clete war mit ihm in das Herrenbekleidungsgeschäft Woodward & Lothrop gegangen und hatte den Kauf seiner Garderobe beaufsichtigt. Tony trug jetzt einen einreihigen grauen Flanellanzug, ein weißes Hemd mit Button-down-Kragen und eine rotgestreifte Krawatte.

Sein Anzug paßt besser als der Delojos.

»Hier oben«, rief Clete und fügte für Antonio hinzu: »Bringen Sie uns bitte Kaffee und etwas Gebäck, ja?«

Tony eilte die Treppe hinauf und nahm immer zwei Stufen auf einmal.

Als Clete vor einer Stunde an seine Tür in La Boca geklopft hatte, war Tony hellwach und quietschvergnügt gewesen und hatte glänzende Augen gehabt. Da hatte

Clete ein wenig unfreundlich gedacht: *Er sieht aus wie ein guter Fallschirmjäger, der seit dem Morgengrauen auf den Beinen ist und hundertfünfzig Liegestütze gemacht hat, bevor er auch nur an das Frühstück gedacht hat.*

Commander Delojo nahm nur eine Stufe auf einmal, lächelte matt und gezwungen und sah aus wie jemand, der soeben widerwillig sein Bett verlassen, geduscht und sich rasiert hat.

»Du siehst wie eine Modereklame im *Esquire* aus, Tony«, sagte Clete.

»Ich sehe, du hast deine Cowboy-Montur abgelegt, Major, Sir.«

»Mir blieb nichts anderes übrig. Ich treffe mich mit meiner zukünftigen Schwiegermutter zum Mittagessen«, sagte Clete. Dann reichte er Delojo die Hand. »Guten Morgen, Commander. Ich habe Kaffee bestellt. Möchten Sie sonst noch etwas? Das ist kein Problem.«

»Kaffee wäre prima, danke, Frade«, sagte Delojo. »Ich glaube nicht, daß wir verfolgt wurden, aber ...«

»Da sind ein paar BIS-Typen in einer Wohnung auf der anderen Straßenseite«, sagte Clete. »Gehen wir davon aus, daß sie von Ihrem Besuch hier wissen werden.«

»Ich verstehe nicht. Sollten wir uns nicht besser irgendwo treffen ...«

»Dann würde jeder von uns von BIS-Agenten beschattet werden. Ich bezweifle, daß wir sie alle abschütteln könnten. Warum sollten wir es also versuchen?«

Er führte sie ins Schlafzimmer.

»Wir können hier reden«, sagte er. »Hier gibt es keine Wanzen.«

»Woher wollen Sie das wissen?« fragte Delojo herausfordernd.

»Enrico hat die eine gefunden, die im Kronleuchter versteckt war«, sagte Clete. »Und er hat mir gesagt, daß nirgendwo sonst eine angebracht worden sein kann.«

»Wessen Wanze war das?«

»Vermutlich eine vom BIS«, sagte Clete. »Tony sagte mir, Sie wollen mich sprechen.«

Delojo sah sich unschlüssig im Zimmer um. »Ich wünschte, ich könnte Ihr Vertrauen in Ihren Mann teilen«, sagte er.

»Was liegt an?« fragte Clete ungeduldig.

»Der Teamchef ist erfolgreich über den Rio Uruguay in eine Stadt namens Santo Tomé in der Provinz Corrientes eingesickert.«

»Nur der Teamchef?«

»Es ist ein Fünf-Mann-Team. Der Chief ist eingesickert. zwei andere Männer sind in einer Stadt namens São Borja an der anderen Seite des Flusses in Brasilien. Die restlichen beiden und die Radar- und andere Ausrüstung sind noch auf dem Marinestützpunkt in Porto Alegre. Die Infiltration des Teamchefs war eine Art Probe, um zu sehen, wie schwierig das Einsickern werden wird. Der Rio Uruguay ist ein breiter Fluß.«

»Wie hat er den Fluß überquert?«

»Vermutlich in einem Boot. Ich nehme an, sie haben ein Schlauchboot oder mehrere Schlauchboote.«

»Wieviel wiegt dieses Radar? Wird es durch die Tür der C-45 passen? Wieviel andere Ausrüstung haben sie? Dieselbe Frage, was wiegt sie, und wird sie durch die Tür der C-45 passen?«

»Vermutlich haben Sie einen Grund für die Frage?«

»Ich fahre heute abend nach Santo Tomé. Dann nach Porto Alegre, und danach werde ich die C-45 nach Santo Tomé fliegen. Ich werde allein in der C-45 sein. Wenn ich das Material nicht in die Maschine reinbekommen kann, dann ist es vernünftiger, es in einem Schlauchboot über den Fluß zu schmuggeln.«

»Von alldem höre ich zum ersten Mal«, sagte Delojo.

»Das meiste hat sich soeben erst ergeben«, erwiderte Clete. »Ich wollte Sie irgendwann morgen treffen – bevor ich hörte, daß der Teamchef bereits in Argentinien ist.«

»Warum Santo Tomé?« fragte Delojo.

»Ich habe einen Handel mit ... gewissen Leuten gemacht. Sie helfen mir, das Flugzeug nach Argentinien zu bringen. Genauer gesagt, zu einem Behelfslandeplatz bei Santo Tomé.«

»Welchen Handel?«

»Ich habe das unangenehme Gefühl, Commander, daß Sie denken, ich muß Sie um die Genehmigung meiner Aktionen bitten.«

»Sie sollen Ihre Aktionen mit meinen koordinieren, Major. Ich nehme an, Colonel Graham weiß von Ihren Plänen?«

»Er weiß, daß ich in zwei Tagen die Maschine in Porto Alegre abholen werde.«

Es klopfte an der Tür, und ein Mädchen kam mit einem Tablett herein, auf dem zwei Kannen und Geschirr standen. Sie stellte das Tablett auf den Schreibtisch.

Clete amüsierte sich, als Tony, der sich aus einer der Kannen bedienen wollte, mehr überrascht als empört ausstieß: »Hey, das ist heiße Schokolade!«

»Fallschirmjäger trinken keine Schokolade wie Weicheier, was?«

»Du sagst es, Major.«

»Dieser schon. Der Kaffee hier zerfrißt meinen Magen.«

Commander Delojo wartete, bis das Mädchen das Zimmer verlassen hatte, schenkte sich Kaffee aus der anderen Kanne ein, gab Sahne und Zucker hinzu und fragte dann: »Sie bringen die C-45 illegal her, nicht wahr?«

»Sagen wir ›heimlich‹, nicht illegal.«

»Ich verstehe nicht den Unterschied.«

»Sagen wir, ich bin zuversichtlich, daß ich die Maschine ohne irgendwelche Probleme von Porto Alegre via Santo Tomé nach Argentinien bringen kann und von Santo Tomé zur Estancia San Pedro y San Pablo.«

»Hat das etwas mit Galahad und/oder Kavallerie zu tun?«

»Es überrascht mich, daß Sie diese Namen kennen.«

»Ich habe eine Funkbotschaft von Direktor Donovan erhalten, in der er verlangt, daß ich die Namen identifiziere.«

»Wann haben Sie die erhalten?«

»Gestern nacht.«

»Von Donovan?«

»Von Direktor Donovan. Wer sind Galahad und Kavallerie?«

»Das kann ich Ihnen nicht verraten«, sagte Clete.

»Obwohl Direktor Donovan mich angewiesen hat, diese Leute zu identifizieren, können Sie mir das nicht verraten?«

»So ist es.«

»Es ist Ihnen klar, daß ich melden muß, daß ich Sie um die Identifizierung gebeten habe und Sie sich geweigert haben, sie mir zu nennen?«

»Ich habe Orakel bereits informiert, daß ich die Namen dieser Leute nicht preisgeben kann«, sagte Clete. »Ich biete Ihnen an, zu helfen, daß Sie das Team und die Ausrüstung nach Argentinien bringen. Wenn Sie meine Hilfe nicht wollen, dann ist das prima.«

»Ich kann Ihr Verhalten wirklich nicht verstehen, Major«, sagte Delojo. »Sie sind überhaupt nicht kooperativ.«

»Heißt das, Sie wollen meine Hilfe nicht haben?«

»Wie wollen Sie helfen?«

»Wie halten Sie Kontakt mit Porto Alegre?«

»Wir haben dort einen Agenten.«

»Hühnerhund?«

»Diesen Namen habe ich nie gehört.«

»Ihr Agent weiß von der C-45?«

»Selbstverständlich.«

»Nun, dann schlage ich vor, Sie nehmen Kontakt mit Ihrem Mann auf – entweder ist es Hühnerhund mit anderem Namen oder er weiß, wer Hühnerhund ist – und stellen fest, ob das Radar und die andere Ausrüstung und die beiden anderen Jungs vom Team in die C-45 passen werden. Wenn ja, sorgen Sie dafür, daß die Ausrüstung und die beiden Jungs bereit sind, wenn ich dort eintreffe. Wenn nicht, haben sie Pech gehabt. Dann haben wir's versucht.«

»Ich glaube, ich brauche dafür die Genehmigung von Colonel Graham.«

»Es bleibt keine Zeit, um Graham um Genehmigung zu fragen.«

»Nicht auszudenken, welche Folgen es hat, wenn Sie beim Einfliegen mit der C-45 und dem Radar und zwei Agenten an Bord entdeckt werden ...«

»Es bleibt keine Zeit, um Graham um Genehmigung zu fragen«, wiederholte Clete. »Ich fahre hier heute abend um zweiundzwanzig Uhr ab, und bis dahin haben wir unmöglich eine Antwort.«

Delojo schüttelte den Kopf und dachte über die Konsequenzen nach.

»Okay«, sagte Clete ungeduldig. »Machen wir es so: Sie sind dafür verantwortlich, Ashtons Team und dessen Ausrüstung nach Argentinien und von Santo Tomé zur Estancia San Pedro y San Pablo zu bringen. Das sind Ihre Sorgen, und ich kümmere mich darum, die C-45 zur Estancia San Pedro y San Pablo zu bringen.«

»Sie würden jeden von Santo Tomé zur Estancia San Pedro y San Pablo fliegen? Wollen Sie das damit sagen?«

Clete nickte.

Delojo atmete tief durch.

»Und das kann nicht um ein paar Tage verschoben werden, bis wir alles mit Orakel koordiniert haben?«

»Ich bin heute abend um zweiundzwanzig Uhr im Zug nach Santo Tomé«, sagte Clete. »Wo ist Ashton?«

»Im Automobilclub im Argentina Hotel in Santo Tomé.«

»Wenn Sie eine Botschaft an Orakel funken, Commander«, sagte Clete, »können Sie darin bitten, Graham zu übermitteln, daß ich plane, entweder morgen nacht oder übermorgen früh über die Grenze nach Brasilien zu gehen?«

»Wie kommen Sie auf den Gedanken, daß ich Orakel eine Botschaft funke?«

»Wenn ich Sie nicht völlig mißverstanden habe, Commander, dann werden Sie bei Ihrer Rückkehr in die Botschaft sofort Orakel über all dies informieren, damit genügend Zeit ist, die ganze Operation stoppen zu lassen, bis ich in Porto Alegre bin, wenn Orakel mein Vorhaben nicht ›genehmigt‹.«

»Das wird nicht nötig sein, Major Frade, wenn Sie bereit sind, Ihre Operation um zweiundsiebzig Stunden zu verschieben«, sagt Delojo. »In dieser Zeitspanne können wir die Genehmigung oder Ablehnung erhalten.«

»Wir haben keine zweiundsiebzig Stunden Zeit«, sagte Clete. »Haben Sie sonst noch etwas für mich?«

»Ich nehme an, das ist alles«, sagte Delojo. »Ich schlage vor, daß Sie Ashton klarmachen, wenn Sie ihn treffen, daß die Aufnahme seiner beiden Männer und des Radars in Porto Alegre ein provisorischer Plan ist.«

»Für den Fall, daß Sie keinen Kontakt mit ihm haben, bevor ich welchen habe, meinen Sie?«

»Ich verstehe Sie wirklich überhaupt nicht, Frade«, sagte Delojo.

»Bleib noch einen Moment, ja, Tony?« sagte Clete. Dann fügte er zu Delojo gewandt hinzu: »Ich meine nur einen Moment, Commander. Sie können auf ihn warten.«

Er ging zur Tür und hielt sie für Delojo auf. Dann schloß er sie hinter ihm.

»Was, zur Hölle, hat das alles zu bedeuten?« fragte Tony.

»Er hätte mich gern Männchen bauen lassen und mir befohlen, zu tun, was seiner Meinung nach getan werden sollte, aber er ist sich nicht sicher, ob er die Befugnis hat.«

»Mir fiel auf, daß er dich mit ›Major‹ ansprach.«

»Tony, ich traue Dave nicht.«

»Wie bitte?«

»Daß er auf der Estancia bleibt, meine ich.«

»Du willst, daß ich Babysitter bei ihm spiele?«

»Kannst du von der Botschaft wegkommen?«

»Ja. Delojo hatte anscheinend einen kleinen Plausch mit dem Militärattaché. Jetzt macht er sich dünn, wenn er mich sieht, anstatt mich als Laufburschen zu behandeln.«

»Fahr zur Estancia San Pedro y San Pablo und paß auf Dave auf, bis ich zurück bin«, sagte Clete.

»In Ordnung«, erwiderte Tony. »Es sei denn, du willst, daß ich dich begleite, wenn du den Vogel holst.«

»Ich habe darüber nachgedacht. Aber du hast einen Diplomatenpaß ...«

»Ja«, sagte Tony und gab ihm die Hand. »Viel Glück, Clete. Mach nichts Dummes.«

3

Botschaft des Deutschen Reichs
Avenida Córdoba
Buenos Aires, Argentinien

14. April 1943, 10 Uhr 25

Major Hans-Peter Freiherr von Wachtstein war keine halbe Minute in seinem kleinen Büro mit der hohen Decke – es war höher als breit, hatte er einst festgestellt – und hatte gerade erst sein Jackett ausgezogen, um es auf einen Bügel zu hängen, als Günther Loche hereinkam.

»Guten Morgen, Herr Major«, sagte Günther heiter und legte einen Stapel Zeitungen und einige Zeitschriften auf Peters etwas verschrammten Schreibtisch. »Hatte der Major heute morgen einen angenehmen Flug von Montevideo?«

Sehr nett, daß du fragst, danke. Standartenführer Goltz wollte schnell zurück, und so flogen wir über das Wasser. Ich schaffte es dreimal, die Maschine stottern und absacken zu lassen, als wir vom Land fort waren, und wenn der Standartenführer sich nicht in die Hosen gepißt hat, dann war er nahe daran.

»Einen sehr angenehmen, danke«, erwiderte Peter. »Und Sie, Günther, sind heute morgen abscheulich fröhlich. Sie haben einigen Fliegen die Flügel ausgerissen, wie?«

»Wie – wie meinen Sie das, Herr Major?« fragte Günther verwirrt.

Peter hatte Mitleid mit ihm.

»Ich sagte, Sie wirken frohgemut«, sagte Peter. »Gibt es gute Neuigkeiten?«

»Oberst Grüner sagte, er ersucht um ein Stipendium für mich, Herr Major «, sagte Günther.

»Tatsächlich? Welche Art Stipendium?«

»Dieselmotor-Technologie, Herr Major. Im Vaterland. Der Herr Oberst sagte, daß Dieselmotoren die Zukunft sind.«

Im ›Vaterland‹?

»Und wann hatten Sie dieses Gespräch mit dem Oberst, Günther?«

»Heute morgen. Er sagte mir, daß Standartenführer Goltz mit ihm darüber sprach.«

»Tatsächlich?«

Was, zum Teufel, soll das?

»Am Wochenende habe ich den Herrn Standartenführer und den Ersten Sekretär Gradny-Sawz gefahren, Herr Major. Der Standartenführer war so freundlich, dem Herrn Oberst zu sagen, daß er äußerst beeindruckt von der Erfüllung meiner Pflicht war, und daß ich es wert bin, ausgebildet zu werden, um größere Verantwortung zu übernehmen.«

»Faszinierend«, sagte Peter.

»Für einen sehr bedeutenden Mann, Herr Major, ist der Standartenführer sehr freundlich.«

Was hat der Hurensohn Goltz vor? Ist er schwul? Gott weiß, daß es genug davon in der SS gibt, einschließlich seines guten Freundes Werner von Tresmarck in Montevideo.

»Ja, das habe ich bemerkt«, sagte Peter.

»Oberst Grüner sagte, Botschafter Graf von Lutzenberger wird das genehmigen müssen, Herr Major, aber er sieht kein Problem, ein Stipendium zu arrangieren. Der Herr Oberst sagte mir, er wird dem Herrn Botschafter berichten, daß ich ein zuverlässiger, hart arbeitender Angestellter bin, der das Zeug zu einer Beförderung hat.«

»Und Sie würden mit diesem Stipendium nach Deutschland reisen?«

»Jawohl, Herr Major. Für ein halbes Jahr oder so. Zum Technischen Institut von Daimler-Benz in Stuttgart.«

»Ah, Stuttgart.«

»Und der Standartenführer sagte, es ist sogar möglich, daß ein Platz in der Condor-Maschine für mich frei ist, Herr Major.«

Und wenn du von Bord gehst, du armer Idiot, wird man dir sagen, daß es eine kleine Änderung in der Planung gibt. Zuerst wirst du als Schütze Arsch an die Ostfront geschickt. Und später, wenn du geholfen hast, die kommunistische Horde aufzuhalten, kannst du zum Technischen Institut von Daimler-Benz in Stuttgart gehen.

Was bezweckt Goltz damit? Ist das eine Art perverser Spaß? Will er Günther tatsächlich nach Deutschland schicken? Warum?

»Nun, viel Glück, Günther.«

»Danke, Herr Major Freiherr!« Günther schlug die Hacken zusammen, machte eine tadellose Kehrtwendung und marschierte aus dem Büro.

Peter setzte sich an seinen Schreibtisch und überflog die Titelseiten von *Freie Presse, La Nacion, La Prensa, Buenos*

Aires Herald und die der Zeitschriften. Eine von letzteren blätterte er auf, *La Vida!*, ein Wochenmagazin, das hauptsächlich Fotos von jüngeren Mitgliedern von Buenos Aires' Oberschicht brachte, die an gesellschaftlichen Anlässen teilnahmen. Peter zog die Karte hervor, die ihm Humberto Duarte bei dem Empfang nach der Beisetzung von el Coronel Jorge Guillermo Frade auf dem Friedhof Recoleta gegeben hatte.

Er legte das Kärtchen auf die aufgeschlagene *La Vida!* Wenn jemand unerwartet in sein Büro kam, konnte er es schnell verstecken, indem er einfach eine Seite der Zeitschrift umblätterte.

Handelsbank Zürich 0405567

Privatbank Gebrüder Hach Zürich 782967

Banque de Suisse et Argentina Zürich 45607

Anglo-Suisse Banque de Commerce Basel 970012

Peter war sich nicht ganz sicher, ob er alles verstanden hatte, was ihm Humberto gesagt hatte, obwohl er so viele Fragen gestellt hatte, wie ihm eingefallen waren. Er erinnerte sich, daß Humberto gesagt hatte, er habe Schwierigkeiten gehabt, Geld von Generalleutnant von Wachtsteins Nummernkonto bei der Handelsbank zur Privatbank Gebrüder Hach zu transferieren. Vorherige Transfers waren glatt gegangen. Was diesmal passiert war, wußte anscheinend keiner.

Weder Humberto persönlich noch die Anglo-Argentinische Bank hatten eine Korrespondenz-Beziehung – was auch immer das bedeutete – mit der Handelsbank. Aber Humberto hatte eine ›persönliche Beziehung‹ mit den Gebrüdern Hach, was offenbar hieß, daß sie taten, was er ihnen sagte, ohne Fragen zu stellen oder Akten anzulegen.

Die Handelsbank hatte jedoch die Gebrüder Hach informiert, daß es ›verwaltungstechnische Probleme‹ gebe und deshalb der Transfer der Gelder von Kontonummer 0405567 zu einer ›kurzen Verzögerung‹ führe.

»Ich nehme an, Peter, daß sie nur gebührend vorsichtig sind«, hatte Humberto gesagt. »Die vorsichtige Prozedur erlaubt ihnen, das Geld, sagen wir mal, noch für zwei Wochen zurückzuhalten. Und täglich laufen Zinsen auf, wie Sie wissen.«

Es bestand auch die Möglichkeit, daß die Nazis hinter das geheime Konto gekommen waren, eine schmerzliche Erwägung.

Humberto hatte erklärt, daß die Anglo-Argentinische Bank eine ›Korrespondenz-Beziehung‹ mit sowohl der Banque de Suisse in Argentinien als auch der Anglo-Suisse Banque de Commerce unterhielten wie die Handelsbank. »Weniger Vorsicht gibt es zwischen Korrespondenzbanken, Peter, als zwischen Banken, besonders Privatbanken, die keine Korrespondenzbanken vor Ort haben.«

Nach einigem Nachdenken gelangte Peter zu dem Schluß, daß es das beste in der Zukunft für Geldtransfers war, daß Generalleutnant von Wachtstein die Handelsbank anwies, die Gelder entweder an die Anglo-Suisse Banque de Commerce zu überweisen – wo Humberto die Kontonummer 970012 kontrollierte – oder an die Banque de Suisse, wo er Kontonummer 45607 überwachen konnte. Humberto würde dann diese Banken anweisen, die Gelder zur Privatbank der Gebrüder Hach zu transferieren, die sie dann auf sein persönliches Konto bei der Anglo-Argentinischen Bank in Buenos Aires überweisen würde.

Obwohl Humberto ihn geduldig und praktisch an der Hand durch all dies geführt hatte, war Peter immer noch verwirrt. Dieses Problem wurde noch verstärkt durch die Notwendigkeit, Dieter von und zu Aschenburg, den Condor-Piloten, durch diesen Irrgarten zu führen. Dieter mußte sich alles außer den Banknamen und Kontonummern einprägen und dann in Deutschland an Generalleutnant von Wachtstein weitergeben.

Normalerweise trafen sie sich, wenn Dieter eine Condor nach Buenos Aires flog – wie man es von zwei Veteranen der Legion Condor im Spanischen Bürgerkrieg erwarten konnte –, und es blieb viel Zeit, um diese Art Dinge zu regeln. Aber diesmal war ein Treffen unmöglich. Das einzige Mal, an dem Dieter ohne die Gesellschaft von Karl Nabler, dem Kopiloten, war, befand sich Peter auf der Carzino-Cormano-Estancia oder in Uruguay mit Goltz.

Peter hatte erwogen und sich dagegen entschieden, alles aufzuschreiben und von Dieter nach Deutschland schmuggeln zu lassen, zur Übermittlung an seinen Vater. Peter wußte, daß Dieter das ohne Frage getan hätte – nicht nur, weil einige der Gelder auf der Handelsbank Generalleutnant von Wachtstein von der Familie von und zu Aschenburg anvertraut worden waren –, aber es war zu riskant für Dieter und für seinen Vater und – wenn die Daten in falsche Hände gerieten – für die gesamte Operation.

Er konnte das Problem nur lösen, indem er Dieter das Kärtchen mit den Banknamen und Kontonummern gab und dann versuchte, ihm klarzumachen, was Humberto Duarte ihm nicht ganz erfolgreich zu erklären versucht hatte.

Peter nahm das Kärtchen, schaute lange darauf – *es ist völlig unmöglich, daß sich Dieter all das merken kann; er wird das Kärtchen mitnehmen und hoffen müssen, daß er nicht von der Gestapo durchsucht wird, bevor er es verbrennen oder verschlucken kann* –, und dann steckte er es in die Tasche und nahm den *Buenos Aires Herald*.

Er hatte es sich gerade bequem gemacht, seine Krawatte gelockert und die Füße auf eine offene Schublade des Schreibtischs gelegt, als Standartenführer Goltz in Zivil eintrat, ohne anzuklopfen.

Peter nahm sofort die Füße von der Schublade und stand auf.

»Oh, behalten Sie Platz, von Wachtstein«, sagte Goltz.

»Wie kann ich zu Diensten sein, Standartenführer?« fragte Peter und erhob sich trotzdem.

»Ich wollte Sie gerade nach Ihren Plänen für den Tag fragen«, sagte Goltz.

»Nichts besonderes, Standartenführer, bis vier am Nachmittag. Dann bringe ich die Diplomatenpost raus zum El Palomar und übergebe sie dem Condor-Piloten.«

»Die Neugier veranlaßt mich zu der Frage, ob Sie den Dienst immer mit der Lektüre einer englischen Zeitung beginnen.«

»Mit der englischen Zeitung, Standartenführer, und *La Nacion* und *La Prensa* und ...« Er wies auf die Zeitungen und Zeitschriften, die Günther auf den Schreibtisch gelegt hatte. »Ich blättere sie durch, um Informationen von Interesse für Oberst Grüner zu finden.«

»Natürlich, daran hätte ich denken sollen. Was haben die Engländer heute zu sagen?«

»Daß sie glorreiche Siege an allen Fronten erzielt haben, Standartenführer, und daß wir verlieren. Wenn man dem *Herald* glaubt.«

»Ich nehme an, das ist nicht anders zu erwarten«, sagte Goltz und lächelte. »Finden Sie jemals etwas – das Sie glauben können –, das von Interesse ist?«

»Gelegentlich gibt es etwas, Standartenführer, meistens in den Gesellschaftsspalten. Zum Beispiel die Verwendung von Anglo-Argentiniern in verschiedenen britischen Einheiten, woraus oftmals die Position der Einheit hervorgeht. Ich glaube, Oberst Grüner gibt das dann an die Abwehr weiter, damit es für die Gefechtsaufstellung benutzt werden kann.«

»Wann fliegt die Condor ab?«

»Vermutlich gegen achtzehn Uhr oder etwas später.«

»Von Berlin aus flogen wir früh am Morgen.«

»So?«

»Ich bin neugierig, warum die Condor bei Einbruch der

Dunkelheit abfliegt. Warum nicht heute früh? Oder morgen früh?«

»Ich könnte mir vorstellen, Standartenführer – ich *weiß* es nicht –, damit sie in den Stunden der Dunkelheit von der brasilianischen Küste wegfliegen kann.«

»Warum?«

»Die Brasilianer haben jetzt See-Aufklärungsflugzeuge, Standartenführer. Sie suchen nach unseren U-Booten, aber sie würden sich freuen, wenn sie auf die Condor stoßen.«

»Könnten sie die abschießen?«

»Das ist unwahrscheinlich. Die Condor ist schneller als die brasilianischen Flugzeuge – das sind für gewöhnlich Catalinas, Maschinen der amerikanischen Navy –, aber unter den richtigen Umständen ...«

»Unter den ›richtigen‹ oder ›falschen‹?«

»Ich nehme an, daß ich wie ein Jagdflieger denke, Standartenführer. Ich bin ausgebildet, um Flugzeuge abzuschießen, nicht um eine Konfrontation zu vermeiden.«

»Ja, das sind Sie natürlich«, sagte Goltz lächelnd. »Ich habe nach Ihren Plänen gefragt, von Wachtstein, weil ich Ihrem Vater versprochen habe, ein wenig mit Ihnen zu plaudern – Sie sind offenbar kein großer Briefschreiber ...«

»Ich befürchte, das stimmt leider, Standartenführer.«

»... und ich soll die väterliche Mißbilligung übermitteln.«

»Die väterliche Mißbilligung ist zur Kenntnis genommen, Standartenführer.«

»Ich überlege gerade – es würde in meinen Terminplan passen –, daß ich mit Ihnen zum Flugplatz fahren könnte. So haben wir unterwegs eine Gelegenheit zum Plaudern, und vielleicht könnten wir zu Abend essen ...«

»Die Argentinier denken vor einundzwanzig Uhr noch nicht einmal an Abendessen, Standartenführer.«

»Nun, dann trinken wir einen oder zwei, und wenn wir dann um einundzwanzig Uhr noch an Essen denken können, werden wir vielleicht irgendwo einkehren.«

»Ich stehe ganz zu Ihrer Verfügung, Standartenführer.«

»Nun, kommen Sie dann in Herrn Gradny-Sawz' Büro, wenn Sie die Postsäcke haben und abfahrbereit sind? Das wäre gegen sechzehn Uhr?«

»Natürlich wann immer es Ihnen paßt, Standartenführer, aber ich hatte vorgehabt, um fünfzehn Uhr dreißig aufzubrechen.«

»Dann also um fünfzehn Uhr dreißig«, sagte Goltz. »Ich freue mich darauf.«

Er hob den Arm zum Nazigruß.

»Heil Hitler!«

Peter stand still und erwiderte den Gruß.

»Heil Hitler!« bellte er.

4

Büro des Direktors
Anglo-Argentinische Bank
Calle Bartolomé Mitre 101
Buenos Aires, Argentinien

14. April 1943, 13 Uhr 15

»Señores«, sagte Humberto Valdez Duarte am fernen Ende des langen, mit Einlegearbeiten verzierten Konferenztisches, »leider haben Señor Frade und ich einen Termin, den wir nicht absagen oder verschieben können, und wir müssen hier aufhören.«

Gott sei Dank. Ich kann das nicht mehr ertragen! dachte Señor Frade, der seit halb zehn am anderen Ende des langen Konferenztisches saß.

Zwischen den beiden saßen sieben Anwälte und Buchprüfer, zwei *escribanos* und ein Sekretär. Die Funktion der *escribanos*, hatte Clete schließlich herausgefunden, war ein Mittelding zwischen Notar und Anwalt. Der Tisch war von Papieren übersät, viele in Stapeln und zusammengebunden mit etwas, das wie Schnürsenkel aussah.

Clete hatte nur richtig verstanden, daß die Geschäftsbeteiligungen seines Vater noch größer und komplizierter waren, als er gedacht hatte. Es war ihm klar, daß ihm noch klar werden mußte, was da alles lief.

Mehrmals hatte er geglaubt, die Stimme des alten Mannes zu hören: *Du darfst nie vergessen, Cletus, für jeden Dollar, den ein reicher Mann hat, gibt es drei gerissene Hundesöhne, die versuchen, ihn ihm abzugaunern.*

Und das hatte ihn natürlich zu der Frage geführt, wie der alte Mann reagieren würde, wenn er den Brief erhielt, in dem er ihm mitteilte, daß er eine Argentinierin heiraten würde.

Es war schwierig gewesen, sich auf etwas zu konzentrieren, was man ihm erklärte. Seine Gedanken schweiften von finanziellen Einzelheiten und Immobilien zu den Problemen ab, die ein Überlandflug bringen würde, bei dem er vielleicht fünf Stunden Zeit hatte – und das auf dem Kopilotensitz. Und er flog des Nachts, navigierte nach unvertrauten Funksignalen und deshalb höchstwahrscheinlich mit dem Hosenboden – und die ganze Zeit mußte er verhindern, daß er von Brasilianern und Argentiniern entdeckt wurde.

»Vielleicht können wir uns morgen treffen …«, fuhr Humberto fort.

Kommt nicht in Frage!

»… oder übermorgen. Ich werde Sie vorher informieren.«

Mit etwas Glück werde ich übermorgen in Brasilien sein. Und was sage ich Humberto? ›Bedaure, ich kann nicht an dem Treffen teilnehmen, ich muß ein Flugzeug in die Provinz Corrientes schmuggeln?‹

Es dauerte fünf Minuten, allen Teilnehmern der Konferenz die Hand zu schütteln. Fünf der Teilnehmer sagten: »All die Einzelheiten kann man wirklich nicht in einer Konferenz besprechen, wir müssen uns so bald wie möglich privat treffen«, oder Worte dieser Art.

Aber schließlich verließen Clete und Humberto die Anglo-Argentinische Bank in der Calle Bartolomé Mitre, wo Enrico am Steuer von Cletes Buick wartete.

Clete stieg schnell hinten ein und überließ Humberto den Beifahrersitz.

»Claridge's Hotel, por favor, Enrico«, sagte Humberto.

Die Straßen im Finanzdistrikt von Buenos Aires waren von Banken gesäumt, und auf den schmalen Bürgersteigen wimmelte es von gutgekleideten Männern mit Aktentaschen. Als der Wagen langsam durch die schmalen, vom Verkehr verstopften Straßen fuhr – Enrico hupte ständig –, blickte Clete auf und sah die amerikanische Flagge an einem oberen Stock des Gebäudes der Bank of Boston flattern, wo die US-Botschaft ihre Büros hatte. Er sah Gebäude, in denen sich die National City Bank of New York, La Banco de Galicia und die Dresdner Bank befanden.

Gerade als Clete ein Messingschild mit der Aufschrift ›Claridge's Hotel‹ auf einem Gebäude bemerkte, bog Enrico auf die Zufahrt ab und stoppte.

»Da sind wir!« kündigte Humberto an.

Das Restaurant befand sich im Erdgeschoß. Die getäfelten Wände, schweren Möbel und die lange Bar erinnerten Clete an das Adolphus Hotel in Dallas.

Humberto wurde auf englisch vom Oberkellner begrüßt. Clete bemerkte, daß die Bruchstücke der Unterhaltungen, die er auf dem Weg an der umlagerten Bar vorbei zum Speiseraum aufschnappte, ebenfalls auf englisch geführt wurden.

Englisches Englisch, kein amerikanisches.

An einem Tisch wurden sie erwartet von Señorita Dorotea Mallin; ihrer Mutter; Señora Claudia Carzino-Cormano; und von drei Gentlemen der Geistlichkeit, von denen Clete nur Padre Kurt Welner mit Namen kannte.

Dorotea war in ihrer sittsamen Stimmung, das sah Clete sofort. Es überraschte ihn nicht, daß sie bei dem argentinischen Küßchen-Ritual, den Kopf so wandte, daß ein zufälliges Berühren der Lippen absolut ausgeschlossen war.

»Beatrice bedauert, daß sie nicht hier sein kann«, kündigte Humberto an. »Sie hat Migräne.«

Die Anwesenden drückten pro forma Mitgefühl aus, aber Clete sah Erleichterung auf allen Gesichtern.

Die Geistlichen wurden vorgestellt. Der große, dünne, fast kahlköpfige Mann war der hochwürdige Reverend (im Titel eines Dekans) Matthew Cashley-Price von der anglikanischen Kathedrale, und der joviale Ire war Monsignore Patrick Kelly, einer der Abteilung Geistlicher, die beim Gottesdienst vor der Beisetzung seines Vaters teilgenommen hatte.

Der Blick des hochwürdigen Reverend Mr. Cashley-Price machte Clete ganz klar, daß zwar Gott dem sündigen Cletus Howell Frade vergeben haben mochte, obwohl er eine der Jungfrauen seiner Herde entjungfert hatte, er selbst jedoch noch nicht ganz dazu bereit war.

»Es gibt gute Neuigkeiten …«, sagte Padre Welner, und dann unterbrach er sich. »Möchten Sie etwas trinken?«

»Ein kleiner Whisky würde gut runtergehen«, sagte Clete.

»Wenn Sie die guten Neuigkeiten hören«, sagte Monsignore Kelly, »werden Sie vielleicht Champagner wünschen.«

»Whisky jetzt, Champagner später?« fragte Clete.

»Der arme Cletus hatte einen schlimmen Morgen«, sagte Humberto. »Geschäfte, Sie verstehen.«

Er hob die Hand mit zwei ausgestreckten Fingern, um Whisky zu bestellen.

»Das hatten wir alle«, sagte Dorotea.

»Haben Sie mit dem Kardinal-Erzbischof gesprochen, Padre?« fragte Humberto Padre Welner.

»Seine Eminenz hat großzügig die Erlaubnis erteilt, daß der hochwürdige Reverend Cashley-Price mir bei der Hochzeitsmesse assistiert«, antwortete Monsignore Kelly an Welners Stelle.

»Es wird für Sie nötig sein, Cletus ...«, begann der hochwürdige Reverend Mr. Cashley-Price, und dann unterbrach er sich. »Es macht Ihnen doch nichts aus, wenn ich Sie ›Cletus‹ nenne, oder?«

»Nein, Father.« Clete sagte sich, daß die Aussicht fünf zu eins stand, daß Cashley-Price von der High-Church war und diese Form der Anrede bevorzugte.

»Es wird natürlich nötig sein, Cletus, daß Sie und Dorotea an unserer vorehelichen Beratung teilnehmen. Der Bischof bestand darauf.«

Ein Kellner servierte zwei Gläser mit Whisky für Clete und Humberto.

»Ich möchte bitte auch einen«, sagte Claudia Carzino-Cormano, »wenn es Ihnen nichts ausmacht. Pamela?«

»Ich glaube, ich warte auf den Champagner«, sagte Pamela Mallin.

»Bringen Sie Champagner«, bestellte Humberto. »Einen sehr guten.«

Clete hielt die Hand über sein Glas mit Whisky, damit der Kellner kein Eis oder Soda hinzufügte, hob das Glas und trank einen großen Schluck.

»Bei dem ... äh ... wie soll ich es ausdrücken«, fuhr Cashley-Price fort, »Zeitdruck sind wir gezwungen, gleich mit der vorehelichen Beratung anzufangen. Ich habe morgen um fünfzehn Uhr eine freie Stunde. Dann könnten wir unsere erste Sitzung abhalten. Würde Ihnen das passen, Cletus? Dorotea?«

»Ich bin morgen nicht in der Stadt«, sagte Clete.

»Du *mußt* morgen in der Stadt sein«, wandte Dorotea ein.

»Es läßt sich nicht vermeiden, Dorotea«, sagte Humberto. »Er muß wirklich weg. Geschäfte, die er nicht einfach absagen kann.«

Ich danke dir, Onkel Humberto!

»Wohin muß er denn?« fragte Dorotea.

»Posadas«, sagte Clete.

»Zur Estancia San Miguel«, fügte Humberto hinzu. »Geschäftlich.«

»Und wann werden Sie zurückkehren, Cletus?« fragte Cashley-Price.

»Ich könnte Sie anrufen, wenn ich zurück bin«, schlug Clete vor.

»Wir sind unter großem Zeitdruck«, sagte Cashley-Price.

Kellner brachten Claudias Whisky und Champagner. Der erste Kellner blieb abwartend stehen, bis der zweite Kellner Champagner eingeschenkt und die Speisekarten verteilt hatte.

Humberto bestellte eine zweite Flasche Champagner.

Zwei von Humbertos Bekannten blieben am Tisch stehen, um Humberto mit Handschlag zu begrüßen.

Clete blickte zu Dorotea, die ihn finster anschaute.

»Cletus, ich weiß, was du denkst«, sagte sie. »Wir *müssen* uns mit Father Cashley-Price treffen.«

»Das weiß ich«, sagte Clete und lächelte sie an. »Damit er uns erklärt, wie man es macht.«

»Hier gibt es sehr gutes Lammfilet«, empfahl Humberto.

»Darf ich dem glücklich Paar zuprosten?« sagte Padre Welner und hob sein Glas an.

»Wenn die Zeremonie morgens stattfindet«, sagte Pamela Mallin, »erwarten die Leute nicht, daß sie zum Übernachten eingeladen werden.«

»Nun, einige Leute werden ohnehin übernachten müssen«, wandte Claudia ein. »Und Hochzeiten am Nachmittag sind viel schöner.«

»Ich habe *überhaupt* keinen Hunger«, sagte Doroteá.

»Du mußt essen, Liebes«, sagte Pamela Mallin.

»Ich esse für zwei, willst du das damit sagen, Mutter?«

»Das wollte ich überhaupt nicht sagen.«

»Lamm klingt gut für mich«, sagte Clete.

»Ich muß noch eine Frage stellen, Cletus«, kündigte Monsignore Kelly an. »Sie sind als Christ getauft, nicht wahr?«

»Sie begreifen das Wesentliche nicht, Father«, sagte Padre Welner. »Natürlich ist er getauft. Die Kirche betrachtet ihn als einen der unsrigen. Da gibt es keine Frage. Ich glaube, Seine Eminenz hat nur Dispens erteilt, weil er – wie viele Leute in Rom – mit der Auffassung übereinstimmt, daß die anglikanischen heiligen Weihen und gewiß die von Father Cashley-Price Gültigkeit haben. In diesem Fall ...«

»Entschuldigen Sie mich bitte«, sagte Clete. »Ich muß mir die Hände waschen.«

In den Pissoirs auf der Herrentoilette gab es auf der Innenseite Karikaturen von Kaiser Hirohito, Adolf Hitler und Benito Mussolini.

Clete fragte sich flüchtig, ob es in den Pissoirs des Kempinski-Hotels auf der anderen Seite der Stadt Karikaturen von Franklin Roosevelt, Winston Churchill und Charles de Gaulle gab.

»Sie geben Adolf einen guten Strahl, nicht wahr?« sagte eine vertraute Stimme hinter ihm. »Oder bewirkt der doppelte Whisky, den Sie so schnell runtergekippt haben, eine so gute Treffsicherheit?«

Clete blickte über die Schulter und sah Milton Leibermann.

»Lassen Sie sich nur Zeit, Tex«, sagte Leibermann. »Wenn man pinkeln muß, dann muß man pinkeln.«

Cletes ursprünglicher Ärger verschwand. Er mußte lächeln.

Leibermann warf schnell einen Blick in alle Toilettenkabinen, um sich zu vergewissern, daß sie leer waren. Dann eilte er zur Tür der Toilette und klemmte seinen Schirm unter den verchromten Griff. Er vergewisserte sich, daß die Tür von außen nicht geöffnet werden konnte, wandte sich um und lächelte Clete an.

»Haben Sie mich verfolgt, Sherlock?« fragte Clete.

»Warum glauben Sie mir nicht, daß ich immer hier esse?«

»Natürlich glaube ich das. Würde jemand mit Ihrem Job lügen?«

»Was gibt's neues, Tex?«

»Nicht viel, Milton.«

»Komisch, ich dachte, übers Wochenende hätten Sie vielleicht etwas gehört, das ich wissen möchte.«

»Nicht die Bohne.«

»Nicht einmal, daß sie ihre kleine Revolution haben werden? Ich höre von Anzeichen darauf, daß sie verdammt bald stattfinden wird.«

»Ich habe nichts gehört. Vielleicht versuchen sie, es geheimzuhalten.«

»Und vielleicht würden Sie mir nichts sagen, wenn Sie etwas wüßten«, sagte Leibermann. »Ich will Ihnen sagen, was ich tun werde, Tex. Ich werde im Zweifelsfall zu Ihren Gunsten entscheiden.«

»Danke.«

»Ich werde Ihnen sogar etwas sagen, das ich gehört habe und das Sie vielleicht interessiert.«

»Und das wäre?«

»Dieser SS-Mann, über den wir sprachen. Er hat einen Kontraktmann auf Ihren Ettinger angesetzt.«

»Was ist ein Kontraktmann?«

»Murder Incorporporated? Lewis ›Lepe‹ Buchhalter? Klingelt's? Netter jüdischer Junge, der böse wurde?« Buchhalter war ein berüchtigter käuflicher Killer in New York City.

»Den Namen habe ich schon gehört.«

»Ich habe viel Zeit mit seiner Einkommensteuererklärung verbracht«, sagte Leibermann. »Jedenfalls bedeutet ein Kontrakt, daß man jemand für die Ermordung von jemand anderem bezahlt. Standartenführer Goltz setzte einen Kontraktmann auf Ihren Ettinger an.«

»Tatsächlich?«

»Entweder ist es Ihnen gleichgültig, oder Sie haben es bereits gehört.«

»Ich habe es bereits gehört«, sagte Clete. »Aber ... ehrlich, ich danke Ihnen, Leibermann.«

»Ich fand das sehr interessant. Nur Ettinger soll umgelegt werden. Nicht Sie und die Fallschirmjäger, die Schiffe sprengen. Nur Ettinger. Meinen Sie, weil Ettinger Jude ist? Oder lassen Sie ihn etwas erledigen, was den Deutschen mißfällt, und es spielt keine Rolle, daß er Jude ist?«

»Das letztere«, sagte Clete. »Das nehme ich jedenfalls an.«

»Sagen Sie mir, was es ist?«

Clete schüttelte den Kopf. »Nein.«

»Vielleicht weiß ich schon, was er sucht«, sagte Leibermann.

»Ich kann es nicht sagen. Tut mir leid.«

»Vielleicht kann ich ihm etwas sagen, das ihn am Leben halten würde«, sagte Leibermann. »Sie hatten damals Glück bei dem Mordversuch. Die haben hier Leute, die sogar dem Buchhalter eine Lektion erteilen könnten.«

»Ich habe ein paar kennengelernt«, sagte Clete. »Keine netten Leute.«

»Sagen Sie ihm, daß er vorsichtig sein soll.«

»Das habe ich bereits.«

»Ihr Freund von Wachtstein flog Goltz gestern nach Montevideo und brachte ihn heute zurück. Sie wissen nicht zufällig, was das zu bedeuten hat?«

»›Mein Freund von Wachtstein‹?«

Verdammt, ich soll Peter heute abend im The Fish treffen. Statt dessen werde ich auf dem Weg nach Santo Tomé sein.

»Er war ein Ehrengast bei dem Gedenkgottesdienst für Ihren Vater auf der Estancia.«

»Sie müssen überall Freunde haben«, sagte Clete. »Von Wachtstein war dort der guten Manieren wegen. Er geht mit einem der Carzino-Cormano-Mädchen.«

»Das habe ich gehört. Haben Sie jemals daran gedacht, sich mit ihm anzufreunden?«

»Um Himmels willen, er ist ein deutscher Offizier.«

»Haben Sie *Boys' Town* gesehen? Spencer Tracy sagt darin: ›Es gibt keinen bösen Buben‹, und meint Mickey Rooney. Ich nehme an, nicht *alle* Deutschen sind schlecht. Tatsache ist, daß ich eine Reihe von guten kenne. Vielleicht ist von Wachtstein einer der guten. Haben Sie jemals die Bezeichnung ›einen Agenten umdrehen‹ gehört?«

»Nein. Aber ich kann mir vorstellen, was es bedeutet.«

»Denken Sie darüber nach, Tex«, sagte Leibermann. »Und denken Sie darüber nach, ob Sie mir sagen, warum die Deutschen, die bösen Deutschen, man nennt sie ›Nazis‹, Ettingers Tod wollen.«

Er ging zur Tür und zog seinen Schirm fort.

»Oh, fast hätte ich die Glückwünsche vergessen. Viel Glück.«

»Wofür?«

»Ist das dort draußen keine glückliche Hochzeitsparty? Sollte eine tolle Hochzeit werden bei drei Priestern.«

Er schob die Tür auf und ging hinaus.

Clete wusch sich die Hände und kehrte zu der glücklichen Hochzeitsparty zurück.

XVII

1

Flugplatz El Palomar
Buenos Aires, Argentinien

14. April 1943, 17 Uhr 25

Standartenführer Goltz und Peter von Wachtstein waren gerade erst bei der Botschaft in Oberst Grüners Mercedes gestiegen, als Goltz plötzlich leutselig wurde. Peter fand es interessant, daß Goltz nicht damit angefangen hatte – wenn es die Einleitung einer (einseitigen) freundschaftlichen Beziehung war –, als sie in Uruguay gewesen waren.

»Wie lassen Sie sich vorzugsweise von Ihren Freunden anreden, von Wachtstein?« fragte Goltz mit einem Lächeln. »Hans-Peter oder Hans oder Peter?«

»Hans, Standartenführer.«

Das stimmte nicht. Schon als Sechsjähriger hatte er die Erfahrung gemacht, daß die Leute aus Hans die Koseform Hänsel machten, und er hatte nicht mit ›Hänsel und Gretel‹ in Verbindung gebracht werden wollen. Da es sich als unmöglich erwiesen hatte, jeden nach einer fairen Warnung mit der Nase darauf zu stoßen, der ihn Hans nannte, nahm er die umgekehrte Philosophie an. Da Arschlöcher ihn Hans nannten, ermunterte er Arschlöcher, das zu tun.

»Es würde Ihnen nichts ausmachen, wenn ich Sie Hans nenne, nicht wahr, von Wachtstein?«

»Überhaupt nichts, Standartenführer.«

»Es gibt einen Zeitpunkt, an dem ein gewisser Verzicht auf Förmlichkeiten zwischen Offizieren nicht nur erlaubt, sondern sogar wünschenswert ist, finden Sie nicht auch?«

»Das habe ich oftmals gedacht, Standartenführer.«

»Das Geheimnis ist, Hans, daß der Rangniedrigere in solchen Umständen nicht genau vorhersehen kann, wann der Ranghöhere in der Stimmung für einen zwanglosen Umgang ist. Ich spreche aus Erfahrung. Ich habe einmal den Fehler gemacht, als ich Sturmbannführer war und Brigadeführer Max Ruppert mit Vornamen ansprach ... kennen Sie ihn übrigens?«

»Ich hatte noch nicht die Ehre, Standartenführer.«

»Feiner Kerl. Hervorragender Offizier. Eine Zeitlang befehligte er die Leibstandarte von Adolf Hitler. Jedenfalls, er war zu diesem Zeitpunkt nicht in der Stimmung, sich von einem rangniedrigeren Sturmbannführer mit Max anreden zu lassen, obwohl ich ihn seit Jahren kannte. Er hielt mir eine Standpauke, an die ich mich immer noch schmerzlich erinnere.«

Peter lachte pflichtschuldig.

Wenn diese Bemerkung als Warnung gedacht war, dich nicht mit Vornamen anzureden, dann war sie überflüssig.

Auf dem ganzen Weg zum Flughafen plauderte Goltz freundlich über Belangloses. Peter stellte fest, daß es wirklich nur Plauderei war, nichts ungewöhnlich Neugieriges oder Bedrohliches.

Aber von dem Moment an, an dem Golz ›einen kleinen Plausch‹ mit anschließendem Essen vorgeschlagen hatte, fühlte sich Peter unbehaglich. Allein die Vorstellung, daß Goltz ihn nach El Palomar begleitete, nervte ihn – das würde fast mit Sicherheit das Gespräch stören, das er mit Dieter führen mußte –, aber es gab sicherlich auch einen Grund für Goltz' freundschaftliches Getue, und Peter fragte sich, was Goltz von ihm wollte.

Als sie sich dem Passagier-Terminal näherten, kam die Condor in Sicht.

»Da ist sie«, sagte Peter. »Ein schöner Vogel, nicht wahr?«

»Fehlt Ihnen das Fliegen, Hans?« fragte Standartenführer Goltz.

»Sehr, Standartenführer«, erwiderte Peter.

Günther stoppte auf einem Parkplatz, der für das Diplomatische Korps reserviert war, sprang aus den Wagen und öffnete die Tür für Goltz.

»Ich werde kurz mit Nabler sprechen, Hans«, sagte Goltz, als Peter ausgestiegen war. »Eine persönliche Sache. Können wir irgendwo Kaffee trinken, während Sie das mit der Diplomatenpost erledigen?«

»Es gibt ein kleines Restaurant im Abfertigungsgebäude, Standartenführer.«

»Nun, können Sie Nabler für mich suchen und ihm sagen, wo er mich findet?«

»Selbstverständlich, Standartenführer.«

Welche Verbindung gibt es zwischen ihm und Nabler? Als Dieter mich vor Nabler warnte, dachte ich, weil er ein begeisterter Nazi ist. Wenn Goltz mit ihm sprechen will, ist er mehr als das. Was? Hält er ein Auge auf Dieter im besonderen oder nur, weil die SS gern jeden im Auge behält, der in der Lage ist, Zeit außerhalb von Deutschland zu verbringen? Als Dieter nicht von Nabler fortkommen konnte, sagte er, daß Nabler ihm überallhin folgt wie ein brünftiger Dachshund einer läufigen deutschen Dogge. War das ein Zufall, oder wird Dieter von Nabler beobachtet? Und wenn ja, warum?

Peter beobachtete, wie Goltz zum Abfertigungsgebäude ging. Dann ging er zum Wagenheck, um Günther mit der Diplomatenpost zu helfen. Es waren drei Postsäcke und eine Stahlkassette.

»Ich komme damit zurecht, Herr Major«, sagte Günther.

»Ihr Angebot ist verlockend, Günther, aber leider darf ich die Sachen nicht aus den Augen lassen.«

Peter nahm zwei der Postsäcke und schleifte sie zum Tor im Zaun. Als er hindurch war, sah er Dieter und Karl Nabler um die Condor herumgehen. Sie erledigten die Kontrollen vor dem Flug.

Er ging zu ihnen und sah mit einem Blick über die Schulter, daß Günther ihm folgte und unter dem Gewicht des dritten Postsacks und der Stahlkassette schwankte.

»O Mann«, sagte Dieter, »das hat mir gerade noch gefehlt. Was, zur Hölle, ist in dieser Stahlbox, Peter?«

»Das hat man mir nicht verraten.«

»Kannst du dir vorstellen, was all dieser Scheiß wiegt?«

»Ich kenne das Gewicht genau. Hundertvierzig Komma zwo Kilo«, sagte Peter. »Hallo, Nabler.«

»Herr Major«, erwiderte Nabler.

»Das bringt mich mit vollem Tank auf ungefähr dreihundert Kilo über Maximalgewicht«, sagte Dieter.

»Du hättest vor dem Tanken an deine Fracht denken sollen«, sagte Peter. »Wir von der Luftwaffe nennen das ›Flugplanung‹.«

»Vielen Dank für deinen Rat«, sagte Dieter sarkastisch. »Du kannst mich mal, Peter.«

»Standartenführer Goltz möchte mit Ihnen sprechen, Nabler«, sagte Peter. »Er ist im ... Günther, würden Sie den Ersten Offizier Nabler zu Standartenführer Goltz führen?«

»Jawohl, Herr Major!«

»Bringen wir diese Post in den Vogel«, sagte Peter, als Nabler Günther folgte.

»Wir von der Lufthansa haben so etwas wie ›Kontrollen vor dem Flug‹«, sagte Dieter. »Kann deine verdammte Post nicht warten?«

Clete schüttelte den Kopf. »Nein.«

Dieter nahm die Stahlkassette und den Postsack, die von Günther abgestellt worden waren, und prophezeite: »Ich kann dieses Zeug tragen, aber ich bin mir verdammt sicher, daß ich damit nicht die Leiter raufklettern kann.«

Er stellte alles ab, schnappte sich den dritten Postsack und stieg die Leiter zum Passagierabteil hinauf. Peter schaute auf die Leiter und nahm dann nur einen der Postsäcke, bevor er die Leiter hinaufstieg.

Dieter stoppte gleich hinter der Tür und hob die Stimme. »Willi?«

Peter schaute durch die Kabine zum Cockpit, wo ein Mann auf der Position des Bordingenieurs saß.

»Kapitän?« fragte der Mann.

»Da stehen ein Postsack und eine Kassette unter der Tragfläche. Würden Sie die Sachen bitte für mich holen?«

»Jawohl, Herr Kapitän!«

»Verstauen Sie sie im hinteren linken Laderaum«, sagte Dieter, und dann sagte er leise zu Peter: »Willi ist sehr gefällig. Er will nicht zur Luftwaffe zurückgeschickt werden. Flugingenieure der Luftwaffe-Condors verbringen viel Zeit in Rußland.«

»Sind noch viele Condors übrig?«

»Nicht viele. Unser geliebter Führer hat vier für seine persönliche Nutzung. Ich nehme an, es gibt insgesamt noch vier oder fünf andere. Oder sechs. Aber nicht mehr.

Ich frage mich, wie lange sie diese Farce noch fortsetzen können. Weißt du, wie viele Leute ich auf der Passagierliste habe? Fünf.«

»Wenn diese Flüge gestrichen werden, was machst du dann?«

»Ich werde viel Zeit in Rußland verbringen, nehme ich an.«

»Ich muß etwas mit dir besprechen«, sagte Peter. »Es ist wichtig.«

Er nahm das Kärtchen mit den Banknamen und Kontonummern aus der Tasche. Dieter stellte nicht viele Fragen, und Peter fragte sich, wieviel er verstand und zuverlässig seinem Vater übermitteln konnte.

»Gehst du ein Risiko ein, wenn du diese Karte bei dir trägst?« fragte Peter, als Dieter das Kärtchen in seine Hemdtasche schob.

»Mir macht eher Sorge, daß ich, sagen wir mal, in vier Stunden aus dem Fenster blicke und sehe, daß mir der Pilot einer B-24 winkt.«

Er wies mit dem Daumen hinab, ein Befehl zum Landen.

»Eine B-24?« fragte Peter überrascht.

»Die Amerikaner haben den Brasilianern eine Navy-Version der B-24 gegeben. Sie sind so schnell wie die Condor, und sie haben Halb-Zoll-Browning-MPis in Geschütztürmen. In vier Geschütztürmen, wenn ich mich richtig erinnere, plus ein paar einzelne Bordwaffen im Rumpf.«

»Wenn das passiert, was wirst du dann tun?«

»Ich werde versuchen, Nabler davon abzuhalten, die B-24 zu rammen, während ich den nächsten brasilianischen Flughafen anfliege und die weiße Flagge schwenke.«

»Welche Beziehung hat Nabler mit Goltz?«

»Ich dachte bisher, er beobachtet mich, und Gott weiß, daß er das auch macht, aber jetzt denke ich, daß etwas mehr im Busch ist.«

»Irgendeine Ahnung, was es sein könnte?«

»Du bist der Nachrichtenoffizier, Peter. Ich bin nur einfacher Flugkapitän.«

Peter hörte ein Geräusch. Er blickte zur Tür und sah, daß Nabler die Leiter heraufstieg.

»Guten Flug, Dieter«, sagte Peter.

»Die Flughafenleitung fragt, Herr Kapitän, wann Sie abfliegen werden«, sagte Nabler.

»Sobald wir die Kontrollen durchgeführt haben«, erwiderte Dieter. Er gab Peter die Hand. »Ich werde deinem Vater sagen, wie tapfer du dich in diesem Höllenloch fernab der Bequemlichkeiten der Heimat hältst«, sagte er. »Vorausgesetzt, ich kann diese überladene Kiste heil auf den Boden bringen.«

Er hob den rechten Arm. »Heil Hitler!«

Peter erwiderte den Nazigruß.

»Guten Flug, Dieter«, sagte er. »Heil Hitler!«

2

Restaurant »The Horse«
Avenida del Libertador
Buenos Aires, Argentinien

14. April 1943, 19 Uhr 05

Als sie auf der Avenida del Libertador an den Polo-Spielfeldern der argentinischen Armee gegenüber vom Hipódromo vorbeifuhren, neigte sich Major Hans-Peter Freiherr von Wachtstein auf dem Rücksitz vor.

»Günther, auf dieser Seite der Brücke«, sagte er. »The Horse. Der Parkplatz ist dahinter.«

»Jawohl, Herr Major!«

»Was ist das, Hans?« fragte Standartenführer Josef Goltz.

»Ein Lokal, das ich manchmal besuche, Standartenführer. Ich habe die Erfahrung gemacht, daß schnelle Pferde schöne Frauen anziehen.«

»Aha«, sagte Goltz.

Peter hatte ursprünglich vorgehabt, mit Goltz etwas in der Bar des Plaza Hotels zu trinken. Die Entscheidung, ins The Horse zu gehen, war impulsiv.

Er fragte sich, ob das clever von ihm war. Er wußte nicht, wie genau er vom argentinischen Büro für Innere Sicherheit oder Oberst Grüners Agenten beschattet wurde, aber es gab keinen Zweifel, daß er unter ständiger Überwachung stand. Wenn ihn jemand mit Cletus Frade ins The Horse hatte gehen sehen oder ihn wieder heute abend oder in Zukunft mit Cletus dort sehen würde, dann würde es einige Verwirrung geben, wenn man ihn ebenfalls mit Standartenführer Goltz dort sah.

Der wahrscheinlichere Grund für seinen Sinneswandel war jedoch, daß er plötzlich einen Whisky brauchte. Oder zwei. Nicht mehr als zwei, das wäre dumm in Goltz' Gegenwart. Aber er brauchte jetzt gleich etwas zu trinken, nicht erst in einer Viertelstunde, wenn sie beim Plaza-Hotel sein würden.

Was auf El Palomar geschehen war, hatte ihn beunruhigt. Obwohl Kapitän Dieter von und zu Aschenburg ein guter und erfahrener Pilot war, hatte er es schwer gehabt, Lufthansa-Flug 666 vom Boden hochzubekommen. Ein paar sehr lange Sekunden, bevor die Condor sich schließlich schwankend in die Luft erhoben hatte, hatte es ausgesehen, als würde Dieter über die Startbahn hinausschießen, ohne abzuheben.

Es war windstill. Der Windsack hing schlaff am Mast auf dem Tower. Peter nahm an, daß Dieter vermutlich mit *etwas* Wind für den Start gerechnet hatte, doch seine Hoffnung hatte sich nicht erfüllt.

Das war schlimm genug, aber als Peter neben Goltz in den Mercedes stieg, erinnerte er sich an Dieters Geste, das Handzeichen, zu landen oder abgeschossen zu werden, das man ihm wahrscheinlich geben würde, wenn die Condor von einer der B-24-Maschinen abgefangen wurde, welche die Amerikaner den Brasilianern gegeben hatten.

Und das löste plötzlich eine sehr klare Erinnerung an den damaligen Hauptmann Hans-Peter von Wachtstein der Jagdstaffel 232 aus, der die gleiche Geste aus dem Cockpit seiner Focke-Wulf 190 von einem B-17 Piloten in der Nähe von Kassel gesehen hatte.

Die B-17 war mit an Sicherheit grenzender Wahrscheinlichkeit entweder vor oder nach ihrem Bombenabwurf auf Berlin von der Fliegerabwehr getroffen worden. Die Beschädigung seines Rumpfs und der Tragflächen stammte nicht von MG-Feuer. Der linke Innenbordmotor war ausgefallen – der Propeller war in Segelstellung gewesen –, und sein rechter Innenbordmotor war weg gewesen. Die rechte Tragfläche war geschwärzt vom brennenden Motor gewesen.

Der Pilot trudelte bei weniger als tausend Fuß dahin und versuchte die Maschine in der Luft zu halten, bis er aus Deutschland heraus war. Er wußte vermutlich, daß er es nicht heim schaffen würde, und er hoffte, bis nach Belgien oder den Niederlanden zu gelangen, wo er wenigstens eine Chance hatte, daß die Résistance ihn herunterkommen sah und sich um ihn und die noch lebenden Mitglieder seiner Crew kümmern würde.

Peter flog neben ihn und gab ihm das Zeichen zu landen oder abgeschossen zu werden. Zu diesem Zeitpunkt hatte er keine Lust, seiner Liste von abgeschossenen Flugzeugen ein weiteres hinzuzufügen, indem er eine schwer beschädigte Maschine abschoß.

Der Pilot schaute ihn voller Entsetzen an und schüttelte dann sehr langsam den Kopf, appellierte entweder an Peters Ritterlichkeit oder Gnade. Peter wiederholte das

Zeichen ›Lande oder du wirst abgeschossen‹, und dann wurde die Frage schließlich akademisch. Aus der rechten Tragfläche schlugen Flammen, und dann brach sie zusammen' und die B-17 geriet ins Trudeln. Zwanzig Sekunden später krachte sie in das Feld eines Bauernhofs und explodierte.

Bis Dieter vorhin mit dem Daumen das Zeichen ›Lande oder ich schieße dich ab!‹ gemacht hatte, war es Peter vergönnt gewesen, die Erinnerung an den B-17-Piloten zu verbannen, der langsam den Kopf geschüttelt hatte. Jetzt war die Erinnerung wieder da.

Der Pilot, dachte er, war vermutlich ein junger Mann, der in seiner Art sehr Cletus geähnelt hatte. Nun, vielleicht nicht genau. Cletus war Jagdflieger, Kampfpilot, aber Pilot. Ein Pilot wie er und Dieter. Peter war überzeugt, daß Dieter Clete mögen würde, wenn er ihn kennen würde. Und umgekehrt.

Warum, zum Teufel, töten wir uns gegenseitig?

Günther sprang aus dem Wagen, eilte um ihn herum und hielt die Tür für Standartenführer Goltz auf. Peter stieg aus dem Mercedes aus und führte Goltz ins The Horse.

»Man hat die Wahl, Standartenführer: Man kann an der Bar sitzen oder an einem Tisch; oder man kann auf der Galerie Platz nehmen. Die Sicht von der Galerie ist besser, aber an der Bar hat man die Chance, die Bekanntschaft mit Einheimischen zu machen.«

Goltz dachte darüber nach.

»Ich schlage vor, wir setzen uns auf die Galerie, Hans«, sagte er. »Ich möchte über etwas mit Ihnen sprechen, das niemand mithören sollte.«

Peter folgte ihm die Treppe zur Galerie hinauf, und Goltz wählte einen Tisch am Geländer. Sofort tauchte ein Kellner auf und nahm ihre Bestellung entgegen. Peter widerstand der Versuchung, Whisky zu bestellen, und nahm statt dessen ein Bier. Nach einem Augenblick der Unentschlossenheit bestellte Goltz Whisky.

Als der Kellner fort war, schaute Goltz unverfroren zu den Frauen an der Bar unterhalb von ihnen.

»Die manchmal schmerzlichen Kosten der Pflicht«, sagte er. »Sehen Sie sich mal die an!«

»Die einheimischen Damen sind sehr attraktiv, nicht wahr?«

»Sensationell! Ich könnte die nächsten drei Tage damit verbringen, die Nase zwischen diese Brustwehr zu stecken!«

Peter lachte.

»Wenn Sie sich dadurch besser fühlen, Standartenführer, ich habe die Erfahrung gemacht, daß neunundneunzig Prozent der hiesigen Frauen ein Schild um den Hals tragen, das man auf den ersten Blick nicht sieht, auf dem jedoch steht ›Ansehen darfst du, aber nicht berühren!‹

»Tatsächlich?« erwiderte Goltz, und es klang enttäuscht.

»Es mag an ihrem spanischen Erbe liegen«, sagte Peter. »Ich dachte damals immer, wir würden in Spanien auf der falschen Seite kämpfen. Man hat mich verläßlich informiert, daß die spanischen Kommunisten an freie Liebe glauben. Das traf nicht auf die Ladys zu, die El Caudillo* unterstützten. Wie ihre argentinischen Kusinen sparen sie sich die Liebe für das Ehebett auf.«

»Und Sie konnten diese unglückliche Situation nicht überwinden?«

»Die Konkurrenz war groß, wenn man eine Fokker auf einem Versorgungsflug nach Deutschland flog, Standartenführer. Die Mädchen an der Bar im Hotel am Zoo oder Adlon sind weitaus dankbarer und großzügiger gegenüber einem kühnen Flieger, der sich von dem noblen Krieg gegen die kommunistische Bedrohung erholt.«

* General Franciso Franco, der spanische Faschistenführer, war als ›El Caudillo‹ – ›Der Führer‹ – bekannt wie Adolf Hitler als ›Der Führer‹.

»Das ist mir aufgefallen. Einige der Mädchen, die ich im Hotel am Zoo oder Adlon gesehen habe, ziehen anscheinend popelige junge Leutnants der Luftwaffe ranghöheren und besser aussehenden SS-Offizieren vor.«

»Ich bin überzeugt, daß Sie nicht aus persönlicher Erfahrung sprechen, aber die Damen im Adlon ziehen popelige Leutnants der Luftwaffe tatsächlich ranghöheren Offizieren der SS vor.«

»Oh, aber ich spreche aus persönlicher Erfahrung, Hans.« Goltz legte eine Pause ein. Dann fragte er: »Hatten Sie dort das Vergnügen, Frau von Tresmarcks Bekanntschaft zu machen?«

Nun, ich habe mich vermutlich geirrt. Er ist kein Schwuler, der scharf auf Günthers jungen Körper ist. Was hat dann dieses Stipendium im Vaterland zu bedeuten?

»Ich habe leider das Gegenteil erfahren«, sagte Peter. »Das Falsche an diesen Bars ist – ich hoffe, Sie werden mir verzeihen –, daß sie von den ranghöheren Offizieren besucht werden. Die jungen Damen ziehen ranghohe Offiziere den rangniedrigen vor.«

»Meine Frage war, ob Sie Frau von Tresmarck vom Adlon oder vom Hotel am Zoo her kennen.«

»Ich hatte gehofft, daß Sie diese Frage vergessen würden.«

»Das, mein lieber Hans, bestätigt meinen Verdacht, den ich nach eurem Lächeln hatte, als ihr euch auf dem Flugplatz wiedergesehen habt«, sagte Goltz.

»Ich hoffe, Sturmbannführer von Tresmarck ...«

»Seinetwegen würde ich mir keine Sorgen machen«, sagte Goltz mit einem Lächeln. »Es sei denn natürlich, er lächelt Sie warm an.«

»Ich bin mir nicht sicher, ob ich Sie richtig verstehe.«

»Oh, ich glaube, Sie verstehen, Hans. Sie sind ein Mann von Welt. Ich bin überzeugt, daß sich von Tresmarck sagt, lieber jemand wie Sie, der vermutlich die Spielregeln kennt und sie befolgt, als jemand sonst.«

Dann sah er Peters Miene und fügte hinzu: »Schauen Sie nicht so überrascht drein. Ich lernte unsere Inge in Berlin selbst sehr gut kennen, bevor sie von Tresmarck geheiratet hat. Man könnte sogar sagen, ich war ihrer beider Amor.«

»Wie bitte?«

»Ein Mann in Werners Position brauchte eine Ehefrau«, sagte Goltz. »Und ich befürchtete sehr, daß unsere Inge bei den Razzien im Adlon und dergleichen Orten geschnappt wurde, bei denen Frauen gesucht wurden, die zu nützlicher Arbeit eingesetzt werden konnten und keine Aufenthaltserlaubnis für Berlin hatten. Unsere Inge wäre nicht glücklich im Gefängnis gewesen, und ich bezweifle, daß sie an einer Drehbank in irgendeiner Fabrik glücklich gewesen wäre.«

»Sie halten die Hebung der Moral eines einsamen Offiziers nicht für nützliche Arbeit, Standartenführer?«

»Eine lobenswerte *Nebenbeschäftigung*, Hans. Ich habe den Verdacht, daß unsere Inge sie hier weiterhin ausübt. Wie haben Sie die Zeit verbracht, während Sie auf mich gewartet haben?«

»Darf ich respektvoll bitten, das Thema zu wechseln, Standartenführer?«

»Nach einem letzten Wort«, sagte Goltz. »Nach einem Ratschlag. Lassen Sie ihre ... Freundschaft mit Inge nicht außer Kontrolle geraten. Mäßigung in allen Dingen, mein lieber Hans.«

»Ich höre und gehorche, Standartenführer«, sagte Peter mit einem Lächeln.

»Ich darf Ihnen zu diesem Zeitpunkt nichts Näheres sagen, aber von Tresmarck ist mit einer sehr wichtigen Arbeit beschäftigt, und nichts, aber auch gar nichts darf ihn dabei stören.«

»Jawohl, Standartenführer.«

»Jetzt können wir das Thema wechseln«, sagte Goltz. »Worüber sollen wir reden?«

»Günther sagte etwas über ein Stipendium bei Daimler-Benz«, sagte Peter. »Ist das ein sicheres Thema?«

»Oh, er hat Ihnen davon erzählt?«

Peter nickte.

»Ich werde das arrangieren, Hans, um seiner Familie meine Wertschätzung zu zeigen.«

»Da kann ich nicht ganz folgen, Standartenführer.«

Goltz schaute sich auf der Galerie um, wie um sich zu vergewissern, daß niemand mithören konnte.

»Einer der Gründe, weswegen ich hier bin, von Wachtstein, ist der Wunsch von Admiral Canaris, die Offiziere von der *Graf Spee* nach Deutschland zurückzubringen. Es ist persönlich wichtig für ihn. Sie wissen natürlich, daß der Admiral selbst während des Ersten Weltkriegs interniert war und entkam?«

»Ja, das weiß ich, Standartenführer. Als wir erfuhren, daß ich hierhin komme, erzählte mir mein Vater diese Geschichte.«

»Ihr Vater und der Admiral haben ein ziemlich enges Verhältnis, hörte ich.«

»Ich glaube nicht, daß es so eng ist, Standartenführer. Sie kennen sich natürlich, aber ich bezweifle, daß man sie als enge Freunde bezeichnen kann.«

Warum kam mir diese Frage nicht wie reine Neugier vor?

»Jedenfalls ist der Grundgedanke – Oberst Grüner und ich sprachen heute früh darüber – die Repatriierung der Offiziere der *Graf Spee* in drei Stufen. Erstens müssen sie aus der Gefangenschaft geholt werden, was kein so großes Problem sein sollte. Zweitens muß ein Ort gefunden werden, wo sie sicher sein werden, bis ihr Transport arrangiert werden kann. Und drittens müssen sie natürlich von ihrem Zufluchtsort aus dem Land und heim ins Vaterland gebracht werden.«

»Es sind viele«, sagte Peter. »Das muß eine ziemlich große Operation werden.«

»Es sind ungefähr zweihundert. Das ist das zweite Problem. Offenbar können sie nicht alle auf einmal fortgebracht werden. So denken wir im Augenblick, sie in Gruppen von – sagen wir mal – zwanzig oder fünfundzwanzig Mann zu transportieren. Jeweils eine einzige LKW-Ladung, mit anderen Worten.«

»Standartenführer, verzeihen Sie, aber ich hörte, daß die Offiziere ihr Ehrenwort gegeben haben. Sie hatten die Wahl: entweder Gefangenschaft unter Bewachung oder ihr Ehrenwort, daß sie keine Flucht versuchen und folglich in einem Hotel ohne Bewachung interniert werden.«

»Das war 1939, von Wachtstein«, entgegnete Goltz. »Die Lage ist 1943 anders.«

»Ich verstehe, Standartenführer. Aber ich nehme an, wenn die erste Gruppe von Offizieren verschwindet, werden die argentinischen Behörden allen anderen stärkere Beschränkungen auferlegen.«

»Damit müssen wir uns erst befassen, wenn es passiert«, sagte Goltz ungeduldig. »Oberst Grüner hielt das anscheinend für kein unlösbares Problem.«

»Ich wollte nur hilfreich sein, Standartenführer.«

»Das verstehe ich, Hans«, sagte Goltz.

Jetzt sind wir wieder beim ›Hans‹, wie?

»Ich hatte am Wochenende einen langen Plausch mit unserem Freund Günther. Dabei stellte ich fest, daß er nicht nur ein guter Nationalsozialist ist, sondern daß sein Vater und viele von dessen Freunden das ebenfalls sind.«

»Diesen Eindruck hatte ich ebenfalls, Standartenführer.«

»Ich erfuhr darüber hinaus, daß sein Vater eine kleine Estancia in der Nähe eines Orts namens San Carlos hat. Sind Sie vertraut mit San Carlos?«

»Nein, Standartenführer, das bin ich nicht.«

»San Carlos sowieso …«

»San Carlos *de Bariloche*. Ja, Standartenführer, das kenne ich. Man nennt es allgemein einfach ›Bariloche‹. Der Ort liegt in den Ausläufern der Anden.«

»Nahe der chilenischen Grenze«, sagte Goltz.

»Dort gibt es ein sehr feines neues Hotel«, sagte Peter. »Sonderbarer Name: Llao Llao. Aber ein erstklassiges Hotel. Ich hatte Gelegenheit, es zu besuchen. Hauptmann Duartes Vater war beteiligt daran, und er …«

»Ich möchte mit Ihnen über Ihre Beziehung zu der Familie Duarte sprechen, Hans, aber nicht jetzt …«

»Verzeihen Sie, Standartenführer.«

»Die Familie Loche hat eine kleine Estancia bei San Carlos de Bariloche. Sie stellt dort einige ihrer Wurstwaren her. Die Wurstwaren werden nach Buenos Aires und sonstwohin transportiert …«

»In ihrem Lastwagen könnten sie zwanzig oder fünfundzwanzig Leute transportieren, ohne Aufsehen zu erregen?«

»Oberst Grüner sagte, Sie seien ein kluger und auffassungsfähiger junger Offizier«, sagte Goltz anerkennend und fuhr fort: »Wenn Herr Loche bereit ist, das Vaterland zu unterstützen, wäre seine Estancia ein guter Zufluchtsort für die Offiziere der *Graf Spee*, bis ihr Transport zum Vaterland arrangiert werden kann. Vielleicht über Chile.«

»Faszinierend.«

»Da die Operation die Billigung der höchsten Ebenen hat – man sagte mir, daß der Führer persönlich davon weiß –, gibt es keine Frage bezüglich Geld. Wir werden Herrn Loche großzügig für die Benutzung seines Lastwagens und für Kost und Logis der Offiziere entschädigen.«

»Und das Stipendium für Günther bei Daimler-Benz arrangieren«, sagte Peter.

»Und wenn Günther in Deutschland ist, wird das vielleicht Herrn Loches Patriotismus verstärken, wenn Sie verstehen, was ich meine. Grüner sagte mir, daß der argentinische Spionageabwehrdienst … wie nennt er sich noch mal?«

»BIS. Büro für Innere Sicherheit.«

»… daß das BIS nicht so unfähig ist, wie allgemein

angenommen wird. Wenn BIS-Leute Herrn Loche Fragen stellen, ist es wichtig für ihn, ihnen die richtigen Antworten zu geben. Oder die falschen, nach Ihrer Perspektive, über die wir heute morgen sprachen.«

»Wie bitte?«

»Sie sagten ›unter den richtigen‹ Umständen könnten die Brasilianer vielleicht die Condor abschießen. Die Semantik ist interessant, finden Sie nicht auch?«

»Ich bin überzeugt, daß Sie heute morgen korrekt deuteten, was ich meinte, Standartenführer.«

»Selbstverständlich«, sagte Goltz lächelnd. »Nun, Sie werden eine Rolle dabei spielen ...«

»Es wäre mir eine Ehre, Standartenführer.«

»... aber es ist noch nicht entschieden, welche. Ich esse morgen mit Herrn Loche zu Abend und werde das Thema bei ihm zur Sprache bringen. Wenn das klargeht, dann wäre es vielleicht eine gute Idee, daß Sie Bariloche besuchen ... Sie sagten, Sie waren schon dort. Wie sind Sie gereist?«

»Mit dem Zug, Standartenführer.«

»Nun, vielleicht fahren Sie mit dem Wagen nach Bariloche, erkunden die Straße, sehen sich die Einrichtungen auf der Loche-Estancia an ...«

»Ich verstehe, Standartenführer.«

»Wie ich schon sagte, ich hatte noch keine Gelegenheit, um schon feste Entscheidungen zu treffen.«

»Ich werde mich bereithalten, Standartenführer.«

»Wenn die Dinge mit Herrn Loche gutgehen ...«, sagte Goltz vorsichtig. »Worauf ich hinaus will, Hans, vielleicht wäre es sehr nützlich für uns, einen Ort zu haben oder vielleicht mehrere – ich rede von einem Ort auf dem Land, wie nennen die Argentinier ihre Farmen?«

»Estancias, Standartenführer.«

»Wenn wir eine Estancia hätten, mehrere Estancias, wäre das für uns sehr nützlich in der Zukunft. Nicht nur in Zusammenhang mit der Repatriierung der Offiziere der

Graf Spee, sondern auch in Zusammenhang mit anderen Operationen. Mir kommen sofort zwei Operationen in den Sinn, über die ich aber nicht sprechen kann. Und gewiß wird es weitere geben.«

»Sprechen Sie vom Kauf einer Estancia?«

»Sollten wir uns zum Kauf einer Estancia oder zweier entscheiden – und vielleicht sogar zu Mehrheitsanteilen an einem Geschäft, einer Spedition zum Beispiel –, wäre es absolut nötig, daß unser Eigentumsrecht geheim bleibt.«

»Ich verstehe, Standartenführer.«

»Der gesetzliche Besitzer könnte jemand wie Herr Loche oder einer seiner Freunde sein, Leute mit argentinischer Staatsbürgerschaft, die gute Deutsche sind. Leute, denen wir vertrauen können.«

»Ich verstehe.«

»Aber es könnten Fragen gestellt werden, wenn Herr Loche plötzlich Besitz erwirbt. Sein Geschäft soll zwar erfolgreich laufen, aber nicht so gut, daß er eine weitere Estancia kaufen könnte.«

»Ja, ich verstehe das Problem.«

»Ich will darauf hinaus, daß Bankiers neugierig werden könnten. Und das bringt uns auf Ihre Beziehung zum Vater des verstorbenen Hauptmanns Duarte. Man könnte meinen, daß jemand, der seinen Sohn bei Stalingrad verloren hat, daran interessiert wäre, Deutschland auf jede nur erdenkliche Weise zu helfen. Aber andererseits ist Herr Duarte der Leitende Direktor der Anglo-Argentinischen Bank. Wie würden Sie Herrn Duartes Gefühle gegenüber Deutschland einschätzen?«

»Sein Neffe ist Amerikaner, Standartenführer«, sagte Peter. »Und ich glaube, er nimmt an, wir haben etwas mit dem Tod seines Schwagers zu tun.«

»Das ist bedauerlich. Sie wissen natürlich, daß der Neffe ein amerikanischer OSS-Agent ist?«

»Das hat man mir gesagt.«

»Es ist vielleicht nötig, daß er seinem Vater folgt«, sagte

Goltz. »Würde das nach Ihrer Einschätzung Herrn Duarte weiter auf die Seite der Alliierten ziehen? Hat er ein enges Verhältnis mit dem Neffen?«

»Frade wird in Kürze heiraten ...«

»Oh, tatsächlich?«

»... und zwar die Tochter des Mannes, der die SMIPP leitet, Enrico Mallin.«

»Was ist SMIPP?«

»Das steht für Sociedad Mercantil de Importación de Productos Petroliferos. Sie importieren Öl und Ölprodukte von der Howell Petroleum Company, die der Familie Frade gehört.«

»Woher haben Sie das erfahren?«

»Ich habe viel Zeit mit der Familie Duarte verbracht, Standartenführer. Da hört man so einiges.«

»Sie haben nicht zugehört, als ich vorhin darüber sprach, daß Frade seinem Vater folgt, Hans. Und von diesem Moment an werden Sie nichts mehr darüber hören. Wenn es nötig wird, will ich, daß Sie schockiert und empört sind.«

»Wie bitte?«

»Lassen Sie mich das erklären. Wir haben jetzt eine Situation, in der man Sie mit einer gewissen Zuneigung betrachtet. Wir wollen das fördern.«

Ein Kellner kam an den Tisch.

»Ich denke, wir sollten noch einen nehmen«, sagte Goltz und nickte dem Kellner zu, »und dann ans Essen denken.«

Er wartete, bis der Kellner sich entfernte.

»Ich denke folgendes, Hans: Irgendwann in naher Zukunft, nähern Sie sich Herrn Duarte und sagen ihm, daß Sie nicht nur enttäuscht von Deutschland sind ...«

Er unterbrach sich.

»Je mehr ich darüber nachdenke, desto hervorragender löst es unser Problem«, sagte Goltz.

»Ich befürchte, ich kann Ihnen nicht folgen, Standartenführer.«

»Sogar *bevor* dem jungen Frade etwas Unglückliches zustößt, sagen Sie Herrn Duarte, daß Sie von Deutschland enttäuscht sind, daß Sie überzeugt sind, Deutschland wird den Krieg verlieren, und daß Sie das Geld Ihrer Familie in Argentinien investieren wollen. Natürlich muß das unter größter Geheimhaltung geschehen ...«

»Standartenführer, die Familie von Wachtstein hat kein Geld, um es irgendwo zu investieren. Und wenn wir welches hätten, wäre es Landesverrat, Geld aus Deutschland herauszuholen.«

»Und zu Recht. Deshalb die Geheimhaltung. Es ist alles sehr glaubwürdig«, sagte Goltz. »Das Geld, das Sie hier investieren würden – in eine Estancia oder mehrere Estancias oder zum Beispiel für den Kauf von Mehrheitsanteilen an einer Firma – käme von den Geldern, die für mich für Operationen in Argentinien zur Verfügung stehen, die ich vorhin erwähnte. Jemand wie Herr Duarte würde solche Aktivitäten sehr diskret handhaben, und gewiß würde niemand die Anglo-Argentinische Bank verdächtigen, geheime Operationen für das Deutsche Reich durchzuführen!«

»Ich weiß nicht, was ich sagen soll«, murmelte Peter.

»Sie haben die Wahl zwischen einem einfachen ›Jawohl, Standartenführer‹«, sagte Goltz, lächelte breit und war offensichtlich sehr selbstzufrieden, »oder ›welch ein kluger Gedankengang, Josef.‹ Eines von beiden genügt.«

»Es ist anscheinend eine brillante Idee, Standartenführer.«

»Manchmal kommen die besten Ideen aus heiterem Himmel«, sagte Goltz und schnippte mit den Fingern. »Unser Führer hat oft gesagt, daß impulsives Handeln oftmals besser als alles sonst ist.«

»Erlaubnis zu sprechen, Standartenführer?«

»Erlaubnis erteilt, Major.«

»Ich schlage respektvoll vor, die Möglichkeit in Erwägung zu ziehen, daß Herr Duarte nach der Eliminierung des jungen Frade alle Deutschen hassen wird, einschließlich mich.«

»Nein, Hans ... nein, verstehen Sie denn nicht? Wenn Sie jetzt sofort zu Duarte gehen und sich gegen das Dritte Reich aussprechen, dann wird Ihre Empörung nach Frades Eliminierung und Ihr Wunsch, sich von Deutschland zu lösen, nur um so glaubwürdiger sein.«

Peter nickte nachdenklich, als akzeptiere er Goltz' Gedankengang.

»Etwas anderes«, sagte Goltz. »Wie ist Ihre Beziehung zu Frade? Sie sehen ihn ja von Zeit zu Zeit.«

»Richtig, Standartenführer. Wir sind Offiziere von kriegführenden Nationen auf neutralem Boden.«

»Solange wir noch Zeit haben, wäre es eine gute Idee, wenn Sie die Beziehung zu ihm kultivieren. Dadurch wäre Ihre Empörung über sein Ableben glaubwürdiger.«

Du schleimiger, verkommener, elender Hurensohn!

»Ich verstehe, was Sie meinen, Standartenführer«, sagte Peter. »Ich weiß nicht, wie ...«

»Wenn sich die Situation ergibt, nutzen Sie sie, Hans«, sagte Goltz.

Der Kellner kam mit den Getränken.

»Jetzt bedaure ich, daß ich das bestellt habe«, sagte Goltz. »Ich möchte jetzt lieber Champagner.«

»Nun, wir können Champagner zum Essen nehmen, Standartenführer.«

»Hans, was das Essen anbetrifft ...«

»Ja, Standartenführer?«

»Eigentlich haben wir alles besprochen, was ich mit Ihnen beim Essen besprechen wollte. Sogar noch mehr. Und Gradny-Sawz hat eine ... äh ... Ablenkung versprochen, wenn Sie verstehen, was ich meine, wenn ich früh unser Geschäftliches beenden kann. Kann ich mein Angebot eines Abendessens rückgängig machen? Zu einer anderen Zeit wiederholen?«

»Selbstverständlich, Standartenführer.«

»Entdecke ich eine gewisse Erleichterung in Ihrem Tonfall, Hans?«

»Vielleicht Bedauern, Standartenführer. Ich habe mich auf ein Abendessen gefreut.«

»Ich dachte mir, daß Sie vielleicht nach dem gestrigen Nachmittag und Abend sehr früh zu Bett gehen möchten. Unsere Inge kann einen sehr fertigmachen.«

»Ich bezweifle, daß ich bis in die Morgenstunden wach sein werde, Standartenführer.«

»Kann ich Sie irgendwo absetzen?«

»Ich werde ein Taxi finden, Standartenführer.«

»Sind Sie sicher?«

»Ich wohne in der entgegengesetzten Richtung von Herrn Gradny-Sawz' Haus, Standartenführer.«

»Nun denn. Wenigstens kann ich die Getränke ausgeben«, sagte Goltz. Er legte Geld auf den Tisch und streckte Peter die Hand hin.

»*Bonne chasse,* Standartenführer«, sagte Peter.

»Ihnen auch gute Jagd, Hans. Natürlich erst, wenn Sie wieder bei Kräften sind.«

Goltz erhob sich und ging zur Treppe. Peter blickte ihm nach, als er die Treppe hinabstieg und das Lokal verließ. Er suchte den Blick des Kellners und signalisierte ihm, daß er zahlen wollte. Als er die Rechnung beglichen hatte, verließ er das Lokal und ging am Polofeld vorbei die Avenida del Libertador hinauf.

Nachdem er sich vergewissert hatte, daß er nicht verfolgt wurde, stoppte er ein Taxi und nannte dem Fahrer die Adresse von Humberto Valdez Duartes Herrenhaus in der Avenida Alvear.

3

Avenida Alvear 1420
Buenos Aires, Argentinien

14. April 1943, 20 Uhr 25

Major Hans-Peter Freiherr von Wachtstein mußte in der Halle des Herrenhauses warten, während der Butler feststellte, ob Señor Duarte zu Hause war.

Humberto, in Hemdsärmeln, tauchte sofort durch die Tür des Eßzimmers auf.

»Entschuldigen Sie die Störung ...«

»Unsinn«, fiel ihm Humberto ins Wort. »Ich freue mich immer, Sie zu sehen.«

»Es hat sich etwas ergeben, das ich Ihnen sofort sagen sollte. Und ich muß unbedingt mit Cletus sprechen.«

Humberto schaute auf seine Armbanduhr.

»Cletus fährt mit dem Zehn-Uhr-Zug nach Corrientes«, sagte er. »Er ist vermutlich im Haus in der Avenida Coronel Diaz. Ich werde anrufen.«

»Danke.«

»Ich esse gerade etwas zu Abend«, sagte Humberto. »Meine Frau ist ... indisponiert. Kann ich Ihnen etwas anbieten?«

»Ich möchte nicht stören.«

Humberto führte ihn ins Eßzimmer, wies ein Hausmädchen an, für Peter zu decken – nur ein Platz war an dem großen Tisch gedeckt, was Peter traurig fand –, und telefonierte dann.

Peter konnte nur eine Seite des Gesprächs hören.

»Cletus, ich halte es für wichtig, daß wir miteinander sprechen, bevor du in den Zug steigst«, sagte Humberto. »Kannst du herkommen?«

»Nein, überhaupt nicht. Ich verspreche es.«

»Je eher, desto besser.«

»Danke.«

Humberto legte den Hörer auf.

Peters Neugier gewann die Oberhand.

»Was hat ›überhaupt nicht, ich verspreche es‹ zu bedeuten?«

»Cletus hatte einen sehr schlimmen Tag«, sagte Humberto lächelnd. »Den ganzen Morgen Geschäfte, dann eine sehr lange Diskussion über Hochzeitspläne, gefolgt von einer sehr langen Diskussion am Nachmittag über das gleiche. Er sagte mir, er könne heute keine weiteren Hochzeitspläne mehr ertragen. Ich versprach ihm, daß davon überhaupt nicht die Rede sein wird. Ich hatte das Gefühl, daß er ein paar Drinks zur Erholung genommen hat.«

»Warum fährt er nach Corrientes?«

»Das hat er nicht gesagt, Peter«, erwiderte Humberto. »Ich hole ein Glas Wein für Sie.«

»Kann ich dir etwas zu essen anbieten, Cletus?« fragte Humberto, als Clete zwanzig Minuten später, gefolgt von Enrico, das Eßzimmer betrat.

»Enrico sagte, das Essen im Zug ist ziemlich gut«, erwiderte Clete. »Aber ja, ich nehme einen kleinen Whisky mit Soda, danke für das Angebot.« Er wandte sich Peter zu. »Ich freue mich zwar, dich zu sehen, aber wenn wir uns auf diese Weise treffen, werden die Leute reden.«

Humberto hatte recht, dachte Peter. *Cletus hat getrunken.*

»Ich bin nicht verfolgt worden«, sagte Peter. »Ich wollte, daß du erfährst, was Standartenführer Goltz sagte, und ich war mir nicht sicher, ob ich dich im The Fish – The Horse – heute abend treffen würde.«

»Ich wäre nicht dort gewesen«, sagte Clete. »Die Pflicht ruft. Ich bin auf dem Weg nach Corrientes.«

»Warum?«

»Ich könnte sagen, ich inspiziere die Estancia San Miguel, aber ich bin an einem Punkt angelangt, an dem ich vergessen habe, welche Lüge ich welcher Person aufgetischt habe«, antwortete Clete. »Tatsächlich hole ich eine C-45 aus Brasilien.«

»Was ist eine C-45?« fragte Peter. »Ein Flugzeug?«

»Ein leichtes zweimotoriges«, sagte Clete. »Verbindungsflugzeug mit sechs oder acht Plätzen. Es wird auch als Schulflugzeug für Navigatoren benutzt.«

»Wie wirst du die Maschine ins Land bringen?« fragte Humberto.

»Ich fliege sie über die Grenze zu einem Landestreifen bei Santo Tomé«, sagte Clete. »Und von dort aus zur Estancia San Pedro y San Pablo.«

»Cletus, ist das nicht gefährlich?« frage Humberto. »An der Grenze wird patrouilliert.«

»Ich habe einen Handel mit dem BIS gemacht«, erklärte Clete. »Sie helfen mir, den Vogel ins Land zu bringen, und ich halte ihn für sie zur Verfügung, wenn ihr Staatsstreich scheitert.«

Er blickte auf seine Armbanduhr.

»Ich habe nicht viel Zeit.«

»Zwei Dinge«, sagte Peter. »Ich will dir von dem Gespräch erzählen, das ich soeben mit Standartenführer Goltz hatte. Und ich möchte dir sagen, Cletus – es wäre besser, wenn Humberto nichts davon weiß –, was ich herausgefunden habe, als ich in Montevideo war.«

»Vielleicht wäre es das beste, wenn ich in alles eingeweiht bin«, sagte Humberto.

»Ich finde, Peter hat vielleicht recht«, sagte Clete. »Du solltest zu deinem eigenen Besten nichts wissen ...«

»Je mehr ich weiß, desto besser«, sagte Humberto sehr ernst. »Das ist zu unser aller Bestem.« Als weder Peter noch Clete überzeugt wirkten, fügte er hinzu: »Als ich in diese Sache verwickelt wurde, wußte ich gleich, daß es wie eine Schwangerschaft ist.«

»Wie bitte?« fragte Peter.

»Man kann nicht ein bißchen schwanger sein«, sagte Humberto. »Wenn es also keinen triftigen Grund gibt, mir nicht alles zu sagen …«

»Die beiden Punkte haben einen Zusammenhang, Cletus«, sagte Peter.

»Okay, Humberto«, sagte Clete. »Wie du willst. Laß hören, Peter.«

»Ich habe Gerüchte gehört«, sagte Humberto, als Peter berichtet hatte, »daß Geld bezahlt wird, um Leute aus Deutschland nach hier oder Uruguay einwandern zu lassen. Ich habe nicht viel mitbekommen, und jetzt höre ich zum ersten Mal, daß diese Leute aus Konzentrationslagern freigelassen werden. Ich dachte, es wäre einfach Bestechungsgeld, gezahlt, um Visa zu erhalten.«

»Da ist noch eines«, sagte Peter. »Inge sagte, daß ihr Mann ›sich reich macht‹, indem er Juden aus Konzentrationslagern holt. Das klingt persönlich – ich bin überzeugt, daß sie es so meinte. Wie paßt das zu dem Geld in Uruguay, das zum Kauf von Besitz und so weiter benutzt wird?«

»Vielleicht macht der Mann deiner Freundin ein Geschäft auf eigene Faust«, sagte Humberto.

»Wäre das nicht gefährlich?« fragte Clete.

»Illegales Geld hat so eine Art, Leuten an den Fingern zu kleben«, sagte Humberto.

»Die SS ist voller Diebe«, stellte Peter sachlich fest. »Wenn ich darüber nachdenke, hat Humberto vermutlich recht.«

»Bist du sicher, daß es stimmt, was deine Freundin gesagt hat?« fragte Clete.

Peter nickte.

»Wann wirst du sie wiedersehen?«

»Hoffentlich nie«, sagte Peter.

»Vielleicht kann sie uns noch mehr erzählen.« Clete schaute wieder auf seine Armbanduhr. »Ich muß weg.«

»Du hast noch genügend Zeit bis zur Abfahrt«, sagte Humberto.

»Ich kann nicht das Risiko eingehen, den Zug zu verpassen«, sagte Clete. »Wir sind mit dem Wagen hier. Kann ich meinen Wagen in deiner Garage lassen?«

»Wenn du möchtest, Cletus, kann ich dich von meinem Fahrer zum Bahnhof bringen lassen. Entweder in meinem Wagen oder deinem, den er dann zur Avenida Coronel Diaz bringen könnte.«

»Laß Peter mit deinem Wagen zu seiner Wohnung bringen«, sagte Clete. »Enrico und ich nehmen ein Taxi.«

»Wie du willst.« Humberto zuckte mit den Schultern.

»Danke, Humberto«, sagte Clete. »Für alles.«

Humberto umarmte ihn.

»Ich werde für deine sichere Rückkehr beten«, sagte er.

Clete sah Peter an.

»Was wirst du Alicia über – wie war ihr Name? – *Inge* sagen?«

»Du Hurensohn«, sagte Major Hans-Peter Freiherr von Wachtstein.

Im Bahnhof rief Clete Tony von einem Münzfernsprecher aus an, nannte ihm diese Nummer und befahl ihm, so schnell wie möglich von irgendeinem anderen Telefon aus zurückzurufen.

»Und bring Papier und was zum Schreiben mit. Du mußt meine Botschaft notieren.«

Es dauerte fünf Minuten, bis Tony zurückrief. »War verdammt schwierig, ein Telefon zu finden.«

»Ich will, daß du folgendes so schnell wie möglich nach Washington funkst. Kannst du heute nacht zur Funkstation rausfahren?«

»Klar.«

»Bist du bereit?«

»Schieß los.«

»Das geht unter Lindbergh ab.«

»Verstanden.«

»Erstens: Galahad bestätigt zweifelsfrei Existenz von Lindbergh.«

»Im Ernst?«

»Zweitens. Montevideo-Operation wird von SS-Major Werner von Tresmarck durchgeführt, Sicherheitsoffizier der Deutschen Botschaft.«

»Das mußt du buchstabieren.«

»Whiskey Easy Roger Nan Easy Roger«, buchstabierte Clete schnell. »Wie ›von‹ geschrieben wird, weißt du. Dann Tango Roger Eay Sugar Mike Able Roger Charley King.«

»Hab' ich.«

»Und wenn du zur Estancia fährst, bleib dort und sorge dafür, daß Dave nirgendwohin geht, bis ich zurückkomme.«

»Wohin willst du?«

Clete hängte den Hörer ein, ohne zu antworten. Er rannte los, um nicht den Zug zu verpassen.

Als Antonio Clete informierte, daß er ›gepackt‹ hatte, kam Clete nicht in den Sinn, sich anzuschauen, was in seinem Koffer war. Antonio würde gewiß sein Necessaire, Unterwäsche zum Wechseln, ein paar frische Hemden, vielleicht ein Ersatz-Sakko und Hosen einpacken und was er sonst für eine Drei- oder Vier-Tage-Reise für nötig hielt.

Als Clete im Zug sein Abteil betrat, war er ein wenig überrascht – und belustigt – als er sah, daß Antonios Vorstellung von Kleidung für eine höchstens viertägige Reise zwei große Koffer füllte. Die identischen Koffer aus Sattelleder waren fast neu. Es überraschte ihn nicht, eine blanke

Stelle auf beiden Koffern zu sehen, wo er so gerade noch erkennen konnte, was von den Initialen seines Vaters übriggeblieben war.

Sie hatten zwei aneinander grenzende Abteile in einem Waggon, den Clete aus Filmen als die englische Version eines amerikanischen Pullman-Wagens erkannte. Er erinnerte sich an die Worte seines Vaters, daß die Engländer Argentiniens Eisenbahnen gebaut hatten, und er fragte sich flüchtig, ob dieser Waggon hier nach englischem Vorbild hergestellt oder importiert worden war.

Als er in seinem Gepäck nach dem Necessaire suchte, fand er eine komplette Reitausstattung.

»Kein Wunder, daß er zwei Koffer brauchte«, murmelte Clete. »Ich frage mich, wo ich die Reitkleidung tragen soll.«

»Señor Clete«, sagte Enrico. »Ich habe Antonio gesagt, daß er die Sachen einpacken soll. Wir reisen zum Zweiten Kavallerieregiment.«

»Und beim Zweiten Kavallerieregiment werden wir reiten?« fragte Clete.

Mein Gott, wenn er gehört hat, wie ich laut überlegt habe, wo ich die Reitkleidung trage, dann muß ich Spanisch gesprochen haben!

»Ich bin überzeugt, daß der Kommandeur Sie bitten wird, mit ihm zu reiten, wenn er Ihnen das Regiment zeigt. Verzeihen Sie, Señor Clete, aber ich muß dies sagen: Es wäre unpassend, ihn mit Ihren Texas-Aggie-Stiefeln zu begleiten.«

»Ich werde mich korrekt verhalten, Suboficial Mayor«, erwiderte Clete. »Ich werde mich sogar am Morgen rasieren und den Hosenschlitz schließen, damit ich dich nicht in eine peinliche Lage bringe.«

»Am Morgen, Señor Clete, wäre es das beste, wenn Sie die richtige Kleidung anziehen.«

»Du meinst die Reitsachen?«

»Si, Señor Clete.«

XVIII

1

Büro für Innere Sicherheit
Verteidigungsministerium
Edificio Libertador
Avenida Paseo Colón
Buenos Aires

15. April 1943, 9 Uhr 30

El Teniente Coronel Alejandro Bernardo Martin nahm den Hörer des roten Sicherheitstelefons auf seinem

Schreibtisch ab, bevor es ein zweites Mal klingeln konnte.

»Martin«, meldete er sich.

»Bernardo«, ertönte die vertraute Stimme von el Almirante Francisco de Montoya im Plauderton, »würden Sie bitte rüberkommen, wenn Sie eine freie Minute haben?«

»Sofort, mi Almirante.«

»Danke«, sagte Montoya, und dann war die Leitung tot.

Martin kannte Montoya gut genug, um zu wissen, wann der Admiral aufgeregt war – trotz seiner scheinbaren Ruhe. Das hörte er jetzt an seiner Stimme.

Er zog die mittlere Schublade seines Schreibtischs auf und legte alles hinein, woran er gearbeitet hatte, ohne zu versuchen, es zu ordnen. Dann schloß er die Schublade sorgfältig ab und verließ sein Büro.

»El Almirante erwartet Sie, mi Coronel«, sagte Montoyas Sekretär, als Martin das Vorzimmer betrat. »Gehen Sie nur in sein Büro.«

Montoya spähte durch sein Fernrohr der Royal Navy, als Martin eintrat. Martin begrüßte ihn höflich mit ›guten Morgen‹, und Montoya blickte eine weitere halbe Minute durch das Fernrohr.

Martin verstand dieses Handeln. Es signalisierte drei Botschaften. Erstens erinnerte es den Besucher daran, daß er ein Untergebener war – Ranghohe ließen Rangniedrigere warten. Zweitens erweckte es bei dem Besucher den Eindruck, daß el Almirante überhaupt nicht aufgeregt war – sonst würde er nicht aus dem Fenster schauen. Und drittens verschaffte es el Almirante Zeit, zu überlegen, wie er das folgende Gespräch beginnen würde.

Martin wartete geduldig, die Hände hinter dem Rücken verschränkt, bis sich el Almirante umwandte.

Montoya schaute Martin zehn Sekunden lang an und nickte dann wie billigend.

»El Presidente der Nation bat mich heute morgen zu

sich, Coronel«, sagte er. »Ich bin soeben von der Casa Rosada zurückgekehrt.«

Martin schwieg.

»Presidente Castillo wurde von einer Quelle, die er als zuverlässig betrachtet, informiert, daß die Grupo de Oficiales Unidos sich nicht nach dem tragischen Tod von el Coronel Frade auflöst, wie er gehofft hat. Die G.O.U. plant statt dessen den Sturz seiner Regierung.«

Heißt das, wie es klingt – daß wir verraten worden sind –, oder ist Castillo endlich aufgewacht? Und bedeutet Montoyas sorgfältige Wortwahl – er tut, als habe er zum ersten Mal gehört, daß die G.O.U. einen Staatsstreich plant –, daß er sich gegen uns entschieden hat?

»Mi Almirate, hat el Presidente die Quelle seiner Information genannt?«

»Natürlich nicht.«

»Glauben Sie, daß el Presidentes Quelle zuverlässig ist, mi Almirante?«

»Das würde ich meinen. Unter anderem versorgte die Quelle el Presidente mit einer kompletten Liste der Offiziere, die am Wochenende auf der Estancia Santa Catharina waren. Laut dieser Quelle ersetzt General Arturo Rawson Coronel Frade als Präsident der Grupo de Oficiales Unidos.«

Wir haben also einen Verräter in unserer Mitte, dachte Martin. *Oder, aus Castillos Perspektive, einen Patrioten. Und ich habe nicht die geringste Ahnung, wer das sein könnte.*

»Davon hatte ich nichts gehört, aber es überrascht mich nicht. Ich dachte mir, daß entweder Rawson oder General Ramirez Frades Nachfolger wird.«

»Sie konnten offenbar keinen auf die Estancia Santa Catharina schicken?«

»Selbstverständlich konnte ich das«, entgegnete Martin. »Sie werden sich erinnern, daß ich Ihnen am Montagmorgen eine Liste der Offiziere lieferte, die auf der Estancia Santa Catharina waren ...«

Aus genau diesem Zweck, für den Fall, daß jemand dort draußen die Nasen zählt und Listen anlegt.

»Zum Glück konnte ich el Presidente Ihre Liste präsentieren. Ohne diese Liste hätte ich – hätten wir – unfähiger dagestanden.«

»Es war unmöglich für mich, mi Almirante, jemand in das Treffen der G.O.U. einzuschleusen, wenn solch ein Treffen stattfand.«

»Natürlich fand eines statt. Bei dem Rawson gewählt oder ernannt wurde, um Frade zu ersetzen.«

»Ernannt von wem, mi Almirante?«

»Ich dachte an Ramirez.«

»General Ramirez war am Wochenende nicht auf der Estancia Santa Catharina, mi Almirante.«

»Juan Domingo Perón war dort. Er hatte höchstwahrscheinlich Vollmacht von Ramirez.«

»Das ist eine Möglichkeit.«

»Wenn Sie alle Nachrichten zusammentun, die Sie gesammelt haben, Coronel, wie schätzen Sie dann die Erfolgschancen der G.O.U. ein, wenn sie versucht, Präsident Castillo zu stürzen?«

»Ich nehme an, sie wird Erfolg haben, mi Almirante«, sagte Martin.

Obwohl er genau hinschaute, konnte Martin keine Reaktion an Montoyas Gesicht ablesen.

Aber wenn ich ihm sagte, der Staatsstreich wird scheitern, dann befiehlt er mir, jeden zu verhaften, der auf der Liste steht, und vermutlich Ramirez ebenfalls.

»Und wann werden sie es Ihrer Meinung nach versuchen?«

Bei diesem verdammten Treffen haben sie besprochen, wann sie Outline Blue durchführen. Und sie haben keine Entscheidung getroffen. Die Zauderer haben triumphiert. ›Warten wir, bis es ein Minimum an Gefahr gibt, daß etwas schieflaufen könnte.‹ Über einen Staatsstreich zu reden und ihn sogar zu planen ist etwas völlig anderes, als für den Versuch zu stimmen.

Und derjenige unter ihnen, der wußte, daß Rawson zum Präsident der G.O.U. gewählt wird – wer mag dieser Hundesohn sein? –, weiß ebenfalls, daß man sich auf kein Datum geeinigt hat. Weiß Montoya das?

»Ich kann nur raten, mi Almirante.«

»Dann raten Sie.«

»Wenn die Entscheidung getroffen wurde, einen Staatsstreich zu versuchen, dann wird es mindestens zwei Wochen dauern, um alles zu koordinieren und den Ausführungsbefehl zu geben.«

»So schnell?«

»Das ist meine Meinung, mi Almirante. Es könnte auch länger dauern. Drei Wochen oder einen Monat. Bei jedem Staatsstreich ist es erforderlich, daß alle Armee- und Marinestützpunkte im ganzen Land Teil des Coups sind oder neutralisiert werden.«

»Um des Arguments willen, Bernardo, sagen wir mal, die Entscheidung zur Durchführung wurde bei dem Treffen auf der Estancia Santa Catharina gefällt. Sie sagen, daß der Versuch nicht vor dem ...«, er zog seinen Schreibtischkalender zu Rate, »... vor dem achtundzwanzigsten dieses Monats stattfinden kann?«

»Frühestens, mi Almirante. *Wenn* eine solche Entscheidung am Wochenende getroffen wurde. Und ich bin überzeugt, daß es länger als zwei Wochen dauert, also würde eine solche Aktion erst in der ersten Maiwoche stattfinden.«

»Würden Sie Ihren beruflichen Ruf dafür aufs Spiel setzen?«

»Ich setze meinen beruflichen Ruf jedesmal aufs Spiel, wenn ich etwas präsentiere, das ich nicht als Tatsache weiß. Was ich soeben sagte, ist eine Meinung, nicht mehr.«

»Wenn Sie all ihre Quellen anzapfen, Coronel, könnten Sie dann als Tatsache herausfinden, ob die Entscheidung, die Regierung zu stürzen, bei dem Treffen auf der Estancia Santa Catharina getroffen wurde, und wenn ja, wann sie durchgeführt wird?«

»Das sind zwei Fragen, mi Almirante. Binnen drei oder vier Tagen sollte ich Ihnen als Tatsache sagen können, ob die Entscheidung zur Durchführung getroffen wurde oder nicht. Ich hätte diese Information in jedem Fall in diesem Zeitrahmen. Die zweite Frage, wann die Durchführung stattfindet, ist schwieriger. Meine Quellen sind vielleicht nicht in diese Information eingeweiht. In diesem Fall würde es gewiß länger dauern, um die Information zu erhalten. Vorausgesetzt, sie kann überhaupt gegeben werden.«

Montoya war offensichtlich unzufrieden mit der Antwort.

»Das ist das Beste, was Sie schaffen können?«

»Ich befürchte, ja, mi Almirante.«

»Präsident Castillo wird nicht erfreut sein, wenn ich ihm das berichte«, sagte Montoya. »Wenn Sie zusätzliche Gelder hätten, würde das die Dinge beschleunigen?«

»Ja, zusätzliche Gelder würden die Dinge vermutlich beschleunigen.«

»Geben Sie aus, was immer Sie brauchen«, sagte Montoya. »Das Land ist in einer Krise. Dies ist keine Zeit zum Sparen. Aber liefern Sie mir eine Information, die ich el Presidente melden kann.«

»Hat sich el Presidente geäußert, wie er mit der Lage fertig werden will, mi Almirante?«

»Das hat er nicht mit mir diskutiert, Coronel. Vielleicht weil er glaubt, ich bin vertraut mit den Strafen, die das Gesetz für Landesverrat vorsieht.«

»Ich wollte fragen, mi Almirante, ob Präsident Castillo vorhat, die Armee – oder gewisse Offiziere, die er für loyal hält –, über die Möglichkeit eines Staatsstreichs zu informieren und in Alarmbereitschaft zu versetzen. Oder die Policia Federal.«

»Er hat nichts davon mit mir diskutiert«, sagte Montoya. »Aber es gibt eine Reihe von Offizieren, deren Loyalität zu el Presidente außer Frage steht, und ich bin überzeugt, daß er über diese Dinge mit ihnen gesprochen hat.«

»Ist das alles, mi Almirante?«

»Das ist alles. Ich erwarte, über alle Entwicklungen auf dem laufenden gehalten zu werden, Bernardo.«

»Si, mi Almirante«, sagte Martin, grüßte schneidig und verließ Montoyas Büro.

2

Büro des Kriegsministers
Edificio Libertador
Avenida Paseo Colón
Buenos Aires

15. April 1943, 9 Uhr 50

»Die Frage ist anscheinend, Martin«, sagte Teniente General Pedro P. Ramirez, »ob Montoya Ihre Behauptung akzeptiert, daß es zwei Wochen dauert, um Outline Blue vom Zeitpunkt unseres Befehls an durchzuführen.«

»Ich glaube, das hat er akzeptiert, Señor«, antwortete Martin.

Die Tür wurde geöffnet, und el Coronel Juan Domingo Perón trat ein, grüßte Ramirez und stand still.

»Nehmen Sie sich einen Sessel, Domingo«, sagte Ramirez. »Sie werden vermutlich einen brauchen.«

»Mi General?«

»Warten wir, bis die anderen eintreffen, dann brauchen wir nicht alles zu wiederholen«, sagte Ramirez. Einen Augenblick später traten General Arturo Rawson, sein Adjutant Capitán Roberto Lauffer und Mayor Pero V. Querro, Ramirez' Adjutant, ein.

»O'Farrell?« fragte Ramirez.

»General O'Farrell ist nicht im Gebäude, mi General«, sagte Querro.

»Dann müssen wir ohne ihn auskommen«, entschied Ramirez. »El Coronel Martin ist soeben von el Almirante Montoya gekommen. Castillo ließ Montoya heute morgen zur Casa Rosada kommen und sagte ihm: erstens, er sei enttäuscht, weil sich die G.O.U. nach Frades Ermordung nicht auflöst; zweitens, die G.O.U. plane, ihn zu stürzen; und drittens, er wisse dies, weil jemand es ihm gesagt habe, der bei dem Treffen war, bei dem Arturo zum Präsidenten der G.O.U. gewählt wurde.«

»Wer?« fragte Perón.

»Ich habe ebensowenig eine Ahnung wie Sie, Coronel Perón«, sagte Ramirez. »Aber ich vermute, in Castillos Botschaft war ein Ölzweig versteckt: wir lösen uns auf, und alles ist vergeben. Was uns zwei Möglichkeiten gibt, wie ich das sehe. Entweder lösen wir die G.O.U. auf; oder wir lösen sie nicht auf, geben heute morgen, gleich jetzt, grünes Licht und führen Outline Blue durch.«

»Haben wir Zeit?« fragte Perón. »Wenn Castillo jemand bei dem Treffen hatte ...«

»Martin glaubt, er hat Montoya überzeugt, daß es vom Befehl an mindestens zwei Wochen bis zur Durchführung dauert.«

»Und wenn sich Castillo entscheidet, heute zu handeln?« fragte Perón. »Die Policia Federal könnte schon unterwegs sein, um uns festzunehmen.«

»Ich sehe keine andere Wahl, als den Befehl zu erteilen«, sagte Rawson. »Das hätten wir schon am Wochenende tun sollen.«

»Wir suchten Einigkeit«, sagte Perón. »Wir können es uns nicht erlauben, daß einige Leute es sich im letzten Augenblick anders überlegen.«

»Wenn der Befehl erteilt ist, dann bleibt keine Zeit für jemand, es sich anders zu überlegen«, sagte Rawson. »Wenn es keinen Einwand von Ihnen gibt, mi General, werde ich den Befehl zur Durchführung von Outline Blue erteilen.«

»Wir werden nie bereiter sein als jetzt«, sagte Ramirez. »Erteilen Sie den Befehl, Mayor Querro.«

Ramirez' kleiner Adjutant stand still, sagte »Si, Señor« und wählte bei einem der Telefone auf dem Schreibtisch eine Nummer aus dem Gedächtnis.

»Querro«, sagte er, als sich jemand meldete. »Blauer Himmel, Blauer Himmel.«

Dann legte er auf.

Ramirez blickte auf seine Armbanduhr.

»Wenn die Dinge nach Outline Blue verlaufen – und wenn sie klappen, wird es das erste Mal in meiner militärischen Laufbahn sein, daß alles wie geplant abläuft –, dann wird diese unangenehme Pflicht in hundertzwanzig Stunden erfüllt sein. Castillo wird fort sein, und Arturo wird das Land führen. Möge Gott uns allen vergeben, wenn wir das Falsche tun.«

»Martin, wo ist dieses Flugzeug, über das wir gesprochen haben?« fragte General Rawson.

»Der junge Frade ist gestern nacht mit dem Zug nach Corrientes gefahren. Wir haben für ihn arrangiert, daß er das Flugzeug auf dem Landestreifen des Zweiten Kavallerieregiments bei Santo Tomé landen kann. Mit ein wenig Glück ...«

»Nach meiner Erfahrung«, unterbrach General Ramirez, »ist es besser, sich nicht darauf zu verlassen, daß alles klappt. Wir gehen besser davon aus, daß wir bei einem Scheitern *kein* Flugzeug haben, mit dem wir nach Paraguay geflogen werden.«

»Wünscht der General, die Vorkehrungen bezüglich des Flugzeugs abzublasen?« fragte Martin.

»Das habe ich nicht gesagt, Coronel. Ich sagte, wir sollten uns nicht auf das Flugzeug verlassen. Führen Sie die Operation unbedingt fort.«

»Ich habe einen Mann in Santo Tomé, mi General«,

sagte Martin. »Wenn er die Botschaft ›Blauer Himmel‹ erhält, wird er wissen, daß schnelles Handeln erforderlich ist.«

»Vorausgesetzt, ich kann dieses Gebäude verlassen, ohne verhaftet zu werden, werden Sie wissen, wo ich in den nächsten sechsundneunzig Stunden sein werde«, sagte Rawson.

»In dem Moment, in dem Castillo erfährt, daß wir alle verschwunden sind«, sagte Perón, »wird er wissen, was los ist.«

»Mit einem bißchen Glück, in das Coronel Martin anscheinend soviel Vertrauen hat, sagt sich Castillo vielleicht, daß die Botschaft an Montoya zu uns gelangt ist und wir uns entschieden haben, nicht nur die G.O.U. aufzulösen, sondern aus Vorsicht aus dem Land zu flüchten«, sagte Ramirez. »Aber wie auch immer, ich bezweifle, daß er nach Arturo und Lauffer im italienischen Ruderklub in El Tigre suchen wird.«

»Es sei denn, mi General«, sagte Martin, »die Person, die bei der Wahl General Rawsons zum Präsidenten der G.O.U dabei war, war ebenfalls anwesend, als entschieden wurde, wohin General Rawson geht, wenn der Befehl Blauer Himmel erteilt wird.«

Ramirez dachte darüber nach.

»Wenn Arturo verhaftet wird, dann wird das die Zahl der Leute, die uns verraten können, beträchtlich verringern, nicht wahr?« fragte er. »Wo, sagten Sie, ist O'Farrell?«

»Man sagte mir, er inspiziert das Erste Infanterieregiment«, meldete Querro.

»Ich bezweifle, daß Castillos Quelle General O'Farrell ist«, sagte Martin.

Ramirez zuckte mit den Schultern. Dann fragte er: »Und wo werden Sie in den nächsten sechsundneunzig Stunden sein?«

»Ich werde natürlich telefonischen Kontakt halten«, erwiderte Martin. »Ich weiß wirklich nicht, wo ich sein werde. Aber ich bezweifle, daß man mich vermissen wird.«

»Warum?«

»Man wird annehmen, ich suche Sie, mi General«, sagte Martin. »Darf ich vorschlagen, daß wir jetzt alle gehen – Sie, General Ramirez, eine Viertelstunde nach General Rawson und Sie, Coronel Perón, eine Viertelstunde danach?«

»Und Sie, Martin?« fragte Perón.

»Ich vergewissere mich, daß Sie alle fort sind, bevor ich gehe«, sagte Martin. »Wenn Sie verhaftet werden, könnte ich vielleicht veranlassen, daß Sie mir übergeben werden.«

3

Büro des Militärattachés
Botschaft des Deutschen Reichs
Avenida Córdoba
Buenos Aires, Argentinien

15. April 1943, 10 Uhr 05

Oberst Karl-Heinz Grüner erhob sich nicht, als Standartenführer Goltz sein Büro betrat. Er hob den rechten Arm zu einem flüchtigen Nazigruß, den Goltz ebenso lässig erwiderte.

»Haben Sie eine Minute Zeit für mich?« fragte Goltz.

»Selbstverständlich. Möchten Sie Kaffee?«

Er forderte Goltz mit einer Geste auf, auf einer braunen Ledercouch an der Wand Platz zu nehmen.

»Danke«, sagte Goltz. »Ja, ich würde gern einen Kaffee trinken. Ich glaube, ich bin auf den Geschmack gekommen. Ich nutze es immer noch aus, daß ich soviel Kaffee trinken kann, wie ich will.«

»Er kommt aus Brasilien. Ist nicht nur gut, sondern auch billig«, sagte Grüner. Er hob die Stimme. »Günther! Würden Sie uns bitte Kaffee bringen?«

»Jawohl, Herr Oberst«, rief sein Fahrer aus dem anderen Büro.

»Ich nehme an, Sie haben von der *Comerciante del Océano Pacifico* gehört, Grüner?«

»Nicht offiziell«, sagte Grüner.

»Entschuldigen Sie, das verstehe ich nicht.«

»Als die Funkbotschaft eintraf, war sie als ›Eilig, nur für den Botschafter‹ erklärt. Weil der kryptographische Offizier beim Zahnarzt war, war ich gezwungen, die Botschaft selbst zu entschlüsseln.«

Goltz lachte. »Oberst, Sie dürfen jetzt davon ausgehen, daß Sie das Recht haben, zu wissen, was Sie bereits wissen.«

»Danke, Standartenführer«, sagte Grüner lächelnd.

»Ich würde natürlich gern die Fracht, an der wir interessiert sind, so schnell wie möglich nach dem Ankern des Schiffes in der Samborombón-Bucht entladen«, sagte Goltz. »Wenn das in sechs oder sieben Tagen ist …«

»Ich denke, wir werden dafür bereit sein. Ich habe schon ein wenig vorgeplant«, sagte Grüner und wies auf die Papiere auf seinem Schreibtisch. »Ich hätte gern nur noch eine kleine Information.«

»Welche?«

»Im Idealfall hat die *Océano Pacifico* ein Boot an Bord, das für unsere Zwecke geeignet ist.«

»Ich bin mir nicht sicher, ob ich Sie verstehe. Sprechen Sie von Rettungsbooten?«

Grüner schüttelte den Kopf. »Nein.«

»Das Schiff wird am Horizont ankern, ungefähr elf Kilometer vom Land entfernt. Wenn ich Kapitän wäre, würde ich vermutlich die Entfernung mindestens verdoppeln, was bedeutet, daß das Schiff irgendwo zwischen zwanzig und dreißig Kilometer von der Küste entfernt ankert. Die Motoren von Rettungsbooten – sofern sie überhaupt welche haben – schaffen nicht mehr als fünf oder sechs Kilometer pro Stunde. Das ist eine lange Fahrt vom Schiff zur Küste. Bei dreißig Kilometer von der Küste entfernt, sind das fünf bis sechs Stunden.«

»Und es würde problematisch sein, ein viel schnelleres Boot zu erwerben?«

»Ich weiß, wo ich ein Boot bekommen kann«, sagte Grüner. »In einer kleinen Stadt namens Magdalena. Eines, das ungefähr fünfunddreißig Kilometer pro Stunde schafft. Aber damit gewinnen wir nicht viel Zeit.«

»Erklären Sie das bitte.«

»Sagen wir mal, die *Océano Pacifico* ankert dreißig Kilometer vor der Küste, dann müßte das Boot von Magdalena aus zur *Océano Pacifico* gefahren werden.«

»Das würde eine Stunde dauern«, sagte Goltz.

»Vorausgesetzt, die *Océano Pacifico* ist dreißig Kilometer von Magdalena entfernt. Sie ankert vielleicht nicht so günstig. Sie könnte tiefer in der Samborombón-Bucht sein. Weitere fünfundzwanzig oder dreißig Kilometer entfernt.«

»Ich verstehe, was Sie meinen.«

»Wenn ich also das Boot von Magdalena benutze, haben wir eine Fahrt von mindestens einer Stunde zur *Océano Pacifico* – vermutlich mehr. Dann eine Fahrt von ungefähr der gleichen Dauer zu dem Ort, an dem wir die Fracht entladen – der *nicht* in Magdalena sein sollte, wie Sie mir sicher zustimmen –, und dann die Zeit der Fahrt vom Entladeort nach Magdalena. Es sei denn, natürlich, es gibt andere mögliche Probleme.«

»Zum Beispiel?« fragte Goltz mit einem gezwungenen Lächeln. Er wurde zwischen Ungeduld über Grüners Auflistung aller Probleme und Bewunderung über sein methodisches Denken hin und her gerissen.

»Das Boot, das ich in Magdalena verfügbar habe, hat einen Kapitän«, sagte Grüner. »Er würde natürlich wissen, wozu wir das Boot benutzt haben. Er wird sehen, wie wir die Fracht aus der *Océano Pacifico* entladen und unter verdächtigen Umständen an Land bringen. Er könnte natürlich reden.«

»Damit könnten wir fertig werden, nicht wahr?«

»Natürlich, aber allein das könnte für Aufsehen sorgen. Und es gibt noch ein anderes Problem: Wer wird die Fracht am Zielort ausladen?«

»Matrosen der *Océano Pacifico*«, sagte Goltz ungeduldig.

»In diesem Fall müßten sie zur *Océano Pacifico* zurückgebracht werden, bevor das Boot nach Magdalena zurückfährt.«

»Wie würden Sie dieses Problem anpacken, Oberst Grüner?«

»Alle Probleme wären gelöst, wenn ein geeignetes Boot bereits an Bord der *Océano Pacifico* wäre. Wenn das nicht der Fall ist, schlage ich vor, daß wir ein Boot kaufen, das an Bord der *Océano Pacifico* gebracht werden kann – wenn auch nur vorübergehend. Dann könnte dieses Boot, beladen und bemannt mit Matrosen der *Océano Pacifico*, direkt zum Ziel fahren, die Fracht könnte auf unseren wartenden Lastwagen entladen werden, und das Boot könnte direkt zur *Océano Pacifico* zurückkehren, wodurch die Möglichkeit, daß es abgefangen wird, sehr verringert wird.«

»Sie wollen das Boot kaufen ... wo, sagten Sie noch?«

»Magdalena. Aber nein. Ich würde vorschlagen, es in Reserve zu behalten.«

»Sie wollen ein anderes Boot kaufen? Dann tun Sie das.«

»Das wirft wieder die Frage nach dem Kapitän auf. Wer hätte das Kommando über das Boot?«

»Von Wachtstein«, sagte Goltz. »Wenn er ein Flugzeug über den Rio de la Plata steuern kann, dann sollte er in der Lage sein, ein Boot zwanzig oder dreißig Kilometer zu navigieren.«

»Er würde eine Besatzung brauchen.«

»Die findet er auf der *Océano Pacifico.*«

»Erst, wenn er zuvor das neue Boot zur *Océano Pacifico* gebracht hat«, sagte Grüner. »Setzen wir den Gedankengang fort: Wir kaufen hier ein Boot, in El Tigre. Mit einer minimalen Crew – mir kommt auf Anhieb Günther in den Sinn – fährt von Wachtstein zum Schiff hinaus. Dann bringt eine Crew von der *Océano Pacifico* von Wachtstein und Günther an Land und fährt das Boot zur *Océano Pacifico* zurück, wo es an Bord genommen wird.«

»Prima«, sagte Goltz, dem die Geduld ausging. »Kaufen Sie das Boot.«

Grüner war noch nicht fertig.

»Wenn Sie dann die Zeit für gekommen halten, die Fracht an Land zu bringen, wird das Boot in Magdalena Sie zur *Océano Pacifico* hinausfahren und dann zurückkehren ...«

»Warum muß ich das tun?«

»Ich hatte den Eindruck, nur Sie können den Kapitän ermächtigen, die Fracht freizugeben«, sagte Grüner.

»Stimmt«, sagte Goltz ein wenig verlegen. »Und dann würde ich mit der Fracht zum Zielort an Land kommen, richtig?«

»Richtig. Ich werde natürlich dort sein«, sagte Grüner. »Und wenn die Fracht ausgeladen ist, wird das Boot zur *Océano Pacifico* zurückkehren und für die spätere Benutzung in Zusammenhang mit den Offizieren der *Graf Spee* an Bord genommen werden.«

»Nun, dann ist alles klar, nicht wahr?«

»Wir wissen nicht, ob von Wachtstein etwas über Boote weiß«, sagte Grüner. »Dann gibt es natürlich das Problem der Gelder für den Kauf eines Boots. Und jemand muß es kaufen. Ich bezweifle, daß es klug ist, wenn jemand mit Verbindung zur Botschaft ein Boot kauft. Das würde zu Fragen führen.«

»Ich esse heute mit Günthers Vater zu Abend. Ich werde

vorschlagen, daß er das Boot kauft. Wissen Sie, wo Sie eines finden können?«

»Ich bin überzeugt, daß ich eins in El Tigre auftreiben kann«, sagte Grüner.

»Wieviel Geld wird nötig sein? In US-Dollars oder Schweizer Franken?«

»In Dollars oder Franken?« fragte Grüner zweifelnd.

»In Dollars oder Schweizer Franken«, wiederholte Goltz.

Grüner rechnete auf einem Blatt Papier.

»Fünfzehntausend Dollar«, sagte er. »In Franken ...«

»Ich gebe Ihnen heute nachmittag fünfzehntausend Dollar«, sagte Golz. »Von meinem Sonderfonds.«

»Prima.«

Die fünfzehntausend Dollar stammten in Wirklichkeit nicht von irgendeinem offiziellen Sonderfonds. Sie waren ein Teil der über fünfzigtausend Dollar (in amerikanischer, englischer und schweizerischer Währung), die er von Montevideo mitgebracht hatte. Sie stellten seinen sechzigprozentigen Anteil an der Provision von dem Geld dar, das von Tresmarck von denjenigen erhalten hatte, die wünschten, daß ihren Verwandten die Einwanderung nach Uruguay genehmigt wurde.

Goltz hielt es für möglich, daß er von dem Sonderfonds entschädigt werden würde. Aber selbst wenn das nicht der Fall sein würde, war es kein großes Problem. Er würde noch viel mehr Geld von von Tresmarck kassieren.

»Ich verlasse mich darauf, Oberst Grüner, daß Sie sich um all dies kümmern.«

»Verstehe, Standartenführer«, erwiderte Grüner. »Wenn Sie die Zeit haben, würde ich gern Ihre Meinung über meine vorläufigen Pläne hinsichtlich der Offiziere der *Graf Spee* hören.«

»Im Augenblick hat der sichere Transport unserer besonderen Fracht an Land Vorrang. Mit den Offizieren der *Graf Spee* können wir uns später beschäftigen.«

»Selbstverständlich.«

4

Zweites Kavallerieregiment
Santo Tomé
Provinz Corrientes, Argentinien

15. April 1943, 11 Uhr 45

Als der Sohn des verstorbenen el Coronel Jorge Guillermo Frade, Señor Cletus Frade, mit seinem Pferd den Ehrenplatz neben el Coronel Pablo Porterman, Kommandeur des Zweiten Kavallerieregiments, eingenommen hatte, ritten sie hinaus, um den Start- und Landestreifen zu inspizieren. Coronel Porterman trug eine rosafarbene und grüne Uniform. Ein Kavalleriesäbel hing in einer Scheide an seinem Sattel. Die Satteldecke trug das goldfarbene gestickte Abzeichen seines Rangs und das Regimentswappen.

Hinter ihnen, allein, ritt Capitán im Ruhestand Gonzalo Delgano, Flugabteilung der argentinischen Armee, der fast gleich wie Señor Frade mit Reithose, Stiefeln, Tweedsakko, Hemd mit offenem Kragen, Halstuch und Wollmütze bekleidet war.

Hinter Capitán Delgano ritt Suboficial Mayor im Ruhestand Enrico Rodriguez, Kavallerie, ähnlich gekleidet neben Suboficial Mayor Anarana vom Zweiten Kavallerieregiment, der eine khakifarbene Wolluniform trug, ebenfalls mit einem Säbel bewaffnet war und Enricos Bruder hätte sein können.

Obwohl Señor Frade auf einer Ranch in Westtexas aufgewachsen und einst Mitglied des Kadettenkorps des Texas Agricultural and Mechanical College gewesen war, hatte er in seinem Leben noch nie so viele Pferde an einem Ort gesehen.

Clete hatte Coronel Portermann – ein großer, gutaussehender Mann, der zu Cletes Unbehagen seinem Vater sehr ähnelte – gefragt, wie viele Soldaten das Regiment hatte. Ungefähr tausendzweihundert, hatte Porterman erklärt und hinzugefügt, ungefähr tausendsechshundert Pferde, was dem Standard der argentinischem Armee von 1,3 Pferden pro Offizier und Soldat entsprach.

Als sie zum Start- und Landestreifen ritten, der ungefähr drei Kilometer von den Kasernengebäuden und Ställen entfernt war, sah Clete zum ersten Mal Soldaten des Zweiten Kavallerieregiments bei ihrer Ausbildung.

Einige exerzierten zu Pferde und bewegten sie in präzisen Manövern auf dem Exerzierplatz. Andere ritten über etwas, das wie ein Hindernisparcours aussah, sprangen über Hindernisse und lenkten die Pferde durch ein Labyrinth von Pfählen. Einige übten mit dem Säbel, ritten an Pfosten vorbei, die mit Decken verhüllt waren, und führten Hiebe dagegen aus.

Clete fand, daß sie hervorragende Kavalleristen waren. Er fragte sich, ob jemand davon wußte, daß die hervorragende Kavallerie der polnischen Armee mit Schneid, Elan und Tapferkeit mit blitzenden Säbeln die Panzer der deutschen Wehrmacht angegriffen hatte und binnen Minuten mit MG- und Geschützfeuer ausgelöscht worden war.

Er fragte sich, ob ihnen in diesem Moment bewußt war, daß an einigen Orten auf der Welt Panzerbesatzungen gegeneinander kämpften und daß die Kavallerie als Werkzeug der Kriegsführung der Vergangenheit angehörte.

Der Start- und Landestreifen war natürlich unbefestigt. Auf Cletes Vorschlag hin formierte sich die kleine Kavallerieabteilung zu einer Linie, ritt im Abstand von ein paar Metern über den Landestreifen und hielt nach Löchern oder Steinen Ausschau, die eine Gefahr für das Fahrgestell darstellten.

Es gab nur ein paar Löcher und keine Steine, aber eine Reihe von Rinderskeletten, von denen einige nach Cletes Einschätzung eine ernste Gefahr beim Starten und Landen darstellten.

Coronel Porterman versprach, einem Trupp seiner Kavallerie noch an diesem Nachmittag zu befehlen, die Löcher zu füllen, die Skelette zu entfernen und den Start- und Landestreifen mit größerer Sorgfalt auf Schäden hin zu untersuchen.

»Können Sie hier landen, Señor Frade?« fragte Delgano. »Noch wichtiger, können Sie von hier starten?«

»Ich sehe kein Problem mit dem Landen oder Starten«, sagte Clete. »Das Problem ist, diese Piste in der Nacht zu finden.«

»Mi Coronel?« fragte Delgano.

Coronel Porterman ritt auf seinem prächtigen Pferd zu ihnen, und am Rande des Start- und Landestreifens diskutierten die drei, wo die Befeuerung am besten plaziert werden sollte – sie würde die ganze Nacht als Signalfeuer brennen –, und legten die genaue Position der ›Runway-Lichter‹ (Benzin in Sand in Tontöpfen) fest.

Dann ritten sie zurück zu den Kasernen und Stallungen, und von dort aus gingen sie in die Offiziersmesse.

In der Messe wimmelte es von den Offizieren des Regiments. Señor Frade wurde jedem einzelnen als der Sohn des verstorbenen el Coronel Jorge Guillermo Frade, des einstigen Stellvertretenden Kommandeurs des Zweiten Kavallerieregiments, vorgestellt.

Man zeigte Señor Frade die Vitrinen mit den Trophäen, Silberpokale, die sein Vater bei dem einen oder anderen Reitwettbewerb gewonnen hatte. Sie begannen mit seiner ersten Verwendung als Sub-Teniente beim Zweiten Kavallerieregiment, als er frisch von der Militärakademie gekommen war, und endeten mit Pokalen, die er während seiner Verwendung als Teniente Coronel beim Regiment gewonnen hatte.

An der Wand hingen gerahmte Fotos des jungen Teniente Frade und seiner Offizierskameraden, von denen Señor Frade Teniente Juan Domingo Perón und einen pausbäckigen lächelnden Typen erkannte, der vermutlich der damalige Capitán Arturo Rawson war.

El Coronel Porterman führte die kleine Prozession in den Speiseraum, wo Clete wiederum einen Ehrenplatz an der Seite von Porterman erhielt.

Der Tisch war kunstvoll gedeckt mit Silberbestecken, in die das Regimentswappen eingeprägt war, und Porzellan- und Kristallgeschirr. An jedem Platz standen drei Gläser, und Kellner füllten sie sofort mit Wein.

Clete dachte an die ›Offiziersmesse‹ auf Guadalcanal. Sie bestand aus primitiven Brettertischen. Das Tischgeschirr bestand aus Eisentabletts, das ›Silber‹ waren Messer, Gabeln und Löffel aus Kochgeschirren, und das ›Porzellan‹ waren schwere Steingutkrüge aus Navy-Bestand.

Ein Offizier tauchte auf und flüsterte in el Coronel Portermans Ohr. Er erhob sich, entschuldigte sich und verließ den Speiseraum. Zwei Minuten später tauchte derselbe Offizier von neuem auf, flüsterte in Capitán Delgados Ohr, und der Capitán erhob sich und verließ den Speiseraum.

Dann kehrten sie zurück, ohne zu erklären, warum sie fortgegangen waren. Das Essen aus fünf Gängen wurde eine weitere Dreiviertelstunde fortgesetzt. Und dann stand el Coronel Porterman auf, entschuldigte sich wieder, winkte Delgano und wandte sich Clete zu.

»Kommen Sie bitte mit, Señor Frade?«

Sie gingen in eine Ecke der Bar.

Porterman schaute Delgano an, als wünschte er, daß er begann.

»Wir haben soeben Nachricht erhalten, daß es sehr wichtig ist, das Flugzeug so schnell wie möglich hier zu haben«, sagte Delgano.

Nun, das kann nur bedeuten, daß die Durchführung von Outline Blue befohlen wurde, dachte Clete.

»Es wird übermorgen mittag für mich in Brasilien zur Verfügung stehen«, sagte Clete.

»Geht es nicht eher?«

»Ich bin nicht mal sicher, ob ich bis übermorgen mittag dort sein kann, wo ich hin muß«, sagte Clete.

»Sie haben keine Pläne gemacht, wie Sie Porto Alegre erreichen?« fragte Delgano ungläubig und ärgerlich.

»Ich muß hier jemand treffen«, sagte Clete.

»Wen?«

Clete schüttelte den Kopf. »Das kann ich nicht sagen.«

»Wann müssen Sie diese Person treffen?«

»Wann immer ich kann.«

»Wissen Sie, wo Sie diese Person finden?«

»Ja, das weiß ich. Ich werde einen Wagen brauchen.«

Delgano blickte zu el Coronel Portermann, der nickte.

»Keinen Armeewagen«, sagte Clete.

»Natürlich kein Armeewagen«, sagte Delgano. »Wann können Sie sich mit dieser Person treffen?«

»Jetzt gleich.«

»Sie reden mit ihr und kehren dann hierhin zurück?«

»Wenn möglich.«

»Glauben Sie, die Person hat Anweisungen für Sie? Wie Sie nach Porto Alegre reisen?«

»Ich dachte, *Sie* bringen mich über die Grenze?«

»Wir sind darauf vorbereitet«, sagte el Coronel Porterman.

»Wo ist Suboficial Mayor Rodriguez?«

»In der Unteroffiziersmesse.«

»Wo ist der Wagen?«

»Ich werde mir einen Wagen von einem meiner Offiziere leihen«, sagte el Coronel Porterman. »Sie wünschen, daß Rodriguez Sie fährt?«

»Nein. Ich möchte ihn nicht mitnehmen. Weder jetzt noch wenn ich die Grenze überquere. Das könnte Probleme geben.«

»Ich werde mich um Suboficial Mayor Rodriguez kümmern«, sagte el Coronel Porterman. »Das wird kein Problem sein.«

»Würden Sie mir bitte den Wagen holen lassen?«

5

Automobilklub-Hotel Argentina
Santo Tomé, Provinz Corrientes

15. April 1943, 14 Uhr 30

Es war leicht, das Hotel des Automobilklubs zu finden, nachdem Clete eine alte Frau, die am Rand der Straße nach Santo Tomé gegangen war, nach dem Weg gefragt hatte. Er kam sich ein bißchen dumm vor, als er mit dem geliehenen Wagen – einem 1939er Ford Fordor – durch die Straßen von Santo Tomé fuhr, bis er sicher war, daß er nicht verfolgt wurde. Dann fuhr er zu dem Hotel.

Es war nicht das, was er erwartet hatte. Der Name hatte auf die argentinische Version eines Motels neben einer Straße schließen lassen, wo es billig war und man gut parken konnte. Das Hotel war jedoch ein neues Gebäude am Stadtrand mit Blick auf eine Biegung des Rio Uruguay. Es war umgeben von einem großen Rasen, der mit hohen Palmen gesprenkelt war. Das Hotel sah sehr wie eines der kleinen, exklusiven Nobelhotels am Strand nördlich von Miami aus.

Es hatte zwei Flügel, die von dem Mittelpunkt abzweigten, in dem es ein Restaurant und eine Bar gab. Jeder Flügel war zweigeschossig und hatte einen von Palmen beschatteten Parkplatz. Rechts davon befanden sich Tennisplätze, und als Clete die Halle betrat, sah er einen großen Swimmingpool, der von Tischen im Schatten von Sonnenschirmen umgeben war. Daran schloß sich ein parkähnliches Gebiet an, das hangabwärts bis zum Fluß reichte.

Sein Blick fiel auf eine statuenhafte Frau mit olivfarbener Haut. Ihre mehr als üppigen Brüste und ihr Hinterteil waren kaum verborgen unter einem Badeanzug, der so knapp war, daß sie darin in den Vereinigen Staaten mit Sicherheit von der Sitte verhaftet worden wäre.

Er setzte darauf, daß Ashton seinen richtigen Namen benutzte, und fragte den Angestellten an der Rezeption nach der Zimmernummer von Señor Maxwell Ashton.

Der Angestellte sagte ihm, daß Señor Ashton und Gefolge in Apartment 121 waren.

›Und Gefolge‹? Was, zur Hölle, soll das? Delojo sagte, Ashton ist allein.

Clete fand 121 – eine Suite aus drei Zimmern und mit einem separaten Innenhof und Blick auf den Swimmingpool – mühelos; es öffnete jedoch niemand, als er anklopfte. Er klopfte lauter, und als sich wieder nichts tat, hielt er Ausschau nach jemand, der vielleicht ein OSS-Agent sein konnte.

Außer einem kleinen schnurrbärtigen, Zigarre rauchenden Latino mit Badehose und geblümtem Hemd, der unverhohlen die üppige Frau in dem knappen Badeanzug beobachtete, die zum Sprungbrett hinaufstieg, sah er niemanden. Ebensowenig war jemand unter den sechs, sieben Männern, die er im Restaurant, in der Bar oder auf den Tennisplätzen sah, der auch nur entfernt als Amerikaner durchgehen konnte. Nur um sicherzugehen, fragte er einen mürrisch aussehenden Endvierziger, ob er zufällig Ashton war, und erhielt ein kurz angebundenes »No, Señor« als Antwort.

Und was mache ich jetzt? Wo, zum Teufel, kann er sein? Wenn er sein Team bei sich hat, wo sind die Jungs dann?

Er schaute sich noch einmal suchend um, und dann kehrte er zu dem geliehenen Ford zurück.

Der kleine schnurrbärtige Latino, der ebenso fasziniert wie Clete die statuenhafte üppige Lady in dem fast alles enthüllenden Badeanzug betrachtet hatte, kam zu dem Ford, als Clete die Tür aufschloß.

»Warum habe ich das Gefühl, daß Sie mich suchen?« fragte er auf englisch.

Clete starrte ihn überrascht an.

»Verzeihen Sie, Señor«, sagte der kleine Mann auf spanisch. »Ich habe mich offenbar geirrt.«

»Sind Sie Ashton?« fragte Clete.

»Major Frade?«

Clete nickte.

»Trinken wir ein Bier am Pool?« fragte Ashton. »Ich bezweifle, daß ich beobachtet werde, aber Sie könnten einen Schatten haben.«

Clete folgte ihm zu einem der Tische beim Swimmingpool, die mit Sonnenschirmen beschattet waren.

Clete hatte gerade auf einem der Stühle Platz genommen, als die üppige Lady mit einem lockenden Lächeln zum Tisch kam und sich setzte.

»Consuelo«, sagte Maxwell Ashton auf spanisch, »dies ist Señor Smith, der Geschäftspartner, den ich treffen wollte, wie ich dir erzählt habe.«

»Es freut mich sehr, Sie kennenzulernen«, sagte Consuelo, und ihre Brüste fielen fast aus dem Badeanzug, als sie sich vorneigte, um Clete die Hand zu geben.

»Das Vergnügen ist ganz auf meiner Seite, Señorita«, sagte Clete.

»Gehst du noch ein bißchen schwimmen, Consuelo, während Señor Smith und ich das Geschäftliche abwickeln?« sagte Maxwell Ashton.

Sie lächelte und schlenderte mit wiegenden Hüften zum Swimmingpool. Beim Gehen zog sie, so gut sie konnte, den Badeanzug über ihre linke Pobacke, die ihm entkommen war.

»Phantastischer Arsch«, sagte Maxwell Ashton, jetzt wieder auf englisch. »Und kein Fett, alles Muskeln.«

Ein Kellner trat an den Tisch, und Ashton bestellte auf spanisch Bier.

»Sie sind, ehrlich gesagt, nicht das, was ich erwartet habe«, sagte Ashton. »Sie sehen nicht alt genug aus, um Major oder ein Flieger-As zu sein.«

»Sie sind auch nicht das, was ich erwartet habe«, erwiderte Clete. »Ist sie das ›Gefolge‹ von Señor Ashton und Gefolge?«

»Haben Sie damit ein Problem, *mi Mayor*?«

»Ich dachte, Sie hätten Ihr Team hier.«

»Die Jungs sind in Porto Alegre im Quartier für durchreisende Offiziere, es sei denn, Colonel Wallaces Verdacht hat sich bestätigt, daß drei davon Schweine sind, und hat sie ins Militärgefängnis gesperrt, damit ihnen der Prozeß gemacht wird, weil sie sich als Offiziere und Gentlemen ausgeben.«

»Irgendwie bezweifle ich, daß Sie scherzen.«

»Sie kennen el Coronel Wallace?«

»Ich weiß, wer das ist. Er ist mein Kontaktmann in Porto Alegre.«

»Sie sind Pilot, richtig? Wenn *Sie* Uniform tragen, haben Sie dann eine Reitpeitsche dabei?«

»Nein«, sagte Clete und lachte.

»Wallace hat eine. Verstehen Sie, was ich meine? Berufssoldat. Sehr steif und förmlich. Er sagte mir unverblümt ins Gesicht, daß er wünschte, er hätte nie vom OSS gehört. Er kann keine Vorschrift in seinem Buch finden, wie er uns behandeln soll.«

»Sie haben ihm gesagt, daß jeder in Ihrem Team Offizier ist?«

»Er nimmt es jedenfalls an. Nachdem er mir sagte, die Offiziere würden in einem Hotel außerhalb des Stützpunkts einquartiert und die Unteroffiziersschweine in der Kaserne auf dem Stützpunkt, gab ich sie alle als Offiziere aus.«

»Wie viele Unteroffiziersschweine?« fragte Clete lachend.

»Drei. Gute Jungs. Einer ist ein deutscher Jude. Siegfried Stein. Sergeant. Mein Sprengstoffexperte. Technical Sergeant Bill Ferris ist unser Waffen- und Fallschirmjunge, und Staff Sergeant Jerry O'Sullivan ist der Radartechniker. Dazu kommt natürlich der Gorilla. Mein Stellvertreter. First Lieutenant Madison R. Sawyer der Dritte. Er besuchte die Fallschirmspringerschule in Fort Benning, bevor er zum OSS kam. In Benning lehrt man die Leute, daß Fallschirmspringer härter sind als jeder sonst, und Sawyer glaubt das.«

Ashton schaute zu Clete, sah ihn lächeln und sprach weiter.

»Sie haben sich bestimmt gefragt, wie jemand mit meinem Aussehen an den Namen Maxwell Ashton kommt, wie?«

»Sie sehen mehr wie der Typ Pedro aus«, sagte Clete. »Oder vielleicht Pablo.«

»Eigentlich ist es Maxwell Ashton III., Captain, Fernmeldekorps, Army der Vereinigten Staaten. Wann wurden Sie Major?«

»Vor zwei Monaten.«

»Sie wurden befördert wegen dieses John-Wayne-Stunts, den Sie bei dem ersten Versorgungsschiff der Deutschen abzogen, nicht wahr?«

»Ich wurde befördert, weil ich ein absolut perfekter Offizier bin«, sagte Clete lachend. »Man wollte mich zum General machen, aber ich bin zu bescheiden und lehnte ab. Wird es ein Problem zwischen uns, wer ranghöher ist?«

»Nur wenn Sie anfangen, mir oder jemandem von meinem Team zu befehlen, etwas zu tun, was Sie und dieser Fallschirmjäger von der Army taten. Heldentum ist nicht meine starke Seite. Ich möchte, daß Sie das verstehen.«

»Meine auch nicht«, sagte Clete.

»Blödsinn«, sagte Ashton. »Ich habe mir Ihr Dossier in den National Institutes of Health angesehen und weiß alles über Sie. Ehrlich gesagt, das meiste, das ich gelesen habe, erschreckt mich.«

»Warum?«

»Bis jetzt sind Sie zweimal im Pazifik abgeschossen worden und einmal hier«, sagte Ashton. »Und die Deutschen haben versucht, Sie in Buenos Aires zu killen – und es verdammt fast geschafft. Und Ihr Vater wurde abgeknallt. Ermordet. Graham erzählte mir das. Sie sind anscheinend eine gefährliche Gesellschaft. Ich möchte nicht als unschuldiges Opfer mit draufgehen.«

»Mein zweiter Vorname ist Feigling, okay?« sagte Clete und fügte hinzu: »Sie sehen nicht alt genug aus, um Captain zu sein.«

»Ich bin neunundzwanzig«, entgegnete Ashton, »also beträchtlich älter als Sie, wie ich weiß. Aber lassen wir die persönlichen Sachen beiseite. Wie du mir, so ich dir.«

»Okay, lassen wir das«, sagte Clete.

»Ich bin halb Kubaner und halb Amerikaner. Ausgebildet in den Staaten. Choate und dann MIT, wo ich einen akademischen Grad in Elektrotechnik erhielt. Gute Schulen, und die Leute waren dort sehr freundlich zu dem armen Mischlingsjungen aus Kuba ...«

»Sie brauchen mir all dies nicht zu erzählen!«

»Bestimmt nicht. Aber ich halte es für wichtig, damit wir uns verstehen. Jedenfalls, mit dem Damoklesschwert der Einberufung über meinem Haupt meldete ich mich freiwillig. Ich arbeitete für die Bell Laboratories in New Jersey, und das war gut genug für das Patent eines Captains. Ich dachte, ich würde den Krieg in Fort Monmouth verbringen und das gleiche tun, was ich bei den Bell Labors getan hatte.« In Fort Manmouth, New Jersey, befand sich das Fernmeldekorps-Zentrum der Army.

»Und das war?«

»Radar. Sie wissen, was Radar ist?«

»Ja, wir hatten Radar auf Guadalcanal. Es funktionierte für gewöhnlich nicht.«

»Das Zeug, das sie im Pazifikraum hatten, war Müll, vermutlich hergestellt von den Tommys«, sagte Ashton. »Was wir haben, ist viel besser.«

»Das ist ermunternd«, sagte Clete. »Vorausgesetzt, Sie haben eines von den guten Radars dabei.«

»Por favor, mi Mayor, unterbrechen Sie mich nicht, wenn ich rede.«

»Ich bin zerknirscht wegen meiner schlechten Manieren.«

»Das sollten Sie sein«, sagte Ashton. »Wie ich schon sagte, zwei schlechte Dinge widerfuhren mir in Fort Monmouth. Erstens verließ mich meine Frau. Sie wollte nicht von dem mickrigen Sold eines Captains leben. Ich konnte ihr das wirklich nicht verdenken.«

»Und zweitens?«

»Ein Navy-Typ kam zu mir. Ein Lieutenant Commander. Ebenfalls Latino. Sein Name: Frederico Delojo.«

»Ich kenne den Gentleman«, sagte Clete.

»Ich sagte mir, wenn man keinem Genossen Latino trauen kann, wem, zur Hölle, dann, richtig?«

»Richtig«, sagte Clete.

Der Kellner servierte drei große Flaschen Bier.

Aston schenkte in ihre Gläser ein.

»Sie können ein Bier vertragen, richtig? Sie stellen dann nichts Heroisches an? Und/oder werden nicht geil auf Consuelo?«

»Ich werde mein Bestes tun, um mich zu beherrschen«, versprach Clete.

»So sagt mir Delojo diesen Scheiß, natürlich auf spanisch: Seine ›Organisation‹, über die er nicht sprechen kann, die jedoch in Washington ist, sucht nach jemandem genau wie mir, einem Elektroingenieur, der sich in Radartechnik auskennt und außerdem Spanisch spricht. Ich kann einen bedeutenden Beitrag für den Krieg leisten, und so weiter laber laber. So meldete ich mich freiwillig, was ungefähr das Dümmste war, das ich jemals gemacht habe.«

»Warum?«

»Sie wissen verdammt genau, warum«, sagte Ashton. »Bevor ich weiß, wie mir geschieht, bin ich im Country Club, wo einer Horde Gorillas mit Bürstenhaarschnitt einer abgeht, wenn sie mich über ihre Schultern werfen, wo sie mich von Wänden springen lassen und mir alles mögliche beibringen, was ich nicht wissen will, wie zum Beispiel Dinge in die Luft sprengen oder Messer in Leute stechen. Wie, zur Hölle, haben Sie es übrigens geschafft, sich den Country Club zu ersparen?«

»Ich bin ein Marine. Alle Marines wissen, wie man Messer in Leute steckt und Dinge sprengt.«

»Ich mußte all diesen Scheiß nicht nur einmal, sondern *fünfmal* mitmachen, und dann warfen sie mich auch noch aus einem Flugzeug.«

»Sie und Lieutenant Pelosi werden viel Gesprächsstoff haben«, sagte Clete. »Bevor er eine Señorita in Buenos Aires fand, ging ihm einer ab, wenn er aus Flugzeugen sprang.«

»Oder wenn er mit einem abgeschossen wurde wie mit Ihnen, richtig?«

»Das gefiel ihm wirklich. Als wir ihn aus dem Wasser fischten, sagte er: ›O Mann, war das ein Spaß. Können wir das wiederholen?‹«

Ashton lächelte Clete an.

»Dann taucht Delojo auf und sagt, er hat gute Nachrichten für mich. Ich erhalte die Leitung eines Teams. Und man setzt uns per Fallschirm in Argentinien mit einer Radarausrüstung ab.«

»Hat er Ihnen den Grund genannt?«

»Ja. Um ein Schiff zu orten, das deutsche U-Boote versorgt. Er sagte mir, das erste Team, das sie hierhin schickten, verschwand, und das zweite wurde abgeschossen, während es das Schiff für ein U-Boot ortete. Und so saßen wir als nächstes in einem Flugzeug nach Brasilien, drei sehr nette Jungs und der Gorilla. Ich reimte mir schließlich zusammen, was der Gorilla tun soll. Ich nehme an, er hat Befehle, mich auf der Stelle zu erschießen, wenn er sieht, daß ich mir in die Hosen pisse. Natürlich erschießt er mich erst, wenn ich das Radar aufgestellt und funktionsbereit habe. Sie wissen, wo es gebraucht wird, richtig?«

»Ja, das haben wir herausgefunden«, sagte Clete. »Wie sind Sie hierher gekommen, Ashton? Ich meine hierher zu diesem Hotel?«

»Ich bin hergekommen, um zu sehen, ob es eine andere Möglichkeit gibt, außer per Fallschirm das Radar über die Grenze zu bringen«, sagte Ashton. »Denn ich habe nicht vor, jemals wieder aus einem Flugzeug zu springen.«

»Mit ...andere Möglichkeit ...meinen Sie per Schlauchboot?«

»Gerade als ich anfange zu denken, daß Sie vielleicht doch nicht so blöde sind, wie ich angenommen habe, stellen Sie eine solche Frage«, sagte Ashton. »Kommen Sie mit, por favor, mi Mayor.«

Er nahm sein Bierglas und führte Clete zur anderen Seite des Swimmingpools. Von dort aus konnte man auf den Rio Uruguay blicken.

»Dieser Scheißfluß ist mindestens eine Dreiviertelmeile breit, und die Strömung hat wenigstens sechs Knoten«, sagte Ashton. »Das Radar ist in vier Kisten zerlegt, und jede wiegt hundert Kilo. Vielleicht kann das Marine Corps so was in kleinen Schlauchbooten über diesen Fluß paddeln, aber *ich* habe nicht vor, das zu versuchen.«

»Wie sind Sie hergekommen?« fragte Clete.

»Mit der Fähre«, sagte Ashton.

»Keine Probleme, die Grenze zu passieren?«

»Wir haben alle falsche brasilianische Pässe«, erklärte Ashton. »Kein Problem.«

»Erzählen Sie mir über Consuelo«, sagte Clete.

»Der brasilianische Ort auf der anderen Seite des Flusses ist São Borja. Ich besuchte dort eine Bar und begann im Interesse internationaler Freundschaft eine Unterhaltung mit Consuelo. Wir becherten ein bißchen, und ich fragte sie, wo ein armer, einsamer Geschäftsmann sich für eine Weile die Zeit vertreiben kann. Consuelo kannte genau das Richtige – sie meinte dieses Haus; es ist der Geheimtip für die hiesigen Bettsportler auf beiden Seiten der Grenze – aber sie sagte, es sei teuer. Ich fragte, wie teuer. Sie wären überrascht, Major, wie weit man hier mit dem amerikanischen Dollar kommt.«

»Wie weit?«

»Zwanzig Dollar pro Tag für Consuelo – natürlich plus weitere ungefähr fünfzehn für Kost und Logis – und noch mal fünfzehn pro Tag für den Fiat ihres Cousins.«

»Das klingt nach einem guten Handel«, sagte Clete. »Und abgesehen davon, daß Sie ihr beim Schwimmen zugeschaut haben, wie haben Sie die Zeit verbracht?«

»Ich habe – sehr diskret – ausgestreut, daß ich vier Kisten mit Traktorteilen habe, die ich nach Argentinien bringen möchte, ohne daß irgendeine Behörde davon Wind bekommt.«

»Und?«

»Der einzige, der angebissen hat, war ein Typ, auf dessen Stirn COP hätte stehen können. Haben Sie irgendwelche Ideen, mi Mayor?«

»Ein Flugzeug wartet auf mich in Porto Alegre«, sagte Clete.

»Haben Sie vorhin nicht zugehört, als ich gesagt habe, daß weder ich noch jemand aus meinem Team, außer dem Gorilla – Sie beide werden sich vielleicht verstehen – irgendwo aus einem Flugzeug springt?«

»Ich komme gerade von der Überprüfung des Landestreifens, auf dem ich das Flugzeug landen werde«, sagte Clete.

»Auf dieser Seite der Grenze?«

Clete nickte.

»Sie sind ein Offizier und Gentleman, also lügen Sie nicht, richtig?« sagte Ashton.

»Nicht bei dieser Sache.«

»Andererseits ist Delojo ein Berufsoffizier der Navy und Gentleman, und Sie sehen ja, was mir passiert ist, als ich ihm vertraut habe.«

»Er nutzte Ihre Unschuld aus«, sagte Clete. »Das würde ich nicht tun.«

Ashton starrte ihn nachdenklich an.

»Wie würden Sie arrangieren, daß Sie landen können?«

»Das kann ich Ihnen nicht sagen. Es *ist* arrangiert.«

»Wie werden Sie die Grenze nach Brasilien überqueren?«

»Das ist ebenfalls geregelt.«

»Und wie kommen Sie von São Borja nach Porto Alegre?«

»Was glauben Sie, würde Consuelo verlangen, wenn sie mich, vielleicht uns beide, nach Porto Alegre bringt?«

»Das halte ich für keine gute Idee«, sagte Ashton. »Ich nehme an, der ›Schmuggler‹, der nach Cop riecht, wird uns beobachten. Er biedert sich ein bißchen zu sehr an.«

»Gibt es einen Zug oder Bus von São Borja nach Porto Alegre? Oder kann ich dort einen Wagen mieten?«

»Es ist ein kleiner Ort. Ich weiß nicht, ob Sie dort überhaupt einen Wagen mieten können, und selbst wenn, würde das Aufsehen erregen. Und wie würden Sie ihn zurückbringen, wenn sie nach Argentinien zurückfliegen?«

»Also Zug oder Bus?«

»Es sei denn, Ihnen fällt was anderes ein«, sagte Ashton. »Wann wollen Sie rüber?«

»So bald wie möglich.«

»Die letzte Fähre fährt um achtzehn Uhr dreißig, es sei denn, sie ist vorher voll. Wenn sie voll ist, fährt sie ab siebzehn Uhr ab. Können Sie das schaffen?«

Clete blickte auf seine Armbanduhr.

»Ich werde es versuchen. Wenn ich es nicht heute abend schaffe, dann kann ich bestimmt morgen früh auf der ersten Fähre sein. Ich schlage vor, Sie fahren nach Porto Alegre, sagen Colonel Sowieso, daß ich unterwegs bin, und halten Ihre Leute bereit.«

Ashton musterte ihn wieder nachdenklich.

»Sind Sie sicher, daß Sie ein Flugzeug bekommen, wenn Sie dort sind?«

Clete nickte.

»O Mann, ich sage Consuelo nur ungern, daß sie sich anziehen soll«, sagte Ashton. »Aber das muß wohl sein.«

Clete warf einen Blick auf seine Armbanduhr.

»Es ist kurz vor fünfzehn Uhr«, sagte Clete. »Bleiben uns noch zwei Stunden bis zur Fähre. Ich werde versuchen, dort zu sein.«

»Ich habe mich wirklich auf heute abend gefreut«, sagte Ashton. »Ist Ihnen klar, welches Opfer Sie von mir verlangen? Süße Mädchen wie Consuelo laufen einem nicht oft vor die Flinte – Consuelo heißt übrigens ›Trost‹.«

»Sie erhalten auch nicht oft ein Angebot, das Ihnen erspart, aus einem Flugzeug zu springen oder über einen Fluß zu paddeln.«

»Das stimmt«, gab Ashton zu.

»Wohin gehe ich, wenn ich in Porto Alegre eintreffe?«

»Ins Gran Hotel de Pôrto«, sagte Ashton. »Das ist jetzt das Quartier für ledige Offiziere des Air Corps. Ist nicht weit vom Navy-Stützpunkt entfernt. Ich halte es für besser, Sie melden sich erst bei mir, bevor Sie zu Colonel Wallace gehen.«

»Okay. Wenn ich dort eintreffe, melde ich mich gleich bei Ihnen.«

Ashton nickte.

»Noch eines, mi Mayor. Ich glaube, Sie sollten wissen, daß ich nach der Messer-Kampfausbildung einen Gold Star bekommen habe, den ich meiner Mami heimbringen will. Wenn wir in Porto Alegre eintreffen und Sie sagen mir ›Leider wurde der Plan geändert, und wir müssen mit dem Fallschirm abspringen‹, dann werde ich Sie, mi Mayor, mit meinem rasiermesserscharfen Instrument des lautlosen Todes in einen Sopran verwandeln.«

»Das werde ich mir merken«, sagte Clete. »Grüßen Sie Señorita Consuelo von mir, Capitán.«

6

Hafen
Montevideo, Uruguay

15. April 1943, 14 Uhr 30

Obwohl er in Wirklichkeit ein Agent des Office of Strategic Services war – und vorher ein Agent des Counterintelligence Corps (CIC) der U.S. Army –, hielt sich David Ettinger selten für eine lebensechte Version der Geheimagenten Humphrey Bogart, Alan Ladd oder anderen Stars in den Filmen.

Früher hatte man ihm versichert, daß seine Arbeit in den RCA-Labors ›wesentlich für den Krieg‹ sei und er deshalb nicht zum Wehrdienst einberufen werden würde. Dennoch hatte er sich bei der Army gemeldet, denn er hielt es für das Richtige, die Uniform des Landes anzuziehen, das ihn und seine Mutter aufgenommen hatte.

Zu diesem Zeitpunkt hielt er die Möglichkeit für sehr gering, daß man ihm ein Gewehr in die Hand drückte und ihm befahl, gegen die Nazis und die Deutschen in den Schützengräben zu kämpfen. David Sarnoff, der Chef von RCA, für den er arbeitete, hatte genau dieses Argument benutzt, als er ihm auszureden versucht hatte, Soldat zu werden.

»Eines von beiden wird Ihnen widerfahren, David. Man macht Sie entweder zum Schützen, und Sie fallen, was eine schreckliche Vergeudung und kein auch nur annähernd so großer Beitrag zum Krieg wäre als der, den Sie hier leisten; oder man schickt Sie in die Labors des Fernmeldekorps in Fort Monmouth, wo Sie das gleiche tun wie hier, jedoch mit wesentlich weniger Freiheit und ohne zivile Bezahlung.«

Zu dem Zeitpunkt, an dem Sarnoff versuchte, Ettinger

vom Soldatentum abzuhalten, war er selbst im Begriff, Colonel David Sarnoff vom Fernmeldekorps zu werden, und so sagte sich Ettinger, daß Sarnoff allenfalls pro forma argumentierte. Unterdessen hatten ihm andere Quellen gesagt, daß ein Mann mit seiner Vorgeschichte und Erfahrung für ein Offizierspatent qualifiziert war. So stellte er sich vor, daß er nach dem Horror der Grundausbildung zum Lieutenant ernannt werden würde. Und dann würde er höchstwahrscheinlich – wie Colonel Sarnoff meinte – beim Labor des Fernmeldekorps der Army verwendet werden, um auf seinem Spezialgebiet – Hochfrequenz- und Ultrahochfrequenztechnik – zu arbeiten.

Er bewarb sich während seiner zweiten Woche in der Grundausbildung in Camp Polk, Louisiana, sowohl um ein direktes Offizierspatent als auch für die Offiziersanwärterschule. Als beide Gesuche abgelehnt wurden – binnen Tagen in seiner siebten Woche der Grundausbildung –, sagte er sich, daß es nicht das angenehmste war, als gemeiner Soldat seinem neuen Land zu dienen. In den Ablehnungen auf seine Gesuche stand, daß er leider die spanische Nationalität habe und deshalb nicht Offizier der Streitkräfte der Vereinigten Staaten werden könne.

Eine Woche später wurde er vom Handgranaten-Übungsplatz weg befohlen, um sich bei einem Gentleman vom Counterintelligence Corps zu melden – er erinnerte sich immer noch daran, daß er eine abgezogene Handgranate in der Hand gehalten hatte, der erschreckendste Aspekt seiner Grundausbildung. Dem CIC war zu Ohren gekommen, erzählte ihm der Gentleman in Zivil mit starkem Münchner Akzent, daß er sowohl Deutsch als auch Spanisch spreche.

»Stimmt das?« fragt der CIC-Gentleman.

»Auch Französisch«, erwiderte Private Ettinger.

Sie plauderten zehn Minuten lang, lange genug, um den CIC-Agenten – ebenfalls ein Jude, der aus Nazi-Deutschland entkommen war – zu überzeugen, daß er kein Nazi-Spion war. Und dann erklärte ihm der CIC-Agent, daß das Counterintelligence Corps jemanden wie ihn, Ettinger, brauchte. Eine große Zahl von Deutschen lebte im Yorktown-Distrikt von New York City – und sonstwo. Und die Army wollte sie im Auge behalten. Private Ettinger hatte anscheinend die notwendige linguistische und berufliche Qualifikation dafür.

Private Ettinger meldete sich freiwillig zum Counterintelligence Corps aus mehreren Gründen. Das ersparte ihm, zur Ausbildung als Funker zu der damals neu gebildeten 95. Infanteriedivision geschickt zu werden. Außerdem würde er vermutlich in New York City verwendet werden, wo seine Mutter wohnte. Und schließlich sagte man ihm, daß er nach dem Besuch der CIC-Schule in Baltimore ein Special Agent des CIC sein und den Sold eines Staff Sergeant erhalten würde. CIC-Agenten, erklärte man ihm, arbeiteten in Zivil, und ihr Rang wurde nicht publik gemacht.

Das war das nächstbeste nach einem Offizierspatent, das ihm versagt blieb, weil er die spanische Staatsbürgerschaft hatte.

Nachdem er die CIC-Schule in Cap Holabird in Baltimore absolviert hatte, wurde Special Agent Ettinger dort als Ausbilder in Kurzwellen-Telefonie verwendet. Das erlaubte ihm, fast an jedem Wochenende nach New York City zu reisen und seine Mutter zu besuchen. Die Schienen der Pennsylvania Railroad führten an Cherry Hill, New Jersey, vorbei, wo er immer noch Angestellter bei RCA (und mit größerem Gehalt als sein Sold) hätte sein können, wenn er nicht in patriotischem Eifer dem Land hätte dienen wollen, das ihn aufgenommen hatte.

Als er im CIC-Center stationiert war, besuchte ihn ein anderer Zivilist mit interessanten Ausweispapieren. Der Mann war Agent des Office of Strategic Services, einer Organisation, über die Special Agent Ettinger bisher sehr wenig gehört hatte.

Das Gespräch wurde in einem Dialekt geführt, den Ettinger als Tex-Mex erkannte, mit anderen Worten, gesprochen von Leuten mexikanischer Abstammung, die in Texas lebten. Bei diesem Gespräch erklärte ihm der OSS-Agent, daß das OSS jemand Qualifizierten brauchte, der eine geheime Funkstation in einem ungenannten südamerikanischen Land aufbauen und betreiben konnte, und er, Ettinger, habe anscheinend die Qualifikation dafür. Erst einige Zeit später erfuhr Ettinger, daß der Mann, der mit ihm gesprochen hatte, nicht nur Voll-Colonel des U.S. Marine Corps, sondern auch Stellvertretender Direktor des OSS für Operationen in der westlichen Hemisphäre war.

Eine Woche später befand sich Ettinger an einem Ort, der vor dem Krieg der Congressional Country Club in Virginia gewesen war, nicht weit von Washington entfernt. Die Ausbildung war in etwa eine Wiederholung der Grundausbildung und der CIC-Ausbildung – in gewissem Sinne lächerlich, wenn man bedachte, was man mit ihm geplant hatte. Er würde mit der Pan American Airlines nach Argentinien fliegen, angeblich als Experte von Raffinerien der Öl-Industrie, um eine Funkstation zu betreiben. Er hielt es für äußerst unwahrscheinlich, daß man jemals von ihm einen Fallschirmabsprung aus einem Flugzeug oder einen Messerkampf oder das Beschatten von jemand oder das Knacken eines Schlosses verlangen würde.

Als er in Buenos Aires war, trug er Zivil und wohnte in einem Apartment. Er aß in Restaurants. Er hatte sogar ein Hausmädchen für die Wäsche und einen Wagen, um in der Stadt herumzukutschieren und zur Funkstation hinauszufahren. Seine Rolle beim Versenken eines angeblich neutralen Handelsschiffs, das deutsche U-Boote versorgte, war unbestritten nichtkämpferisch.

Dennoch war er insgeheim stolz darauf, daß ohne seine Funkstation das U-Boot nicht hätte informiert werden können, wo es das Schiff finden konnte, das es dann torpedierte.

Obwohl David Ettinger spürte, daß es ihnen peinlich wäre, wenn er auch nur eine kleine Andeutung machen würde, war er stolz darauf, daß er ein enges Verhältnis mit Männern wie Cletus Frade und Anthony Pelosi hatte.

Mehr als das, sie hatten ihm die Entscheidung überlassen – er hielt es nicht für Mut – zu tun, was er jetzt tat. Es wurde ihm klar, daß er jetzt sozusagen in den Schützengräben lag und persönlich gegen die Nazis kämpfte.

Und er erledigte Arbeit, die Cletus Frade und Tony Pelosi nicht tun konnten, ganz gleich wie tapfer sie waren oder wie erfahren im Fliegen von Flugzeugen und im Umgang mit Sprengstoffen. Sie hatten weder die Vorgeschichte dafür, noch, ehrlich gesagt, seine Intelligenz. Außerdem sprachen sie nicht Deutsch und waren keine Juden.

Ettinger hatte keine Ahnung, was die Nazis mit ihrer Lösegeld-Operation bezweckten, ob es einfach eine weitere Masche war, um mehr Geld aus den Juden innerhalb oder außerhalb von Deutschland herauszupressen, oder eine weitaus kompliziertere Operation. Aber was auch immer es war, es hatte gewiß die Aufmerksamkeit von Colonel Graham in Washington erregt.

Und dieses Problem – wenn man so wollte, sein Beitrag zum Krieg gegen die Nazis – durfte er lösen. Er allein. Es war ihm *befohlen* worden, davon sogar nichts bei Milton Leibermann zu erwähnen. Zuerst hatte er das für lächerlich gehalten; Leibermann war schließlich vom FBI und folglich erfahren im Verhören und Ermitteln. Aber dann war er ins Grübeln gekommen. Wenn Leibermann so erfahren im Ermitteln und Verhören war, warum hatte dann er, David Ettinger, und nicht der FBI-Agent Milton Leibermann die Lösegeld-Operation der Nazis aufgedeckt?

Natürlich würde er keine Lorbeeren ernten, wenn Leibermann sich in die ›Ermittlung‹ einschaltete, denn dann war es seine Ermittlung, die des FBI. David Ettinger war schließlich offiziell nur Funktechniker und Staff Sergeant, der zum OSS abkommandiert war.

Darüber hinaus war er überzeugt, daß allein die Anwesenheit von Leibermann oder einem seiner FBI-Agenten kontraproduktiv sein würde. Er hatte viel Zeit und all sein psychologisches Geschick gebraucht, um einige der beteiligten Leute zu überreden, überhaupt mit ihm zu sprechen.

Wenn plötzlich jemand anderes auftauchte und Fragen stellte, würden wahrscheinlich die Türen zugeschlagen werden, die er gerade erst einen Spalt geöffnet hatte.

Ettinger war nahe daran, herauszufinden, welchen Weg das Geld nahm. Daß der Standartenführer vom Sicherheitsdienst der SS seine Liquidierung befohlen hatte, war ein klarer Beweis dafür.

Er war natürlich deswegen beunruhigt. Doch er sagte sich, daß die größte Gefahr für ihn bestand, solange er noch auf der Estancia war. Es war möglich, wenn auch nicht sehr wahrscheinlich, daß die Deutschen Meuchelmörder anwarben, die versuchten, ihn wie Cletus Frades Vater aus dem Hinterhalt an der Straße nach Pila zu ermorden.

Das war nicht nur unwahrscheinlich, sondern er wurde auch auf der Estancia San Pedro y San Pablo von zwei Männern des Büros für Innere Sicherheit beschützt – und was das anbetraf, überall in Argentinien. Ettinger hatte gehört, daß Pelosi dem Chief davon erzählt hatte.

Und so fühlte er sich sehr clever, als er sich vom Haus fortgestohlen und die Scheinwerfer des Chevrolets ausgeschaltet gelassen hatte, damit weder Pelosi noch der Chief aufwachten. Jetzt schaltete er die Scheinwerfer an, damit die BIS-Männer ihn sehen und ihm folgen konnten.

Was sie taten. Auf dem ganzen Weg nach Buenos Aires. Sie waren in der Calle Monroe bei seiner Wohnung stationiert. Wenn irgendwelche Killer auf der Estancia oder bei seinem Apartment auf der Lauer lagen, würden sie vom

Anblick der beiden Männer in einem offensichtlichen Dienstwagen entmutigt werden, und sie würden nichts versuchen.

In der Wohnung duschte und rasierte er sich. Dann rief er bei der Fähre an und ließ einen Platz für die Abfahrt um halb neun reservieren. Danach beschäftigte er sich mit dem Problem Waffe. Er hatte zwei Holster für den stupsnasigen Smith & Wesson .38 Special, ein Schulterholster und eines am Gürtel. Es war natürlich illegal, eine Feuerwaffe mit über die Grenze zu nehmen. Er hielt es zwar für unwahrscheinlich, daß er durchsucht wurde, wenn er den uruguayischen Zoll passierte, aber Vorsicht ist die Mutter der Porzellankiste.

Ettinger sagte sich, daß er kein Holster brauchte. Der Smith & Wesson war klein genug, um ihn in der Tasche zu tragen. Er wickelte die Waffe in ein kleines Handtuch und legte das Päckchen in sein Necessaire unter den Rasierapparat und andere Toilettenartikel. Das Necessaire verstaute er in dem kleinen Handkoffer, der nur Unterwäsche zum Wechseln und eine Ersatzhose enthielt. Er hatte nicht vor, lange in Uruguay zu bleiben.

Um 7 Uhr 45 verließ er das Apartment, stieg in den Chevrolet und fuhr – gefolgt von seinen BIS-Beschützern – zum Hafen. Er war absichtlich früh dran, was bedeutete, daß sein früh verladener Wagen früh in Montevideo ausgeladen wurde.

Als die Fähre ablegte, sah er die Männer vom BIS auf dem Kai und widerstand der Versuchung, ihnen zuzuwinken. Sie würden ihm natürlich nicht über die Grenze folgen.

Er musterte sorgfältig seine Mitpassagiere, aber keiner davon sah wie ein Meuchelmörder aus. Sie wirkten wie Geschäftsleute auf einer Tagesreise nach Montevideo – mit anderen Worten wie er.

Der uruguayische Zoll und die Beamten der Einwanderungsbehörde erfüllten ihre Funktion an Bord der

Fähre. Ein Beamter der Einwanderungsbehörde warf einen schnellen Blick auf Ettingers Paß, sah ein Dutzend oder mehr Stempel von Kurzreisen zwischen Buenos Aires und Montevideo, fügte einen Stempel hinzu und winkte ihn weiter zu den Zollbeamten, die an der Rampe standen.

Sie forderten ihn auf, den Kofferraum zu öffnen, und nachdem sie nur einen Ersatzreifen und einen Wagenheber fanden, verzichteten sie sogar darauf, daß er den kleinen Handkoffer öffnete.

Er fuhr von der Fähre fort zum Casino in Carrasco an der Rambla, der Straße, die an der Küste entlangführte.

Den etwas verbeulten und rostigen 1937er Graham-Paige, der ihm nach Carraso folgte, nahm er überhaupt nicht wahr, vielleicht weil er nie näher als bis auf zwei Wagen hinter ihm heranfuhr, und vielleicht weil er nicht danach Ausschau hielt. Er rechnete nicht damit, in Uruguay verfolgt zu werden.

Er hatte im Casino-Hotel nicht telefonisch reserviert, weil er das Risiko vermeiden wollte, daß jemand an der Rezeption oder sonst jemand vom Personal bestochen wurde, um dem Auftraggeber mitzuteilen, wenn er wieder nach Montevideo kommen sollte.

Auch in diesem Punkt fühlte er sich sehr clever. Es war anscheinend ein Beweis, daß er in Camp Holabird und im Country Club den Ausbildern gut zugehört hatte.

Im Casino-Hotel gab es ein Zimmer für ihn, eine schöne Zwei-Zimmer-Suite im zweiten Stock. Er deponierte dort seinen Handkoffer, kehrte dann zurück zu seinem Wagen, fuhr ihn in die Tiefgarage und suchte abermals seine Zwei-Zimmer-Suite auf.

Wenn die Deutschen oder Uruguayer in deutschen Diensten irgendwie arrangiert hatten, daß sie informiert wurden, wenn er wieder auftauchte, dann wußten sie offenbar schon Bescheid oder würden es in Kürze erfahren.

Er nahm den Smith & Wesson aus seinem Necessaire

und überprüfte ihn auf seine Funktionsfähigkeit. Tadellos.

Ettinger hatte Vertrauen in die Waffe und seine Fähigkeit, sie zu benutzen. Er war natürlich kein Schütze wie der Chief oder Tony Pelosi. Er hatte sie ein bißchen neidisch beobachtet, als sie auf der Estancia San Pedro y San Pablo mit ihren .45er Automatikpistolen geschossen hatten. Sie schossen auf Blechbüchsen, mehr um die Zeit totzuschlagen, und verfeuerten Schachtel um Schachtel von Munition der argentinischen Armee, die Frades Vater durch seinen Suboficial Mayor erhalten hatte.

Sie schossen nicht einfach auf eine Blechdose. Sie feuerten darauf, daß sie in der Luft tanzte, immer wieder getroffen wurde, bis die Waffe leergeschossen war.

Ettinger wußte, daß er üben konnte, soviel er wollte, und trotzdem niemals so ein guter Schütze werden würde. Aber er hatte auf dem Schießplatz in Camp Holabird und im Country Club aufgepaßt. Dort schoß man auf sieben Yards auf lebensgroße Zielscheiben. Das Ziel mußte schnell und an ›lebenswichtigen‹ Stellen auf dem Umriß eines Menschen getroffen werden.

Mit einem Smith & Wesson, identisch mit dem jetzigen, war er im Laufe der Zeit ziemlich gut geworden. Bei fünf Schüssen so schnell wie möglich hatte er vier Kugellöcher in ›lebenswichtige‹ Stellen des Ziels geschossen.

Als er bereits mit seiner Leistung zufrieden gewesen war, hatte er stets auf den Kopf der Zielscheibe gezielt. Zwei- oder dreimal hatte er mit allen fünf Kugeln den Kopf getroffen.

Er rief den Mann nicht an, den er treffen wollte. Man konnte die Nummer nicht direkt wählen. Man mußte sie dem Telefonisten nennen, der für einen wählte. Wenn man mit der Möglichkeit rechnete, daß einer vom Personal jemand über seine Anwesenheit im Hotel informierte, dann mußte man auch in Betracht ziehen, daß der Telefonist die Nummern notierte, die er anrief.

Es war kein Problem. Er wußte, wo der Mann, den er

treffen wollte, um halb acht sein würde. Der Mann ging auf dem Weg nach Hause auf ein Glas Bier in eine Kneipe in der Avenida Foster, weniger als ein Dutzend Blocks vom Casino Hotel entfernt. Ettinger hatte ihn dort schon dreimal getroffen. Die Kneipe war zu dieser Zeit voller Gäste, und es war relativ leicht, ein paar Worte zu wechseln und eine Verabredung zu treffen.

Ettinger hatte nicht viel im Restaurant auf der Fähre gegessen, und es war möglich, daß sich das Abendessen durch das Geschäft an diesem Abend verzögern würde.

Es gab ein halbes Dutzend Cafés und Restaurants in der Nähe des Casino-Hotels, die er leicht zu Fuß erreichen konnte. Die Restaurants waren vermutlich noch nicht geöffnet, aber man erhielt im allgemeinen in jedem Café ein kleines Steak.

David Ettinger überlegte, an welcher Stelle er den Smith & Wesson am besten trug, und sagte sich schließlich, daß er in der rechte Gesäßtasche am unauffälligsten war.

Er trank eine Flasche Bier und aß ein kleines Steak mit Salat. Als Dessert gab es eine sehr gute Eiercreme, die ›flan‹ genannt wurde.

Dann kehrte er zum Hotel zurück und ging in die Tiefgarage.

Er brauchte ein paar Minuten, um den Lichtschalter in der großen Garage zu finden. Als er die Beleuchtung eingeschaltet hatte, ging er zum Chevrolet und glitt hinter das Steuer.

David Ettinger dachte als letztes daran, daß er den Wagen vor dem Parken stets abschließen mußte, als ihn der Mann auf dem Rücksitz des Chevrolet am Genick packte und ihm einen Eispickel durchs Ohr ins Gehirn stieß.

XIX

1

Santo-Tomé-São-Borja-Fähre
Provinz Corrientes, Argentinien

16. April 1943, 7 Uhr 30

Eine lange Schlange von Fahrzeugen, LKWs und PKWs, Motorräder und sogar zwei von Pferden gezogene Karren warteten auf der unbefestigten Straße zur Fähre, als der Dienst-Mercedes von el Coronel Pablo Porterman vorfuhr. Coronel Portermans Wagen folgte ein glänzend poliertes, viertüriges 1937er Buick Limited Kabrio mit heruntergeklapptem Verdeck. Auf dem Rücksitz des Buick saß – irgendwie königlich – el Patrón der Estancia San Miguel, Señor Cletus Frade, und neben ihm Suboficial Mayor im Ruhestand Enrico Rodriguez.

Beide Wagen fuhren an der Schlange der Fahrzeuge vorbei, die darauf warteten, vom Zoll und der Einwanderungsbehörde abgefertigt zu werden, zur Spitze.

Der ranghöchste Zollbeamte und der ranghöchste Beamte der Einwanderungsbehörde, die Dienst hatten, kamen aus den Gebäuden, um den Kommandeur des Zweiten Kavallerieregiments schneidig zu grüßen. Dann gingen sie zu dem Buick, wo sie Señor Frade vorgestellt wurden.

Einer der beiden erklärte, daß er die Ehre gehabt hatte, den verstorbenen el Coronel Jorge Guillemo Frade sowohl als el Patrón der Estancia San Miguel als auch als el Coronel vom Zweiten Kavallerieregiment gekannt zu haben. Beide sprachen Señor Frade ihr Beileid für den tragischen Verlust aus.

Dann schüttelte Señor Frade el Coronel Portermans Hand und bedankte sich für all die Liebenswürdigkeiten, die der Coronel ihm erwiesen hatte. Danach wurde der Buick an der Spitze der Schlange vorbeigewinkt, ohne daß sich Señor Frade der Routineprozedur von Zoll und Einwanderungsbehörde unterziehen mußte. Von dort aus rollte der Buick auf die Fähre.

Der Buick war Enricos Lösung des Problems, von São Borja nach Porto Alegre zu gelangen. Er hatte mit der Estancia San Miguel telefoniert, und der Buick, der auf der Estancia für die Benutzung von el Patrón bereitstand, war nach Santo Tomé gebracht worden.

Danach hatte Clete Enrico natürlich nicht mehr sagen können, daß er in Santo Tomé bleiben sollte. Er hatte gedacht, er könnte ihn überreden, nach seiner Rückkehr mit dem Wagen nach Santo Tomé zurückzufahren, doch es war ihm klar, daß dies Wunschdenken war.

Bevor die Fähre ablegte, holte der Fahrer des Buick einen Lappen aus dem Kofferraum und wischte den Staub vom Wagen.

Clete stieg aus und beobachtete vom Bug der Fähre aus, wie sie langsam ablegte.

Alarmiert sah er, daß es kaum mehr als zehn Zoll Freibord gab, so tief lag die Fähre im Wasser. Der Fluß war glatt, aber die Strömung war schnell, und er hatte den Eindruck, daß die Fähre leicht eine Sandbank rammen – zum Beispiel – und in den Fluten versinken konnte.

Ashton hatte recht. Es wäre idiotisch, zu versuchen, über diesen Fluß mit einem Schlauchboot zu paddeln, das Kisten von jeweils hundert Kilo Gewicht an Bord hat.

Zehn Minuten später, als der Buick auf die brasilianische Seite des Rio Uruguay rollte, sagten sich die Beamten des brasilianischen Zolls und der Einwanderungsbehörde, die zum Wagen kamen, daß sie den Passagier eines solch eleganten, von einem Chauffeur gefahrenen Wagen nicht mit einer routinemäßigen Prozedur behelligen sollten.

Die Straße jenseits von São Borja war breit, gut asphaltiert und schnurgerade. Der Fahrer zockelte mit stetigen 60 Stundenkilometern dahin.

»Enrico«, sagte Clete, »ich möchte fahren.«

»Das wäre unpassend, Señor Clete.«

»Kannst du ihn fragen, ob es nicht ein bißchen schneller geht?«

»Ernesto möchte Sie mit seiner Zuverlässigkeit beeindrucken, Señor Clete.«

»Ich *bin* beeindruckt«, sagte Clete und hob die Stimme. »Ein bißchen schneller, Ernesto, por favor.«

»Si, Patrón«, erwiderte Ernesto, und erhöhte das Tempo um ungefähr zwei Stundenkilometer.

»Viel schneller, por favor, Ernesto.«

»Si, Patrón«, sagte Ernesto und trat das Gaspedal bis zum Boden durch.

2

Big Foot Ranch
Midland, Texas

16. April 1943, 9 Uhr 45

Es war zwar nicht üblich, daß Mrs. Martha Williamson Howell – unter anderem Vorsitzende der Frauenvereinigung der Trinity Episcopal Church – alkoholischen Getränken zusprach (selten vor der Cocktailstunde und nie vor dem Mittag), doch heute sollte es eine Ausnahme geben.

Das alte Weib, dachte sie, als sie sich an den Küchentisch setzte, um zu frühstücken, *braucht eine kleine Aufmunterung. Martha hat einen bösen Fall von Selbstmitleid.*

Sie fand, daß ihre gedrückte Stimmung berechtigt war. In erster Linie fehlte ihr natürlich Jim. Jeder sagte ihr – und es war anscheinend logisch –, daß Zeit alle Wunden heilt und ihre Trauer über den Verlust ihres Mannes vorübergehen würde.

Die Trauer ging nicht vorüber. Sie änderte sich nur. Martha weinte sich zwar nicht mehr in den Schlaf, doch die Erkenntnis – wie ein schwarzes Gewicht, das auf ihrem Herzen lastete –, daß Jim nicht mehr zurückkehren würde, schien von Tag zu Tag schlimmer zu werden.

Ursprünglich war sie zornig gewesen, hauptsächlich auf Gott, weil er Jim das angetan hatte, ihn zu sich geholt hatte, obwohl er noch ein relativ junger Mann gewesen war, ihm ein langes und erfülltes Leben versagt hatte. Jetzt war sie wütend auf Gott, weil er ihr Jim genommen und sie zur Einsamkeit verdammt hatte. Sie war zu jung, um ihren Mann zu verlieren.

Und das war nicht alles, was an ihrem Leben falsch war. Jedesmal – auch heute morgen – wenn sie in die Küche ging, war sie von Erinnerungen daran erfüllt, wie Jim und Clete und die Mädchen darin gewesen waren, wie Orangensaft verschüttet wurde, Pfannkuchen auf die neuen Frisuren von vierzehnjährigen Mädchen gelegt wurden, Toast mit Ahornsirup durch Tabasco gewürzt wurde und all die anderen Streiche gespielt wurden.

Die Mädchen waren ebenfalls nicht mehr da. Beth war einundzwanzig und fast mit dem Studium auf der Rice University fertig. Aber das war nicht alles. An dem Verhalten von Beth und ihrem jüngsten Verehrer, als sie die beiden kurz vor Cletes Abreise nach Südamerika gesehen hatte, schloß Martha, daß Beth und Mister Sowieso mehr als nur gute Freunde waren. Taktvoll formuliert, war Beth jetzt eine Frau, und Mister Sowieso, dessen Vater im Ölbohrgeschäft in Ost-Texas mitmischte, war derjenige, dem sie eine Probebohrung gestattet hatte.

Martha war ziemlich überzeugt, daß Marjorie noch ein Mädchen war, aber auch darauf hätte sie nicht viel Geld gewettet. Marjorie war immer frühreif gewesen. Wenn sie es noch nicht mit einem Jungen getrieben hatte, dann weil sie noch keinen kennengelernt hatte, den sie wirklich mochte. Und einer, den sie wirklich mochte, war wahrscheinlich der nächste, der durch die Tür kam.

So waren sie ebenfalls aus dem Haus wie Clete.

Die Familie würde nie wieder in der Küche zusammen frühstücken.

Nie mehr.

Sie war allein, und es sah aus, als würde sie von jetzt an immer einsam sein. Wieder zu heiraten war absurd. Jim war ein toller Mann gewesen, und es war verdammt unwahrscheinlich, daß sie einen finden würde, der auch nur annähernd an ihn heranreichte.

Alle waren fort, und Martha wußte wirklich nichts mit sich anzufangen. Als Juanita, die Haushaltshilfe, hinten ins Haus ging, um das Bett zu machen, schenkte sich Martha ein Glas Tomatensaft ein und fügte Meerrettich, Tabasco, Salz und ein großes Schnapsglas Gin hinzu.

Dann setzte sie sich auf die Veranda, um auf den Briefträger zu warten. Die Post würde vermutlich nur aus Rechnungen bestehen. Oder aus Einladungen, die sie nicht annehmen wollte. Oder aus Reklame, über die sie sich ärgern würde. Die Chancen, daß sie einen Brief von Marjorie oder Beth erhielt, standen vermutlich eins zu hundert, und die Chancen, daß ein Brief von Clete eintraf, waren astronomisch gering, fast wie ein Volltreffer in der Lotterie.

Der Volltreffer trat ein.

»Habe ein Einschreiben für Sie, Miss Martha«, sagte Henry, der Briefträger. »Von irgendeinem Chief Petty Officer der Navy.«

Was, zum Teufel, kann das sein? überlegte Martha.

»Sind Sie sicher, daß es für mich ist?« fragte sie, quittierte den Empfang und nahm den Brief entgegen. Er war tatsächlich an sie adressiert. Sie riß den Umschlag auf.

»Ein Brief von Clete«, sagte sie.

»Der ist wieder im Pazifikraum, wie?« fragte Henry und blieb neugierig stehen, bis sie gelesen hatte.

»Keine schlechten Nachrichten, hoffe ich, Miss Martha?«

»Nein. Keine schlechten, Henry.«

»Schreiben Sie Ihm, daß ich nach ihm gefragt habe, ja?«

»Das werde ich tun, Henry«, sagte Martha.

Sie wartete, bis Henry mit seinem alten Ford davongebraust war, und dann nahm sie den Brief und las ihn noch einmal.

Estancia San Pedro y San Pablo
Mitternacht, 11/12 April 1943

Liebe Martha,

ich habe nicht viel Zeit, und deshalb komme ich gleich zur Sache.
Der alte Mann wird ungefähr gleichzeitig mit Dir einen Brief erhalten, in dem ich ihm mitteile, daß ich in ungefähr zwei Wochen heiraten werde.

Du kannst mich beim Wort nehmen, wenn ich sage, daß ich das Richtige tue und daß Du dich irgendwann in der Zukunft, wenn Du sie kennenlernst – sie, das ist Dorotea Mallin, Henrys und Pamelas Tochter –, wundern wirst, wie um alles in der Welt sich ein so nettes Mädchen mit einem Mistkerl wie mir einläßt.
Ich werde Dich vermutlich um einen großen Gefallen bitten, aber jetzt noch nicht.
Was mir Sorge macht, ist der alte Mann. Er haßt alles, was argentinisch ist, und Du weißt, wie sehr er hassen kann. Ich möchte nicht, daß er mich oder Dorotea haßt, bevor er eine Gelegenheit hat, sie kennenzulernen. Und ich möchte nicht, daß er versucht, mich zu meinem eigenen Besten zu stoppen oder etwas in dieser Richtung zu unternehmen. Ich will auch nicht, daß er einen Herzanfall bekommt, und das ist kein Scherz.
Ich werde wirklich alles schätzen, was Du tun kannst.
Ich überlasse es Dir, es den Mädchen zu sagen oder nicht. Wenn Du es Ihnen nicht sagen willst, habe ich Verständnis dafür.
Laß mich wissen, wie er reagiert hat. Du kennst die Adresse: Box 1919, National Institutes of Health, Washington, D.C.

In Liebe

Dein
Clete

»Mrs. Howell am Telefon für Sie, Mr. Howell«, kündigte Mrs. Portia Stevens an, nachdem sie ihren Kopf durch die Tür gesteckt hatte.

Cletus Marcus Howell stand am Fenster seines Büros

im sechsundzwanzigsten Stock oben auf dem Howell Petroleum Building und schaute auf den Schiffsverkehr auf dem Mississippi. Ohne den Kopf zu wenden, sagte er: »Sagen Sie ihr bitte, daß ich beschäftigt bin und sie später anrufen werde.«

Mrs. Stevens, die seit zweiunddreißig Jahren Mr. Howells Sekretärin war und Cletus Howell Frade von klein auf kannte, hatte nicht die geringsten Gewissensbisse gehabt, als sie die Morgenpost geöffnet und den Brief gelesen hatte, der den Absender *C. H. Frade, Box 1919, National Institutes of Health, Washington, D. C.* trug. Sie glaubte ziemlich sicher zu wissen, warum ihr Chef nicht mit seiner Schwiegertochter sprechen wollte.

Sie betrat das Büro, nahm den Hörer von einem der Telefone auf dem Schreibtisch ab, ging zum Fenster und reichte ihm den Hörer.

»Ich habe gesagt, ich rufe sie später an.«

»Das haben Sie«, sagte Mrs. Stevens und verließ das Büro.

»Guten Morgen, Martha«, sagte der alte Mann. »Wie geht es dir? Und den Mädchen?«

»Ich habe soeben einen Brief von Clete erhalten«, sagte Martha.

»Tatsächlich?«

»Und nach deinem Tonfall zu schließen, hast du ebenfalls einen bekommen.«

»Habe ich in der Tat«, sagte der alte Howell.

Er ging zu seinem Schreibtisch, legte den Hörer darauf und nahm den Brief.

Estancia San Pedro y San Pablo
Mitternacht, 11/12 April 1943

Lieber Großvater,

ich hoffe, Du sitzt, wenn Du das liest.
In ungefähr zwei Wochen heirate ich. Henry Mallins Tochter Dorotea.
Das ist eine unumstößliche Tatsache, und es gibt keine Diskussion darüber. Ich tue, was ich für richtig halte, und damit hat sich's.
Ich erwarte nicht, daß Du das verstehst. Und ich möchte nicht, daß du Mallin anrufst und ihm drohst. Er ist darüber ungefähr so unglücklich, wie Du es sein wirst, wenn Du diesen Brief erhältst, und er kann ebensowenig dagegen tun.
Ich teile es Dir mit, weil ich Dich liebe und finde, daß Du ein Recht hast, es zu erfahren.

Wenn Du es Dir nicht bereits selbst zusammengereimt hast, teile ich Dir mit, daß Du bald Urgroßvater werden wirst.
Gestern sagte mir jemand, daß ein Neugeborenes steinerne Herzen schmilzt. Ich hoffe wirklich, er hat recht.

In Liebe

Dein
Clete

»Der Brief kam per Einschreiben«, sagte der alte Mann. »Mrs. Stevens las ihn offenbar und legte ihn dann auf meinen Schreibtisch. Cletus hat anscheinend den Verstand verloren. Ein genetischer Defekt, nehme ich an, der all die Jahre in ihm schlummerte.«

»Ich hätte wissen sollen, daß du so etwas sagst.«

»Was hast du denn erwartet?«

»Ich sagte mir vor dem Anruf, daß ich mich nicht mit dir streiten will, und das werde ich nicht tun. Ich habe angerufen, weil ich etwas brauche.«

»Was brauchst du?«

»Ich habe bei Pan American Airlines angerufen, und man sagte mir, es gibt eine Warteliste mit dreihundert Namen von Leuten, die nach Buenos Aires fliegen wollen und keine Priorität von der Regierung haben.«

»Martha, meinst du, du könntest ihn zur Vernunft bringen, wenn du dorthin fliegst?«

»Ich brauche drei Tickets, Marcus, und ich möchte nicht warten, bis mein Name auf der Warteliste dran ist.«

»Wer fliegt mit dir?«

»Na, rate mal.«

»Du willst doch nicht die Mädchen mitnehmen? Wozu?«

»Damit Sie sehen können, wie Clete heiratet.«

»Hat er dir mitgeteilt, warum er das Gefühl hat, daß er eine argentinische Frau heiraten muß?«

»Was soll das heißen?«

»Dann hat er es dir also nicht geschrieben. Er schämte sich, es dir zu schreiben.«

»Er hat dir geschrieben, daß sie ... schwanger ist?«

»Er deutete an, daß ich bald Urgroßvater werde«, sagte der alte Mann. »Ich kann nicht glauben, daß du die Mädchen erniedrigen willst, meine Enkeltöchter, indem du sie zwingst ...«

»Kein gottverdammtes Wort mehr, Marcus!« brauste Martha auf. »Besorgst du mir die drei Flugtickets oder nicht?«

»Und wenn nicht?«

»Dann wird es ein verdammt kalter Tag in der Hölle sein, bevor ich oder meine Töchter jemals wieder mit dir sprechen.«

»Das klingt wie eine Drohung! Keiner droht mir!«

»Ich habe es soeben getan«, erwiderte Martha. »Ah, geh zur Hölle, du widerlicher alter Bastard! Ich besorge mir die Tickets selbst!«

Es klickte, und die Leitung war tot.

Der alte Mann legte den Telefonhörer auf und schaute lange darauf.

»Mrs. Stevens«, rief er dann, »würden Sie bitte versuchen, mich noch einmal mit Mrs. Howell zu verbinden?«

»In Ordnung.«

»Und versuchen Sie dann, Juan Trippe für mich an die Strippe zu bekommen?«

»Wo ist er?«

»Keine Ahnung. Rufen Sie bei der Pan American an, sagen Sie, daß Sie in meinem Auftrag telefonieren, und fragen Sie, wo er ist.«

Zwei Minuten später berichtete Mrs. Stevens, daß die Leitung auf der Big Foot Ranch besetzt war, daß sie jedoch einen Mr. Walpole von Pan American in der Leitung hatte.

Der alte Mann schnappte sich den Telefonhörer und blaffte: »Wer ist da?«

»Ralph Walpole.«

»Mein Name ist Cletus Marcus Howell. Sagt Ihnen das etwas?«

»Wir haben uns kennengelernt, Mr. Howell. Schön, wieder mal von Ihnen zu hören, Sir.«

»Ich wollte mit Mr. Trippe sprechen.«

»Er ist im Augenblick nicht erreichbar, Mr. Howell. Kann ich etwas für Sie tun?«

»Haben Sie eine Beziehung zur Pan American?«

»Ja, die habe ich«, sagt Mr. Walpole ein wenig peinlich berührt. »Tatsache ist, daß ich einer der Vizepräsidenten bin.«

»Nun, Mr. Walpole, ich brauche vier Plätze für übermorgen in Ihrem Buenos-Aires-Flug.«

»Hm, das wird vielleicht etwas schwierig sein, Mr. Howell. Diese Maschinen sind stets besetzt bis auf den letzten Platz.«

»Es juckt mich nicht, wie schwierig es ist, Mr. Walpole.«

»Nun, schicken Sie mir Ihre Genehmigung der Priorität und ich werde mich gern für Sie darum kümmern, Mr. Howell. Ich bin überzeugt, daß ich etwas für Sie arrangieren kann, jedoch nicht bis übermorgen – da bin ich ganz ehrlich zu Ihnen.«

»Ich habe keine Priorität«, sagt der alte Mann.

»Verzeihen Sie, Mr. Howell. Habe ich richtig gehört? Sagten Sie, Sie haben sich noch nicht um eine Priorität bemüht?«

»Ich sagte, ›ich habe keine Priorität‹.«

»Darf ich in diesem Fall vorschlagen, daß Sie zurückrufen, wenn Sie die Priorität haben? Und dann werden wir sehen, was wir für Sie tun können.«

»Hören Sie gut zu«, sagte der alte Mann. »Eines Ihrer Flugzeuge startet übermorgen von Miami mit dem Ziel Buenos Aires. Wenn ich mich nicht irre, wird es einen Tankstop in Caracas, Venezuela, haben.«

»Das ist richtig, Mr. Howell.«

»Wenn vier Personen namens Howell – ich, meine Schwiegertochter Mrs. Martha Howell und meine Enkeltöchter, Miss Elizabeth und Miss Marjorie Howell – in diesem Flugzeug sind, wenn es in Caracas landet, dann wird Ihnen Howell Petroleum Venezuela soviel 110-130 Oktan Flugbenzin liefern, wie Sie anfordern. Wenn wir nicht in diesem Flugzeug sind, dann sollten Sie sich besser darauf vorbereiten, es nach Buenos Aires zu paddeln, denn ich werde ihnen keinen Tropfen Flugbenzin mehr liefern und ebensowenig sonst jemandem in Caracas.«

»Ich kann nicht glauben, daß Sie das ernst meinen, Mr. Howell.«

»Treiben Sie Mr. Trippe auf und fragen Sie ihn, ob ich jemals eine leere Drohung ausgesprochen habe«, sagte der alte Mann und legte den Hörer auf.

3

Büro des Direktors
Office of Strategic Services
Washington, D.C.

16. April 1943, 11 Uhr 05

»Das traf soeben ein.« Colonel A.F. Graham, USMCR, überreichte OSS-Direktor William J. Donovan ein großes Kuvert, auf das TOP SECRET gestempelt war.

TOP SECRET
LINDBERGH

URGENT

FROM AGGIETWO 0400 GREENWICH 15APR43

MSG NO 0003

TO ORACLE WASHDC

EYES ONLY FOR DDWHO GRAHAM

1. Bezüglich Lindbergh
A. Galahad bestätigt absolut, daß Lindbergh existiert.

B. Montevideo-Operation wird von SS-Major Werner von Tresmarck geleitet, Sicherheitsoffizier der Deutschen Botschaft (im folgenden Kassierer).

2. Aggie unterwegs als Hühnerhund seit 14 April 43, 17 Uhr.

AGGIETWO END

TOP SECRET

LINDBERGH

»Interessant«, murmelte Donovan.

»Irgendwie dachte ich, Sie wären erfreut«, sagte Graham. »Entgeht mir hier etwas, Bill?«

»Nun, zum einen wissen wir nicht, wer Galahad ist«, antwortete Donovan. »Es wäre wirklich hilfreich, wenn ich dem Präsidenten sagen könnte, daß wir tatsächlich glauben, es gibt eine Operation, die gegen Lösegeld KZ-Insassen freikauft, und daß unsere Information von jemandem stammt, der weiß, wovon er redet aus folgenden Gründen, eins, zwei, drei, und motiviert ist, uns alles aus folgenden Gründen, erstens, zweitens, drittens, zu erzählen. Galahad genügt nicht, Bill. FDR hat einen komischen Sinn für Humor. Wenn ich zu ihm gehe und ihm sage, was wir von Galahad erfahren haben, wird er mich fragen, was wir von König Artus und den Rittern der Tafelrunde gehört haben.«

»Ich habe Frade befohlen, Galahad und Kavallerie zu identifizieren«, sagte Graham.

»Und er will uns nicht sagen, wer die beiden sind«, entgegnete Donovan.

»Das wissen wir nicht«, wandte Graham ein.

»Oh, doch«, erwiderte Donovan, griff in eine Schublade seines Schreibtischs und nahm zwei andere Funkbotschaften heraus.

»Dies kam von Frade, als Sie in Havanna waren«, sagte Donovan.

TOP SECRET

LINDBERGH

URGENT
FROM STACHIEF AGGIE 0830 GREENWICH 15APR1943
MSG NO 0003

TO ORACLE WASHDC
EYES ONLY FOR DDWHO GRAHAM

Bedaure, um absolut zuverlässige nachrichtendienstliche Quelle von Galahad und Kavallerie zu erhalten, war es nötig, mein Ehrenwort zu geben, daß ihre Identität nicht an Dritte weitergegeben wird.

STACHIEF END

TOP SECRET

LINDBERGH

Donovan wartete, bis Graham gelesen hatte, und sagte dann:

»Ich kann diese Sache mit dem Ehrenwort nicht glauben. Für was hält Frade das OSS? Für die Pfadfinder?«

»Ich habe keine Probleme damit«, sagte Graham.

»Menschenskind!« stieß Donovan hervor. »Glauben Sie wirklich, er denkt, er braucht es uns – Ihnen – nicht zu sagen, weil er sein ›Ehrenwort‹ gegeben hat?«

»Ich glaube, genau das denkt er«, erwiderte Graham.

»Und wenn er liquidiert wird, was durchaus möglich ist, dann verlieren wir auch noch Galahad und Kavallerie, weil niemand sonst weiß, wer sie sind. Haben Sie darüber nachgedacht?«

»Nein, aber ich bin überzeugt, daß Frade das erwogen hat«, sagte Graham.

Donovan schüttelte ungläubig den Kopf.

»Die zweite Funkbotschaft ist soeben eingegangen. Sehen Sie sich die an, Alex, und dann sagen Sie mir, ob Sie es immer noch für richtig halten, ein bißchen vage gewesen zu sein, wer dort unten die Befehle gibt.«

Graham nahm die Funkbotschaft und las.

TOP SECRET

URGENT
FROM STACHIEF BUENOS AIRES 1315 GREENWICH
15APR43
MSG NO 0007

TO ORACLE WASHDC

1. Bezüglich ihres 545, Tex wurde von dem Unterzeichner informiert, daß Oracle die Identifizierung von Galahad und Kavallerie wünscht. Tex erklärte, er habe bereits Oracle informiert, daß er dazu nicht bereit ist.

2. Tex erklärte, er verläßt Buenos Aires heute abend nach Porto Alegre, um Flugzeug und Personal und Material illegal zu überführen. Der Unterzeichner versuchte zu erklären, daß die enormen Risiken einer Entdeckung unter diesen Umständen die Genehmigung von Oracle erforderlich machen, und Unterzeichner ersuchte um zweiundsiebzig Stunden Aufschub, um Genehmigung einzuholen. Tex weigerte sich, die Abreise zu verzögern.

3. Tex weigerte sich, dem Unterzeichner Einzelheiten über die nächtliche Infiltration zu nennen, und erklärte, daß Unterzeichner kein Recht auf Information hat. Des weiteren erklärte er, er fühle sich nicht verpflichtet, die Genehmigung des Unterzeichners für irgendeine seiner Operationen einzuholen.

4. Der Unterzeichner teilte Tex widerstrebend Aufenthaltsort des Teamchefs mit, der bereits im Land ist. Nächtliche Infiltration von Team, Personal und Material, von Porto Alegre nach Argentinien wird folglich stattfinden wie beschrieben, es sei denn, der Stachief Porto Alegre erhält gegensätzliche Befehle.

5. Der Unterzeichner ist der Meinung, daß die Effizienz aller Operationen in Argentinien sehr verstärkt werden kann, wenn die Kommandostruktur allem Personal absolut klargemacht wird.

STACHIEF END

TOP SECRET

Colonel Graham gab Donovan die abgetippte Funkbotschaft zurück und hielt seinem Blick stand.

»Ich bin immer noch überzeugt, daß es richtig war, ein bißchen im unklaren zu lassen, wer dort die Befehle gibt«, sagte Graham.

»Tatsächlich?«

»Und dies beweist es. Wenn ich Frade gesagt hätte, daß er seine Befehle von Delojo erhält, dann wäre er nicht unterwegs, um das Flugzeug, Ashton, das Team und das Radar nach Argentinien zu bringen. Er würde mit dem Daumen im Arsch dasitzen und abwarten, ob sich Delojo eine Möglichkeit ausdenkt, wie das gleiche auf eine Art und Weise erledigt werden kann, bei der garantiert ist, daß er nicht verantwortlich gemacht werden kann, wenn etwas schiefgeht.«

»Sie müssen ärgerlich sein, Alex. Sie sind nur vulgär, wenn Sie sich ärgern.«

»Mir stinkt, daß sich Delojo über meinen Kopf hinweg bei Ihnen über Frade beschwert.«

»Dies mag eine große Überraschung für Sie sein, Alex, aber es stank mir ebenfalls«, sagte Donovan, kramte wieder in seiner Schreibtischschublade und zog eine andere Funkbotschaft hervor.

TOP SECRET

URGENT

FROM ORACLE WASHDC

MSG NO 2602 GREENWICH 16APR43

TO STACHIEF BUENOS AIRES

BEZÜGLICH IHRER NO. 0007

1. Bedaure, daß Kommandostruktur und Prioritäten der Mission nicht klargemacht wurden. Höchste Priorität der Station Buenos Aires ist die Unterstützung von Team Aggie. Stachief Aggie hat die alleinige Entscheidung, ob

er Stachief Buenos Aires Einzelheiten irgendeiner Mission mitteilt oder nicht.

2. Da Stachief Aggie Oracle direkt untersteht, sind weitere Kommentare von Ihnen über seine Aktivitäten unerwünscht.

COPY TO STACHIEF AGGIE

DONOVAN END

TOP SECRET

»Ich bin mir nicht sicher, ob ich das verstehe«, sagte Graham.

»Für mich ist das ziemlich klar«, erwiderte Donovan. »Das ging soeben raus. Ich wollte Ihnen meine Antwort zusammen mit Delojos Funkbotschaft zeigen.«

»Sie haben Delojo befohlen, herauszufinden, wer Galahad und Kavallerie sind?«

Donovan nickte.

»Ist das nicht *mein* Job?«

»Ich brauche nicht Ihre Genehmigung, um irgend jemandem eine Funkbotschaft zu schicken«, sagte Donovan. »Aber ich schicke keine – und Sie wissen das –, wenn es keinen guten Grund gibt. In diesem Fall waren Sie in Havanna, als ich das Delojo schickte.«

Graham dachte darüber nach, nickte und fragte dann: »Und dann machen Sie ihn zur Schnecke, weil er Frade gefragt hat?«

»Ich habe ihm nicht befohlen, Frade zu fragen. Ich habe ihm mitgeteilt, daß ich wissen will, wer Galahad und Kavallerie sind. Das war alles. Er – völlig verständlich, wie ich finde; er ist ranghöher als Frade – hat das falsch ausgelegt und gedacht, er hat Befehlsgewalt über Frade. Und als Frade ihm nein sagte, hat er das für Gehorsamsverweigerung gehalten. Ich mußte das klarstellen, Alex. Es *war* falsch von Ihnen, ein ›bißchen vage‹ zu sein.«

Graham sagte nichts.

»Ich komme Ihnen mehr als halbwegs entgegen, Alex«, sagte Donovan. »Ich muß wissen, wer Galahad und Kavallerie sind. Besonders Galahad. Ich muß mit der Sache Lindbergh zum Präsidenten gehen.«

»Ich kann es Frade nur noch einmal befehlen«, sagte Graham.

»Nein. Das ist nicht alles, was Sie tun können.«

»Sie wollen, daß ich dorthin fliege?«

»Ich will wissen, wer Galahad und Kavallerie sind. Mir ist es gleichgültig, wie Sie das herausfinden.«

»Ist das so wichtig?«

»Ja, das ist es«, sagte Donovan. »Wenn J. Edgar Hoover mir damit beim Präsidenten zuvorkommt, wird uns das schlimm schaden.«

»Und umgekehrt, nicht wahr? Geht alles darum? Um Ihren kleinen Krieg mit Hoover?«

»Finden Sie nur heraus, wer Galahad und Kavallerie sind, Alex. Okay?«

Graham schaute ihn einen Moment lang an und verließ dann das Büro.

4

Quartier für Ledige Offiziere
2035th U.S. Army Air Corps Support Wing
Porto Alegre, Brasilien

16. April 1943, 16 Uhr 10

»Sie wird mir wirklich fehlen«, sagte Captain Maxwell Ashton, als Consuelo mit dem Fiat ihres Cousins davonfuhr und Ashton, Clete und Enrico auf dem Bürgersteig vor dem Gebäude zurückließ, das vor dem Krieg das Gran Hotel de Porto gewesen war.

»Das kann ich verstehen«, sagte Clete.

»Ich habe erwogen, sie zu fragen, ob sie die Nacht mit mir verbringen will. Mit einem bißchen Glück werden Sie beim heimlichen Überqueren der Grenze geschnappt und in eine Zelle geworfen. Ich hoffe, Ihnen ist klar, mi Mayor, welches Opfer ich für die gemeinsame Sache bringe.«

»Ihre Pflichterfüllung ist beispielhaft. Capitán Ashton«, sagte Clete.

»Ich weiß, ich weiß. Eine weitere Charakterschwäche, die ich nicht loswerden kann. Kommen Sie, mi Mayor, wir besorgen Ihnen ein Quartier, und dann können Sie das Team kennenlernen. Der Gorilla kann es kaum erwarten, einem echten Helden von Angesicht zu Angesicht gegenüberzustehen.«

»Por favor, Capitán, lecken Sie mich am Arsch.«

Der Technical Sergeant des Army Air Corps, der als Leiter des Quartiers für Ledige Offiziere fungierte, war höflich, aber bestimmt; er konnte keinem ein Quartier geben, der keine Befehle hatte.

»Diese Gentlemen gehören zu mir«, sagte Ashton. »Colonel Wallace hat für unsere Quartiere gesorgt.«

»Sie müssen trotzdem Befehle haben«, sagte der Sergeant des Air Corps.

Ein Telefonat mit Colonel Wallaces Büro wurde geführt. Er hatte Feierabend, und es war nötig, Kontakt mit ihm in der Bar des Offiziersklubs auf dem Navy-Stützpunkt herzustellen.

»Colonel Wallace.«

»Hier spricht Major Frade, Sir.«

»Ich habe Sie erst morgen erwartet, Major.«

»Ich bin etwas früher eingetroffen, Sir.«

»Kommen Sie morgen um elf Uhr in mein Büro.«

»Ich bin im Quartier für Ledige Offiziere, Sir. Zwei von uns sind das.«

»Kommen Sie morgen um elf in mein Büro«, wiederholte Colonel Wallace etwas unwirsch.

»Ich habe ein kleines Problem, ein Quartier zu bekommen, Colonel.«

»Wie das?«

»Das Problem sind anscheinend meine Befehle.«

»Was stimmt nicht mit Ihren Befehlen?«

»Ich habe keine, Sir.«

»Sie haben keine Befehle?« fragte Colonel Wallace ungläubig.

»So ist es, Sir.«

»Das ist sehr ungewöhnlich, wissen Sie.«

»Jawohl, Sir. Das ist mir klar. Ich hatte gehofft, Sir, Sie reden mit dem Sergeant.«

»Nun denn«, sagte Colonel Wallace nach einer halben Minute Überlegung. »Geben Sie ihn mir.«

»Vielen Dank, Sir.«

Jedes Quartier kostete einen Dollar fünfundzwanzig, nur in US-Währung zahlbar. Major Frade mußte sich das Geld von Captain Ashton leihen.

First Lieutenant Madison R. Sawyer III. sah körperlich nicht wie ein Gorilla aus. Er war ein gutaussehender, muskulöser junger Mann mit schickem Tweedsakko, Hemd mit Button-down-Kragen und grauer Flanellhose. Sein blondes Haar trug er im Bürstenhaarschnitt.

»Es ist mir eine Ehre, Sie kennenzulernen, Sir«, sagte er begeistert und schüttelte Clete die Hand, als wollte er sie zerquetschen.

»Hey, nicht so fest, Lieutenant!«

»Verzeihung, Sir.«

Staff Sergeant Jerry O'Sullivan, bekleidet mit Windbluse und Rollkragenpullover, war ein kleiner, drahtiger Mann mit scharfen Gesichtszügen und intelligent blickenden Augen.

Sergeant Siegfried Stein, mit einem verknitterten Anzug, war fast so groß wie Lieutenant Sawyer, aber kein bißchen muskulös. Technical Sergeant Ferris war durchschnittlich groß und schlank und geschmeidig.

»Ich habe Lieutenant Sawyer und den Männern erklärt, Major«, sagte Ashton und klang zum ersten Mal wie ein Offizier, »daß Sie glauben, die Infiltration kann am besten erreicht werden, indem Sie uns in Ihrem Flugzeug über die Grenze nach Argentinien fliegen.«

»Es ist eine C-45«, sagte Clete und schaute die Männer des Teams an. »Das Air Corps benutzt sie als Verbindungsflugzeug und zur Ausbildung von Navigatoren. Ich habe ein paarmal eine C-45 geflogen, und ich habe den Landestreifen gesehen, wo wir in Argentinien landen können ...«

»Erlaubnis zu sprechen, Sir?« fragte der Gorilla.

Clete nickte.

»Es wurde gegen eine Infiltration per Fallschirm entschieden, Sir?«

»Sie fragen den Falschen, Lieutenant«, sagte Clete. »Ich leite nicht Ihr Team.«

»Aber Sie sind der ranghöchste anwesende Offizier, Sir«, argumentierte der Gorilla.

Cletes Blick fiel auf die Unteroffiziere. An ihren Mienen sah er klar, daß sie die Meinung ihres stellvertretenden Leiters teilten, der ihren befehlshabenden Offizier vertrat.

»Lassen Sie den Major fortfahren, Lieutenant Sawyer«, sagte Ashton. »Vielleicht ist er so nett, nachher Fragen zu beantworten.«

»Jawohl, Sir. Danke, Sir«, sagte der Gorilla. Er schaute Clete an und fügte hinzu: »Verzeihung, Sir.«

»Wie ich schon sagte, habe ich mir den Landestreifen angesehen, auf dem wir landen werden. Ich sehe kein Problem, eine C-45 dorthin zu fliegen.«

»Verzeihen Sie, Sir«, sagt Lieutenant Sawyer. »Es ist keine C-45, Sir, es ist eine C-56 ...«

»Halten Sie die Klappe, Sawyer!« blaffte Ashton.

»Der Flug würde viele Probleme lösen«, sagte Clete. »Angefangen damit, daß wir das ganze Team mit der gesamten Ausrüstung auf einmal über den Rio Uruguay schaffen würden. Und dann von der Provinz Corrientes nach ...« Clete unterbrach sich und blickte zu Ashton.

»Haben Sie über das Ziel gesprochen?«

»Nein, aber dieser Zeitpunkt ist so gut wie jeder andere.«

»Ihr Radar wird am Strand der Samborombón-Bucht installiert. Meine Männer haben den Ort bereits ausgewählt. Wenn wir das Flugzeug benutzen, können wir von der Provinz Corrientes aus direkt forthin fliegen. Andernfalls müßten Sie das Radar mit einem Lastwagen transportieren, was das Risiko in sich birgt, daß Sie in eine Kontrolle der Polizei oder des Militärs geraten.«

»Haben wir hier eine Wahl?« fragte Sergeant Stein.

»Natürlich nicht«, sagte Lieutenant Sawyer.

»Ja, Siggie, Sie dürfen wählen«, sagte Captain Ashton.

»Ich stimme für das Flugzeug«, sagte Stein.

»Hat jemand Einwände?« fragte Ashton.

Keine Einwände.

»Gibt es irgendwelche Fragen?« erkundigte sich Clete.

»Wann würden wir fliegen?« fragte Sergeant Stein.

»Das Flugzeug steht für mich ab morgen mittag bereit«, sagte Clete. »Man hat mir versprochen, daß ich mich eine Stunde mit dem Cockpit vertraut machen kann und daß man mir einen Fluglehrer mitgibt, mit dem ich einige Touch-and-goes durchführe. Wenn alles klappt, könnten wir morgen gleich nach Einbruch der Dunkelheit losfliegen. Der Flug bis Santo Tomé dauert drei, vielleicht dreieinhalb Stunden.«

»Was ist ›Touch-and-go?‹« fragte Sergeant Stein.

»Landeübungen. Aufsetz- und Durchstartlandungen. Man setzt auf, aber anstatt zu landen, gibt man Gas und zieht den Vogel wieder hoch wie beim Start.«

»Darf ich fragen, wo wir landen werden? Und wo werden wir das Radar installieren?« fragte Technical Sergeant Ferris.

»Auf einer Estancia, einer Ranch. Das Radar wird auf Land der Estancia zusammengesetzt.«

»Auf wessen Ranch?« fragte Ferris.

»Auf meiner«, sagte Clete.

Niemand sagte etwas.

»Erlaubnis zu sprechen, Sir?« fragte Lieutenant Sawyer schließlich.

»Erteilt.«

»Feuerwaffen und Sprengstoffe, Sir?«

»Wie sind Sie bewaffnet, Captain Ashton?« fragte Clete.

»Seitenwaffen. Wir haben auch Thompsons. Ist das ein Problem?«

»Wir planen keine Invasion in Argentinien. Wir werden auf einem Stützpunkt der argentinischen Armee landen. Ich möchte nicht, daß die Argentinier bewaffnete Männer sehen.«

»Ferris, ist Platz in den Kisten mit dem Radar, um die Waffen zu verstecken?« fragte Ashton.

»Jawohl, Sir.«

Ashton schaute Clete an. »Okay?«

»Welcher Sprengstoff ist es?«

»Sind Sie vertraut mit Plastiksprengstoff, Major? C-3?«

Clete nickte.

»Ich habe fünfzig Pfund.«

»Können Sie den Sprengstoff mit den MPis verstecken?«

Stein nickte.

»Dann tun Sie das«, sagte Clete. »Es wäre gut, wenn die Seitenwaffen ebenfalls nicht zu sehen sind.«

»Ferris, Sie und Stein gehen jetzt raus und verstauen alle Waffen und den Plastiksprengstoff in den Kisten mit dem Radar.«

»Jawohl, Sir.«

»Sergeant, könnten Sie die Kisten heute abend an Bord des Flugzeugs verladen?« fragte Clete.

»Ich muß jemandem einen Truck abluchsen, um das Zeug vom Lagerhaus zum Hangar zu transportieren. Und dann muß ich jemanden überreden, mich in den Hangar reinzulassen. Es wäre besser, wenn ein Offizier bei mir wäre.«

»Ich begleite Sergeant Ferris«, bot der Gorilla an.

»Nein«, sagte Ashton. »Sie bleiben hier und sorgen dafür, daß der Major und Mr. Rodriguez ihr Abendessen bekommen. Ich begleite Ferris und Stein.«

5

Colonel J.B. Wallace, U.S. Army Air Corps, Kommandant des 2035. Geschwaders, wurde vom brasilianischen Marineoffizier, der für die Sicherheit des Stützpunkts verantwortlich war, darüber informiert, daß zwei argentinische Gentlemen – ein Señor Frade und ein Señor Rodriguez –

am Haupttor waren und die Genehmigung zum Betreten des Stützpunkts erbaten, um Colonel Wallace zu besuchen.

»Ich werde einen Wagen für sie schicken«, erwiderte Wallace.

»Sie haben einen Wagen, Colonel. Soll ich sie passieren lassen?«

»Bitte.«

Colonel Wallaces Büro befand sich im Erdgeschoß eines flachen Gebäudes, das ihn sehr an die Gebäude der Maxwell Air Corps Base in Alabama erinnerte. Da Brasiliens Kultur und Architektur auf Portugal zurückzuführen waren, handelte es sich offenbar um Architektur im ›portugiesischen Stil‹, aber Colonel Wallace hielt sie immer für spanisch. Auch die Gebäude des Stützpunkts Maxwell hatte er als spanisch betrachtet.

Er ging zum Fenster und spähte um den Rand des schweren Vorhangs, um einen ersten Blick auf Major C.H. Frade vom Office of Strategic Services zu erhaschen. Es war stets von Nutzen, sich vor einem Treffen jemand anzusehen, mit dem man es zu tun bekommen würde.

Ein 1937er Buick Limited Kabrio, das aussah, als wäre es heute morgen aus einer Ausstellungshalle gerollt, näherte sich über die Straße und bog auf den Zufahrtsweg zum Gebäude. Der Wagen wurde von einem Chauffeur gefahren, und als er hielt, war er so nahe, daß Colonel Wallace das Nummernschild lesen konnte. Es war ein argentinisches Nummernschild, auf dem ›Corrientes 11‹ stand. Der Buick gehört offensichtlich irgendeinem prominenten argentinischen Besitzer.

Der Chauffeur eilte um den Wagen herum und öffnete die hintere Tür. Ein sehr junger Mann stieg aus. Colonel Wallace schätzte, daß er nicht älter als zweiundzwanzig oder dreiundzwanzig war. Er trug ein Tweedsakko, ein gelbes Polohemd mit rotem Halstuch im offenen Kragen, Reithose und glänzende Stiefel.

Wallace fand, daß der Mann nicht wie ein Stabsoffizier des Marine Corps aussah, der zum OSS abkommandiert war. Vermutlich war der ältere Mann bei ihm, der eine ausgeprägte militärische Haltung hatte, Major Frade. Der junge Mann mußte Señor Rodriguez sein, und es war vermutlich jemand, der eine Verbindung mit dem Buick mit Fahrer und der niedrigen ›Prominenten‹-Zahl auf dem Nummernschild hatte.

Je mehr er darüber nachdachte, desto erfreuter wurde er. Major Frade war offenbar kompetent in dem, was er tat – eine gute Beziehung mit prominenten Einheimischen herzustellen war offenbar sowohl nützlich als schwierig zu erreichen –, aber Frade würde wahrscheinlich sehr interessiert daran sein, zu erfahren, daß Captain Maxwell Ashton so sehr die militärischen Gepflogenheiten verachtete, daß er seine Unteroffiziere, diese gemeinen Soldaten, in Offiziersquartieren einquartiert hatte.

Und es war durchaus möglich, daß Frade ihm – wenigstens inoffiziell – erzählen würde, was es mit dieser ganzen irregulären Operation auf sich hatte.

Zwei Minuten später klopfte Colonel Wallaces Sergeant an die Tür und meldete, daß Mr. Frade und ein anderer Gentleman ihn zu sehen wünschten.

»Bitten Sie den Major herein, Sergeant«, sagte Colonel Wallace und ging vom Fenster zur Tür.

»Willkommen in Porto Alegre, Major Frade«, sagte Wallace und streckte Suboficial Mayor im Ruhestand Enrico Rodriguez, Kavallerie der argentinischen Armee, die Hand hin.

»Enrico spricht leider nicht Englisch, Colonel«, sagte Clete. »Ich bin Major Frade.«

»Und wer ist das?« fragte Wallace entgeistert.

»Mein Freund«, sagte Clete.

Enrico schlug die Hacken zusammen.

»A sus órdenes, mi Coronel«, sagte er.

»Was hat er gesagt?« fragte Colonel Wallace.

»Es ist in Argentinien militärische Sitte, daß ein Rangniedriger das einem Ranghöheren sagt«, erklärte Clete. »Es bedeutet ›zu Befehl‹. Enrico war lange in der argentinischen Kavallerie, bevor er Pilot wurde.«

»Darf ich Ihre Legitimation sehen, Major Frade?« fragte Wallace.

»Ich habe einen argentinischen Paß«, sagte Clete. »Aber man sagte mir, ich soll mich identifizieren, indem ich Ihnen eine Telefonnummer nenne.«

»Ganz richtig, ganz richtig«, sagte Wallace. Dann zog er sein Notizbuch aus der Tasche und suchte die Nummer, die der OSS-Agent ihm nennen sollte, dem er die C-56 übergeben mußte.

»Bereit, Major.«

»CANal 5-4055«, sagte Clete.

»Korrekt«, bestätigte Colonel Wallace.

»Man sagte mir ebenfalls, daß jemand hier sein wird, der mich eine Stunde mit dem Cockpit der C-45 vertraut macht und dann einige Touch-and-goes durchführen läßt.«

»Ja, das ist richtig. Unter den gegebenen Umständen, Major, hielt ich es für das beste, diesen Dienst zu übernehmen. Aber es ist eine C-56, keine C-45.«

Was, zur Hölle, ist eine C-56?

»Ich gebe meinen Fehler zu, Colonel.«

»Ich dachte mir, Major, wir essen zu Mittag im Offiziersklub, sozusagen ein Arbeitsessen, um sicherzustellen, daß aller Papierkram in Ordnung ist, und dann gehen wir zur Maschine.«

Welcher Papierkram?

»Das ist sehr freundlich von Ihnen, Sir.«

»Wieviel Zeit haben Sie in der C-56?«

Ich weiß nicht mal, was eine C-56 ist. Vielleicht so eine Kiste wie der Bell-Jäger, den das Air Corps auf Guadalcanal hatte. Der Vogel, den Sullivan flog, als er abstürzte, war eine P-39. Ein anderes Modell des gleichen Flugzeugs wurde aus Gründen, die nur Gott und das Army Air Corps kannten, P-400 genannt. Es muß so etwas sein. Graham hätte keine Maschine geschickt, die ich nicht fliegen kann.

»Nicht sehr viel«, sagte Clete. »Ich bin von Beruf Jagdflieger. Aber es waren ein paar dieser Maschinen auf Ewa, den hawaiianischen Inseln, und zwei auf Henderson Field. Wir benutzten sie als eine Art Lufttaxi, und ich habe ein paar davon geflogen.«

»Als Lufttaxi?« fragte Colonel Wallace ungläubig.

»Jawohl, Sir.«

»Sie haben sich keinem Standard-Einweisungskurs für die C-56 unterzogen?«

»Nein, Sir.«

»Das ist sehr ungewöhnlich. Vermutlich wird dieser Gentleman als Ihr Kopilot fungieren?«

Ich hatte nie Probleme, eine C-45 allein zu fliegen, aber ich habe den Verdacht, daß ich das diesem Typen besser nicht auf die Nase binden sollte.

»Jawohl, Sir.«

»Nun, dann sollten wir essen gehen. Es gibt ein gutes Steak zu Mittag.«

»Danke, Sir.«

Ein halbes Dutzend Marines aß zu Mittag im Offiziersklub, und vier davon trugen das Pilotenabzeichen. Clete hatte keinen der vier Marines jemals gesehen. Unter anderen Umständen hätte ihm das nichts ausgemacht; er wäre zu ihnen gegangen, hätte ›Hallo‹ gesagt und ein Frage-und-Antwort-Spiel begonnen.

Das mußte er sich hier verkneifen. Er glaubte schon zu hören, was dann passieren würde:

›Hey. Ich bin Clete Frade. Flog Wildcats bei der Staffel VMF-221 auf Guadalcanal.‹

›Tatsächlich? Was treibst du hier? Und wie kommt es, daß du Zivilklamotten anhast?‹

›Nun, ich bin beim OSS, und ich bin hier, um eine C-56 abzuholen, um sie nach Argentinien zu schmuggeln, damit wir ein neutrales Schiff orten können, das deutsche U-Boote versorgt, und/oder – je nachdem ob der Staatsstreich klappt oder scheitert – um vielleicht ein paar argentinische Generäle aus dem Land auszufliegen. Wenn man so was macht, trägt man keine Uniform. Die Leute könnten Fragen stellen.‹

»Was machen die Marines hier, Colonel?« fragte Clete.

»Das sind vermutlich Piloten des Naval Air Transport Command oder Fluglehrer für die Catalinas, die wir der brasilianischen Navy gegeben haben. Oder es sind Piloten, die Maschinen aus den Staaten überführt haben.«

»Colonel, ich möchte, daß Sie etwas für mich tun«, sagte Clete.

»Und was?«

»Ich möchte unter vier Augen mit dem Captain der Marines reden. Sie müßten mich als Major des Marine Corps vorstellen. Ich habe keinen Truppenausweis dabei.«

Colonel Wallace schaute ihn lange und mit Unbehagen an. Dann erhob er sich und ging zu dem Tisch, an dem die Marines saßen. Er sprach mit dem Captain, der daraufhin aufstand, ihm außer Hörweite vom Tisch folgte und wieder mit ihm redete.

Der Captain blickte mißtrauisch zu Clete, doch nach einer Weile ging er zu ihm an den Tisch.

»Sie wollen mich sprechen?«

»Mein Name ist Frade, Captain. Ich habe Wildcats bei der VMF-221 auf Guadalcanal geflogen.«

»Dieser Colonel vom Air Corps sagte, Sie seien Major des Marine Corps«, sagte der Captain, und sein Tonfall machte klar, daß er das für äußerst unwahrscheinlich hielt.

Der Captain ist Anfang oder Mitte Dreißig, dachte Clete.

»Das stimmt.«

»Wer war der Kommandant der MAG (Marine Air Group), als Sie auf Canal waren? Colonel Stevenson?«

»Nein«, sage Clete fast automatisch. »Dawkins. Lieutenant Colonel Clyde W. Dawkins war Skipper der MAG-21. Von einem Colonel Stevenson habe ich nie etwas gehört.«

»Ich auch nicht, Major. Entschuldigen Sie. Ich wollte Sie nur testen. Man erwartet keinen VMF-221-Wildcat-Piloten in Reitkleidung in einem Offiziersklub der Navy in Brasilien. Ich kannte ›Dawk‹; ich flog R4Ds von Espiritu Santo nach Henderson. Wie kann ich Ihnen helfen, Sir?«

»Was ist eine C-56?«

»Das ist die Lockheed Lodestar«, sagte der Captain.

»Oh, Scheiße«, stieß Clete hervor.

Er war vertraut mit der Lockheed Lodestar. Es war ein Transportflugzeug mit siebzehn Passagierplätzen, das von zwei 1200-PS Wright Cyclone Motoren angetrieben wurde, eine Spannweite von ungefähr 23 m, eine Höchstgeschwindigkeit von 400 km/h, eine maximale Reichweite von 2500 km und ein maximales Startgewicht von 8750 Kilo hatte.

»Wie bitte, Sir?«

»Ich hatte gehofft, es wäre eine andere Bezeichnung für die C-45«, bekannte Clete.

»Wie soll ich das verstehen?«

»Erinnern Sie sich an die Bell-Jäger der Army auf Guadalcanal?«

»Ja, Sir«, sagte der Captain. »Einige davon waren P-39er und einige P-400er. Ich habe die unterschiedliche Typenbezeichnung nie verstanden. Sie waren zweifellos auf 'Canal, Sir.«

»Im Augenblick wünschte ich, ich wäre immer noch dort«, sagte Clete. »Wissen Sie, wie man eine C-56 fliegt, Captain?«

»Bevor ich zum Corps kam, flog ich Lodestars für die Transcontinental und Western Airways. Von Los Angeles nach Dallas.«

»Sind sie schwer zu fliegen?« frage Clete. »Lassen Sie es mich anders formulieren. Wieviel Zeit würden Sie brauchen, um jemandem beizubringen, wie man sie fliegt, der noch nie in einer gesessen hat?«

»Geben Sie mir jemanden mit tausend Flugstunden, einschließlich ein paar hundert Stunden mit zweimotorigen Maschinen, sagen wir in der C-45, dann werde ich sagen, drei, vier Tage, einschließlich sechs Stunden oder so in der Luft.«

»Wieviel könnten Sie mir zwischen jetzt und der Dunkelheit beibringen?« fragte Clete.

»Ich verstehe nicht.«

»Und ich kann nicht viel erklären. Ich kann nur sagen, daß ich hier bin, um eine C-56 abzuholen. Ich dachte, ich soll eine C-45 abholen, die ich fliegen *kann.* Wenn dieser Colonel vom Air Corps, der mir eine Stunde für Touch-and-goes geben soll, sieht, daß ich mich nicht im Cockpit auskenne, geschweige denn den Vogel fliegen kann, macht er mir Schwierigkeiten. Aber es hängt viel davon ab, daß ich nach Einbruch der Dunkelheit mit diesem Flugzeug von hier wegfliege.«

Der Captain starrte ihn über eine halbe Minute lang an.

»Sie sind vom OSS, richtig?«

»Wenn ich das wäre, meinen Sie, ich würde es Ihnen sagen?«

»Da ist eine Lodestar in einem bewachten Hangar, die frisch rot gespritzt ist und argentinische Nummern hat. Im Quartier für Ledige Offiziere sind vier Jungs, von denen drei verdächtig nach Unteroffizieren aussehen und mit niemandem außer sich selbst sprechen. Und als ich mit meiner R5D hier landete, hörte ich als erstes, daß das OSS hier ist.«

R5D war die Bezeichnung der Navy für die Douglas DC-4 (Army C-54), ein viermotoriges Transportflugzeug mit einer Passagierkapazität von fünf Personen, einer maximalen Reichweite von 6240 km und einem maximalen Startgewicht von 35100 Kilo.

»Vielleicht sind sie hier. Ich weiß nichts davon.«

»Wie kommen Sie auf den Gedanken, daß mich der Air Corps-Colonel versuchen läßt, Ihnen das Fliegen einer Lodestar beizubringen?«

»Ich werde ihm einfach sagen, daß Sie das tun«, erwiderte Clete.

»Wenn ich ein mißtrauischer Mann wäre, dann würde ich denken, Sie müssen beim OSS sein. Die meisten Majors sagen bei Voll-Colonels nur ›Jawohl, Sir!‹«

»Treiben Sie mich bitte nicht in die Enge. Es tut mir leid, aber ich muß Ihnen sagen, wenn Sie jemandem erzählen, daß Ihrer Ansicht nach jemand im OSS ist oder wie diese C-56 gespritzt ist oder wer sie fliegt, werden Sie vermutlich den Rest des Krieges auf den Aleuten verbringen.«

»In vier Stunden, Major, kann ich Ihnen *vielleicht* beibringen, wie Sie einen normalen Start und eine normale Landung unter perfekten Bedingungen hinkriegen. Das ist alles.«

»Was würden Sie sagen, wenn ich Ihnen anvertraue, daß dieses Flugzeug auf einem unbefestigten Landestreifen gelandet werden muß?«

»Ich würde sagen, versuchen Sie's nur ja nicht.«

»Und wenn ich sage, ich muß dieses Flugzeug *unbedingt* auf einem unbefestigten Landestreifen landen?«

»In diesem Fall sollten wir so schnell wie möglich anfangen.«

»Wie heißen Sie, Captain?«

»Finney.«

Clete hob die Hand und signalisierte Colonel Wallace, sich zu ihnen zu gesellen.

»Colonel«, sagte Clete. »Es hat sich herausgestellt, daß Captain Finney ein C-56-Fluglehrer ist. Wenn Sie nichts dagegen haben, führe ich die Touch-and-goes zusammen mit ihm durch.«

»Wie Sie wünschen, Mr. Frade.«

XX

1

Quartier für ledige Offiziere
2035th U.S. Army Air Corps Support Wing
Porto Alegre, Brasilien

16. April 1943, 17 Uhr 30

Clete fand Captain Maxwell Ashton III. an der Hotelbar. Ashton war in Hemd ohne Krawatte und mit Pullover, nuckelte an einem Bier und musterte mit Interesse und offensichtlicher Bewunderung die langen Beine einer Kellnerin, als sie sich über einen der Tische neigte, um eine Runde zu servieren.

»Wir haben ein Problem«, sagte Clete, als er sich neben Ashton auf einen Barhocker schwang.

»Warum überrascht mich das nicht?« sagte Ashton. »Möchten Sie ein Bier, oder sind die Nachrichten so schlecht, daß Sie sie mir lieber nüchtern verklickern wollen?«

Clete schaute sich in der Bar um und entdeckte einen freien Tisch, an dem man ihr Gespräch nicht so leicht mithören konnte.

»Gehen wir dort rüber«, sagte er.

»Wollen Sie ein Bier mitnehmen?« fragte Ashton.

»Nein, ich fliege«, antwortete Clete automatisch.

»Tut mir leid, das zu hören«, sagte Ashton und stieg vom Barhocker. »Ich hatte gehofft, etwas mit der Maschine klappt nicht, und die Operation wird abgeblasen.«

»Mit der Maschine ist alles in Ordnung«, erwiderte Clete. »Das Problem ist der Pilot.«

»Ah, sind Sie der einzige bescheidene Marineflieger?«

Sie setzten sich an den Tisch. Die langbeinige Serviererin tauchte auf. Clete bestellte heiße Schokolade.

»Und ich, meine Liebe, möchte noch so ein ausgezeichnetes Bier«, sagte Ashton.

Er wartete, bis die Kellnerin außer Hörweite war und sagte dann: »Schießen Sie los, mi Mayor.«

»Ich weiß nicht, wie das passiert ist, aber das Flugzeug, das man geschickt hat, ist eine C-56, keine C-45.«

»Was ist das Problem?«

»Die C-45 ist eine kleine zweimotorige Maschine. Ich weiß, wie man die fliegt. Die C-56 ist eine Lockheed Lodestar ...«

»... und Sie wissen nicht, wie man eine Lodestar fliegt?«

»Ich habe gerade drei Stunden in dieser verbracht, mit einem Piloten, der sie für Transcontinental und Western Airways flog. Er brachte mir bei, wie sie gestartet wird, wie man damit rollt und wie man sie in die Luft bekommt.

Kein echtes Problem. Doch das Landen ist etwas anderes. Das ist ein großes Flugzeug. Ich habe fast meine gesamten Flugstunden in kleinen Flugzeugen verbracht.«

»Das heißt?«

»Ich hatte es höllisch schwer, die Lockheed auf den Boden zu bringen. Ich habe drei Landeanflüge vermasselt.«

»Ich kenne mich da nicht aus«, bekannte Ashton.

»Dreimal kam ich zu schnell oder zu hoch oder beides runter – und es war Tageslicht; ich konnte die Landebahn sehen. Ich habe es nicht geschafft, auf einer breiten, langen Landebahn runterzugehen, und mußte durchstarten.«

»Warum?« fragte Ashton.

»Das habe ich soeben gesagt. Ich habe keine Erfahrung mit solchen Flugzeugen. Ich bin Jagdflieger.«

»Was wollen Sie mir damit sagen?«

»Der Landestreifen in Santo Tomé ist unbefestigt und kurz. Zum einen bin ich mir nicht sicher, ob ich mit dem Gewicht der Lockheed zurechtkomme. Zum anderen – genauso wichtig – wenn ich hier Mühe hatte, dann werde ich vermutlich in Santo Tomé noch mehr Mühe haben. Dort werde ich in der Nacht landen, mit Notbefeuerung der Landebahn.«

»Notbefeuerung?«

»Wenn sie hören, daß ich auftauche, dann reiten ein paar Jungs an der Landebahn entlang und zünden die Positionslichter an, das sind Tontöpfe, die mit Sand und Benzin gefüllt sind.«

Ashton strich sich mit dem Zeigefinger über den Schnurrbart und sah dann Clete in die Augen.

»Ich weiß nicht, wie die Piloten sagen. *Üben?* Wenn Sie mehr Übung hätten, könnten Sie dann lernen, das Flugzeug richtig zu landen?«

»Das ist nicht möglich.«

»Was ist nicht möglich? Richtig zu landen?«

»Mehr zu üben.«

»Warum nicht?«

»Colonel Wallace hat für morgen neun Uhr ein Treffen mit den entsprechenden brasilianischen Offiziellen vom Zoll angesetzt, um den Papierkram für einen internationalen Flug zu erledigen. Es darf nichts Schriftliches über diesen Flug geben; deshalb muß ich heute nacht von hier verschwinden.«

»Können Sie das nicht anders arrangieren? Kann Graham das nicht regeln?«

»Es würde mindestens vierundzwanzig Stunden dauern – wahrscheinlicher achtundvierzig –, um Colonel Graham das Problem zu erklären und ihn zu veranlassen, Wallace an die Kette zu legen. Ich muß das Flugzeug heute nacht von hier wegfliegen.«

»Was passiert also?«

»Es gibt ein paar Möglichkeiten. Das Hauptproblem ist, daß ein Risiko von vielleicht fünfzig zu fünfzig besteht, daß ich das Flugzeug bei einem Landeversuch zu Bruch fliege ...«

»Wenn das Risiko so hoch ist, warum wollen Sie es dann eingehen?«

»Ich *muß* es eingehen. Ich kann nicht einfach kneifen. Ich habe einigen Leuten versprochen, ihnen ein Flugzeug zu bringen.«

»Wenn Sie eine Bruchlandung machen, nutzt das keinem.«

»Dann habe ich es wenigstens versucht. Und vielleicht habe ich Glück.«

»Sie sind ein gefährlicher Mann, mi Mayor.«

»Und wir wissen jetzt, daß das Versorgungsschiff für die U-Boote in fünf oder sechs Tagen in der Samborombón-Bucht sein wird.«

»Und wenn Sie das Flugzeug mit dem Radar darin zu Bruch fliegen, was machen wir dann?«

»Dann sind wir nicht schlimmer dran als jetzt, es sei denn, Sie haben eine Lösung, wie Sie Ihr Team und das

Radar allein nach Argentinien und zur Samborombón-Bucht bringen können.«

Ashton dachte einen Moment lang darüber nach und zuckte dann mit den Schultern.

»Eine Möglichkeit wäre«, fuhr Clete fort, »das Radar – und vielleicht Sie und Ihr Team – per Fallschirm auf dem Landestreifen in Santo Tomé abzusetzen. Danach würde ich versuchen, die Maschine zu landen.«

»Wäre das Landen leichter, wenn Sie soviel Gewicht los würden?«

»Darüber habe ich nachgedacht. Die einfache Antwort lautet, ja. Je weniger Gewicht, desto besser. Aber es sind mit Ihnen fünf Leute. Das sind grob gerechnet tausend Pfund, also fünfhundert Kilo. Sie sagten, Sie haben fünf Kisten ...«

»Vier«, korrigierte Ashton.

Clete nickte.

»Also vier Kisten, die jeweils hundert Kilo wiegen. Sagen wir weitere fünfhundert Kilo. Das Gewicht von Team und Radar sind insgesamt tausend Kilo. Das Flugzeug hat eine Passagierkapazität von siebzehn Personen, plus eine dreiköpfige Crew ...« Clete unterbrach sich. »Das ist ein anderer Punkt. Ich werde keinen Kopiloten haben. Das wird die Landung noch erschweren.«

»Okay«, sagte Ashton. »Was war das mit der Passagierkapazität von siebzehn Personen?«

»Siebzehn Passagiere plus dreiköpfige Crew. Man rechnet für gewöhnlich hundert Kilo pro Person. Zwanzig mal hundert Kilo sind zweitausend Kilo. Mit anderen Worten, mit allem an Bord haben wir ungefähr die Hälfte einer normalen Ladung. Weniger, wenn Sie bedenken, daß wir null Pfund Fracht haben. Ich bezweifle, daß das Absetzen von Ihnen und den Kisten – mit anderen Worten, das Loswerden von tausend Kilo – einen großen Unterschied bei einem Flugzeug macht, das ein maximales Startgewicht von ungefähr neuntausend Kilo hat.«

»Fallschirme funktionieren manchmal nicht«, sagte Ashton. »Und wir haben es mit empfindlicher Funkausrüstung zu tun. Abgesehen von meiner Feigheit, hatte ich beim Absetzen von Radar per Fallschirm immer das Problem, es dem Schock der Landung auszusetzen. Ich brauche alle meine vier Kisten.«

»Ich sagte, Sie und Ihre Jungs können abspringen, und ich lande mit dem Radar an Bord.«

»Damit habe ich ein Problem«, sagte Ashton. »Ich will nicht aus einem Flugzeug springen, es sei denn, es steht in Flammen. Wenn ich nicht springe und es den anderen befehle, werden sie sich nach dem Grund fragen – abgesehen natürlich vom Gorilla. Der würde liebend gerne aus Ihrem Flugzeug springen und dabei *›Geronimo!‹* schreien.«

Clete lachte.

»Das Problem dabei ist, daß er sich vermutlich ein Bein brechen würde«, fuhr Ashton fort. »Und dann müßten wir ihn zu unserem Ziel tragen.«

»Nun, ich kann Sie alle hierlassen«, sagte Clete. »Und Sie suchen eine Möglichkeit, wie Sie und das Radar über den Fluß kommen – ohne Schlauchboot. Das ist wirklich keine schlechte Idee.«

»Waren Sie ganz auf Consuelos prächtigen Hintern konzentriert oder haben Sie zugehört, als ich sagte, daß Spielen zu meinen vielen Lastern zählt?«

»Heißt das, Sie wollen das Risiko mit mir eingehen?«

»Sehen Sie es so, mi Mayor«, sagt Ashton. »Wenn wir nicht alle Kisten – mit anderen Worten das Radar in funktionsbereitem Zustand – und jeden von meinem Team ans Ziel bringen, wo immer das auch sein mag, dann hat die ganze Operation keinen Sinn. Drei Kisten reichen nicht, und ich kann es mir nicht erlauben, auch nur einen von meinem Team zu verlieren. Entscheiden wir im Zweifelsfall zu Colonel Grahams Gunsten und akzeptieren, daß dieses Radar wichtig für die Operation ist und wir unterm

Strich, wenn wir das durchziehen, mehr Menschenleben retten können als die sechs Leute, die im Flugzeug sein werden ...«

»Sieben«, dachte Clete laut. »Ich werde Enrico bei mir haben.«

»So sehe ich keine andere Wahl, als zu würfeln und zu sehen, was passiert. Sind Sie da meiner Meinung?«

»Es ist nicht meine Entscheidung«, sagte Clete.

»Was heißt das?« fragte Ashton.

»Wenn ich auf Guadalcanal die Zugführer sah, war ich froh, Pilot zu sein. Ich brauchte den Leuten nicht zu sagen, wie sie wahrscheinlich draufgehen.«

»Wollen Sie wissen, was ich gedacht habe?« fragte Ashton.

Clete nickte.

»Zuerst dachte ich ›dieser gottverdammte Marine und Held halst mir diese Entscheidung auf. Warum hat der Hurensohn nicht den Mumm, um zu sagen: Captain, befehlen Sie Ihre Männer in mein Flugzeug‹?«

»Weil dieser Hurensohn nicht gut darin ist, Leute etwas tun zu lassen, das sie leicht umbringen könnte«, sagte Clete.

»Aber Sie fliegen, richtig? Ob wir mitkommen oder nicht?«

»Ich habe keine Wahl«, sagte Clete.

»Ich auch nicht, mi Mayor«, sagte Ashton. »Ich will nicht in dieses Flugzeug und befehle nur ungern mein Team hinein. Und Sie sind ein verdammtes As darin, darzulegen, was schiefgehen kann.«

Clete zuckte mit den Schultern.

»Aber wenn Sie uns heil in Santo Tomé auf den Boden bringen, mi Mayor, werde ich Ihnen vielleicht verzeihen.«

»Meine unmaßgebliche Meinung ist, Ashton, daß ich ein sehr vorsichtiger Flieger bin, wenn mein Arsch auf dem Spiel steht.«

»Das sollten Sie sein, mi Mayor«, sagte Ashton. »Wann fliegen wir?«

»Das ist ein weiteres Problem«, sagte Clete.

»Oh, Scheiße! Was?«

»Ich wußte nicht, ob Sie mitkommen oder nicht«, erklärte Clete. »So sagte ich Colonel Wallace, daß ich heute abend noch einige Touch-and-goes durchführen möchte – mit anderen Worten im Dunkeln. Das Flugzeug wird gewartet und soll um zwanzig Uhr bereitstehen.«

»Und?«

»Colonel Wallace will das ganz korrekt durchziehen. Alles mit den Brasilianern abklären. Und er ist nicht dumm. Wenn er sieht, daß Sie und Ihr Team heute abend an Bord der Lockheed gehen, dann wird ihm klar sein, daß ich nicht vorhabe, mich morgen früh mit den Leuten vom brasilianischen Zoll zu treffen.«

»Was würde er tun?«

»Vermutlich würde er mir den Befehl geben, den Stützpunkt nicht zu verlassen.«

»Zum Teufel mit ihm. Soll er an Graham schreiben, wenn Sie weg sind. Thema: Verweigerung eines Befehls von Frade, Major, USMCR.«

»Wahrscheinlicher ist, daß er sich entweder ›freiwillig‹ meldet, mich zu begleiten, oder einen anderen Piloten mitschickt, um sicherzustellen, daß ich zurückkehre.«

»Noch mal zum Teufel mit ihm. Nehmen Sie ihn mit. Dann kann er zu Fuß hierhin zurücklaufen.«

»Das würde nicht klappen«, sagte Clete lächelnd. »Er kann verhindern, daß ich das Team an Bord nehme. Es sind zwei Probleme. An das Flugzeug heranzukommen, ohne daß Wallace oder einer seiner Piloten darin ist, und Sie und Ihre Männer an Bord zu bringen, ohne daß Wallace davon Wind bekommt.«

»Sie wollen doch nicht sagen, mi Mayor, daß zwei unerschrockene OSS-Agenten in der noblen Tradition von Errol Flynn und Alan Ladd, also Sie und ich, keinen blöden Colonel vom Air Corps austricksen können?«

»Ich würde mich wirklich wohler fühlen, Major Frade«, sagte Colonel J. B. Wallace, U.S. Army Air Corps, »wenn ich Sie und Colonel Rodriguez begleite.«

»Was hat er gesagt?« fragte Suboficial Mayor im Ruhestand Enrico Rodriguez, Kavallerie der argentinischen Armee, auf spanisch.

»Der Colonel wünscht uns einen guten Flug«, erwiderte Clete auf spanisch und sprach dann auf englisch weiter: »Colonel Rodriguez hält es für das beste, wenn er Gelegenheit hat, auf dem Kopilotensitz zu sitzen, während wir einige Landeübungen machen.«

»Aber er hat keinerlei Flugstunden in der C-56«, wandte Wallace ein.

»Der Colonel hat ein paar tausend Flugstunden mit mehrmotorigen Maschinen, Colonel«, sage Clete. »Hauptsächlich natürlich mit Ford-Tri-Motoren, aber er hat wirklich mehr Erfahrung als ich.«

»Was haben Sie gesagt, Señor Clete?« fragte Suboficial Mayor Rodriguez.

»Ich habe dem Colonel gesagt, daß du ihm für all seine Freundlichkeiten dankst«, antwortete Clete auf spanisch.

Suboficial Mayor Rodriguez grüßte zackig.

»Muchas gracias, mi Coronel«, sagte er.

Colonel Wallace verstand soviel Spanisch.

»Gern geschehen«, sagte er und erwiderte den Gruß.

»Steig ins Flugzeug, Enrico. Geh nach vorne und setz dich auf den rechten Sitz«, sagte Clete auf spanisch, und dann wechselte er ins Englische. »Ich bezweifle, daß wir mehr als zwei Stunden brauchen, Colonel. Kann ich Sie irgendwo erreichen, wenn ein paar Warnlämpchen aufleuchten und ich einen Mechaniker brauche?«

»Ich bin entweder im Klub oder in meinem Quartier«, sagte Colonel Wallace, während er mit sichtlichem Unbehagen beobachtete, wie Enrico in die Lockheed einstieg. »Zwei Stunden, sagten Sie?«

»Gewiß nicht mehr als drei, Sir«, sagte Clete.

Er stieg in die Lockheed und schloß die Tür. Bei geschlossener Tür herrschte absolute Finsternis im Rumpf. Er stieß sich auf dem Weg durch die Kabine zum Cockpit zweimal die Knie und die Schulter an.

Im Cockpit war etwas mehr Licht – genug, um Enricos ratlose Miene angesicht des Sitzes und des Sicherheitsgurts zu sehen, aber nicht genug, um die Anzeigen der Instrumente zu entziffern.

Mit Hilfe seines Zippo-Feuerzeugs brauchte er nur eine halbe Minute, um den Schalter für die Cockpit-Innenbeleuchtung zu finden. Als er auf den Schalter drückte, tat sich nichts. Er brauchte weitere fünfzehn Sekunden, um den Hauptschalter zu finden. Als er ihn anstellte, gingen die Cockpitbeleuchtung und die Beleuchtung des Armaturenbretts an.

Er setzte den Kopfhörer auf. Kein Rauschen, nichts. Ebenfalls nichts, als er die Bordverständigungsanlage einschaltete. Er verließ seinen Sitz, ging zum Platz des Flugingenieurs, schaltete den Funk ein, wählte die Frequenz des Towers und kehrte zu seinem Sitz zurück.

Er neigte sich zu Enrico und zeigte ihm, wie Sitz und Sicherheitsgurt funktionierten. Dann setzte er wieder die Kopfhörer auf.

Er konnte den Tower hören.

Clete schaute aus dem Fenster und sah Colonel Wallace, der unbehaglich neben dem Mann vom Bodenpersonal mit seinem Feuerlöscher stand. Clete lächelte beide an, hob die Stimme und rief: »Clear!«

Der linke Motor startete sofort und lief schnell glatt. Der rechte Motor wollte anscheinend überhaupt nicht anspringen und tat es auch nicht, bis Clete den Hauptschalter für die Treibstoffzufuhr entdeckte und ihn von ›linker Motor‹ auf ›beide Motoren‹ stellte. Daraufhin gab es eine Fehlzündung des rechten Motors, eine orangefarbene und blaue Flamme von gut einem Meter schoß aus dem Motor, und dann sprang er an.

Clete nahm das Mikrofon.

»Porto Alegre Tower, Lockheed Zebra Eight Four Three.«

»Go ahead. Eight Four Three.«

»Eight Four Three in front of Hangar Seven, permission to taxi to the active runway.«

»Eight Four Three, cleared to the threshold of Runway One Four.«

»Roger, understand One Four.«

Er gab vorsichtig Gas, nahm es wieder weg, löste die Bremsen und gab behutsam von neuem Gas. Die Lockheed setzte sich in Bewegung.

Clete winkte Wallace fröhlich zu, und der Colonel lächelte gequält zurück.

Clete schaltete die Bordverständigungsanlage ein und befahl: »Enrico, geh nach hinten und bereite dich darauf vor, die Tür zu öffnen.«

Dann neigte er sich zu Enrico, zeigte ihm, wie er die Kopfhörer aufsetzen mußte, und wiederholte den Befehl. Enrico schnallte sich los.

Die Sicht vom Cockpit der Lockheed aus zum Boden war unglaublich schlecht. Clete mußte fast im Zickzack fahren, um zu sehen, was vor ihm war.

Er stoppte am Beginn von Startbahn eins vier.

Der Tower sah ihn.

»Zebra Eight Four Three, Sie haben nur Genehmigung für einen lokalen Flug ... Wind unbedeutend ... Sicht unbegrenzt ... Starterlaubnis als Nummer eins auf Startbahn eins vier.«

»Tower, Eight Four Three. Ich mache einen Mag-Check.«

Clete zog die Bremsen an, schnallte sich los, verließ den Sitz und ging schnell durch den Mittelgang der Kabine zur Tür, wobei er unterwegs gegen eine der verdammten Kisten stieß. Suboficial Mayor Rodriguez kannte sich nicht in der Mechanik der Tür aus.

Clete öffnete die Tür. Sofort rannte Maxwell Ashtons Team aus der Dunkelheit herbei und sprang an Bord, Captain Ashton als letzter.

Clete eilte zurück ins Cockpit, schnallte sich an und setzte die Kopfhörer auf.

»Tower, Eight Four Three. Mag-Check okay.«

»Zebra Eight Four Three, starten Sie nicht. Ich wiederhole, Starten Sie nicht! Kehren Sie zur Flugabfertigung zurück!«

Clete hatte sich schon gedacht, daß er nicht starten und zur Flugabfertigung zurückkehren sollte.

Es war nicht schwer zu erraten, was geschehen war. Colonel Wallace war in den Tower hinaufgegangen und hatte das Rollen der Maschine beobachtet, vermutlich durch einen Feldstecher. Und in der hellen Beleuchtung an der Schwelle der Startbahn hatte er Ashton und sein Team aus der Dunkelheit rennen und an Bord gehen sehen.

»Tower, Zebra Eight Four Three startet«, sagte Clete und gab Gas.

Der Tower wiederholte, daß er nicht starten und zur Flugabfertigung zurückkehren sollte.

»Tower, Eight Four Three startet«, sagte Clete, und er bat den Tower, die Durchsage zu wiederholen, weil der Funk gestört sei.

Die Geschwindigkeitsanzeige sprang von null auf vierzig Knoten und stieg. Clete spürte, wie Leben in die Anzeigen kam.

»Zebra Eight Four Three. Befehl von Colonel Wallace. Brechen Sie den Start ab, und kehren Sie zur Flugabfertigung zurück!«

Clete spürte, wie die Maschine abhob. Die Geschwindigkeit stieg auf neunzig, dann auf hundert Knoten.

Das Rumpeln hörte auf. Die Nase hob sich und drehte sich etwas nach links, und Clete nahm die notwendigen Korrekturen vor.

»Zebra Eight Four Three, Sie haben den Befehl, sofort zu landen!«

Clete nahm die Kopfhörer ab und schaltete den Hebel für die Positionslichter aus.

Porto Alegre blieb unter ihm zurück.

Er blickte zu Enrico, der die Augen geschlossen hatte und sich bekreuzigte.

Am Stadtrand ging Clete auf Kurs nach Santo Tomé.

2

Über der Provinz Rio Grande do Sul
Brasilien

16. April 1943, 21 Uhr 45

Captain Maxwell Ashton, Fernmeldekorps, U.S. Army, erhob sich von seinem Sitz, ging zur Cockpittür der Lockheed, öffnete sie und trat hinter die Sitze von Pilot und Kopilot.

»Vielleicht, mi Mayor, wissen Sie, wo wir sind«, sagte Ashton zu Major Cletus H. Frade, USMCR. »Ich kann dort unten nichts erkennen.«

Clete wandte den Kopf zu ihm.

»Enrico«, befahl er, »laß el Capitán auf deinen Platz.«

Enrico schallte sich los und verließ den Kopilotensitz. Clete hatte das Gefühl, daß Enrico froh darüber war. Er forderte Ashton mit einer Geste auf, Platz zu nehmen, sich anzuschnallen und die Kopfhörer aufzusetzen.

»Nicht genau«, sagte Clete. Er reichte Ashton eine Flugkarte, »Das letzte X zeigt, wo wir sein *sollten.*«

»Sollten?«

»Wir navigieren nach einem sogenannten gegißten Besteck«, erklärte Clete. »Das bedeutet, ich weiß, wir machen ungefähr zweihundertzwanzig Knoten in etwa zehntausend Fuß über dem Meeresspiegel und mit einem Steuerkurs von dreihundertzehn. Ich weiß ebenfalls, daß wir Porto Alegre vor ungefähr siebenunddreißig Minuten verlassen haben. Das, vorausgesetzt, daß wir *keinen* Wind hier oben haben, sollte uns – vor zwei Minuten – zu der Stelle geführt haben, auf der ich das X auf der Karte markiert habe.«

»Okay«, sagte Ashton nach einigem Überlegen. »Was ist der Haken daran?«

»Es gibt oben *immer* Winde«, sagte Clete. »Das Problem ist, daß man nie weiß, welcher Art sie sind. Es kann Gegenwind sein, sagen wir mal mit zwanzig Knoten, was bedeuten würde, daß wir keine zweihundertzwanzig Knoten, sondern nur zweihundert über den Boden geflogen sind. Oder es kann Rückenwind sein, was bedeuten würde, daß wir zweihundertvierzig Knoten über dem Boden geflogen sind. Höchstwahrscheinlich kommt der Wind jedoch von der einen oder anderen Seite genauso wie von vorne oder hinten. Wenn es also Seitenwind gibt, dann bringt er uns nach der einen oder anderen Seite vom Kurs ab.«

»Ich kam her, um mich beruhigen zu lassen, vielen Dank, mi Mayor«, sagte Ashton. »Als Sie dieses Ding in die Luft brachten, sagte ich mir, es besteht vielleicht doch die geringe Möglichkeit, daß Sie wissen, was Sie tun.«

»Eigentlich versuche ich, den Ort Carazinho zu finden«, sagte Clete. »Der ist ungefähr hundertsechzig Meilen nordwestlich von Porto Alegre. Sehen Sie ihn?«

Ashton fand ihn auf der Karte.

»Ja«, sagte er. »Und meilenweit ist nichts ringsum. Was passiert, wenn wir den Ort verfehlen?«

»*Weil* nichts ringsum ist, erhöht das unsere Chancen, ihn zu finden. Wir halten von jetzt an Ausschau nach einem Glühen am Horizont. Wenn meilenweit ringsum nichts ist und wir ein Glühen sehen, dann ist das vermutlich Carazinho.«

»Und dann?«

»Dann ändern wir den Kurs nach Westen und suchen nach einem anderen Glühen, das mit einem bißchen Glück entweder ein Ort namens Ijui oder eine Stadt namens São Angelo sein wird. *Wenn* wir Carazinho finden, wird es vermutlich leichter sein, Ijui und/oder São Angelo zu finden, denn dazwischen gibt es eine Autobahn, auf der, wie ich sehnlich erhoffe, ein Strom von Wagen, Trucks und Bussen ist, deren Scheinwerfer leuchten.«

»Fliegen Piloten normalerweise so?« fragte Ashton.

»Nein. Normalerweise gibt es einen Funkpeiler. Das ist eine Rahmenantenne – sieht fast aus wie ein Doughnut –, die gedreht werden kann. Man schaut auf eine Anzeige, und wenn das Funksignal am stärksten ist, weiß man, daß die Antenne auf den Sender ausgerichtet ist. So steuert man einfach auf den Sender zu.«

»Und so ein schlaues Gerät haben wir nicht? Wir müssen nach Bussen mit Scheinwerfern suchen?«

»Dieses Flugzeug hat die Antenne. Was wir nicht haben, ist die Frequenz von irgendeiner Funkstation oder deren Standort. Als ich nach dem fragte, was Navigationshilfe genannt wird, sagte Colonel Wallace, die hätte er für mich, wenn ich alles mit dem brasilianischen Zoll geklärt hätte.«

»Glauben Sie, Wallace wurde als Arschloch geboren, oder mußte er erst zur Schule gehen?«

»Ich nehme an, wenn man viele Jahre in Uniform verbracht hat, gewöhnt man es sich an, alles nach Vorschrift zu tun, und man verbringt viel Zeit damit, seinen Arsch zu schützen.«

»Wann sollten wir dieses Glühen sehen, nach dem wir suchen?« fragte Ashton.

»Das könnte es sein«, sagte Clete und wies geradeaus.

»Genau dort, wo es sein soll.«

»Das ist höchstwahrscheinlich Zufall«, sagte Clete, »oder es ist nicht Carazinho.«

»Was könnte es denn sonst sein?«

»Vielleicht Dallas«, sagte Clete trocken. »Ich bin nicht sehr gut in diesen Berechnungen.«

Er ging auf Kurs nach Westen.

»Sie fliegen nicht drüber, um sicherzugehen?« fragte Ashton. »Malen sie dort unten nicht den Namen der Stadt auf die Dächer?«

»Es würde mich nicht überraschen, wenn die Brasilianer uns suchen«, sagte Clete und wurde ernst. »Inzwischen ahnt Wallace wahrscheinlich, daß ich nicht zurückfliege, und hat nach einer Möglichkeit gesucht, wie er sich schützen kann. Er könnte den Brasilianern sagen, daß wir überfällig sind und uns vielleicht verirrt haben.«

»Er könnte den Brasilianern auch sagen, daß ein verrückter Argentinier eines seiner Flugzeuge geklaut hat«, meinte Ashton nachdenklich.

»Mit etwas Glück sollten wir die Autobahn finden«, sagte Clete. »Wenn ich ein paar Meilen seitlich davon bleibe, sehen wir sie, und man kann uns nicht sehen.«

»Ich bin beeindruckt, mi Mayor«, sagte Ashton.

Fünf Minuten später entdeckte Clete Lichter, die sich langsam über den Boden bewegten. Als er sich näherte, teilten sich die Lichter, und er konnte soeben das rote Glühen von Rücklichtern erkennen.

»Ich nehme an, wir haben Route sechsundsechzig gefunden«, sagte Clete.

Als der Lichtschimmer von Ijui verblaßte, konnte er ein anderes Glühen erkennen. Aber als er sich näherte, wurde offensichtlich, daß es von Lichtern einer weitaus kleineren Stadt als Ijui kam. São Angelo war größer als Ijui; der Lichtschein hätte größer sein müssen.

Keine Panik. Such nicht wie bescheuert nach hellem Licht. Du bist nicht falsch geflogen. Es gibt eine Erklärung dafür.

Die Erklärung kam zehn Minuten später, als jenseits des Lichts, das er für das von São Angelo gehalten hatte, ein anderes Glühen am Boden zu sehen war.

Das ist höchstwahrscheinlich São Angelo. Die anderen Lich-

ter waren von einem kleinen Ort oder einem Dorf, das nicht auf der Karte verzeichnet ist.

Der letzte Beweis folgte eine halbe Stunde später, als er ein großes Glühen sah, wo auf der Karte São Gonzaga sein sollte.

Und dann verblaßte das Glühen, wurde wieder heller, nahm von neuem ab und verschwand.

O verdammt, da ist eine tiefe Wolkendecke!

»Scheiße!« sagte Clete.

»Ist was nicht in Ordnung, Frade?« fragte Ashton.

»Offenbar geraten wir in die Suppe«, sagte Clete. »Das bedeutet, daß ich runtergehen muß, um den Boden zu sehen. Je tiefer ich fliege, desto weniger Distanz kann ich sehen, und auf dieser Karte sind keine Höhenangaben. Ich möchte nicht in eine Wolke fliegen, die mit Felsen durchsetzt ist.«

»Ich bedaure, daß ich hergekommen bin«, sagte Ashton. »Wenn ich hinten sitzen geblieben wäre, könnte ich mir einbilden, in der Eastern Airlines zu sein und in Miami zu landen. Haben wir wirklich ein Problem?«

»Das kommt darauf an, was wir in fünftausend Fuß Höhe finden«, sagte Clete, während er den Sinkflug einleitete.

Sie stießen auf sechstausend Fuß aus der Suppe, aber nicht in klare Luft, sondern in Regen. Der Boden war wieder sichtbar, wenn auch nicht so klar wie zuvor. Das Problem war jetzt, wie weit sich das Regengebiet erstreckte; ob es Teil eines Gewitters war; und – wenn es in Santo Tomé regnete – was der Regen aus dem unbefestigten Landestreifen machte.

Clete neigte sich vor, schaute aus dem Cockpitfenster und nach oben, dann bestätigte sich sein Verdacht, als er steil in die Kurve ging und an der Seite aus dem Fenster schaute.

Der Dreiviertelmond, seit dem Start klar sichtbar, war nicht mehr klar. Sie flogen in Suppe, vielleicht sogar in eine Schlechtwetterfront. Er flog in klarer Luft in viertausend oder fünftausend Fuß Höhe und unter einer Wolkenschicht in vielleicht fünfzehntausend Fuß Höhe.

Das Glühen, das von São Gonzaga stammen mußte, tauchte wieder schwach auf.

Ich habe zwei Möglichkeiten. Ich bleibe auf diesem Kurs, gehe runter, um zu sehen, ob ich unter die Wolkenschicht in fünftausend Fuß Höhe stoßen kann, und folge der Straße von São Luis Gonzaga nach São Borja. Aber dazu brauche ich Scheinwerferlicht auf der Straße. Wenn ich das nicht sehen kann, weiß ich nicht, wo ich bin.

Oder ich kann auf diesem Kurs weiter an São Luis Gonzaga vorbei fliegen und versuchen, den Rio Uruguay zu finden. Wenn ich den Fluß finde, kann ich auf fünfhundert Fuß runtergehen und ihm folgen, bis ich auf São Borja und Santo Tomé stoße. Und wenn ich Glück habe und es ist in vielleicht tausendfünfhundert Fuß Höhe klare Sicht unter der Wolkenschicht, dann kann ich vielleicht die Lichter der Orte sehen und darauf zufliegen, bis sie sich teilen. Der Lichtschimmer rechts wird der von Santo Tomé sein.

Die Entscheidung wurde ihm abgenommen. Als er hinunterging, wurde die Sicht schlechter, und das Glühen von São Luis Gonzaga verschwand.

Regen trommelte gegen die Scheibe des Cockpits.

Clete konnte nur tiefer hinuntergehen und beten, daß es keine Felsen in den Wolken gab, durch die er flog. Die Nadel kroch von fünftausend Fuß über viertausend auf dreitausendfünfhundert.

Ein schneller Blick auf seinen Hamilton-Chronometer bestätigte seinen Verdacht, daß er jetzt an São Luis Gonzaga vorbei war, ohne den Ort zu sehen.

Er brauchte sich nicht in Erinnerung zu rufen, daß er dreitausendfünfhundert Fuß über dem Meeresspiegel war, was nicht das gleiche war wie dreitausend Fuß über dem Boden; eine nervenaufreibende Erfahrung auf Hawaii – eine Ananasplantage bei Maui war plötzlich fünfzig Fuß unter ihm aus der Suppe aufgetaucht, als sein Höhenmesser zweitausendfünfhundert Fuß angezeigt hatte – hatte diese Flugweisheit unauslöschlich in ihm eingeprägt.

Laut Delgano war der Flugplatz in Santo Tomé neunhundertfünfzig Fuß über dem Meeresspiegel. Also rund tausend. Er war tatsächlich zweitausendfünfhundert Fuß über dem Boden.

Sehr, sehr langsam verringerte er die Höhe, bis der Höhenmesser zweitausendfünfhundert Fuß anzeigte. Es wurde jetzt turbulent und noch dunkler.

Und dann riß die Wolkendecke über ihm für einen Moment auf, und das Licht des Mondes wurde ein bißchen sichtbarer. Für einen Augenblick konnte er ein Licht auf dem Boden erkennen.

Es blieb ihm nichts anderes übrig, als sich anzusehen, was es war.

Ich fliege nicht tiefer als tausend Fuß! Wenn ich nicht durch diese Suppe komme, mache ich kehrt und fliege nach Porto Alegre zurück.

Als der Höhenmesser etwas weniger als zweitausend Fuß anzeigte, wurde das Licht, dem er sich näherte, klarer und teilte sich dann in zwei Lichter: rot und grün.

Positionslichter.

Ein Boot! Oder ein Schiff!

Egal ob Boot oder Schiff, dort unten muß der Fluß sein!

Clete durfte diese Positionslichter nicht verlieren. Er flog tiefer.

Es gab keinen Grund mehr, auf den Höhenmesser zu schauen. Höhenmesser arbeiten auf atmosphärischen Druck, und es gab ein eingebautes Dämpfungssystem. Die angezeigte Höhe war die Höhe, die das Flugzeug zwei, drei Sekunden – er hatte gehört bis zu sieben Sekunden – zuvor gehabt hatte.

Er konnte jetzt den Umriß des Schiffes erkennen, dem er sich näherte. Es war ein Frachter, ein hochseetüchtiges

Schiff. Er flog nicht mehr als zweihundert Fuß über seine Aufbauten.

»Vermutlich erschrecken Sie den Steuermann«, bemerkte Ashton trocken.

Clete dachte darüber nach.

Teufel, ja, er hatte dem Mann am Steuer einen Schrecken eingejagt. Er hatte seine Positionslichter ausgeschaltet, als er in Porto Alegre gestartet war. Die Leute auf dem Schiff hörten natürlich seine Motoren, konnten jedoch nichts sehen, und es ist praktisch unmöglich, des Nachts die Flugrichtung eines Flugzeugs am Motorengeräusch zu bestimmen.

Und da donnert urplötzlich dieser große Bastard mit zweitausendvierhundert PS und mit zweihundertzwanzig Knoten über das Schiff hinweg!

»Geschieht ihm recht«, sagte Clete blöderweise, begann zu lachen und dann zu kichern.

»Freut mich, daß jemand diese Situation lustig findet«, sagte Ashton, und aus irgendeinem Grund fand Clete auch das erheiternd.

Er lachte hemmungslos.

Ein Teil seines Verstandes sagte ihm, daß das, was geschah, überhaupt nicht lustig war, daß seine Nerven überreizt waren. Aber er mußte einfach lachen. Seine Augen begannen zu tränen.

Seine Sicht trübte sich, und das erschreckte ihn, und so schnell wie das hysterische Lachen begonnen hatte – in dem Moment, in dem er die Maschine hochgezogen hatte –, hörte es auf.

Und dann sah er voraus ein Glühen. Zuerst war es ein einziger breiter Lichtpunkt, und im nächsten Augenblick teilte er sich in zwei Hälften.

»Ladies and Gentlemen, wir landen in ein paar Minuten«, sagte Clete sonor. »Bitte stellen Sie Ihre Sitze in aufrechte Position, stellen Sie das Rauchen ein und legen Sie die Sicherheitsgurte an.«

»Ist das Santo Tomé?« fragte Ashton.

»Ich nehme es an.«

»Sie sind ein erstaunlicher Mann, mi Mayor!«

»Sagen Sie das noch einmal, wenn wir heil gelandet sind«, sagte Clete. Er lenkte die Maschine zum rechten Lichtschimmer, und zwei Minuten später sah er ein kleines, sehr helles Leuchten.

»Das ist wohl die Außenmarkierung«, sagte er. »Das Freudenfeuer.«

Er ging auf zweitausend Fuß Höhe hinunter und flog über das Feuer. Dann drückte er auf den Knopf seines Hamilton-Chronometers und beobachtete, wie der Sekundenzeiger seine Runde drehte. Als die Uhr anzeigte, daß er vier Minuten geflogen war, machte er eine einminütige Drehung um hundertachtzig Grad.

Jetzt konnte er eine schwache Linie von glühenden Pünktchen im rechten Winkel von dem Feuer sehen. Er richtete den Flug sorgfältig auf die ›Landebahn‹ aus. Dann schaltete er den Hebel LANDING LIGHT an, nahm Gas weg und stellte die Landeklappen auf zwanzig Grad.

Wo, zur Hölle, ist das kleine Feuer, das mir die Windrichtung anzeigen soll?

Da ist es! Ich fliege gegen den Wind!

Dieser Landeanflug ist anscheinend perfekt.

Vielleicht ist das auch nur Wunschdenken.

Ich sollte noch eine Runde drehen und mich vergewissern, daß ich alles richtig mache.

Andererseits gelingt mir wahrscheinlich kein zweiter zufällig perfekter Landeanflug.

Er fuhr das Fahrwerk aus und spürte sofort den zusätzlichen Luftwiderstand.

Die grüne Anzeige ›Fahrwerk ausgefahren und arretiert‹ ging nicht an.

Allmächtiger! Jetzt bin ich so weit gekommen, und das Fahrwerk macht mir Probleme?

Die grüne Anzeige leuchtete auf, als er über das Feuer donnerte und bereit war, wieder Gas zu geben.

Die Räder berührten den Boden, und die Maschine hüpfte wieder in die Luft. Er setzte von neuem auf, und diesmal blieben die Räder auf dem Boden.

Clete bremste und spürte, daß die Lockheed zu rutschen begann.

Er korrigierte die Richtung, war jedoch bereits neben der Landepiste. Beide Linien von Töpfen mit Sand und brennendem Benzin darin befanden sich zu seiner Linken.

Das Rumpeln und Holpern des Fahrgestells war furchterregend.

Clete versuchte von neuem zu bremsen. Die Bremsen funktionierten anscheinend einen Moment lang, doch dann rutschte die Lockheed wieder.

Er schaute auf die Geschwindigkeitsanzeige. Die Nadel fiel abrupt auf null.

Das heißt nicht, daß wir stoppen; das heißt, daß wir weniger als vierzig Meilen pro Stunde draufhaben.

Er bremste wieder, und diesmal klappte es.

Die Lockheed kam schlitternd zum Halten und drehte sich im letzten Augenblick leicht nach links.

»Nicht zu glauben!« sagte Captain Maxwell Ashton III.

»Oh, Sie ungläubiger Thomas!« sagte Clete und schaltete die Motoren aus.

»Sie müssen wissen, mi Mayor«, sagte Ashton, »daß ich nie wieder eine riskante Wette eingehen kann, und das werde ich Ihnen *niemals* verzeihen. In den letzten beiden Stunden habe ich so viele Wetten mit mir abgeschlossen, daß sie für den Rest meines Lebens reichen.«

Clete fror plötzlich.

Er betastete seine Brust und stellte fest, daß sie schweißnaß war. Und dann begannen seine Hände und Knie zu zittern.

Du willst ein tapferer und unerschrockener Marineflieger sein? Scheiße!

»Was passiert jetzt?« fragte Ashton.

»Ich habe Angst vor dem Aufstehen«, sagte Clete. »Es

ist durchaus möglich, daß ich mir in die Hosen gepißt habe.«

Es wurde ihm bewußt, daß er weder die Landelichter noch den Hauptschalter ausgeschaltet hatte.

Als er das tat, sah er ein Dutzend oder mehr Reiter mit regennassen Ponchos von rechts auf die Maschine zupreschen.

Er schnallte sich los und erhob sich vom Sitz.

»Warten Sie hier eine Minute«, sagte er. »Die Leute, die mich erwarten, rechnen nicht mit Ihnen. Ich muß erst eine Erklärung abgeben.«

Als er die Tür zu Kabine öffnete, sah er Capitán Delgano. Er war ohne Kopfbedeckung, sein Haar klebte naß am Kopf, und er trug einen Poncho.

»Ich habe soeben Coronel Porterman gesagt, daß Sie vermutlich nicht da durchfliegen können«, sagte Delgano und wies zum Himmel.

»Nun, ich habe es geschafft«, sagte Clete.

»Dies ist keine Beechcraft C-45«, stellte Delgano fest.

»Es ist eine Lockheed C-56«, erwiderte Clete. »Da ist etwas schiefgelaufen.«

»Verstehe«, sagte Delgano, sichtlich verstimmt.

»Ich habe Passagiere an Bord«, sagte Clete.

»Passagiere?«

»Leute, die ich zur Estancia San Pedro y San Pablo fliegen werde«, sagte Clete.

»Sie haben nichts von Passagieren gesagt!«

»Stimmt, das habe ich nicht.«

»Sie haben Leute nach Argentinien geschmuggelt?« sagte Delgano, und es war eine Anschuldigung, keine Frage. »Zweifellos ein OSS-Team?«

»Ich habe fünf Zivilisten mit brasilianischen Pässen an Bord«, sagte Clete.

»Ich betrachte das als Bruch unserer Vereinbarung«, sagte Delgano. »Ihre Passagiere werden natürlich interniert werden.«

»Wenn Sie die Männer internieren, wird diese Maschine nicht mehr den Boden verlassen«, sagte Clete.

»Colonel Martin hat mir gesagt, daß Sie gefährlich sind und ich Ihnen nicht trauen sollte«, sagte Delgano, und dann fügte er hinzu, als wäre er soeben zu seiner Entscheidung gelangt: »Ich werde sie internieren.«

»Die Anwesenheit meiner Passagiere ändert keineswegs unsere Vereinbarung. Ich bringe Ihnen bei, wie die Maschine geflogen wird ...«

Das ist Blödsinn. Da würde ein Blinder den Blinden führen.

»... und halte sie für die G. O. U. zur Verfügung. Wie ich es versprochen habe.«

Das ist ebenfalls Unsinn. Er kann dieses Flugzeug nicht allein fliegen. Wenn die G. O. U. diese Maschine haben will, werde ich sie fliegen müssen.

»Trotzdem werden Ihre ›Passagiere‹ interniert«, sagte Delgano. »Oder wenn nicht, dann über den Rio Uruguay zurückgeschickt. Das wäre vermutlich das beste für alle Betroffenen.«

»Ich finde, Sie überschreiten Ihre Befugnis, Capitán. Ich bezweifle, daß Sie die Befugnis haben, irgend etwas zu tun, was verhindert, daß dieses Flugzeug morgen zur Estancia San Pedro y San Pablo fliegt.«

Delgano dachte darüber nach.

»Was sage ich Coronel Porterman?« fragte er.

Clete sagte sich, daß Delgano laut dachte.

»Ich schlage vor, Sie sagen ihm, es hat eine unerwartete Entwicklung gegeben«, sagte Clete. »Daß fünf Leute über Nacht ein Quartier haben müssen – aus Gründen, die ihn nichts angehen.«

»Sie verlangen von mir, daß ich einen vorgesetzten Offizier belüge, Mayor Frade! Das ist unehrenhaft.«

»Wie würden Sie Ihr Verhalten gegenüber meinem Vater bezeichnen, Capitán? Und wie sagten Sie auf der Estancia San Pedro y San Pablo, ›Leute in unserem Job müssen manchmal Dinge tun, die ihnen persönlich widerstreben‹?«

Delgano schaute Clete an. Delganos Augen spiegelten kalten Zorn, ja sogar Haß wider.

Mein Gott, jetzt sind wir so weit gekommen, und dieser selbstgerechte Hurensohn wird alles versauen!

Delgano wandte sich um und ging wortlos davon.

Und was mache ich jetzt?

Ich kann mich nicht wirklich weigern, diesen Vogel zur Estancia San Pedro y San Pablo zu fliegen. Ich habe Martin mein Wort gegeben, daß ich das tue. Und wenn dieser verdammte Staatsstreich scheitert, will ich nicht, daß Martin und Rawson und Ramirez und die anderen an die Wand gestellt und erschossen werden, weil ich ihnen keine Möglichkeit gegeben habe, aus dem Land zu flüchten.

Delgano drohte, ›sie über den Rio Uruguay zurückschicken‹. Wenn das passiert, wäre das nicht das Ende der Welt. Wenn ich das Radar mit ihnen zurückschicken kann, wären wir nicht schlimmer dran, als wir es gestern waren.

Clete sah, daß Delgano neben einem Reiter stand.

Das ist vermutlich Coronel Porterman.

Delgano kehrte zur Lockheed zurück.

»Ihre ›Passagiere‹ werden die Pferde der Wachabteilung nehmen«, sagt Delgano. »Und sie werden über Nacht im Quartier für durchreisende Offiziere einquartiert.«

»Ich weiß nicht, ob meine Passagiere reiten können«, dachte Clete laut.

»Wie bitte?« fragte Delgano ungläubig.

»Einen Augenblick bitte, Capitán«, sagt Clete und ging zurück durch den Mittelgang, um mit Ashton zu sprechen.

Sie rannten sich fast gegenseitig um. Ashton war vom Cockpit gekommen, um zu sehen, was los war.

»Ich habe noch nie in meinem Leben auf einem Pferd gesessen«, sagte Ashton.

»Haben Sie alles mitgehört?« fragte Clete.

Ashton nickte.

»Und mir ist nicht wohl bei dem Gedanken, daß sie

unser Material bewachen«, sagte Ashton. »Ich schlage vor, wir bleiben an Bord ...«

»Nein«, sagte Clete. »Ich will nicht, daß Coronel Porterman denkt, wir mißtrauen ihm.«

»Ich mißtraue ihm«, sagt Ashton.

»Wenn sie uns das Radar abnehmen wollen, dann können wir es nicht verhindern«, sagte Clete. »Wir nehmen seine Gastfreundschaft an.«

»Vertrauen Sie dem Typen, mit dem Sie gesprochen haben?«

»Ja«, sagte Clete, und er hoffte, daß es überzeugter klang, als er sich fühlte.

»Okay«, sagte Ashton. »Es ist Ihre Entscheidung, Major.«

Eine halbe Stunde später fuhr ein Wagen, gezogen von zwei Rotschimmeln, vier Passagiere durch den Regen zu den Kasernengebäuden des Zweiten Kavallerieregiments.

Mit dem Wagen waren gesattelte Pferde für Clete, Enrico und First Lieutenant Madison R. Sawyer III., Infanterie der U.S. Army, gebracht worden. Sawyer war laut Ashton das einzige Mitglied seines Teams, das reiten konnte.

Als sie von der Lockheed fortritten, erzählte Lieutenant Sawyer Clete, daß er ›ein bißchen Polo im Ramapo Valley‹gespielt hatte, als er auf der Yale University gewesen war, und er fragte, ob es vielleicht eine Möglichkeit gab, Polo zu spielen, während er in Argentinien war.

»Wir werden sehen, Lieutenant«, sagte Clete.

Er blickte über die Schulter.

Vier Soldaten des Zweiten Kavallerieregiments, bewaffnet mit Mauser-Karabinern, standen rings um die Lockheed auf Wache.

Abseits davon hockten vielleicht zwölf Soldaten um ein Feuer bei einem schnell aufgeschlagenen Zelt. Ein Dutzend Pferde standen stoisch im Regen, und ihre Zügel waren an ein Seil gebunden, das man zwischen zwei Pflöcken gespannt hatte, die in den Boden gerammt worden waren.

Wenn dort nicht die Lockheed stünde, dachte Clete, *könnte das eine Szenerie auf der Prärie in Westtexas im Jahre 1890 sein.*

3

USS Alfred Thomas *DD-107*
26° 35" südlicher Breite, 42° 45" westlicher Länge

17. April 1943, 6 Uhr 15

Lieutenant Commander Paul Jernigan, ein adretter, schlanker Annapolis-Absolvent, der in einem halben Jahr neunundzwanzig Jahre alt wurde, erhob sich von dem ledernen, gepolsterten Brücken-Stuhl, der auf einem Podest stand und Captain-Stuhl genannt wurde, und ging in den Navigationsraum.

Sein irischer dreiundzwanzigjähriger Navigator, Lieutenant (Junior Grade) Thomas Clancy, USN, und Ensign Richard C. Lacey, USNR, ein kleiner, pummeliger Zweiundzwanzigjähriger, der Kommunikationsoffizier der *Thomas,* waren über eine Karte gebeugt.

»Sie nimmt anscheinend Fahrt auf, Skipper«, sagte Clancy. »Lacey schätzt, daß sie jetzt mit zweiundzwanzig Knoten fährt.«

›Sie‹ war ein Schiff, das – wie sie hofften – das in Spanien registrierte Handelsschiff namens *Océano Pacifico* war, das sie seit fast vier Tagen gesucht hatten. Es hatte ein OPERATIONAL IMMEDIATE – die Kommunikation mit höchster Priorität – vom Marineministerium gegeben.

TOP SECRET

OPERATIONAL IMMEDIATE

FROM CHIEF OF NAVAL OPERATIONS WASH DC

0040 GREENWICH 13 APR 43

TO USS ALFRED THOMAS DD107

1. Betrifft MSG 43-100-656 vom 1. April 43 bezüglich Feststellung der Position und Identifizierung von gewissen Schiffen, die vermutlich im Südatlantik operieren.

2. Die Priorität der Suche ist die Feststellung der Position und die positive – Wiederholung – positive Identifizierung der spanisch registrierten Comerciante del Océano Pacifico. Betreffendes Schiff ist in Einzelheiten und mit Foto auf Seite 123 vom 1938er ›Janes Handelsschiffe der Welt‹ beschrieben.

3. Betreffendes Schiff ist vermutlich auf Kurs zur Mündung des Rio de la Plata und wurde zuletzt am 8. April 43, 13 Uhr Greenwich auf 8° 33" nördlicher Breite und 26° 55" westlicher Länge gesichtet.

4. Bei Bestimmung der Position ist der Chief of Naval Operations mit Priorität Operational Immediate zu informieren, und zugleich ist die von Ihnen geschätzte Ankunftszeit an der Mündung des Rio de la Plata mitzuteilen.

5. Alfred Thomas wird nicht – Wiederholung – nicht betreffendes Schiff aufbringen oder irgendwelche Aktivitäten durchführen, die als Verstoß gegen das Seekriegsrecht bezüglich der Passage von nichtkombattanten Schiffen zwischen neutralen Häfen ausgelegt werden können.

6. Bei Feststellung der Position des betreffenden Schiffes wird die Alfred Thomas Kontakt mit betreffendem Schiff halten, bis weitere Befehle folgen, und alle vier (4) Stunden die Position mitteilen, es sei denn, eine Kursänderung läßt auf eine Änderung des Ziels schließen.

BY DIRECTION OF THE CHIEF OF NAVAL OPERATIONS
QUIMMER VICE ADMIRAL

Auf der Karte, über die sich Clancy und Lacey neigten, war der Kurs von sieben Handelsschiffen – und vermutlich jedes anderen U.S.-Navy-Schiffs – verzeichnet, die im Südatlantik operierten und die sie »beobachten« sollten.

Kapitäne anderer US-Kriegsschiffe fragten sich höchstwahrscheinlich, was, zum Teufel, da los war, aber man erkundigte sich nicht beim Chef für Marineoperationen nach dem Grund für einen Befehl.

Kapitän Jernigan war jedoch ziemlich überzeugt, zu wissen, was los war – obwohl man es ihm nicht offiziell mitgeteilt hatte. Er sagte sich, daß die *Alfred Thomas* unter den anderen Schiffen vor Ort nicht so sehr wegen ihrer Position ausgewählt worden war, sondern mehr, weil der Chief of Naval Operations wußte, daß er, Jernigan, richtig vermuten würde, was los war.

Die *Alfred Thomas* war an der Versenkung der *Reine de la Mer* in der Samborombón-Bucht beteiligt gewesen. Ein Torpedo des U.-S.-U-Boots *Devilfish* hatte das Schiff versenkt, aber die *Devilfish* hätte ohne die Unterstützung der *Alfred Thomas* nicht in Position gehen können, um ihren Torpedo abschießen zu können.

Als sie per Funk den ersten Befehl erhielten, die sieben Handelsschiffe zu ›beobachten‹, sagte sich Jernigan sofort, daß der Marinenachrichtendienst (ONI) – oder vielleicht das OSS – herausgefunden hatte, daß die Deutschen ein Ersatzschiff schickten, was zu erwarten war, aber nicht wußten, um welches der sieben Schiffe es sich handelte. Und offenkundig war, zumindest für Kapitän Jernigan von der *Alfred Thomas*, daß ONI und/oder OSS jetzt dachten, daß die *Océano Pacifico* vermutlich das gesuchte Schiff war. *Vermutlich* war das Wort, auf das es ankam. Wenn sie sich ihrer Sache sicher gewesen wären, dann hätten sie der *Alfred Thomas* befohlen, die *Océano Pacifico* aufzubringen oder vielleicht sogar zu versenken.

Als die zweite Botschaft eintraf, befahl Jernigan Clancy, einen ungefähren Kurs auszuarbeiten, der ihnen vielleicht erlauben würde, die *Océano Pacifico* abzufangen – vorausgesetzt, sie behielt ihren letzten bekannten Kurs bei.

Rund um die Uhr hielten Posten Ausschau, und natürlich gab es das Radar, das eine Reichweite von fünfzig Meilen haben sollte und dem Kapitän Jernigan so sehr vertraute wie Gentlemen mit zweifarbigen Schuhen und Goldschmuck, die Gebrauchtwagen verkauften.

Nach Tagen fruchtloser Suche war Jernigan geneigt, anzunehmen, daß der Suchkurs, den Clancy ausgearbeitet hatte, falsch war – sein Fehler, nicht der Clancys; er hatte den Befehl gegeben, den Kurs beizuhalten. Zu seiner Überraschung meldete zwei Stunden nach Einbruch der Dunkelheit der Radartechniker ein dreißig Meilen entferntes ›Ziel‹ auf einem Kurs, der zur Mündung des Rio de la Plata führen würde. Jernigan befahl Clancy, einen Kurs auszuarbeiten, auf dem das unbekannte Schiff abgefangen und in acht Meilen Entfernung auf einem Parallelkurs begleitet werden konnte.

Das war gerade noch nahe genug für den Posten im Ausguck, um helle Lichtpunkte am Horizont zu melden. Helles Licht bedeutete ein neutrales Schiff – sie fuhren mit Flutlicht, das die riesigen Nationalflaggen auf ihrem Rumpf anstrahlte –, aber es gab keine Möglichkeit zu weiterer Identifizierung, ohne näher heranzufahren, und Jernigan widerstrebte das in der Dunkelheit. So ging die *Alfred Thomas* zehn Meilen steuerbord auf Parallelkurs.

Jernigan ging dann zu Bett, weil er gut ausgeruht sein wollte, wenn er am Morgen Entscheidungen treffen würde. Nach über einer halben Stunde auf seiner Koje wurde ihm klar, daß schlafen unter diesen Umständen in die Kategorie Wunschdenken fiel. Er duschte und kehrte zur Brücke zurück.

Jetzt war es hell. Das Schiff, was auch immer für eins es war, konnte von den Posten nicht gesichtet werden, bot aber immer noch ein gutes Ziel für das Radar.

Jernigan erkannte, daß das Schiff, wenn es die *Océano*

Pacifico war, höchstwahrscheinlich ebenfalls mit Radar ausgerüstet war und der Kapitän wußte, daß ein Schiff nur ein paar Meilen entfernt auf Parallelkurs fuhr.

Ebenso wahrscheinlich war – wenn es die *Océano Pacifico war* –, daß das Schiff bewaffnet war. Ein Ersatzschiff zur Versorgung von U-Booten in der Samborombón-Bucht in Position zu bringen, war von größter Wichtigkeit für die deutschen U-Boot-Operationen im Südatlantik.

Da ein Handelsschiff nur eine Kanone an Bord hatte, war die *Alfred Thomas* natürlich im Vorteil. Es sei denn natürlich, der Kapitän des anderen Schiffes entschied sich, mit allem, was er hatte, ohne Warnung das Feuer zu eröffnen.

Jernigan schaute auf seine Armbanduhr.

Die Crew hatte gegessen.

»Arbeiten Sie einen Kurs aus, der uns auf Sichtweite heranbringt, Mr. Clancy«, befahl Jernigan. »Wie lange wird das nach Ihrer Schätzung dauern?«

»Vorausgesetzt, sie fährt nicht schneller als die bisherigen zweiundzwanzig Knoten, Sir, schätze ich eine Viertelstunde.«

»In zehn Minuten befehlen Sie Gefechtsbereitschaft«, sagte Kapitän Jernigan. »Ich gehe jetzt frühstücken.«

»Aye, aye, Sir.«

In Wirklichkeit frühstückte er nicht. Statt dessen erleichterte er seinen Darm und kehrte zur Brücke zurück.

Genau zehn Minuten waren vergangen. Als er auf die Brücke trat und Mr. Lacey lauter bellte als nötig »Kapitän ist auf der Brücke!«, schaltete Mr. Clancy das Mikrofon ein und brüllte: »Gefechtsbereitschaft, Gefechtsbereitschaft, dies ist keine Übung!«

Drei Minuten später meldete ein Ausguckposten ein Schiff voraus am Horizont. Dreißig Sekunden danach sah Jernigan den Schornstein eines Handelsschiffes.

»Volle Kraft voraus«, befahl er leise.

»Volle Kraft voraus!« wiederholte der Sprecher.

»Geschütze laden«, befahl Jernigan.

»Geschütze laden!«

»Mr. Clancy, wir werden das Schiff steuerbord passieren.«

»Steuerbord passieren, aye, aye, Sir.«

»Ich will die Aufschrift am Heck lesen«, sagte Jernigan. »Fahren Sie bis zu ihrem Arsch ran, damit ich sie sehen kann.«

»Bis zum Arsch ranfahren, aye, aye, Sir.«

OPERATIONAL IMMEDIATE
FROM ALFRED THOMAS DD107
0150 GREENWICH 17 APR 43

TO CHIEF OF NAVAL OPERATIONS WASHDC

VON ALLEN EMPFANGENDEN USN-SCHIFFEN UND KÜSTENSTATIONEN WEITERZULEITEN

1. Motorschiff *Comerciante del Océano Pacifico* geortet und positiv – Wiederholung – positiv identifiziert am 17. April 43, 0145 Greenwich. Position 27° 25" südliche Breite und 43° 05" westliche Länge.

2. Betreffendes Schiff fährt 22 – Wiederholung – 22 Knoten auf Kurs 195 – Wiederholung 195 rechtweisend. Basierend auf der genannten Geschwindigkeit wird die Ankunftszeit an der Mündung des Rio de la Plata auf 2150 Uhr am 19. April 43 geschätzt.

3. Bei Annäherung an betreffendes Schiff wurden vier Kanonen, vermutlich fünf Zoll, vier mehrläufige Automatikgeschütze, vermutlich Zwanzig- oder Dreißigmillimeterbofors, plus sechs Maschinengewehre von unbestimmbarem Kaliber festgestellt.

4. Es wurde von beiden Schiffen kein – Wiederholung – kein Feuer irgendwelcher Art ausgetauscht und kein – Wiederholung – kein Kontakt irgendwelcher Art hergestellt.

5. USS Alfred Thomas setzt die Fahrt wie befohlen fort.

JERNIGAN, LTCOM USN, COMMANDING

4

Zweites Kavallerieregiment
Santo Tomé
Provinz Corrientes, Argentinien

17. April 1943, 7 Uhr

Es hatte die ganze Nacht geregnet. Und es regnete immer noch, als Capitán Delgano ins Quartier für durchreisende Offiziere kam, um alle zum Frühstück zu führen.

Als sie über einen mit Kies bestreuten Weg zur Offiziersmesse gingen, zupfte Delgano Clete am Ärmel und ließ die anderen vorausgehen.

»Da gibt es ein kleines Problem«, sagte Delgano. »Der Lastwagen mit dem Treibstoff ist auf dem Weg zum Landestreifen hängengeblieben. Sie laden die Fässer mit dem Flugbenzin auf einen Wagen um.«

Zuerst dachte Clete, daß der Lastwagen im regengetränkten Boden steckengeblieben war; der Start- und Landestreifen selbst war zu aufgeweicht für einen Start.

Doch dann kam ihm einiges von seinen Erfahrungen in den Sinn, die er auf Guadalcanal gemacht hatte. Ein Start mußte nicht unbedingt unmöglich sein. Es gab Schlamm, wo nichts außer Dreck war, der von Reifen aufgewühlt wurde. Bevor sie die Stahlplanken auf Guadalcanal bekommen hatten, war er auf Fighter One oft von der unbefestigten Startbahn gestartet, nachdem schwere Regenfälle die Zufahrtstraßen zu Fighter One fast unpassierbar gemacht hatten.

Wo Gras war, gab es oftmals keinen Schlamm. Der Flugplatz hier war nur zum Grasen von Rindern genutzt worden. Der Start- und Landestreifen war vielleicht in Ordnung.

Ein Kriterium zu dieser Einschätzung würde sein, wie

tief die Räder der Lockheed über Nacht eingesunken waren. Es war zu erwarten, daß sie etwas einsanken – schließlich lasteten neuntausend Kilo auf vielleicht einem halben Quadratmeter Reifenoberfläche – aber manchmal schloß das nicht Rollen und Starten aus.

Eine Wildcat konnte aus eigener Motorenkraft oder mit Hilfe von schiebenden Leuten aus Reifenspuren herausgebracht werden. Aber eine Wildcat konnte man *fühlen* und entsprechend mit dem Gas arbeiten. Die Lockheed war zu schwer zum Fühlen, und vermutlich würde es schwierig sein, sie zu schieben.

Vor seinem geistigen Auge sah Clete ein Pferdegespann die Lockheed mit einem Strick aus den Reifenspuren ziehen.

Und dann schoß ihm ein anderer Gedanke durch den Kopf. Die Lockheed wog nicht mehr neuntausend Kilo. Sie wog neuntausend Kilo minus das Gewicht des Treibstoffs, den er zwischen Porto Alegre und Santo Tomé verbraucht hatte. Er hatte zwar nicht getan, was ein guter Pilot hätte tun sollen – überprüfen, wieviel Sprit er noch hatte –, aber er schätzte, daß er mindestens fünfhundert Kilo Flugbenzin verbraucht hatte, vermutlich sogar mehr. Vielleicht sogar tausend Kilo.

Wenn sie hier die Tanks füllten, bedeutete das, daß sie dieses Gewicht wieder hinzufügten, was sehr gut den Unterschied zwischen Einsinken in den Boden oder Rollen und Starten ausmachen konnte.

Er konnte das Flugzeug auch beträchtlich leichter machen, indem die Radarausrüstung ausgeladen wurde und er niemanden mitnahm. Das würde den Vogel in die Luft und zur Estancia San Pedro y San Pablo bringen, wo er gebraucht wurde. Aber zu dem Preis der Sorge, wie Ashton, sein Team und das Radar an die Küste der Samborombón-Bucht gebracht werden konnten.

»Tanken Sie nicht, bevor ich mir den Zustand der Startbahn angesehen habe«, sagte Clete.

»Wir sind unter Zeitdruck«, entgegnete Delgano.

»Dieses Flugzeug voll beladen von hier zu starten, wird vielleicht schwierig sein. Warten Sie mit dem Betanken«, sagte Clete im Befehlston, während ihm ein anderes Problem einfiel.

Delgano nickte. Er war mit Clete einer Meinung, daß der Start problematisch sein konnte.

»Und wir brauchen vermutlich eine längere Startbahn, als ich für die C-45 gedacht hatte«, fuhr Clete fort. »Das bedeutet, daß wir sie ein Stück weiter auf Hindernisse absuchen müssen.«

»Wir müssen das Flugzeug so schnell wie möglich in die Provinz Buenos Aires bringen«, sagte Delgano.

»Wenn ich hier nicht starten kann, schaffen wir sie nie dorthin«, sage Clete. »Je leichter die Maschine ist, desto größer ist meine Chance.«

Delgano nickte wieder.

Sie waren jetzt an der Tür der Offiziersmesse.

»Ich komme gleich nach«, sagte Clete zu Ashton. Dann wandte er sich an Delgano. »Ich würde versuchen, mit dem Sprit zu starten, den ich an Bord habe, aber ich weiß nicht, ob er bis zur Estancia reicht. Ich spiele mit dem Gedanken, von hier aus zu einem regulären Flugplatz zu fliegen und dort zu tanken.«

»Das könnte auf uns aufmerksam machen«, wandte Delgano ein.

»Das sicherste wäre, meine Fracht hier auszuladen, meine Passagiere hierzulassen, und wir beide starten allein mit dem jetzt vorhandenen Sprit und tanken irgendwo zwischen hier und Buenos Aires.«

Delgano nickte. »Was ist Ihre Fracht?«

»Ich bezweifle, daß Sie das wissen wollen«, sagte Clete.

»Sprengstoff?«

»Ich bezweifle, daß Sie das wissen wollen«, wiederholte Clete.

»Ich finde, ich sollte das wissen«, sagte Delgano.

»Sind Sie vertraut mit Radar?« fragte Clete.

»Ich weiß natürlich, was das ist. Radar? Was wollen Sie mit Radar machen?«

»Raten Sie mal.«

»Meine beste Information – el Coronel Martins beste Information – ist, daß es kein deutsches Ersatzschiff in der Samborombón-Bucht gibt«, sagte Delgano, ohne zu zögern.

»Das war gestern«, erwiderte Clete. »Wenn ich meine Fracht und meine Passagiere hierließe, könnten Sie dann den Transport arrangieren und für ihre sichere Ankunft auf der Estancia San Pedro y San Pablo sorgen?«

»Nein«, antwortete Delgano nach kurzem Nachdenken. »Ich könnte einen Lastwagen besorgen, aber es gibt mindestens ein Dutzend Kontrollpunkte an den Straßen zwischen hier und dort. Eine Genehmigung von Coronel Porterman – mit entsprechenden Frachtpapieren – könnte sie an den Kontrollpunkten der Armee vorbeibringen, aber nicht an denen der Policia Federal oder der Provinz-Polizei. Sie würden die Fracht anhand der Papiere überprüfen. Ich könnte sie nur durch die Kontrollen bringen, wenn ich dabei wäre, und ich muß beim Flugzeug sein.«

Clete blickte nachdenklich vor sich hin.

»Sie könnten hierbleiben bis nach …«, begann Delgano.

»Nach dem Staatsstreich, meinen Sie? Und wenn er scheitert? Was passiert dann mit ihnen?« Clete wartete nicht auf eine Antwort. »Ich lasse sie nicht hier zurück. Das bringt uns zurück zu zwei Möglichkeiten: mit ihnen an Bord zu starten, und ich weiß nicht, ob ich das kann, oder sie hierzulassen, damit sie per Wagen zu einem Flugplatz in der Nähe fahren, wo ich die Maschine auftanken kann.«

»Posadas«, sagte Delgano. »Das ist hundertdreißig Kilometer von hier entfernt; mit einem Lastwagen zwei Stunden, vielleicht auch etwas weniger.«

»Ist die Start- und Landebahn lang genug für die Lockheed?«

Delgano nickte.

»Okay. Also Posadas. Gehen wir frühstücken.«

Wenn man der Benzinuhr trauen konnte – und Clete hatte aus schmerzlicher Erfahrung gelernt, daß schlaue Piloten das nicht tun sollten –, war gerade noch genug Sprit im Tank, um sie bis zur Estancia San Pedro y San Pablo zu bringen.

Das war keine gute Neuigkeit; ihm wäre wohler gewesen, wenn gerade noch genug Flugbenzin bis Posadas in den Tanks gewesen wäre. Dann wäre die Lockheed viel leichter gewesen.

Er überlegte kurz, ob er Benzin aus den Tanks pumpen sollte. Das war unter den gegebenen Umständen offenbar unmöglich. Es wäre zeitraubend gewesen. Und weil es keine leeren Fässer auf dem Flugplatz gab, in die das Benzin gepumpt werden konnte, würden sie warten müssen, bis leere Fässer von der Kaserne zum Landestreifen gebracht werden konnten.

Ein zweiter Lastwagen, der von der Kaserne aus geschickt worden war, um das Radar aufzunehmen, schaffte es ohne Problem zur Lockheed, weil er durch das Gras der Pampas fuhr und von der schlammigen Straße wegblieb, wie Clete etwas selbstgefällig zur Kenntnis nahm.

Er hatte Capitán Delgano fast genügend im Cockpit erklärt, damit er mit dem Fahrwerk, den Landeklappen und der Funkpeilung zurechtkommen konnte, als sich Captain Maxwell Ashton III. ins Cockpit schob.

»Das Radar ist auf dem Truck«, meldete er. »Aber nur zwischen uns, mi Mayor, es macht mich ziemlich nervös, mein Radar davonfahren zu sehen.«

»Fünf glücklichen brasilianischen Zivilisten in einem

zivilen Wagen werden an den Kontrollpunkten keine peinlichen Fragen gestellt«, sagte Clete. »Aber das wäre der Fall, wenn ihr Jungs auf einem Armeelastwagen wärt.«

»Okay«, sagt Ashton. »Viel Glück!«

»Wenn ich die Kiste hier nicht wegfliegen kann, seid ihr auf euch allein gestellt«, sagte Clete. »Tut mir leid.«

»Ja, nun, mal sehen, was passiert«, sagte Ashton.

Er legte kurz die Hand auf Cletes Schulter, machte kehrt und verließ das Cockpit.

Clete sah sich im Cockpit um. Dann stand er auf und ging durch die Kabine, um sich zu vergewissern, daß die Tür richtig geschlossen war. Als er ins Cockpit zurückkehrte, sich angeschnallt hatte und aus dem Fenster blickte, sah er, daß der gewissenhafte Capitán Delgano dafür gesorgt hatte, daß ein Feuerlöscher zur Stelle war, der einen möglichen Brand löschen würde, wenn die Motoren angelassen wurden.

Der Feuerlöscher war jedoch nicht die jüngste Entwicklung in der Technologie der Flugsicherheit. Er sah aus wie aus einem Museum. Es war ein Tank, der auf einen Wagen montiert war, eine Pumpe hatte und von vier Kavalleristen bemannt war. Wenn es ein Feuer gab und die vier mit ausreichendem Eifer pumpten, würde ein Wasserstrahl auf die Flammen gerichtet sein.

Aber weil Wasser kein Öl- oder Benzinfeuer ausreichend löscht, würde der Strahl wahrscheinlich brennendes Öl und/oder Benzin aus dem Rumpf der Maschine auf die Tragflächen und den Boden pusten.

Clete schaltete den Hauptschalter und die Zündung an und brüllte »Clear!« aus dem Fenster.

Die vier Kavalleristen erschraken und nahmen ihre Positionen an den Pumpenschwengeln ein.

Clete überprüfte die Instrumente und ließ den linken Motor an.

Der Motor sprang röhrend an, lief glatt, und Clete startete den rechten Motor.

Er schaute zu Delgano, der lächelte und sich bekreuzigte.

Clete löste die Bremsen und schob langsam den linken Gashebel vor. Die Lookheed erzitterte, und dann rollte das linke Rad aus der Vertiefung, die es während der Nacht geschaffen hatte. Clete gab rechts Gas, und das rechte Rad überwand die Vertiefung.

Er richtete die Lockheed gerade aus und rollte zwischen den Tontöpfen, von denen die Start- und Landebahn markiert wurde, und dann so weit wie er konnte, bis er sich sagte, daß das Abwärtsgefälle der ›Startbahn‹ zu stark wurde.

Er drehte und sah, daß die Räder sechs Zoll tiefe Spuren hinterlassen hatten.

»Es geht los«, kündigte er nüchtern an und schob die Gashebel auf TAKEOFF POWER.

Die Lockheed erbebte, und einem Moment hatte es den Anschein, als wolle sie stehenbleiben.

Dann setzte sie sich in Bewegung.

Sie gewann sehr langsam an Tempo, und dann wurde sie plötzlich rasch schneller. In die Instrumente kam Leben. Einen Augenblick später hob die Maschine ab, und das Rumpeln des Fahrwerks hörte auf.

»Fahrwerk einfahren!« befahl Clete.

Eine halbe Minute später ging er in eine Linkskurve, nahm Kurs auf Posadas und blickte zu Delgano.

»Dies ist ein prima Flugzeug«, sagte Capitán Delgano.

»Ich weiß nicht, wie es bei Ihnen ist, Capitán«, sagte Clete, »aber ich habe bei diesen Kisten immer mehr Probleme beim Landen als beim Starten.«

»Ich habe Vertrauen in Sie, mi Mayor«, erwiderte Delgano. »Aus den besten Gründen.«

»Und welche sind das?«

»Ich bin bei Ihnen.«

XXI

1

Flugplatz Posadas
Posadas, Provinz Missiones, Argentinien

18. April 1943, 9 Uhr 30

Es war ein Flug von fünfundzwanzig Minuten von Santo Tomé zum Flugplatz Posadas, der sich als ein vor kurzem großzügig ausgebautes Areal erwies, das sich die Aerolineas Argentina und die Flugabteilung der argentinischen Armee teilten.

Clete schaffte es ohne Probleme, die Lockheed auf der neuen, breiten und asphaltierten Landebahn zu landen.

Ein Wagen, auf dem eine karierte Flagge flatterte, holte sie an der Abzweigung der Rollbahn ab und fuhr voran zu einem neuen Hangar, wo ein Dutzend Soldaten der argentinischen Armee darauf warteten, die Lockheed hineinzuschieben.

Die sonst im Hangar parkenden Flugzeuge – ein halbes Dutzend Seversky-P-35-Jagdflugzeuge – standen jetzt draußen. Clete betrachtete sie fasziniert. In der High-School hatte er aus Balsaholz das Modell eines Jagdflugzeuges gebastelt. Er war so stolz darauf gewesen, daß er nie den Mut gehabt hatte, auszuprobieren, ob es fliegen würde.

Als Clete auf der High-School gewesen war, war der Seversky-Jäger ungefähr das heißeste Ding am Himmel gewesen. Clete hatte davon geträumt, einmal damit zu fliegen, und er konnte sich immer noch an die Daten erinnern: Der Jäger hatte einen Pratt-&-Whitney-950-PS-Motor, der ihm eine Höchstgeschwindigkeit von knapp 450 km/h gab; und er war bewaffnet mit zwei MGs Kaliber .30, die durch den Propeller feuerten, und drei 100-Pfund-Bomben unter jeder Tragfläche und die dritte unter dem Rumpf.

Die F4F-4 Wildcat, die Clete auf Guadalcanal geflogen hatte, war mit sechs MGs Kaliber .50 bewaffnet und hatte einen Pratt-&-Whitney-1200-PS-Motor, der ihm eine Höchstgeschwindigkeit von 320 Knoten gab. Die F4U Corsair, die im Pazifikraum bereits die Wildcat ersetzte, hatte ein 2000-PS-Pratt & Whitney-Triebwerk und eine Höchstgeschwindigkeit von 425 Knoten, und zusätzlich zu ihren sechs MGs Kaliber .50 konnte sie eine Tonne Bomben tragen. Clete hatte noch nie eine P-35 gesehen. Es war sehr lange her, seit Clete zur Flugausbildung in Pensacola gewesen war, dieses Gefühl hatte er jedenfalls. Es kam ihm äußerst unwirklich vor, die Maschinen, offenbar einsatzbereit, hier zu sehen.

Wenn sich die Brasilianer entscheiden, die Argentinier mit den B-24ern zu bombardieren, die ich in Porto Alegre gesehen habe, und die Argentinier diese P-35-Maschinen raufschicken, um sie anzugreifen, dann gibt es ein Blutbad. Die MGs Kaliber .50 der B-24er werden die P-35er vom Himmel fegen, bevor die auf Schußweite ihrer MGs Kaliber .30 heran sind.

Warum überrascht mich das? Sie üben in Santo Tomé immer noch, wie man vom Pferderücken aus Säbel schwingt.

Die Lockheed Lodestar war ein faszinierender Anblick für die argentinischen Piloten, die bei ihren Severskys standen. Nach ihren Mienen zu schließen, hatten sie noch nie eine Lockheed Lodestar gesehen.

Als die Lockheed im Hangar war, wurden sofort die Tore geschlossen. Clete und Delgano gingen durch die Kabine, öffneten die Tür und wurden von einem Mayor und einem Capitán empfangen.

Sie wurden Clete als der Kommandant und dessen Stellvertreter der Vierten Jagdstaffel vorgestellt, aber Delgano nannte keine Namen. Er stellte Clete ebenfalls als Mayor ohne Namen vor.

Es war offenkundig, daß der Mayor und der Capitán Teilnehmer an OUTLINE BLUE und nicht nur nervös waren, weil sie die Lockheed auf ihrem Flugplatz hatten, sondern auch äußerst begierig darauf, sie sich genauer anzusehen.

Delgano spürte das und schlug Clete vor, ihnen das Flugzeug von innen zu zeigen. Als sie im Cockpit waren, wurde das Hangartor gerade weit genug geöffnet, um einen Schlauch von einem Tankwagen hereinzulassen, und die Tanks wurden gefüllt.

Die neugierigen Piloten und das Bodenpersonal außerhalb des Hangars durften nicht herein.

Als Ashtons Team in Posadas eintraf – eingepfercht in demselben 1939er Ford, den Clete benutzt hatte, um Ashton im Automobilklub-Hotel zu suchen –, erhielt Clete ein etwas grobes Wetter-Briefing, und während Delgano ihm über die Schulter blickte, erstellte Clete den Flugplan.

Der Lastwagen mit dem Radar traf zehn Minuten nach Ashton und seinen Männern ein. Die Kisten wurden an Bord der Maschine geladen, und dann stiegen die Passagiere ein.

Der Mayor und der Capitán schüttelten Clete und Delgano ziemlich feierlich die Hand. Dann wurden die Hangartore geöffnet. Männer vom Bodenpersonal schoben die Lockheed hinaus aufs Hallenvorfeld. Zwei Männer mit einem modernen Löschfahrzeug tauchten auf. Drei Minuten später startete Clete und nahm Kurs auf die Estancia San Pedro y San Pablo.

2

Estancia San Pedro y San Pablo
Bei Pila, Provinz Buenos Aires

18. April 1943, 12 Uhr 05

Als Clete die Ansammlung von Gebäuden um das Haupthaus der Estancia San Pedro y San Pablo gefunden hatte, flog er tiefer und hielt Ausschau nach der Funkstation. Er wollte sehen, ob er sie entdecken konnte – wenn er sie aus der Luft fand, konnten andere sie ebenfalls finden –, und er wollte Ettinger, den Chief und Tony, wenn sie da waren, wissen lassen, daß er zurückgekehrt war.

Er hatte eine gute Vorstellung, wo die Station im Verhältnis zum Haupthaus sein mußte, doch er fand sie nur mit Mühe. Als er sie entdeckte, freute es ihn, daß er nichts sehen konnte, was aus der Luft darauf schließen ließ, daß es sich um eine Funkstation handelte. Die drei rötlichen Sandsteingebäude auf der Lichtung waren im wesentlichen identisch mit anderen Gebäuden in anderen Waldstücken auf dem gesamten Land der Estancia. Solche Gebäude wurden als Wohnhäuser und für eine Reihe von Zwecken in Zusammenhang mit dem Betrieb der Estancia benutzt.

Er war sich sogar nicht ganz sicher, ob er die richtigen Gebäude gefunden hatte, bis er beim dritten Überfliegen der Lichtung einen ›Gaucho‹ aus einem der Gebäude treten und neugierig hochschauen sah und er Chief Schultz erkannte.

Clete wedelte mit den Tragflächen und nahm Kurs auf den Landestreifen beim Haupthaus.

Er machte sich keine Sorgen wegen der Landung auf dem Landestreifen der Estancia. Er war dort mit der Beech mit den zwei versetzten Tragflächen gelandet, und die Landebahn war mehr als lang genug gewesen, und jetzt hatte er mit der Lockheed genug Erfahrung, um ein Gefühl für ihr charakteristisches Landen zu haben.

Aber als er sich das Sprichwort zu Herzen nahm, daß ein zu selbstzufriedener Pilot leicht sein Flugzeug schlimm verbeulen kann, war er sehr vorsichtig beim Landeanflug. Er kam tief und langsam herunter und setzte nur ein paar Meter hinter der Linie aus weißen Steinen auf, die den Beginn der Landebahn markierte. Er hatte noch über hundert Meter Landebahn übrig, als er die Lookheed langsam ausrollen ließ.

»Gute Landung«, lobte Delgano.

»Danke«, erwiderte Clete. »Die Kiste ist nicht so schwer zu fliegen, wie ich zuerst dachte.«

Clete bog von der Landebahn ab und rollte zum Hangar.

Wie kriegen wir diesen großen Bastard in den kleinen Hangar rein?

Weil der damalige Second Lieutenant Cletus H. Frade, USMCR, von der Staffel VMF-221 eine wirklich harte Standpauke auf Henderson Field auf Guadalcanal erhalten hatte, weil er unter ähnlichen Umständen mit seiner

Wildcat zuviel Gas gegeben hatte, erinnerte er sich jetzt daran, das Flugzeug sehr vorsichtig und langsam zu wenden, so daß es vom Hangar weg wies, ohne eine oder mehrere der Piper Cups über den Haufen zu fahren, die in der Nähe parkten.

Danach stellte er die Motoren aus. Diesmal überprüfte er die Benzinuhr. Er hatte immer noch genügend Benzin in den Tanks, wie er schnell berechnete, um bis Montevideo und zurück zu fliegen, und vielleicht genug, um eine Strecke bis Porto Alegre zu schaffen.

Er schnallte den Sicherheitsgurt ab und wollte sich vom Sitz erheben.

Delgano legte ihm eine Hand auf den Arm und hielt ihn zurück.

»Wir müssen reden«, sagte Capitán Delgano.

»So? Worüber?«

»Nachdem Sie das Flugzeug über die Grenze nach San Tomé geflogen haben, lauten meine Befehle, es von dort aus direkt zum Campo de Mayo zu fliegen.«

»Okay«, sagte Clete. »Und meine Passagiere versauen das?«

»Das und die Tatsache, daß es keine leichte zweimotorige C-45 ist, wie Sie uns gesagt haben. Ich dachte, ich könnte die C-45 allein fliegen.«

»Allein?« fragte Clete, der nicht ganz verstand, wovon Delgano redete.

»Sie sollten für die nächsten vier oder fünf Tage ein Gast von el Coronel Porterman in Santo Tomé sein«, sagte Delgano.

»Das haben Sie ... vergessen zu erwähnen.«

»Coronel Martin hat mit General Rawson gesprochen«, sagte Delgano. »Coronel Martin glaubt, wenn Sie ein Flugzeug zum Campo de Mayo fliegen, würde Sie das in eine heikle Lage bringen – ich nehme an, treffender wäre, in eine ›gefährliche‹ Lage.«

»Wieso?«

»Sie hätten eine aktive Rolle in der Revolution gespielt«, sagte Delgano. »Wenn OUTLINE BLUE scheitern würde und Sie aus irgendeinem Grund das Land nicht verlassen könnten, würden Sie höchstwahrscheinlich einer der Offiziere sein, die mit den härtesten Konsequenzen zu rechnen haben.«

»Sie meinen, man würde mich erschießen?« fragte Clete. »Nur weil ich Ihnen ein Flugzeug geliehen habe?«

»Weil Sie das Flugzeug zum Campo de Mayo geflogen haben *und* weil Sie der Sohn Ihres Vaters sind«, sagte Delgano, ließ diese Worte einwirken und fuhr dann fort: »Unter diesen Umständen wäre – ist – Ihre Hinrichtung durch Castillos Leute möglich.«

»Ist?« dachte Clete laut.

»Deshalb entschied General Rawson, daß ich mir Ihr Flugzeug in Santo Tomé ›leihe‹ und Sie dort lasse. Zwei Dinge machen das jedoch unmöglich. Sie trafen mit einer Maschine ein, die ich nicht allein fliegen kann, und Sie hatten ›Passagiere‹ und ihre Fracht dabei.«

»Wenn ich das gewußt hätte«, sagte Clete, »dann hätte ich mir zweimal überlegt, ob ich Captain Ashton und seine Leute mitnehme.«

»Nun, wie sagt man? ›Das Kind liegt im Brunnen‹ oder so. Ich muß mit der Realität fertig werden, daß Sie in Santo Tomé mit einem Flugzeug eingetroffen sind, das ich nicht allein fliegen kann, und mit Passagieren und Fracht an Bord.«

»Okay«, sagte Clete und wartete darauf, daß Delgano fortfuhr.

»Ich habe in Santo Tomé eine Entscheidung getroffen«, sagte Delgano. »Ohne el Coronel Porterman zu Rate zu ziehen, aus eigenem Ermessen. Basierend auf den Fakten, daß ich das Flugzeug irgendwie zum Campo de Mayo bringen muß, dies jedoch nicht alleine schaffe und Ihre Passagiere und deren Fracht nicht beim Zweiten Kavallerieregiment lassen kann. Ich habe entschieden, daß alle Santo Tomé verlassen und ich Sie unterwegs bitte, einen Umweg über den Campo de Mayo zu machen.«

»Sie bitten mich?«

»Ich zwinge Sie.«

»Wie wollen Sie mich zwingen?« fragte Clete, und Ärger stieg in ihm auf.

Delgano zuckte mit den Schultern, wie ihm klarzumachen, daß Clete gewiß wußte, was er meinte.

»Unterwegs sagte ich mir, daß das drohende Herumfuchteln mit einer Pistole nicht nur melodramatisch, sondern vermutlich unmöglich sein würde. Suboficial Mayor Rodriguez würde sicherlich versuchen, mich zu stoppen. Ich sagte mir jedenfalls, daß es riskant sein würde, zu versuchen, das Flugzeug in meine Gewalt zu bringen. Es wäre auch unehrenhaft von mir.«

»Wenn Sie mich um einem Umweg zum Campo de Mayo gebeten hätten, wäre ich dorthin geflogen«, sagte Clete.

»Mit dem Wissen, daß Ihre ›Passagiere‹ wahrscheinlich bei der Landung interniert werden würden?«

»Sie wurden nicht in Posadas interniert.«

»Ich brauchte Sie, um das Flugzeug aus Posadas wegzufliegen«, sagte Delgano. »Wenn die Männer beim Campo de Mayo wären, hätte man sie festgenommen.«

»Und nun?«

»Es liegt jetzt an Ihnen«, sagte Delgano.

»Mit anderen Worten, Sie bitten mich, das Flugzeug zum Campo de Mayo zu fliegen?«

Delgano nickte.

»Sie haben gehört, worauf ich vorhin hingewiesen habe«, sagte Delgano. »Diese Tat ist mehr als ein einfaches Überführen eines Flugzeugs.«

»Klar«, sagte Clete. »Ich habe Ihnen das Flugzeug versprochen. Ich werde es liefern. Ein Handel ist ein Handel, Delgano.«

»Danke. Ich dachte mir, daß Sie so reagieren würden. Ich werde nicht erzählen, wenn ich nicht direkt gefragt werde, daß wir Personen hierhin befördert haben.«

»Danke.«

»Meine Ehre gebietet mir natürlich, Coronel Martin zu informieren. Aber das wird kein Problem für Sie sein. Er weiß bereits von Ihrer Funkstation, und ich bin überzeugt, er versteht die Mission des zweiten OSS-Teams. Wenn er Sie hätte stoppen wollen, dann hätte er das längst tun können.«

Clete nickte.

»Was ist mit den Leuten in Posadas?« fragte er.

»Ich mag mich irren, aber ich bezweifle, daß sie etwas sagen können. Sie wissen nur, daß ich mit Ihnen und einigen unbekannten Passagieren in Posadas zu einem Tankstop und in Zusammenhang mit OUTLINE BLUE gelandet bin. Sie mögen gedacht haben, daß Captain Ashtons Akzent sonderbar ist, aber er hat Spanisch gesprochen – und Sie sprechen Spanisch wie ein Argentinier –, und sie haben keinen Grund zu der Annahme, daß jemand von Ihnen Nordamerikaner ist.«

»Und Coronel Porterman?«

»Wenn das Flugzeug im Campo de Mayo auftaucht, wird er annehmen, daß jedes Problem, das wir hatten, gelöst ist. Er hat mein Wort, daß Ihre Passagiere und die Fracht keinerlei Bedrohung für Argentinien sind. Er war ein Freund Ihres Vaters. Er wünscht Ihnen nichts Schlechtes.«

»Okay, Capitán«, sagte Clete und reichte Delgano die Hand. »Abgemacht. Lassen wir jetzt das Flugzeug ausladen, und dann bringen wir es zum Campo de Mayo.«

Als Clete mit Delgano die Preflight Checks, die Vorflugprüfungen, der Lockheed erledigt hatte, traf Tony Pelosi in dem 1941er Studebaker ein, den Clete bei der Funkstation gesehen hatte. Chief Schultz kam eine Viertelstunde später mit einem Ford-Truck Modell A.

Ettinger bewacht vermutlich den Funk, dachte Clete.

Dann spürte er, daß etwas nicht war, wie es sein sollte, Weder der Chief noch Tony lächelten bei ihrem Auftauchen. Im Gegenteil. Beide fühlten sich sichtlich unbehaglich.

»Wo, zur Hölle, bleibt mein Begrüßungsständchen?« fragte Clete.

»Ettinger ist abgehauen«, platzte Tony heraus.

»Was?«

»Er ist abgehauen.«

»Wohin?« fragte Clete.

Tony blickte mit Unbehagen zu Delgano und fragte sich anscheinend, ob er in Anwesenheit eines Argentiniers weitersprechen sollte.

»Ich habe zwei Männer hier, die Sergeant Ettinger auf der Estancia bewachen sollten«, sagte Delgano.

»Wieviel weiß der?« fragte Tony und blickte von Delgano zu Clete.

»Er weiß, daß die Deutschen Ettinger umbringen wollen«, sagte Clete.

»Er ist vermutlich in Uruguay«, sagte Chief Schultz.

»Was, zum Teufel, macht er denn da?«

»Der Chief meint, es hat etwas mit der Funkbotschaft zu tun, in der du Graham den Namen des Deutschen in Montevideo mitgeteilt hast«, sagte Tony.

»Wie konnte Ettinger die sehen?« fragte Clete wütend.

»Das ist meine Schuld, Cle ... Major«, sagte Tony. »Ettinger war wach, als ich den Text verschlüsseln mußte. Der Chief schlief. Ettinger ist besser im Verschlüsseln als ich. Anstatt Mist zu bauen oder den Chief zu wecken, habe ich Ettinger gebeten, mir zu helfen.«

»Mein Gott, Tony! Ich kann nicht glauben, daß du so blöde bist!«

»Das kann ich jetzt auch nicht mehr glauben«, sagte

Tony. »Jedenfalls war er am nächsten Morgen weg. Er hat das für dich hinterlassen.«

Tony gab ihm einen Zettel, auf den Ettinger getippt hatte:

> Clete,
>
> ich glaube, ich kann den Namen des Kassierers mit ein paar anderen Namen in Zusammenhang bringen, die ich bereits habe. Wenn mir das gelingt, kann ich fast alle Glieder der Kette identifizieren.
>
> Ich hoffe, Dein Flug ging glatt. Bis bald.
>
> *David*

Clete schaute Tony Pelosi an.

»Ich wollte nach Uruguay und ihn suchen«, sagte Pelosi. »Aber der Chief meinte, ich warte besser auf seine Rückkehr.«

Hast du jemals gehört, daß es fast unmöglich ist, eine Nadel in einem Heuhaufen zu finden, Tony?

Delgano machte plötzlich eine gebieterische Geste in Richtung der Bäume hinter einem Hangar.

Ein Gaucho trat zwischen den Bäumen hervor und eilte zu ihnen.

»Wer ist das?« fragte Chief Schultz.

»Ich habe euch beiden gesagt, daß Ettinger die Estancia nicht verlassen darf«, sagte Clete kalt.

Der Gaucho fühlte sich anscheinend noch unbehaglicher als Tony und der Chief. Er stand fast vor Delgano stramm.

»Si, Señor?«

»Der Nordamerikaner?«

»Er verließ die Estancia vor drei Nächten, mi Capitán.«

»Das wissen wir. Wo ist er?« fragte Delgano ungeduldig.

»Er fuhr am Morgen mit der Fähre nach Montevideo.«

»Ihr habt ihn auf dem ganzen Weg zur Fähre beschattet?«

»Si, Señor.«

»Und vermutlich wird die Grenze beobachtet. Wir würden erfahren, wenn er zurückgekehrt ist?«

»Si, Señor.«

»Vermutlich ist Sergeant Ettinger in Montevideo, mi Mayor«, sagte Delgano. »Ich habe keine Befugnis, einen meiner Männer über die Grenze zu schicken.«

»Sagen Sie mir, was ich tun soll, Mr. Frade«, sagte der Chief.

»Verdammt, ich weiß es nicht«, erwiderte Clete.

»Wenn ich jetzt aufbreche, kann ich am Morgen in Montevideo sein«, sagte der Chief.

»Wir wissen nicht, wo er in Montevideo ist«, wandte Clete ein. »Wenn er so weit gekommen ist, bevor ihn die Deutschen erwischt haben.«

»Clete, es tut mir leid«, sagte Tony zerknirscht.

»Das sollte dir auch verdammt leid tun, Tony!«

Es führt zu nichts, auf Tony herumzuhacken. Der Schuldige ist Ettinger selbst.

Wenn man ihm die Kehle durchschneidet, ist das verdammt seine eigene Schuld!

Ah, das meinte ich nicht so.

Und was machen wir jetzt?

Ah, ja!

»Captain Ashton ist mit seinem Team und dem Radar im Hangar«, sagte Clete. »Bringt die Männer und ihr Material von hier fort. Unsere Priorität ist klar. Wir müssen das Radar ans Ziel bringen und installieren.«

»Was unternehmen wir hinsichtlich Dave?« fragte Tony.

»Ich kümmere mich darum«, antwortete Clete. »Ihr beide macht euch bei Captain Ashton nützlich.«

»Aye, aye, Sir«, sagte der Chief.

»Es tut mir leid, Clete«, sagte Tony noch einmal.

»Ja, das hast du schon gesagt«, erwiderte Clete schroff, und dann wandte er sich an Delgano. »Ich muß telefonieren. Es wird nicht lange dauern.«

Delgano war offensichtlich neugierig, aber er stellte keine Fragen.

Clete rief die Nummer des Büros an, die erste der drei Telefonnummern, die Leibermann ihm gegeben hatte.

Der Mann, der sich meldete, wiederholte die Telefonnummer auf spanisch.

»Hier spricht Cowboy«, sagte Clete. »Ich muß sofort mit ihm sprechen.«

»Kann er zurückrufen?« fragte der Mann, immer noch auf spanisch.

»Nein.«

»Bleiben Sie dran«, sagte der Mann, jetzt auf englisch.

Anderthalb Minuten später, die Clete viel länger vorkamen, meldete sich Milton Leibermann.

»Wie sind die Dinge auf dem Land, Tex?«

»Ettinger ist in Uruguay. Vermutlich in Montevideo.«

»Ich dachte, er wollte im Land bleiben?«

»Das dachte ich auch. Haben Sie Freunde in Uruguay, die hilfreich sein könnten?«

»Sie reisen nicht selbst rüber?«

»Ich möchte es, aber ich kann nicht weg.«

»Sie wollen mir nicht sagen, warum Sie nicht wegkönnen?«

»Erinnern Sie sich an diese Gruppe, über die wir gesprochen haben?«

»Die große? All die wichtigen Leute?«

»Richtig. Ich bin eingeladen. Unter den gegebenen Umständen kann ich die Einladung nicht ablehnen.«

»Sie werden mir über die Gruppe erzählen, nicht wahr, Tex? Sobald Sie können?«

»Was machen wir hier, einen Kuhhandel?«

»So könnte man es bezeichnen.«

»Okay, Milton. Abgemacht.«

»Nur unter uns, Tex, ich hätte mich ohnehin darum gekümmert«, sagte Leibermann, und dann klickte es, und die Leitung war tot.

3

2035th U.S. Army Air Corps Support Wing Porto Alegre, Brasilien

18. April 1943, 13 Uhr 25

Der Pilot der Douglas R5-D nahm sein Mikrofon aus der Halterung, überprüfte, ob sein Funksender auf die richtige Frequenz eingestellt war, und drückte auf die Sprechtaste.

»Porto Alegre, Navy Seven Niner Niner Seven.«

»Go ahead, Seven Niner Niner Seven.«

»Niner Seven auf siebentausend Fuß, geschätzt zwanzig Meilen nordwestlich Ihrer Station. Bitte um Anflug- und Landeerlaubnis.«

»Niner Seven, Landung auf Landebahn One Seven genehmigt. Ich wiederhole One Seven. Sicht unbegrenzt. Wind von Süden fünfzehn, in Böen bis zwanzig. Melden Sie, wenn Sie auf fünftausend sind und den Flugplatz in Sicht haben.«

»Niner Seven understands One Seven.«

»Niner Seven, das heißt *Roger*.«

»Porto Alegre, bitte informieren Sie Ihren Stützpunktkommandanten, daß wir einen Code Six an Bord haben.«

»In Ordnung, Niner Seven.«

Der Stabswagen – eine 1942er Chevrolet Limousine –, zugeteilt Colonel J. B. Wallace, U.S. Army Air Corps, stoppte an der Seite des Flugabfertigungsgebäudes. Der Fahrer, ein junger Sergeant mit Bürstenhaarschnitt, sprang aus dem Wagen. Er eilte zum Kofferraum und nahm eine karierte Flagge heraus, die um ein Aluminiumrohr gewickelt war. Er entrollte die Flagge, ging schnell zur Schnauze des Chevrolet und steckte das Aluminiumrohr in einen Halter, der an die Stoßstange geschweißt war. Der Zweck der karierten Flagge war, daß Piloten, die mit Maschinen zur Flugabfertigung rollten, den Chevrolet besser sahen und ihn nicht platt walzten.

Dann stieg der Fahrer hastig ein, fuhr aufs Vorfeld vor der Flugabfertigung und wartete auf das Navy-Transportflugzeug, das soeben gelandet war und von Landebahn Eins Sieben zum Flugabfertigungsgebäude rollte.

Als die Maschine eintraf, schoben Männer vom Bodenpersonal eine Gangway an die Tür des Flugzeugs.

»Fahren Sie dorthin«, befahl Colonel Wallace.

»Jawohl, Sir.«

Der Sergeant fuhr zur Gangway, sprang aus dem Wagen und öffnete die hintere Tür für Colonel Wallace.

Colonel Wallace zupfte seinen grünen Uniformrock zurecht, rückte seine mit Leder besetzte Schirmmütze zurecht – um seinen Status als aktiver Flieger zu dokumentieren, hatte er die Versteifung der Krone entfernt –, klemmte seine Reitpeitsche unter den Arm und baute sich am Fuß der Gangway auf, um offiziell den Code-Six-Passagier zu begrüßen, den Naval Air Transport Command Flug 404, Panama–Brasilien, angekündigt hatte.

Ein Code Six war ein Navy Captain oder ein Army (oder Marine Corps) Colonel. Colonel Wallace war der Überzeugung, daß ein Offizier, der einen so hohen Rang erlangt hatte und die damit verbundene enorme Verantwortung trug, ein Anrecht darauf hatte, bei seiner Ankunft auf einem militärischen Stützpunkt von jemandem mit gleichem Rang begrüßt zu werden. Wenn der Pilot eines eintreffenden Flugzeugs, der um Landeerlaubnis bat, nicht freiwillig die Information gab, daß er einen Colonel oder General oder Flaggoffizier an Bord hatte – oder nicht –, dann mußte der Tower danach fragen.

Die Tür vom Passagierraum – in der viel größeren Tür des Frachtraums – wurde geöffnet, und ein Colonel des Marine Corps trat heraus auf den oberen Absatz der Gangway. Er wandte sich sofort um, und jemand reichte ihm von drinnen zwei Handkoffer.

»Kümmern Sie sich um das Gepäck des Colonels«, befahl Wallace, und sein Fahrer stieg schnell die Gangway hinauf, grüßte schneidig, nahm die Handkoffer und forderte den Colonel mit einer Geste auf, die Gangway hinunterzusteigen.

Wallace trat noch näher an den Fuß der Gangway, zog die Reitpeitsche unter seinem linken Arm hervor und tippte sie an seine Schirmmütze.

»Willkommen in Porto Alegre«, sagte er mit einem Lächeln.

Der Colonel des Marine Corps erwiderte den Gruß. Er trug, wie es im Marine Corps üblich war – Wallace hielt das für eine prima Idee –, die silbernen Adler seines Rangs sowohl auf den Schultern seines Uniformrocks als auch auf den Kragenspitzen.

»Danke«, sagte er.

Der Colonel des Marine Corps trug keine Ordensbänder, die anzeigten, wo er gedient hatte oder ob er für Tapferkeit ausgezeichnet worden war. Colonel Wallace war der Ansicht, daß das Tragen von Ordensbändern vorgeschrieben werden sollte, und er war empört, wenn er hörte, daß jemand sie respektlos als ›Obstsalat‹ bezeichnete.

»Ich bin Colonel J. B. Wallace, der Kommandant«, sagte Wallace.

»Genau der Mann, den ich suche«, sagte der Colonel des Marine Corps. »Mein Name ist Graham.«

»Wie kann ich zu Diensten sein, Colonel?«

»Sie können mir den Weg zum nächsten Klo zeigen«, sagte Graham. »Und dann möchte ich ein paar Minuten von Ihrer Zeit haben.«

»Ich nehme an, der Offiziersklub ist so nahe wie alles andere«, sagte Wallace und wies zu seinem Wagen. »Es sei denn, Sie ziehen das VIP-Quartier vor, Colonel?«

»Der Klub wär prima, danke«, sagte Graham.

»Gibt es hier noch etwas zu essen für mich?« fragte Graham, als er aus der Toilette kam und sich zu Wallace an einen Tisch im Barraum gesellte.

»Selbstverständlich«, sagte Wallace und winkte einen Kellner herbei.

»Ich hatte im Flugzeug nur ein Mortadellabrötchen und eine Banane«, sagte Graham.

»Nun, Sie bekommen hier etwas – das Rindfleisch ist stets ausgezeichnet –, und dann werden wir Sie in mein Büro bringen und Ihren Schreibkram von meinem Adjutanten erledigen lassen. Wie lange werden Sie bei uns bleiben, Colonel?«

»Nicht lange«, erwiderte Graham. »Ich bezweifle, daß ich mich mit Ihrem Adjutanten abgeben muß.«

»Verzeihung, ich verstehe nicht ...«

Graham griff in die Tasche, fand nicht auf Anhieb, was er suchte, und kramte in anderen Taschen, bis er fündig wurde. Er gab Wallace einen etwas verknitterten Umschlag, der ein einziges Blatt Papier enthielt.

THE JOINT CHIEFS OF STAFF
THE PENTAGON
WASHINGTON, D.C.

1. Januar 1943

Betrifft: Schriftliche Befehle
An: Colonel A.E. Graham, USMCR
Office of Strategic Services
Washington, D.C.

1. Sie werden zu den Zielorten, wie es Ihr Dienst verlangt, durch Transport der US-Regierung oder zivilen Transport per Motorfahrzeug, Bahn, See oder nach Zweckmäßigkeit gebracht. JCS erteilen Reisepriorität AAAAAA1. Das Tragen von Zivil ist genehmigt.
2. Die Führung von Einrichtungen von Armee und Marine der Vereinigten Staaten ist hiermit angewiesen, Ihnen jedwede Unterstützung zu gewähren, die Sie vielleicht zur Erfüllung Ihrer Mission(en) erbeten.

By Order of the Chairman, The Joint Chiefs of Staff

OFFICIAL:

Matthew J. Markham

Matthew J. Markham
Lieutenant General, USAAC
J-3, JCS

»Solche Befehle hab' ich noch nie gesehen«, sagte Colonel Wallace, und dann platzte er heraus: »Wir hatten vor kurzem einige von Ihren Leuten hier, ich nehme an, das wissen Sie.«

»Das sollte meine erste Frage an Sie sein«, sagte Graham. Dann bemerkte er, daß der Kellner am Tisch stand. »Sie sagten, das Rindfleisch ist gut?«

»Hervorragend.«

»Dann möchte ich ein Steak à la New York, medium.

Pommes frites und eine geschnittene Tomate. Können Sie das bringen?«

Der Kellner nickte und schaute dann Colonel Wallace an.

»Nur Kaffee, bitte«, sagte Wallace.

Der Kellner nickte und ging.

»Sie sagten, Sie ›hatten‹ – Vergangenheit – einige meiner Männer hier?« fragte Graham.

»Ja, das hatten wir. Ein Major Frade vom Marine Corps und einen Captain Ashton von der Army, plus vier Männer, die er mir als Offiziere vorstellte.«

»Holte Major Frade ein Flugzeug ab?« fragte Graham, und dann unterbrach er sich. »Colonel, es gab einige Verwirrung über einen Flugzeugtyp. Was ist der Unterschied zwischen einer C-45 und einer C-56?«

»Eine C-45 nennen wir eine leichte Zweimotorige«, erklärte Wallace. »Die C-56 ist eine Lockheed-Lodestar-Transportmaschine.«

»Die Lockheed Lodestar. Das Verkehrsflugzeug?«

Wallace nickte.

»Major Frade ... konnte die Lodestar fliegen?«

»Er flog von hier unter etwas ungewöhnlichen Umständen fort«, sagte Wallace.

»Unter welchen?«

»Er bat um Genehmigung für einige Übungen – Aufsetz- und Durchstartlandungen«, sagt Wallace. »Die ich natürlich genehmigte. Ich bot auch an, ihn zu begleiten – ich habe viele Flugstunden mit großen, mehrmotorigen Flugzeugen und glaube, ich hätte ihm etwas von meiner Erfahrung übermitteln können. Doch er lehnte mein Angebot ab.«

»Tatsächlich?«

»Dann rollte er bis zur Startbahn«, sagte Wallace, der sich für das Thema erwärmte. »Dort nahm er Männer an Bord, ich vermute Personal vom OSS, und startete. Entgegen dem ausdrücklichen Befehl des Towers, den Start abzubrechen und zur Flugabfertigung zurückzukehren. Er kehrte nicht zurück. Ich habe leider keine Ahnung, wo er und das Flugzeug jetzt sind.«

»Wie kommen Sie auf den Gedanken, daß er die anderen Leute an Bord nahm?«

»Sie sind seither nicht mehr gesehen worden«, sagte Wallace. »Das bringt mich bei den brasilianischen Behörden in eine heikle Lage.«

»Wieso?«

»Ich hatte mit den entsprechenden Behörden für sie arrangiert, das Flugzeug durch den Zoll zu bringen und einen internationalen Flug zu beginnen.«

»Niemand hat Ihnen gesagt, daß Sie das tun sollen. Sie sollten die Maschine rot spritzen und einige Zahlen darauf malen. Haben Sie das getan?«

»Ja, selbstverständlich.«

»Wann flog Major Frade hier ab?«

Colonel Wallace nahm sein Notizbuch aus der Tasche, blätterte darin und fand, was er suchte.

»Am 17. April um 21 Uhr 26«, sagte er. Er las weiter vor: »Nachdem er *vier* Befehle vom Tower ignorierte, seinen Start abzubrechen und zur Flugabfertigung zurückzukehren.«

»Sobald ich Major Frade sehe, Colonel, werde ich ihn fragen, warum er tat, was Sie sagen.«

»Wie würden Sie das an meiner Stelle mit den brasilianischen Behörden regeln, Colonel? Sie warten immer noch darauf, das Flugzeug freizugeben.«

»Ich sage Ihnen, was mit diesem Flugzeug geschah. Colonel«, erwiderte Graham. »Der rechte Motor war im Begriff, abzufallen.«

»Wie bitte?«

»Sie sagen den brasilianischen Behörden, Sie haben entdeckt, daß der rechte Motor dieses Flugzeugs im Begriff war, abzufallen. Schlechte Bolzen oder so was. Sie haben Ersatzteile aus den Vereinigten Staaten angefordert. Bis die eintreffen, fliegt das Flugzeug nirgendwohin. Wenn es flugtüchtig ist, werden Sie wieder mit ihnen Kontakt aufnehmen.«

»Das wäre eine absichtlich falsche Erklärung von mir.«

»Ja, das wäre es«, sagte Graham.

»Das kann ich nicht ohne schriftliche Genehmigung machen«, sagte Wallace entschieden.

»Natürlich können Sie das nicht«, sagte Graham. »Die schriftliche Genehmigung gebe ich Ihnen gern. Und ich schlage vor, daß Sie dann einen vollständigen Bericht über den ganzen Vorfall schreiben, einschließlich dieses Gesprächs, und direkt an General Markham schicken.«

Colonel Wallace dachte darüber nach. Graham schloß aus seiner Miene, daß ihn der Vorschlag zufriedenstellte. Oder fast.

»Was sage ich den Brasilianern, wenn sie nach einiger Zeit fragen sollten, was mit dem Flugzeug geschehen ist?«

Der Kellner servierte Colonel Grahams Essen.

Graham schnitt einen Bissen vom Steak ab, nickte anerkennend und antwortete dann: »Warum fragen Sie nicht General Markham, was Sie den Brasilianern sagen sollen? Wenn Sie ihm schreiben?«

Wallace ließ sich das einen Augenblick lang durch den Kopf gehen. Dann nickte er langsam.

»Ich glaube, das sollte ich tun.«

»Bestimmt«, sagte Graham.

»Und wie kann ich Ihnen zu Diensten sein, Colonel?«

»Ich muß so schnell wie möglich nach Buenos Aires«, sagte Graham. »Was schlagen Sie vor?«

»Das einfachste wäre vermutlich für Sie, nach Rio de Janeiro zu fliegen und den Panagra-Flug zu nehmen. Dort gibt es für gewöhnlich freie Plätze. Leute steigen in Rio de Janeiro aus, und nur wenige fliegen von Rio nach Buenos Aires.«

Ich bin mit dem Navy-Transporter nach Porto Alegre geflogen, weil das beträchtlich schneller geht als mit Panagra-Was-

serflugzeugen, dachte Graham. *Und jetzt schlägt der Idiot vor, daß ich nach Norden nach Rio de Janeiro fliege und versuche, im morgigen Flugzeug einen Sitz zu ergattern, in derselben Maschine, mit der ich von Miami aus nicht fliegen wollte.*

»Das wird zu lange dauern. Können Sie mich von hier nach Montevideo transportieren?«

»Das wäre schwierig.«

»Warum?«

»Es dauert für gewöhnlich ungefähr vier Tage – manchmal länger, um von den uruguayischen Behörden für ein amerikanisches Militärflugzeug eine Landeerlaubnis in Uruguay zu erhalten.«

»Man hat mir gesagt, da soll es eine Landebahn bei Chui an der brasilianisch-uruguayischen Grenze geben«, sagte Graham. »Von Chui aus, auf der anderen Seite der Grenze, sind es hundertfünfundsiebzig Meilen bis nach Montevideo. Können Sie mich dorthin bringen lassen?«

»Sind Sie sicher, daß es eine Landebahn gibt in ... wo, sagten Sie?«

»Chui«, sagte Graham. »Ja, da bin ich mir sicher.«

»Nun, wenn es eine Landebahn gibt, dann wird es eine sehr kurze sein. Sie müßten mit einer L-4 fliegen – einer Piper Cub. Ich werde mich darum kümmern. Wann möchten Sie fliegen?«

»Sobald ich gegessen und Zivilkleidung angezogen habe«, sagte Graham.

4

Quartier für Offiziere auf Besuch
Erstes Kavallerieregiment
Campo de Mayo
Provinz Buenos Aires, Argentinien

18. April 1943, 15 Uhr 15

»Wo bist du?« fragte Dorotea Mallin anstatt einer Begrüßung, als sie in der Leitung war.

»Frag nicht«, sagte Clete.

»Was heißt das ›frag nicht‹?«

»Ich kann es dir nicht sagen, das heißt es.«

»Was soll ich Father Matthew sagen?«

»Was?« fragte Clete, und eine halbe Sekunde später fiel ihm ein, daß Father Matthew der Very Reverend Matthew Cashley-Price von der anglikanischen Kirche war. Vorausgesetzt, Clete und Dorotea nahmen an seiner vorehelichen Beratung teil, würde Father Matthew sie in den heiligen Stand der Ehe versetzen.

»Cletus, zum Teufel mit dir, du hast gehört, was Father Matthew gesagt hat. Wir müssen voreheliche Beratung haben. Er hat zweimal pro Tag angerufen, seit ... seit du verschwunden bist. Wo bist du gewesen? Wo *bist* du?«

»Schatz, du mußt ihn einfach ein paar Tage hinhalten.«

»Das kommt einfach nicht in Frage«, sagte Dorotea. »Mir ist egal, wo du bist oder was du treibst, aber du mußt Father Matthews anrufen, *auf der Stelle*, dich entschuldigen und einen Termin ausmachen.«

»Das kann ich nicht, Prinzessin«, sagte Clete.

Ihr Tonfall änderte sich sofort.

»Mein Gott, du bist in Schwierigkeiten.«

»Nein.«

Das ist nicht die reine Wahrheit, aber in diesem Moment bin ich tatsächlich nicht in Schwierigkeiten.

»Doch, das bist du. Das höre ich an deiner Stimme.«

»Schatz, das bin ich nicht«, widersprach Clete. »Wirklich nicht. Aber ich bin ... sozusagen gefesselt ...«

»Gefesselt? Wieso?«

»... in den nächsten paar Tagen. Ich kann einfach nicht weg.«

»Wie bist du gefesselt?«

»Mit einem Strick. Ans Bett.«

»Hältst du das für lustig?«

»Prinzessin, du mußt mir einfach vertrauen.«

»Warum sollte ich das?«

Clete antwortete mit der Wahrheit, ohne sich Gedanken über die Konsequenzen zu machen:

»Es bleibt dir nichts anderes übrig, Schatz.«

Da legte Dorotea auf.

Er stand mit dem Hörer in der Hand ein wenig belämmert da und überlegte, ob er sie besser noch einmal anrief oder nicht, als er die Tür knarren hörte.

Teniente Colonel Bernardo Martin und Capitán Roberto Lauffer traten ein. Martin war in Zivil und trug eine abgenutzte Aktentasche. Lauffer war nicht nur in Uniform, sondern er trug auch ein Sam-Browne-Koppel, an dessen Seite ein Säbel hing und in dessen Lederholster hoch an der anderen Seite eine .45er Automatik steckte.

Enrico, der auf der Fensterbank gesessen hatte, stand auf und stand still.

Lauffer forderte ihn mit einer lässigen Handbewegung zum Rühren auf.

»Wenn ich gewußt hätte, daß hier ein Telefon ist, dann hätte ich es entfernt«, sagte Martin und wandte Clete den Rücken zu, um die Tür zu schließen. Dann drehte er sich um und fragte: »Mit wem haben Sie gesprochen?«

Clete verkniff sich gerade noch rechtzeitig die Antwort ›das geht Sie einen Scheißdreck an‹.

Zum einen geht ihn sehr wohl etwas an, mit wem ich spreche, und zum anderen hat er genug Sorgen ohne ein verbales Duell mit mir.

»Mit meiner … Verlobten«, sagte Clete.

»Oh. Sie haben ihr nicht zufällig gesagt, wo Sie sind, oder?«

»Nein. Ich habe ihr weder gesagt, wo ich bin noch wo ich gewesen bin. Sie wollte in ihrer Neugier auch letzteres wissen.«

Lauffer lächelte.

»Worum ging es bei Ihrem Gespräch?« fragte Martin und zeigte die Andeutung eines Lächelns, bevor er hinzufügte, »oder war es so intim, daß ich nicht fragen sollte?«

»Der Very Reverend Matthew Cashley-Price von der anglikanischen Kirche«, sagte Clete und mußte lächeln, »ist anscheinend verärgert, weil ich ihn und seine voreheliche Beratung nicht in meinen vollen Terminplan einbeziehen konnte. Und folglich ist die Lady ebenfalls verärgert.«

»Schande über Sie«, sagte Martin, jetzt grinsend. »Bevor man einen ernsten Schritt wie eine Ehe erwägt, sollte man alle Art von Beratungen haben. Wie das Ganze geht und so. Wie endete das Gespräch?«

»Als ich der Lady sagte, daß ihr nichts anderes übrigbleibt, als mir zu vertrauen, legte sie auf«, antwortete Clete.

Lauffer lachte.

»Ihre charmante Verlobte und ich, wir haben anscheinend das gleiche Problem«, sagte Martin. »Uns bleibt nichts anderes übrig, als Ihnen zu vertrauen. Was wir beide tun, davon bin ich überzeugt. Die Frage ist nicht, *ob* wir Ihnen vertrauen, sondern *wie weit* wir Ihnen vertrauen können, nicht wahr?«

Clete spürte, wie Zorn in ihm aufstieg.

Ich bin hier, oder? Mit dem Flugzeug, oder?

»Sie haben keinen Grund, mir zu mißtrauen, Coronel«, sagte Clete.

Martin lächelte nicht mehr. Er schaute Clete lange an.

»Ich informiere Sie hiermit, Mayor Frade«, sagte er dann förmlich, »daß Sie ein Gefangener der bewaffneten Streitkräfte der Interimsregierung von Argentinien sind, und ich frage Sie hiermit, Mayor Frade, ob Sie mir als Offizier und Ehrenmann Ihr Ehrenwort geben, keinen Fluchtversuch zu unternehmen.«

Mit Clete ging der Zorn durch.

»Gefangener? Was, zum Teufel, reden Sie da für einen Scheiß?«

»Es wird ein Protokoll über Ihre Verhaftung angefertigt«, sagte Martin. »Und über die Beschlagnahme Ihres Flugzeugs durch die Interimsregierung. Für den Fall, daß die Ereignisse nicht wie geplant ablaufen, werden diese Protokolle in den Besitz der Regierung Castillo gelangen. Möglicherweise wird man ...«

»Hören Sie schon auf!« unterbrach Clete. »Wenn Sie OUTLINE BLUE nicht durchziehen können und wir alle festgenommen werden, schauen sich Castillos Leute das Protokoll meiner – Zitat Anfang – Festnahme – Zitat Ende, und das Protokoll der – Zitat Anfang – Beschlagnahme – Zitat Ende – der Lockheed an und putzen sich damit den Hintern ab, denn sie erkennen sofort diesen durchsichtigen Versuch, mir aus der Patsche zu helfen. Mann, die wissen verdammt genau, daß mein Vater die ganze verdammte Sache angefangen hat!«

»Was wollen Sie damit sagen?«

»Als ich das Flugzeug hier gelandet habe, war mir klar, worauf ich mich eingelassen habe.«

»General Rawson meinte, genau das werden Sie sagen«, sagte Lauffer bewegt, »ganz der Sohn Ihres Vaters, der Urenkel von General Pueyrredón. Das würde uns vereinen!«

»Nun geraten Sie mal nicht in Verzückung, Roberto«,

sagte Clete. »Ich werde das Flugzeug fliegen, wenn es dazu kommt, aber ich melde mich nicht bei Ihrer Armee.«

»Eigentlich kam das Thema einer vorübergehenden Ernennung zum Offizier zur Sprache«, sagte Martin. »Wären Sie bereit …«

»Ich habe bereits ein Offizierspatent des Marine Corps«, sagte Clete.

»Es wäre eine vorübergehende Ernennung«, sagte Martin. »Sie würde eine Reihe von Problemen lösen …«

»Müßte ich einen Eid leisten? Einen Fahneneid?«

»Ja, natürlich. Selbstverständlich.«

»In dem Moment, in dem ich das täte, würde ich meine amerikanische Staatsbürgerschaft verlieren.«

»Wäre das ein Problem für Sie?«

»Ja, das wäre eins«, sagte Clete, ohne zu überlegen. »Das will ich nicht.«

Er blickte zufällig in Martins Augen.

Und er sah darin, daß er soeben eine Tür geschlossen hatte, die nie wieder geöffnet werden würde.

Wenn ich diese vorübergehende Ernennung, wenn auch nur für drei Tage, unter diesen Umständen angenommen hätte, wo die Annahme bedeuten kann, daß ich mit Rawson, Martin und Lauffer an die Wand gestellt werde, dann hätte man mich anschließend als hervorragenden Argentinier akzeptiert. Jetzt wird das nie geschehen.

Nun, was soll's. Ich bin Amerikaner. Das will ich nicht aufgeben.

»So bleiben Sie natürlich, wie die Engländer sagen würden, weder Fisch noch Fleisch«, sagte Martin mit erzwungener Herzlichkeit.

»So ist es wohl«, sagte Clete.

»Ich möchte, daß Sie mir als Offizier und Ehrenmann Ihr Ehrenwort geben«, sagte Martin.

»Welches Ehrenwort?«

»Daß Sie weder den Campo de Mayo verlassen noch mit jemandem außerhalb Kontakt aufnehmen, ohne die ausdrückliche Genehmigung von Capitán Lauffer oder mir einzuholen.«

»Ich habe bereits gesagt, daß ich das Flugzeug fliegen werde. Aber ich werde das Telefon benutzen müssen. Wie wäre es, wenn ich Ihnen mein Ehrenwort gebe, daß ich in keinerlei Weise OUTLINE BLUE erwähnen werde?«

»Ich bezweifle, daß Sie Telefonate mit Ihrer Verlobten meinen«, sagte Martin. »Sie sind besorgt wegen Sergeant Ettinger? Wollen Sie deshalb telefonieren?«

Clete nickte.

»Delgano hat Ihnen gesagt, daß Ettinger mit der Fähre nach Montevideo gefahren ist?«

Clete nickte abermals.

»Tut mir leid, Mayor«, sagte Martin. »Sie werden Ettinger erst helfen können, wenn OUTLINE BLUE gelaufen ist. Wenn ich etwas über Ettinger höre, informiere ich Sie. Jetzt bitte ich um Ihr Ehrenwort.«

»Oder?«

»Oder ich stelle einen bewaffneten Wächter vor Ihre Tür.«

»Okay«, sagt Clete. »Ich werde keinen Fluchtversuch unternehmen, und ich werde keinen Kontakt ohne Ihre Erlaubnis aufnehmen.«

»Geben Sie darauf Ihr Ehrenwort als Offizier und Gentleman?«

»Darauf gebe ich mein Ehrenwort als Offizier und Gentleman«, echote Clete.

Meine ich das ernst? Was ist das wahre Ehrenhafte? Eine Gelegenheit abzuwarten, um zu versuchen, meine Männer am Leben zu erhalten? Oder mich an Martins Erwachsenenversion von Pfadfinderehre zu halten?

»Suboficial Mayor Rodriguez«, sagte Martin und wandte sich Enrico zu, »sind Sie bewaffnet?«

Enrico blickte Clete fragend an.

»Sag's ihm, Enrico.«

»Si, mi Coronel«, sagte Enrico und klopfte auf seinen

Rücken, um anzuzeigen, daß er dort eine Pistole versteckt trug.

Martin nahm seine Aktentasche, die er auf den Boden gestellt hatte, öffnete sie und entnahm ihr eine .45er Automatik.

»Ich hoffe wirklich, Sie werden die Waffe nicht brauchen«, sagte er und überreichte Clete die Automatik.

Dann nickte er Lauffer zu und verließ mit ihm den Raum.

5

Botschaft der Vereinigten Staaten von Amerika Montevideo, Uruguay

18. April 1943, 22 Uhr 05

»Ich bringe Sie natürlich dorthin«, sagte der Taxifahrer am Busbahnhof zu dem etwas verknittert aussehenden Mann in mittlerem Alter, »aber es ist eine lange und teure Fahrt, und die nordamerikanische Botschaft ist so spät nicht mehr geöffnet.«

»Sie sind sehr freundlich, Señor«, sagte Colonel A. F. Graham, USMCR – *und du hast dir soeben ein sehr gutes Trinkgeld verdient,* dachte er, »aber fahren Sie mich bitte trotzdem hin. Ich werde von jemandem erwartet.«

Das ist das genaue Gegenteil von der Wahrheit. Wenn ich Stevenson finden kann, wird er der überraschendste Hurensohn in Uruguay sein.

Die Botschaft der Vereinigten Staaten befand sich in einer Villa, die mit einem hohen Zaun umgeben war. Ein Messingschild auf der Säule am Tor im Zaun und ein Holzschild verkündeten die Geschäftszeiten der Botschaft. Das Tor war mit einer dicken Kette und einem großen Vorhängeschloß gesichert.

Es gab eine Gegensprechanlage.

Graham drückte auf den Knopf. Eine halbe Minute später meldete sich eine kaum verständliche – aber zweifellos amerikanische – Stimme mit ›cerrado‹ – geschlossen.

Graham sagte sich, daß eine Verständigung über diese rauschende und Stimmen verzerrende Anlage unmöglich sein würde, und er legte den Finger wieder auf den Klingelknopf und ließ ihn dort.

In den nächsten zwei Minuten gab es noch ein paar ›Cerrado‹-Hinweise, und dann fiel ein Streifen Licht aus der Tür der Botschaft, die geöffnet wurde, und ein empörter junger Mann in Khakiuniform tauchte auf und rief: »Cerrado! Cerrado!«

Graham hielt den Finger auf dem Knopf der Gegensprechanlage, bis der junge Mann in Khakiuniform – ein Corporal – zum Tor kam.

»Cerrado, Señor«, sagte er, und es klang endgültig.

»Guten Abend, Corporal. Mein Name ist Graham. Ich möchte Mr. Ralph Stevenson sprechen, den Kulturattaché.«

Der Corporal war sichtlich überrascht, daß der Mann in mittleren Jahren, der verknitterte Kleidung trug und dringend eine Rasur brauchte, so gut Englisch sprach.

»Bedaure, wir haben geschlossen. Sie müssen am Morgen wiederkommen.«

»Ich möchte bitte entweder Mr. Stevenson sprechen oder den Offizier vom Dienst.«

»Sind Sie Amerikaner?«

»Ja, das bin ich.«

»Handelt es sich um einen Notfall?«

»Ja, das würde ich sagen, Corporal.«

»Was für ein Notfall?«

»Corporal, hören Sie gut zu. Ich mag nicht wie einer aussehen, aber ich bin zufällig Colonel des U.S. Marine Corps.«

Es war klar, daß der Corporal das für äußerst unwahrscheinlich hielt.

»Tatsächlich? Können Sie das irgendwie beweisen, *Colonel?*«

Colonel Graham hatte seinen Ausweis des Marine Corps mitgenommen, seine JCS-Befehle und eine in Plastik geschweißte Karte, die ihn als den Stellvertretenden Direktor für Operationen in der westlichen Hemisphäre des Office of Strategic Services auswies. Doch bevor er Porto Alegre verlassen hatte, hatte er all diese Dokumente im falschen Boden eines seiner Handkoffer verstaut und jetzt nicht zur Verfügung.

Aber er war nicht ohne Mittel, um den Corporal zu überzeugen, daß er ein Mitglied des Marine Corps war.

»Hören Sie mir zu, Sohn«, sagte er. »Wenn Sie mich nicht in den nächsten dreißig Sekunden in der Botschaft mit dem Offizier vom Dienst sprechen lassen, wandern Sie als Private nach Parris Island zurück und reinigen Latrinen. Machen Sie jetzt das verdammte Tor auf!«

»Aye, aye, Sir«, sagte der Corporal und zog den Schlüssel für das Vorhängeschloß aus der Tasche.

Als sie an der offenen Tür des Botschaftsgebäudes anlangten, gab der Corporal freiwillig die Information, daß Mr. Stevenson im Gebäude war, jedoch befohlen hatte, von niemandem außer dem Botschafter gestört zu werden.

»Das war, bevor ich herkam, Sohn«, sagte Graham. »Sagen Sie ihm, daß ich hier bin.«

»Aye, aye, Sir«, sagte er Corporal. »Ich werde Sie zu seinem Büro bringen.«

»Danke.«

Das Büro des Kulturattachés befand sich im Kellergeschoß der Botschaft.

Der Corporal klopfte an die Tür.

Ein gutaussehender Mann Anfang Dreißig öffnete. Sein

Gesicht spiegelte eine Mischung aus Resignation und Duldsamkeit wider.

»Corporal, ich sagte, ich will nicht gestört werden ...«, und dann sah er Graham. »Colonel Graham!«

»Hallo, Stevenson«, sagte Graham.

»Sie kennen den Colonel, Sir?« fragte der Corporal.

»Und ob«, sagte Stevenson.

»Jawohl. Sir. Dann werde ich ihn eintragen.«

»Nein, Corporal, tun Sie das nicht«, sagte Graham. »Sie haben mich nicht gesehen, und es gibt keinen Grund, mich einzutragen.«

Der Corporal schaute Stevenson an.

»Sie haben Colonel Graham nicht gesehen, Corporal«, sagte Stevenson. »Ich werde das dem Sicherheitsoffizier erklären.«

»Jawohl, Sir.«

»Kommen Sie herein, Colonel«, sagte Stevenson.

Ein Mann saß auf einer abgenutzten Ledercouch in Stevensons kleinem Büro.

»Sagen Sie mir nicht, dies ist der legendäre Colonel A. F. Graham höchstpersönlich«, sagte der Mann.

»Wer sind Sie?« fragte Graham.

»Mein Name ist Leibermann, und bevor Sie Stevenson zur Schnecke machen, weil er mit mir redet, stelle ich klar, daß ich ihn aufgesucht habe.«

»Tatsächlich. Und warum?«

»Ist mir mein Ruhm vorausgeeilt?« fragte Leibermann. »Kann ich aus dem völligen Mangel an Überraschung auf Ihrem Gesicht schließen, daß Sie wissen, wer ich bin?«

»Ich weiß, wer Sie sind, Mr. Leibermann. Aber ich bin neugierig, zu erfahren, was Sie hier treiben.«

»Tex Frade hat mich gebeten, mein Bestes zu tun, um Ihren Mann Ettinger am Leben zu erhalten. Ich muß leider sagen, daß ich gescheitert bin.«

»Was wollen Sie damit sagen. Ettinger ist – tot?«

»Tot. Und man hat die Leiche verstümmelt, um eine Botschaft zu übermitteln.«

»Welche Botschaft? An wen?«

»Darüber sprachen Stevenson und ich soeben«, sagte Leibermann. »Aber weil mir Stevenson nicht sagen wollte, was Ettinger hier machte, kam bei unserem kleinen Quiz nicht viel heraus.«

»Ich habe Ihnen gesagt, Milton, daß ich nicht weiß, was Ettinger hier gemacht hat«, protestierte Stevenson. »Ich habe seinen Namen nie gehört, bevor Sie hier heute abend auftauchten!«

Du sprichst ihn mit dem Vornamen an, Stevenson? Das bedeutet, (a) daß du ihn vermutlich öfter triffst, als Wild Bill Donovan es möchte, (b) daß du ihn magst und (c) daß Leibermann dich mag, denn sonst hätte er mir nicht gesagt, daß er dich aufgesucht hat, damit du keinen Ärger mit mir bekommst.

»Was hat das zu bedeuten, Colonel?« fragte Leibermann sarkastisch. »Wenn das OSS nicht mit dem FBI redet, dann dürfen deren Mitglieder auch nicht miteinander reden?«

»Ich glaube, das heißt ›abschotten‹«, sagte Graham. »Keiner weiß mehr, als er wissen muß.«

»Natürlich, ich bin nur ein einfacher Buchprüfer, kein Geheimagent wie Sie beide, und so fehlt mir vielleicht der große Überblick, aber *ich* nenne das ›Schwachsinn‹.«

»Wann ist das passiert?« fragte Graham.

»Laut Aussage der örtlichen Cops war er ungefähr eine halbe Stunde tot, als man ihn fand.«

»Wo hat man ihn gefunden?«

»Da gibt es so was wie einen Urlaubsort an der Küste, der Carrasco heißt. Man fand ihn ungefähr eine Meile nördlich des Hotels, in dem er wohnte – eigentlich ist es ein Spielkasino und Hotel –, in den Dünen. Sein Wagen steht in der Garage des Kasinohotels. Kein Anzeichen auf einen Kampf in seinem Zimmer.«

»Wie ist er umgebracht worden? Wie wurde er verstümmelt?«

»Eispickel ins Ohr«, sagte Leibermann. »Und post mortem schnitten sie ihm den Penis ab und steckten ihn in seinen Mund. Darüber sprachen wir gerade, als Sie auftauchten.«

»Warum würden sie das tun?« fragte Graham.

»Sind wir uns darin einig, daß ›sie‹, also die bösen Buben, wahrscheinlich die Deutschen sind?« fragte Leibermann.

»Okay, warum würden die *Deutschen* das tun?«

»Ich bezweifle, daß die Deutschen das tun würden«, sagte Leibermann. »Sie würden sich vielleicht etwas Phantasievolles ausdenken, zum Beispiel einen mit Benzin gefüllten Reifen um ihn hängen und anzünden, aber ich bezweifle, daß sie einem Juden den Schwanz abschneiden und ihm in den Mund stecken. Dazu müßten sie ihn berühren.«

Er ahmte mit Gesten nach, wie jemand einen Penis anhob und mit einem Messer abschnitt.

»Wird so etwas, Penis im Mund, nicht mit Gangstern in den Vereinigten Staaten in Zusammenhang gebracht?« fragte Graham.

»Das wahre Anzeichen auf die Intelligenz eines Mannes ist, wie sehr er auf jemanden eingeht, sich in jemanden hineinversetzt«, sagte Leibermann. »Nach meiner Theorie hat ein hiesiger Zweig des organisierten Verbrechens einen Mordauftrag von Leuten erhalten, die unbekannt sind, vermutlich jedoch ihre Büros in der Deutschen Botschaft haben. Der Grund für den Mordauftrag an Profikiller war, daß Ettinger zuviel wußte und redete. Die hiesigen Cops sagten mir, das macht man hier ebenfalls mit Leuten, die zuviel reden.«

»Sie sagten, Frade hat Sie um Hilfe gebeten?« fragte Graham.

Leibermann nickte.

»Wann war das?«

»Heute, kurz nach Mittag.«

»Wissen Sie, wo er jetzt ist?«

»Hey, *ich* bin das FBI. *Ich* sollte die Fragen stellen. Ihr Jungs seid dafür bekannt, daß ihr die Dinge vermasselt.«

»Sehr lustig, Milton«, sagte Graham. »Es macht Ihnen doch nichts aus, wenn ich Sie mit Milton anspreche?«

»Nichts, wenn ich Sie Alejandro nennen kann.«

Mein Gott, er weiß sogar meinen Vornamen.

»Es wäre mir eine Ehre, wenn Sie mich Alejandro nennen, Milton«, sagte Graham. »Und ich wäre Ihnen dankbar, wenn Sie mir sagen, wo Frade ist.«

»Er sagte mir, er sei bei einer Gruppe eingeladen, deren Einladung er nicht ablehnen konnte. Cleverer Bursche, der ich bin, nehme ich an, damit hat er mir verraten, daß der Staatsstreich begonnen hat.«

»Erwähnte er irgend etwas von einem Flugzeug?«

»Haben Sie ihn das eine ersetzen lassen, das er auf den Grund der Samborombón-Bucht gesetzt hat?«

Graham blickte zufällig in diesem Moment zu Stevenson. Nach seiner Miene zu schließen, hörte er eine Reihe von Dingen zum ersten Mal.

»Wenn ich diese so feinfühlig formulierte Frage beantworte, werden Sie mir dann auch eine Frage beantworten, Milton?«

»Das hängt davon ab, wie feinfühlig Ihre Frage ist, Alejandro«, sagte Leibermann lächelnd.

»Ja. Wir haben ihm ein anderes Flugzeug besorgt. Er hat es in Brasilien abgeholt und hatte ein anderes OSS-Team an Bord. Es sollte eine kleine zweimotorige Maschine sein, aber sie stellte sich als ein Lockheed-Verkehrsflugzeug heraus, als eine Lodestar. Da Frade meines Wissens zum ersten Mal eine Lodestar geflogen hat, habe ich mich natürlich gefragt, ob er und seine Begleiter es geschafft haben.«

»Das war überhaupt nicht ausweichend, Colonel«, sagte Leibermann. »So werde ich ebenso offen antworten. Frade landete mit der Lockheed auf seiner Estancia. Sie luden fünf Leute aus – höchstwahrscheinlich Ihr OSS-

Team – und einige Kisten und starteten von neuem. Ich weiß nicht, wohin sie geflogen sind.«

»Wie zuverlässig ist diese Information?« fragte Graham.

»Der Mann, den ich auf Frades Estancia habe, ist sehr zuverlässig.«

»Vor einer Minute, Milton, als ich nach einem Flugzeug fragte, waren Sie nicht ganz ehrlich, nicht wahr?« sagte Graham.

»Ich war *vorsichtig*«, sagte Leibermann. »Als Sie mich zum ersten Mal nach einem Flugzeug fragten, wußte ich noch nicht, ob Sie wirklich mit dem Verarschen aufgehört haben. So war ich *vorsichtig.*«

»Sagen Ihnen die Namen ›Galahad‹ und ›Kavallerie‹ etwas, Milton?«

»Diese Quellen? Codenamen für Quellen?« fragte Leibermann, als erwarte er keine Antwort. »Sie haben sie von Frade?« Jetzt wartete er, bis Graham nickte. »Ich habe keinen Hinweis dafür, wer Galahad sein könnte «, fuhr Leibermann fort. »Aber ›Kavallerie‹ könnte Martin sein. Sie wissen, wen ich meine, den Typen vom BIS?«

Graham nickte von neuem.

»Ich werde herumfragen, wenn es wichtig für Sie ist«, sagte Leibermann. »Ist es wichtig?«

»So wichtig, daß ich deswegen hergeflogen bin«, sagte Graham. »Was der nächste Punkt auf meiner Tagesordnung ist. Ich muß nach Buenos Aires. Was ist die beste Möglichkeit?«

»Am besten fahren Sie mit der Acht-Uhr-Fähre am Morgen. Dann sind Sie kurz vor vierzehn Uhr in Buenos Aires.«

»Das ist nicht schnell genug«, sagte Graham.

»Da haben Sie Pech«, meinte Leibermann. »Es gibt heute nacht keine andere Möglichkeit. Da läuft nichts mehr.«

»Wie ist es mit dem Auto?«

»Es gibt eine Autofähre über die Grenze in die Provinz

Entre Rios«, sagte Stevenson. »Aber die fährt nach zweiundzwanzig Uhr nicht mehr. Ich befürchte, Mr. Leibermann hat recht, Colonel. Sie sitzen für die Nacht hier fest.«

Graham zuckte mit den Schultern.

»Colonel, was ist mit Ettingers Leichnam?« fragte Stevenson.

»Was soll damit sein?«

»Was tun wir, wenn er von der Polizei freigegeben wird?«

Gott verzeih mir, dieses Thema ist mir gar nicht in den Sinn gekommen!

»Ettinger war hier als privater Bürger. Was geschieht, wenn hier ein privater Bürger stirbt?«

»Das weiß ich wirklich nicht«, sagte Stevenson. »Ich werde einen der Diplomaten fragen müssen, vielleicht den Generalkonsul.«

»Nein. Sie gehen zum Botschafter. Sie sagen ihm, daß Ettinger im Dienst für sein Land starb. Ich will, daß er in einen Sarg mit Nationalflagge gelegt und nach Porto Alegre, Brasilien, gebracht wird, eskortiert vom Militärattaché und einigen Marines von der Wache der Botschaft. Sie können ihn von dort aus heimfliegen. Sagen Sie dem Botschafter, daß ich das angeordnet habe und er es ausführen soll.«

»Jawohl, Sir.«

»Erledigen Sie das jetzt noch, heute nacht«, sagte Graham. »Und schicken Sie eine Funkbotschaft an Oracle – jetzt gleich –, damit jemand seine Mutter benachrichtigen kann.«

»Jawohl, Sir.«

»Wo kann ich heute nacht unterkommen?«

»Ich habe ein Zimmer in meiner Wohnung frei, Sir«, sagte Stevenson.

»Wo übernachten Sie, Milton?«

»Ich habe ein Zimmer in dem Casino Hotel, von dem ich erzählt habe.«

»Könnte ich da ein Zimmer bekommen?«

»Vermutlich. Aber es stehen zwei Betten in meinem Zimmer, wenn es es ein Problem geben sollte.«

»Das wäre vielleicht die beste Möglichkeit von allen«, sagte Graham. »Und wenn ich geduscht, mich rasiert und frische Sachen angezogen habe, dann sollten wir ein längeres Gespräch führen, Milton.«

»Ich hatte gehofft, daß Sie das im Sinn haben, Alejandro«, sagte Leibermann.

XXII

1

Quartier für Offiziere auf Besuch
Erstes Kavallerieregiment
Campo de Mayo
Provinz Buenos Aires, Argentinien

19. April 1043. 1 Uhr 25

Das Licht im Zimmer ging an. Clete erschrak und setzte sich im Bett auf.

Capitán Roberto Lauffer stand an der Tür beim Lichtschalter. Er war in Uniform und trug eine blauweiße Binde um seinen rechten Arm. Die Tür stand offen, und Clete sah zwei Soldaten, die mit Thompson-Maschinenpistolen bewaffnet waren. Beide wirkten wie vielleicht siebzehn – und sehr ängstlich. Sie trugen ebenfalls eine blauweiße Armbinde – die Farben der argentinischen Flagge.

»Tut mir leid, daß ich Sie geweckt habe, Cletus«, sagte Lauffer höflich. »Aber es mußte sein. Der Befehl der sofortigen Ausführung ist erteilt worden.«

Schöne Wortwahl, Roberto! Wirklich großartig, jemanden mitten in der Nacht zu wecken und zu sagen »Der Befehl zur sofortigen Ausführung ist erteilt worden«.

Die Tür des anderen Schlafzimmers wurde geöffnet, und Enrico, in ausgebeulter Unterwäsche, kam heraus. Er hielt die rechte Hand hinter dem Rücken.

Enrico kratzt sich bestimmt nicht am Hintern, dachte Clete. *Er hat dort hinten seine .45er.*

»Buenos dias, mi Capitán«, sagte Enrico.

»Der Befehl der sofortigen Ausführung von OUTLINE BLUE ist erteilt worden, Suboficial Mayor«, sagte Lauffer förmlich.

»Ich werde mich anziehen, Señor«, erwiderte Enrico.

Clete schwang die Beine aus dem Bett.

»Worüber reden wir?« fragte Clete. »Was hat dieser Befehl ›sofortige Ausführung‹ zu bedeuten?«

»Castillo weiß, daß ›Blauer Himmel‹ befohlen wurde – das Kommando zur Ausführung von OUTLINE BLUE«, erklärte Lauffer. »Er schickte Botschaften an jede Einheit, daß General Ramirez als Kriegsminister zurückgetreten ist, daß alle Befehle, die Ramirez erteilt, ignoriert werden müssen und daß General Savaronna ihn abgelöst hat.«

»Wer ist Savaronna?«

»Castillos Arbeitsminister«, erklärte Lauffer. Dann fuhr er fort: »Wir haben damit gerechnet, daß so etwas passieren wird, Coronel Martin hat es vorausgesagt. Es hat sich nur geändert, daß General Ramirez uns befohlen hat, *jetzt* zu handeln.«

»Anstatt wann?«

»Anstatt morgen früh«, sagte Lauffer. »Ich dachte, Sie haben OUTLINE BLUE gelesen?«

»Nicht so genau.«

»Und unter den gegebenen Umständen ist General Rawson der Ansicht, daß das Flugzeug bereitstehen sollte. Wir sollen dafür sorgen. Nur für den Fall, daß es gebraucht wird.«

Clete zog frische Unterwäsche, Strümpfe und ein sauberes Hemd an. Er schaute in den Schrank, in den Enrico seine Kleidung gehängt hatte. Clete hatte die Wahl zwischen einem Straßenanzug oder der Reitkleidung, die er getragen hatte, als er die Lockheed zum Campo de Mayo geflogen hatte.

»Ich bezweifle, daß meine ›Diplomatenuniform‹ für diesen Anlaß geeignet ist«, dachte Clete laut und ließ den Straßenanzug hängen.

»Wie bitte?«

»Nichts«, sagte Clete und nahm die Reitkleidung.

»Ich weiß nicht, ob Sie sich damit wohler fühlen«, sagte Lauffer, als Clete mit einem lauten Ächzen seine Reitstiefel angezogen hatte. »Aber General Ramirez sagte, ich sollte es Ihnen anbieten.«

Lauffer hielt ihm eine blauweiße Armbinde, zwei Sicherheitsnadeln und ein Kuvert hin. Clete nahm die Dinge entgegen und öffnete den Umschlag. Er enthielt ein einziges Blatt Papier.

An alle, die es angeht:

Campo de Mayo
19. April 1943

Señor Cletus Howell Frade befindet sich im Dienst der provisorischen Regierung der Republik Argentinien und handelt unter direkten Befehlen der Unterzeichner.

Ramirez
Teniente General Pedro P. Ramirez

Kriegsminister
Übergangsregierung der Republik Argentinien

Rawson
General de Division Arturo Rawson
Präsident des Regierungsrats
Übergangsregierung der Republik Argentinien

Seine Stichelei, daß ich mich damit vielleicht wohler fühle, bezieht sich darauf, daß ich eine vorübergehende Ernennung zum Offizier abgelehnt habe, dachte Clete.

Er nahm sein Tweedsakko vom Bügel, legte es aufs Bett und befestigte die blauweiß gestreifte Armbinde daran. Er zog es an und sah Lauffer an.

»Rawson ist der neue Präsident, nicht wahr?«

»Bis Wahlen abgehalten werden können«, sagte Lauffer.

Oder bis sie uns alle mit verbundenen Augen an eine Wand stellen und uns eine letzte Zigarette anbieten, wie? Was auch immer zuerst kommt.

Enrico betrat das Zimmer. Er trug das, was offenbar die vorgeschriebene Uniform für den Dienst im Feld war. Die Uniform schloß ein ledernes Gurtwerk mit gutpolierten ledernen Schlaufen für Ladestreifen für ein Gewehr, ein gutpoliertes Holster für seine .45er und eine Scheide für einen Kavalleriesäbel ein.

»Haben Sie eine von diesen Armbinden für ihn?« fragte Clete.

Lauffer gab Enrico eine Armbinde. Als Enrico Mühe hatte, sie zu befestigen, ohne seine Jacke auszuziehen – und das bedeutete ein Abschnallen des Ledergurts und Gürtels –, nahm Clete sie ihm ab und heftete sie für ihn fest.

»Ich habe draußen einen Wagen«, sagte Lauffer.

»Ihre Pistole, Señor Cletus?« fragte Enrico.

»Nun, die dürfen wir nicht vergessen, wie?« sagte Clete, bückte sich und holte die Pistole hervor, die er unter dem Bett aufbewahrt hatte.

In einem Pawlowschen Reflex des Marineinfanteristen

entfernte er das Magazin, überzeugte sich, daß die Kammer leer war, ließ den Schlitten nach vorne gleiten, senkte den Hahn und setzte das Magazin wieder ein. Dann schaute er auf die Pistole.

Was, zur Hölle, soll ich damit tun? Ich will niemanden erschießen, und ich habe kein Holster.

Er erinnerte sich, daß Enrico oftmals seine Pistole im Hosenbund am Rücken trug. Er konnte sie erst in den Hosenbund schieben, als er seinen Gürtel gelockert hatte.

Es ist gut möglich, daß die Kanone auf meinen Hintern runterrutscht, durch die Hosenbeine flutscht und auf den Boden poltert. Ich sollte sie einfach hierlassen.

Aber das will ich nun wirklich nicht.

Lauffer winkte ihn durch die Tür.

Ein 1940er Chevrolet, olivfarben angestrichen, parkte am Bordstein vor dem Gebäude. Der Fahrer hielt die Tür auf und grüßte, als Clete, Lauffer und Enrico sich auf den Rücksitz zwängten. Das war nicht leicht, und Enrico und Lauffer hatten Mühe, ihre Säbel zurechtzurücken.

Die beiden Soldaten mit den Thompson-MPis zwängten sich auf den Beifahrersitz.

Mit diesen Tommy Guns ist es hier noch enger.

Und mit den Magazinen für fünfzig Patronen.

Ob diese Kids wissen, wie man mit einer Thompson schießt?

Hier ruht Major Cletus H. Frade, USMCR, der Guadalcanal überlebt hat, jedoch in einer südamerikanischen Revolution gefallen ist, als er irrtümlich von einem nervösen Siebzehnjährigen erschossen wurde, der nicht wußte, daß die Thompson weiterschießt, wenn man den Abzug nicht losläßt.

Der Fahrer schaltete die Scheinwerfer an und fuhr los.

»Licht aus!« befahl Lauffer scharf.

»Warum?« fragte Clete, als der Fahrer die Scheinwerfer ausschaltete.

»Wir wollen die Mobilisierung so heimlich wie möglich durchführen«, sagte Lauffer ernst, und es klang, als überraschte ihn die Frage.

Meinst du, Castillo hat keine Leute hier, die ihm sofort melden, wenn etwas Ungewöhnliches passiert?

Der Chevrolet fuhr langsam bis zum Ende des Blocks und bog nach rechts ab zu einer Reihe von zweigeschossigen Kasernengebäuden.

Alle Lampen in der Kaserne sind an, und die Soldaten formieren sich schläfrig auf der Straße.

Clete verkniff sich, etwas über die beleuchteten Kasernengebäude zu sagen.

Fünf Minuten später trafen sie auf dem Flugplatz ein.

Die Wachabteilung dort stand unter dem Kommando eines nervösen Infanterie-Majors, der alle aus dem Wagen befahl. Er untersuchte das Wageninnere mit Hilfe einer Taschenlampe und wirkte nicht sehr glücklich über das Dokument von Señor Cletus Howell, das der Präsident und der Kriegsminister der Interimsregierung der Republik von Argentinien unterschrieben hatten.

Schließlich ließ er sie jedoch durch eine Bresche in der Absperrung passieren – fünfzig Fässer waren mitten auf der Straße aufgestellt – und auf das Flugplatzgelände fahren.

Die Lampen in beiden Hangars brannten, ebenso die Flutlichter auf den Hangars, von denen die Parkfläche beleuchtet wurde. Clete sah ein halbes Dutzend kleine Flugzeuge, einschließlich zwei Piper Cubs und einer Fieseler Storch – das war vermutlich die Maschine, mit der Martin zur Estancia gekommen war. Die anderen Maschinen hielt er für englische Typen, aber er war sich nicht ganz sicher.

Dort waren ebenfalls zwei Züge von Infanteristen in Feldausrüstung angetreten. Sie waren mit Mauser-Gewehren bewaffnet. Ihre Offiziere mit Kavallerieuniform und hochkroniger Schirmmütze standen bei den Reihen der Männer, hatten rühren lassen, rauchten Zigaretten und versuchten so ruhig und lässig wie möglich zu wirken.

Keiner dieser Jungs, einschließlich Lauffer, hat jemals einen Schuß im Ernstfall gehört.

Ich sehe keine größeren Flugzeuge. Ist dieses halbe Dutzend Minivögel alles, was sie hier haben?

»Ich sehe keine größeren Maschinen als diese Piper Cubs und die Storch«, sagte Clete und schaute Lauffer fragend an.

»Die Bomber und Transportmaschinen sind auf Manövern in der Provinz Tucumán«, erwiderte Lauffer.

»Wann haben die Manöver begonnen?« fragte Clete.

»Vor vier Tagen«, sagte Lauffer. »Coronel Martin warnte General Ramirez, daß die Flugabteilung der Armee nicht mit der G.O.U. sympathisiert. General Ramirez befahl sie daraufhin in die Provinz Tucumán.«

Das erklärt, warum es so wichtig gewesen war, die Lockheed herzubringen, nicht wahr? Keine Lockheed, kein Entkommen.

»Meinen Sie, die bleiben dort?«

»Wir hoffen es. Um Mitternacht werden Befehle erteilt, die ihre befehlshabenden Offiziere bis auf weiteres zurückhalten.«

Der Chevrolet stoppte bei einer Seitentür des nächsten Hangars. Alle stiegen aus.

»Es sollten Männer hier sein, die das Flugzeug aus dem Hangar schieben«, sagte Lauffer. »Aber vielleicht ist etwas schiefgegangen, und sie sind nicht eingetroffen. Dann müssen wir selbst schieben.«

Und was ist mit diesen Infanteristen los? Warum können die kein Flugzeug aus einem Hangar schieben?

Capitán Delgano, in Zivil und mit blauweißer Armbinde, trat aus dem Hangar.

Ich habe mich schon gefragt, wo du bist.

Dann kam Clete ein anderer Gedanke.

»Roberto«, sagte er vorsichtig. »Darf ich eine Bemerkung, einen Vorschlag machen?«

»Natürlich«, sagte Lauffer.

»Alle wirken ein wenig nervös«, sagte Clete.

»Das ist nicht anders zu erwarten, oder?« entgegnete Lauffer etwas steif.

»Ich dachte gerade, daß sich jeder bereits fragt, was diese Lockheed hier überhaupt soll. Ich meine, jemand hat sich bereits zuammengereimt, daß damit Rawson und Ramirez und die anderen ausgeflogen werden sollen, falls diese Sache schiefgeht.«

»Dieser Gedanke ist einigen Leuten sicherlich gekommen«, sagte Lauffer.

»Roberto, in dem Moment, in dem wir aus dem Hangar rollen und ich die Motoren starte, wird jeder denken, die Revolution ist vorüber und unsere Seite hat verloren.«

»Warum würde das jeder denken?«

»Das würde ich an ihrer Stelle denken«, sagte Delgano und nickte zu den Infanteristen hin.

»Was schlagen Sie vor, Mayor Frade?« fragte Lauffer förmlich.

»Haben Sie die Tanks füllen lassen?«

»Delgano nickte.

»Dann ist es nicht nötig, die Maschine aus dem Hangar zu schieben und alle nervös zu machen. Wenn wir sie brauchen, können wir aus eigener Kraft hinausrollen.«

»General Rawson hat mir befohlen, dafür zu sorgen, daß das Flugzeug bereit ist«, sagte Lauffer.

»Melden Sie ihm, daß es bereit ist, Delgano«, sagte Clete. »Um es aus dem Hangar zu schieben, brauchen wir nur die Tore zu öffnen.« Er dachte an etwas anderes. »Es wäre auch schön, wenn ich wüßte, wohin wir fliegen. Oder vertrauen Sie mir diese Information nicht an?«

»Sie werden informiert, wenn …« begann Lauffer.

»Asunción, Paraguay«, fiel ihm Delgano ins Wort. »Das ist ungefähr tausenddreihundert Kilometer entfernt. Möchten Sie den Flugplan sehen, den ich erstellt habe?«

»Wenn Capitán Lauffer denkt, man kann mir vertrauen, würde ich ihn sehr gern sehen«, sagte Clete.

»Er ist drinnen«, sagte Delgano und wies zum Hangar.

Als sie in den Hangar gingen, sah Clete, daß sie sehr genau von den Infanterie-Offizieren beobachtet wurden.

Eine Viertelstunde später hatten sie Delganos Flugplan überprüft und den Preflight Check, die Vorflug-Prüfungen, durchgeführt und verließen den Hangar. Als die Infanterie-Offiziere sie aus dem Hangar kommen sahen, spiegelten ihre Gesichter sichtlich Erleichterung wider.

Aber Lauffer war noch nicht fertig.

»Warum testen Sie nicht die Motoren? Kann das im Hangar gemacht werden?«

»Nicht ohne die Tore zu öffnen«, sagte Clete. »Der Propellerwind würde vermutlich die Tore aus den Angeln blasen.«

»Wenn Sie das wünschen, werde ich zu General Rawson gehen und ihm sagen, daß es meine Entscheidung war, das Flugzeug nicht aus dem Hangar zu schieben«, sagte Delgano.

Lauffer dachte darüber nach.

»Es wäre das beste, wenn Señor Frade das täte«, sagte er. »Ich schlage vor, daß Sie hierbleiben und sich in Bereitschaft halten.«

»Wie Sie wünschen, Capitán«, sagte Delgano, und sein Tonfall verriet, daß er von Lauffer mindestens so enttäuscht war wie Clete. Lauffer war anscheinend nur darauf bedacht, dafür zu sorgen, daß niemand seine Aktionen in dieser Nacht kritisieren konnte. Alles andere interessierte ihn nicht.

2

Offizierskasino
Campo de Mayo
Provinz Buenos Aires, Argentinien

19. April 1943, 2 Uhr 25

Die Läufe von luftgekühlten Browning-MGs Kaliber .30 ragten oben aus den Fenstern des Offizierskasinos. Auf dem Rasen vor dem Klub befanden sich zwei MG-Stellungen, die mit Sandsäcken umgeben waren, und eine Reihe von Soldaten – hauptsächlich Unteroffiziere, die wirkten, als wüßten sie mit ihren Gewehren und Maschinenpistolen umzugehen – bewachte den Eingang.

Der befehlshabende Capitán der Wachabteilung ließ Lauffer, Clete und Enrico erst passieren, nachdem einer seiner Leutnants in das Gebäude gegangen war und die Genehmigung von el Coronel Perón eingeholt hatte.

Sie gingen durch die Halle bis zu der Tür eines Raums, der wie der Hauptspeisesaal aussah und jetzt in den Befehlsstand umgewandelt worden war, wo Ramirez und Rawson den Staatsstreich leiteten. Dann wurden Lauffer, Clete und Enrico gestoppt und mußten warten, bis eine weitere Genehmigung zum Passieren eingeholt worden war.

Clete schaute in den Raum und sagte sich, daß er zwar wie ein Befehlsstand aussah – Karten an der Wand, jede Menge Telefone, Kuriere, die kamen und gingen und so weiter –, daß er jedoch wie etwas wirkte, das ihn an die Gefechtsstände während Übungen erinnerte, die er in der Offiziersanwärterschule gesehen hatte. Da hatten die Flugkadetten Staffel- und Geschwaderkommandanten und Stabsoffiziere gespielt und mit feierlichen Mienen vorgegeben, zu wissen, was sie taten. Hier hatte er irgendwie das gleiche Gefühl. Jeder mimte anscheinend eine Rolle in einem Spiel, und nur ein paar Leute verhielten sich, als ob sie wirklich Durchblick hatten.

El Coronel Juan Domingo Perón, in einer tadellos sitzenden Uniform, kam schließlich zur Tür und winkte sie herein.

»Gibt es ein Problem mit dem Flugzeug?« fragte er.

»Es wird binnen fünf Minuten verfügbar sein«, antwortete Clete.

Perón schaute Clete und dann Lauffer an, und sein Verhalten machte klar, daß er nicht daran interessiert war, was Clete zu sagen hatte.

»Ist das Flugzeug verfügbar?« fragte Perón.

Leck mich am Arsch, Coronel! dachte Clete.

»Señor Frade hielt es für das beste, das Flugzeug nicht aus dem Hangar zu holen«, sagte Lauffer.

»Was?« fragte Perón ungehalten.

»Ich hielt es für besser, es im Hangar zu lassen ...« begann Clete und verstummte, als er General Rawson nahen sah.

»Gibt es ein Problem?« fragte Rawson.

»Kein Problem«, sagte Clete. »Das Flugzeug ist binnen fünf Minuten verfügbar. So lange brauche ich, um es aus dem Hangar zu fahren und die Motoren aufzuwärmen.«

Rawson hob die Augenbrauen und schaute Clete fragend an.

»Ich dachte, General«, sagte Clete, »daß ...«

»Lauffer, warum habe Sie Señor Frade hergebracht?« unterbrach Perón.

»Verzeihung, Coronel«, sagte Clete. »Ich sprach mit dem General.«

Perón starrte ihn an. Rawson verzog das Gesicht und forderte Clete auf, fortzufahren.

»Wenn wir das Flugzeug aus dem Hangar geschoben und die Motoren angelassen hätten, hätten die Leute geglaubt, daß wir es benutzen wollen«, sagte Clete. »Das hielt ich für unnötig und unklug.«

Rawson dachte kurz darüber nach und sagte: »Sie haben recht. Ich hätte daran denken sollen.«

Peróns Gesicht spannte sich, aber er enthielt sich einer Äußerung.

»Ist Capitán Delgano bei dem Flugzeug?« fragte Rawson.

»Si, mi General«, sagte Lauffer.

»Coronel Perón und ich sind im Begriff, ein letztes Wort mit Coronel Tarramano vom Ersten Kavallerieregiment zu reden«, sagte Rawson. »Laut OUTLINE BLUE muß er seinen Marsch um halb drei beginnen. Ich schlage vor, daß Sie mit Capitán Lauffer hierbleiben, Señor Frade, für den Fall, daß wir Sie brauchen.«

»Jawohl, General.«

»Mit etwas Glück werden wir Sie nicht brauchen, aber ich hätte Sie gern verfügbar«, sagte Rawson. »Schauen Sie sich die Lagekarte an. Und wenn Sie noch andere Gedanken haben, lassen Sie sie mich bitte wissen.«

»Jawohl, General.«

Peróns Gesicht war jetzt wie eine Maske.

»Ist Ihr Wagen draußen, Roberto?« fragte Rawson.

»Si, mi General.«

»Dann werden wir ihn benutzen«, sagte Rawson. »Kommen Sie, Coronel.«

Die Lagekarte war eigentlich ein Sortiment von Karten, die alle an einer verschiebbaren Wand befestigt waren, die dazu diente, den großen Speiseraum in kleinere Räume zu teilen. In der Mitte hingen große Karten von Argentinien. Eine zeigte die obere Hälfte des Landes, die andere die untere.

Auf den Karten markierten Stecknadeln mit kleinen Flaggen die Provinzhauptstädte und Militärstützpunkte.

Die Köpfe der Stecknadeln waren schwarz oder rot, und Clete fragte sich, was die Farben zu bedeuten hatten, bis er einen blauweißen Stecknadelkopf auf der Karte mit der oberen Landeshälfte von Argentinien sah. Er schaute genauer hin und sah, daß sie den Campo de Mayo markierte.

Die Stecknadel mit der blauweiße Flagge markierte offenbar Gebiete, die unter Kontrolle der Revolutionäre waren.

Bis jetzt gibt es nur eine blauweiße Flagge.

Die Bestätigung, was die Flaggennadeln bedeuteten, kam schon im nächsten Augenblick, als ein Teniente zu der Karte ging und die schwarzen Nadeln, die Santo Tomé und das Zweite Kavallerieregiment außerhalb davon markierten, durch Nadeln mit blauweißen Flaggen ersetzte.

Offenbar war soeben die Nachricht eingetroffen, daß sich das Zweite Kavallerieregiment nicht nur der Revolution angeschlossen, sondern auch die Stadt Santo Tomé eingenommen hatte.

Clete trat von den Karten in der Mitte nach rechts zu einer Karte der Provinzen Buenos Aires und Entre Rios. Hier markierten über ein Dutzend blauweiße Flaggennadeln die Lage der Militärstützpunkte und Orte. Aber es gab weitaus mehr Nadeln mit schwarzen Köpfen – noch ›unschlüssig‹, nahm Clete an – als welche mit blauweißen, und es gab zwei Dutzend rote, die vermutlich Einheiten und Orte markierten, die gegen den Sturz von Präsident Castillos Regierung waren.

Auf diesen Karten markierten Linien mit Fettstift die Routen des Marsches der militärischen Einheiten, die von der G.O.U. kontrolliert wurden und der sie vom Campo de Mayo und anderen Militärstützpunkten aus zur Casa Rosada bringen würde.

Ein Major schob ihn höflich von der Karte weg und steckte zwei verschiedene Nadeln in die Karte, eine mit blauem und einem mit gelbem Kopf, beide numeriert mit ›1‹, an das Tor des Campo de Mayo. Sie symbolisierten offenbar das Erste Kavallerie- und Erste Infanterieregiment, die sich in diesem Moment auf den Beginn Ihres Marsches vorbereiteten.

Zwei Minuten später ersetzte der Major die schwarzen Stecknadeln, die die Kaserne des Zweiten Infanterieregiments der Garnison Buenos Aires und den Standort der Pionierschule der Marine kennzeichneten. Clete wußte, daß dort Militärstützpunkte waren. Die Kaserne des Zweiten Infanterieregiments befand sich in der Nähe der Polofelder der Armee gegenüber der Pferderennbahn (und nahe bei Onkel Willys Haus), und die Schule der Navy war in der Avenida del Libertador, ein paar Kilometer näher beim Campo de Mayo.

Die neue Flaggennadel auf dem Zweiten Infanterieregiment war blauweiß, und die neue Flaggennadel auf der Pionierschule der Marine war rot. Die Marine hielt offenbar zu Castillo.

Was bedeutet das? Wird sie gegen das Erste Infanterieregiment kämpfen, wenn es über die Avenida del Libertador kommt? Womit? Die Marine hat für gewöhnlich nicht viele Handfeuerwaffen, gerade genug Gewehre und Pistolen, um die Wachen zu bewaffnen.

In den nächsten paar Minuten wurde Clete mit nachlassender Höflichkeit aus dem Weg geschoben, damit eine Prozession von Offizieren und Unteroffizieren Stecknadeln auf der ganzen Karte ersetzen konnte.

Schließlich erkannte er ein wenig gekränkt, daß er die Leute behinderte, wandte sich von den Karten ab und ging aus dem Weg.

An einer Seite des Raums sah er einen Tisch, an dem Kellner mit weißen Jacketts standen, und ging dorthin. Kaffee und Gebäck wurden serviert. Das und die Säbel, die vom Gurt jedes Offiziers baumelten, kamen ihm reichlich fehl am Platz vor, aber anscheinend niemandem sonst.

Er nahm eine Tasse Kaffee und ein Plätzchen, setzte sich

in einen Sessel und streckte die Beine aus. Der Kaffee war heiß, und er stellte die Tasse zum Abkühlen auf die breite Lehne des Sessels.

Er war ein gutgenährter junger Mann in ausgezeichneter körperlicher Verfassung, und natürlich war er aufgeregt, weil er mitten in der Nacht aus dem Bett geholt worden war, um Zeuge eines Staatsstreichs zu werden.

Andererseits war er während der vergangenen zweiundsiebzig Stunden per Zug von Buenos Aires nach Santo Tomé gereist; er hatte mit der Fähre die Grenze nach Brasilien überquert; dann war er mit einem Fahrer durch Brasilien gefahren, für den es offenbar nur zwei Geschwindigkeiten für einen Wagen gab: Stehen oder Höchsttempo; er hatte vier Stunden intensive, wenn auch nur elementare Einweisung in das Fliegen einer Lockheed C-56 Lodestar erhalten; er war mit dieser Maschine ohne Kopilot und mit eigener Navigation illegal über die brasilianisch-argentinische Grenze geflogen; dann war er in der Nacht in schwerem Gewitterregen auf einer zu kurzen, unbefestigten Landepiste gelandet, die nur unzureichend mit brennendem Benzin in Tontöpfen beleuchtet gewesen war; und er hatte am nächsten Morgen das Flugzeug von Santo Tomé zu einer anderen unbefestigten Landebahn auf der Estancia San Pedro y San Pablo geflogen.

Als nächstes wurde Clete bewußt, daß Enrico ihn sanft rüttelte.

»Señor Cletus«, sagte der alte Soldat mit leichtem Tadel, »Sie schnarchen.«

Clete blickte auf seinen Hamilton-Chronometer. Viertel nach fünf!

Allmächtiger!

Was hast du bei der Revolution getan, Daddy?

Nun, mein Sohn, ich habe geschlafen.

Er stemmte sich schnell aus dem Sessel auf und ging zu den Karten.

General Rawson war dort, und Lauffer stand bei ihm.

Mit einem Blick über Rawsons Schulter sah Clete, daß jetzt fast alle Nadeln mit Flaggen auf der Karte der Provinz Buenos Aires blauweiß waren.

Fast alle. Nicht alle. Es gab mehr als ein Dutzend rote Markierungen, hauptsächlich um die Casa Rosada, aber auch um den Edificio Libertador und, überraschend für Clete, auf der Pionierschule der Marine. Nahe bei dieser roten Markierung war die blauweiße Flagge mit der Nummer 1, die das Erste Infanterieregiment symbolisierte.

Clete suchte und fand die gelbe Flagge des Ersten Kavallerieregiments. Sie steckte auf der Kreuzung Avenida Córdoba und Avenida Pueyrredón, nur ungefähr anderthalb Kilometer von der Casa Rosada entfernt. Daneben steckte die blaue Flaggennadel des Zweiten Infanterieregiments.

General Rawson spürte, daß jemand hinter ihm stand, und blickte über die Schulter.

»Sie müssen ein reines Gewissen haben, Señor Frade«, sagte Rawson und ließ ihn damit wissen, daß er ihn schlafen gesehen hatte – oder vermutlich sein Schnarchen gehört hatte. »Entweder das, oder Sie haben ein lobenswertes Vertrauen in OUTLINE BLUE.«

Er ist in guter Stimmung, dachte Clete. *Die Revolution muß gut verlaufen.*

»Das letztere, mi General«, sagte Clete. »Nach der Karte sieht es gut aus.«

»Nicht hier«, sagte Rawson und deutete auf die Schule der Marine. »Hier gibt es Widerstand. Maschinengewehre. Es hat einige Ausfälle gegeben. Das Erste Kavallerieregiment ist steckengeblieben.«

»Kann es diesen Punkt nicht umgehen?« platzte Clete heraus. »Und später zurückkehren und ihn säubern?«

»Das könnte es und sollte es, und ich habe ihm genau das befohlen«, sagte Rawson. »Ich mußte dem Ersten Kavallerieregiment und dem Zweiten Infanterieregiment befehlen, das Vorrücken zu stoppen.«

Er wies auf diese Flaggen.

»Ich verstehe nicht.«

»Ich habe keinen Kontakt mit dem Kommandeur des Ersten Infanterieregiments«, erklärte Rawson. »Sie hatten einen Funklastwagen dabei, aber der Funk ist außer Betrieb, und die Telefonleitungen auf der gesamten Libertador funktionieren nicht. Sie sind vermutlich von der Marine unterbrochen worden; es gibt dort eine Umschaltstation.«

Wie wäre es, einen Melder zu schicken?

Rawson las anscheinend seine Gedanken.

»Ich habe drei Melder geschickt, und sie sind entweder nicht durchgekommen, oder die Legitimität des Befehls wird in Frage gestellt.«

»Wie wäre es, eine Botschaft abzuwerfen?« überlegte Clete laut.

»Wie bitte?«

»Sie haben drei Piper Cubs auf dem Flugplatz. Eine davon könnte in zehn Minuten dort sein. Lassen Sie einfach Ihre Befehle für den Kommandeur abwerfen.«

»Abwerfen?« fragte Rawson verwirrt.

»Sie stecken die Botschaft in einen Kuriersack, beschweren ihn mit etwas, zum Beispiel mit einem Ziegelstein oder einem Wagenheber, binden ein langes Stück Tuch daran, damit sie die Botschaft runterkommen sehen, und werfen sie aus dem Fenster.«

»Ist das möglich?«

»Das ist beim Marine Corps Routine«, sagte Clete.

»Und wie verhindert man, daß die Botschaft in die Hände des … in falsche Hände fällt?«

Er hätte fast gesagt ›in die Hände des Feindes‹. Aber diese Matrosen sind keine Feinde, es sind Leute, die noch nicht wissen, was los ist. Was vermutlich erklärt, weshalb der Kommandeur der Infanterie sie noch nicht weggeblasen hat. Sie versuchen, so wenig Blut zu vergießen wie möglich.

»Man fliegt tief und langsam genug über die Leute, die die Botschaft erhalten sollen, und dann kann man sie nicht verfehlen.«

»Das ist sehr interessant.«

Clete erwärmte sich für das Thema.

»Und außerdem gibt es ein paar Fußballplätze gleich neben der Schule der Marine. Man könnte dort mit einer Cub landen und die Botschaft persönlich überbringen.«

»Ist das möglich?«

»Ja, das ist es.«

»Wären Sie bereit, das zu tun?«

Oh, Scheiße!

Eigentlich dachte ich, daß Capitán Delgano genau der richtige Mann für den Job wäre. Zum einen hat er mehr Flugstunden mit Piper Cubs als ich, und zum anderen möchte ich keinem loyalistischen argentinischen Sailor erklären müssen, weshalb ich ein Armeeflugzeug für die Revolutionäre fliege.

»Jawohl, Señor«, hörte er sich sagen. »Wenn Sie das möchten.«

»Entschuldigen Sie mich einen Moment«, sagte Rawson. »Ich möchte mit General Ramirez sprechen.«

Er kehrte in zwei Minuten mit Ramirez zurück, der die Idee offenbar großartig fand.

»Ich denke, Mayor Frade«, sagte er, »daß wir zwei Probleme haben, die vielleicht gelöst werden können, wenn Sie aus einem kleinen Flugzeug eine Botschaft beim Ersten Infanterieregiment abwerfen können.«

Wann lerne ich jemals, die Schnauze zu halten?

»Ja, Señor?«

»OUTLINE BLUE verlangt, daß die beiden Kolonnen gleichzeitig zur Casa Rosada vorstoßen. Das Erste Infanterieregiment wird über die Avenida del Libertador marschieren, während das Erste Kavallerieregiment und das Zweite Infanterieregiment über die Avenida Córdoba vorrücken. Sie werden sicherlich verstehen, daß dies eine gewisse psychologische Wirkung haben wird. Aber weil sie soviel näher bei der Casa Rosada sind als das Erste Infanterieregiment, haben wir das Problem, wie sie gleichzeitig vorrücken können. Zur Zeit stehen wir in

Kontakt mit dem Ersten Kavallerie- und dem Zweiten Infanterieregiment, aber wir können uns nicht darauf verlassen, daß die Telefonleitungen weiterhin intakt bleiben. Verstehen Sie das Problem?«

»Jawohl, Señor.«

»Wenn wir das Erste Infanterieregiment in Marsch setzen, könnte es dann Ihrer Ansicht nach aus der Luft beobachtet werden, während es die Avenida del Libertador hinuntermarschiert?«

»Jawohl, Señor, selbstverständlich.«

»Und dann, wenn es gleich weit entfernt von der Casa Rosada ist wie das Erste Kavallerie- und Zweite Infanterieregiment, eine Botschaft abwerfen, daß es den Marsch fortsetzen soll?«

»Ich sehe da nur ein Problem, mi General«, sagte Clete. »Oder zwei. Erstens bin ich nicht qualifiziert, um eine solche Einschätzung zu machen. Ich hätte keine Ahnung, wann die beiden Kolonnen zeitmäßig in gleicher Entfernung von der Casa Rosada wären.«

»Oh, ich habe mich nicht klar ausgedrückt. General Rawson wäre in dem Flugzeug. Seine Anwesenheit bei der Schule der Marine ist wesentlich für die ganze Idee. Er wäre also bei Ihnen; und er würde die Entscheidung treffen, wann dem Ersten Kavallerie- und dem Zweiten Infanterieregiment befohlen wird, weiterzumarschieren.«

»Das zweite Problem, Sir, ich kann die Lockheed allein fliegen, wenn es nötig sein sollte, Capitán Delgano kann das jedoch nicht.«

»Ich finde, wir können jetzt ruhig sagen, daß OUTLINE BLUE erfolgreich ist«, sagte Ramirez, »und daß wir Ihr Flugzeug nicht brauchen. Wir müssen jetzt die Operation mit so wenig Verlusten beenden wie möglich. Das Ehrgefühl der Offiziere, die die Casa Rosada verteidigen, wird befriedigt werden, wenn deutlich unwiderstehliche Kräfte – das gleichzeitige Auftauchen der beiden vorrückenden Kolonnen – weiteren Widerstand sinnlos machen und eine Kapitulation ehrenhaft ist. Dadurch werden Menschenleben gerettet!«

»Jawohl, Señor. Ich verstehe.«

»Gott sei mit Ihnen«, sagte Ramirez bewegt und legte Clete die Hände auf die Schultern. »Ihr Vater wäre stolz auf Sie, mein Junge!«

Hier ruht Major Cletus H. Frade, USMCR, der Guadalcanal überlebte und die argentinische Revolution im Jahre 1943 verpennte, jedoch – aus nie ganz geklärten Gründen – fiel, während er versuchte, eine Piper Cub auf einem Fußballplatz zu landen. General Arturo Rawson, der gerade erst zum Präsidenten des Regierungsrats der neuen Militärregierung ernannt worden war, kam bei dem Absturz ebenfalls ums Leben.

3

Büro des Militärattachés
Botschaft des Deutschen Reichs
Avenida Córdoba
Buenos Aires, Argentinien

19. April 1943, 5 Uhr 25

Standartenführer Josef Goltz, dachte Oberst Karl Heinz Grüner, *ist anscheinend im Vollbesitz seiner Kräfte; Gradny-Sawz, die große Wienerwurst, sieht aus, als würde er sich jeden Augenblick in die Hosen machen.*

Goltz war rasiert und in Uniform. Der Erste Sekretär Anton Gradny-Sawz war unrasiert, sein Haar war durcheinander, er trug keine Krawatte, und sein Gesicht war gerötet.

»Wir konnten fast nicht durchkommen«, klagte Gradny-Sawz. »Auf der ganzen Avenida Córdoba sind Soldaten. Wir wurden gestoppt ...«

»Das Erste Kavallerie- und das Zweite Infanterieregiment«, informierte Grüner Goltz. »Offenbar auf dem Weg zur Casa Rosada. Ich habe keine Ahnung, warum der Vormarsch stoppte. Wenn es Widerstand gegeben hätte, Geschützfeuer, dann hätte ich das gehört.«

»Wird der Staatsstreich erfolgreich sein?« fragte Goltz.

»Das nehme ich an. Diese Einheiten sind vielleicht dem Plan voraus und warten auf das Auftauchen anderer. Ich habe nur wenige Informationen erhalten – die Loyalisten haben viele der Telefonleitungen unterbrochen. Aber ich habe Hinweise, daß sich fast alle Truppeneinheiten im Gebiet Buenos Aires Ramirez und Rawson unterstellt haben. Ich weiß nicht, wie es im restlichen Land aussieht. Es ist unmöglich, von Buenos Aires aus anzurufen oder Telefonate zu erhalten. Es überrascht mich, daß ich zu Ihnen durchkommen konnte. Den Botschafter kann ich nicht erreichen.«

Goltz stieß einen Grunzlaut aus.

»General Rawson wurde ernannt – oder hat sich selbst ernannt ...« Grüner legt eine Pause ein und las von einem Zettel ab, was er notiert hatte, »... zum Präsidenten des Regierungsrats der Interimsregierung der Republik Argentinien.«

»Das ist keine gute Nachricht«, sagte Gradny-Sawz.

»Warum sagen Sie das?« fragte Goltz.

»Coronel Perón sagte mir, daß Rawson einer derjenigen ist, die glauben, daß wir für den Tod von Coronel Frade verantwortlich sind. Sie waren eng befreundet.«

»Coronel Perón war der *engste* Freund des verstorbenen Coronel Frade«, sagte Goltz. »Er versteht, warum der Tod von Frade nötig war. Glauben Sie mir, Anton, Rawson wird ebenfalls Verständnis für uns haben.«

Es klopfte an der Tür.

»Herein!« rief Grüner.

Major Hans-Peter Freiherr von Wachtstein betrat Grüners Büro. Er war ebenfalls in Uniform.

»Heil Hitler!« sagte er und hob den Arm zum Nazigruß.

»Ich habe versucht, Sie anzurufen«, sagte Grüner. »Die Leitungen waren tot.«

»Ich sah Truppenbewegungen – und auch einen Trupp vom Korps der berittenen Polizei«, sagte Peter. »Da sagte ich mir, daß die Revolution vermutlich angefangen hat. Ich habe versucht, Sie zu Hause anzurufen, Oberst, und als ich nicht durchkam, habe ich es für das beste gehalten, hierherzukommen.«

»Richtig«, sagte Grüner. »Die richtige Entscheidung.«

»Das Erste Kavallerieregiment und das Zweite Infanterieregiment wurden an der Kreuzung Avenida Córdoba und der Avenida Pueyerredón gestoppt ...«

»Wir hatten Mühe, an ihnen vorbeizukommen, von Wachtstein«, sagte Gradny-Sawz. »Da war ein Major, der noch nie etwas vom Diplomatenstatus gehört hat.«

»Nun, wir sind hier«, sagte Goltz. »Und was jetzt?«

»Der Grund für meinen Anruf, Standartenführer, war nicht die Revolution«, sagte Grüner. »In dieser Hinsicht können wir nur abwarten und sehen, was geschieht. Es gibt eine Botschaft aus Berlin. Der kryptographische Offizier ist immer noch krank, und der Fernmeldeoffizier rief mich. Gegen vier Uhr dreißig war ich gerade im Begriff, die Botschaft zu entschlüsseln, als eine meiner Quellen aus dem Campo de Mayo anrief und mir berichtete, daß die Soldaten dort um halb drei abmarschiert sind.«

»Ihr Mann brauchte zwei Stunden, um Ihnen das mitzuteilen?« fragte Gradny-Sawz ungläubig. »Das ist anscheinend keine sehr gute Quelle.«

»Es hat mich gefreut, daß er überhaupt durchgekommen ist«, sagte Grüner. »Zu dieser Zeit rief ich bei Ihnen an, Standartenführer.«

»Ich nehme an, wir müssen davon ausgehen, daß Präsident Castillo aus dem Amt entfernt wird – wenn er nicht bereits gestürzt worden ist«, sagte Goltz. »Und deshalb werden wir uns mit diesem – wie nannten Sie es, Grüner? – ›Regierungsrat der Interimsregierung‹ arrangieren müssen – das haben Sie anscheinend treffend vorausgesagt. Was will Berlin?«

Grüner ging zu seinem Safe, stellte die Kombination ein, öffnete den Safe und entnahm ihm ein versiegeltes Kuvert, das er Goltz überreichte. Auf den Umschlag hatte er ›Nur Standartenführer Goltz auszuhändigen‹ geschrieben. Goltz öffnete das Kuvert und las die Botschaft:

STRENG GEHEIM

EILT

VON AUSSENMINISTERIUM

AN BOTSCHAFT BUENOS AIRES DES DEUTSCHEN REICHS

NUR ZU HÄNDEN VON (1) BOTSCHAFTER
(2) STANDARTENFUEHRER
JOSEF GOLTZ

BERLIN 18 APRIL 1943 19:05 UHR

1. Zusammenfassung der von Dönitz und Canaris erhaltenen Informationen:

A. Am 13. April 1943 befahl der US-Chef für Marineoperationen allen im Südatlantischen Ozean operierenden Schiffen der U.S. Navy, das spanisch registrierte Motorschiff Comerciante del Océano Pacifico zu orten und zu identifizieren.

B. Am 18. April 1943, Ortszeit 6:27 Uhr auf Position 27° 25« südlicher Breite und 43° 05« westlicher Länge näherte sich der Comerciante del Océano Pacifico mit hoher Geschwindigkeit und auf einschüchternde Weise der Zerstörer Alfred Thomas der U.S. Navy. Sofort danach funkte die Alfred Thomas eine unverschlüsselte Botschaft an den US-Chef für Marineoperationen und gab die Position und die voraussichtliche Ankunftszeit (20. April 1943, 21 Uhr) der

Comerciante del Océano Pacifico in der Mündung des Rio de la Plata durch.

C. US-Botschafter Madrid wurde zum spanischen Außenministerium zitiert, um den offiziellen Protest in schärfster Form über diese Einschüchterung und Belästigung eines klar zu erkennenden spanischen Schiffes auf hoher See entgegenzunehmen, was ein klarer Verstoß gegen das Seekriegsrecht und laut Genfer Konvention gegen das Recht der freien Passage von nicht kriegführenden Mächten ist.

2. Botschafter von Lutzenberger ist angewiesen, sofort und persönlich bei den höchstmöglichen Stellen der argentinischen Regierung vorzusprechen und die Empörung der Regierung des Deutschen Reichs über diese eklatante Verletzung der Neutralität durch die US-Regierung zum Ausdruck zu bringen. Der Botschafter ist angewesen, die argentinische Regierung an die Versenkung des portugiesischen Handelsschiffs unter sehr verdächtigen Umständen in der Samborombón-Bucht zu erinnern und in schärfster Form zu verlangen, daß die argentinische Marine die Verantwortung über die Sicherheit der Comerciante del Océano Pacifico übernimmt, solange sie sich in argentinischen Gewässern aufhält. Eine gleiche Aktion wird vom spanischen Botschafter durchgeführt werden.

3. Von Botschafter und Goltz wird erwartet, daß sie jedwede nötige Vorsichtsmaßnahme ergreifen, um die Sicherheit des Materials zu gewährleisten, das in Zusammenhang mit Repatriierungsplan unterwegs ist. Botschafter wird den Erhalt des Materials per Eil-Funkspruch dem Außenminister melden.

4. Inhalte dieser Botschaft und darin befohlene Aktionen sind mit Himmler, Bormann, Canaris und Dönitz koordiniert.

IM NAMEN DES FÜHRERS ADOLF HITLER!

VON RIBBENTROP

AUSSENMINISTER

STRENG GEHEIM

Goltz gab die Botschaft an Gradny-Sawz weiter und schaute Grüner an.

»Wir haben eine veränderte Lage, nicht wahr, Oberst, in der Sie, dank der Nichtverfügbarkeit Ihres anfälligen kryptographischen Offiziers bereits Informationen kennen, zu deren Wissen Sie nicht berechtigt sind.«

»So sieht es aus.«

»Sie sind jetzt berechtigt, das zu wissen«, sagte Goltz mit einem Lächeln. »Wie ist also Ihre Reaktion darauf?«

»Darf ich offen sprechen, Standartenführer? Eine berufliche Beobachtung äußern, die in anderem Zusammenhang vielleicht als respektlos betrachtet werden könnte?«

»Selbstverständlich.«

»Die Amerikaner und Engländer wußten, daß die *Océano Pacifico* das Ersatzschiff für die *Reine de la Mer* ist, bevor sie ihre Schiffe losschickten, um sie zu orten.«

»Wie können sie davon gewußt haben?« fragte Gradny-Sawz.

»Wenn sie sich ihrer Sache nicht sicher gewesen wären, dann hätten sie das Schiff diskret beschattet. Wenn sie es ›eingeschüchtert‹ haben, wollten sie uns mit der Nase darauf stoßen, daß sie Bescheid wissen.«

»Zu welchem Zweck?« fragte Goltz.

Grüner antwortete nicht direkt.

»Und sie fragen sich jetzt vermutlich, welches ›Material‹ die *Océano Pacifico* an Bord hat, das die Aufmerksamkeit des Außenministers hat, nach Koordinierung mit Canaris, Dönitz und *besonders* Bormann und Himmler.«

»Sie wollen doch nicht sagen, der Feind hat diese Botschaft abgefangen, geschweige denn, er war in der Lage, sie zu entschlüsseln?« fragte Goltz.

»Es steht außer Frage, daß die Amerikaner die Botschaft abgefangen haben«, sagte Grüner. »Und wenn sie es noch nicht geschafft haben, sie zu entschlüsseln, dann wird ihnen das bald gelingen.«

»Ich weigere mich, das zu glauben!« sagte Gradny-

Sawz empört. »Deutsche Kryptographen sind die besten der Welt!«

»Und ich würde weiterhin vorschlagen, Standartenführer«, fuhr Grüner fort und ignorierte Gradny-Sawz, »daß andere Verbindungen hergestellt werden. Ihr Name ist als besonderer Empfänger aufgeführt. ›Wer ist Standartenführer Goltz?‹ Die Amerikaner haben eine Gefechtsaufstellung, Standartenführer, sie wissen, wer Sie sind. ›Was macht der SS-SD-Verbindungsoffizier zum Büro des Leiters der Parteikanzlei in Buenos Aires? Warum erhält er diese besondere Botschaft? Gibt es einen Zusammenhang zwischen ihm und diesem geheimnisvollen Material, von dem Ribbentrop spricht?‹«

»Sie sind anscheinend sehr stark beeindruckt von den Fähigkeiten unserer Feinde, Grüner!« sagte Gradny-Sawz.

»Ich werde bezahlt, Baron, um ...«, begann Grüner kalt, doch er wurde von Goltz unterbrochen.

»Pst, Anton!« sagte Goltz. »Oberst Grüner ist nicht erfreut über das, was er für seine Pflicht hält, mir zu sagen.«

»Ich bezweifle, Standartenführer«, sagte Grüner, »daß die Amerikaner oder Engländer eine Vorstellung haben, welcher Art das ›Material‹ ist, das sie richtigerweise an Bord der *Comerciante del Océano Pacifico* vermuten werden. Aber aus dem Interesse, das unsere Führer daran zeigen, werden sie schließen, daß es wichtig ist. Unter diesen Umständen könnten sie entscheiden, daß es nur in ihrem Interesse sein kann, das ›Material‹ zu zerstören und sich erst später über die Empörung der Spanier und Argentinier Sorgen zu machen.«

»Mit ›zerstören‹ meinen Sie die Versenkung der *Océano Pacifico*?« fragte Goltz, und dann beantwortete er selbst seine Frage. »Warum haben sie das dann nicht auf hoher See getan, als sie das Schiff entdeckten?«

»Sie entdeckten es, *bevor* diese Botschaft gefunkt wurde«, wandte Grüner ein.

»Erlaubnis zu sprechen, Oberst?« fragte Peter von Wachtstein. Grüner nickte. »Oberst, ich habe das Gefühl, daß ich bei einer Diskussion anwesend bin, die ich vielleicht nicht hören sollte.«

Grüner blickte zu Goltz. Goltz schaute Peter einen Moment lang an.

»Geben Sie Hans die Botschaft, Anton«, befahl Goltz dann.

Gradny-Sawz tat es widerstrebend. Goltz wartete, bis Peter die Botschaft gelesen hatte, und dann fuhr er fort.

»Das ›Material‹, von dem in der Botschaft die Rede ist, Hans«, sagte Goltz, »dient der Repatriierung der Offiziere von der *Graf Spee.* Einiges davon ist militärischer Natur, Funkgeräte und dergleichen und Handfeuerwaffen. Einiges sind Pässe und andere Dokumente. Es ist sogar etwas Geld dabei. Es wäre sehr lästig und peinlich, wenn es verlorenginge und wenn insbesondere die Dokumente in die falschen Hände fielen.«

Du Dreckskerl, dachte Peter. *Es geht hauptsächlich um Geld. Das Geld, das mit dem Ersatzschiff gebracht wird, wie mir von Lutzenberger erzählt hat. Der Verlust von ein paar Handfeuerwaffen und Funkgeräten und ›etwas Geld‹ würde Himmler, Canaris und Co. nicht sonderlich interessieren.*

»Jawohl, Standartenführer«, sagte Peter.

»Zweierlei ist offenkundig für mich«, sagte Goltz. »Die Repatriierung der *Graf Spee*-Offiziere hat die Aufmerksamkeit unserer höchsten Führer. Vielleicht hat der Führer selbst sein Interesse gezeigt ...«

»Ja, das würde mich nicht überraschen«, unterbrach Gradny-Sawz, was ihm einen mißbilligenden Blick von Goltz einbrachte.

»... und daß Oberst Grüner richtig annimmt, daß die Amerikaner fähig sind, die Océano Pacifico zu versenken, ohne sich Sorgen zu machen, welche Empörung das bei den Argentiniern oder Spaniern auslösen würde. Einfach weil sie auf das Material an Bord aufmerksam geworden sind, weil unser geliebter Außenminister sie darüber informiert hat.«

Gradny-Sawz war sichtlich geschockt über die sarkastisch-respektlose Äußerung über den Außenminister von Ribbentrop.

»Sachlich betrachtet«, fuhr Goltz fort, »sollten wir uns glücklich preisen, daß die Amerikaner keine Chance hatten, von Ribbentrops Botschaft abzufangen und zu entschlüsseln. Dann hätten sie wahrscheinlich versucht, an Bord der *Océano Pacifico* zu gehen.«

»Aber Josef«, sagte Gradny-Sawz, »die *Océano Pacifico* ist bewaffnet. Sie hätte gekämpft, anstatt sich aufbringen zu lassen.«

»Ein bewaffnetes Handelsschiff ist einem Zerstörer nicht gewachsen«, sagte Goltz. »Wenn die Amerikaner diese Botschaft vor dem Orten der *Océano Pacifico* abgefangen hätten, dann läge unser Material jetzt auf dem Grund des Südatlantischen Ozeans.«

»Das Schiff trifft heute abend an der Mündung des Rio de la Plata ein«, sagte Grüner nachdenklich.

»Mit etwas Glück trifft es ein bißchen früher ein«, sagte Goltz. »Wenn ich der Kapitän wäre, würde ich unter den gegebenen Umständen so schnell wie möglich fahren. Und mit noch etwas mehr Glück werden die Amerikaner Ribbentrops Botschaft nicht entschlüsseln können, bevor das Schiff in argentinischen Gewässern ist.«

»Sie bezweifeln, daß die Amerikaner es in argentinischen Gewässern versenken würden?« fragte Peter. »Die Amerikaner haben die *Reine de la Mer* versenkt.«

»Erstens, Hans«, entgegnete Goltz, »glaube ich nicht, daß sie einen Zerstörer in argentinische Gewässer schikken, um ein neutrales Schiff zu versenken, ganz gleich, was sie darin vermuten. Zweitens bezweifle ich, daß sie zwischen jetzt und dem Zeitpunkt, an dem die *Océano Pacifico* die Mündung des Rio de la Plata erreicht hat, noch etwas arrangieren können.«

»Jawohl, Standartenführer, da haben Sie gewiß recht«, sagte Peter.

»Aber morgen ist ein anderer Tag, wie ein schlauer Mann einst erklärte«, sagte Goltz. »Und es ist keine Frage, daß die Amerikaner *übermorgen* ein U-Boot in die Samborombón-Bucht schicken könnten, um die *Océano Pacifico* zu versenken. Und wir können keine Hoffnung darauf setzen, daß die argentinische Regierung bis übermorgen auf von Lutzenbergers Forderung reagiert und die argentinische Marine das Schiff schützt.«

»Nicht unter den gegebenen Umständen«, stimmte Gradny-Sawz ernst zu.

»Was bedeutet, daß wir dreierlei Möglichkeiten haben«, fuhr Goltz fort. »Wir können versuchen, das Material heute nacht von der *Océano Pacifico* zu holen, was anscheinend ziemlich unmöglich ist. Oder als erstes am Morgen, was anscheinend möglich, aber riskant ist. Oder morgen gleich nach Einbruch der Dunkelheit, was ich für die beste Lösung halte.«

»Ja, da würde ich zustimmen«, sagte Gradny-Sawz.

»Von Wachtstein, wie steht es mit dem Boot?« fragte Grüner.

»Herr Loche – Günthers Vater – nahm das Boot gestern in Empfang. Ich glaube, daß die beiden – Günther bestimmt – an diesem Morgen nach El Tigre fahren, um den Motor zu testen und so weiter.«

»Das könnte sich wegen der Umstände ändern«, warf Gradny-Sawz ein.

»Haben Sie das Boot gesehen, von Wachtstein?« fragte Goltz.

»Jawohl, Standartenführer.«

»Mit anderen Worten, Sie würden wissen, wo Sie es finden, wenn Sie dorthin fahren würden?«

»Jawohl, Standartenführer.«

»Anton, ich habe eine Mission für Sie«, sagte Goltz. »Sie werden Günther suchen – vorzugsweise Günther *und* seinen Vater, aber auf alle Fälle Günther – und ihn zu dem Boot befehlen, wenn er nicht bereits dort ist.«

»Wäre es nicht besser, von Wachtstein zu schicken?«

»Der Erste Sekretär der Botschaft des Deutschen Reichs, in einem Mercedes der Botschaft, hat eine größere Chance, es durch die Linien der Revolutionäre zu schaffen, als ein Major.«

»Da haben Sie natürlich recht«, sagte Gradny-Sawz.

»Und ich werde es Ihnen nur einmal sagen, Gradny-Sawz: Stellen Sie nie wieder irgendwelche Befehle in Frage, die ich Ihnen gebe.«

Gradny-Sawz' feistes Gesicht lief rot an.

»Josef, ich wollte nicht ...«

»Bis auf weiteres, Gradny-Sawz, halte ich es für das beste, wenn Sie mich mit meinem Rang ansprechen.«

Gradny-Sawz schluckte.

»Jawohl, Standartenführer«, sagte er schließlich.

»Von Wachtstein, meinen Sie, Sie können es durch die Revolution, die wir anscheinend haben, bis nach El Tigre schaffen?«

»Da bin ich zuversichtlich, Standartenführer.«

»Sie werden dorthin fahren und das Boot in Besitz nehmen. Wenn Günther und/oder sein Vater dort ist, dienen er oder sie Ihnen als Crew, um das Boot nach Magdalena zu bringen. Wenn sie bis halb elf nicht dort sind, werden Sie das Boot allein nach Magdalena bringen und sich für weitere Befehle in Bereitschaft halten.«

»Jawohl, Standartenführer.«

»Sie sagten, Oberst Grüner, daß Sie jemand im Marine-Hauptquartier haben?«

»Ja, das habe ich.«

»Können Sie sich darauf verlassen, daß Ihnen die Ankunft der *Comerciante del Océano Pacifico* in argentinischen Gewässern mitgeteilt wird?«

»Nur, wenn ich besonders danach frage. Ich meine, ich erhalte normale Routineberichte über alle Schiffsaktivitäten. Aber Sie reden wohl von der sofortigen Information über die Ankunft des Schiffes.«

»Wir müssen wissen, wann das Schiff in argentinischen Gewässern ist und – noch wichtiger – wo es ankern wird. Glauben Sie, Grüner, daß Ihr Mann genug Befugnis hat, der *Océano Pacifico* nach dem Erreichen der Mündung des Rio de la Plata zu befehlen, in der Samborombón-Bucht zu ankern?«

»Ich müßte ins Marine-Hauptquartier gehen und die Lage erklären«, sagte Grüner. »Mein Mann hält leider loyal zu Castillo.«

»Sie haben nur einen Mann im Marine-Hauptquartier?« fragte Goltz unzufrieden.

»Nur einen, und zwar im Büro des Hafenmeisters«, sagte Grüner.

Goltz wandte sich an Peter.

»Oberst Grüner und ich werden dies ausarbeiten, von Wachtstein. Das haben wir bis, sagen wir mal, achtzehn Uhr fertig. Verstehen Sie, was ich meine?«

»Ich glaube, ja, Standartenführer. Angenommen, ich komme aus El Tigre raus, dann sollte ich gegen siebzehn Uhr oder siebzehn Uhr dreißig in Magdalena sein. Oberst Grüner wird die voraussichtliche Ankunftszeit der *Océano Pacifico* feststellen und wo sie ankert, und er wird mir diese Informationen nach Magdalena übermitteln. Auf Ihren Befehl hin werde ich das Boot zur Océano Pacifico bringen. Von diesem Zeitpunkt an entladen wir das Material aus dem Schiff wie ursprünglich geplant.«

»Sehen Sie irgendwelche Probleme, von Wachtstein?« fragte Grüner herausfordernd. »Abgesehen davon, daß Sie das Boot von El Tigre in den Rio de la Plata bringen müssen?«

»Ich sehe nur ein Problem darin, die *Océano Pacifico* in der Dunkelheit zu finden, Oberst.«

»Wenn das problematisch ist, dann können Sie die Fahrt mit dem Boot von Magdalena aus bis zum ersten

Tageslicht aufschieben«, sagte Goltz. »Ich werde selbst dort hinaus müssen; und wenn Sie es für problematisch halten, das Schiff in der Dunkelheit zu finden, dann hätte ich das gleiche Problem. Grüner, ich setze voraus, daß alles sonst bereit ist, oder?«

»Ja, das ist es«, erwiderte Grüner. »Die einzig möglichen Probleme sehe ich darin, daß von Wachtstein nicht aus El Tigre herauskommen und von dort aus das Schiff in der Dunkelheit nicht finden könnte.«

»Wir setzen voraus, daß Ihr Freund dem Kapitän des Schiffes befehlen kann, irgendwo zu ankern, wo es leicht von Magdalena und dem Ziel aus zu erreichen ist.«

»Wo ist das, Standartenführer?« fragte Peter.

»Das werden Sie zum gegebenen Zeitpunkt erfahren, Hans«, sagte Goltz. »Wir werden jetzt hier auf das Eintreffen des Botschafters warten. Das ist alles, meine Herren, danke.«

Gradny-Sawz hob den Arm zum Nazigruß und bellte: »Heil Hitler!«

Peter hatte von seiner Wohnung aus mit dem Taxi zur Botschaft fahren müssen. Jetzt waren keine Taxis auf der Straße. Ebensowenig war eines auf der Avenida Córdoba in beiden Richtungen zu sehen.

Es gab auch keinen anderen Verkehr, weder Fahrzeuge noch Fußgänger.

Offenbar war bekannt geworden, daß die Revolution begonnen hatte.

Weiter oben auf der Avenida Córdoba konnte Peter die Vorhut der aufgehaltenen Kolonnen des Ersten Kavallerie- und des Zweiten Infanterieregiments sehen – Schützen zu Fuß, Kavallerie und sogar einige von Pferden gezogene 75mm-Haubitzen.

Er sagte sich, daß er an diesen Linien ohnehin vorbei mußte. Vielleicht lief der Verkehr wieder in den Gebieten, die jetzt von den Revolutionären kontrolliert wurden. Er ging auf die Soldaten zu.

Er war zwei Blocks weit, als er das Geräusch eines leichten Flugzeugs hörte. Eines sehr tief fliegenden leichten Flugzeugs. Er schaute zum Himmel und versuchte – erfolglos – es zu entdecken.

Und dann tauchte es hinter ihm sehr tief auf. Es war eine Piper Cub mit den Abzeichen der argentinischen Armee. Die Maschine war nur etwa hundert Fuß über den Dächern der Gebäude, von denen die Avenida Córdoba gesäumt war.

Was, zur Hölle, hat das zu bedeuten?

XXIII

1

Büro des Marineattachés
Botschaft der Vereinigten Staaten
Gebäude der Bank of Boston
Avenida Bartolomé Mitre
Buenos Aires, Argentinien

19. April 1943. 5 Uhr 55

Auf das Ereignis, das in den Geschichtsbüchern als die Argentinische Revolution von 1943 verzeichnet werden würde, wurde Lieutenant Commander Frederico Delojo, USN, Marine-Attaché (und verdeckter OSS-Agent) der Botschaft der Vereinigten Staaten von Amerika am 19. April 1943 um 4 Uhr 52 zum erstenmal aufmerksam.

Er erinnerte sich später an den genauen Zeitpunkt und die Umstände, weil er nicht nur die Zeit notiert hatte, sondern auch durch das laute Quietschen von gequälten Reifen aus tiefem Schlaf gerissen wurde. Dem Quietschen folgte sofort das Kreischen von berstendem Metall.

Er sprang aus dem Bett und lief auf den Balkon seiner Wohnung. Wie er angenommen hatte: ein schlimmer Unfall, an dem ein LKW und ein PKW beteiligt waren. Der PKW war ein Polizeifahrzeug. Es war mit einer großen verchromten (und vermutlich amerikanischen) Sirene auf dem Dach ausgerüstet. Und es war mit einem Lastwagen der Armee kollidiert, als der Lastwagen über die Kreuzung gefahren war.

Dann bemerkte Commander Delojo etwas Seltsames. Da war nicht nur ein Armeelastwagen, sondern da waren viele, ein Konvoi, vermutlich unter dem Kommando des Offiziers, der jetzt auftauchte, einen Säbel trug und von vier Soldaten mit Stahlhelmen in deutschem Stil und Feldausrüstung begleitet wurde. Als der Offizier befahl, daß der verletzte Fahrer des Polizeiwagens aus seinem zusammengequetschten Fahrzeug geholt wurde, raste ein anderer Polizeiwagen mit heulender Sirene auf der Straße heran und entging nur sehr knapp einem Zusammenstoß mit den beiden Fahrzeugen, die jetzt die Kreuzung blockierten.

Dichtauf folgte ein anderer Polizeiwagen mit heulender Sirene, der nicht rechtzeitig gestoppt werden konnte und in den Wagen krachte, den Delojo im Geiste als Polizeiwagen zwei bezeichnete.

Die Kreuzung war jetzt durch den Lastwagen und die drei Polizeiwagen völlig blockiert. Im nächsten Augenblick tauchte ein Armeewagen auf, eine viertürige 1941er

Chevrolet-Limousine, und ein Teniente Coronel sprang hinten heraus und schwenkte mit einiger Aufregung die Arme, um die Kreuzung räumen zu lassen.

Sekunden später waren zwei Unteroffiziere mit zwanzig Soldaten in Feldausrüstung zur Stelle, um die beschädigten Fahrzeuge von der Kreuzung zu schieben.

Als das erreicht war, setzte sich der Konvoi der Lastwagen wieder in Bewegung. Ohne zu denken, begann Commander Delojo die Wagen zu zählen. Sechsundzwanzig Lastwagen passierten die Kreuzung. Auf jedem saßen Infanteristen mit Stahlhelmen Schulter an Schulter und hielten ihre Gewehre mit dem Kolben zwischen den Knien.

Vermutlich ein Routinemanöver, sagte sich Commander Delojo. Andererseits war auch möglich, daß es irgendeinen Zusammenhang mit dem Staatsstreich gab, mit dem jeder rechnete.

Delojo sagte sich, daß es einen Anruf beim Offizier vom Dienst der Botschaft wert war.

Die Leitung war tot.

Commander Delojo zog seine Uniform an, vergewisserte sich, daß er sowohl seinen Diplomatenpaß als auch den Zollpassierschein hatte, den das argentinische Außenministerium an Diplomaten ausgab, und verließ die Wohnung. Es war offenbar seine Pflicht, das OSS so schnell wie möglich zu informieren, daß der lange erwartete Staatsstreich endlich stattfand.

Nichts auf der Straße außer dem ersten Polizeiwagen wies noch auf die Karambolage hin, die ihn aus tiefem Schlaf gerissen hatte. Von den anderen Polizeiwagen und dem Konvoi war nichts mehr zu sehen.

Ein Taxi näherte sich. Delojo stoppte es und wies den Fahrer an, ihn zur amerikanischen Botschaft zu fahren.

Auf dem Weg zur Botschaft wurde das Taxi zweimal durch Straßensperren gestoppt, eine besetzt mit einem Dutzend Mitgliedern des Korps der berittenen Polizei, die andere von einem Zug Soldaten des Pionierbataillons. Die berittene Polizei winkte das Taxi sofort durch, doch die beiden Offiziere des Pionierbataillons führten eine geflüsterte Diskussion, die fast zehn Minuten lang dauerte, bis sie sich entschieden, den amerikanischen Diplomaten passieren zu lassen.

Während Delojo auf das Ende der Diskussion wartete, überlegte er es sich noch einmal, ob er tatsächlich eine Eilbotschaft an das OSS in Washington schicken und mitteilen sollte, daß der Staatsstreich jetzt stattfand.

Er wußte nicht mit Sicherheit, ob das der Fall war. Er sollte Washington erst informieren, wenn er Fakten übermitteln konnte. Und die Vernunft gebot, erst einmal einfach auf dem Nest sitzenzubleiben und abzuwarten, welche Art Küken aus dem Ei schlüpfen würde. Das war das richtige Verhalten.

Gestern hatte Staubsauger – Mr. Milton Leibermann vom FBI – seinen Kopf durch die Tür gesteckt und ihn in einem unerwarteten und unwillkommenen Teamgeist zwischen den Agenturen informiert, daß er soeben erfahren hatte, einer von Frades Unteroffizieren, Sergeant David Ettinger, sei von der Estancia San Pedro y San Pablo verschwunden und höchstwahrscheinlich in großer Gefahr, und er finde, er, Delojo, solle das wissen.

Oracle würde das sicher wissen wollen. Theoretisch würden Frade oder sein Stellvertreter, der Fallschirmspringer, diese Information an Washington übermitteln. Aber das war eine gefährliche Annahme. Vielleicht wußte Frade nichts davon, und bei diesem Lieutenant Sowieso – ah, Pelosi, hieß er – konnte man sich nicht darauf verlassen, daß er verantwortungsbewußt handelte. Der war eigentlich ein Sprengstoffexperte, kein Nachrichtenoffizier.

Einerseits sagte sich Delojo, wenn er Oracle über den verschwundenen Sergeant informierte, war das vielleicht ein Beweis dafür, daß er die Lage in Buenos Aires voll im Griff hatte. Andererseits konnte das zwei mögliche Gebiete von Schwierigkeiten eröffnen. Frade war dafür verantwortlich, etwas über seine Männer zu melden. Nach dieser unnötig kurzen und schroffen Botschaft von Donovan über seine Rolle, in der er Frade zu respektieren hatte, konnte es wirken, als wolle er seine Nase irgendwo hineinstecken, wo es unerwünscht war. Und wenn er das OSS informierte, daß der Sergeant verschwunden war, würde man von ihm erwarten, daß er die Quelle dieser Information – also Leibermann – preisgab. Direktor Donovan hatte ihm persönlich gesagt, daß er so wenig Kontakt mit dem FBI haben sollte wie möglich – vorzugsweise keinen.

Es war fast sechs Uhr, als Commander Delojo beim Gebäude der Bank of Boston eintraf. Kurz bevor er es betrat, gelangte er zu dem Schluß, daß es das klügste war, erst einmal soviel wie möglich über den Staatsstreich herauszufinden – wenn er es denn wirklich war – und dann erst zu versuchen, etwas über den verschwundenen Sergeant zu erfahren. Und erst wenn er Fakten melden konnte, würde er Oracle eine Botschaft schicken.

Als Delojo den schmalen Gang betrat, an dem sein Büro lag, kam ihm einer der Unteroffiziere der kryptographischen Abteilung entgegen. Es war ein großer, breitschultriger blonder Farmerjunge aus Iowa, der Commander Delojo vorgestellt worden war – der Sicherheitsoffizier der Botschaft hielt es für eine gute Idee, die Kryptographen persönlich mit den Offizieren bekannt zu machen, die TOP SECRET-Material empfangen und aufgeben durften –, aber er konnte sich im Augenblick nicht an den Namen erinnern.

»Guten Morgen, Commander«, sagte der Sergeant. »Ich habe nach Ihnen gesucht.«

»Tatsächlich?«

»Ein Furz von der Truppe für Sie.« Der Sergeant hielt Delojo ein Klemmbrett hin. »Kam soeben rein. Unterzeichnen Sie bitte?«

Commander Delojo war der Meinung, daß die U.S. Army ihren Unteroffizieren und Mannschaften keinen richtigen Respekt vor Offizieren einbleute – bei der Army war das noch schlimmer als bei der Navy –, doch er hielt weder Ort noch Zeit für geeignet, dem Sergeant eine Standpauke zu halten.

Er nahm das Klemmbrett entgegen und bestätigte den Erhalt von Botschaft 3002, TOP SECRET NO COPIES, gab das Klemmbrett zurück und nahm den Umschlag mit der Botschaft.

»Was, zur Hölle, ist draußen los, Commander?«

»Ich weiß es nicht, aber es würde mich nicht überraschen, wenn die Argentinier einen Staatsstreich durchführen«, sagte Delojo.

»Kein Scheiß? Gegen wen?«

Jetzt reicht's, sagte sich Commander Delojo. *Wenn ich das nächste Mal den Offizier der kryptographischen Abteilung sehe, werde ich ein paar Takte mit ihm über diesen jungen Mann reden.*

»Wie die Bezeichnung schon sagt, Sergeant, wird ein Staatsstreich gegen das existierende Oberhaupt eines Staates durchgeführt. In diesem Fall wäre das Präsident Castillo.«

Commander Delojo ging mit dem Umschlag in sein Büro, zog die Tür zu und schloß sie ab. Dann riß er das Kuvert auf und las.

URGENT
TOP SECRET

NOT TO BE COPIED

FROM ORACLE WASHDC

MSG NO 3002 DIR 0050 GREENWICH 19 APR 1943

TO STACHIEF AGGIE

STACHIEF BUENOS AIRES

1. Empfänger wird schnellstmöglich nach Erhalt dieser Botschaft antworten.

2. Zuverlässige Nachrichten nennen voraussichtliche Ankunftszeit von Lebensmittelladen zwei an der Mündung des Rio de la Plata um 16.00 Uhr Greenwich am 20. April 1943.

3. Feststellen und schnellstmöglich mitteilen:
A: Position Aggie.
B: Position Tex und Papagei und Einsatzbereitschaft von Papagei.
C. Position Snoopy und Team und Ausrüstung und Einsatzbereitschaft der Ausrüstung.

4. Quelle Galahad möglicher Grund für besonderes Interesse auf höchster Ebene Berlins an der Sicherheit von – Zitat Anfang – Material für Repatriierungsplan – Zitat Ende – möglicherweise an Bord von Lebensmittelladen zwei.

5. Wer auch immer ersten Kontakt mit Aggie bekommt, wird folgendes übermitteln: Präsident wünscht baldmöglichste Identifizierung und Motivation von Galahad.

DONOVAN

TOP SECRET
NOT TO BE COPIED

»Verdammt!« sagte Commander Delojo. Die Botschaft hatte ihn in eine noch schwierigere Lage versetzt, als nur zu entscheiden, ob er Oracle etwas über den Staatsstreich und Sergeant Sowieso mitteilen sollte oder nicht.

Wenn er feststellen sollte, wo Aggie war – Colonel A. F. Graham, USMCR –, dann bedeutete das, daß der irgendwo hier in Argentinien war.

Warum? Ist sonst etwas schiefgegangen, von dem ich nichts weiß?

Delojo hatte keine Ahnung, wo Tex – Major Cletus H.

Frade, USMCR – war. Er wußte nur, daß Frade Buenos Aires vor fünf Tagen mit dem Zug verlassen hatte.

Als letztes hatte er über Snoopy gehört – Captain Maxwell Ashton III., AUS –, daß er sich in Santo Tomé aufhielt und sein Team und die Ausrüstung in Porto Alegre, Brasilien, waren.

Porto Alegre war die letzte bekannte Position von Papagei – dem Flugzeug, das Frade gegen Delojos Einwände heimlich mit dem restlichen Team Snoopy und der Radarausrüstung nach Argentinien bringen wollte.

Da er keine Ahnung von der Identität, geschweige denn von der Motivation von Galahad hatte, konnte er nicht feststellen, wo er war, und ihn nicht bezüglich des ›Materials für den Repatriierungsplan‹ befragen – was auch immer das sein mochte –, das möglicherweise an Bord von Lebensmittelladen zwei war,

Aber Befehl war Befehl, und es blieb ihm nichts anderes übrig, als Oracle zu antworten, auch wenn er sich ziemlich sicher war, daß er wie ein Dummkopf wirken würde.

Er setzte sich an die Schreibmaschine und tippte schnell seine Antwort.

TOP SECRET

URGENT

FROM STACHIEF BUENOS AIRES 0010 GREENWICH 19 APR 43

TO ORACLE WASHDC

Betrifft: Ihr 3002

1. Erhalten 1050 Greenwich 19 Apr 43

2. Habe begonnen, Position Aggie festzustellen.

3. Position Tex unbekannt. Zuletzt gemeldet unterwegs mit Hühnerhund. Keine Information verfügbar

über Snoopy, Team und Ausrüstung. Habe begonnen zu ermitteln, um erbetene Informationen geben zu können.

4. Kann Galahad nicht fragen, weil Identität unbekannt ist.

5. Ungewöhnliche militärische und polizeiliche Aktivität früh an diesem Morgen läßt darauf schließen, daß Staatsstreich vielleicht begonnen hat. Gegenwärtig verfügbare Nachrichten sind unzureichend, um Ausgang vorauszusagen.

6. Unbestätigte nachrichtendienstliche Berichte melden Sarnoff als vermißt.

END

STACHIEF BUENOS AIRES

TOP SECRET

Er las sorgfältig, was er geschrieben hatte, brachte das Blatt zu dem kryptographischen Offizier und wies ihn an, die Botschaft sofort durchzugeben.

Delojo sagte sich, daß von allen Missionen, die Oracle befohlen hatte, die wichtigste war, festzustellen, wo Colonel Graham war. Das Problem war, daß er nicht die geringste Ahnung hatte, wo Colonel Graham sein konnte.

Er gelangte zu dem Schluß, daß er am besten blieb, wo er war. Wenn Colonel Graham hier war und mitbekam, daß der Staatsstreich – vermutlich – stattfand, dann würde er entweder die Botschaft aufsuchen oder anrufen. In diesem Fall mußte er, Delojo, hier zur Verfügung stehen. Darüber hinaus war die Botschaft vermutlich der beste Ort, um zusätzliche Informationen über den Staatsstreich zu sammeln.

Delojo kehrte in sein Büro zurück, verließ es noch einmal, um eine Tasse Kaffee aus dem Automaten zu holen, und ging wieder in sein Büro.

Er trat auf den Balkon hinaus und schaute auf die Straße hinab.

Eine Gruppe von Einheimischen versuchte, einen Bus umzukippen. Während Delojo beobachtete, schafften sie es, den Bus auf die Seite zu kippen. Benzin spritzte aus dem Einfüllstutzen des Tanks. Jemand warf ein brennendes Streichholz hinein, und das Benzin fing Feuer.

Eine Minute später explodierte der Tank.

Delojo trat vom Rand des Balkons zurück. In solch einer Situation sollte man sich nicht verdächtig machen.

Eine Piper Cub der argentinischen Armee überflog die Botschaft. Das Flugzeug kam aus Richtung Casa Rosada.

Commander Delojo machte sich auf den Weg, um den Attaché der Army zu suchen. Dies war eine interessante Entwicklung, und eine Diskussion mit dem Militärattaché würde eine fruchtbare Möglichkeit sein, die Zeit zu verbringen, bis etwas geschehen würde.

2

An Bord des leichten Flugzeugs Typ 42 #6
der Flugabteilung der argentinischen Armee
Über der Plaza San Martin
Bundeshauptstadt Buenos Aires, Argentinien

19. April 1943, 6 Uhr 15

Nach einer kurzen Zeitspanne von beträchtlichem – und sichtbarem – Unwohlsein und großer Unsicherheit wurde General Arturo Rawson, Präsident des Regierungsrats der Interimsregierung der Republik Argentinien, schnell nicht nur ein Bewunderer der erstaunlichen Fähigkeiten eines leichten Flugzeugs, sondern er nutzte auch bald diese Fähigkeiten für die Ausführung von OUTLINE BLUE.

General Rawson war natürlich schon mit einem Flugzeug Typ 42 geflogen (ein Eindecker mit hoher Tragfläche, angetrieben von einem 75-PS Continental A-75-8 Motor und in der Verkehrsluftfahrt als Piper J-4 Cub bekannt); doch bei diesen Flügen waren die Piloten Offiziere im Dienst der Flugabteilung der argentinischen Armee gewesen, die ein großes Interesse daran gehabt hatten, alles zu vermeiden, durch das sich ein General unwohl fühlen konnte.

Heute wurde er von einem Piloten geflogen, der illegal mit dreizehn Jahren allein mit einer Piper Cub geflogen war, nachdem ihm sein Onkel sechs Flugstunden gegeben hatte, die zwar illegal, aber sorgfältig gewesen waren. Später, als Marineflieger-Kadett Frade, C. H., war er dreimal nahe daran gewesen, aus dem Lehrgang des Ausbildungsstützpunkts der U.S. Navy in Pensacola, Florida, hinauszufliegen. Kadett Frades Probleme hatten nichts mit seiner Fähigkeit oder Unfähigkeit zu tun, die Stearman, das Lehrflugzeug bei der Grundausbildung, das ›Gelbe Gefahr‹ genannt wurde, zu fliegen oder mit der Theorie, sondern mit seiner Schwierigkeit, das Fliegen auf die ›Navy-Art‹ zu lernen, sprich nur so schnell wie es die tiefe Sorge der Navy um die Flugsicherheit gebot.

So brachten ihn zum Beispiel einige improvisierte Variationen von normalen Flugmanövern bei seinem ersten Alleinflug über Land in der Stearman zum erstenmal vor einen Ausschuß sehr ernster Marineflieger, die erwogen, ihn aus der Schule zu entfernen.

Der Flugplan verlangte von ihm einen Flug von Saufley Field zu einem Behelfsflugplatz an der Grenze zwischen Florida und Alabama. Dort sollte er Aufsetz- und Durchstartlandungen üben und dann zum Saufley Field zurückkehren.

Das tat er. Aber er wurde unterwegs von einem Fluglehrer beobachtet, der meldete, daß Kadett Frade nicht nur zwanzig Minuten lang ungenehmigte akrobatische Manöver mit der Stearman gemacht, sondern auch von seinem Flugplan abgewichen war, in dem er via Strände der Golfküste nach Saufley Field zurückgekehrt war, wobei er nur zweihundert Fuß über der Brandung geflogen war und weiblichen Zivilisten beim Sonnenbad am Strand zugewinkt hatte.

Nach seinem dritten Erscheinen vor dem Ausschuß, der seinen Ausschluß erwog, wurde Kadett Frade klar, daß jeder weitere Verstoß gegen die Flugvorschriften der Navy, besonders das Fliegen unsicherer Manöver, fast mit Sicherheit verhindern würde, daß er sein Pilotenabzeichen und das Patent des Second Lieutenant erhalten würde.

Weder während der restlichen Grundausbildung im Fliegen noch während der Flugausbildung für Fortgeschrittene, noch als er als Marineflieger und Second Lieutenant, U.S. Marine Corps Reserve, an den vorgeschriebenen Lehrgängen teilnahm, um F4F-›Wildcat‹-Pilot zu werden, wurde ihm irgendein Verstoß gegen die Flugvorschriften der Navy zur Last gelegt.

Die Dinge änderten sich leicht, als er bei der Staffel VMF-221 in Ewa, Territorium Hawaii, war. Der Kommandant der Marine Air Group (MAG), Lieutenant Colonel Clyde W. Dawkins, begrüßte ihn dort mit einer Ansprache, deren wesentlichster Punkt war, daß Second Lieutenant Frade jetzt, nachdem er gelernt hatte, eine Wildcat sicher zu fliegen, die Pflicht hatte, vor einem Kampfeinsatz zu lernen, wieviel persönlich er aus den Vorschriften für die Wildcat herauskitzeln konnte.

Mit den Vorschriften waren die Grenzen gemeint (die Geschwindigkeiten, verschiedene Manöver, Belastung der Maschine, Extremsituationen und so weiter), die das Bureau of Aeronautics der Navy (BUAIR) für das sichere Fliegen der Wildcat festgelegt hatte.

Second Lieutenant Frade nahm diesen Befehl mit Begeisterung auf. Als er seine Wildcat auf Guadalcanal auf dem soeben eroberten Flugplatz landete – der noch nicht ›Henderson‹ nach dem Marineflieger benannt worden war, der in der Schlacht von Midway gefallen war –, bewies er sich selbst, daß die festgelegten Grenzen für das sichere Fliegen der Wildcat unter anderem Manöver dicht über dem Boden mit einer Geschwindigkeit erlaubten, die weit über die hinausging, die das Bureau of Aeronautics festgelegt hatte.

Am Tag nachdem First Lieutenant Frade ein As wurde, indem er mit seiner Wildcat fünf feindliche Flugzeuge abgeschossen hatte, wurde er zu Lieutenant Colonel Dawkins, dem MAG-Kommandanten, befohlen. Colonel Dawkins erklärte Frade, daß er seine Flugakte gesehen hatte, die zivile Flugerfahrung einschloß und in der verzeichnet war, daß Cletus H. Frade die zivile Flugprüfung in einer Piper Cub bestanden hatte; daß er seinen zivilen Pilotenschein in der zweiten Woche als Vierzehnjähriger erhalten hatte; und daß er folglich neunhundertdreißig Flugstunden in der Piper J-4 vorweisen konnte.

Dann erklärte Colonel Dawkins, daß es unerwartete Verluste von Marinefliegern gab, hauptsächlich bei fliegenden Unteroffizieren, welche die Piper Cubs der Ersten Division des Marine Corps geflogen hatten, Flugzeuge, die für das Orten und Leiten von Artillerie und für Verbindungs- und Sanitätsflüge benutzt wurden. Dawkins fragte Frade, ob er bereit wäre, eine Piper Cub zu fliegen, bis Ersatzpiloten aus den Staaten nach Guadalcanal gebracht werden konnten.

Einerseits war es unter der Würde eines Marinejagdfliegers, von einer Wildcat in eine Cub umzusteigen; andererseits war Lieutenant Frade lange genug im Corps, um zu wissen, daß man von einem Lieutenant, der von einem Lieutenant Colonel um etwas gebeten wurde, die Antwort ›Aye,aye, Sir‹ erwartete.

Bevor sich General Rawson auf dem Rücksitz des leichten Flugzeugs Typ 42 #6 der Flugabteilung der argentinischen Armee anschnallte, war Major Frades letzte Flugerfahrung in einer Piper Cub ein lokaler Flug gewesen, bei dem er Botschaften und wichtigen Nachschub beim First Raider Bataillon abgeworfen hatte, das im Bergland-Dschungel über fünfzig Meilen hinter den japanischen Linien operierte hatte.

General Rawson wußte natürlich von alldem nichts. Er wußte nur, daß die Cub, in der er jetzt saß, anders geflogen wurde – furchterregend anders –, als er es bisher gewohnt war.

Clete hatte sich gesagt, daß er die Pionierschule der argentinischen Armee am besten finden würde, wenn er die Avenida del Libertador überflog. Deshalb entsprach die Flughöhe zwischen dem Campo de Mayo und der Stelle, an der die Marine den Marsch des Ersten Infanterieregiments aufhielt, nie mehr als dreihundert Fuß und war oftmals beträchtlich darunter. Frade flug oftmals mit der Cub um Schornsteine herum – anstatt darüber – und hielt das auch bei anderen hohen Dingen so, die seinem Kurs im Weg waren.

Als sie sich der Pionierschule näherten, flog Clete unbewußt mit der Cub so, daß sie ein schwierigeres Ziel für jemanden bot, der darauf schießen wollte. Mit anderen Worten, das kleine Flugzeug bewegte sich fast hakenschlagend im Zickzack.

General Rawson hatte Clete befohlen, ›wenn möglich‹ auf den Soccer-Plätzen bei der Pionierschule zu landen. Er hatte sich vorgenommen, die Lage und die Positionen der sich gegenüberstehenden Truppenteile einzuschätzen und dann Frade als Schritt zwei zu genehmigen, sich zu entscheiden, ob er das Flugzeug sicher auf dem Fußballplatz landen konnte oder nicht.

Clete warf einen Blick auf den Fußballplatz, sagte sich, daß eine Landung offenbar möglich war – alle Waffen der

Marine, hauptsächlich leichte MG-Stellungen, befanden sich auf der Avenida del Libertador, um den Marsch des Ersten Infanterieregiments zu stoppen –, und schon landete er.

Als er in Startposition zurückrollte, rannten drei Offiziere des Ersten Infanterieregiments auf den Fußballplatz – einer davon hatte tatsächlich seinen Säbel gezogen –, um festzustellen, was es mit der erstaunlichen Landung eines Flugzeugs auf sich hatte.

General Rawson kletterte aus der Cub, besprach mit den Offizieren die Lage und erteilte Befehle. Das Regiment würde ein paar Mann zurücklassen, um die Marine zu binden, um die Pionierschule herummarschieren und den Marsch über die Avenida del Libertador fortsetzen.

Wenn es weit genug auf der Libertador war und beide Kolonnen gleichzeitig zur Casa Rosada vorstoßen konnten, würden das Erste Kavallerie- und das Zweite Infanterieregiment den Befehl erhalten, den Marsch fortzusetzen.

»Jetzt erkunde ich aus der Luft«, kündigte General Rawson an, »um die genaue Position des Ersten Kavallerie- und Zweiten Infanterieregiments festzustellen.«

Dann stieg er wieder in die Cub.

Die Offiziere grüßten und eilten zurück zu ihren Soldaten.

General Rawson legte Clete eine Hand auf die Schulter, und Clete wandte den Kopf zu ihm.

»Gibt es eine Verständigungsmöglichkeit, wenn wir in der Luft sind?«

Clete zeigte General Rawson Kopfhörer und Mikrofon – er hatte irrtümlich angenommen, General Rawson wäre damit vertraut –, und Rawson setzte die Kopfhörer auf.

»Sie können starten«, befahl Rawson.

Clete gab Gas und startete. Als sie in der Luft waren, hielt er Ausschau nach dem Ersten Kavallerie- und Zweiten Infanterieregiment, die an der Kreuzung Pueyerredón und Córdoba gestoppt worden waren, wie er gehört hatte.

»Es wird zwanzig Minuten dauern, bis die Befehle weitergegeben worden sind und das Erste Infanterieregiment nennenswert weiterkommt«, sagte Rawson über die Bordverständigungsanlage. »Wäre es möglich, ohne besonderes Risiko, zu beobachten, was bei der Casa Rosada los ist?«

»Jawohl, General«, sagte Clete, und in den nächsten zwanzig Minuten flog er über Buenos Aires hin und her.

Als er die Avenida Córdoba überflog, sah er einen Mann in einer fremden Uniform, und er war fast überzeugt, daß es Peter von Wachtstein war. Als er über die Plaza de Mayo flog, sah er einen umgestürzten Bus in Flammen stehen, und er konnte die Gesichter von Leuten in der Casa Rosada erkennen, die den brennenden Bus beobachteten.

Fünfundzwanzig Minuten nach dem Start vom Fußballplatz entschied General Rawson, daß das Erste Infanterieregiment weit genug marschiert war und er dem Ersten Kavallerie- und Zweiten Infanterieregiment befehlen konnte, den Marsch fortzusetzen.

Clete flog wieder tief über die Avenida Córdoba und warf den Befehl ab.

Eine halbe Stunde später, als sich beide Kolonnen auf der Plaza de Mayo zusammenschlossen, tauchten weiße Flaggen – vermutlich Bettlaken, sagte sich Clete – in den Fenstern der Casa Rosada auf.

»General, soll ich dort unten landen? Dieser brennende Bus macht mir ein bißchen Sorge. Ich weiß nicht, welche Trümmer auf der Straße liegen.«

»Sie meinen, auf der Plaza de Mayo landen?« fragte General Rawson ungläubig. Und dann, ohne Clete Zeit zu einer Antwort zu lassen, fügte er hinzu: »Ich finde, wir sollten jetzt zum Campo de Mayo zurückkehren. Es wird passender sein, wenn General Ramirez und ich die Kapitulation zusammen annehmen und gemeinsam bei der

Casa Rosada eintreffen. Per Auto. Mit einer entsprechenden Eskorte.«

Auf dem fünfzehnminütigen Flug zurück zum Campo de Mayo schaltete General Rawson noch einmal sein Mikrofon ein.

»Ich glaube, ich sollte Ihnen das sagen, mein Freund. Als Ihr Vater von den erstaunlichen Dingen erzählte, die man mit einem kleinen Flugzeug anstellen kann, war ich einer derjenigen, die ihm einfach nicht glaubten. Wie schön, daß sein Sohn bewiesen hat, wie sehr wir uns alle geirrt haben.«

3

Offizierskasino
Campo de Mayo
Provinz Buenos Aires, Argentinien

19. April 1943, 18 Uhr 45

Teniente Coronel Alejandro Bernardo Martin fuhr in seinem Dienst-Mercedes mit Chauffeur über den gewundenen Zufahrtsweg zum Offizierskasino.

Im Laufe des Tages hatte es weit über hundert Proklamationen im Namen des Regierungsrats der Übergangsregierung der Republik Argentinien gegeben. Davon hatten drei, persönlich vom Präsidenten erlassen, direkte Auswirkungen auf Teniente Coronel Martin:

El Almirante Francisco de Montoya, Chef des Büros für Innere Sicherheit, war von seinen Pflichten entbunden und beurlaubt worden und würde in Pension gehen.

Bis ein Nachfolger für Almirante de Montoya gefunden war, würde Teniente Coronel Alejandro Bernardo Martin das Amt des Chefs des Büros für Innere Sicherheit kommissarisch ausüben.

Teniente Coronel Alejandro Bernardo Martin hatte bis auf weitere Befehle den Titularrang Coronel.

Coronel Juan Domingo Perón hatte Montoya aus dem Dienst entlassen und unter Hausarrest stellen wollen, aber Martin hatte sich ihm gegenüber durchgesetzt. Martin hatte bei General Rawson und General Ramirez (der sein Amt als Kriegsminister behielt) argumentiert, daß Montoya seine Pflicht für Argentinien erfüllt hatte, wie er sie gesehen hatte, und daß er zu Gunsten der G.O.U. und der Durchführung von OUTLINE BLUE eine Reihe von Aktionen unternommen oder unterlassen hatte.

Martin weigerte sich ebenfalls, auf Dauer zum Chef des BIS ernannt zu werden. Er glaubte, daß das Angebot von General Rawsons Emotion gefärbt war, der später seinen impulsiven Entschluß bereuen würde. Er nahm auch an, daß die Ernennung eines weiteren Admirals für das Amt Öl auf die Wogen gießen würde, die es jetzt zwischen der argentinischen Marine und Armee gab.

Andererseits war Martin ziemlich überzeugt, daß seine Ernennung zum Titular-Coronel in den nächsten Tagen dauerhaft gemacht werden würde. Als Coronel mit dem Wissen, daß der Präsident und der Kriegsminister auf ihn hörten und ihm dankbar waren, würde er leicht mit dem neuen Chef des BIS zurechtkommen, ganz gleich, wer das sein würde.

Die MG-Stellungen vor dem Kasino waren noch da, doch die Waffen und die Mannschaften waren verschwunden. Ebenfalls die Maschinenpistolen, die zuvor in den oberen Fenstern des Gebäudes zu sehen gewesen waren, und die Wachen, die an den Türen des Kasinos postiert gewesen waren.

General Ramirez war jetzt wieder in seinem Büro im

Edificio Libertador – Martin war soeben von dort gekommen –, und die Karten, die in den frühen Morgenstunden auf der beweglichen Trennwand im Speiseraum gehangen hatten, hingen jetzt im Lagerraum im Edificio Libertador.

Das Offizierskasino des Campo de Mayo war jetzt wieder das, was der Name sagte.

Martin marschierte durch die Tür des Offizierskasinos. Er war in Uniform und trug noch die Rangabzeichen eines Teniente Coronel.

In der Halle sah Martin Major Cletus H. Frade vom nordamerikanischen Office of Strategic Services. Frade, der offenbar und verständlicherweise auf ihn gewartet hatte, erhob sich aus einem Ledersessel und ging ihm entgegen, dicht gefolgt von Suboficial Mayor im Ruhestand Enrico Rodriguez.

Martin dachte etwas unfreundlich: *Ob der alte Soldat meint, Frade braucht Schutz auf der Männertoilette, und ihm dorthin folgt?*

»Ah, Mayor Frade«, sagte Martin, lächelte und gab ihm die Hand. »Ich hörte, daß Sie unseren neuen Präsidenten herumgeflogen haben.«

»Das war vor zwölf Stunden«, sagte Clete, »und seither habe ich hier herumgesessen mit ...« Er unterbrach sich gerade noch rechtzeitig, bevor der Rest des Satzes über seine Lippen kommen konnte; der hatte sich um das Einfügen des kleinen, dickeren Gliedes der Hand in seine anale Öffnung bezogen. Er beendete den Satz mit »... nichts zu tun.«

Martins Lächeln verblaßte, verschwand jedoch nicht ganz.

»Ich weiß nicht, ob auf den Straßen getanzt wird oder nicht«, fuhr Clete fort. »Aber ich hörte soeben im Radio eine Ansprache von General Rawson vom Balkon der Casa Rosada aus, in der er erklärte, daß der Staatsstreich von Erfolg gekrönt worden sei.«

Ich weiß, was ihm zu schaffen macht, dachte Martin, *sein Sergeant Ettinger. Ich möchte ihm nicht hier diese schlimme Nachricht überbringen.*

»Und so war es«, sagte Martin. »Ich wollte gerade etwas trinken. Es wäre eine Ehre für mich, wenn Sie mir Gesellschaft leisten.«

»Ich bin mir nicht sicher, ob ich etwas trinken sollte«, sagte Clete. »Wenn ich nur ein bißchen Alkohol intus habe, könnte ich etwas Grobes sagen.«

»Bitte«, drängte Martin. »Ich gebe einen aus. Es ist in unserer Armee Sitte, daß frisch beförderte Offiziere ihren Freunden etwas zu trinken spendieren. Und die Einladung schließt Sie natürlich ein, Suboficial Mayor.«

»Sie sind befördert worden?« fragte Clete.

»Überrascht Sie das so sehr?«

»Nein. Überhaupt nicht«, sagte Clete.

»Aber Sie konnten nicht verstehen, weshalb man Sie ... gebeten hat, hierzubleiben ... als offenkundig war, daß wir eine neue Regierung haben?«

»Ja«, erwiderte Clete. »Und ›gebeten‹ ist nicht das richtige Wort.«

Er wies auf einen Major, der immer noch Felduniform trug und sie beobachtete.

Martin winkte den Major heran.

»Señor Frade, Mayor«, sagte Martin, »wird nicht länger Ihren Schutz brauchen. Sie können sich aus dieser Verantwortung als entlassen betrachten.«

»Si, mi Coronel«, sagte der Major, und nach kurzem Zögern reichte er Clete die Hand. »Ich hoffe, Señor, Sie können meine Lage verstehen.«

»Nichts für ungut, Major«, sagte Clete und schüttelte ihm die Hand. »Ich weiß, wer Ihnen die Befehle gab.«

»Ich hielt es für nötig«, sagte Martin und gab damit zu, daß er die Befehle erteilt hatte. »Nicht nur, weil ich mit Ihnen sprechen wollte, bevor Sie abfliegen ...«

»Es ist zu spät dazu«, sagte Clete. »Ich möchte nicht versuchen, diese Lockheed im Dunkeln auf der Estancia San Pedro y San Pablo zu landen.«

»... aber ebenso aus anderen Gründen«, sprach Martin weiter. »Trinken Sie etwas mit mir? Ich werde es erklären.«

»Ja, natürlich. Danke. Und meinen Glückwunsch, mi Coronel. Es ist eine wohlverdiente Beförderung.«

»Für diese Äußerung gebe ich Ihnen zwei aus.«

Er ergriff Clete am Arm und zog ihn zur Bar, an der sich jetzt die erfolgreichen Teilnehmer an der Revolution von 1943 drängten, die nicht im Edificio Libertador gebraucht wurden.

»Bringen Sie uns bitte eine Flasche Johnnie Walker und drei Gläser?« bestellte Martin beim Kellner.

Als der Kellner die Flasche brachte, winkte Martin ihn fort, schenkte selbst ein und reichte Clete und Enrico die Gläser.

»Wenn Sie mich weiter ertragen, Señores, ich möchte drei Toasts aussprechen.«

»Keine zu langen, bitte«, sagte Clete.

»Auf die neue Regierung von Argentinien«, sagte Martin ernst.

Clete hob sein Glas. »Sehr richtig.«

»Auf die Offiziere und anderen Ränge der argentinischen Marine und Armee auf beiden Seiten dieses leider notwendigen Wechsels der Regierung, die heute für ihr Land starben.«

Cletes Miene verriet, daß ihn dieser Trinkspruch überraschte, doch nach kurzem Zögern sagte er ›sehr richtig‹, hob sein Glas und nippte von neuem daran.

»Und auf Technical Sergeant David Ettinger, United States Army. Es tut mir wirklich sehr leid, Mayor Frade, Ihnen sagen zu müssen, daß er ebenfalls im Dienst für sein Land starb.«

»O Scheiße!« stieß Clete hervor. Er schaute auf seinen

Scotch, trank das Glas auf einen Zug leer und sah Martin an.

»Wann ist es passiert?« fragte er mit belegter Stimme. »Wie?«

»Verzeihen Sie, mi Coronel«, sagte Enrico. »Sagten Sie, Ettinger ist tot?«

»Leider ja, Suboficial Mayor«, sagte Martin. Dann schaute er Clete an. »Ich erhielt die Nachricht vor zwei Stunden, nachdem die Telefonleitungen nach Montevideo wieder frei waren. Sergeant Ettingers Leiche wurde vor zwei Tagen am Strand von Carrasco gefunden. Am Morgen. Er wurde erstochen.«

Martin sah, daß Cletes Gesicht weiß und seine Lippen aufeinandergepreßt waren.

Entweder aus Schmerz oder Zorn oder beidem. Dies ist nicht der richtige Zeitpunkt, um ihm zu sagen, daß Ettinger verstümmelt wurde. Oder wie.

»Von einem oder mehreren Unbekannten, richtig?« fragte Clete bitter.

»Meine Quellen sagen, die Ermordung zeigt alle Anzeichen darauf, daß Auftraggeber dafür zahlten.«

»Und wir wissen, wer die Killer sind, nicht wahr? Dieser gottverdammte Goltz!«

»›Goltz‹, Señor Clete?« fragte Enrico.

»Dieser deutsche SS-Oberst, Enrico. Er befahl Ettingers Ermordung, und sein Auftrag wurde ausgeführt. Er ist derselbe Hurensohn, der meinen Vater ermorden ließ. Ich werde diesen Dreckskerl irgendwie erwischen!«

»Ich verstehe Ihre Gefühle, Frade«, sagte Martin, »aber es würde nichts helfen, wenn Sie …«

»Es wäre unprofessionell, richtig? Unpassendes Verhalten eines Nachrichtenoffiziers? Ich will Ihnen eines sagen, mi Coronel, wenn mir dieser verdammte Kraut jemals vor die Mündung kommt – und ich bin mir verdammt sicher, daß ich versuchen werde, ihn vor die Perle zu bekommen –, dann lege ich ihn um!«

»›Vor die Perle‹ Señor Clete?« fragte Enrico.

»Vor die Perle …?« echote Martin.

Clete sah ihnen die Verwirrung an und lächelte.

»Das kann man wohl schlecht ins Spanische übersetzen, wie?« sagte er. »Auf englisch – oder amerikanisch, nehme ich an – sagt man, wenn man Wild mit dem Gewehr anvisiert, … es auf die Perle nehmen …. Das kommt wohl von dem Perlkorn, das die alten Winchesters hatten; das Korn sieht wie eine Perle aus.«

»Sie haben in den Vereinigten Staaten viel Wild geschossen, nicht wahr?« fragte Martin.

»Fragte der Profi-Nachrichtenoffizier, der clever und taktvoll versuchte, das Thema zu wechseln«, sagte Clete und lächelte ihn an. »Machen Sie sich keine Sorgen, Martin. Wenn ich diesen Bastard umlege, dann werde ich mich bemühen, es so zu tun, daß Sie nicht darin verwickelt werden.«

Martin lächelte ihn an.

An Frades Stelle würde ich sicherlich genauso denken, sagte er sich.

»Ich bitte Sie, mein Freund, nicht im Zorn und nicht übereilt zu handeln«, sagte Martin.

»Gibt es noch einen Grund, weshalb ich hierbleiben muß?« fragte Clete, dann lächelte er und fügte hinzu: »Fragte der Amateur-Nachrichtenoffizier, der clever und taktvoll versuchte, das Thema zu wechseln.«

»Der ursprüngliche Grund, weshalb ich Capitán Delgano bat, sicherzustellen, daß Sie verfügbar sind, war natürlich die Möglichkeit, daß die Lockheed gebraucht werden würde.«

»Das verstehe ich. Aber warum bis jetzt?«

»El Presidente erwog eine Weile, Ihr Flugzeug dem Ex-Präsidenten Castillo und Mitgliedern seiner Ex-Regierung anzubieten, um sie außer Landes zu bringen.«

»Komisch, so etwas dachte ich mir«, sagte Clete. »Ich hatte viel Zeit zum Denken, wissen Sie.«

Martin schaute Clete an und lächelte.

»Ex-Präsident Castillo und einige andere sind in El Tigre an Bord eines Boots gebracht worden, das sie nach Uruguay bringen wird. Es steht Ihnen, Señor Frade, frei, zu gehen. Mit der Dankbarkeit der Regierung und meinem persönlichen Dank.«

Er reichte Clete die Hand.

»Wohin werden Sie gehen?« fragte Martin.

»Ich weiß es nicht«, erwiderte Clete. »Ich frage mich, wie ich irgendwohin komme. Ich bin hierher geflogen.«

»Das mindeste, was wir für Sie tun können, ist, Ihnen einen Wagen mit Fahrer zur Verfügung zu stellen«, sagte Martin.

»Wir wäre es mit einer Fahrt nach Buenos Aires?« fragte Clete. »Ich habe dort Wagen. Ich möchte telefonieren und ...«

»Ich habe mir die Freiheit genommen, Señorita Mallin anzurufen – genauer gesagt, ich hatte ihren Vater am Apparat – und mitzuteilen, daß Sie zwar zwangsläufig verhindert, jedoch nicht in irgendwelcher Gefahr sind.«

»Allmächtiger!« sagte Clete, und dann fügte er als ausgesprochenen Gedanken hinzu: »Das war verdammt nett von Ihnen.«

»Nicht der Rede wert«, sagte Martin.

Er sah sich um, entdeckte den Major, der Cletes so höflicher Bewacher gewesen war, und winkte ihn zu sich.

»Mayor, ich möchte, daß Sie einen Wagen mit Fahrer auftreiben, damit Señor Frade überallhin fahren kann, wohin er in Buenos Aires möchte.«

»Si, mi Coronel.«

»Danke«, sagte Clete. »Darf ich das Flugzeug nehmen?«

»Selbstverständlich, aber Sie sagten ...«

»Morgen«, überlegte Clete laut. »Dann habe ich jemand, der mich herfährt. Oder, wenn ich mich entscheide, zur Estancia zu fliegen, komme ich mit einer Cub her, hole die Lockheed ab und hole die Cub irgendwann später ab.«

»Ich werde Capitán Delgano befehlen, daß er nach Ihrem Belieben zur Verfügung steht.«

»Vielen Dank, mi Coronel, aber wir werden Capitán Delgano nicht brauchen.«

»Ich würde mich viel wohler fühlen, wenn er hier bei Ihnen wäre.«

»Danke für Ihre Fürsorge, aber danke, nein.«

Martin schaute ihn lange an, bevor er sagte: »Wie Sie wünschen, natürlich.«

Auf der Fahrt nach Buenos Aires sah Clete aus den Fenstern des Mercedes der Armee keinerlei Anzeichen darauf, daß im Land soeben eine Revolution stattgefunden hatte.

Der Verkehr war normal. Die Restaurants und Cafés hatten geöffnet und machten offenbar gute Geschäfte. Als sie über die Avenida del Libertador an der Pionierschule der Marine vorbeifuhren, ließ nichts darauf schließen, daß hier ein Infanterieregiment aufgehalten worden war oder daß es ein Scharmützel gegeben hatte, bei dem Leute gestorben waren.

Es wurde ihm klar, daß er etwas bezüglich Ettinger unternehmen mußte. Als erstes mußte er herausfinden, was Ettinger widerfahren war. Die Frage war, wie er das bewerkstelligen konnte. Tony und der Chief hatten vermutlich nicht mehr Informationen als bei seinem Wegflug von der Estancia mit der Lockheed. Wenn Ettinger in Uruguay ermordet worden war, würde jede Information der Polizei an die Nordamerikaner an die Botschaft in Montevideo weitergegeben werden, nicht an die Botschaft hier.

Es gab vermutlich einen OSS-Stationschef in Uruguay, aber Clete hatte keine Ahnung, wer das war, und er bezweifelte, daß Delojo das wußte, und wenn, daß er ihm die Information ohne Streiterei geben würde.

Vermutlich hatte Leibermann Kontakte in Montevideo, aber es war die große Frage, wieviel sie über einen Amerikaner wußten – wenn überhaupt etwas –, der in Carrasco erstochen worden war.

Die einzige Person, die fast mit Sicherheit mehr Informationen hatte als jeder sonst, war Coronel Martin, und der hatte ihm bereits alles gesagt, was er wußte oder ihn jedenfalls wissen lassen wollte.

Er konnte nur herausfinden, was er wissen mußte, indem er selbst nach Montevideo reiste, irgendwie den OSS-Typen dort aufspürte und ihn dazu brachte, soviel wie möglich herauszufinden.

Das war heute abend unmöglich. Und verbunden mit diesem Problem war die Lockheed. Er wollte die Lockheed vom Campo de Mayo zur Estancia fliegen. Martin hatte es überhaupt nicht gefallen, als er Capitán Delganos Dienste abgelehnt hatte. Und Clete hatte es überhaupt nicht gefallen, daß General Rawson erwogen hatte, die Lockheed zu benutzen, um den gestürzten Präsidenten außer Landes zu fliegen. Rawson konnte sich sagen, daß sie für andere Zwecke nützlich sein würde – einen Rundflug durchs Land zum Beispiel, um sich dem Volk zu zeigen. Clete brauchte das Flugzeug im Zusammenhang mit der *Comerciante del Océano Pacifico,* und das konnte in den nächsten paar Tagen der Fall sein. Oder schon morgen.

Und er wollte Dorotea wiedersehen.

Die Prioritäten waren deshalb, Dorotea zu sehen und die Lockheed vom Campo de Mayo wegzufliegen. Und weil er nicht heute abend mit der Lockheed fliegen konnte, blieb heute abend das Wiedersehen mit Dorotea.

Er konnte sie natürlich in ihrem Elternhaus besuchen, wo er Dorotea, ihre Mutter, Señor Mallin und sogar Henry den Kleinen sehen würde. Und sie konnten über die voreheliche Beratung reden, die der Very Reverend Matthew Cashley-Price ihnen geben wollte.

Mit etwas Glück kann ich Dorotea vielleicht sogar zwanzig Sekunden lang allein sehen und in die Arme nehmen.

Oder der Mercedes setzt uns am Museum ab. Nein. Onkel Willys Haus wäre besser – von dort aus könnte ich Dorotea anrufen, ihr sagen, daß ich nicht fort kann, weil ich einen wichtigen Anruf erwarte oder so was, und vorschlagen, daß sie zu Onkel Willys Haus kommt ... allein.

Dorotea ist ein sehr intelligentes Mädchen. Wenn sie einwilligt, zu mir zu kommen, dann wird ihr klar sein, was ich im Sinn habe.

Clete wandte ich an den Major, der neben ihm saß.

»Mayor, wenn ich's mir so richtig überlege, würde ich lieber zu meinem Haus in der Libertador fahren. Die Adresse ist 4730. Es ist gleich gegenüber von der Pferderennbahn.«

»Wie Sie wünschen, Señor Frade.«

»Warum fahren wir zum Haus in der Libertador, Señor Clete?« fragte Enrico und blickte über die Schulter zu Clete.

»Ich habe meine Gründe«, antwortete Clete.

Enrico sah einen Moment lang verwirrt aus, doch dann dämmerte es ihm.

Er nickte verständnisvoll und beifällig.

»Du kannst etwas finden, um dich zu beschäftigen, nicht wahr, Enrico?«

»Si, natürlich, Señor Clete.«

Señora Lopez, die Haushälterin, öffnete die Tür.

Es überrascht sie nicht nur, mich zu sehen, sie wirkt auch nicht sehr glücklich darüber.

»Werden Sie hier übernachten, Señor Frade?«

»Ich nehme es an, ja«, sagte Clete.

Die Antwort ist ihr ebenfalls unangenehm. Was ist hier los? Oh, sie will sich vermutlich frei nehmen, ins Kino oder sonstwohin gehen, und ich versaue ihr das.

»Ich werde heute abend nichts brauchen«, sagte Clete. »Ich gehe früh zu Bett – *das hoffe ich jedenfalls* –, und es ist nicht nötig, daß Sie dableiben, wenn Sie andere Pläne haben.«

»Si, Señor«, sagte Señora Lopez.

Zum Teufel mit ihr!

»Sehen wir, welche Wagen hier sind, Enrico«, sagte Clete. »Vielleicht mußt du einen von der Avenida Coronel Diaz holen.«

Enrico nickte.

In der Tiefgarage standen drei Wagen: Señora Lopez benutzte den 1939er Ford Kombi, und damit, so war zu hoffen, würde sie zum Kino fahren, bevor Dorotea eintraf. Daneben stand der alte, tadellos gepflegte Rolls-Royce. Und als nächster der von Kugeln durchsiebte Horch, in dem Cletes Vater ermordet worden war.

»Funktioniert die Kiste?« fragte Clete und wies auf den Rolls. »Genauer gesagt, schafft der Wagen es am Morgen bis zum Campo de Mayo?«

»Selbstverständlich«, erwiderte Enrico, als finde er die Frage äußerst sonderbar.

»Okay. Dann benutzen wir ihn.«

Enrico nickte.

Clete ging zum Horch und strich über die von Kugeln gelöcherte Windschutzscheibe und die Kugellöcher in den Kotflügeln und Türen.

»Ich möchte diesen Wagen repariert haben, Enrico. Er soll wie neu werden. Wird das ein Problem sein?«

»Nein. Das läßt sich machen.«

Draußen hupte es, nahe, ein Signal.

Enrico ging zum Garagentor, zog dabei seine .45er Automatik hinter dem Rücken hervor und hielt sie parallel zu seinem Bein. Er drückte auf einen Knopf, und das Garagentor ging hoch.

Ein Stabswagen der argentinischen Armee mit einem Unteroffizier am Steuer fuhr in die Garage.

O Gott, Perón! Ich habe vergessen, daß der Hurensohn hier wohnt!

Bezeichne ich ihn als Hurensohn, weil er mir soeben die wollüstigen Pläne für den Abend verdorben hat?

Er war der beste Freund meines Vaters. Sei freundlich zu dem Hurensohn!

Clete ging zu dem Stabswagen und öffnete die hintere Tür. El Coronel Juan Domingo Perón saß nicht allein auf dem Rücksitz. Ein Mädchen, vierzehn, fünfzehn, sechzehn, nicht älter, saß neben ihm. Ein scheues Mädchen, das Clete ansah, errötete und wegblickte.

»Buenas tardes, mi Coronel«, sagte Clete und setzte ein Lächeln auf.

Perón wirkte ein wenig verlegen.

Vermutlich weil du mir heute morgen im Offizierskasino die kalte Schulter gezeigt hast. Du solltest verlegen sein, du Bastard. Das war nicht nötig.

»Ich befürchte, Señor Frade«, sagte Perón, »ich nutze immer noch Ihre Gastfreundschaft aus.«

»Überhaupt nicht, mi Coronel. Mein Haus ist Ihr Haus, solange Sie es wünschen.«

»Sie sind sehr freundlich, aber ...«

»Suboficial Mayor Rodriguez und ich wollten soeben wegfahren«, sagte Clete. »Wir sind nur hier, um den Rolls-Royce abzuholen.«

Perón nickte.

»Ich hoffe, ich sehe Sie bald wieder, mi Coronel«, sagte Clete, lächelte und ging zum Rolls-Royce.

»Enrico, *du* solltest fahren«, sagte Clete. »Ich glaube, diese Kiste wurde noch vor mir gebaut.«

Clete setzte sich auf den Beifahrersitz und wartete, bis Enrico hinter dem Steuer saß.

Weder Perón noch das Mädchen stiegen aus dem Stabswagen, bevor Enrico den Rolls aus der Garage fuhr.

»Wer war das Mädchen, Enrico? Seine Tochter? Ich dachte, Perón wäre nicht verheiratet.«

»Das ist er auch nicht, Señor Clete.«

»Was ist sie dann, seine Nichte?«

»Nicht seine Nichte, Señor Clete. Wohin fahren wir, Señor Clete?«

Interessante Frage. Was mache ich jetzt? Fahre ich zum Museum und rufe Dorotea von dort aus an? Warum soll ich sie überhaupt anrufen? Sie wäre vielleicht zu Onkel Willys Haus gekommen, aber sie wird nicht zum Museum kommen.

»O verdammt. Zur Hölle damit. Zum Haus der Mallins, bitte.«

Enrico nickte, und an der nächsten Kreuzung bog er nach links von der Avenida del Libertador ab.

»Wenn dieses Mädchen nicht Peróns Nichte war, wer war es dann?« fragte Clete.

Enrico gab keine Antwort.

Warum antwortet er nicht auf die Frage? Weil ihm eine Antwort peinlich wäre? Oder weil sie peinlich für Perón wäre? Letzteres muß es sein.

O Mann, ist möglich, was ich jetzt annehme? Offenbar ist die Realität merkwürdiger als die Fiktion.

»Mein Gott, Enrico, das Mädchen war erst vierzehn oder fünfzehn.«

Nach einer bedeutungsschwangeren Pause sagte Enrico: »Ihr Vater, Señor Clete, pflegte zu sagen, wahre Freunde müssen jedwede Charakterschwäche des anderen hinnehmen.«

»Ach du dickes Ei!« sagte Clete und lachte. »El Coronel Juan Domingo Perón ist ein schmutziger alter Bock!«

Enrico war nicht belustigt. Clete wunderte sich darüber, daß er selbst – er lächelte immer noch – es buchstäblich für lachhaft gehalten hatte.

»Enrico, findest du nicht, daß es merkwürdig ist, wenn jemand in seinem Alter mit jungen Mädchen herummacht?«

»Es ist nicht an mir, zu richten, Señor Clete.«

»Treibt er das schon länger?« fragte Clete.

Enricos Blick sagte ihm, daß er darauf keine Antwort erhalten würde.

4

Calle Arcos 23
Belgrano, Buenos Aires

19. April 1943, 19 Uhr 30

Enrico stoppte den Rolls-Royce vor der Tür des Herrenhauses im italienischen Stil, das an der östlichen Ecke der Kreuzung Calle Arcos und Virrey del Pino stand. Er stieg nicht aus, wie er es für gewöhnlich tat, um die Wagentür für Clete zu öffnen. Er blieb, mit beiden Händen auf dem Lenkrad, sitzen und blickte starr geradeaus durch die Windschutzscheibe.

Der ist stinksauer auf mich. Mein Gott, warum? Weil ich denke, da ist etwas Lustiges – etwas Krankes, aber Lustiges – daran, daß der ach so ehrenwerte Coronel Juan Domingo Perón es mit kleinen Mädchen treibt?

»Nordamerikaner sind anders, Enrico«, sagte Clete. »Wir halten es für lustig …«

»Es ist nicht lustig, Señor Clete«, sagte Enrico todernst und sah ihn immer noch nicht an. »Gott hat ihn so erschaffen.«

»Hat Gott dich auch so erschaffen?« fragte Clete freundlich und dachte, plötzlich eine Erkenntnis zu haben.

»Müssen Sie mir eine solche Frage stellen?« fragte Enrico empört.

»Nun, was, zum Teufel, soll ich denn denken?«

»El Coronel Perón war der beste Freund Ihres Vaters. Ihr Vater lachte nie über ...«

»Nun, lassen wir das klären, Enrico. El Coronel Perón ist nicht mein bester Freund, und ich finde, er sollte sich schämen!«

Clete mußte über seine Worte lächeln.

»Ich bin überzeugt, daß er das tut«, sagte Enrico ernst. »Ich würde es tun. Aber er war der beste Freund von el Coronel, und Sie sollten nicht über ihn spotten.«

»Okay. Tut mir leid.«

»Nein, das tut Ihnen nicht leid, Señor Clete.«

»Nein, es tut mir nicht leid«, sagte Clete. »Leck mich am Arsch, Enrico.«

Clete stieg aus dem Wagen und ging zur doppelflügeligen Tür des Herrenhauses der Mallins. Er fand keine Klingel und betätigte den Türklopfer.

Das klingt, als hätte jemand einen Mülleimer umgeworfen, dachte Clete.

Ein Hausmädchen öffnete, aber Dorotea tauchte sofort dahinter auf.

»Hey, Prinzessin!«

»Cletus, du verdammter Kerl, ich war verzweifelt!«

»Tut mir leid.«

»Wo bist du gewesen?« fragte Dorotea. Dann sah sie den Rolls. »Woher hast du den?«

»Es ist meiner. Es war der einzige verfügbare Wagen.« Plötzlich kam ihm ein Gedanke. »Möchtest du eine Spritztour mit mir machen? Bevor deine Eltern erfahren, daß ich hier bin und wir die ganze Zeit über die Hochzeit reden?«

»Sie sind nicht hier«, sagte Dorotea. »Warum sollten wir dann wegfahren?«

»Weil wir miteinander reden müssen«, sagte Clete. »Wo sind deine Eltern?«

»Sie sind zum Abendessen ausgegangen. Ich habe mich geweigert, mitzugehen.«

»Warum?«

»Weil ich deinen Anruf nicht versäumen wollte, wenn du angerufen hättest. Ich bin fast verrückt geworden, weil ich nicht wußte, wo du bist, aber dir ist das ja gleichgültig.«

»Es tut mir leid, Prinzessin.«

»Ein Coronel Martin rief Vater an und sagte ihm, daß du wohlauf bist. All das überzeugte Vater, daß du bis zu den Ohren in diese verdammte Revolution verwickelt bist. Warst du das?«

»Ja.«

»Du solltest meinem Vater heute abend nicht begegnen«, sagte Dorotea. »Er ist wütend auf dich.«

»Warum?«

»Im Augenblick, weil er denkt, du bist losgezogen, um dich umbringen zu lassen, damit unser Baby keinen Vater hat und er der Blamierte ist. Wenn er feststellt, daß du lebst, wird er etwas anderes denken. Worüber müssen wir reden?«

»Wie bitte?«

»Du sagtest, wir müssen miteinander reden.«

»Nun, ich dachte an Father Sowieso ...«

»Father Matthew, meinst du?«

Clete nickte.

»Was ist mit ihm?« fragte Dorotea.

»Nun, ich weiß nicht, wie wichtig ...«

»Lüg mich nicht an, Cletus.«

Er schaute sie hilflos an und platzte dann mit der Wahrheit heraus: »Schatz, ich will einfach allein mit dir sein.«

Sie warf sich in seine Arme, küßte ihn aufs Ohr und wisperte: »Ich auch.«

Er glaubte, sein Herz würde aus der Brust springen.

»Können wir zu deinem Haus in der Libertador fahren?« fragte sie mit dem Mund immer noch an seinem Ohr.

»Nein.«

»Ich will nicht in das andere Haus gehen«, sagte Dorotea und zog den Kopf zurück, um Clete anzuschauen. »Warum können wir nicht zur Libertador?«

»Das möchtest du nicht wissen«, sagte Clete.

»Doch, ich *will* es wissen.«

»Weil Coronel Perón dort mit einer Freundin ist«, sagte Clete.

»Mit einer Frau oder einem seiner kleinen Mädchen?«

»Du weißt davon?« fragte Clete ungläubig.

»Jeder weiß davon, Dummkopf«, sagte Dorotea. »Wie wäre es, wenn wir zur Estancia fahren?«

»Ich nehme an, das könnten wir. Ich muß einiges auf der Estancia erledigen ...« Clete verstummte überwältigt, weil er vor seinem geistigen Auge sah, wie Dorotea auf der Estancia San Pedro y San Pablo auf seinem Bett gelegen hatte. »Wie, zum Teufel, würdest du deinem Vater erklären, daß du mit mir auf der Estancia bist?«

»Wir hinterlassen eine Nachricht, daß ich ein paar Tage bei Claudia verbringe.«

»Das wird dein Vater nicht glauben«, wandte Clete ein.

»Stimmt. Aber er wird so tun. Und Mutter wird verstehen, warum ich bei dir sein muß.«

»Es ist dir ernst, nicht wahr?«

»Natürlich ist es mir ernst. Gib mir ein paar Minuten, um einige Sachen in eine Reisetasche zu werfen.«

»Ich habe dir gesagt, ich muß einige Dinge auf der Estancia erledigen«, sagte Clete. »Ich werde nicht viel Zeit...«

»Dinge, die du heute nacht erledigen mußt?«

»Nicht heute nacht. Aber am Morgen...«

»Dann haben wir wenigstens die Nacht«, sagte Dorotea. »Bevor du hier aufgetaucht bist, war ich überzeugt, daß ich dich nie wiedersehen werde. Ich habe Gott gebeten, dich wenigstens noch einmal sehen zu dürfen, nur für eine Weile...«

»Baby...«

Dorotea küßte ihn sehr zärtlich auf den Mund.

»Es dauert nur eine Minute«, sagte sie. »Und wenn du bei meiner Rückkehr nicht hier bist, dann schwöre ich, daß ich dich umbringen werde!«

Sie wandte sich um, lief ins Haus und die Treppe hinauf.

XXIV

1

Puerto Magdalena
Samborombón-Bucht
Provinz Buenos Aires, Argentinien

19. April 1943, 21 Uhr 15

Die Fahrt des Frachtschiffs *Coronel Gasparo* von El Tigre nach Magdalena dauerte etwas über sieben Stunden. Sie legten um 18 Uhr 05 an, als die Dunkelheit hereinbrach.

Während der Fahrt hatte Major Hans-Peter Freiherr von Wachtstein, Träger des Ritterkreuzes, viel Zeit gehabt, um darüber nachzudenken, ob moralisch war, was er tat und was er tun wollte.

Es war natürlich eine Frage der Ehre. Von dem Tag an, an dem er den Brief von seinem Vater erhalten hatte, gab es für ihn verstandesmäßig keine Frage, daß ihm die Ehre als Offizier und als ein von Wachtstein gebot, dem Weg zu folgen, den sein Vater für den ehrenvollen hielt.

Deutschland war in den Händen eines Haufens unglaublich teuflischer Männer. Diese Männer waren nicht nur schuldig an entsetzlichen Verbrechen gegen die Juden und andere Leute – einschließlich deutsche –, sondern auch darauf vorbereitet, Deutschland zu vernichten.

Einem christlichen Ehrenmann der Offiziersklasse gebot die Ehre, alles zu tun, was nötig war, um Deutschland den Nazis zu entreißen.

Das war das verstandesmäßige Argument, und er zweifelte nicht, daß es richtig war.

Gefühlsmäßig jedoch hatte er ein großes Problem, sich persönlich an Aktivitäten zu beteiligen, die eindeutig Hochverrat waren und höchstwahrscheinlich den Tod von anderen Deutschen bedeuteten, die ebensowenig Nazi waren wie er.

Es war auch keine einfache Frage, ob die Amerikaner moralisch berechtigt waren – besonders sein Freund Cletus Frade –, die *Comerciante del Océano Pacifico* zu versenken. Durch die Versorgung deutscher U-Boote in geschützten neutralen Gewässern unter der Flagge des neutralen Spanien war die *Océano Pacifico* nichts anderes als ein Schiff im Dienst einer im Krieg kämpfenden Macht.

Und wenn er den Amerikanern half, die *Océano Pacifico* zu versenken, was sie offenbar vorhatten, würde er der deutschen Kampfkraft schaden und in gewissem Maße zum Ende des Krieges und folglich des Naziregimes beitragen.

Peter von Wachtstein verstand das geistig und war verstandesmäßig darauf vorbereitet, den zwangsläufigen Tod der Besatzung der *Océano Pacifico* in Kauf zu nehmen.

Andererseits machte ihm das Schicksal der U-Boot-Besatzungen zu schaffen. Es waren ein Dutzend oder mehr U-Boote im Südatlantik, die darauf angewiesen waren, daß sie von der *Océano Pacifico* betankt und mit Nachschub versorgt wurden.

Nach ungefähr einer Stunde Fahrt von El Tigre aus, als er die *Coronel Gasparo* durch häßlich kabbeliges Wasser steuerte, weit genug von der Küste entfernt, so daß sie von dort aus kaum noch ausgemacht werden konnte, dachte Peter an eine Reihe von U-Boot-Offizieren, die er gekannt hatte. Und einer – Kapitänleutnant Wilhelm von Dattenberg – im besonderen.

Er hatte von Dattenberg auf der Universität in Marburg an der Lahn kennengelernt und war ihm wieder in Berlin in der Bar des Adlon begegnet, als er gerade von einer Dienstzeit an der Ostfront zurückgekehrt war. Zu diesem Zeitpunkt war er insgeheim der Meinung, daß Jagdflieger soviel von den Schrecken des Krieges gesehen hatten, wie man von jedem Menschen erwarten konnte, einschließlich von einem, dessen Familie seit Jahrhunderten in deutschen Kriegen gekämpft hatte.

Von Dattenberg belehrte ihn schnell eines Besseren. Von dem Moment an, an dem Peter in von Dattenbergs Augen sah, wußte er, daß der Mann mehr als seinen fairen Anteil an Grauenvollem gesehen hatte. Und Peter sah noch tiefer in dieses Grauenvolle, als sie sich betranken und von Dattenberg über seinen Dienst in U-Booten sprach.

Es wurde Peter schnell klar, daß er einfach nicht den Mut und das Rückgrat hatte, um zu ertragen, was von Dattenberg erlitten hatte und wieder erleiden würde, wenn sein fünfzehntägiger Urlaub vorüber und er wieder mit seinem U-Boot draußen sein würde.

Wie Peter war Willi von Dattenberg ein Mitglied der Offizierskaste, deren Väter seit Generationen Admirale oder Generale gewesen waren. Willi teilte Peters moralische Wertvorstellungen, einschließlich des Verantwortungsgefühls gegenüber den Männern, die unter seinem Kommando standen.

Die moralische Verantwortlichkeit für das Leben anderer Männer war offenkundig größer für einen U-Boot-Kommandanten als für einen Jagdflieger, sogar für einen Jagdflieger, der Kommandant einer Jagdstaffel war. Peter erkannte, daß er seine Verantwortung auf die Piloten seiner Staffel übertragen konnte – und in der Luftwaffe kämpften nur diejenigen, die flogen –, indem er sein Bestes tat, um dafür zu sorgen, daß jeder richtig ausgebildet und die Ausrüstung gut gewartet wurde.

Er bedauerte natürlich den Verlust jedes seiner Piloten – oftmals weinte er heimlich um sie. Aber weil es wenigstens teilweise stimmte, daß es entweder Pech oder ein Entscheidungsfehler ihrerseits gewesen war, der zu ihrem Absturz geführt hatte, war es nicht schwer, ihren Tod verstandesmäßig zu verarbeiten.

Andererseits war Willi von Dattenberg buchstäblich in jedem wachen Moment klar, daß jede seiner Entscheidungen nicht nur seinen eigenen Tod, sondern auch den von jedem Mitglied seiner Mannschaft bedeuten konnte.

Und es war durchaus möglich, daß Willi von Dattenberg jetzt mit seinem U-Boot irgendwo im Südatlantik war, knapp an Treibstoff und Proviant und betend um eine Meldung über Funk, daß er jetzt sicher zur Mündung des Rio de la Plata fahren konnte, um Nachschub zu erhalten.

Von einem Schiff, das mit Hilfe seines alten Freundes Peter von den Amerikanern versenkt werden würde.

Es war seine eigene Crew auf der *Coronel Gasparo,* die Peter unbewußt veranlaßte, gefühlsmäßig zu verstehen, was er tat, was er tun würde und was ihm seine Ehre gebot, obwohl das den Tod von Kapitänleutnant Wilhelm von Dattenberg und vielen anderen guten Deutschen bedeuten konnte.

Peters erste Reaktion auf Herrn Gustav Loche, Günthers Vater, war unfreundlich, wenn auch verständlich, wenn man bedachte, daß Peter aufgezogen worden war, nie zu vergessen, daß er zum Adel zählte. Peter fand, daß der Vater noch blöder als der Sohn war, ein typisches Mitglied der deutschen Arbeiterklasse.

So hatte Peter Herrn Loche eingeschätzt, als er ihn kennengelernt hatte und verlegen und angewidert zugleich wegen der Kriecherei des Mannes gewesen war. Der plumpe, fast kahlköpfige Wursthersteller mit dem feisten, rötlichen Gesicht hätte fast an Peters Stirnlocke gezupft, so tief geehrt hatte er sich allein durch die Anwesenheit eines Mannes gefühlt, der nicht nur Freiherr von Wachtstein, sondern auch ein Held des deutschen Nationalsozialismus war und der das Ritterkreuz vom Führer persönlich erhalten hatte.

Loche betrachtete sich als loyalen Deutschen, geehrt, jeden Beitrag zu leisten, der ihm möglich war, um den deutschen Nationalismus zu unterstützen, wie er vom Führer Adolf Hitler definiert war. Er war deshalb äußerst dankbar für die Großzügigkeit eines bedeutenden Mannes wie Standartenführer Josef Goltz vom Sicherheitsdienst der SS, die aus Goltz' Angebot bestand, Günther nach Stuttgart zu schicken. Es kam Loche nie in den Sinn, daß Goltz ein ganz anderes Motiv haben könnte.

Peters Verachtung für Herrn Gustav Loche wuchs zuerst, als der Idiot weiter schwafelte, während sich die *Coronel Gasparo* der immer breiter werdenden Mündung des Rio de la Plata näherte; aber allmählich schlug die Verachtung in Mitleid um.

Es wurde ihm klar, daß die Loches keine schlechten Leute waren. Sie waren einfach blöde. Der Vater liebte offenbar seinen Sohn und hatte eine christliche Moral. Zum Beispiel hatte er, obwohl es finanziell schwer für ihn gewesen war, wie er Peter stolz erklärt hatte, dafür gesorgt, daß Günther eine katholische Erziehung von den

Jesuitenpatern in San Carlos de Bariloche erhalten hatte, im Gegensatz zu der kostenlosen weltlichen Ausbildung, die von der Regierung geboten wurde. Peter sagte sich, daß Gustav Loche folglich empört sein würde, wenn er erfuhr, daß die Nazis Menschen in Rußland zusammentrieben und zwangen, Gruben auszuheben, und dann vom Rand dieser Gruben aus auf sie feuerten, damit die Toten und Sterbenden hineinfielen ... ganz zu schweigen davon, daß sie Frauen und Kinder zu Tausenden vergasten.

Aber Loche konnte nicht akzeptieren, daß so etwas möglich war. Er hielt die Geschichten über Konzentrationslager und Hinrichtungskommandos und alles andere für anglo-amerikanische Propaganda, die in Zeitungen und im Radio verbreitet wurde, absurde Geschichten, die von den Alliierten erfunden wurden, weil sie die Welt in den Händen der Juden erhalten wollten, aus denen der Führer sie retten wollte.

Es würde einfach über Gustav Loches geistigen Horizont hinausgehen, zu begreifen, daß der gütige Standartenführer Goltz in einen Plan verwickelt war, nach dem Leute, die nichts gegen Deutschland getan hatten (und dennoch in Nazi-Konzentrationslagern verhungerten oder auf ihre Ermordung warteten), gegen Zahlung einer bestimmten Geldsumme freigelassen wurden. Ebensowenig konnte sich Gustav Loche vorstellen, daß das Geld benutzt wurde, um für hohe Nazis Besitz zu kaufen, damit sie nach dem Krieg entkommen konnten, anstatt für ihre abscheulichen Verbrechen zur Rechenschaft gezogen zu werden.

Loche konnte auch nicht glauben, daß der so korrekte Oberst Grüner und der so charmante Gradny-Sawz ebenfalls in eine so teuflische Unternehmung verstrickt waren.

Loche hielt sich für einen guten, patriotischen Deutschen, der alles in seiner Macht Stehende für das Tausendjährige Reich tat. Natürlich gab ihm das Tausendjährige

Reich aus Dankbarkeit für seine Treue das Geld, damit er seine Geschäfte ausweiten, eine Estancia kaufen und seinen geliebten Sohn ins Vaterland zu weiterer Ausbildung schicken konnte.

Zu seiner Überraschung fand Peter bei Magdalena mühelos die Einmündung in den Hafen und dann den Pier des Fischers – Lothar Steuben, eines anderen guten, loyalen, ausgewanderten Deutschen, der sein Boot an Oberst Grüner vermietete. Unterdessen war Peter zu dem Schluß gelangt, daß Loche und sein Sohn nicht verantwortlich für das gemacht werden konnten, was sie taten, aber Standartenführer Goltz – und letztendlich alle Nazis – waren verantwortlich zu machen. Und es war nicht länger eine Frage für Peter von Wachtstein, ob ehrenhaft oder nicht war, was er als nächstes tun würde.

Das Problem war jetzt, wie er es tun sollte.

Steuben, ein großer, sonnengebräunter Mann, war in der zweiten Generation Argentinier. Seine Familie stammte aus der Nähe von Hamburg. Er war noch kriecherischer als Gustav Loche, wenn das überhaupt möglich war.

Er führte alle zu seinem kleinen, aber gemütlichen Haus mit Blick auf den Hafen. Seine Frau hatte Kaffee und Kuchen aufgetischt. Nach dem Vorstellen – sie war eine stattliche Frau mit blonden Zöpfen und hielt auf jedem Arm ein Kind, wodurch sie wie eines der Ölgemälde wirkte, das Hitler in Auftrag gegeben hatte, um die fruchtbare deutsche Frau zu ehren – fragte sie schüchtern, ob der Herr Freiherr zufällig Sauerbraten mochte, den sie zum Abendessen vorbereitet hatte. Peter antwortete, daß Sauerbraten eines seiner Leibgerichte sei.

Trotz seines Versprechens, um achtzehn Uhr mit Peter Kontakt aufzunehmen, hatte Grüner sich nicht gemeldet. Und auch um neunzehn Uhr und zwanzig Uhr kam keine Nachricht von ihm. Als der Sauerbraten gegessen worden war, begann sich Peter zu fragen, ob etwas schiefgegangen war.

Vielleicht haben sich die Amerikaner gesagt, daß es das klügste ist, die Océano Pacifico zu versenken, bevor sie in argentinischen Gewässern ist? Die Spanier würden empört aufheulen, aber was konnten sie schon dagegen tun? Eine Division an die Ostfront schicken? Washington D.C. bombardieren?

Um 20 Uhr 25 klingelte das Telefon.

»Herr Major«, sagte Steuben und reichte Peter den Hörer. »Es ist Herr Oberst Grüner.«

Peter sagte nur: »Ja?«

»Ich bezweifle, ob es etwas nutzt, Peter«, sagte Grüner. »Aber wenn wir das Gespräch beendet haben, sollten Sie ihn wenigstens bitten, die Möglichkeit zu erwägen, daß manchmal Leute Telefonate abhören, ja?«

»Das werde ich tun.«

»Er hat eine Karte«, sagte Grüner. »Sagen Sie ihm, er soll sie Ihnen bringen.«

»Moment«, sagte Peter, hielt die Sprechmuschel zu und fragte Steuben nach der ›Karte‹.

»Was Sie verlangt haben, hat er vermutlich unter dem Bett versteckt«, berichtete Peter. »Aber er will es sofort holen.«

»Ach Gott! Wie war Ihr Ritt dorthin? Viel frische Luft, wie? Ihr Pferd hat Sie nicht abgeworfen?«

»Der Ritt war eigentlich angenehm. Die Pferde sind gut gelaufen, und Günther ist es nur ein bißchen schlecht geworden. Er hat nicht viel reiten können.«

Steuben brachte die Karte, ein Blatt Papier und einen frisch angespitzten Bleistift.

Ohne Erklärung nannte Grüner eine Liste von Buchstaben und Zahlen, die Peter aufschrieb. Dann verglich er diese Angaben mit der Karte, auf der die Eintragungen geändert worden waren.

»Ergibt das einen Sinn für Sie, Peter?« fragte Grüner.

Offenbar hatte man ihm die Position gegeben, wo die *Océano Pacifico* laut Befehl in der Samborombón-Bucht ankern mußte.

»Ja.«

»Sie ist vielleicht erst später gültig, als wir dachten, wenn Sie verstehen, was ich meine, aber sie sollte – sagen wir – um Mitternacht gültig sein und gewiß am Morgen.«

»Ich verstehe«, sagte Peter.

»Es hat eine leichte Veränderung des Plans gegeben.«

»So?«

»Ehrlich gesagt, ich habe dies vorhergesehen«, sagte Grüner in selbstgefälligem Tonfall. »Ich habe unseren Freunden gesagt, je weniger Leute wissen – oder glauben zu wissen –, was los ist, desto geringer ist die Möglichkeit, daß die Sache publik wird.«

»Da stimme ich Ihnen völlig zu«, sagte Peter.

»Sie werden einen Begleiter haben, wenn Sie am Morgen losfahren. Ich schlage vor, im ersten Tageslicht.«

Was hat das zu bedeuten? Ah. Entweder begleitet er oder Goltz mich. Goltz. *Er muß zu der* Océano Pacifico *raus. Der Kapitän wird keinem sonst das ›besondere Material‹ übergeben. So bleibt Steuben jetzt im unklaren. Selbst wenn das BIS ihn schnappt, kann es keine Information aus ihm herausholen, weil er nichts weiß.*

»Ich glaube, ich weiß, wen Sie meinen«, sagte Peter. »Und deshalb werden wir ein Pferd weniger brauchen, habe ich recht?«

»Völlig. Sie werden wirklich ganz gut in diesem Spiel, Peter.«

»Vielen Dank, ich versuche es.«

»Irgendwo unterwegs werde ich Sie vermutlich treffen und Ihnen den Begleiter abnehmen.«

»Ich glaube, ich verstehe.«

»Es wäre mir wohler, wenn ich genau wüßte, daß Sie mich verstehen.«

»Für mich ist nur ein bißchen verschwommen, was mit mir geschieht, wenn wir uns mit Ihnen getroffen haben.«

»Mit etwas Glück werden einige der Leute, die Sie bei sich haben, in der Lage sein, Ihr Pferd zurück in den Stall zu führen, und dann können wir beide zusammen zu Mittag essen.«

Das bedeutet übersetzt, wenn die Océano Pacifico *in der Lage ist, die* Coronel Gasparo *an Bord zu nehmen, nachdem wir das ›besondere Material‹ ausgeladen haben – wenn sie die richtigen Davits hat und natürlich die Kraft, um das Boot aus dem Wasser zu hieven –, wird ihre Besatzung sie vom Strand zum Schiff bringen und an Bord schaffen. In diesem Fall kann ich an Land bleiben und mit Goltz und Grüner fahren.*

Wenn die Océano Pacifico *die* Coronel Gasparo *nicht an Bord nehmen kann, werden Günther und ich sie hierhin zurückfahren müssen.*

»Ich schlage vor, daß Sie zu Abend essen und etwas schlafen, damit Sie dann dort beim ersten Tageslicht losfahren können«, sagte Grüner. »Unser Freund wird dort sein, sobald er kann.«

»Gewiß.«

»Der Lastwagen steht bereit?«

»Man hat mir ein halbes Dutzend mal versichert, daß alles, einschließlich Lastwagen, bereit ist.«

»Nun, dann freue ich mich darauf, Sie morgen zu sehen und vielleicht mit Ihnen zu Mittag zu essen.«

»Ich freue mich auch darauf.«

Die Leitung war tot.

Peter legte den Hörer auf.

»Der Plan wurde geändert«, sagte er. »Sie, Herr Steuben, werden sich von fünf Uhr an bereit halten, um jeden Befehl auszuführen, den Oberst Grüner Ihnen geben mag.«

»Jawohl, Herr Major!«

»Sie, Herr Loche, werden dafür sorgen, daß der Lastwagen einsatzbereit zur festgelegten Zeit am festgelegten Ort ist. Ich schlage vor, Sie vergewissern sich kurz, daß alles in Bereitschaft ist.«

»Jawohl, Herr Major!« sagte Gustav Loche, wie er es von Steuben gehört hatte.

Peter nahm die Karte und forderte Loche mit einer Geste auf, ihm zu einer Stehlampe in der Ecke des Zimmers zu folgen.

»Zeigen Sie mir bitte, wo Ihre Rolle bei dieser Operation stattfindet, Herr Loche.«

Loches Gesicht wurde blaß und zeigte starkes Unbehagen.

»Verzeihen Sie, Herr Major«, begann er zögernd.

»Sie haben es bereits vergessen? Sie sind sich nicht sicher, wollen Sie das sagen?«

»Herr Major, der Herr Standartenführer Goltz und der Herr Oberst Grüner sagten mir, daß der Zielort nicht ...«

»... an jemanden preisgeben werden darf, der kein Recht darauf hat, ihn zu erfahren?« unterbrach Peter.

»Jawohl, Herr Major.«

»Herr Steuben hat kein Recht, das zu erfahren«, sagte Peter. »Deshalb habe ich Sie hierher mitgenommen, so daß er nicht sehen kann, worauf Sie zeigen. Und Ihre Diskretion ist lobenswert, Herr Loche, das werde ich bei Standartenführer Goltz gebührend erwähnen. Aber glauben Sie wirklich, ich wäre nicht in diese Information eingeweiht? Glauben Sie, der Standartenführer würde mich herschicken, ohne daß ich weiß, wo ich Sie und den Lastwagen treffen kann? Ich will mich hier vergewissern, Loche, daß Sie nichts durcheinanderbringen und genau wissen, wo Sie sein sollen.«

»Entschuldigen Sie bitte, Herr Major«, sagte Loche. »Ich habe nicht mitgedacht. Sie müssen verstehen, daß ich ...«

»Wo, Loche?« unterbrach Peter ungeduldig.

Loche wies auf eine schmale Seitenbucht an der Küstenlinie der Samborombón-Bucht. Es gab keine Dörfer in der Nähe, aber eine Küstenstraße war nur einen Dreiviertelkilometer entfernt.

»Hier, Herr Major. Genau hier.«

»Sie haben keinerlei Zweifel?«

Loche dachte nach.

»Nein, Herr Major.«

»Sehr gut«, sagte Peter.

Er faltete die Karte, steckte sie in seine Tasche und ging zurück zu Günther.

»Sie, Günther …«

»Ja, Herr Major?«

»Sie und ich werden die *Coronel Gasparo* auf unserer Mission fahren.«

»Jawohl, Herr Major!«

»Ich muß etwas anderes in Magdalena erledigen«, kündigte Peter an. »Seien Sie so gut, Herr Steuben, und warten Sie auf meine Rückkehr für den Fall, daß ich Sie brauche. Günther, Sie können zu Bett gehen.«

»Selbstverständlich, Herr Major«, sagte Steuben.

»Danke, Herr Major«, sagte Günther.

»Herr Loche, Sie haben vermutlich einen Wagen hier, der Sie zum vereinbarten Treffpunkt bringen wird?«

»Ja, natürlich, Herr Major. Einen kleinen Lieferwagen.«

»Dann können Sie mich ein Stück zu meinem Ziel bringen«, sagte Peter.

»Mit Vergnügen, Herr Major.«

»Herr Steuben, wenn zufällig der Standartenführer oder der Oberst anruft, sagen Sie, daß ich in unserem Geschäftlichen unterwegs bin und bei meiner Rückkehr zurückrufen werde.«

»Jawohl, Herr Major.«

»Fahren wir, Herr Loche«, sagte Peter.

Es werden keine Fragen gestellt. Dies sind gute Deutsche. Die Obrigkeit – ich – hat gesprochen, und gute Deutsche stellen die Obrigkeit nicht in Frage.

Jetzt brauche ich mir nur noch zu überlegen, wohin ich mich fahren lasse.

Zwei Kilometer von Steubens Haus entfernt gelangten sie an ein Rasthaus.

Rasthäuser haben Telefon.

»Sie können mich hier absetzen, Loche«, sagte Peter im Befehlston.

Unter großen Schwierigkeiten erreichte er Buenos Aires dreimal telefonisch.

Der Butler im Frade-Herrenhaus in der Avenida Coronel Diaz sagte ihm, daß Señor Frade nicht da war, und weigerte sich höflich, weitere Auskünfte zu geben.

Die Haushälterin im Haus an der Libertador sagte ihm, daß Señor Frade vor kurzem dagewesen, jedoch fortgefahren war, und sie schlug ihm vor, es beim Haus in der Avenida Coronel Diaz zu versuchen.

Señor Humberto Valdez Duarte sagte ihm, er habe keine Ahnung, wo Cletus sei, aber wenn er weder im Haus in der Coronel Diaz noch im Haus in der Libertador war, dann könne er sich nur denken, daß er vielleicht auf der Estancia war. Er fügte hinzu, daß Cletus aus Brasilien zurückgekehrt war, das wisse er, weil Capitán Lauffer, General Arturo Rawsons Adjutant, ihm privat und nicht für die Öffentlichkeit bestimmt erzählt hatte, daß Cletus ein Held der Revolution gewesen war.

Obwohl es von Magdalena bis zu Estancia San Pedro y San Pablo nur ungefähr siebzig Kilometer waren, hatte Peter größere Mühe, dorthin durchzukommen. Señor Frade war nicht daheim, aber es war möglich, daß er später eintreffen würde.

»Vielleicht versuchen Sie es in ein, zwei Stunden, Señor, oder vielleicht am Morgen.«

Heißt das, daß Cletus dort sein wird oder nicht? dachte Peter.

Wenn Standartenführer Goltz bei Steubens Haus eintrifft, und ich bin nicht da …

Was ist, wenn ich irgendwie zur Estancia gelangen kann, und Cletus ist nicht dort?

Ich weiß, daß seine Männer dort sind, vermutlich auf der Funkstation. Wenn das der Fall ist, und Cletus ist nicht dort, kann ich diese Information seinem Stellvertreter geben, wenn der dort ist. Aber wo ist dort? Ich habe keine Ahnung, wo auf der Estancia Cletus seine Funkstation hat – und ich bezweifle sehr, daß jemand mir das sagen wird. Die Estancia San Pedro y San Pablo ist ungefähr so groß wie Pommern, und ich kann nicht einfach herumwandern und nach der Funkstation suchen.

Was bleibt übrig?

Irgendwie zur Estancia zu gelangen. Wenn er nicht dort ist, schreibe ich die Position auf, wo die Océano Pacifico *ankern wird, und die Stelle an der Küste, wo ich die* Coronel Gasparo *auslade. Wenn er nicht da ist, wird man vermutlich leugnen, zu wissen, wo er ist; aber wenn ich weg bin – und ich muß weg und beten, daß ich nach Magdalena zurückkehre, bevor der Standartenführer auftaucht –, dann werden sie sich vermutlich alle Mühe geben, Cletus oder seinen Stellvertreter zu erreichen. Es wäre fast ebensogut, mit dem Stellvertreter in Kontakt zu kommen, als Cletus persönlich eine Nachricht in die Hand zu drücken.*

Das eröffnet die sehr reale Möglichkeit, daß ein amerikanisches U-Boot, das die Position der Océano Pacifico *durch Hans-Peter von Wachtstein erhalten hat, an dieser Stelle auftauchen wird, wenn von Wachtstein die* Coronel Gasparo *zu der* Océano Pacifico *fährt, und es Torpedos abschießen wird, während der Kapitän der* Océano Pacifico, *Standartenführer Goltz und ich Höflichkeiten austauschen.*

Vielleicht wäre das passend.

Wie erreiche ich die Estancia Santa Catharina von hier aus?

Peter telefonierte noch einmal und kam beim vierten Versuch durch.

»Estancia Santa Catharina.«

»Señorita Alicia Carzino-Cormano bitte, Señor Cóndor ist am Apparat.«

»Einen Augenblick bitte, por favor, Señor. Ich sehe nach, ob die Señorita zu Hause ist.«

»O Gott, Peter, wo bist du?«

»Magdalena.«

»Magdalena?« wiederholte Alicia ungläubig.

»Ich brauche Hilfe, Liebling. Wenn es eine andere Möglichkeit gäbe ...«

»Was brauchst du?«

»Du mußt herkommen, mich abholen und zur Estancia San Pedro y San Pablo bringen und dann hierher zurück.«

»Warum?«

»Das kann ich dir nicht sagen.«

»Wo bist du in Magdalena? Im Hotel San Martin?«

»In einer Raststätte an der Schnellstraße.«

»Die kenne ich«, sagte Alicia. »Ich werde eine Stunde brauchen. Ist das alles, was du mir zu sagen hast?«

»Liebling, ich weiß keine andere Möglichkeit ...«

»Ich dachte an so etwas wie »Te amo, Alicia.«

»Te amo, Alicia«, sagte Peter, und aus irgendeinem Grunde brach seine Stimme.

»Eine Stunde, mi vida«, sagte Alicia und legte auf.

2

Estancia San Pedro y San Pablo
Bei Pila, Provinz Buenos Aires

19. April 1943, 22 Uhr 45

Als el Patrón auf dem Rücksitz des alten Rolls-Royce auf der Estancia San Pedro y San Pablo eintraf, war er in einem Zustand sexueller Erregung und Frustration. Er schämte sich auch ein wenig.

Bei der Abfahrt von Doroteas Elternhaus wurden ihre minutenlangen Umarmungen schnell leidenschaftlich. Und Señorita Dorotea Mallin erkannte, daß es – wenn sie nicht Einhalt gebot – Aktivitäten auf dem Ledersitz geben würde, die nicht nur unschicklich sein, sondern auch nicht der Aufmerksamkeit von Suboficial Mayor Enrico Rodriguez entgehen würden, der den Rolls fuhr.

»Stop, Cletus«, befahl sie entschieden, »nicht *hier*!«

Sie lösten sich voneinander und setzten sich auf dem dunkelroten Ledersitz so weit auseinander wie möglich. Dorotea legte die Hände auf den Platz zwischen ihnen, und Clete ergriff sie.

So fuhren sie vielleicht eine halbe Stunde. Dann bemerkte Clete, daß Dorotea eingedöst war. Er fand das sehr süß, aber sehr schnell dachte er anders darüber. So wie sie dasaß, war das ganz klar unbequem für sie. Jedesmal, wenn ihr Kopf auf den Busen hinabsank, ruckte er plötzlich wieder hoch.

Mit völlig unschuldiger Motivation zog Clete die dösende Dorotea an sich und ließ ihren Kopf auf seinem Schoß ruhen. Er streichelte ihr zärtlich und liebevoll ein paar Minuten lang übers Haar, sagte sich staunend, daß dieses süße und zarte Geschöpf ihn liebte, sein Kind unter dem Herzen trug und – sobald sie diese gottverdammte voreheliche Beratung von diesem Very Reverend Matthew Cashley-Price hinter sich hatten – seine Braut und seine Frau werden würde, bis daß der Tod sie scheiden würde.

Mit dieser gewiß keuschen und vielleicht sogar noblen Gedankenweise döste er selbst ein.

Er erwachte zwei Stunden später und stellte fest, daß Doroteas Kopf immer noch unschuldig auf seinem Schoß ruhte, ihm jedoch einen überraschend scharfen Schmerz bescherte, weil er das hatte, was der Vater aller Erektionen sein mußte.

Clete bemühte sich, den Schmerz zu ertragen. Er schaute aus dem Fenster. Viel war nicht zu sehen.

»Wo sind wir?«

»In ungefähr fünf Minuten sind wir zu Hause«, sagte Enrico und fügte hinzu: »Sie haben wieder geschnarcht, Señor Clete.«

»Vielen Dank, Enrico«, sagte Clete, und dann stöhnte er vor Schmerz auf.

»Señor?«

»Es ist nichts«, sagte Clete.

Er versuchte, Dorotea sanft zu wecken. Das bewirkte nur eine Verlagerung ihres Kopfes mit einer gleichzeitigen schmerzvollen Reaktion des physiologischen Symbols seines Geschlechts.

»Schatz«, sagte er gezwungen heiter, was ihn viel Mühe kostete, »wach auf, wir sind fast da!«

Er mußte die Botschaft dreimal wiederholen, bis er Doroteas friedlichen Schlummer beenden konnte. Inzwischen sah er die Lichter des Haupthauses.

Dorotea stemmte sich auf, und dabei berührte sie mit der Hand unschuldig die Ursache seines Unbehagens.

»Cletus«, sagte sie spitz, »du solltest dich schämen.«

Aus Gründen, die ihm unerklärlich waren, drückte sie ihn, und das auch noch ziemlich fest.

»Menschenskind, Dorotea!«

Enrico hupte dreimal kurz.

Als sie auf den Zufahrtsweg vor dem großen Haus einbogen, ging die Verandabeleuchtung an. Clete sah, daß Rudolpho, der seinen kurzläufigen Mauser-Karabiner dabeihatte, schnell von der Veranda zum Wagen kam.

Gut. Ich kann ihn zur Funkstation schicken und Tony ausrichten lasen, daß ich ihn sehen will. Vielleicht weiß er mehr über David Ettinger, als Martin gesagt hat oder weiß. Und auf jeden Fall sollte ich Graham über Funk mitteilen, daß das Flugzeug hier ist und daß der neue Präsident von Argentinien General Rawson heißt.

Ich weiß nicht, wieviel Aufmerksamkeit Rawson mir zollen wird, aber ich zweifle nicht daran, daß er sich anhören wird, was ich ihm zu sagen habe. Wir wurden in der Piper Cub sozusagen Kumpel.

»Buenas tardes, Patrón«, sagte Rudolpho. »Señorita.«

Clete schüttelte Rudolpho die Hand.

»Können Sie zur Funkstation rausfahren und Teniente Pelosi sagen, daß ich ihn sprechen muß?« fragte Clete.

»El Teniente ist im Haus, Patrón.«

Na großartig. Und das erklärt, warum er den Karabiner mit sich herumschleppt, nicht wahr?

»Schatz, möchtest du etwas essen?« fragte Clete.

Dorotea lächelte ihn süß an.

»Es war ein langer Tag«, sagte sie. »Warum gehen wir nicht gleich schlafen?«

Eines der Hausmädchen kam zum Wagen.

Gott sei Dank ist niemand außer Tony hier. Wir können auf das blöde Getue verzichten, daß wir getrennt schlafen.

»Bringen Sie bitte das Gepäck der Señorita auf mein Zimmer und lassen Sie ein Bad für sie ein.«

»Cletus!« protestierte Dorotea.

»Niemand ist hier, warum also nicht?«

Dorotea schüttelte den Kopf, wandte jedoch nichts mehr ein.

»Ich brauche ein, zwei Minuten mit Tony, und dann komme ich zu dir.«

»Das solltest du auch«, sagte Dorotea. »Ich bestehe darauf, daß du das Versprechen erfüllst, das du im Wagen gemacht hast.«

»Welches Versprechen?«

»Hast du das bereits vergessen?«

Er begriff, was sie meinte, und wurde rot.

»Wo ist el Teniente?« fragte Clete.

»In der Bibliothek, Patrón.«

»Ich möchte ihn kurz begrüßen«, sagte Dorotea und folgte Clete zur Bibliothek. Er hielt ihr die Tür auf, und sie trat vor ihm ein.

»Ah, Señorita Mallin«, ertönte eine vertraute Stimme. »Welch ein unerwartetes Vergnügen! Wie schön, Sie wiederzusehen.«

Allmächtiger, wer ist das? dachte Clete. *Klingt wie Colonel Graham.*

»Und Major Frade höchstpersönlich!« sagte Colonel A. F. Graham, USMCR. »Welch ein Zufall! Wir sprachen gerade über Sie.«

»Ich sagte dem Colonel, daß Sie vermutlich früher oder später hier auftauchen werden, Tex«, sagte Mr. Milton Leibermann. »Und uns alles über die Revolution erzählen werden.«

»Was ist los?« fragte Clete.

»Entschuldigen Sie bitte meine schlechten Manieren, Señorita Mallin«, sagte Graham und ignorierte Cletes Frage. »Sie kennen Lieutenant Pelosi, das weiß ich. Aber nicht diese anderen Gentlemen, glaube ich. Darf ich Ihnen Commander Delojo, unseren Marineattaché, und Mr. Milton Leibermann, den juristischen Attaché der Amerikanischen Botschaft in Buenos Aires, vorstellen?«

Verdammt, was läuft hier? dachte Clete.

Commander Delojo und Milton Leibermann schüttelten Dorotea die Hand. Leibermann erklärte, sie sei noch schöner, als Pelosi ihm erzählt habe.

»... und Mr. Ralph Stevenson, den Kulturattaché unserer Botschaft in Montevideo und Captain Maxwell Ashton III.«, fuhr Graham fort. »Gentlemen, Señorita Mallin, Major Frades Verlobte.« Er legte eine Pause ein und schaute Clete an. »Als Tony uns diese wunderbare Nachricht erzählte, Clete, war ich ehrlich gesagt, ein bißchen gekränkt, weil Sie mich das nicht wissen ließen. Ich hätte ein Präsent oder so was geschickt.«

Clete erwiderte nichts.

Enrico betrat die Bibliothek, sah sich um und blickte dann Clete an.

»Und dieser Gentleman«, sagte Graham, »ist Suboficial Mayor im Ruhestand Enrico Rodriguez von der argentinischen Armee, manchmal vorgestellt als Coronel Rodriguez.«

Das hat Graham anscheinend von dem Colonel in Porto Alegre gehört, dachte Clete.

Oder war er vielleicht hier?

Und offenbar ist er unter dieser Maske perfekter Manieren sauer auf mich?

Warum?

Was, zur Hölle, habe ich falsch gemacht, abgesehen davon, daß einer meiner Männer umgebracht wurde?

Nun, wenn ihn das sauer macht, ist es berechtigt.

»Mir ist klar, daß ich störe, Señorita Mallin«, sagte Graham, »aber ich muß jetzt mit Cletus sprechen, und zwar mit ihm allein.«

Dorotea schaute Clete an, blickte zu Graham, machte kehrt und verließ wortlos die Bibliothek.

Clete sah Graham an.

»Ich übernehme die volle Verantwortung für den Tod von Sergeant Ettinger«, sagte Clete. »Ich hätte sicherstellen müssen, daß er auf der Estancia bleibt.«

»Es überrascht mich nicht, daß Sie das sagen, Clete«, erwiderte Graham, »aber es überrascht mich, daß Sie von Ettingers Tod wissen. Wer hat Ihnen die Information gegeben?«

»Das ist unwichtig.«

»Ich entscheide, es ist wichtig.«

»Ich entscheide, was ich Ihnen sage.«

»So läuft das nicht.«

»Doch, so läuft das«, sagte Clete.

Commander Delojo schaute Graham an und erwartete eine für ihn zufriedenstellende Reaktion auf Cletes Gehorsamsverweigerung.

»Wenn Sie mir sagen, was Sie wissen, über Ettinger, meine ich«, erwiderte Graham enttäuschend für Delojo, »werden ich oder Stevenson irgendwelche Lücken mit unserem Wissen ausfüllen.«

»Vor Milton Leibermann?« fragte Clete.

»Vor Milt«, sagte Graham.

»Einschließlich der Gründe, aus denen Ettinger das Gefühl hatte, nach Montevideo reisen zu müssen?«

»Ja«, sagte Graham. »Milt weiß, woran Ettinger gearbeitet hat; ich habe es ihm gesagt.«

Wenn das OSS die ganze Zeit mit dem FBI geredet hätte, wäre David vielleicht noch am Leben, dachte Clete ärgerlich.

Er schaute Leibermann an.

»Man sagte mir, Ettinger wurde erstochen in den Dünen am Strand des Rio de la Plata nördlich von Carrasco gefunden. Es war vermutlich ein Auftragsmord, durchgeführt von uruguayischen Gangstern, und die Killer wurden von Standartenführer Goltz bezahlt oder von jemandem, der für ihn arbeitete. Aber auf Goltz' Befehl hin. Goltz ist auch der Verbrecher, der den Befehl zur Ermordung meines Vaters gab.«

»Sie müssen eine ziemlich gute Informationsquelle haben«, sagte Graham. »Das ist ungefähr alles, was wir wissen. Abgesehen davon, warum die uruguayische Polizei glaubt, daß die Mörder uruguayische Kriminelle sind. Wollen Sie das hören?«

»Bitte.«

Graham schaute Stevenson an und forderte ihn mit einer Geste auf, die Information zu geben.

»Sie schnitten Sergeant Ettingers Penis ab und stopften ihn in seinen Mund«, sagte Stevenson. »Wie soll ich das erklären? Dies machen die Gangster hier mit Lockvögeln und Spitzeln. Offenbar wollte man damit Leuten eine Botschaft übermitteln.«

»Welche Art Botschaft? An wen?«

»An die deutsche jüdische Gemeinde in Montevideo und hier«, fuhr Stevenson fort. »Dieser Ettinger – in seiner Rolle als deutscher Jude, nicht als OSS-Agent – hatte zuviel – das heißt überhaupt – über die Lösegeld-Operation der Deutschen geredet. Die Botschaft lautet, daß jeder der darüber spricht, ermordet wird, und zwar auf diese Weise.«

»Ich finde, wir sollten den Deutschen eine Botschaft schicken«, sagte Clete, »daß jeder, der den Mord an einem von uns befiehlt, eine Gewehrkugel zwischen die Augen bekommt.«

»Standartenführer Goltz erschießen, meinen Sie?« fragte Graham.

»Oder ihm das Gehirn aus dem Schädel sprengen«, sagte Tony Pelosi. »Wenn Clete mich hätte tun lassen, was ich wollte, dann wäre Dave vielleicht noch am Leben.«

»Erzählen Sie mir davon«, sagte Graham ruhig.

Da war etwas in seiner Stimme, das Clete nicht gefiel, und er versuchte, Tony zu signalisieren, daß er besser die Klappe hielt, doch Tony war auf Graham konzentriert und sah es nicht.

Vermutlich hätte er es ohnehin nicht verstanden, dachte Clete.

»Ich schlug eine Möglichkeit vor, Colonel«, sagte Tony frei heraus, »dem Bastard das Gehirn aus dem Ohr zu blasen. Ich habe es sogar mit einer Kuh getestet, die Enrico mir aus dem Schlachthaus besorgte. Man braucht nur ein Stück Plastiksprengstoff, das ungefähr so groß ist wie ein normaler Daumennagel. Man steckt es in die Hörmuschel eines Telefonhörers. Ich kann das so zusammenbasteln, daß die Ladung fünf Sekunden nach dem Abnehmen des Hörers in die Luft geht, oder die Sprengung durch Strom per Fernbedienung auslösen. Zweihundertzwanzig Volt versauen zwar die Telefonanlage, aber wen juckt das?«

»Dieses Testen, Lieutenant Pelosi«, sagte Graham, und jetzt klang seine Stimme eisig, »fand das statt, bevor oder nachdem Major Frade Ihnen befahl, Standartenführer Goltz nicht zu töten?«

Tony spürte jetzt, daß er in Schwierigkeiten war.

»Ich dachte, ich könnte Cle ... Major Frade vielleicht umstimmen, seine Meinung zu ändern, Sir«, sagte er.

»Lassen Sie mich einiges sagen, Lieutenant Pelosi«, begann Graham und legte eine Pause ein, um seine Gedanken zu formulieren. »Erstens, Sergeant Ettinger ist tot, weil er Major Frades Befehl, auf der Estancia zu bleiben, nicht befolgte. Machen Sie sich das klar. Zweitens, Sie sind Offizier der Army der Vereinigten Staaten, kein Gangster, der für Al Capone in Chicago arbeitet. Standartenführer Goltz ist kein italienischer Gangster, der nach dem Mafia-Ehrenkodex aus Rache gekillt wird. Können Sie mir soweit folgen?«

»Jawohl, Sir«, sagte Tony und nahm Grundstellung ein. Er wurde zusammengestaucht und wußte es.

»Gut!« fuhr Graham fort. »Drittens, das OSS ist eine militärische Organisation. Gelegentlich mag es nötig sein, daß wir Leute eliminieren, aber das tun wir nur, wenn die zwingende militärische Notwendigkeit besteht – und Rache entspricht niemals diesem Kriterium. In dieser Situation wäre die Eliminierung von Standartenführer Goltz kontraproduktiv, würde also ein gewünschtes Ergebnis verhindern.«

»Was hat er gesagt, Señor Clete?« fragte Enrico.

»Er sagt, Tony darf Goltz nicht das Gehirn aus dem Ohr blasen«, sagte Clete.

Es war etwas an Major Frades frechem Sarkasmus, das Colonel Graham veranlaßte, seinen Zorn auf Clete zu richten.

»Das trifft auch auf Sie zu, Frade«, sagte Graham ärgerlich. »Ich kann kaum glauben, daß Ihnen die Wichtigkeit der Operation Lindbergh so wenig bewußt ist, daß Sie auch nur mit dem Gedanken spielen, geschweige denn ihn ernsthaft erwägen, daß wir den Mann eliminieren, der der Schlüssel dazu ist, Standartenführer Goltz.«

Enrico starrte Graham an.

»Was hat er gesagt?«

Mit Clete ging das Mundwerk durch.

»Er sagt, ich darf Goltz auch nicht zwischen die Augen schießen«, antwortete er.

Captain Ashton mußte lachen, und das war wie ein Zündfunken für das Latino-Temperament von Alejandro Frederico Graham, Colonel, USMCR.

»Ich habe mehr als genug von Ihnen hingenommen, Frade!« zürnte Graham. Er wandte sich Ashton zu, stieß einen Finger in seine Richtung und schrie fast: »Dies ist nicht lustig, verdammt, Ashton!«

»Verzeihung, Sir«, sagte Ashton, wirkte jedoch nicht wirklich reuevoll.

Commander Delojo sah erfreut aus. Er sagte sich, daß Major Frade endlich die langverdiente Strafe erhielt.

Als sich Graham wieder Clete zuwandte, hatte er jedoch die Beherrschung wiedergewonnen.

»Ich sollte Ihnen das nicht erklären müssen, Clete, aber ich werde es tun«, sagte er ruhig. »Die Eliminierung von Goltz würde dazu führen, daß die Leute, für die er arbeitet, sich fragen, wer der Täter ist und warum er es tat. Sie würden ganz logisch folgern, daß vermutlich Sie der Täter waren. Da sie wissen, daß Sie beim OSS sind, werden sie sich vermutlich fragen, wieviel Sie – und das OSS – über das erfahren haben, was wir die Operation Lindbergh nennen. Deshalb würden sie in Zukunft größere Anstrengungen unternehmen, um die Geheimhaltung und Sicherheit der Operation Lindbergh sicherzustellen, die sie natürlich fortsetzen. Können Sie mir soweit folgen?«

»Jawohl, Sir.«

»Wie die Dinge jetzt liegen, wissen wir – und die Deutschen wissen davon nichts oder können sich jedenfalls nicht sicher sein, ob wir etwas herausgefunden haben – über die Operation und daß Goltz sie leitet mit Unterstützung von ... wie ist der Name des Kassierers?«

»Von Tresmarck, Sir«, sagte Clete.

»... mit Unterstützung von Tresmarcks in Montevideo«, fuhr Graham fort. »Zwischen Ihnen hier und Stevenson in Montevideo, plus Milt und seinen Leuten hier und dem FBI in Montevideo können wir die Operation Lindbergh und von Tresmarck im Auge behalten, bis die Entscheidung getroffen wird, was wir unternehmen.«

»Das verstehe ich nicht, Colonel«, sagt Clete. »Welche Entscheidung?«

»Die wird vom Präsidenten kommen«, sagte Graham. »Dem bis jetzt noch nichts davon gesagt wurde. Es geht um das Leben von Tausenden Juden in Konzentrationslagern und ebenso um die Zufluchtsstätten, die die Deutschen hier, in Uruguay, Paraguay, Chile und wer weiß wo sonst noch aufbauen wollen. Ich bin froh, daß die schwierige Entscheidung, was wir dagegen unternehmen, nicht von mir gefällt werden muß.«

»Warum hat man dem Präsidenten nichts gesagt?« fragte sich Clete laut.

»Weil Direktor Donovan nicht ohne mehr Fakten zum Präsidenten gehen will. Einschließlich der Identität von Galahad, woher Galahad von Lindbergh weiß und seine Motivation, uns davon zu erzählen. Ich wurde hergeschickt, um diese Information zu besorgen, Clete. Für so wichtig hält Donovan sie.«

»Milton, Sie wußten zuvor nichts davon?« fragte Clete.

»Ich hörte Geflüster«, sagte Leibermann. »Ich habe herumgefragt. Die Juden wissen, daß ich von der Botschaft bin, und fast mit Sicherheit, für wen ich arbeite. Da gibt es eine Mauer des Schweigens. Und ich bin der einzige Jude beim FBI hier, und die Juden sprechen nicht bei einem nordamerikanischen Iren oder Mormonen über so etwas.«

»Sie haben gehört, was ich über den Hauptgrund meines Hierseins gesagt habe, Clete?« fragte Graham.

»Es tut mir leid, ich kann Ihnen nicht mehr über Galahad sagen, als ich bereits gesagt habe.«

»Wir müssen darüber reden«, sagte Graham ohne Groll, was Commander Delojo sichtlich enttäuschte.

Clete zuckte mit den Schultern.

»Und, was das anbetrifft, ich kann auch nicht mehr über Kavallerie sagen«, fügte er hinzu.

»Auch darüber müssen wir reden«, sagte Graham.

»Aber im Augenblick müssen wir Oracle über Funk melden, was wir über die neue Regierung wissen. Wo, zum Teufel, waren Sie, Clete, als die Revolution stattfand? Fangen Sie am besten damit an, welche Abmachungen Sie getroffen haben, um dieses Flugzeug so leicht ins Land zu bringen.«

»Es war nicht leicht«, sagte Clete. »Es sollte eine C-45 sein, keine Lockheed Lodestar.«

»Ich habe davon gehört.« Graham lachte. »Ich sprach davon, wie Sie es schafften, daß die argentinische Armee Ihnen die Landung in Santo Tomé erlaubte. Hat Ihr Freund Kavallerie etwas damit zu tun?«

»Okay. Ja.«

»Und wohin flogen Sie mit der Lodestar von hier aus?«

»Der Handel, den ich machte, um das Flugzeug nach Argentinien zu bekommen, bestand darin, daß ich es für die Grupo Oficiales Unidos verfügbar hielt und sie ausfliegen wollte, wenn OUTLINE BLUE schiefgegangen wäre. So flog ich das Flugzeug von hier zum Campo de Mayo.«

»Sie brauchten es offensichtlich nicht. Was großes Glück ist. Der Botschafter hätte es höllisch schwer gehabt, Präsident Castillo zu erklären, warum ein amerikanischer OSS-Agent eine Flugzeugladung von Verrätern außer Landes fliegt. Daran haben Sie vermutlich gedacht, oder?«

»Nein, sie brauchten das Flugzeug nicht, und nein, ich habe nicht an die Folgen gedacht. Ich mußte das Flugzeug für die Operation *Océano Pacifico* haben, und es war wichtig, Ashton und sein Radar ins Land zu bringen.«

»Meinen Sie nicht, Sie hätten um Rat bitten sollen, um die Genehmigung, solch eine Entscheidung zu treffen?« fragte Commander Delojo.

»Wen sollte ich fragen?« brauste Clete auf. »Sie?«

»Ruhig, Clete«, mahnte Graham, und dann fuhr er fort. »Was haben die Argentinier gemacht? Sie einfach hier warten lassen, bis sie sicher waren, daß sie das Flugzeug nicht brauchen würden? Und wo ist es übrigens jetzt?«

»Nicht genau«, sagte Clete.

»Was nicht genau?«

»Ich bin mir nicht sicher, ob Sie das wissen wollen«, sagte Clete.

»Und ob ich das wissen will!«

»Sie hatten ein kleines Problem bei der Kommunikation mit den Kolonnen, die vom Campo de Mayo zur Casa Rosada marschierten. So half ich ihnen dabei.«

»Seien Sie nicht so ausweichend.«

»Ich flog eine Piper Cub für sie.«

»Sie haben sich an dem Staatsstreich beteiligt?« fragte Delojo entgeistert. »Eine aktive Rolle dabei übernommen?«

Graham ignorierte ihn.

»Wohin sind Sie mit der Piper Cub geflogen?« fragte er Clete.

»Ich habe General Rawson herumgeflogen«, sagte Clete. »Eine der Kolonnen lag bei der Pionierschule fest. So landeten wir dort, und Rawson gab den Befehl, um die Widerständler herum zu marschieren. Und dann flogen wir zu der anderen Kolonne, die gestoppt hatte, weil die erste Kolonne auf Widerstand gestoßen war, und warfen eine Botschaft ab, mit der befohlen wurde, den Marsch fortzusetzen. Und dann flogen wir zur Casa Rosada und beobachteten, wie sich beide Kolonnen zusammenschlossen.«

»General Rawson war bei Ihnen?« fragte Graham.

»Ja, das war er«, sagte Clete und fügte hinzu: »Man hat mir ein Offizierspatent angeboten. Ich habe es abgelehnt.«

»Sie hätten Ihre Staatsbürgerschaft verloren«, sagte Delojo empört. »Sie wären ...«

»Ich habe daran gedacht«, unterbrach Clete. »Deshalb habe ich abgelehnt.«

»Wo ist das Flugzeug jetzt?« fragte Graham.

Es klopfte an der Tür. Clete sagte sich, daß es höchstwahrscheinlich Dorotea war, die sich fragte, wo er so lange blieb.

Es war ein Hausmädchen.

»Señor Frade«, sagte das Mädchen. »Señorita Carzino-Cormano ist hier und möchte mit Ihnen sprechen.«

»Enrico, kümmere dich darum, ja?« sagte Clete, und dann berichtete er weiter. »Ich wurde erst nach Einbruch der Dunkelheit freigelassen. Ich wollte nicht versuchen, die Lockheed hier im Dunkeln zu landen. So bat ich sie, mich in die Stadt zu bringen, holte dort einen Wagen ab und fuhr hierhin.«

»Sie hielten nur lange genug, um Ihre Verlobte abzuholen, richtig?« fragte Commander Delojo sarkastisch.

»Warum sind Sie nicht in Buenos Aires geblieben?« fragte Graham schnell, um Cletes Antwort an Delojo abzublocken. »Damit Sie das Flugzeug am Morgen zur Verfügung haben?«

Clete zögerte mit der Antwort, überlegte offensichtlich, ob es klug war, Delojo eine harte Antwort zu geben, und als er dann antwortete, verriet seine Stimme, daß er sich nur mühsam beherrschen konnte.

»Ich fuhr hierher, um zu erfahren, ob hier jemand mehr als ich darüber wußte, was Dave Ettinger widerfahren ist. Und ich dachte, Ashton könnte mich vielleicht für etwas brauchen. Und ich dachte auch daran, Ihnen eine Botschaft in die Staaten zu funken – ich wußte nicht, daß Sie hier sind – und mitzuteilen, daß OUTLINE BLUE geklappt hat. Ich werde am Morgen mit einer der Cubs rüberfliegen und die Lockheed abholen.«

Enrico steckte den Kopf durch die Tür. Das überraschte Clete, denn Enrico war nur kurz weg gewesen.

»Señor Clete?« sagte er und forderte ihn mit einem Wink auf, aus der Bibliothek zu kommen.

Clete ging hinaus und schloß die Tür hinter sich.

»Wenn ich das sagen darf, Colonel, mir mißfällt sein Verhalten«, bemerkte Commander Delojo.

»Wenn ich das sagen darf, Commander – ehrlich gesagt, ich bin selbst nicht davon begeistert –, aber wenn er zurückkommt, halten Sie den Mund, bis ich Ihnen etwas anderes sage«, erwiderte Graham.

»Wenn Frade hierher geschickt wurde, damit er ein gutes Verhältnis zu der neuen Regierung herstellt, dann war die Mission sicherlich erfolgreich, Alejandro«, sagte Leibermann.

Graham nickte.

»Wenn er uns nicht in diesem Flugzeug hergeflogen hätte«, sagte Ashton, »dann wären mein Team und das Radar immer noch in Porto Alegre.«

»Sir«, sagte Tony Pelosi, »ich möchte klarstellen, daß Major Frade, als ich vorschlug, Goltz' Telefon mit Sprengstoff zu präparieren, sofort sagte, daß ich das vergessen soll.«

»Hält hier der Cletus-H.-Frade-Fanklub seine jährliche Versammlung ab?« sagte Graham, aber ein Lächeln spielte um seine Lippen. Dann fügte er hinzu: »Gott, wartet ab, bis ich Donovan erzähle, daß Frade während der Revolution Rawson herumgeflogen hat.«

Clete und Enrico kehrten drei Minuten später in die Bibliothek zurück.

»Was hatte das zu bedeuten?« fragte Graham.

»Ich habe die Position, wo die *Océano Pacifico* in der Samborombón-Bucht ankern wird. Wenn sie nicht bereits dort ist«, sagte Clete.

»Woher haben Sie die?« fragte Graham.

»Und den Ort, an dem Goltz mit dem an Land gehen wird, was vermutlich all dieses Geld ist, das an Bord der *Océano Pacifico* sein soll.«

»Wer ist Ihre Quelle?« fragte Graham.

»Die Landung wird morgen früh stattfinden. Beim ersten Tageslicht wird ein Boot Magdalena verlassen, zur *Océano Pacifico* fahren, die Fracht übernehmen und an Land bringen.«

»Ich muß Ihre Quelle wissen, Clete«, beharrte Graham.

»Dies kommt aus dem Mund von Galahad, Colonel,

aber das ist alles, was ich Ihnen sagen kann, wenn ich mich beim Rasieren noch im Spiegel ansehen will.«

Graham setzte zu einer Erwiderung an, überlegte es sich dann jedoch anders.

»Wie lange werden Sie brauchen, um mit dem Flugzeug dorthin zu fliegen ... oder am Morgen diese Position in der Samborombón-Bucht zu überfliegen?«

»Ungefähr eine Stunde von hier bis zum Campo de Mayo, sagen wir zwanzig, dreißig Minuten hier auf dem Boden und dann eine halbe Stunde, um die Lockheed hierher zu fliegen.«

»Und über die *Océano Pacifico*?«

»Ungefähr die gleiche Zeit.«

»Eines weiß ich mit Sicherheit: Wir müssen dieses Flugzeug in die Hände bekommen. Das ist also geregelt. Sie halten sich bereit, beim ersten Tageslicht zum Campo de Mayo zu fliegen.«

»Aye, aye, Sir.«

»Das ist alles, Clete«, sagte Graham. »Schlafen Sie gut. Stellen Sie Ihren Wecker, damit Sie rechtzeitig wach sind, um zu frühstücken und beim ersten Tageslicht zu starten.«

Clete nickte.

O Mann, ich bin entlassen!

Er blickte Graham an, der es offiziell machte.

»Das ist alles, Major, danke«, sagte Graham. »Weggetreten!«

Clete stieg das Blut in die Wangen, aber er hielt den Mund und verließ die Bibliothek. Enrico folgte ihm.

3

Colonel A. F. Graham schaute der Reihe nach alle in der Bibliothek verbliebenen Offiziere an und hefte den Blick schließlich auf First Lieutenant Anthony J. Pelosi.

»Sie sollten einen weiteren Ausflug zur Funkstation machen, Pelosi, um nachzusehen, ob etwas Neues eingetroffen ist. Danach werden wir Sie heute nicht mehr brauchen. Stellen Sie ebenfalls Ihren Wecker. Ich möchte, daß Sie auf sind, wenn Frade losfliegt.«

»Jawohl, Sir.«

»Was Sie anbetrifft, Commander, so sehe ich keinen Grund, daß Sie hier draußen bleiben, nachdem wir nun Frade gefunden haben. Oder umgekehrt er uns. Sie können also nach Buenos Aires zurückkehren.«

»Jawohl, Sir. Sir, ich bin bereit, hierzubleiben ...«

»Ich will, daß Sie dafür sorgen, daß ich morgen jederzeit Kontakt mit dem Botschafter aufnehmen kann«, schnitt Graham ihm das Wort ab. »Es ist durchaus möglich, daß dies nötig sein wird.«

»Aye, aye, Sir.«

»Sie können beide gehen«, sagte Graham, und sie verließen die Bibliothek.

»Ashton, kann Ihr Radar ein Schiff – nicht unbedingt die *Océano Pacifico* – auf einer Position bestätigen, die wir von Frade erhalten?«

»Jawohl, Sir, wenn es dort ein Schiff gibt, dann haben wir es bereits geortet.«

»Wo ist die Kamera?«

»Bei dem Radar, Sir.«

»Okay. Sie gehen dort raus, überprüfen, ob das Schiff dort ist, wo Frade sagt, warten bis – sagen wir – fünfzehn Uhr, und wenn dort bei Ihrem Eintreffen keines ist, kehren Sie mit der Kamera hierher zurück. Sie können die Kamera in der Lockheed benutzen?«

»Jawohl, Sir. Ich muß aus dem Seitenfenster aufnehmen, um die besten Ergebnisse zu erzielen.«

»Aber Sie können die Kamera in der Lockheed einsetzen?«

»Jawohl, Sir.«

»Bereiten Sie sich darauf vor.«

»Aye, aye, Sir.«

»Weggetreten, Captain!«

»Aye, aye, Sir.«

Graham wartete, bis er die Bibliothek verlassen hatte, und wandte sich dann Mr. Stevenson zu, dem Kulturattaché der Botschaft der USA in Montevideo, Uruguay.

»Ich möchte Ihnen eine inoffizielle Frage stellen, Ralph«, sagte er, »und ich verspreche, ich werde mich nie daran erinnern, daß ich gefragt habe. Wenn ich nicht hier wäre, und Sie müßten die Entscheidung treffen, was würden Sie dann tun?«

»Eine Entscheidung worüber?«

»Entscheiden wir im Zweifelsfalle zu Frades Gunsten. Sagen wir, seine Quelle ist gut. Morgen in der Frühe werden die Deutschen versuchen, eine große Geldsumme nach Argentinien zu schmuggeln – ich habe Probleme mit der Zahl hundert Millionen Dollar, aber reden wir von einer sehr großen Geldsumme. *Fünf* Millionen. *Zehn* Millionen. Wir wissen, daß dieses Geld auf abscheuliche Weise von Juden in Deutschland geraubt wurde. Nicht nur das, es wird benutzt, um Verstecke für eine Reihe von Typen zu kaufen, bei denen es noch zu human wäre, sie bei lebendigem Leib abzuhäuten. Was machen wir? Versuchen wir zu verhindern, daß sie das Geld einschmuggeln? Versuchen wir, uns das Geld zu schnappen? Wenn wir das tun, stören wir wahrscheinlich die Operation Lindbergh. Das ist eine dreckige Sache, aber Leute, die sonst erschossen oder vergast werden oder verhungern würden, einschließlich Frauen und Kinder, kommen dadurch aus den Konzentrationslagern raus. Die dritte Möglichkeit: Wir tun nichts, lassen sie das Geld ins Land bringen und versuchen im Auge zu behalten, was damit geschieht, in der Hoffnung, daß wir nach dem Krieg das Richtige tun können.«

»Ich möchte diese Frage lieber nicht beantworten, Colonel«, sagte Stevenson sofort.

»Antworten Sie. Was würden Sie an meiner Stelle tun?«

Stevenson sah Graham einen Moment lang in die Augen und zuckte dann mit den Schultern.

»Das Geld hereinlassen«, sagte er. »Versuchen, es im Auge zu behalten. Aufbieten, was immer nötig ist, um genug FBI-Agenten und sonstiges darauf anzusetzen, der Spur des Geldes zu folgen. Andernfalls kämen die Leute nicht aus den Konzentrationslagern heraus. Sind Menschenleben nicht mehr wert als Geld?«

Graham antwortete nicht direkt.

»Das Gespräch hat nie stattgefunden«, sagte er. »Sie können natürlich gern hierbleiben, Ralph. Aber wenn Sie nach Montevideo zurückkehren möchten ...«

»Ich möchte warten und sehen, was morgen früh passiert«, sagte Stevenson.

»In diesem Fall gute Nacht, Ralph«, sagt Graham. »Schlafen Sie gut.«

Graham brachte ihn hinaus und wandte sich dann zu Milton Leibermann um.

»Zwei zu eins, nicht wahr?« sagte Leibermann.

»Vielleicht drei zu eins. Aber ich habe andere Gedanken. Wenn wir uns dieses Geld schnappten, würden sie dann nicht wissen, daß wir ihnen auf die Schliche gekommen sind?«

»Welchen Sinn hätte das?«

»Es könnte ihnen vor Augen führen, daß dieser Blödsinn mit den Zufluchtsorten ein Traum ist«, sagte Graham.

»Dessen bin ich mir nicht sicher«, meinte Leibermann. »Geld stinkt nicht, wie man so schön sagt.«

»Könnten Sie die Spur des Geldes verfolgen, wie Stevenson meinte?«

»Ja und nein. Ja, wenn ich genügend Leute hätte und wir – die US-Regierung – genügend Druck auf die Regierung Argentiniens, auf alle Regierungen hier – ausüben könnten, damit sie uns Einsicht in die Bankkonten gewähren. Das halte ich für unwahrscheinlich.«

»Ihr Einwand gegen die Möglichkeit, uns das Geld zu schnappen, basiert also auf dem schmutzigen Plan der Nazis, durch den jedoch einige Menschenleben gerettet werden?«

»Ja. Aber ich bin mir nicht sicher, ob da Milton Leibermann, der Philosoph, redet oder Milton Leibermann, der Jude.«

»Das macht es nicht zwei zu eins, Milton: Das macht es eins zu null für das Hereinlassen des Geldes, weil es Leben rettet; eins zu null dafür, daß es reingelassen wird, weil später das Richtige getan werden kann – was unwahrscheinlich ist; und eins zu null dafür, das Geld zu schnappen und die Bastarde wissen zu lassen, daß wir Bescheid wissen.«

»Ich rechne das immer noch zwei zu eins für das Hereinlassen des Geldes«, sagte Leibermann. »Was werden Sie hinsichtlich Frade tun?«

»Sie meinen wegen Galahad und Kavallerie?«

Leibermann nickte.

»Galahad ist offenbar der Luftwaffenpilot. Die Bestätigung erhielten wir heute abend. Frade verließ die Bibliothek, um mit dem Carzino-Cormano-Mädchen zu reden. Drei Minuten später kam er zurück und hatte die Position der *Océano Pacifico* und die Information, daß die Deutschen das Geld am Morgen an Land schmuggeln werden und *wo* das sein wird. Und Sie haben mir erzählt, daß sie mit einem Luftwaffenpilot geht – wie war noch sein Name?«

»Hans-Peter von Wachtstein.«

»... daß Alicia Carzino-Cormano mit einem Luftwaffenpiloten namens von Wachtstein geht.«

»Ja«, stimmte Leibermann zu.

»Von Wachtstein gab Frade den Tip, daß sie ihn ermorden wollten, und Frade sagt sich, daß er ihm verdankt, am Leben geblieben zu sein. Er will mir nicht den Namen verraten, weil er – aus gutem gutem Grund, muß ich leider sagen – Donovan mißtraut und denkt, wenn das OSS ihn für entbehrlich hält, würde Donovan nicht zögern, von Wachtstein zu benutzen, um seinen Vater zu manipulieren, was wahrscheinlich dazu führt, daß von Wachtstein Sohn und Vater ermordet werden. Sie haben gehört, daß Frade sagte, er könne sich sonst nicht mehr im Spiegel ansehen.«

Leibermann zuckte mit den Schultern, was deutlich machte, daß auch er Galahad als identifiziert betrachtete.

»Und Kavallerie?«

»Da bin ich mir nicht sicher. Mal denke ich, es ist dieser BIS-Typ, Martin, und im nächsten Moment nehme ich an, es ist Rawson. Er und Frades Vater waren befreundet ...«

»Das war Frades Vater auch mit el Coronel Juan Domingo Perón.«

»Rawson vertraut Frade anscheinend genug, um ihn nahe an den Staatsstreich heranzulassen, ganz davon zu schweigen, daß er sich von Frade während der Revolution herumfliegen ließ. Und wer außer jemand wie Rawson hätte die Macht, Frade mit seinem Flugzeug in Santo Tomé landen zu lassen?«

»Martin«, sagte Leibermann. »Entweder auf Rawsons Bitte hin oder aus eigener Befugnis.«

»Das bringt mich nicht weiter«, sagte Graham.

»Und was passiert, wenn Sie es riskieren – es ist Ihnen klar, daß Frade keinen der beiden identifizieren wird, oder?«

»Sie werden bemerkt haben, daß ich ihm nicht Stillgestanden und die Beantwortung befohlen habe«, sagte Graham.

»Was passiert also, wenn Sie das Risiko eingehen und

Donovan sagen, Sie denken, daß Galahad von Wachtstein ist ...«

»Ich *weiß*, daß Galahad von Wachtstein ist.«

»... und Kavallerie Rawson ist. Oder Martin. Und Frade findet das heraus? Was passiert dann?«

»Sagen Sie mir das.«

»Wissen Sie, was ich wirklich denke? Daß zum ersten Mal in der Geschichte ein Major des Marine Corps mit dem Navy Cross Ihnen sagt ›Lecken Sie mich am Arsch, ich quittiere den Dienst.‹«

»Glauben Sie wirklich, daß er das tun wird? Das wäre Fahnenflucht im Krieg. Das würde bedeuten, daß er niemals heimkehren könnte.«

»Wo ist daheim, Alejandro? Hier in Argentinien ist er der Urenkel von Pueyerredón, was ungefähr so wie der Urenkel von Washington oder Jefferson ist. Und all dies gehört ihm ...« Leibermann wies in die Runde. »Und, sehr wichtig, er wird diese tolle Blondine heiraten.«

»Er ist ein Ehrenmann. Er hat den Eid eines Offiziers des Marine Corps geleistet«, wandte Graham ein..

»Er ist ein Ehrenmann mit einem reinen Gewissen. Er hat nicht all diese Medaillen erhalten, weil er vor den Japanern davongelaufen ist. Und er kam hierher und erfüllte seine Pflicht als Offizier des Marine Corps – *nachdem* er herausgefunden hatte, daß das OSS ihn für entbehrlich hielt –, und er kam fast ums Leben, als er die *Reine de la Mer* beleuchtete, damit das U-Boot sie torpedieren konnte.«

»Es wäre immer noch Desertion. Vielleicht sogar Hochverrat.«

»Ja. Und nichts von den üblichen Dingen, die Deserteuren in Kriegszeiten widerfahren, würde ihm passieren. Selbst wenn Sie ihn in die Staaten zurückholen könnten, um ihn zu verurteilen – und ich weiß nicht, wie Sie das schaffen könnten; unter anderem betrachten die Argentinier ihn als Staatsbürger –, selbst wenn Sie das könnten, wollen Sie wirklich einen Mann als Deserteur oder Hochverräter verurteilen, dem das Navy Cross verliehen wurde? Das könnten Sie nicht aus den Zeitungen heraushalten. Und sein Großvater würde ein halbes Dutzend US-Senatoren zu Frades Verteidigung anheuern. Die ganze Geschichte würde herauskommen.«

Graham stieß einen Grunzlaut aus.

»Sie können ihn nicht einmal eliminieren lassen«, sagte Leibermann. »Nicht nur wegen Cletus Marcus Howell. Auch Rawson – wenn Sie recht haben und er Kavallerie ist, was ich glaube – wäre wütend. Dann würde Frade hier nichts mehr erfahren, ganz zu schweigen von dem Schaden, den es für Roosevelts diplomatischen Pläne für Südamerika anrichten würde. Und wir würden keine einzige Information mehr durch von Wachtstein erhalten. Und Frades Familie hier …«

»Ich habe nie in Erwägung gezogen, Frade zu eliminieren«, sagte Graham.

»Was werden Sie also tun?«

»Der Präsident der Vereinigten Staaten will wissen, wer Kavallerie und Galahad sind. Was soll ich machen?«

»Wissen Sie, was *ich* mache, wenn ich solche Probleme habe?« sagte Leibermann. »Probleme ohne Lösung? Ich gehe zu Bett und schlafe die Nacht durch. Dann am Morgen, wenn ich aufwache, mögen die Probleme immer noch da sein, aber ich habe wenigstens eine Nacht gut geschlafen.«

»Ist das eine jüdische Weisheit?«

»Gehen Sie schlafen, Alejandro«, sagte Leibermann. »Sehen wir, was morgen passiert.«

XXV

1

Estancia San Pedro y San Pablo
Bei Pila, Provinz Buenos Aires

20. April 1943, 4 Uhr 45

Señorita Dorotea Mallin betrat mit Clete die Bibliothek. Dorotea trug einen seidenen Herrenmorgenmantel, und ihr Haar war zu einem lockeren Zopf geflochten, der in ihren Nacken fiel.

Schönes Mädchen, dachte Colonel A. F. Graham. *Selbst zu dieser frühen Morgenstunde, ohne Make-up und gerade erst aus dem Bett, ist sie das blühende Leben.* Damit kam die Erkenntnis: *Mein Gott, sie ist schwanger! Natürlich. Deshalb heiratet Clete sie, und zwar schon bald, anstatt nach dem Trauerjahr für den verstorbenen el Coronel Jorge Guillermo Frade.*

Und ›daheim‹ ist für Clete dort, wo die Frau ist, die sein Kind zur Welt bringen wird, dachte Graham in Erinnerung an sein Gespräch mit Leibermann.

»Ich wollte nicht Ihren Schlaf stören, Miss Mallin«, sagte Colonel Graham. »Nur Marines müssen zu dieser unchristlichen Zeit aufstehen.«

Sie begegnete seinem Blick.

»Es macht mir nichts aus, Colonel. Ich sagte mir, ich kümmere mich darum, daß jeder Frühstück bekommt«, erwiderte Dorotea.

»Ich bin überzeugt, daß Clete ...«

»Es macht mir nicht aus, Colonel«, wiederholte Dorotea und lächelte süß. »Eigentlich bestehe ich sogar darauf.«

Clete Frade wirkte belustigt.

»Wieviel weiß Dorotea?« fragte Graham.

»Wir hatten heute nacht ein langes Gespräch«, sagte Clete.

»Das war unklug, Major«, sagte Graham.

»Nun, es kam mir in den Sinn, wenn Goltz und Grüner versuchen, sie umzubringen, dann hat sie ein Recht darauf zu wissen, warum.«

Er hat nicht ›Sir‹ oder ›Colonel‹ gesagt, dachte Graham. *Offenbar hat er über die gleichen Dinge nachgedacht, über die Milt Leibermann gesprochen hat. Vielleicht hat er sich bereits entschieden (gewiß hat diese schwangere junge Frau nicht die Nacht damit verbracht, ihn zu ermuntern, etwas zu tun, das den Vater ihres ungeborenen Kindes umbringen könnte), und das Schlimmste, was ich jetzt tun könnte, wäre einen von beiden herumzukommandieren. Oder Dorotea aus der Bibliothek zu weisen. Dies ist sein Haus, und sie ist praktisch seine Frau. Ich kann nur hoffen, daß er mitspielt, wenn ich ihm sage, was ich von ihm möchte.*

»Auf Grund Ihrer Versicherung, daß Ihre Information über deutsche Aktivitäten an diesem Morgen stimmt, Major, habe ich einen Aktionsplan entwickelt«, sagte Graham.

»Meine Information stimmt«, bekräftigte Clete.

»Zusätzlich zu dem Radar, das Captain Ashton mitgebracht hat, gibt es eine Kamera für Luftaufnahmen«, sagte Graham. »Die neueste Entwicklung von Luftkameras und hochauflösendem Film.«

Clete schwieg.

Suboficial Mayor Enrico Rodriguez betrat die Bibliothek.

Warum hast du so lange gebraucht, Sergeant Major? dachte Graham. *Für gewöhnlich tauchst du keine Minute nach deinem Herrn und Meister auf. Ah, jetzt sehe ich es, du hast dich schnell noch rasiert.*

»Guten Morgen, Suboficial Mayor«, sagte Graham.

»Buenos dias, mi Coronel«, erwiderte Enrico und lehnte sich an die Wand, seine übliche Stellung, wie Graham inzwischen fand.

»Wenn überhaupt möglich«, fuhr Graham fort, »wünscht die US-Regierung nicht, wieder die argentinische Neutralität zu verletzten, indem ein U-Boot in ihre Gewässer geschickt wird, um ein Schiff zu versenken, das unter neutraler Flagge fährt. Auch kein Schiff wie die *Comerciante del Océano Pacifico,* das seinerseits die argentinische Neutralität verletzt.«

Clete nickte.

»Ich möchte darauf hinweisen, daß diese Operation geplant wurde, bevor wir von Lindbergh erfuhren und über unsere Quelle die Information erhielten, daß die Deutschen eine enorme Geldsumme nach Argentinien bringen wollen.«

»Hundert Millionen Dollar laut meiner Quelle«, sagte Clete.

Captain Maxwell Ashton III. und First Lieutenant Anthony J. Pelosi der U.S. Army betraten die Bibliothek, beide in Zivil.

»Nehmen Sie Platz, Gentlemen«, sagte Graham. »Señorita Mallin trifft Vorbereitungen für das Frühstück.«

Dorotea lächelte ihn wieder süß an.

»Ich habe die Haushälterin gebeten, ein Frühstücksbüfett zu machen«, sagte sie. »Ich hoffe, das geht in Ordnung?«

»Das wäre perfekt, danke«, sagte Graham. »Ich erzählte gerade Major Frade von der Kamera. Sie haben sie hoffentlich ausprobiert?«

»Scheint perfekt zu funktionieren, Sir«, sagte Pelosi.

»Seit wann bist du Experte darin?« fragte Clete.

»Ich weiß nicht, ob ich ein Experte bin, aber ich weiß, wie man damit umgeht«, erwiderte Tony. »Ich habe dir gesagt, daß ich die Fotoschule in Washington besucht habe.«

»Reden wir einen Moment über die Kamera«, sagte Graham. »Es gibt drei Probleme bei der Luftfotografie. Erstens die Vibration des Flugzeugs. Zweitens, die Instabilität der Kamera wird verstärkt durch die Bewegungen des Flugzeugs. Das dritte Problem ist die Vergrößerung der Negative. Je größer die Vergrößerung, desto mehr Raster ist zu sehen. Der Begriff heißt … körnig ….« Er legte eine Pause ein und schaute Dorotea an.

»Ich befürchte, ich langweile Sie, Dorotea.«

»Überhaupt nicht. Ich bin fasziniert.«

»Netter Versuch, Colonel«, sagte Clete. »Aber Sie könnten genausogut aufgeben. Sie wird nicht weggehen.«

»Dieser Gedanke wäre mir nie in den Sinn gekommen, Major«, sagte Graham.

Clete lachte. »Jawohl, Sir. Davon bin ich überzeugt.«

»Wie ich schon andeutete«, fuhr Graham fort, »Eastman Kodak hat in den Versuchslabors zwei Arten von neuen Filmen hergestellt. Beide reduzieren das Problem der Körnigkeit bei Vergrößerungen beträchtlich. Der langsamere

Film, den wir haben, ist wirklich außergewöhnlich in dieser Hinsicht. Aber das ist ein Film für Tageslicht. Der zweite Film ist viel empfindlicher; er kann ein Bild bei sehr wenig Licht aufnehmen, fast in der Dunkelheit. Er arbeitet zum Beispiel gut bei Mondschein. Aber der Preis dafür sind grobkörnigere Aufnahmen. Verstehen Sie all dies, Major?«

»Ich habe eine ungefähre Vorstellung.«

»Jetzt ist in den Labors des Fernmeldekorps in Fort Monmouth, die mit Sperry-Rand, den Gyroskop-Leuten, eine Plattform für die Kamera entwickelt worden, mit der die Vibrationen des Flugzeugs gedämpft und gyroskopisch stabilisiert werden können. Die Kamera-Plattform ist so entwickelt worden, daß sie in einem Standardflugzeug des U.S. Army Air Corps im Rumpf auf dem Boden installiert werden kann.«

»Ich erinnere mich daran«, sagte Clete. »Aber das war der Boden einer C-45. Was ist mit dem Boden einer C-56?«

»Captain Ashton hat den Boden in der Lockheed untersucht«, sagte Graham. »Es gibt dort kein Problem. Es muß jedoch ein Fenster entfernt werden. Wird das ein Problem sein?«

»Das weiß ich nicht«, sagte Clete nach kurzem Überlegen. »Kann es losgeschraubt werden?« Er schaute Tony Pelosi fragend an.

»Wenn nicht, können wir ein Loch schneiden, nehme ich an«, sagte Tony.

»Dies verschafft uns dann die Möglichkeit, die *Océano Pacifico* aus beträchtlicher Distanz zu fotografieren«, sagte Graham.

»Wie definieren Sie ›beträchtliche Distanz‹?« fragte Clete.

»Zwei Meilen«, antwortete Ashton. »Vielleicht etwas mehr.«

»Der Gedanke war, das Flugzeug weit genug von der *Océano Pacifico* fernzuhalten, damit es nicht als Drohung wirkt«, sagte Graham.

»Aber nicht außer Reichweite ihrer Fliegerabwehr?« fragte Clete herausfordernd.

»Wenn sie das Flugzeug nicht als Bedrohung betrachten, werden sie nicht darauf feuern«, sagte Graham.

Clete sagte nichts, schüttelte jedoch den Kopf, entweder resigniert oder vielleicht verächtlich.

»Aus einer Entfernung von zwei Meilen können wir mit Teleobjektiv und dem neuen Film Fotos machen, auf deren Vergrößerung man den Schnurrbart eines Mannes erkennen kann.«

»Wo wollen Sie diesen Superfilm, auf dem der Schnurrbart von Leuten zu sehen ist, entwickeln und vergrößern?« fragte Clete. »Hat irgend jemand an diesen Punkt gedacht?«

»Ursprünglich war geplant, den Film in Porto Alegre entwickeln und vergrößern zu lassen«, sagte Graham. »Die Marine hat dort ein Fotolabor. Ashton hat einen Vorrat an Spezial-Chemikalien mitgebracht. Die ursprüngliche Idee war natürlich, einen fotografischen Beweis zu haben, daß wir die Position der *Océano Pacifico* kennen. Dieser Beweis sollte der argentinischen Regierung präsentiert werden in der Hoffnung, daß sie der *Océano Pacifico* befiehlt, ihre Gewässer zu verlassen.«

»Einfach, weil das Schiff in der Samborombón-Bucht ankert?« fragte Dorotea. »Warum würden wir das tun?«

Warum würden ›wir‹ das tun? hat sie gesagt, dachte Graham.

Graham bemühte sich, seinen Ärger zu verbergen. »Weil die Argentinier das richtig als dezente Warnung auslegen würden, daß die Amerikaner andere Maßnahmen ergreifen, wenn sie das Schiff nicht aus ihren Gewässern befehlen.«

»›Andere Maßnahmen‹ bedeutet, was sie – was Clete – mit dem ersten Schiff machten?«

»Ja.«

»Das könnte klappen«, sagte Dorotea.

Vielen Dank. Es wärmt mir das Herz, zu wissen, daß ein neunzehnjähriges Mädchen die beste Idee des Stellvertretenden OSS-Direktors für Operationen in der westlichen Hemisphäre billigt – und die Meinung eines halben Dutzend anderer Leute, die alle alt genug sind, um ihr Vater sein zu können. Und dein Geliebter, kleine Lady, hat die Reine de la Mer *nicht ganz allein versenkt. Dazu haben ein Zerstörer und ein U-Boot einen kleinen Beitrag geleistet.*

»Ich sprach von dem ›ursprünglichen Plan‹. All diese Planungen fanden natürlich statt, bevor wir etwas von der Operation Lindbergh und den Nachrichten erfuhren, die uns Clete gestern abend mitteilte«, fuhr Graham fort. »Jetzt geht es um zwei Themen. Um den – Zitat Anfang – neutralen Status – Zitat Ende – der *Océano Pacifico* und um das Geld, das laut Cletes Quelle heute morgen an Land geschmuggelt werden soll.«

»Ich verstehe nicht ganz«, sagte Dorotea.

Graham blickte Clete an.

»Was ist die neue Idee?« fragte Clete.

»Vielleicht schlagen wir zwei Fliegen mit einer Klappe«, sagte Graham. »Oder wenigstens mit einem Satz Fotos. Sagen Sie mir etwas über diesen Captain … heißt er Delgano?«

»Delgano«, bestätigte Clete. »Was ist mit dem?«

»Ich habe das Gefühl, daß er mehr als nur Pilot ist«, sagte Graham.

»Er ist beim BIS«, sagte Clete. »Er arbeitet für Coronel Martin.«

»Sind Sie da sicher?«

»Er hat es mir gesagt.«

»Okay. Der neue Plan. Sagen Sie mir, wenn Sie etwas daran falsch finden. Sie holen die Lockheed ab. Abschweifung vom Thema: vermutlich wird Ihnen Delgano helfen, die Maschine herzufliegen, richtig? Sie können die Lockheed nicht allein fliegen?«

»Nein, ich meine, ja, ich kann die Lockheed allein fliegen. Und ich habe Martin dazu gebracht, zuzustimmen, daß ich Delganos Hilfe nicht brauche. Das kostete einige Mühe. Er wollte, daß Delgano sieht, was ich mit der Lockheed plane.«

Ist das ein weiterer Beweis, daß ›Kavallerie‹ el Coronel Martin ist? dachte Graham.

»Das wollte ich auch«, sagte Graham. »Verdammt!«

»Ich kann Ihnen nicht folgen«, bekannte Dorotea.

»Ich wollte Capitán Delgano an Bord der Lockheed haben, wenn wir die Fotos von dem Boot machen, mit dem etwas nach Argentinien geschmuggelt wird. Von dem Boot, das die *Oceano Pacifico* verläßt, das in der Samborombón-Bucht an Land anlegt und zur *Océano Pacifico* zurückkehrt. Lieutenant Pelosi sollte alles doppelt fotografieren und uns einen Satz Duplikate von den Negativen geben. Einen Satz sollte Capitán Delgano erhalten, zusammen mit den notwendigen Spezial-Chemikalien zur Entwicklung.«

»Ja«, sagte Clete anerkennend. »Er geht zu Martin und sagt: ›Ich weiß, daß diese Fotos echt sind. Ich war bei den Aufnahmen dabei.‹«

»Und die Amerikaner haben Kopien«, sagte Graham. »So könnten die Argentinier die Fotos nicht einfach ignorieren – ›Welche Fotos?‹ Eigentlich ist das ein guter Ausweg für beide. Keiner brauchte den anderen Grund zu erwähnen, warum die *Océano Pacifico* in der Samborombón-Bucht ankert und deutsche U-Boote versorgt. Die Argentinier konnten zum spanischen Botschafter gehen und ihm sagen, sie befehlen die *Océano Pacifico* aus argentinischen Gewässern, weil sie beim Schmuggeln erwischt wurde, wie die Fotos beweisen.«

»Delgano ist vielleicht noch im Campo de Mayo«, sagte Clete. »Aus zweierlei Gründen: um zu verhindern, daß Leute neugierig werden, warum die Lockheed überhaupt hier ist, und weil ich Martin erzählt habe, daß ich vermutlich mit einer der Cubs dorthin fliegen werde, um sie abzuholen. Ich bin überzeugt, daß Delgano als netter Kerl die Cub hierhin zurückfliegen wollte, um zu sehen, ob die Lockheed hier ist. Und/oder sehen wollte, was er sonst noch herausfinden kann.«

»Und Sie könnten ihn höflich bitten, Ihnen beim Fliegen der Lockheed zu helfen?« fragte Graham.

»Ja.«

»Sie werden herfliegen müssen, um die Kamera-Plattform in die Lockheed zu laden«, sagte Graham. »Werden Sie Probleme haben, ihn zu überreden, Sie von hier aus zu begleiten?«

»Ich glaube, ich werde nicht die geringsten Probleme haben«, sagte Clete.

»Und dann fliegst du raus und fotografierst dieses Schiff, so wie du das erste fotografiert hast, als du beschossen wurdest?« fragte Dorotea.

O Gott, dachte Graham, *jetzt wird sie sagen: »Nur über meine schwangere Leiche!«*

»Wenn wir zwei Meilen entfernt sind, werden sie nicht auf uns schießen, Schatz«, sagte Clete.

»Und wenn doch?« fragte Dorotea.

»Dann nehme ich meinen Abschied«, sagte Clete zu Graham und Dorotea zugleich.

»Versprochen?« fragte Dorotea herausfordernd.

Clete zögerte, bevor er antwortete. »Schatz, ich verspreche dir, daß ich dort draußen nichts Dummes tun werde.«

Bitte, Gott, dachte Graham, *laß das reichen, um sie zufriedenzustellen.*

»Sie wissen, Colonel, daß Cletus so etwas zum letzten Mal macht?« sagte Dorotea.

»Wenn dies klappt, Dorotea«, erwiderte Graham und hoffte, daß es aufrichtiger klang, als er sich fühlte, »dann wird er nichts mehr in dieser Art zu tun brauchen.«

»Ich habe mir gedacht, daß Sie so etwas sagen.«

»Die Wahrheit ist, Dorotea, daß Clete weitaus wichtiger für die Regierung der Vereinigten Staaten wegen seines

Einflusses auf General Rawson – oder die neue argentinische Regierung – ist als wegen seiner Tätigkeit als OSS-Agent. Wenn noch einmal so etwas zu erledigen ist, werden wir andere Leute damit beauftragen.«

»Sie kennen meinen … Cletus nicht sehr gut, Colonel«, sagte Dorotea. *Sie hätte fast ›meinen Mann‹ gesagt,* erkannte Graham. »Wenn so etwas noch einmal zu erledigen ist, wird Cletus wieder den verdammten Narren spielen. Ich möchte, daß Ihnen eines klar ist, Colonel: Beim nächsten Mal werde ich mit Zähnen und Klauen kämpfen.«

»Fair genug«, sagte Graham.

»Und in Dorotea könnten Sie Ihre Meisterin finden«, sagte Clete lächelnd, offensichtlich stolz auf sie.

»Das habe ich mir schon gedacht, Major Frade«, sagte Graham. »Okay, lassen Sie mich zum Restlichen kommen. Zum Material, das die Deutschen aus der *Océano Pacifico* ausladen werden.«

»Wir lassen sie das Geld ausladen?« fragte Clete überrascht.

Graham antwortete nicht direkt.

»Leibermann hat den gesamten Stab des Büros des juristischen Attachés der Botschaft – und einige einheimische Angestellte – unterwegs. Sie verfolgen das Material vom Strand bis zu seinem Zielort.«

»Sie lassen diese Bastarde das dreckige Geld nach Argentinien bringen?« fragte Clete ungläubig. »Sie wissen doch, wozu es dienen soll!«

»Ich bin zu dem Schluß gelangt, daß es einige unangenehme Konsequenzen haben wird, wenn wir uns das Geld schnappen«, sagte Graham. »Damit meine ich nicht nur, daß die einzige Fluchtmöglichkeit aus deutschen Konzentrationslagern, von der wir jemals gehört haben, höchstwahrscheinlich verhindert würde.«

Clete dachte darüber nach.

»Abgesehen davon sagte ich mir, daß es ein unannehmbares Risiko für Galahad wäre«, fuhr Graham fort. »Es würden Fragen ihrerseits gestellt werden, woher wir genau wußten, wo und wann das Material – das Geld – an Land gebracht wurde. Nur wenige Leute sind in diese Information eingeweiht, und dazu zählt offenbar Galahad. Die Deutschen haben die häßliche Gewohnheit, Leute zu eliminieren, die sie verdächtigen. Ich möchte nicht, daß Galahad umgebracht wird.«

»Damit Sie ihn wieder benutzen können, richtig?« fragte Clete bitter.

»Richtig.«

Ihre Blicke trafen sich, und dann fuhr Graham fort: »Als Lieutenant Sawyer in Yale war ...«

»Lieutenant Sawyer?« unterbrach Dorotea. »Wer ist das?«

»Lieutenant Madison R. Sawyer der Dritte«, erklärte Clete, und sein spöttischer Tonfall verriet, was er von dem arroganten Typen hielt. »Er ist in Ashtons Team. Ashton nennt ihn ›Gorilla‹.«

»Als Lieutenant Sawyer in Yale war, war er Fotograf für die *Yale Daily News*«, fuhr Graham fort. »Er erzählte das Ashton, und es blieb uns nichts anderes übrig, als ihn beim Wort zu nehmen, daß er auf dem Boden kein Problem hat, die Landung des Materials von der *Océano Pacifico* zu fotografieren. Mit etwas Glück können wir Ihrem Freund Martin nicht nur Fotos von dem Material liefern, das am Strand ausgeladen wird, sondern auch Fotos von unserem Freund Standartenführer Goltz und/oder Oberst Grüner bei der Beaufsichtigung des Ausladens. Das gibt den Argentiniern einen ausreichenden Grund, einen von ihnen zur persona non grata zu erklären, hoffentlich beide.«

»Was bedeutet das?« fragte Dorotea.

Der Gedanke, daß Grüner ausgewiesen wird, beunruhigt Clete anscheinend überhaupt nicht, dachte Graham, *folglich scheidet Grüner als Galahad aus, und es ist eine Bestätigung dafür – wenn noch eine nötig ist –, daß Galahad von Wachtstein ist.*

»Wenn jemand mit einem Diplomatenpaß etwas Falsches tut«, erklärte Graham, »wenn er zum Beispiel schmuggelt, dann erklärt ihn die Regierung des Gastlandes als persona non grata, als unerwünschte Person – und fordert ihn auf, das Land zu verlassen.«

»Das wird den Deutschen einen Hinweis geben, daß wir über das Geld Bescheid wissen«, sagte Clete.

»Warum? Aus ihrer Sicht wird das Geld sicher eintreffen, noch in den Kisten, wo auch immer sie es hinbringen.«

»Sie werden sich fragen, wieso jemand zufällig dort fotografiert, wo sie das Geld an Land bringen«, wandte Clete ein.

»Ein Amateurfotograf spaziert am Strand entlang und sieht durch Zufall die sonderbaren Aktivitäten von Leuten, die Kisten aus einem Boot ausladen, und knipst ein paar Bilder. Wenn Lieutenant Sawyers Fotos nicht natürlich genug wie das Werk eines Amateurfotografen aussehen, kann man sie so hinbekommen.« Graham überlegte kurz und fuhr dann fort. »Übrigens hat Leibermann einen hiesigen Polizisten auf der Lohnliste, der sie festnehmen kann. Aber das bleibt unter uns.«

»Warum sagen wir nicht einfach Leibermanns Polizisten, was passieren wird? Dann kann die Polizei das Geld einkassieren.«

»Ich habe darüber nachgedacht. Ein einzelner Polizist, der zufällig darauf stößt, daß da etwas ausgeladen wird, würde keinen Verdacht erregen; ein Dutzend Polizisten, die auf das Boot warten, würden verdächtig sein.«

Clete zuckte mit den Schultern. Er konnte an Grahams Logik nichts aussetzen.

»Es gibt einige Probleme, wie wir Lieutenant Sawyer zur richtigen Zeit in der richtigen Kleidung – in Zivil – zum richtigen Ort bringen, um die Fotos zu knipsen«, sagte Graham. »Zum einen ist er illegal in Argentinien. Zum anderen wird er trotz seiner Beteuerung des Gegenteils von den Deutschen gesehen werden. Er wäre nicht in der Lage, sich zu verteidigen, weil ich nicht will, daß er bewaffnet ist.«

»Ich könnte Enrico mit ihm schicken«, dachte Clete laut. »Enrico und Rudolpho.«

»Señor Clete?« fragte Enrico, weil er seinen Namen gehört hatte.

Clete sprach auf spanisch weiter.

»Heute morgen, Enrico, wirst du mit Rudolpho einen Ausritt am Strand machen.«

»Wo werden Sie sein, Señor Clete?«

»Ich fliege das Flugzeug«, sagte Clete. »Und du kannst mich nicht begleiten.« Er wartete auf Einwände, doch als – überraschend für ihn – keine kamen, fuhr er fort: »Du wirst el Teniente Gorilla mitnehmen. Er wird Fotos von den Deutschen machen, die Kisten aus einem Boot ausladen.«

»Und was machen wir mit den Deutschen?«

»Nichts, absolut nichts. Wir wollen nicht einmal, daß sie euch sehen. Wenn sie dich sehen, mußt du sofort verschwinden. Aber ich will nicht, daß sie dich sehen. Dies ist sehr wichtig. Ich will, daß du Teniente Gorilla in die Lage versetzt, die Fotos zu knipsen, und ihn hierher zurückbringst, wenn er fertig ist. Nur im Notfall, und ich meine, wenn es wirklich absolut nötig ist, werdet ihr eure Waffen benutzen, um el Teniente Gorilla zu beschützen. Keine toten Deutschen, hast du das verstanden, Enrico?«

»Si, Señor Clete«, stimmte Enrico sichtlich widerstrebend zu.

»Wenn Sie tun, was Señor Clete von Ihnen verlangt, Suboficial Mayor«, sagte Graham, »dann wird das zu dem Tod von weitaus mehr Deutschen führen, als Sie Deutsche auf dem Strand sehen werden.«

Enrico dachte darüber nach, und die Vorstellung gefiel ihm anscheinend.

»Si, mi Coronel«, sagte er.

»Hat noch jemand etwas zu sagen?« fragte Graham, schaute in die Runde und fuhr fort: »Ich denke, wir sollten uns schnell über Doroteas Frühstücksbüfett hermachen.«

2

An Bord des Motorschiffs
Comerciante del Océano Pacifico
Samborombón-Bucht
Mündung des Rio de la Plata, Argentinien

20. April 1943, 8 Uhr 10

Capitán José Francisco de Banderano, Kapitän der *Océano Pacifico,* war natürlich großzügig für seine Dienste entlohnt worden, ebenso seine Crew. Er hatte eine gute Vorauszahlung erhalten, und man hatte ihm die gleiche Summe am Ende der Reise versprochen, sogar wenn das Schiff verlorenging. Zusätzlich würde jeden Monat eine Summe, die seinem Gehalt entsprach, an ihn und seine Frau ausgezahlt werden, in bar und somit steuerfrei. Wenn die Dinge wirklich schieflaufen sollten, würde seine Frau ein großzügiges Sterbegeld für ihn erhalten, plus eine Pension bis an ihr Lebensende. Der deutsche Marineattaché in Madrid hatte ähnliche Vorkehrungen für jedes Mitglied von Banderanos Besatzung getroffen.

Capitán de Banderano war in seiner Kabine und rasierte sich, als der Zweite Offizier anklopfte und meldete, daß sich ein kleines Boot von der Küste aus näherte.

»Wie weit entfernt?«

»Ungefähr eine Meile, Señor. Ich würde sagen, es wird in fünf Minuten hier sein.«

»Danke, ich komme gleich auf die Brücke.«

Capitán de Banderano rasierte sich zu Ende, zog den Rock seiner Kapitänsuniform an und ging zur Brücke. Er nahm einen Feldstecher und ging damit zur Laufbrücke, wo er feststellte, daß das Fernglas unnötig war. Er konnte deutlich mit bloßem Augen die goldenen Lettern des Namens auf dem Bug des Schiffes lesen – *Coronel Gasparo.*

Sein erster Gedanke war, daß ein solcher Bootstyp so weit in der Bucht nichts zu suchen hatte. Es war ein Flußboot, schmal und lang. Sofort erkannte er, daß es eines der Flußboote war, von denen es in den Gewässern von El Tigre, nördlich von Buenos Aires, nur so wimmelte.

Was im Namen aller Heiligen treibt das Boot hier draußen, weit fort von den geschützten Gewässern von El Tigre? Und warum geht es längsseits zu mir?

Wasser schwappte über den Bug der *Coronel Gasparo,* als sie längsseits anlegte – nicht so viel, daß es gefährlich war, sagte sich de Banderano. Und als die Lichtverhältnisse richtig waren, konnte er in das Innere des Ruderstandes sehen.

Ein junger blonder Mann stand am Ruder. Neben ihm war ein Mann in Uniform, die höchstwahrscheinlich eine der SS war.

»Capitán, unser Fallreep ist halb eingezogen«, informierte ihn sein Zweiter Offizier.

»Lassen Sie es hinab. Lassen Sie jemand ein Tau rüberwerfen. Ein Offizier soll sich bewaffnen und auf meinen Befehl vorbereitet sein, jedem die Benutzung des Fallreeps zu verweigern.«

»Si, Señor.«

Es dauerte fünf Minuten, bis das Fallreep auf die Wasseroberfläche gesenkt war; bis ein Offizier – de Banderano stellte überrascht fest, daß es der Zweite Maschinist war –

mit einer Maschinenpistole zur Reling kam; und bis schließlich zwei Matrosen ein Tau fanden und damit das Fallreep hinabstiegen.

Während dieser Zeit bewegte sich die *Coronel Gasparo* im Kreis, ihr Bug tauchte in die Wellen, und sie neigte sich fast alarmierend zur Seite.

Als sich das Boot zum ersten Mal dem Fallreep näherte, verhinderte nur ein verzweifeltes Manöver in letzter Sekunde eine Kollision mit der *Océano Pacifico.* Das zwang das Boot natürlich zu einer neuen Drehung.

Zwei Mann der Crew fingen achtern das geworfene Tau auf, banden es an eine Stütze, die nicht sehr solide aussah, und die beiden Matrosen auf dem Fallreep zogen die *Coronel Gasparo* mit Körpereinsatz an das Fallreep heran.

Der SS-Offizier tauchte auf dem Achterdeck auf. De Banderano konnte ihn jetzt deutlich sehen. Der Mann war nicht nur SS-Offizier, sondern ein Standartenführer. Man hatte de Banderano gesagt, daß ein ranghoher deutscher Offizieller mit ihm Kontakt aufnehmen würde, aber er hatte jemand aus der deutschen Botschaft erwartet, einen Diplomaten, keinen Standartenführer.

Sehr vorsichtig sprang der Standartenführer von der *Coronel Gasparo* auf das Fallreep und stieg hinauf.

Als er das Deck erreichte, schaute er sich um, bis er Kapitän de Banderano sah.

Er hob den Arm zum Hitlergruß.

»Heil Hitler!« bellte er. »Sie sind Kapitän de Banderano?«

De Banderano nickte. Er sprach einigermaßen Deutsch, aber nicht fließend; er benutzte seine Deutschkenntnisse nur, wenn es nötig war.

»Standartenführer Goltz«, sagte Goltz. »Ich bin der Offizier, den Sie erwarten sollten.«

»Was kann ich für Sie tun, Standartenführer?« fragte de Banderano in seinem gebrochenen Deutsch.

»Dies ist meine Legitimation«, sagte Goltz und überreichte ihm den Brief mit dem Briefkopf der Nationalsozialistischen Partei und den Unterschriften von allen ranghohen Mitgliedern der deutschen Regierung außer Adolf Hitler selbst.

Capitán de Banderano hatte gerade zu Ende gelesen – und war entsprechend beeindruckt –, als Peter an Deck stieg.

»Buenos dias, Capitán«, sagte Peter und grüßte militärisch.

»Major Freiherr von Wachtstein, Capitán«, sagte Goltz. »Mein Assistent bei diesem Unternehmen.«

Da war etwas an der Art des jungen Majors, das de Banderano gefiel.

»Sie hatten offenbar eine ziemlich rauhe Fahrt«, sagte de Banderano auf spanisch. »Kann ich Ihnen Kaffee anbieten? Vielleicht mit einem Schuß zum Veredeln?«

»Das Verständnis des Capitán wird nur noch von seiner Großzügigkeit übertroffen«, erwiderte Peter blumig auf spanisch. »Ich nehme das Angebot mit herzlichem Dank an.«

Goltz schaute Peter fragend an.

»Der Capitán hat uns soeben Kaffee angeboten«, übersetzte Peter.

»Das ist eine ausgezeichnete Idee«, sagte Goltz.

»Wenn Sie mir bitte folgen, Señores?« sagte de Banderano, und dann fügte er hinzu: »Sie sprechen sehr gut Spanisch, Mayor.«

»Danke. Ich habe einige Zeit in Spanien verbracht«, sagte Peter.

»Während des Kriegs?«

»Bei der Legion Condor«, sagte Peter.

Goltz schnappte ›Legion Condor‹ auf und erriet, wovon sie sprachen.

»Major von Wachtstein erhielt das Ritterkreuz aus den Händen des Führers persönlich«, sagte Goltz.

»Für Dienst in Spanien?« fragte de Banderano.

»Für Dienst im Osten«, korrigierte Peter.

De Banderano stellte zufrieden fest, daß sein erster guter Eindruck von dem jungen Offizier bestätigt wurde. Es war ein Kamerad im Krieg gegen die gottlosen Kommunisten.

Er bot ihnen Platz am Tisch in der Offiziersmesse an und befahl dem Steward, Kaffee, Gebäck und Brandy zu bringen.

»Die Neugier überwältigt mich«, sagte de Banderano. »Was machen Sie hier draußen mit diesem Flußboot?«

»Was hat er gefragt?« wollte Goltz wissen.

»Wir konnten auf die schnelle nichts anderes finden«, sagte Peter, und dann übersetzte er für Goltz de Banderanos Frage und seine Antwort.

»Wir sind unter Zeitdruck«, sagte Goltz zu de Banderano.

»Wie kann ich zu Diensten sein?« fragte de Banderano.

»Kurz bevor Sie von Schweden abgefahren sind, Kapitän, wurden von Obersturmbannführer Hasselmann einige Kisten an Bord Ihres Schiffes geladen ...«

Goltz legte eine Pause an, bis de Banderano das mit einem Nicken betätigt hatte, und fuhr dann fort:

»Ich sage Ihnen jetzt im Vertrauen, Kapitän, daß die Kisten gewisses Material enthalten, das benutzt wird, um die Offiziere der *Graf Spee* zu repatriieren, die jetzt in Argentinien interniert sind. Diese Offiziere werden vom Ort ihrer Internierung – vermutlich in Gruppen zu zwanzig oder so – zu Ihrem Schiff und dann zu U-Booten gebracht.«

De Banderano war sehr neugierig gewesen, als die Kisten unter schwerer Bewachung im letzten Moment vor der Abfahrt an Bord der *Océanao Pacifico* gebracht worden waren. Und unterwegs war er in den Laderaum gegangen, um sie sich anzusehen. Er hatte sogar mit dem Gedanken gespielt, sie zu öffnen, um sich den Inhalt anzuschauen. Aber sie waren mit Blei und Draht versiegelt, und es wäre aufgefallen, wenn er sie geöffnet hätte.

»Major«, sagte er auf deutsch, »mein Deutsch ist nicht so gut. Dies ist offenbar sehr wichtig. Würden Sie bitte übersetzen, was der Standartenführer gesagt hat?«

Peter tat es.

»Die *Comerciante del Océano Pacifio* steht zu Ihrer Verfügung, Standartenführer«, sagte de Banderano, als Peter geendet hatte. »Und darf ich als ehemaliger Marineoffizier sagen, daß es mich freut, einen Beitrag zu solch einer Mission zu leisten?«

»Dieses Projekt hat natürlich die persönliche Unterstützung von Admiral Canaris, der selbst im Ersten Weltkrieg in Argentinien interniert war – und entkam«, sagte Goltz. »Und wir haben Grund zu der Annahme, daß der Führer ein persönliches Interesse daran hat.«

»Was soll ich für Sie tun?« fragte de Banderano.

Goltz zog eine Karte aus der Tasche und legte sie auf den Tisch.

Der Steward traf mit Kaffee, Gebäck, einer Flasche Brandy und drei Kristallgläsern mit Goldrand ein. Er schenkte Brandy in die Gläser ein.

»Haben wir Zeit für einen Trinkspruch?« fragte de Banderano und nahm sein Glas.

»Selbstverständlich«, erwiderte Goltz.

»Auf Adolf Hitler, unseren Führer im Krieg gegen die gottlosen Kommunisten«, sagte de Banderano.

Sie nippten an dem Brandy.

»Auf El Caudillo, den Verbündeten des Führers bei diesem noblen Unternehmen«, sagte Goltz.

Sie nippten von neuem.

»Auf meine Kameraden im Krieg gegen die Kommunisten in Spanien«, sagte Peter.

De Banderano war gerührt bei dem Toast des jungen Majors.

Goltz wies auf die Karte.

»Ich habe einen Lastwagen an dieser Stelle stehen, Kapitän«, begann er und unterbrach sich dann. »Hans, Sie schauen sich das besser an. Es ist an der Zeit, daß Sie sehen, wohin es geht.«

»Jawohl, Standartenführer«, sagte Peter und schaute auf die Karte.

»Inzwischen, Kapitän«, sagte Goltz, »sind Oberst Grüner und die anderen bereits in Position. Wir brauchen nur noch dieses besondere Material an Land zu bringen und ihnen zu übergeben.«

Mit diesem lächerlichen kleinen Flußboot? dachte de Banderano. *Es würde bei der Brandung nicht genau landen können – dies ist schließlich eine Bucht. Es hat einen Tiefgang von vielleicht anderthalb Meter, und sie können leicht fünfzig Meter vor der Küste auf Grund laufen. Wenn sie es überhaupt so weit schaffen, ohne zu kentern.*

»Ich habe ein Boot an Bord, Standartenführer, das vermutlich geeigneter für eine Landung an einem Strand ist als Ihr Boot.«

»Ausgezeichnet!« sagte Goltz. »Nun habe ich eine Frage: Können Sie unser Boot an Bord Ihres Schiffes nehmen?«

»Ich weiß nicht«, sagte de Banderano. »Das müßte ich mir ansehen. Warum sollte ich es an Bord nehmen, wenn ich fragen darf?«

»Ich dachte, es wäre nützlich, wenn wir die Offiziere der *Graf Spee* an Land bringen«, sagte Goltz.

»Mit Verlaub, Standartenführer, das Boot der *Océano Pacifico* wäre viel besser dafür geeignet. Ich müßte nur wissen, wo und wann Sie unser Boot zur Verfügung haben wollen.«

»In diesem Fall, Hans«, sagte Goltz, »würden wir Ihr Boot nicht brauchen. Sie könnten es nach El Tigre zurückbringen. Wenn wir es nicht benutzen, wird es auch keinen Verdacht erregen.«

»Sie haben völlig recht, Standartenführer.«

»Lassen Sie mich folgendes vorschlagen, Hans, und Sie sagen mir, wenn Sie etwas Falsches daran finden. Wir benutzen das Boot der *Océano Pacifico* ...« Er unterbrach sich. »Ich nehme an, Ihr Angebot schließt eine Crew für Ihr Boot ein, Kapitän?«

»Selbstverständlich. Ich werde meinen Ersten Offizier mitschicken ... nein, ich werde Sie selbst an Land bringen.«

»Das ist sehr nett von Ihnen, Kapitän.«

»Das ist das mindeste, was ich tun kann.«

»Lassen Sie mich fortfahren«, sagte Goltz nachdenklich. »Wir bringen das Material mit Kapitän de Banderanos Boot an Land. Ich bleibe am Strand. Sie, Hans, kehren dann zur *Océano Pacifico* zurück, holen unser Boot ab und bringen es nach El Tigre zurück. Ich werde mit Herrn Loche sprechen und versuchen, das Boot zu verkaufen. Oder vielleicht wäre es eine gute Idee, es in Reserve zu behalten. Das kann später entschieden werden.«

»Ich möchte nicht stören ...« sagte de Banderano.

»Wenn Sie etwas zu sagen haben, Kapitän, dann sagen Sie es unbedingt.«

»Es gibt keinen Grund für Major von Wachtstein, uns zu begleiten. Ich möchte darauf hinweisen, daß jemand, der Ihr Flußboot längsseits liegen sieht, das seltsam finden könnte. Vor einiger Zeit flog ein Flugzeug vorbei ...«

»Was für ein Flugzeug?« fragte Goltz angespannt.

»Oh, ich bin überzeugt, daß dieses Flugzeug kein Grund zur Besorgnis ist. Es war ein Verkehrsflugzeug, knallrot, und es passierte uns in mindestens einer Meile Entfernung und vermutlich auf fünftausend Fuß Höhe oder mehr. Aber es brachte mich auf den Gedanken, daß die Argentinier vielleicht Patrouillenflugzeuge haben.«

»Ich verstehe Ihre Sorge«, sagte Goltz nach kurzem Nachdenken. »Diese Art Problem war der Grund, weshalb ich fragte, ob Sie unser Boot an Bord nehmen können.« Er zögerte wieder. »Aber ich möchte immer noch, daß Major von Wachtstein mitkommt.«

»Selbstverständlich«, sagte de Banderano.

»Aber wenn Sie hierher zurückkehren, Hans«, befahl Goltz, »brechen Sie sofort nach El Tigre auf.«

»Jawohl, Standartenführer.«

»Wie lange werden Sie brauchen, Kapitän, um Ihr Boot vorzubereiten und die Kisten an Bord zu laden?«

Capitán de Banderano lächelte.

»Nach meiner beruflichen Einschätzung«, sagte er, »wird es fast so lange dauern wie ein gutes Frühstück für Sie.«

3

Samborombón-Bucht
Mündung des Rio de la Plata, Argentinien

20. April 1943, 9 Uhr 40

Obwohl Oberst Karl-Heinz Grüner seit einer Viertelstunde auf dem Dach des Lastwagens stand und durch einen sehr guten 7 x 57-mm-Leitz-Feldstecher spähte, sah er erst, daß bei der *Océano Pacifico* ein Boot zu Wasser gelassen wurde, nachdem es zuvor von First Lieutenant Madison R. Sawyer III., USAR, gesehen worden – und fotografiert worden – war.

Das lag hauptsächlich daran, daß Sawyer, Suboficial Mayor im Ruhestand Enrico Rodriguez von der argentinischen Armee und Sarjento Rudolpho Gomez, Argentinische Armee, kurz hinter dem militärischen Gipfel einer Erhebung im Land postiert waren, die sich ungefähr zwanzig Meter oberhalb des Strandes befand. (Der militärische Gipfel des Terrains ist der Punkt, der dem tatsächlichen Gipfel am nächsten ist, wo der Soldat jedoch vom

Feind nicht gesehen – und folglich nicht beschossen – werden kann.)

Es erlaubte ihnen auch, weiter in die Bucht hinauszusehen. Und sie waren ebenfalls mit hervorragenden Ferngläsern ausgestattet. Enrico spähte in die Bucht durch ein 8 x 75-Fernglas, das el Coronel Jorge Guillermo Frade persönlich in der Fabrik Leitz in Wetzlar gekauft hatte, als er in Deutschland die Kriegsschule besucht hatte. Enrico entdeckte als erster, daß ein Boot zu Wasser gelassen wurde.

Lieutenant Sawyer war mit einem 7 x 57-mm-Bausch & Lomb-Fernglas ausgestattet, das Enrico in Señor Cletes Gepäck gefunden hatte, als er aus den Vereinigten Staaten zurückgekehrt war. Señor Clete hatte ihm erzählt, daß dieses Fernglas bei der U.S. Navy gestohlen worden war und daß er es in New Orleans gekauft hatte.

Nachdem er das Boot durch das gestohlene Fernglas der U.S. Navy entdeckt hatte, fand Lieutenant Sawyer es im Bildsucher des Teleobjektivs seiner auf einem Stativ montierten Leica-Kamera Modell I-C, ebenfalls ein Produkt der Firma Leitz.

Als sich das Boot dem Strand näherte, justierte Suboficial Mayor das Zielfernrohr auf dem 7-mm-Jagdgewehr, das ebenfalls ein Souvenir von el Coronel Frades Zeit in Deutschland war.

Nur ein paar Gewehre in el Coronel Frades Waffenzimmer waren mit Zielfernrohr ausgerüstet. Rudolpho hatte das nächstbeste nach dem Lowe-Berlin Modell 95 erhalten, ein Remington Modell 70 Kaliber-.30-06-Jagdgewehr, ausgerüstet mit einem nicht justierbaren Bausch & Lombard-Zielfernrohr. Es dauerte ein bißchen länger als bei Enrico, bis Rudolpho das Boot deutlich sah, das sich dem Strand näherte.

Aber kurz nachdem Oberst Grüner das Boot durch seinen Feldstecher sah, konnte Rudolpho es ebenfalls sehen. Und kurz danach, als Enrico ihn fragte, ob er den deutschen Piloten erkennen konnte, der in der vergangenen Nacht auf der Estancia San Pedro y San Pablo gewesen war, konnte Rudolpho das bejahen.

Das Boot kam näher.

Lieutenant Sawyer verbrauchte die Rolle des 35-mm-Films für 36 Bilder in der Leica und wechselte den Film.

Sawyer ging sehr sparsam mit dem Film um, damit er noch achtundzwanzig Aufnahmen hatte, wenn das Boot am Strand anlegte und die Kisten ausgeladen und auf den wartenden Lastwagen geladen wurden.

Lieutenant Sawyer war sehr zufrieden mit sich. Er würde alles aufnehmen, was Colonel Graham verlangt hatte. Wenn der Film entwickelt war, würde das Material ein absoluter Beweis sein, daß ein Boot von der *Comerciante del Océano Pacifico* – der Name stand deutlich in Schwarz darauf – am Strand der Samborombón-Bucht angelegt hatte und sechs Holzkisten ausgeladen worden waren. Und all diese Aktivität war unter der Aufsicht eines Offiziers mit SS-Uniform und eines anderen erfolgt, der zwar Zivil trug, den Enrico jedoch als deutschen Militärattaché identifiziert hatte.

Da es keine Vergrößerung im Sucher der Leica gab, nahm Sawyer das Fernglas an die Augen und beobachtete, wie der SS-Oberst aus dem Boot sprang und die letzten Meter an Land watete. Dort entbot er den absurden Nazigruß und schüttelte dem deutschen Militärattaché begeistert die Hand.

Lieutenant Sawyer fotografierte.

Matrosen der *Océano Pacifico* sprangen aus dem Boot und begannen die erste Kiste auszuladen.

Plötzlich hörte Lieutenant Sawyer völlig unerwartet einen lauten Knall, dem sofort ein anderer folgte.

Sawyer blickte zu den beiden Argentiniern, die ihn hierhin begleitet hatten. Beide hebelten schnell eine neue Patrone ein, nachdem sie soeben gefeuert hatten.

»Was im Namen Gottes tut ihr?« fragte Sawyer entgeistert und empört.

Beide zielten von neuem.

»Hört auf!« befahl Sawyer und spähte wieder durch das Fernglas.

Er sah, daß der SS-Offizier und der Militärattaché auf dem Strand lagen. Beide sahen aus, als wären ihre Köpfe explodiert.

Ein blonder Mann sprang aus dem Boot und rannte zu einem der niedergeschossenen Männer (Sawyer sagte sich, daß der blonde Mann vermutlich ein Offizier der *Océano Pacifico* war).

Abermals krachten die Gewehre, und Lieutenant Sawyer sah, daß eine zweite Kugel in die reglose Gestalt einschlug, bei der der Offizier kniete.

»Mein Gott, was habt ihr getan?« fragte Sawyer.

Beide alten Soldaten hatten sich von ihren Schußpositionen am militärischen Gipfel des Hügels zurückgezogen.

Sawyer schaute wieder zum Strand. Nicht lange. Er wurde von dem Argentinier namens Enrico von den Füßen gestoßen und von der Hügelkuppe fortgezogen.

»Wir gehen jetzt«, sagte Enrico in Englisch mit starkem Akzent.

»Mein Gott, Mann, ist Ihnen klar, was Sie getan haben?«

Enrico sprach nur ein paar Brocken Englisch, aber er verstand die Frage.

»Mein Coronel, mi Teniente«, sagte er, »und meine geliebte Schwester können jetzt für immer bei den Heiligen in Frieden ruhen. Ihre Ermordung ist gerächt.«

»Was? Was?«

»Wir gehen jetzt«, wiederholte Enrico und ging den Hügel hinab zu den angebundenen Pferden.

4

Botschaft des Deutschen Reichs
Avenida Córdoba
Buenos Aires, Argentinien

20. April 1943, 16 Uhr 50

»Capitán, wir haben natürlich mit Major von Wachtstein gesprochen«, sagte Botschafter Manfred Alois Graf von Lutzenberger, »aber er ist – aus gutem Grund – noch durcheinander wegen der tragischen Ereignisse an diesem Morgen, und wir dachten, Sie könnten uns etwas mehr sagen als er.«

Und ich bete, daß deine Aussagen Gradny-Sawz keinen Grund zu dem Verdacht geben, daß Peter irgendwie in die Ereignisse verwickelt ist, dachte von Lutzenberger.

»Da gibt es wirklich nicht viel zu sagen, Herr Botschafter«, sagte Capitán de Banderano. »Wir hatten gerade den Strand erreicht. Major von Wachtstein war noch nicht einmal aus dem Boot heraus, als die Kommunisten zuschlugen ...«

»Die Kommunisten?« unterbrach Gradny-Sawz.

»Meinen Sie nicht, daß dies das Werk der Kommunisten ist?« fragte de Banderano.

»Ich neige zu der Annahme, daß die Amerikaner dafür verantwortlich sind«, sagte Gradny-Sawz leicht sarkastisch, und dann kam ihm ein Gedanke: »Erzählen Sie mir eines, bitte, Capitán. Hat Major von Wachtstein irgend etwas getan, das darauf schließen läßt, daß er bei der Landung Schwierigkeiten erwartete?«

Die Frage überraschte de Banderano, das war ihm anzusehen.

»Nein«, antwortete er. »Er erfuhr erst, wo wir landen, als Standartenführer Goltz es ihm sagte.«

»Und wann war das?«

»Als er mir seine Karte zeigte«, sagte de Banderano. »Er sagte, es sei an der Zeit, daß von Wachtstein erfahre, wohin es geht … so oder ähnlich sagte er.«

Gradny-Sawz stieß einen Grunzlaut aus.

»Sie wollen doch nicht andeuten, daß Major von Wachtstein damit etwas …« sagte de Banderano.

»Ich deute gar nichts an«, fiel ihm Gradny-Sawz ins Wort.

»Baron von Gradny-Sawz tut nur seine Pflicht, Kapitän«, sagte von Lutzenberger. »Bis wir herausfinden, wer für diese Sache verantwortlich ist, sind alle verdächtig.«

»Ich weiß nur, daß Major von Wachtstein sein Leben riskiert hat, um Standartenführer Goltz und Oberst Grüner zu helfen«, sagte de Banderano. »Und um das besondere Material zu schützen. Ich konnte das Ruder des Boots natürlich nicht verlassen, und ich schäme mich, sagen zu müssen, daß meine Crew sich nicht gerade bewundernswert verhalten hat. Es war von Wachtstein, der …«

»Wie meinen Sie das, Ihre Crew verhielt sich nicht gerade bewundernswert?« unterbrach Gradny-Sawz.

»Standartenführer Goltz wurde in die Stirn getroffen. Die Kugel – verzeihen Sie das häßliche Bild – riß seinen Kopf auf wie eine reife Melone. Überall waren Blut und Gehirnmasse. Meine Männer sprangen ins Boot zurück. Major von Wachtstein hingegen sprang aus dem Boot, während immer noch gefeuert wurde, und eilte zu Hilfe.«

»Wie viele Schüsse waren es?« fragte Gradny-Sawz.

»Ich weiß es nicht. Wenigstens sechs, vielleicht auch acht oder mehr.«

»Sonderbar«, sagte von Lutzenberger. »Von Wachtstein sagte, es waren nur vier Schüsse.«

»Wie genau hat von Wachtstein geholfen?« fragte Gradny-Sawz.

»Als erstes lief er zu Standartenführer Goltz. Er sah, daß

Goltz tot war, und rief mir das zu. Dann eilte er zu dem anderen Offizier ...«

»Oberst Grüner«, warf von Lutzenberger ein.

»Ja. Und als er sich über ihn neigte, fiel ein weiterer Schuß. Er galt meiner Ansicht nach klar von Wachtstein. Er ließ sich jedoch nicht einschüchtern. Er zeigte große Geistesgegenwart.«

»Was meinen Sie mit ›der zweite Schuß galt klar von Wachtstein‹?« fragte von Lutzenberger.

»Der Oberst war ebenfalls mit einem Kopfschuß getötet worden. Und es war völlig klar, daß er tot war. Es hatte keinen Sinn, noch einmal auf ihn zu schießen. Und die Kugel verfehlte von Wachtstein nur um eine Handbreite, als sie den schon toten Oberst traf.«

»Und die große Geistesgegenwart?« fragte von Lutzenberger.

»Von Wachtstein, der jeden Grund hatte, erschrocken und entsetzt zu sein – die Kugel hatte ihn nur knapp verfehlt –, vergaß nicht, wie wichtig das Material ist. Bevor er die Leichen zu dem Boot trug – und ich schäme mich, sagen zu müssen, daß keiner meiner Männer den Mut hatte, das Boot zu verlassen und ihm zu helfen –, lud er die Kiste wieder ein, die bereits ausgeladen worden war. Jeder andere hätte vermutlich die beiden Toten auf dem Strand liegenlassen und nur an Flucht gedacht. Aber von Wachtstein bestand darauf, daß wir die Leichen mitnahmen.«

»Er ist ein tapferer Offizier«, sagte Gradny-Sawz. »Der Führer persönlich hat ihm das Ritterkreuz verliehen.«

»Standartenführer Goltz erzählte mir das. Ich hatte das Gefühl, daß sie sich mochten. Ich kann kaum beschreiben, wie fassungslos von Wachtstein war, als wir zu meinem Schiff zurückfuhren.«

»Das besondere Material ist vollständig vorhanden?« fragte von Lutzenberger. »Berlin will das wissen.«

»Es ist sicher in meinem Gewahrsam«, sagte de Banderano.

»Nun, Anton, was denken Sie?« fragte von Lutzenberger, als de Banderano gegangen war.

»Ich nehme an, wir haben einen Spion in unserem Büro, einen Verräter. Die Amerikaner wußten, wo das Boot landen wird.«

»Und Sie meinen, es ist von Wachtstein? Meinen Sie das?«

»Herr Botschafter, ich habe nichts in dieser Art gesagt.«

»Aber Sie haben den Eindruck erweckt.«

»Das war nicht meine Absicht. Schließlich stellt man nicht schnell die Tapferkeit oder Loyalität eines Ritterkreuzträgers in Frage. Und wir haben Kapitän de Banderanos Aussage, daß von Wachtstein unter Beschuß große Tapferkeit gezeigt hat.«

»Nun, das mag sein. Ich kann einfach nicht glauben, daß von Wachtstein der Verräter ist. Aber Sie haben recht, Anton, wir haben einen.«

»Wir werden ihn ausräuchern. Oder *sie.*«

»Meinen Sie wirklich, es könnte Fräulein Hässel sein?«

»Wie Sie schon sagten, Herr Botschafter, bis wir es mit Sicherheit wissen, ist jeder verdächtig.«

»Ja, das stimmt.«

»Ich frage mich, was Berlin sagen wird«, überlegte Gradny-Sawz laut.

»Ich nehme an, Anton, man wird höchstwahrscheinlich befehlen, daß Sie Standartenführer Goltz ersetzen, um dieses Projekt durchzuführen. Vermutlich schickt man einen anderen Militärattaché ...«

»Meinen Sie das wirklich?« unterbrach Gradny-Sawz. »Daß ich diese Operation leiten soll?«

»Ja, das glaube ich«, sagte von Lutzenberger.

»Man wird Sie höchstwahrscheinlich um Ihre Empfehlung bitten.«

»Und die werde ich gewiß geben.«

Und unterdessen werde ich beten, daß sie so blöde sind, es wirklich zu tun.

Sie werden vermutlich jemand als Ersatz für Grüner als Attaché schicken und einen anderen als Sicherheitsoffizier und Gradny-Sawz im Auge behalten. Und natürlich mich und von Wachtstein.

5

Estancia San Pedro y San Pablo Bei Pila, Provinz Buenos Aires

20. April 1943, 17 Uhr 30

Colonel A. F. Graham legte den Telefonhörer auf die Gabel und wandte sich zu Major Cletus Frade und dem juristischen Attaché der US-Botschaft, Milton Leibermann, um.

»Der Botschafter – das war seine Exzellenz persönlich – ist für morgen früh um halb zehn zum Außenminister bestellt worden«, sagte Graham. »Man hat ihm offiziell erklärt, daß der Außenminister einige Fotos im Besitz von Coronel Martin vom BIS gesehen hat, und er nimmt an, der Außenminister will ihn persönlich informieren, daß die neue Regierung von Argentinien die Absicht hat, peinlich genau auf die Vorschriften der Neutralität zu achten.«

»Was natürlich heißt«, sagte Leibermann, »daß die *Océano Pacifico* mit all dem Geld an Bord in den Sonnenuntergang davonfahren wird.«

»Wofür sie einen anderen Weg ins Land finden werden«, sagte Clete.

»Daß das Schiff viel Geld an Bord hat, gibt uns leider nicht das Recht, es zu versenken«, sagte Graham. »Und ich bin überzeugt – ich weiß –, daß sie es auf irgendeinem anderen Weg ins Land bringen werden. Wenn ich wieder in Washington bin, werde ich versuchen, Milton mehr

Geld und mehr Leute zu besorgen, damit er die Spur des Geldes verfolgen kann. Wir sind ja ganz nahe dran.«

»Und wenn die *Océano Pacifico* den Befehl erhält, die argentinischen Gewässer zu verlassen, kann sie keine U-Boote versorgen. Die Deutschen werden weitere sechs Wochen brauchen, vielleicht länger, um einen anderen Ersatz herzuschicken. So haben wir vielleicht gewonnen.«

»Dave Ettinger ist tot«, sagte Clete. »Wie kann man da von gewonnen reden?«

»Standartenführer Goltz und Oberst Grüner sind ebenfalls tot«, sagte Leibermann.

»Und mein Vater und Enricos Schwester. Das macht drei zu zwei. Heißt das, daß ich Enrico losschicken kann, damit er die Rechnung ausgleicht?«

»Tun Sie das bitte nicht«, sagte Graham. »Ich möchte nicht, daß er von Wachtstein – Verzeihung, Galahad – irrtümlich erschießt.«

Clete schaute ihn kalt an.

»Entspannen Sie sich«, sagte Graham. »Das bleibt in diesen vier Wänden. Ich habe mich entschieden, da Milt und ich wissen, wer Galahad ist und wir uns seine Motive denken können, daß Donovan nichts davon zu erfahren braucht. Ich werde ihm nichts davon sagen.«

»Danke«, sagte Clete aufatmend.

»Es ist ein Haken an der Sache«, sagte Graham.

»Das hätte ich wissen sollen«, sagte Clete, und seine Erleichterung schlug sofort in Bitterkeit um.

»Wenn Ihnen etwas zustößt, Clete, gilt die Abmachung nicht mehr. Tun Sie hier also nichts Gefährliches – wie zum Beispiel aus dem Hochzeitsbett fallen. Beschränken Sie sich auf die Kanapee-und-Small-talk-Tour. Spitzen Sie die Ohren. Legen Sie ein gutes Wort für uns ein, wenn sich die Möglichkeit bietet.«

»Schaffen Sie mir Delojo vom Hals«, sagte Clete.

»Wir haben in Washington genug über einen Argentinier in der Hand, um ihn zur unerwünschten Person zu erklären«, sagte Graham. »Das werden wir tun. Sie werden einen Handel mit uns machen, und Commander Delojo wird von hier aus nach Hause geschickt. Ich nehme an, Ashton wird ihn ablösen, aber das muß ich erst noch Donovan verkaufen.«

Die Tür wurde geöffnet, und ein Hausmädchen steckte den Kopf herein.

»Verzeihen Sie, Patrón«, sagte das Mädchen. »Aber die Señora besteht darauf, Sie sofort zu sprechen.«

»Die hat es aber eilig, wie?« bemerkte Graham.

»Wie sagt man?« Leibermann lachte. »Sie hat ihn unter dem Pantoffel?«

»Richten Sie Señorita Mallin aus, daß ich beschäftigt bin und gleich zu ihr kommen werde«, sagte Clete.

»Patrón, die Dame sagt, sie ist Señora Howell.«

»Und das ist sie«, sagte Martha Williamson Howell und stürmte herein. »Schönes Haus hast du hier, Clete. Wie geht es dir, Schatz?«

»Verdammt, das ist ein Ding!«

»Fluch nicht!«

Clete lief zu ihr und umarmte sie.

»Gott, wie freue ich mich, dich zu sehen!« sagte Clete.

»Wo ist sie?« fragte Martha.

»Wo ist wer?«

»Na wer schon?«

»Würden Sie bitte Señorita Mallin hereinbitten?« sagte Clete zu dem Hausmädchen.

»Wen haben wir denn da?« sagte Martha, als sie Graham entdeckte. »Was bringt Sie hierher?«

»Cletes Hochzeit, was sonst? Wie schön, Sie wiederzusehen, Mrs. Howell.«

Die Tür wurde von neuem geöffnet, und Mr. Cletus Marcus Howell trat ein.

Er sah Graham.

»Gott, was treiben Sie denn hier? Was ist hier los?«

»Nicht viel«, erwiderte Graham. »Wie geht es Ihnen, Mr. Howell?«

»Ich habe sechsunddreißig Stunden ohne Schlaf in einem Flugzeug und vier Stunden in einem zwanzig Jahre alten Ford-Taxi verbracht, um hierher zu fahren. Und da fragen Sie, wie es mir geht?«

Er schaute Clete an.

»Hast du deinem Großvater etwas zu sagen, Cletus?«

»Das hängt davon ab, was du hier machst.«

Dorotea Mallin trat ein.

»Das muß sie sein«, sagte der alte Mann.

»Das ist sie.«

Der alte Mann kramte in seiner Tasche.

»Das mache ich hier«, sagte er zu Clete. Dann wandte er sich Dorotea zu. »Miss Mallin, ich bin Cletus Marcus Howell.«

»Ich weiß, wer Sie sind«, sagte Dorotea. »Cletus hat mir alles über Sie erzählt und mein Vater ebenfalls.«

»Dies gehört Ihnen«, sagte der alte Mann und überreichte ihr ein gefaltetes Tuch.

Sie entfaltete es. Darin war ein Verlobungsring mit einem Diamanten, der wie ein Vierkaräter aussah.

»Ich verstehe nicht«, sagte Dorotea.

»Was, zum Teufel, ist das?« fragte Clete mißtrauisch.

»Es ist der Verlobungsring deiner Mutter«, sagte der alte Mann. »Jorge Guillermo Frade schenkte ihn deiner Mutter, und jetzt schenke ich ihn dieser jungen Lady. Ich kann nicht begreifen, was sie in dir sieht, aber wenn sie dich heiratet, hat sie ihn verdammt verdient und eine Menge mehr.«

»Danke«, sagte Dorotea, und dann küßte sie ihn.

Der alte Mann wirkte verlegen. Aber erfreut.

ENDE